U0743716

万鹏自编、自导、自演《精忠传》

万鹏自编、自导、自演《打乾隆》剧照

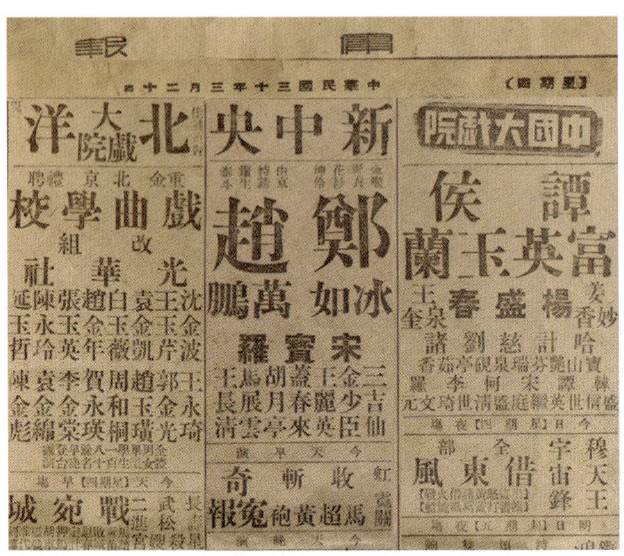

中華民國三十年三月二十日　星期四

北洋大戲院

重金禮聘　北京戲曲學校　改組　光華社

沈金波　王玉芹　袁金凱　白玉薇　趙金年　張玉英　陳永玲　延玉哲

王永琦　郭金光　趙玉璜　周和桐　賀永瑛　李金棠　袁金綿　陳金彪

今天【星期四】早場

武松殺嫂　二進宮　戰宛城

新中央

鄭冰如　趙萬鵬

宋寶羅

三吉仙　金少臣　王麗英　蓋春來　胡月亭　馬展雲　王長清

今天早演

虹霓關　收　斬　奇

馬超　黃袍　報冤

今天晚演

中國大戲院

譚富英　侯玉蘭

姜妙香　楊盛春　王泉奎

哈寶山　計豔芬　慈瑞泉　劉硯亭　諸茹香

韓盛信　譚世英　宋繼庭　何盛清　李世琦　羅文元

今日【星期四】夜場

穆天王　宇宙鋒　全部借東風

明日【星期五】夜場

万鹏1941年演出戏报

万鹏（前排中）在开封演出留影

赵万鹏初登舞台
时和父赵鸿林合影

上海《罗宾汉》报
刊登赵万鹏剧照

上海《罗宾汉》报刊登赵万鹏生活照

万鹏之父赵鸿林 马超 剧照

万鹏姑父唐韵笙 关羽 剧照

万鹏之父赵鸿林率团出国访问演出前于南京中山陵合影

万鹏与姑父唐韵笙及表妹唐紫菱、唐碧莲

万鹏姑父唐韵笙　　万鹏之父赵鸿林

員歡迎上海伶界聯合會正會長夏君月潤攝影纪念

杨宝森 张宝昆 周瑞琪 梁连桂 朱斌芳 朱桂芳 谭富英 刘砚亭

叶龙章 李春林 姚玉芙 刘永春 姜妙香 时青山 安舒元 赵绮霞 高庆奎 马连良 程继仙 孙佐臣 时慧宝 余叔岩 夏月润

唐韵笙主演《怪侠锄奸记》饰焦振远（中）

原富连成科班旧址 梨园总会合影 聚集了各流派始祖
夏月润居中、右边余叔岩、石慧宝、孙佐臣、程继仙
左边杨小楼、梅兰芳、赵君玉、赵鸿林（赵万鹏之父）

赵鸿林主演《释迦牟尼佛》上中间坐为释迦摩尼

李少春赠《野猪林》剧照

孙毓堃赠《铁龙山》剧照

周信芳赠《四进士》剧照

萬鵬同志
梅蘭芳
一九五三、十二、六

萬鵬同志
程硯秋
一九五三年十二月六日於安東

周信芳

赵万鹏　　李万春　　张世麟

李万春赠《黄天霸》剧照

梅葆玖赠《白蛇传》剧照

马连良赠剧照

奚啸伯赠剧照

1952年演出戏报

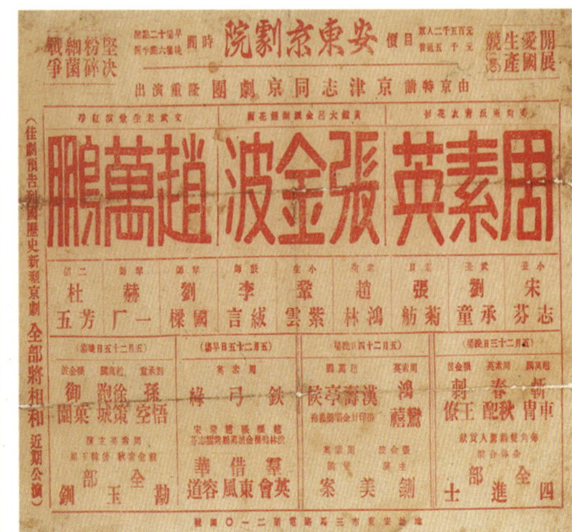

1953年演出戏报

1950年 赵万鹏、刘汉臣等反串《虮腊庙》剧照

万鹏与夫人张静如结婚照

马长礼　　赵万鹏

赵万鹏　沈金波

万鹏《龙凤呈祥》剧照

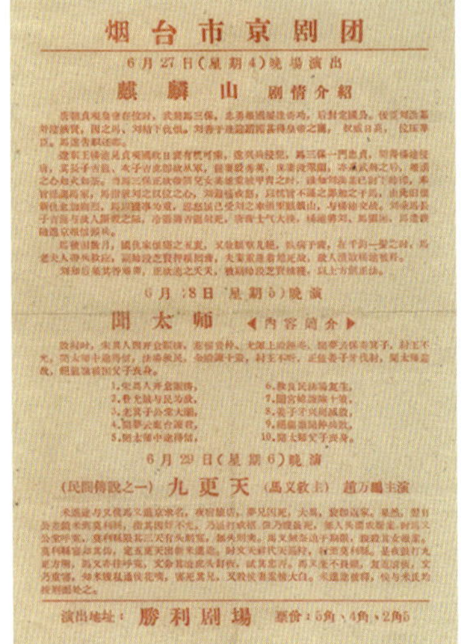

烟台市京剧团

6月27日(星期4)晚場演出

麒麟山 剧情介紹

6月28日(星期5)晚演

聞太师 ◀内容简介▶

6月29日(星期6)晚演

(民間傳說之一) 九更天 (馬义救主) 趙万鵬主演

演出地址：勝利劇場 票价：5角、4角、2角5

1956年戏报

鎮江市京剧团

(三国历史名剧)

甘寧

百騎刼魏營

導演：趙萬鵬

演員表

剧中人	扮演者	剧中人	扮演者	剧中人	扮演者
甘宁	赵万鹏	曹操	曹四庚	四騎勇	錢松濤 童世春 殷宝童 楊坤山
伊籍	韓俊岐	四太监	团员		
張辽	前蔡君玉 后王云樓	大太监	刘顺福		
荀攸	陈启云	穆顺	王云樓		
夏侯淵	童奇偉	汉献帝	裘汗云	旗牌	張崇全
司馬懿	韓俊岐	曹妃	俞秀霞	四旗牌	团员
华歆	沈繼生	伏后	閻惠霞	四校刀	团员
		二太子	姚紫霞 李雪芳	呂蒙	童奇偉
賈诩	史滿勳			凌統	王志剛

天波楊府

演員表

剧中人	扮演者	剧中人	扮演者
寇准	赵万鹏	楊宗保	唐玉宸
穆桂英	閻惠霞	报子	張崇全
环湘女	白素蓮	韓昌	朱涌利
佘太君	小启山	叶里秋哥	金有福
楊洪	曹四庚	众番兵	潘月樓 楊坤山 裘云坤 王金林 刘福庭 殷宝童
王欽若	童齐为		
宋王	韓俊岐		
焦賛	王志剛		
孟良	蒲俊庭		
楊延昭	前沈繼生 后錢松濤		
太監	王玉华	呼必显	王云樓
八賢王	蔡君玉	柴郡主	任秋云
謝金吾	史滿勳	岳胜	童世春
施湘帝	吳俊卿	馬俠	楊坤山

1958年戏报

万鹏《四进士》剧照

万鹏饰岳飞

万鹏饰关羽

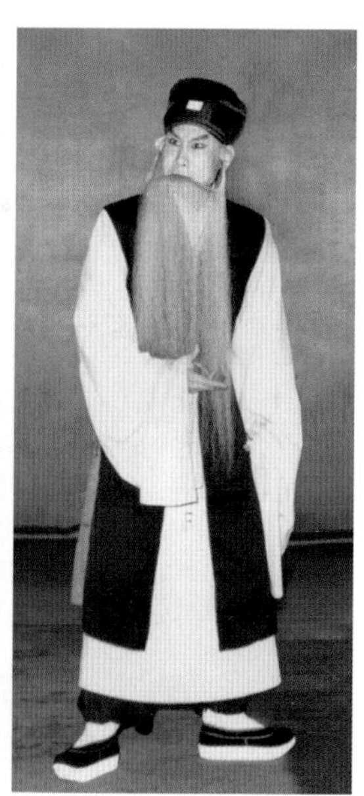
万鹏饰谢仲德

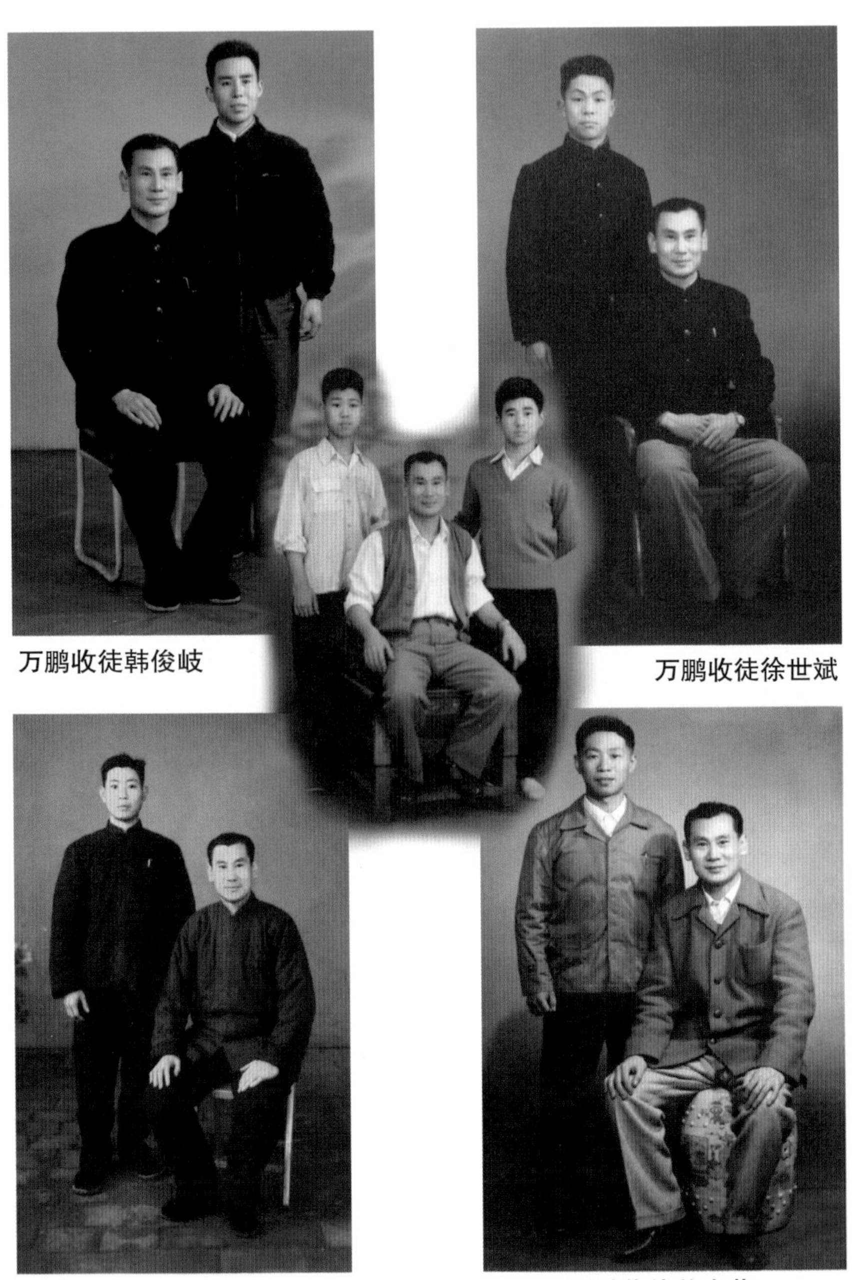

万鹏收徒韩俊岐

万鹏收徒徐世斌

万鹏收徒张砚生

万鹏收徒盖春荣

《火烧望海楼》饰马宏亮

《反五关》饰黄飞虎

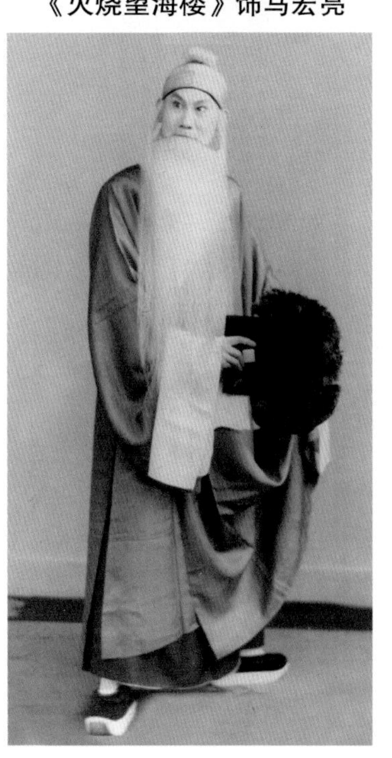

《四进士》饰宋士杰

《清官册》饰寇准

这帧照片是《农奴》所残存的
唯一图相资料，杨荣环饰演的兰朵
和B组强巴马少良在演出时拍摄
的。其它珍贵资料均在"文革"时焚毁。

这帧照片是《农奴》首演时，文化局
局长孙映雪于剧终后上台对全体演
员和编导讲话。他赞扬说《农奴》
是一出高质量的京剧现代戏！

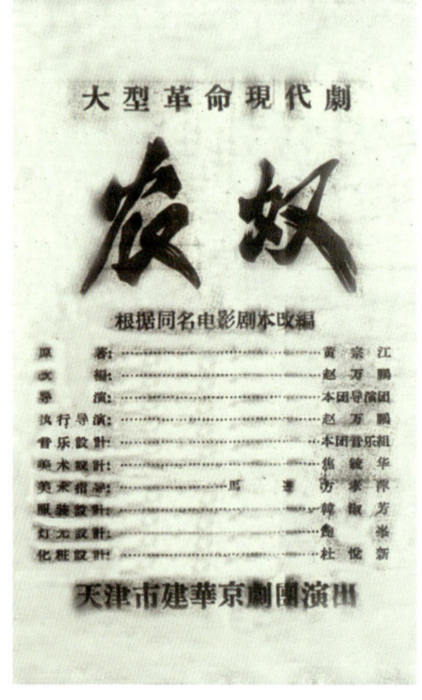

大型革命現代劇

农奴

根据同名电影剧本改編

原　著：……黄宗江
改　編：……赵万鹏
导　演：……本团导演团
执行导演：……赵万鹏
音乐設計：……本团音乐組
美术設計：……焦[illegible]华
美术指导：……馬[illegible]　[illegible]家[illegible]
服装設計：……韓[illegible]芳
灯光設計：……[illegible]　[illegible]
化粧設計：……杜悦新

天津市建華京劇團演出

1964年戏报

首戰平型關

根据中国人民解放军总政文工团话剧团演出本改编

执　笔　　赵万鹏
导　演　　本团导演团
执行导演　　赵万鹏　杨荣环
美术設計　　华　非
音樂設計　　本团樂队
舞蹈設計　　本团舞蹈設計組

天津市建华京剧团演出

1965年戏报

杨荣环　赵万鹏　华非

赵万鹏《赤道战鼓》剧照

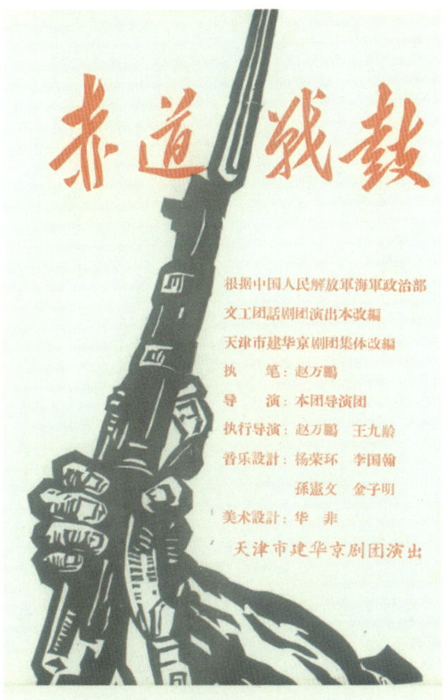

1965年赵万鹏题字戏报

1965年华非砖刻戏报

万鹏指导音配像与唐派再传弟子汪庆元

迟金声　　汪庆元　　马崇仁　　赵万鹏

万鹏示范表演《古城会》剧照

徒弟侯旭光　　赵万鹏　　徒弟范毅冰

万鹏与学生王立军

万鹏与学生李经文

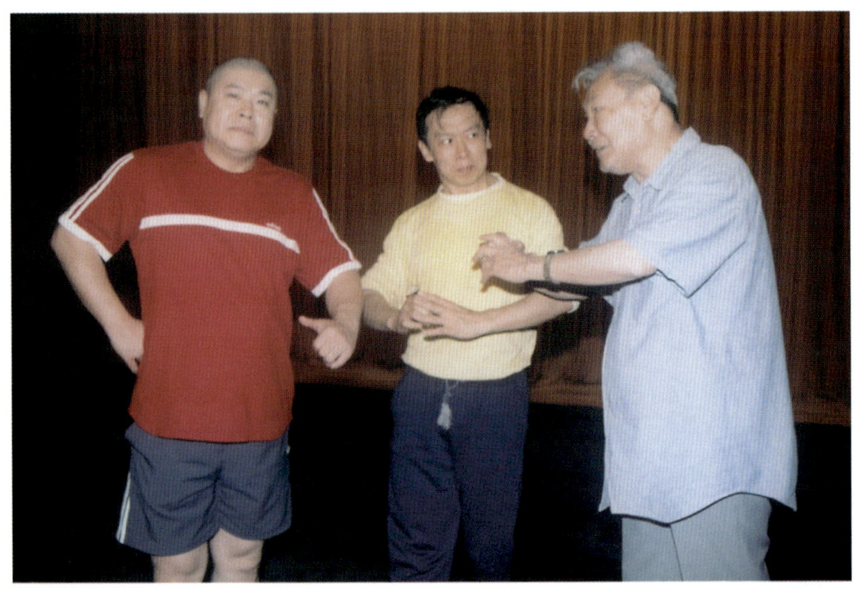

万鹏给学生王立军、杨光排演《甘宁》

万鹏给李经文教戏

万鹏给杨乃彭教戏

万鹏与学生马少良

万鹏给董文华、尚明珠教排《截江夺斗》演出后合影

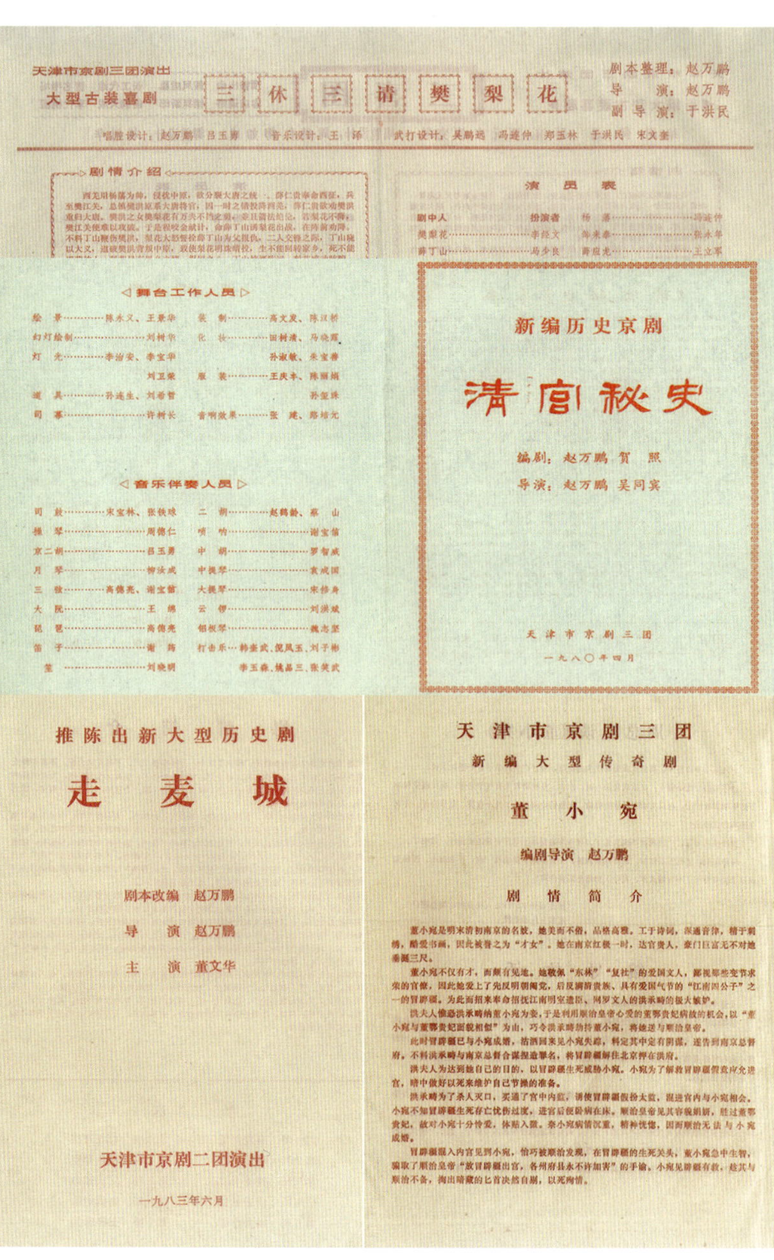

天津市京剧三团演出

大型古装喜剧

三 休 三 请 樊 梨 花

剧本整理：赵万鹏
导　　演：赵万鹏
副 导 演：于洪民

唱腔设计：赵万鹏　吕玉男　音乐设计：王　泽　武打设计：吴鹏远　冯连仲　郑玉林　于洪民　宋文奎

剧情介绍

西羌用杨藩为帅，侵犯中原，欲分裂大唐之统一。薛仁贵奉命西征，兵至樊江关，总镇樊洪原系大唐将官，因一时之错投降西羌，薛仁贵欲劝樊洪重归大唐。樊洪之女樊梨花有万夫不挡之勇，并且箭法绝伦，若梨花不降，樊江关便难以攻破。于是程咬金献计，命薛丁山诱梨花出战，在阵前劝降。不料丁山鞭伤樊洪，梨花大怒誓拴薛丁山为父报仇。二人交锋之际，丁山晓以大义，道破樊洪背叛中原，致使梨花明珠暗投，生不能回转家乡，死不能

演 员 表

剧中人	扮演者		
樊梨花	李经文	杨　藩	冯连仲
薛丁山	马少良	[illegible]	张永年
		薛应龙	王立军

◁舞台工作人员▷

绘　景	陈永义、王景华	装　制	高文发、陈汉桥
幻灯绘制	刘树华	化　妆	田树清、马晓霞
灯　光	李治安、李宝华		孙淑敏、朱宝春
	刘卫荣	服　装	王庆丰、陈丽娟
道　具	孙连生、刘希哲		孙玺珠
司　幕	许树长	音响效果	张　建、郑培元

◁音乐伴奏人员▷

司　鼓	宋宝林、张铁球	二　胡	赵鹤龄、苏　山
操　琴	周德仁	唢　呐	谢宝信
京二胡	吕玉男	中　胡	罗智成
月　琴	柳汝成	中提琴	袁成国
三　弦	高德亮、谢宝信	大提琴	宋修身
大　阮	王　纬	云　锣	刘洪斌
琵　琶	高德亮	铝板琴	魏志坚
笛　子	谢　筠	打击乐	韩奎武、倪凤玉、刘子彬
笙	刘晓明		李玉森、姚晶三、张美武

新编历史京剧

清宫秘史

编剧：赵万鹏 贺　照

导演：赵万鹏 吴同宾

天津市京剧三团

一九八〇年四月

推陈出新大型历史剧

走　麦　城

剧本改编　赵万鹏

导　　演　赵万鹏

主　　演　董文华

天津市京剧二团演出

一九八三年六月

天 津 市 京 剧 三 团

新 编 大 型 传 奇 剧

董　小　宛

编剧导演　赵万鹏

剧　情　简　介

董小宛是明末清初南京的名妓，她美而不俗，品格高雅。工于诗词，深通音律，精于刺绣，酷爱书画，因此被誉之为“才女”。她在南京红极一时，达官贵人，豪门巨富无不对她垂涎三尺。

董小宛不仅有才，而颇有见地。她敬佩“东林”“复社”的爱国文人，鄙视那些变节求荣的官僚，因此她爱上了充反明朝阉党，后反满清贵族、具有爱国气节的“江南四公子”之一的冒辟疆。为此而招来奉命招抚江南明室遗臣、网罗文人的洪承畴的极大嫉妒。

洪夫人怂恿洪承畴纳董小宛为妾，于是利用顺治皇帝心爱的董鄂贵妃病故的机会，以“董小宛与董鄂贵妃面貌相似”为由，巧令洪承畴劫持董小宛，将她送与顺治皇帝。

此时冒辟疆已与小宛成婚，沽酒回来见小宛失踪，料定其中定有阴谋，遂告到南京总督府。不料洪承畴与南京总督合谋捏造罪名，将冒辟疆解往北京押在洪府。

洪夫人为达到她自己的目的，以冒辟疆生死威胁小宛。小宛为了解救冒辟疆假意应允进宫，暗中做好以死来维护自己节操的准备。

洪承畴为了杀人灭口，买通了宫中内监，诱使冒辟疆假扮太监，混进宫内与小宛相会。小宛不知冒辟疆生死存亡忧伤过度，进宫后便卧病在床。顺治皇帝见其容貌娟妍，胜过董鄂贵妃，故对小宛十分怜爱，体贴入微。奈小宛病情沉重，精神恍惚，因而顺治无法与小宛成婚。

冒辟疆混入内宫见到小宛，恰巧被顺治发现，在冒辟疆的生死关头，董小宛急中生智，骗取了顺治皇帝“放冒辟疆出宫，各州府县永不许加害”的手谕。小宛见辟疆有救，趁其与顺治不备，掏出暗藏的匕首决然自刎，以死殉情。

万鹏编剧、导演、演出剧目戏报

赵万鹏　　　　厉慧良

赵万鹏　　　　张春秋

康万生　吴广江　李经文　董文华　赵万鹏　杨乃彭　尚明珠　李莉　渠天凰

张君秋　　赵万鹏

梅葆玖　　赵万鹏

赵万鹏　　李世济

刘雪涛　　赵万鹏

谭元寿　　赵万鹏

迟金声　　赵万鹏

叶少兰　　赵万鹏

叶少兰　　梅葆玖　　赵万鹏

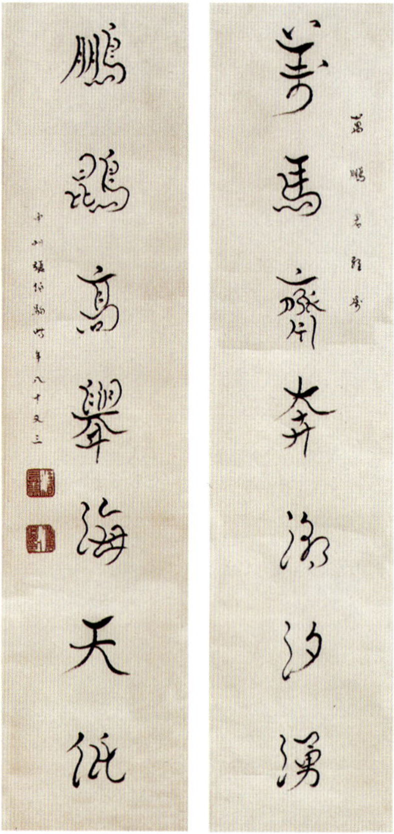

张伯驹赠书法

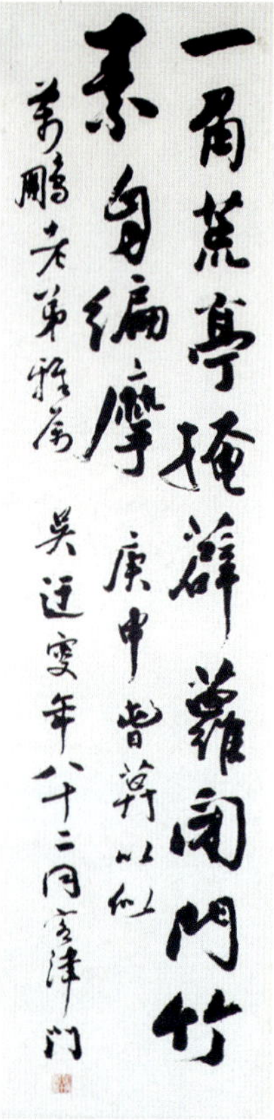

吴玉如赠书法

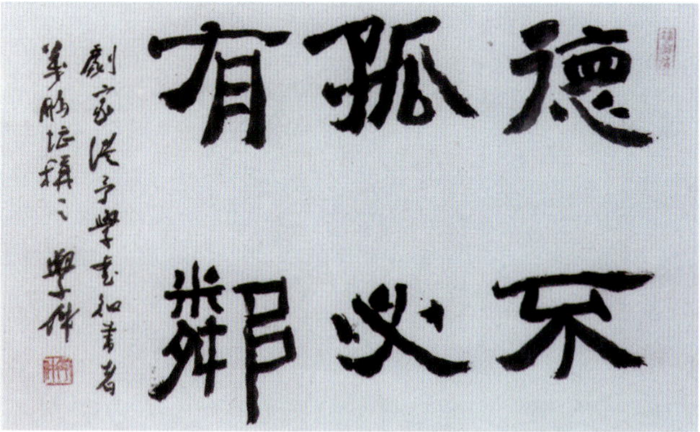

王学仲赠书法

万鹏在全国第二届书法艺术节

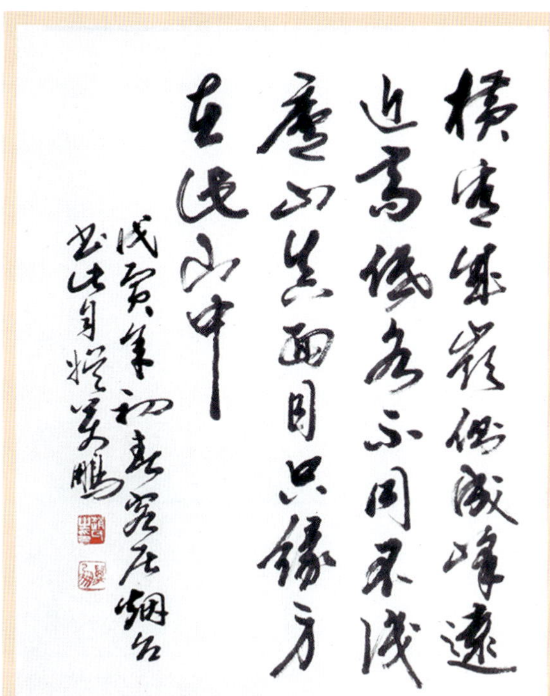

万鹏书法

成立天津市高级科技工作者协会 阿甲致辞祝贺赠书法

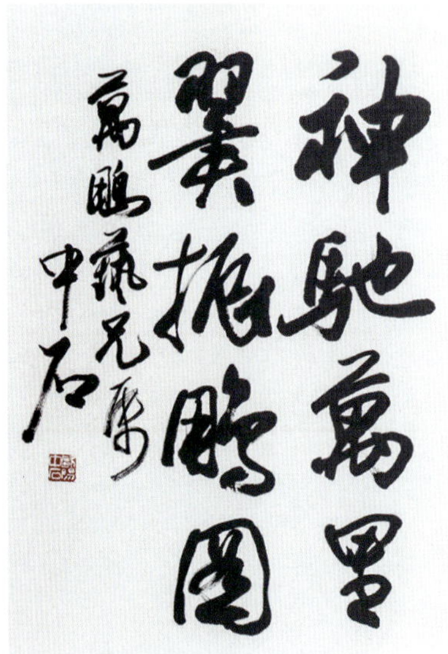

欧阳中石赠书法

万鹏　　　　阿甲

万鹏普及京剧在小学讲课

万鹏在大学讲座 京剧艺术美学

赵万鹏和学生们在一起

赵万鹏与董文华、尚明珠、唐紫菱、李莉、崔永武

赵万鹏八十大寿全家合影

天津市文史研究馆馆员著述系列

万鹏说戏

赵万鹏 著

天津出版传媒集团
天津人民出版社

图书在版编目(CIP)数据

万鹏说戏 / 赵万鹏著. -- 天津：天津人民出版社，2017.12
（天津市文史研究馆馆员著述系列）
ISBN 978-7-201-12013-3

Ⅰ. ①万… Ⅱ. ①赵… Ⅲ. ①中国戏剧—文集 Ⅳ. ①I207.3—53

中国版本图书馆 CIP 数据核字(2017)第 157942 号

万鹏说戏
WANPENGSHUOXI

出　　版　天津人民出版社
出 版 人　黄　沛
地　　址　天津市和平区西康路 35 号康岳大厦
邮政编码　300051
邮购电话　(022) 23332469
网　　址　http://www.tjrmcbs.com
电子信箱　tjrmcbs@126.com

策划编辑　沈会祥
责任编辑　赵　艺
装帧设计　汤　磊

制版印刷　高教社（天津）印务有限公司
经　　销　新华书店
开　　本　880 毫米×1230 毫米　1/32
印　　张　17.75
插　　页　18
字　　数　380 千字
版次印次　2017 年 12 月第 1 版　2017 年 12 月第 1 次印刷
定　　价　82.00 元

编委会名单

序

逯兴才

《万鹏说戏》是赵万鹏先生的一部文集，收录了他毕生从事戏曲艺术实践与戏曲理论研究的部分文章。

这部文集包括了四个方面的内容，即戏曲史论、戏曲美学、戏曲表演、戏曲导演。可以说，赵万鹏先生是集戏曲表演、导演、编剧、教学与理论研究于一身的戏曲艺术家。

万鹏先生出身于京剧世家，祖父赵永贵工武净，父亲赵鸿林工武生，是一位德高望重颇负盛名的京剧表演艺术家。万鹏兄生于1927年，6岁开始学戏，工京剧余（叔岩）派老生，得到余派名家陈秀华先生亲传，11岁在天津正式登台演出，此后经常演出的剧目有《战太平》《定军山》《击鼓骂曹》《四郎探母》等。变声之后又开始学习麒（周信芳）派和唐（韵笙）派艺术，在他演出的剧目中又增加了麒派名剧《萧何月下追韩信》《徐策跑城》《斩经堂》，以及唐派名剧《千里走单骑》《古城会》《走麦城》等。唐韵笙先生是他的姑父，所以他学习唐派是近水楼台，学得非常扎实。万鹏先生从小酷爱杨（小楼）派武生戏，又家学渊源，后经杨小楼先生入室弟子孙毓堃先生亲授，经常演出的武生戏剧目有《挑滑车》《长坂坡》《状元印》《甘宁百骑劫魏营》等。从表演艺术的角度来说，万鹏先生可谓集京剧余派、麒派、唐派、杨派于一身的表演艺术家。

万鹏先生丰富多彩的京剧舞台艺术实践，为他日后跻身于戏曲导演、编剧及理论研究工作奠定了坚实的基础，而且在艺术创作中成果丰硕。他不仅表演艺术精湛，在戏曲史、戏曲美学、戏曲表导演等理论方面也都有深入的研究，先后发表论述文章一百余篇。顺便说一句，他还是一位能诗善词颇有造诣的书法家。正因如此，著名的戏曲理论家、导演艺术家阿甲先生才称赞他是“有学有术的人”。

我与万鹏先生相识，是在阿甲老师的家中，这是三十多年前的事了。那时阿甲老师住在北京东城帽儿胡同，我当时正担任中国戏曲学院表演系主任，在教学上遇到问题时常去老师家中求教，聆听老师的教诲。碰巧有一天在老师家中遇上了万鹏兄。虽然初次见面，但因都是阿甲老师的学生，彼此感到很亲切，所以无话不谈。当我们谈到当时戏曲界在艺术创作中，所出现的大投入、大制作、大灯光、大布景，等等，唯独忽略了戏曲艺术是“以唱、念、做、打的综合表演为中心”这个极为重要的艺术特征。面对这种浮夸、浮躁、浮华的“三浮”现象，唏嘘不已，彼此互相鼓励，绝不向这种怪现象低头。

万鹏先生非常崇敬阿甲老师，尤其在他从事导演、编剧以及戏曲理论研究之后，对于阿甲老师的著作更是潜心习读，深入研究，努力实践。这就成了我们日后见面时最常谈论的话题。也正是在阿甲先生的人格和著作的影响下，我们的友谊越来越深。

万鹏先生对于戏曲艺术真挚的热爱，对于专业的执着追求，对于知识的求索和吸纳的精神，都深深地体现在他的著作之中。比如他所写的《谈余派的表演艺术》，既是他学习余派艺术的心得，又是他多年演出余派剧目之后，将其心得和感悟提高到理论层面来论述的例证。文章对余叔岩先生在《打棍出箱》（包括前半出《问樵闹府》）中的表演的分析，从他的唱念到做派，从表情到身段，从人物的内心体验到人物的外部表现，讲述得既具体、细微，又鲜明、生动。如果没有对于余派艺术的舞台实践和深入的研究，是写不出这样既具有理论价值，更具有实用价值的文章的。这篇文章可作为戏曲院校中学习老生行当的学生们，学习表演专业和戏曲理论的珍贵教材。

再如他所写的《戏曲导演艺术纵横谈》，从十几个方面阐述了戏曲导演的工作内容及特点。这十几个方面的论述，明确地指出戏曲导演艺术与其他艺术门类的导演艺术的不同。他强调，作为戏曲导演必须熟悉戏曲艺术的特点，掌握戏曲舞台上各种程式，熟悉戏曲音乐（包括文、武场）的作用，巧妙地运用这些艺术手段，帮助演员塑造各种各样的人物形象。这篇文章是他从事戏曲导演工作的经验总结，既全面又具体，对于现在学习戏曲导演专业的学生，或是正在从事戏曲导演工作的人们来说，都具有一定的指导作用。

万鹏先生并不是一个专门研究戏曲艺术的理论家，而是一个长年在戏曲舞台上摸爬滚打的实践者。他自幼没有进过学校读书，他的学问都是他毕生从事戏曲表演、导演、编剧，以及理论研究和教学工作的经验总结，都是从艺术实践中得来的。这也正应了人们常说的那句话："实践出真知。"

另一方面，他的学问也是他常年坚持自学，不断提高文学水平和理论修养的结果，正所谓"功夫在戏外"。他的长子赵一昆对我说过："我从没看见过我父亲有闲着的时候，他下班回到家中就是看书写字。常看的书有专业方面的，有历史和哲学方面的，他所喜爱的《古文观止》都能背下来，闲暇时默读吟诵，扬扬自得。在学习上他以苦为乐，真是有那么一种'钉子精神'，挤出时间来就是学习，不断地充实着自己的知识。"万鹏先生可以说是自学成才的典范，他的自学精神，对于今日的青年学子们，应该有所助益。

万鹏先生将自己的一生都奉献给了戏曲事业，从他幼年学艺开始，直到他 86 岁过世，从没离开过戏曲艺术这座辉煌的殿堂。在这座殿堂里，他走完了从一个京剧演员成长为戏曲艺术家的人生之路。

万鹏先生离开我们已经四年多了。作为他的好友和小老弟，我一直在深切地怀念着他。他的音容笑貌也经常浮现在我的眼前，仿佛在叮嘱我们一句话："有志者，事竟成!"

2016 年 4 月 4 日清明节

萬鵬誌

梨園五代
氍毹檀板
文武兼善
曲詞翰墨
聲情並茂
遊藝南北
出將入相
繞梁三日
薪火傳鐙
名歸實至
積沙成塔
藝海浮沉

京昆門庭
繩墨分明
移步換形
乃秉師承
玉聲黃鐘
載譽京津
紛墨從容
心聆神韻
鞠壇通靈
遺著等身
國粹復興
聊寄斯銘

副序

华非题《万鹏志》

萬鵬說戲

目录

戏曲史论

戏曲美学

戏曲表演

戏曲导演

诗词作品

附　录

戏曲史论

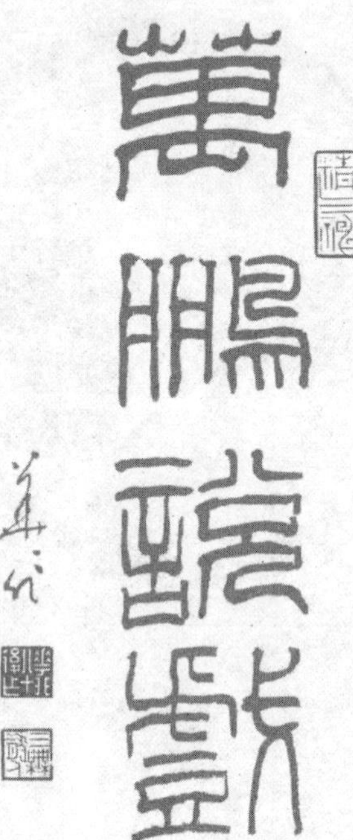

萬鵬談藝

中国戏剧之胚胎

（一）周秦的乐舞

根据远古的记载，中国的文化，应从轩辕黄帝时代算起，至今约有五千年的历史。中国的戏剧则是在文化艺术发展到一定的阶段才产生的，因为在没有戏剧之前，必须先有文化，有了文化才能产生艺术。戏剧本身就是一种综合性的艺术，如果文化和其他姊妹艺术不发展到一定的程度，戏剧是没法产生的。中国戏剧史充分说明了这个问题。

戏剧既包括了空间艺术，而它本身又是一个时间艺术。比方像绘画、雕刻、建筑，等等，简单地说凡是舞台美术都属于空间艺术；诗歌、音乐、舞蹈，等等，用咱们搞戏曲的话来说，就是唱词、念白、音乐、唱腔、舞蹈、武打，等等，都属于时间艺术。

戏剧虽然包括了这些艺术，但是，它又不是用这些艺术拼凑而成的。它自己有自成一格的独立性，因此，戏剧有它自己的起源。但是，从戏剧的内容和形式来说，它又包含了这些方面的艺术，虽然不是因为有了这些方面的艺术综合才产生戏剧，可是必须把这些方面的因素、来源简单地说一下，才能说明戏剧是怎样逐步形成的。

诗歌的起源最早，这不但在中国，就是在任何一个民族，最初的文学作品，也都是诗歌。人类的语言，因为地域不同的关系，极为复杂。可是尽管语言不同，比方说，北方人听不懂广东话，或者听不懂福建话，但是，他的喜怒哀乐，不但借他的面部表情可以看出来，也可以从他的声调里听出来。这不仅是对本国人，就是外国人，也可以从他发出的声调里，听出来他的喜怒哀乐。究竟是感叹，还是欢呼，在人类的感情里都是一样的。人类都是用语言表达自己的思想，用诗歌抒发自己的感情。而中国古代的诗，不仅是为了读的，而且是为了唱的，因此它叫诗歌。尤其是唐宋的诗歌，非常讲究平仄相间，并且注意音节的美，所以，它有节奏性，有音乐性，配上乐器就可以唱。

中国最早的诗歌，是尧、舜、禹这三个时代的。唐尧时期有《击壤歌》《康衢谣》；虞舜时期有《南风歌》《思亲操》；夏禹时期有《襄阳操》《涂山歌》。

与戏剧有关系的，就得算孔子删定的《诗经》了。《诗经》一共有305篇，没有一篇不可以当歌来唱的，所以，它和后来的戏剧的关系，是可以想象的。因为任何一种戏剧（当然话剧除外，因为话剧是从外国传进来的）先是要唱。《诗经》里的诗，不仅能唱，而且能舞。比方说，《周颂》里的《维清》《武》《酌》《桓》《赉》《般》等等，这些篇诗，都算是舞曲；《商颂》里边的《长发》《殷武》等篇，虽然是乐歌，可是它还兼着叙事。

既然《诗经》既能歌又能舞，还能在歌舞中叙事，可见它对于戏剧的发展，是曾经有相当帮助的。

中国戏曲成形以后，不管是南戏，还是杂剧，剧中人上场，都是自报家门，介绍自己的经历，可以说千篇一律，直到现在的传统戏，还仍旧是如此。这种形式，是怎么形成的呢？因为中国戏剧是根据故事说唱来的，而故事说唱对人物的描述用惯了第三人称。戏剧虽然以第一人称出现，有的时候也可以借用第二人称来叙说。传统戏的编剧方法，是力求减少头绪，所以，只好用自我介绍，或者用第二人称去叙说，这在传统戏里已经形成了一种固定的程式。但是，这种形式不是从戏剧开始的，在屈原的《离骚》里就是把自己的出身，从远祖叙述起，直到连他父亲的名字等等都叙述出来，然后才慢慢地借用比喻说起自己的抱负和遭遇。这和戏剧里的角色上场时所用的引子和自报家门，并没有什么区别。

固然这只是一种文体，拉扯不到戏剧上去。但是这也能说明，戏剧的自报家门，是与楚辞《离骚》的自传体的长歌，汉代的自叙散文和故事说唱等等的影响是分不开的。

中国古代有这么两句话："诗言志，歌永言。"那么用诗歌表达自己的思想感情，还嫌不够的时候怎么办呢？于是，"手之舞之，足之蹈之"。

拿中国的戏剧来说，舞蹈、音乐、诗歌这三种的确是主要的组成部分，也可以说，这三者缺一不可。

就拿传统戏来说吧，武戏的舞蹈性当然很强，这是人所公认的，其实文戏呢，舞蹈性也是很强的。我所说的文戏的舞蹈性，还不是指什么《小放牛》《春香闹学》这些戏，因为这些戏本身就是载歌载舞的。老生的《打棍出箱》，《问樵》一折是边念边舞，《出箱》一折就是边唱边舞了，那么《闹府》一折呢，是唱念舞俱备。

有的舞蹈没有唱也没有音乐的配合，但是它的动作起码要有节拍，那么动作的节拍，本身就有音乐性。这和戏曲的唱念一样，唱词在还没有设计成唱腔之前，它那个词的本身，就得有节奏性，有节奏性的词，它本身就有音乐性。比方"杨延辉坐宫院自思自叹"和"师爷说话言太差"这两句不仅是十字句和七字句的分别，词的节奏也有很大区别："杨延辉坐宫院……"属于三三四，适合于唱慢速度的，也就是抒情的；"师爷说话言太差"

属于四三，从这句词本身的节奏来看，就适合于唱快速度的。比方旦角的“芍药开牡丹放花红一片”也是三三四，这个词的本身节奏就决定了紧打慢唱的板式，因为词的本身内容也是抒情的。可是“苏三离了洪洞县”就不能再用抒情的唱法了，词的内容不是抒情的，但是这个词的本身也不允许它抒情，因为它也是四三，所以它唱流水比较合适。这就是唱词本身的节奏性所决定的。

再往深一步说，节奏性的本身，就是音乐性。京剧的念白比唱难，但是，又必须把白话念好。那么，京剧的念白究竟难在什么地方呢？因为唱有调门管着，有音乐托着，有板儿磕着，这些方面的配合，帮助了演员的唱，烘托了唱里面的感情、节奏和气氛。而念白呢，既没有调门管着，也没有音乐托着，更没有板儿磕着，可是，不仅要求念白必须和唱的调门一致，而且要求念白得有板儿，有感情，有气氛，所以，它就比唱难多了。但是，有很多的戏不是一上场就唱，而是先念后唱，或者是在戏里边有比较重要的对白，或者是有大段独白，如果念的既没有音乐性，又没有节奏性，那观众就坐不住，你唱得再好也不行了，因为它在念白的方面已经破坏了艺术的完整性，破坏了人物的音乐形象。所以对念白的要求，往往比对唱的要求还要严格，因此，才有“千斤白话四两唱”这么一说。

从以上说的这一点来看，戏曲本身是离不开诗歌、音乐和舞蹈的。古代舞蹈，手里有一些器械，所以，《礼记》里面有“不舞不授器”这句话。就是说，不参加舞蹈的，不给器械。周朝的舞蹈分武舞和文舞两种，武舞所拿的器械有干、戈、戚、扬、弓矢之类；文舞所拿的器械有籥、翟、鹭、翿之类。

在周朝的时候，民间的舞蹈也很盛行。官方的舞蹈，分燕、享、祀三种。这三种舞蹈都属于在国家一些大典的时候用的一些仪式，所以，它分武舞和文舞，什么样的大典，用什么样的仪式，舞蹈是为仪式服务的。

比方说，周朝的一种比较有名的舞蹈，对后来的戏剧表演也有很大的影响，这种舞蹈叫《大武》，《史记·乐书》里记载："宾牟贾侍坐于孔子，孔子与之言，及乐……子曰：'居，吾语汝。夫乐者，象成者也。总干而山立，武王之事也；发扬蹈厉，太公之志也；武乱皆坐，周召之治也。且夫《武》，始而北出，再成而灭商，三成而南，四成而南国是疆，五成而分陕，周公左，召公右，六成复缀，以崇天子，夹振之而四伐，盛威于中国也。分夹而进，事蚤济也。久立于缀，以待诸侯之至也。'"

这是孔子对于《大武》的解释。不仅说了一下《大武》的象征意义，从这段话里也可以看出一些舞蹈动作："总干而山立"就是所有的舞蹈队员都拿着干、戈、矛、盾等器械，站在那儿一丝也不动，这就说明，这支舞蹈队伍的严肃整齐；"发扬蹈厉"就是哗的一下子都举起了手里的器械，顿足蹈地，脚底下一齐动作，脸上也都表现出威武的气概；"武乱皆坐"，就是队伍忽然变了，而且刷的一下子都跪下了；"成"就是奏的意思，这个"奏"字放在这儿，恐怕是用音乐来配合舞蹈内容的，因为有"始而北出，再成而灭商，三成而南，四成而南国是疆，五成而分陕……六成复缀，以崇天子"这几句话，大概是队形跪下之后，表示待命出征的意思。"再成而灭商"恐怕是指舞蹈动作的思想内容，"三成而南"大约是步伐整齐、列队出发，表现出去征讨的意思。但是，这个列队出发，究竟是"古排队"还是"二龙出水"或者是"插门领起来圆场"，还是像《七擒孟获》和《铁公鸡》里的大操，一个穿一个地走法？那当然就不敢肯定了。但是有一点可以肯定的，就是不管它用什么形式，总而言之，它既是舞蹈，肯定是不会站在那儿不动的。这里边还有一句"夹振之而四伐"，

“夹振”就是两个人拿着铎按照节拍起舞，“四伐”，一击一刺为一伐，就是说，拿着干戈等兵器，面向四方击刺。

这虽然是庙堂的乐舞，但是，它是有思想内容的，对后来的戏剧有一定的影响。京剧里边有好多戏里有《大操》，我记得比较清楚的是《七擒孟获》《铁公鸡》，像舞台上这类大操，不能说和古代的舞蹈没有关系，特别是刚才说的周朝的《大武》。

比方说，像京剧里的“一扯两扯，过来过去”，看起来是开打以前的一种程式，但是，这种程式可太有生活概括了。当然在周朝的时候，打仗主要是依靠战车，可是在周秦以后，就主要靠战马了。《群英会》盗书那一折，鲁肃藏信，看的战书，不是先看车战，然后才看马战吗？京剧里的“一扯两扯，过来过去”是从古代战场上大将骑着马打仗的生活里来的。古代打仗主要依靠大将，士兵是站脚助威、摇旗呐喊的，所以敌我双方的士兵在两边站着，这不是过去的导演无能，而确实在古代战场就是这样。敌我双方的将领交锋的时候，就是骑着马冲上去，但是，这个冲上去的目的，是为了寻找对方的当口，所以两方面都必须是用眼睛紧盯住对方。但是马可不能停，为了寻找刺杀的机会，所以，进攻的方式，忽左忽右，等到敌我双方接近的时候，马仍然是往前跑着，双方的刺杀，仅仅是在二马交错的时候，你刺我一枪，我砍你一刀，砍上就砍上了，砍不上，这两匹马就都跑远了。这时候双方再掉转马头，冲上前去，等到第二次距离较近的时候，双方再进行刺杀，如果这二下彼此还没分胜负，这就算是一个回合。所以京剧术语里面有“一个过合儿”“俩个过合儿”，或者“半拉过合儿”等等，这些程式的确是从古代生活里提炼出来的，它通过艺术加工、锤炼，准确地表现了古代战场上的生活，尤其通过历代老前辈们的不断加工、锤炼，创造出或威武雄壮，或英姿勃勃，美的舞蹈身形，所以成为了一种艺术真实。

在商周时代，除了官方的燕、享、祀一类的用于大典的仪式舞蹈之外，民间的舞蹈也很发达，但是民间的舞蹈属于娱乐的。官方的仪节之舞属于士子，娱乐之舞则业有专司，这种人，就是与后来的戏剧最有关系的所谓“俳优”。

“俳优”这个名词，在《礼记·乐记》里出现，说明它很早就存在了。那么俳优究竟是干什么的呢？俳优在初期社会里，就是唱歌跳舞的，但是歌舞只是他们的技能，并不是他们的职务，那么，他们的职务是什么呢？他们的职务是属于降神的巫觋。巫觋最初是伺候所谓神灵的职业。那么这个职业既然是伺候神灵的，专找一些能歌会舞的俳优干什么呢？因为祭祀神灵的仪式，需要歌舞。可是后来，逐渐地就用这种歌舞来娱乐皇上，因此巫觋就成了弄臣。这些人，一部分成为籥人去司乐了，一部分成为歌人或舞人了。

“俳优”这个名词，实际上就是现在戏剧里的脚色，或者演员的最早的称呼。以后凡是以诙谐、嘲弄的故事表演，都是属于俳优的事。

俳优也叫倡优，而且常常和侏儒相提并论。《孔子家语》里说：“齐奏宫中之乐，俳优侏儒戏于前。”所以有人认为侏儒就是俳优，其实是不对的。侏儒，从名词而言，只能是作为个子最小的小人来解释。《汉书·东方朔传》里面有这么几句话：“朱儒长三尺余，奉一囊粟……臣朔长九尺余，亦奉一囊粟……朱儒饱欲死，臣朔饥欲死。”从这几句话来看，侏儒和俳优不是一回事。那么皇上养着侏儒干什么呢？实际上只供皇上一笑，因为侏儒是个子非常矮小的畸形人，他的形象和正常人比较，从形象上就够滑稽的了，假若再做一些不知倒正的动作，那不就更叫人觉得可笑了吗？外国电影里或马戏团里，到现在还有这一类的侏儒小丑。

还有一般所谓起自优孟衣冠，这个说法也不太妥。（注：春秋时，优孟扮为孙叔敖与楚庄王互相问答，成为旧文学家常用的典故。）实际上优孟虽然穿戴上孙叔敖的衣冠，模仿孙叔敖的动作，甚至模仿得十分神似，但是，优孟的目的既不是要表现孙叔敖的生平，或某一个时期的政治活动，也不是按照规定情节去表达故事。优孟只是模仿了一个人物，并不是故事表演。同时，优孟这个举动，在当时也没有向表演故事的方面发展下去。如果说戏曲的产生，是从模仿一个人物开始，就如同小孩模仿成年人一样，也是没有多大艺术性的。可是后来对于戏曲演员，一般就称为“俳优”或“优伶”，所以有人认为中国的戏曲应该说从优孟算起。

其实中国戏曲的形成，并不是先有一个装扮人物，而后由此推进到有故事情节的表演；相反地是先有故事情节，然后才有装扮人物的表演。因此，认为优孟衣冠这件事就是中国戏曲发展的萌芽，那只是从形式上看问题而已。

另外，清朝的纳兰容若在他著的《渌水亭杂识》这本书里认为，戏曲的最初形式，是创自于君主宫廷中的乐舞。

许地山在他写的《梵剧体例及其在汉剧上底点点滴滴》这篇文章里说，中国戏剧的内容和形式，主要是受了印度的梵剧的影响。他举的例子，像元代杂剧《杀狗劝夫》和《张天师》这两个戏的剧情进行方式；元明南戏的《红梨记》《荆钗记》《杀狗记》《琵琶记》里的开场问答；以及一般戏开场之前的打通，楔子和宣布剧情之类，都和梵剧相似。而印度梵剧的来源，在思想上可能是受到希腊戏剧的影响，它的表演方式是来自傀儡戏。许地山的这个理论概括，是从中国的隋唐五代和接近西域的地域交通说起的；历史上当时西域的歌舞是流入了中国，所以，许地山便联系到中国戏剧，用印度的梵剧和中国的戏剧作比较，因此认为中国戏剧的形成是受了梵剧那些“点点滴滴”的影响。

其实中国戏曲虽然具有歌曲和舞蹈的成分，但是，单以表演故事而言，则在隋唐五代之前早已存在，甚至在印度佛教传入之先，已经就有了具体的表现。

至于用元代杂剧或元明南戏来和梵剧作比较，事实上那些杂剧和南戏，本身有它自己的源流。无论是剧情进行的方式，以及开场问答、打通、楔子、宣布剧情，都有其一定的来历，其间经过一些变迁，才发展成为杂剧或南戏的那一套形式，绝不是在元明时代一下子就从印度的梵剧搬了过来。换句话说，中国戏剧的内容和形式，在中国戏剧还没有成为杂剧或南戏的体制之前，已经就有相当的基础了。中国戏曲完全是在中华民族自己的土壤逐渐滋长起来的。

还有一种说法，认为中国的戏曲起源于傀儡戏。事实上傀儡戏的一切举止动作，都是由真人来操纵。那么，中国的戏剧既然由真人扮演，而一切举止动作不从真人的生活本身出发，怎么可能会去模仿由真人操纵的傀儡戏呢？

以印度的梵剧和傀儡戏作为中国戏曲的起源的说法，是不确切的。

优孟衣冠的说法，俳优或倡优这两种职业，虽然在没有戏剧表演之前，就已经具有嘲弄和歌舞两个方面的技能，在中国戏曲的发展过程中，确实是一个因素，可是它不是以表演故事中的人物的姿态而出现的。而决定戏剧这项艺术的最基本的因素，应当是故事表演。故事，属于内容；表演，属于形式。从这个定义出发，来分别主从关系，就必然是内容决定形式。虽然有时候形式也可以影响内容，但是，中国戏剧的产生，绝不是先有一种形式，然后才加进去内容。因此，关于中国戏剧的起源，是从俳优或倡优装扮人物做故事表演的时候开始的，然后进一步结合其它艺术构成一种综合的发展，这样才逐渐形成后来的杂剧或南戏这一类的体制。

（二）汉魏六朝的散乐

西汉的时候，汉武刘彻，在政治上有过一番转变，对于艺术影响很大；到了东汉之后，明帝刘庄，以至到了安帝刘祜的时代(58—125年)，不仅佛教传入中国，对中国的艺术具有交流的作用，而且百戏的演出形式和它的名目已经有了明确记载。《汉书·礼乐志》里边说："高祖既定天下……作'风起'之诗，令沛中僮儿百二十人习而歌之。至孝惠时，以沛宫为原庙，皆令歌儿习吹以相和，常以百二十人为员……至武帝……乃立乐府，采诗夜诵，有赵代秦楚之讴。以李延年为协律都尉……作十九章之歌……使童男女七十人俱歌……"

这当然仍属于仪式。可是汉武帝设立的乐府，搜采的范围，曾经遍及民间，在地域上已不止"赵代秦楚之讴"，而且外族的音乐在这时也逐渐流入中国。

由于汉武帝设立了乐府，广事搜罗民间的歌曲，所以当时各地方的乐曲，借着这个机会留存下来一点儿，如相和歌、清商曲等等。起初相和歌只是一种伴奏的徒歌，以后被配上管弦而成为乐曲。其实，一切艺术都是来自民间，不过衍变的阶段未必都有明显的记载而已。

汉代说唱陶俑　1957年成都出土

相和歌分类很多，有相和曲、相和引、吟叹曲、四弦曲、平调曲、清调曲、楚调曲、大曲等名目。其中与戏剧最有关系的是大曲，郭茂倩《乐府诗集》说：“诸调曲皆有词有声，而大曲又有艳，有趋，有乱。”

艳在曲子的前头，趋跟乱在曲子的后头，这种形式与后来的戏曲关系很大，相和歌前边的艳就是后来南北曲的引子，后边的趋跟乱就是南北曲尾声的嚆矢。

汉代的乐曲，有了急剧的发展，而与乐曲相互为用的舞蹈，却不曾和乐曲取得一致的步骤。乐、舞两项，在这个时期虽然相并而行，可并不是一项艺术的两个方面。所以，乐曲虽然有了新的形式，但是新的舞蹈却没有由乐曲而产生。

当时舞蹈在仪式方面的，如《五行舞》还是沿用周朝的东西。当然还有很多了，如《昭德舞》《盛德舞》《四时舞》等等，还都属于宴飨的一种仪式。

除这些舞蹈之外，有一种《七槃舞》与百戏一同演出。所谓《七槃舞》就是在地上设七个盘子，舞蹈的人以长袖为舞，回旋于七个盘子之间。看来戏曲里的舞水袖与汉朝的《七槃舞》是有关系的。

汉代的舞蹈比较乐曲的发展相差很远，可是，来自四面八方，争胜一时的百戏里边的不少东西，在戏剧的形成上有很大的帮助。

百戏的正式名词叫“散乐”，也是出于周代。《周礼》里边说旄人“教舞散乐”。到了汉代，百戏便属于杂技了。因为杂技的种类很复杂，所以命名为“百戏”，这是总称。中国戏剧过去单称为“戏”，似乎也是由这个总称支分出来，而成为专门名词。

“百戏”的名词，在汉武帝时已经出现，但是，汉代对于这个“戏”字的使用，把范围扩大得极为广泛，几乎凡属于娱乐的，悦耳悦目的东西都可以用“戏”字来代称。汉安帝初年张衡的《西京赋》里曾提到，像百戏里的扛鼎、燕濯、跳丸、走索、吞刀、吐火之类，有的是武术，有的是幻术。它的形式极尽变幻，但没有故事可考。唯有《西京赋》里记载的“总会仙倡”和“东海黄公”这两段，与原来的戏剧有直接渊源。“仙倡”是以歌舞的形式表现神怪，其中的女娥、洪涯也是男优扮演。“东海黄公”是表现人和蛇虎的斗争，因此汉武帝管它叫“角抵戏”。从这两个节目里可以看出，它的各项技艺已经开始借故事情节去表现了，它由单纯性逐渐向综合性发展，这就是戏剧的开始和发端。

中国历史上散乐与百戏

古代希腊的悲剧也多半取材于神话，“总会仙倡”和“东海黄公”作为中国戏剧的发端，是和古希腊相似的。

中国戏剧的以男扮女也是从此开始的。

南北朝时代，是中国历史上非常混乱的时代，人民生活虽然很困苦，但是，南北各朝的统治阶级几乎没有一个不讲究娱乐的，因此，不但在百戏的形式上力求新颖，而在种类上也广事包容。

《隋书·音乐志》里记载，后周宣帝即位，“广召杂伎……好令城市少年有容貌者，妇人服而歌舞相随。”以男扮女，在南北朝已经是很普遍了。

（三）隋唐歌舞与俳优

隋代是结束了南北朝的混乱局面，使中国复归于统一的时期。隋文帝杨坚创业初期，鉴于南北朝的政治腐败，豪族横行，所以力主俭朴，积累财富，叫人民休养生息，于是生产增加，经济上欣欣向荣。后来隋炀帝杨广继位，虽然他兴修水利，开辟运河等等，在经济建设上办了一些好事，但是，他本人是个极为荒淫的专制帝王，追求享乐，为所欲为。

在艺术上，他一方面把南北朝的一些官方乐舞加以收集；一方面尽力征取民间的散乐，做集中的演出，使当时的音乐、舞蹈以及鱼龙百戏空前地发达。

所谓的“鱼龙百戏”是什么呢？实际上就是歌舞和杂技，有扮成鱼鳖虾蟹的舞蹈，有耍龙形的，还有各种杂技，每年正月初一至十五，在八里地的面积内，搭起戏棚，组织三万名歌舞、杂技人员，昼夜不停地演出，这种场面实在是太大了。而扮女的，仍然还都是男人。

其中和戏剧最相近的东西叫做“水饰”。《太平广记》引《大业拾遗记》：“会群臣于曲水以观水饰。有神龟负八卦出河……黄龙负图出河……屈原沉汨罗水，巨灵开山，长鲸吞舟”，这些节目都是用二尺来长的木头人去表演；在音乐方面，像“击磬撞钟，弹筝鼓瑟”等等，也是由木头人去演奏，并且和真人一样。这些东西都是出自黄衮的设计。这实际上就是傀儡戏的一种。

有人认为后来用真人粉墨登场，是从这个基础发展来的，认为傀儡是中国戏剧的先声。那么，汉代的歌舞，已经有了女娥、洪涯的装扮，并且《东海黄公》一类的角抵戏已经有了点儿故事情节。傀儡，最多不过是模仿这类事物而已。

隋代的俳优，好像也只是夹在歌舞里面的伎人，并没有单独的地位。杨广耽于声色，而不闻俳优的讽喻，其间虽未必完全归之缄默，至少是没有突出的表现。

唐代（618—907 年）是中国封建社会经济发展最为旺盛的时代，不仅在文治武功上超过了汉代，而且由于推行海外贸易，和邻近中国的一些国家，如朝鲜、越南、印度等，在文化上和商业上都发生了密切关系。同时，国内人民生活获得暂时的安定，工商业都大大地向上发展。工业如烧瓷和印刷技术的发明，商业如茶叶和丝织品的出口，以及盐、酒等项的税收等等，直接或间接地促成了社会经济的繁荣。在文化艺术上说来，则诗歌、音乐、绘画、雕塑、舞蹈等都在隋代的原有基础上大大提高。唐朝在 290 年当中，政治情况应该分为两个阶段，以唐玄宗李隆基的开元天宝年间（713—755 年）为分界线，就是在天宝之前，时局比较平定，经济生活能够自给自足。所以，在文化艺术方面是以开元天宝年间为极盛时期。

自从经过安禄山、史思明的叛乱，唐玄宗逃到西蜀，以后虽然叛乱平复了，但是唐朝已经是日趋衰落。藩镇皆拥兵自固，不听调遣。私人庄园，占地最多的达数万亩，一般的小农民没有自耕之地，只好成为佃户。工商业也多数在官僚地主手里操纵，不能发展。政治、经济的形势大幅度下降。到了僖宗李儇的时期，黄巢率领农民起义。黄巢失败之后，虽然昭宗李晔继位了，但是最后还是因为藩镇之乱使唐朝灭亡了。因此，唐代艺术上的发展，开元天宝年间这一段时期，可谓是盛唐的关键。特别是音乐、舞蹈和俳优这三个方面。

唐朝的音乐，最大的成就就是燕乐，就是用于宴享时候演奏的音乐。

段安节《乐府杂录》里边说："太宗朝，三百般乐器内，挑

唐代乐舞俑

丝竹为胡部，用宫商角羽，并分平上去入四声。其徵音有其声，无其调。”又《新唐书·礼乐志》里边说：“燕乐二十八调……丝有琵琶、五弦、箜篌、筝，竹有觱篥、箫、笛，匏有笙，革有杖鼓、第二鼓、第三鼓、腰鼓、大鼓，土有附革而鞚，木有拍板、方响……”

燕乐的特点，是采用宫、商、角、羽四音，以这四音包括二十八调。因为我们不是研究音乐的，这方面说起来总是外行，但是，根据以上的乐器来看，唐朝的音乐已经是很发达了。

至于舞蹈方面，《乐府杂录》有这么一段记载：“戏有《代面》——始自北齐，神武弟有胆勇，善斗战，以其颜貌无威，每入阵即著面具，后乃百战百胜。戏者衣紫，腰金，执鞭也。《钵头》——昔有人父为虎所伤，遂上山寻其父尸，山有八折，故曲八叠。戏者被发，素衣，面作啼，盖遭丧之状也。《苏中郎》——后周士人苏葩，嗜酒落魄，自号中郎，每有歌场，辄入独舞。今为戏者，著绯，戴帽，面正赤，盖状其醉也。即有《踏摇娘》《羊头浑脱》《九头狮子》《弄白马益钱》，以至寻橦、跳丸、吐火、吞刀、旋槃、筋斗，悉属此部。”

根据上述来看，唐代的燕乐在前代散乐的基础上有所发展。其中最值得注意的是《代面》《钵头》《苏中郎》这三种有故事情节的歌舞，好像是前代百戏里的角抵戏一类的表演。既然故事的表演为戏剧的主要条件，那么这一类的歌舞当然就是戏剧的胚胎，所以，中国戏剧的形成，是发端于散乐或百戏，这是没有什么疑义的了。

关于《代面》，《旧唐书·音乐志》说："《大面》出于北齐。北齐兰陵王长恭，才武而面美，常著假面以对敌。尝击周师金墉城下，勇冠三军，齐人壮之，为此舞以效其指麾击刺之容，谓之《兰陵王入阵曲》。"《教坊记》里边说："《大面》出北齐。兰陵王长恭性胆勇，而貌若妇人，自嫌不足以威敌，乃刻木为假面，临阵著之。"《代面》也称《大面》。假大面既然可以威敌，其眉目必然极尽夸张，好叫人感觉凶狠，后来戏曲里的脸谱，就是由此衍变而来的。

日本雅乐有《兰陵王》，就是由中国唐朝传过去的，盐谷温的《中国文学概论讲话》刊有这项歌舞的摹绘。

《钵头》，《旧唐书·音乐志》作《拨头》，"《拨头》出西域。胡人为猛兽所噬，其子求兽杀之，为此舞以像之也。"

《旧唐书·音乐志》里的记载，虽然比《乐府杂录》简单，但是这件故事发生的主因，在于"昔有人父为虎所伤"，这段情节，似乎和汉朝角抵戏《东海黄公》是一个故事的两个演绎。《东海黄公》结尾是人虎相斗，而人被虎噬。《乐府杂录》虽然只有人"上山寻其父尸"，而《旧唐书》却记载着他"求兽杀之"。因此，《钵头》也许仍然属于汉朝的角抵戏，不过在《东海黄公》的基础上又有所演变。日本雅乐，也有《拨头》，它是由中国唐代传出的，日本的《拨头》就是中国的《钵头》字音的变化。因为《钵头》也是戴假面具的，所以日本的雅乐图里边也有摹绘

(原图见日本盐谷温的《中国文学概论讲话》)。

《苏中郎》也叫《踏摇娘》，《教坊记》里边说，北齐有人姓苏，自号为郎中，是个酒鬼，每次喝醉了回家都打他的老婆，他老婆经常痛哭流涕地向街坊四邻诉苦，于是就有人把这件事编成歌舞，讽刺他。

《苏郎中》又名《踏摇娘》

其表演形式呢，用一个男的穿着女人的衣服，上场之后，一边慢慢走着，一边唱。"每一叠，旁人齐声和之，云：'踏摇，和来！踏摇娘苦，和来！'"何谓"踏摇"呢？"以其且步且歌，故谓之'踏摇'；以其称冤，故言'苦'。"踏摇娘正在唱的时候，她的丈夫来了，两个人"则作殴斗之状，以为笑乐"。

其中有一句"旁人齐声和之"，这句话值得注意的是，后来的三大声腔源流之一的弋阳腔有后台帮唱尾句的一类唱法，弋阳腔的末尾一句用帮唱可能就出自于唐朝的《踏摇娘》。日本雅乐有《胡饮酒》也是中国唐代传过去的，《胡饮酒》就是中国的《踏摇娘》。

以上所说的这类歌舞，在当时也被叫作"散乐"。它所用的乐器是笛子、拍板、答鼓（就是腰鼓），还有两杖鼓。这四种乐器中只有笛子有旋律，可以倚声和曲，其余的只能当做节拍，因此名曰“鼓架”，像这类散乐都被叫做“鼓架部”，就是以鼓板为主。以上这些简单的乐器，显见得它的来源是出自民间，与宫廷具备的乐器是不同的。

以上三个例子的歌舞形式，虽然已经接近于戏剧的表演，但是，它仍然偏重于歌舞。根据它的演出情况来看，好像都是单人的歌舞。如《兰陵王》以长恭一个角色为主，《钵头》也只是一个胡人，《踏摇娘》虽然有苏郎中和他的老婆，但主要是他老婆且行且唱，旁人和声，而后苏郎中上场表现他们俩的殴斗，这就偏重于舞了。这种表演形式，可能就是当时的一种规定，后来元杂剧通场只用一个人歌唱的形式，或许就沿袭了这类散乐而来。

这三种歌舞的舞人扮相，也有可以研究的地方，如《代面》中除了戴假面之外，须“衣紫，腰金，执鞭”；《钵头》里的胡人则“被发，素衣，面作啼”；《踏摇娘》除了“丈夫着妇人衣”之外，苏中郎则“著绯，戴帽，面正赤”。虽然所谓“面”者仍系面具，但是它既有故事情节又穿剧中人的服装，因此，这三种歌舞已经是接近真正的戏剧的一种明证。另外这三种歌舞都出自民间，由此可以得到一个重要的概念，就是中国戏剧发展到唐代虽然已经略具雏形，但并非是从仪式的乐舞里解放出来的。即使这个时期的乐曲最盛行，可是供奉内廷的梨园子弟，并不曾在这个时期有什么建树，而最大的源泉还是在当时的民间。

唐三彩　参军戏俑

此外还有参军戏。参军是一种官名，在参军戏里，它也成为戏中角色的一种称呼。参军戏是用一个有罪的官，叫俳优自由地去嘲弄这个有罪的参军，因此参军是作为嘲弄对象出现在舞台上，它的故事可以随时转移。这是参军戏的一种固定的程式。唐代的俳优善于嘲弄、讽刺、诙谐、戏谑。由于俳优的才智能够在舞台上得到充分发挥，可以比呆板地表演一个故事，更能适合其身份。

按照俳字的解释，是含有诙谐或滑稽的意义。

唐代的倡优杂戏，最盛时期当为开元天宝年间，经过安史之乱以后，逐渐衰落，但是到了后唐庄宗的时候，却成了伶官们的全盛时代。《新五代史·伶官传》里面记载了一件最出名的事，便是皇帝和这些伶人混在一起演戏。

《新五代史·伶官传》里说，庄宗皇帝经常和倡优在一起演戏，有一天这些伶人们正陪着他玩，庄宗忽然往四下看了看，大声呼唤“李天下！李天下何在?”伶人敬新磨跑到庄宗面前，拍的一声打了庄宗皇上一个嘴巴。庄宗脸色都变了。宫娥彩女和其他伶人吓得魂不附体，一齐上前拧住敬新磨的胳膊，问他：你为什么竟敢打皇上？敬新磨说：“李天下者，一人而已，复谁呼耶?”于是，“左右皆笑，庄宗大喜，赐与新磨甚厚”。

以上这段故事，虽然不属于戏剧，但是说明了这些演戏的伶工们已经成为了内廷伶官，所谓“梨园子弟”恐怕就是这些伶官们负责培养的。中国戏剧到唐朝这个阶段，既有各种歌舞，又有了具有简单情节的表演，而不能形成真正的戏剧的原因，就是缺少具有一定内容的剧本。

中国戏剧的唱词，不外乎自白、自唱和对白、对唱两个方式。唐朝的五、七言的诗，和后来的由诗变为词，虽然属于文体方面的演进，其实还是以诗词用为歌唱的关系，尤其对后来的剧本文学起到极大的影响。另外，唐代散文的成就也是不能忽视的，特别是传奇文所写的内容，在中国戏剧故事的取材上，具有密切的关系。

传奇文的来源：当时有一个叫裴铏的，用传记体的散文撰为种种短篇小说，编成了书，命名为《传奇》，于是成为唐代小说的专称。传奇文的内容，除了一些有历史根据的人物传记之外，多半是神仙鬼怪的离奇故事，有的是民间传说，有的是托之于梦境，有的干脆就是自己的一种幻想。如元稹描写崔莺莺故事的《会真记》、陈鸿的《长恨歌传》、蒋防的《霍小玉传》、陈玄祐的《离魂记》、杨巨源的《红线传》，还有《柳毅传》《张生煮海》等。同时还有在敦煌石窟发掘出来的大批唐代僧人抄写的佛教和世俗故事，如《目连救母》，还有《伍子胥》《捉季布》《王昭君》等。

根据以上记载，唐代的传奇文对中国戏剧剧本的取材，起了很大的作用，同时对于中国戏剧的内容，特别在思想意识上，都具有相当的影响。

（四）宋元俳优与戏剧

词的全盛时代是宋朝，词这种文体出自歌曲，这是没有什么疑问的，因为是先有曲而后有词，所以叫填词，而不叫写词。词在宋代是兼有歌诗和乐曲的两个方面。一般人只以为是从词体衍变出来的，但是却不知道词体是由诗的歌唱而形成，根本上就是曲子。乐府是汉魏六朝的曲子，诗是唐朝的曲子，词便是两宋的曲子。

宋代的戏剧已经有了相当的发展，俳优这个行业，自然随着戏剧的发展逐步扩大。尤其是戏剧发展到民间，俳优也就更显出活跃了。本来诙谐取笑，是俳优表演的固有作风，但是到了能够扮演杂剧的时候，那俳优的作用也就显得更大了。

《梦粱录》里的“妓乐”条说：“散乐传学教坊十三部，唯以杂剧为正色。”这是戏剧从歌曲、舞蹈等艺术脱化出来，而成为单独部门的时候，第一次被人重视。所谓十三部，十之八九属于乐部。《都城纪胜》里的“瓦舍众伎”条也说：“旧教坊有筚篥部、大鼓部、杖鼓部、拍板色、笛色、琵琶色、筝色、方响色、笙色、舞旋色、歌板色、杂剧色、参军色，色有色长，部有部头，上有教坊使、副钤辖、都管、掌仪范者，皆是杂流命官。”一切的部色，都可以为故事表演所包括。

《梦粱录》里的“妓乐”和《都城纪胜》里的“瓦舍众伎”，都是对倡优的一种统称。

杂剧色是对上场演戏的人（演员）的一种统称。在宋代以前是没有这个分别的。宋室南渡以后，故事的表演已经成为散乐里不可缺少的一种形式，所以各种乐部，逐渐地退到了伴奏的地位，而成为戏剧的一种附庸。舞蹈，等到了戏剧发展成为完全的一个独立部门的时候，舞旋色也就变成了戏剧里的一个方面，它也就没有独立的地位了。

这个时候的俳优，名义上已经分为各类脚色，但是他们的诙谐、滑稽的口才和技能，必须是根据戏剧的形式的需要才能发挥，这个进步，自然是因为故事表演在戏剧里取得了主要地位的结果。因此，俳优们的才智，不仅需要表现在他运用的语词的谐声、寓意、借譬、触机等方面，而且他们演出的目的，也多半和当时的政治有关。虽然他们有些情节是临时凑合的，但是，他们的目的和主旨都是极其纯正的。因为他们的演出方式总是以滑稽姿态出现，语言又是以诙谐、讽刺为主，所以应该说他们所演的多是喜剧结构。

值得指出的是，宋代俳优们简短的故事演出，以中国戏曲现有的情况观之，虽然当时不是完整的演出形式，但是在宾白的使用上，却对于今天的戏剧表演有着直接的影响。

宾白就是戏剧中唱词以外的独白和对话。明朝王骥德在《曲律》里说：“宾白，亦曰说白。有定场白，初出场时以四六饰句者是也；有对口白，各人散语是也。”明朝徐文长在《南词叙录》里说：“唱为主，白为宾，故曰宾白，言其明白易晓也。”比方像元代杂剧，通场只用一个脚色唱，其余的人只有说白，这就是以唱为主，说白为宾的形式。

宾白在戏剧里，虽然是弥补了唱词的不足，但是，它确实是由表演故事的歌舞形式，衍变为戏剧形式的一个重要的关键。

戏剧演员们的组织——工作单位，叫做戏班，是从乐部衍变而来的。所谓班，就是演戏的一班人的意思。一个戏班必然包括参加演出的各种角色和乐队，才能叫做戏班。这个名称也是起于宋朝。

王棠的《知新录》里说：“演戏而以班名，自宋云韶班起。”云韶班是怎么来的呢？王棠说：“宋太祖平岭表，得刘氏阉官聪慧者八十人，使学于教坊，初赐名箫韶部，后改名云韶班。”

中国的戏剧，在没有形成一种独立的艺术之前，就已经混杂在散乐（百戏）里面了。到了唐朝，虽然逐渐形成为一种故事表演了，但是，它仍然没有脱离乐部。宋朝的杂剧，形式虽然接近于比较完备，可以作为单独的艺术形式进行艺术活动，可是，它又处在百戏杂呈的时代，所以，还是掺杂在其他伎艺里面。但是，百戏里的各种伎艺都湮没不了杂剧的独特优点，虽然当时的杂剧范围不大，只能够以一场两段的形式，和百戏同场混合演出。可百戏里的各种伎艺非但湮没不了杂剧，而竟被杂剧吸收了许多好的东西。比方说弄大旗、扑旗、舞判、踢拳、过圈子以及各种兽舞等，都被后来的昆曲和京剧所包容进去了。同时，因为百戏和杂剧有了这么一番混合，戏剧的规模才逐渐扩大，在表演形式上也就更趋于进步和丰富了。这应当是中国戏剧发展史上善于取长补短、互为借鉴的传统。

这一个时期的戏剧，在剧本方面，除了从大曲里摘取下来的曲调之外，几乎都是民间的东西。因为它刚一形成，就和百戏共同演出，尤其那些百戏，处处带着非常纯朴的民间风味。由此我们便可以明白，戏剧的来源和动向。其中每一个因素，都具有一段相当的经历。戏剧虽然是一个独立的名词，如果连同它所包括的各种艺术因素来说，它都是一片极为广阔的园地。中国戏剧尤其是这样。

虽然当时的院本取了一种自由的形式在插科打诨，但逐渐地蜕变为以歌唱为主了。至于戏文杂剧的取材，多数属于历史故事，但是实际上是从稗史的评话或演义摘下来的。特别是到了明代以后，几乎全是以评话或演义为主。至少现在的京剧还是这样。因此宋朝的评话，对中国的戏剧发展具有极为密切的关系。

（五）宋元南戏

中国戏剧，一向被人认为始于宋元时代。在宋，则以俳优所演的滑稽戏为其根据；在元，则从元代杂剧算起。

南戏，又叫戏文，但是，最初既不叫南戏也不叫戏文，而是叫“杂剧”。任何戏剧都有它的出生地点，也就是发源地，宋朝的杂剧发源于温州，所以应该叫温州杂剧。

南宋　杂剧《打花鼓》局部

杂剧这个名词，在北宋的时候就已经有了，上一篇已经提到了。《宋史·乐志》记载：“真宗

（997—1022 在位）不喜郑声，而或为杂词，未尝宣布于外。”杂剧在 1036 年，宋仁宗的时候就已经逐渐推行了。到神宗熙宁年间（1068—1077）王安石的时候，一切冷嘲热讽，便都借杂剧发表了。杂剧的风行程度自然就不难想象了。据《梦粱录》记载，北宋末年杂剧已成教坊正色，随时召入内廷供应御前，因而有汴京教坊大使孟角毬撰作杂剧本子。

到南宋，杂剧这个名词似乎更加广泛了。好像不一定是故事的扮演才叫杂剧，其形式有侧重歌唱或舞蹈的，有的是专供逗笑的。如《武林旧事》里所载的官本杂剧段数 280 本，其中便似有许多不属于戏剧。扮演故事的，不过是当时杂剧的一种，它所处的地位，恐怕也不过还是百戏里的一种类型。南戏的起始是在宋光宗的时候，永嘉人所作《赵贞女》《王魁》这两个剧本是最早代表南戏的。南戏的盛行是北宋南渡以后，号称“永嘉杂剧”，永嘉就是现在的温州，所以也叫“温州杂剧”。温州杂剧本来就是一种土生土长的民间艺术，虽然它已经具备了戏剧形式，但是，却不曾被人注意。宋朝首都迁到临安之后，因为温州和临安地域相近，所以就逐步地传播到临安，然后才逐渐发达起来。

南戏发达后，虽然和原始的温州杂剧比较在词句上已经雅化，取材也比较广泛，但是它的形式还保留着原样：各种角色同场都可以唱，不像元剧那样，一出戏，只用一个角色唱到底，其他角色只有宾白。

南戏的角色也发展得比较齐全，从南戏的产生，它的剧中人就分生、旦、净、丑。它的剧本不只限于旧有的故事，有时也从时事里取材。也就是说，在南宋时代的南戏里，已经有它的现代戏了。

据王国维《宋元戏曲考》里边的记载，像《荆钗记》《白兔记》《幽闺记》《杀狗记》，以及《琵琶记》都是南戏盛行的剧目。

（六）元代杂剧

元杂剧，在中国戏剧史上之所以起到空前的伟大作用，主要是因为元代出了几位伟大的，世界闻名的剧作家：关、马、王、白——关汉卿、马致远、王实甫、白朴。而周贻白的《中国戏剧史》里说的是：关、马、白、郑。郑是郑光祖。当然元代的大剧作家不止这几个人，这是最有代表性的。

关汉卿的剧作很多，现在保存下来的大约仅有17种：《关张双赴西蜀梦》《闺怨佳人拜月亭》《关大王独赴单刀会》《诈妮子调风月》《温太真玉镜台》《钱大尹智宠谢天香》《杜蕊娘智赏金线池》《望江亭中秋切鲙》《赵盼儿风月救风尘》《感天动地窦娥冤》《包待制智斩鲁斋郎》《包待制三勘蝴蝶梦》，等等。

《窦娥冤》的故事，是本着《列女传》东海孝妇的事写的，但是，它的主题思想却显然是针对着元代官吏的贪赃枉法，草菅人命，以及盛行于民间的高利贷——借10锭银子，只过1年就得还20锭；还有一种叫羊羔息，借一锭银子，过了10年就得偿还1020小锭。这种重利息盘剥，反映出当时的社会经济，是一种虚假的繁荣，而最痛苦的是人民大众。关汉卿在《窦娥冤》一剧中，便以高利贷作为致祸之由，加以当时官吏的贪污，因而造成窦娥的无辜被斩。《窦娥冤》就是根据当时的现实情况，借东海孝妇这个旧有的故事，来发挥他针对官吏的贪赃枉法，草菅人命，为受压迫的人民大众发出强烈的不平，采取了这样一种浪漫主义的手法。比如窦娥为恐婆婆受刑不过，屈打成招，所以当她被判处死刑时，对天发下三个誓愿：一、要求以丈二白练挂在旗杆上，刀过头落，颈血都飞上白练；二、当时是三伏天，她如属被冤，身死后天降三尺大雪，将其尸身掩盖；三、死后当地亢旱三载，作为被冤的标志。这种浪漫主义手法，很明显是对当时政府、官吏所提出的抗议，同时反映出这一时代妇女们的遭遇，作者是毫无疑问地站在当时的人民方面，在代替一般遭受冤屈的人们说话。

万鹏关羽提刀剧照

《单刀会》写三国时代，刘备借东吴的荆州为根据地，共同阻挡曹操，借此进占西川，命关羽守荆州，东吴鲁肃设宴请关羽过江，暗伏甲兵，预谋在酒席前索还荆州，关羽料到鲁肃会这样做，故意不带兵马，只带了关平、周仓前往赴宴，假做酒醉，仗剑威胁鲁肃亲自送到江边，安然返回荆州。这一杂剧充分发挥了关汉卿的豪迈之气，他借关羽之口，表现出汉族的不可轻侮。比如第三折里，关平说："父亲，他那里雄赳赳排着战场"，关羽唱：

【剔银灯】折莫他雄赳赳排着战场，威凛凛兵屯虎帐。大将军智在孙吴上，马如龙人似金刚。不是我十分强，硬主张。但题起厮杀呵摩拳擦掌。排戈甲，列旗枪，各分战场。我是三国英雄汉云长，端的是豪气有了三千丈。

又如第四折，鲁肃说："这荆州是俺的"，关羽唱：

【沉醉东风】想着俺汉高皇图王霸业，汉光武秉正除邪，汉献帝将董卓诛，汉皇叔把温侯灭。俺哥哥合情受汉家基业，则你这东吴国的孙权，和俺刘家却是甚枝叶？请你个不克己先生自说！

作者在这里把一个“汉”字提得这么明显，并以刘家代表汉朝，直接指出“则你这东吴国的孙权，和俺刘家却是甚枝叶”，还带着自豪的口气嘲笑鲁肃：“百忙里趁不了老兄心，急且里倒不了俺汉家节!”这些话对元蒙而言，不能不说是具有弦外之音的。

仅仅从这两出戏来看，关汉卿的作品含意深长，爱憎分明。同时他在文辞上不但极为质朴，而且不大作景物的描绘，也很少借第三者的口吻来评头论足，只凭本人的行动语言，来透露出他的性格，在元剧里，这确实是一种高妙的境界，所以能成为被世界公认的伟大的剧作家。

马致远在元剧中的地位，比之关汉卿虽然略逊一筹，但是他的词典雅清丽。《太和正音谱》列杂剧及散曲 187 人，以马居首，谓其词如“朝阳鸣凤”。贾仲明在吊词里这么形容马致远：“万花丛里马神仙，百业集中说致远，四方海内皆谈羡。战文场，曲状元，姓名香贯满梨园。”

《录鬼簿》里说，马致远创作的杂剧，共 13 种：《岁寒亭》《踏雪寻梅》《误入桃源》《汉宫秋》等。马致远除了创作杂剧之外，并擅长写散曲，如《天净沙》：“枯藤老树昏鸦，小桥流水人家，古道西风瘦马，夕阳西下，断肠人在天涯。”从其散曲可以看出，他处在元蒙统治之下的黑暗时代，所抱的消极、退避的人生观。但是他的文采确实是很高，称得起是典雅清丽。

白朴创作的杂剧，《录鬼簿》上说有 15 种，现在能见到的大约仅有 3 种：《梧桐雨》《墙头马上》《东墙记》。他的《梧桐雨》是根据白居易的《长恨歌》和小说《太真外传》来的，写唐玄宗李隆基和杨玉环的生死离别的悲剧。

《梧桐雨》第三折详细叙述杨国忠被杀，和李隆基被变军所逼，不得已将杨玉环赐死。其中李隆基有这么两段唱：

【雁儿落】数层枪，密匝匝；一声喊，山摧塌。元来是陈将军号令明，把杨国忠施行罢。

【拨不断】语喧哗，闹交杂，六军不进屯戈甲。把个马嵬坡簇合沙，又待做甚么？吓的我战钦钦遍体寒毛乍。吃紧的军随印转，将令威严；兵权在手，主弱臣强。卿呵，则你道波寡人是怕也那不怕！

陈玄礼向李隆基说："禄山反逆，皆因杨氏兄妹。若不正法以谢天下，祸变何时得消？望陛下乞与杨氏，使六军马踏其尸，方得凭信。"李隆基允其请，命高力士引杨氏往佛堂令其自尽，高力士说："有白练在此。"李唱：

【殿前欢】他是朵娇滴滴海棠花，怎做得闹哄哄亡国祸根芽？再不将曲弯弯远山眉儿画，乱松松云鬓堆鸦。怎下的磣磕磕马蹄儿脸上踏！则将细袅袅咽喉掐，早把条长挽挽素白练安排下。他那里一身受死，我痛煞煞独力难加。

这种写法，不但传达出李隆基当时的心理，而且对杨玉环之死也写得比较形象化；同时暴露出封建统治者为了保全自己的地位，事到临头只知牺牲别人，在生死的刹那之间，他所顾惜的，不过是杨玉环的美貌，刻画出李隆基的自私心理。

郑光祖创作的杂剧，《录鬼簿》里记载是17部。现存大约有8种，《倩女离魂》《王粲登楼》《周公摄政》《三战吕布》等。他的《倩女离魂》颇被当时的伶人所推崇。这个戏取材于唐人小说

《离魂记》，一面写倩女的病躯，一面又写倩女的生魂，用笔截然不同。比方写倩女生魂追赶王文举的时候唱：

> 【越调·斗鹌鹑】人去阳台，云归楚峡，不争他江渚停舟，几时得门庭过马。悄悄冥冥，潇潇洒洒。我这里踏岸沙，步月华。我觑这万水千山，都只在一时半霎。

这种写法，显然可以使人看出，她好像在做梦一样，只是一种思想在暗中活动。可是写倩女离魂之后，病躯缠绵床榻时所唱：

> 【中吕粉蝶儿】自临歧执手，空留下这场憔悴，想人生最苦别离，说话处少精神，睡卧处无颠倒，茶饭上不知滋味。似这般废寝忘食，折挫得一日瘦如一日。

这种写法，就完全是一个思虑过度的卧病少女的形象了。作者用浪漫主义手法，发挥他的幻想，使人相信，情之所钟，能阻其身，却不能阻止其灵魂的活动。所以这个戏可以作为一种灵魂的解放来看。郑光祖写这个戏的企图是突破封建统治和礼教的束缚。

王实甫的作品除《西厢记》五本外，现在尚存的大概还有《丽春堂》《破窑记》《芙蓉亭》等。王实甫的《西厢记》是本着金朝董解元的《西厢记诸宫调》，把说唱的体制改为代言体的杂剧。其实崔莺莺的故事由唐至宋早已脍炙人口，北宋鼓词《蝶恋花》，南宋官本《莺莺六么》，都是根据唐代元稹的《会真记》。但是到了金朝董解元《西厢记诸宫调》，就改为莺莺与张君瑞团圆结局，王实甫的《西厢记》杂剧也是以莺莺和张君瑞团圆收尾。

通过以上《西厢记》的简单介绍，说明一个好题材，经过好几个朝代，多少人反复推敲，所以，搞出一个真正能够流传下去的保留剧目，确实不是一件容易的事。

王实甫的《西厢记》在元杂剧中，可以算得上是艺术精品了。《西厢记》固然以文辞绮丽著称，但是写红娘的语言，却是以本色见长。一些情节虽然根据董解元的《西厢记诸宫调》，但是，他把红娘作为全剧的主要角色来处理，因此他的立意遣词，就必然和董解元的诸宫调大不相同了。莺莺因为有红娘的帮助，决心打破礼教而和张生私会，他对于莺莺的心理描写是深入人情的。比方莺莺听张生弹琴之前，埋怨老夫人用兄妹的名义使她不能达到自己的心愿时，唱：

【紫花儿序】则落得心儿里念想，口儿里闲题，则索向梦儿里相逢。俺娘昨日个大开东阁，我则道怎生般炮凤烹龙，朦胧可教我翠袖殷勤捧玉钟，却不道主人情重，则为那兄妹排连，因此上鱼水难同。

随后红娘指出：“姐姐！你看月阑，明日敢有风也。”莺莺说：“风月天边有，人间好事无”，唱：

【小桃红】人间看波，玉容深锁绣帏中，怕有人搬弄。想嫦娥西没东生有谁共？怨天宫，裴航不做游仙梦。这云似我罗帏数重，只恐怕嫦娥心动，因此上围住广寒宫。

这就很明白地写出莺莺因为看见月晕，联想到自己的处境，准备冲出这座被云层围住的广寒宫，事实上就是指当时束缚人性的封建制度和吃人的礼教。

以上谈的着重是唱，但是中国戏剧的特点，主要是仗着唱和念的相互为用，唱词比较典雅工丽，是因为当作文章来做的缘故，念白所以比较通俗，是因为纯为口语了。实际上宾白在戏剧里所占的地位，其重要性并不亚于唱。比如《李逵负荆》第一折：

（云）人道我梁山泊无有景致，俺打那厮的嘴！（唱）

【醉中天】俺这里雾锁着青山秀，烟罩定绿杨洲。（云）那桃树上一个黄莺儿，将那桃花瓣儿啖阿，啖阿，啖的下来，落在水中，是好看也！我曾听的谁说来？我试想咱。哦！想起来了也！俺学究哥哥道来。（唱）他道是轻薄桃花逐水流。（云）俺绰起这桃花瓣儿来，我试看咱。好红红的桃花瓣儿。（做笑科，云）你看我好黑指头也。（唱）恰便是粉衬的这胭脂透。（云）可惜了你这瓣儿，俺放你趁那一般的瓣儿去。我与你赶，与你赶，贪赶桃花瓣儿，（唱）早来到这草桥店垂杨的渡口。（云）不中，则怕误了俺哥哥的将令，我索回去也。唱待不吃呵，又被这酒旗儿将我来相迤逗，他，他，他舞东风在曲律竿头。

这支曲子如果没有宾白，那就成了单纯描绘风景，一点神趣也没有了。

从以上这几个例子，不难看出元杂剧的剧本不论思想性、艺术性、文学性，还是创作方法等，都是值得我们认真学习和探讨的，极为宝贵的艺术遗产。它不仅在中国戏剧史上占着极其重要的地位，同时也是中国艺术宝库里一颗永远磨灭不了的璀璨明珠。所以周贻白先生在他写的《中国戏剧史长编》里说：元代杂剧，是中国戏剧园地里开放得最为绚烂的一丛鲜花。论年代，虽然离现在已很遥远了，可是论其造诣，却在中国戏剧史上，具有一种不易磨灭的光芒。

元剧的兴起，如果根据声律而言，也就是北曲的兴起。元杂剧的形成，在故事表演上，仍然是以北宋时期的《目连救母》一类杂剧为其本源。

北曲也叫作元曲，相传北曲的创始人是董解元。北曲的套数（即程式）的组织，即引子和尾声是固定的形式。在《曲律》这本书里说，古曲有艳有趋，艳在曲前，即现在的引子；趋在曲后，就是现在的尾声。另外，关目就是情节，也就是京剧的行话关子。

元剧的楔子，在戏剧中究竟居何地位呢？论故事，楔子的情节，虽然不是全剧的高峰，也可以算是某一个方面的要点。那么楔子到底是一种什么形式呢？楔子的形式，是除了用一两支曲子之外，大部分都是宾白。楔子的作用是埋伏线索，表明原因。但是，起到这个作用并不是靠那一两支曲子，而是靠宾白和科介（表演），去收到预期的效果。

元剧既然以唱为主，要是以整个戏剧来说呢，楔子不过是一种开场或者过场。现在会有人问，既然是开场或是过场，它的作用还会很大吗？是的，作用确实不小，因为开场为主脑，过场为脉络。一出戏的主脑必须得立得住，脉络也必须分明才行，否则，观众看完戏也是糊里糊涂。

在宋代的南戏里，已经有了生、旦、净、丑等行当的分工。由于时代和地域的变迁，元剧的行当分工，和南戏就有很大的不同了。它把行当分为四大类，每一类里又有细致的分工。

（一）末类：正末、副末、冲末、二末、小末、外。

（二）旦类：正旦、贴旦、外旦、大旦、小旦、老旦、搽旦、旦儿。

（三）净类：净、副净、二净、丑。

（四）其他：孤、细酸、孛老、卜儿、徕儿、邦老、曳刺。细酸为秀才或书生；孛老即老叟；卜儿即老妪；邦老即盗贼；徕儿即儿童；曳刺即健儿，《荐福碑》有这么一句话："见一个带牌子的曳刺随着"。孤或是家院的代称。

在元杂剧里不仅行当分工已经很明确，而且他的服装，道具也都根据不同的戏里的剧中人物的需要，有了明确的规定。比如《裴度还带》这出戏里第二折人物的扮相：长老（僧帽、僧衣、数珠），行者（僧陀头、僧衣），王员外（一字巾、圆领、绦儿、三髭髯），正末裴度（散巾、补纳直身、绦儿、三髭髯），赵野鹤（散巾、道袍、绦儿、三髭髯、裙扇），韩夫人（塌头手帕、补纳袄儿、补纳裙、布袜、鞋），韩琼英（手帕、补纳袄儿、补纳裙、布袜、鞋、提灰罐），李邦彦（一字巾、补子圆领、带、三髭髯），张千（攒顶、圆领、项帕、褡膊）。

仅仅从《斐度还带》这出戏里边的服装道具来看，虽然其中的盔头、服装有咱们不认识的，但是从总的来看，被后来的昆曲、皮黄戏沿用的却不少。其中第三折山神戴的凤翅盔，后来的昆腔班和皮黄班里都有。张千戴的攒顶，可能就是现在的罗帽。三髭髯就是现在的三绺。韩琼英提的灰罐当属于砌末，就是现在的道具。其他小件的道具如银子、包裹、茶壶、酒壶、灯，等等，这在焦循的《易余籥录》里都有记载，在这里就不一一举例了。

总的来说，元杂剧的舞台演出形式，比方说剧中人的上下场，过场，等等，都和现在的京剧和其他地方戏没有什么不同了。因为北宋时代已经有了上下场门了，即所谓的"鬼道门"。苏东坡有两句形容这种演出形式的诗："搬演古人事，出入鬼道门。"关于戏曲方面的上下场门的运用，看来历史是相当长了，因此它形成了戏曲舞台表演艺术的一种很重要的程式，这种程式是有助于发挥戏曲艺术的特点的。

至于元杂剧的演唱，虽然从现存的剧本里可以看到一些曲牌的名称，但是有些名称又和昆曲以至京剧所用的曲牌不完全一样，同时剧本里的大词，没有工尺谱，就在中国戏剧史里边也无法考证。

元杂剧伴奏的乐器，毛奇龄的《西河词话》里提到了笙、笛、琵琶。按元代张可久的词里有这么两句话："三弦玉指，双钩草字，题赠玉娥儿"，这可以证明三弦在元代已经有了。《蓝采和》杂剧叙述一个流动戏班，有"持着些枪刀剑戟，锣板和鼓笛"一句话。把这几种文字记载综合起来看，当时杂剧里的伴奏已经有了三弦、琵琶、笙、笛、锣、鼓板。这说明和后来的昆曲、皮黄戏的场面距离不远了。

（七）明代戏剧的演进

明朝朱元璋统一中国后，因为要维持他的长久统治，用八股文作为科考取士的一种制度，限制文人们的自由思想。因此明代的文化艺术发展，都不免受到一些限制。尤其是戏剧创作，也和八股文一样，谈忠说孝，目的是巩固明朝的封建统治。到了明代中叶，因为民间各地方戏剧的发展和影响，有了一些变化。特别是元代末年高明（字则诚）创作的《琵琶记》，在明代传奇的创作上，所起的作用是很大的。

南戏在元朝的杂剧全盛时代，也没有完全被北方的杂剧所取代。由于元朝统治中国之后，对于汉族很歧视，特别是对南方人。同时元朝建都在北京（当时叫大都），所以，北方的社会经济比较繁荣的是大都、济南和太原。元杂剧的大剧作家关汉卿、马致远、王实甫等都是大都人。元代杂剧的形成，在故事表演上仍然还是以北宋时候《目连救母》一类杂剧为本源，但是在声调、音律上，元代的杂剧和南戏，已经成为两个系统。

那是为什么呢？因为在南宋时期，北方很长时间已经在金人的统治之下，南北在政治上分作两个中心，由于地域的区别，方言的各异，风尚的不同等原因，因而在乐曲方面也形成了两种趋向。当元剧盛行的时候，北方各个地域因方言的隔膜，限制了南戏的活动，但是，在南方一带，南戏并没有完全绝迹，实际上南戏仍然不断地产生作品。至于明代将杂剧改称“传奇”，看起来好像是另起炉灶，实际上正是宋元南戏的延续。

高则诚的《琵琶记》，不但在格律形式上都是南戏的熟套，就连采用的本事，也有南戏上的根据。南戏起于温州，而温州也是高则诚的故乡。《琵琶记》实际上是根据“里俗妄作”的《赵贞女蔡二郎》而改编的，只是把暴雷震死改为大团圆的结构而已。为什么说它是根据宋朝南戏来的呢？陆放翁（陆游）有这么两句诗：“身后事非谁管得，满村听唱蔡中郎。”清朝的梁绍壬在《两般秋雨庵随笔》里说：“据此，则斯剧本起于宋时。”

《琵琶记》除了利用了南戏旧有的体制外，它在内容上更增加了一层名教上的保障，就是他这个戏的宗旨，是为了要“教忠教孝”，所以在当时的封建社会中受到重视。通过高则诚的《琵琶记》，南戏又复兴起来了。而南戏的复兴，既不是在元代覆亡之前，也不在明代建立以后，恰恰是在两个朝代交替的中间。

明代传奇的初期作品，除以《琵琶记》为首之外，还有《荆》《刘》《拜》《杀》四个名剧。

《荆钗记》作者柯丹邱，该剧是描写王十朋入京赴试得中，因当时的丞相万俟逼婚不从，改调潮阳。王十朋的老婆玉莲在家因为继母逼她改嫁孙汝权，她投江殉节，幸而得救，最终和王十朋团圆。

《白兔记》写刘知远和李三娘的事，因刘子成祐追猎白兔而见其母，其情节大体与元剧的《五侯宴》类同。

《拜月亭记》又叫《幽闺记》，故事是本着元剧关汉卿的《闺怨佳人拜月亭》改编的。作者是元代人叫施君美。

《杀狗记》为徐畛作。元剧萧德祥有《杀狗劝夫》，与《杀狗记》乃同一本事，但是关目和词句不同。

总之《荆》《刘》《拜》《杀》四种传奇，都有旧本和改本的不同，这说明，明代传奇很多是从元剧翻过来的，以旧翻新虽不是什么创作，但是，也属于一种改革。

明代的戏剧传奇，虽然是沿袭宋元南戏产生的，但是，随着时代的变迁，地域的不同，腔调也就随之而变化。明初的传奇所唱的腔调已经不完全是宋元南戏的旧工尺谱了，吸收了北曲（元杂剧）的腔调，所以有“南曲北调”之说。

顾起元在《客座赘语》里边说：“南都万历以前，公侯与缙绅及富家，凡有讌会，小集多用散乐，或三四人，或多人，唱大套北曲……大会则用南戏，其始止二腔，一为弋阳，一为海盐……今又有昆山，校海盐又为清柔而婉折……”顾起元为江宁人，万历年间的进士，他所说的是有根有据的。他还说：“今则吴人益以洞箫及月琴，声调屡变，益为凄惋，听者殆欲堕泪矣。”他这段话里说的“吴人益以洞箫及月琴”，指的就是昆山腔。

其实当时的南戏不止弋阳、海盐、昆山这三种，还有义乌、青阳、四平、乐平、太平和余姚等腔。这些腔调和字，都是根据《洪武正韵》和中州韵作为根据的。这些腔调，似乎都在昆山腔以前，就在多地盛行了。其中以海盐腔为一切南腔唱法的代表。海盐腔出在嘉湖温台。弋阳腔出在江西。余姚腔出在会稽（浙江）。昆山腔出在江苏的昆山县。

海盐腔的工尺谱，虽然没有流传下来，但是它的演出情况可以从明代小说《金瓶梅词话》里看出一二来。《金瓶梅词话》第六十回："西门庆道：老公公！学生这里还预备着一起戏子，唱与老公公呀。薛内相问：哪里戏子？西门庆道：是一班海盐子弟。"而它的音乐呢？《金瓶梅词话》里边说："银筝象板，月面琵琶。"这说明海盐腔所用的都是弦乐。

弋阳腔又叫"高腔"。在满清初期，曾一度在北京，所以它又叫"京腔"。

汤显祖的《宜黄县戏神清源师庙记》里边说，南方的腔调首先是昆山，"昆山之次为海盐，吴浙音也。其体局静好，以拍为之节。江以西弋阳，其节以鼓，其调喧。"现在四川和湖南的高腔仍然用鼓和铙钹配合它的节奏。

侯朝宗《马伶传》里边说，金陵有一个唱戏的，叫马锦，字云将，隶兴化部。一天演《鸣凤记》"河套"一场，他扮演严嵩。表演技术不太精湛，刻画的严嵩赶不上华林部的一个姓李的，观众给他叫倒好。从那儿他就偷偷地跑到北京，隐姓埋名，投在一位丞相府中当个小当差的，一天到晚侍候丞相，注意观察这位丞相的举止动作，音容笑貌。过了三年之后，回到金陵又演《鸣凤记》，结果一下子就红了。那个演严嵩最好的姓李的拜服在马锦的名下。这是为什么呢？因为他演得跟真的丞相一样，这就是他"得其神"，所以才把刻画的人物演活了。

明代戏剧声腔，昆山腔的产生，在中国戏剧史上是一件大事。它不仅以清柔婉转的声腔代替了当时盛行的海盐腔，而且造成了过去舞台上没有的新局面。站在大多数观众方面说，昆山腔固然有它的缺点，如文词深奥，声调柔曼，不容易听懂；但是就舞台演出的一切排场和关目来说，它创造了一套完整的表演艺术形式。戏剧最重要的目的就是塑造人物，表演故事情节。作为戏曲来讲，塑造人物、表演故事情节主要是依靠唱念做打。在昆山腔以前，任何一种戏剧都没有把这四个方面的技术，有条理地加以集中概括，使它成为一种塑造人物的表演程式。而大部分戏曲表演缺乏提炼、集中，是一种自然形态的不规范的表演。只有产生了昆山腔之后，在表演形式上才力求严谨、规范，为了做到歌和舞的和谐、统一，为脚色的各个行当，创造了一整套的表演程式，使演员有法可循，有功可练，所以演员的唱念做打都得以循规蹈矩，于是在表演艺术上创造出前所未有的奇迹。昆山腔的产生，使中国戏曲有了一个大的飞跃，在它的影响下，各个戏曲剧种，程度不同地都提高了一步。它舞台演出的一切排场和表演程式，还被许多剧种所利用，特别是京剧，直到现在也不能完全脱离它的影响。

王骥德的《曲律》里边说："旧凡唱南调者，皆曰海盐。今海盐不振，而曰昆山。昆山之派，以太仓魏良辅为祖。"

起初昆山腔是演唱南曲（传奇）的一个派别。在明朝嘉靖初年，南戏逐渐分化为弋阳、海盐、余姚、昆山四种唱法。其中以海盐的来源最古，弋阳流行最广。

魏良辅在正德末年和嘉靖初年之间，创造出一种新腔调。因为他感觉弋阳腔不太讲究音韵声律，而且唱法平直，没有什么意味，于是下了十年苦功，创造出悠扬雅致的昆曲。在乐器上他又添上箫、笛、笙、琵琶，使唱腔更为悦耳动听，当时许多名家都向魏良辅学习新腔。后来昆山人梁伯龙把自己编的《浣纱记》采用魏良辅的新腔，演出之后，震动了南北剧坛，于是昆曲便崛起了。

昆腔的声调逐步代替了南北曲的局面，打破了南北曲的界限。可是在剧本创作上，又产生了两大派别：一是讲求格律的沈璟，一是以才华著称的汤显祖。这两个人对于后来的戏剧写作，都有很大的影响。

汤显祖，江西临川县人，万历年间的进士，官职是礼部主事。当时天空出现彗星，他认为这种天象是因为朝廷“信用私人，闭塞贤路”，给皇上上了意见，朝廷震怒，立即把他贬为广东徐闻县典史，后来升为遂昌的知县，到任不久，他便弹劾自己，罢职还乡。这个人在当时一般官吏中，是一个颇有风骨的人。他在罢官之前就写了《紫箫记》（霍小玉故事）。罢官以后，把《紫箫记》改为《紫钗记》。后来又写了《南柯记》《还魂记》。而他的代表作就是《牡丹亭还魂记》。

明朝的楚藩王华奎，喜欢戏曲，他宫里养了一个青年戏班子，派定中官郎更梦当这个戏班的班主。这位郎更梦不单能教这些青年演员昆腔、弋腔，还能创作新腔和排戏。后来由宫里传到民间，才有了汉剧戏班。所以后来戏班祖师爷旁边供着老郎神，供的就是他。为什么后台不许说“梦”和“更”两个字，就是因为代表对郎更梦的尊敬。

沈璟是一个博通音律的词人，对于南曲更深具根底。他所创作的剧本，在曲律方面务求和符规矩。他所创作的传奇戏有十七种，现存的有《红蕖记》《埋剑记》《双鱼记》《义侠记》《桃符记》《坠钗记》等。

明代的传奇，从作家和作品来说，不能说不兴盛，但以整个戏剧来说，写作者不但忽视了戏剧本身所具有的作用，而且离开了舞台，对于演出的排场关目，不合舞台演出的要求，作品虽多，而不能充分流行的原因也在于此。

（八）清代戏剧

明代末年，昆腔已经不被群众所喜欢了，原因就是一味地追求剧本的文学性和腔调的典雅，严重地脱离了群众，因此，昆腔已趋衰落。但是在士大夫们，仍然认为听听昆曲是雅人韵事，直到半壁江山了，苟且偷生的弘光君臣在南京还选角征歌，尽情享乐。当时上演最盛的剧本便是阮大铖的《燕子笺》。

明代灭亡后，在清朝初期，弋阳腔就和昆腔争夺观众了。震钧在《天咫偶闻》里说："国初最尚昆腔戏，至嘉庆中犹然。后乃盛行弋腔，俗呼高腔，仍昆腔之辞，变其音节耳。内城尤尚之，谓之得胜歌。相传国初出征，得胜归来，军士于马上歌之，以代凯歌。故于《请清兵》等剧，尤喜演之。"可见弋腔又叫高腔，在清朝的初期已经形成了。至于"国初最尚昆腔戏"，恐怕也只是一部分人崇尚。杨静亭《都门纪略·词场序》里说，清朝开国以来，北京人已经都喜欢高腔了。到了乾隆年间，六大名班在九门轮换演出，有空前的盛况。这六大名班，虽然不一定都是高腔，但是高腔在满清初期已经非常兴盛。所以才有"南昆北弋"的说法，证明他们在清初已经是分庭抗礼了。

谈到南昆北弋的分庭抗礼，就要涉及一些戏。例如当时有一位剧作家叫李玉，吴县人。他创作的剧目就现在所知道的就有32种，比方像《一捧雪》《麒麟阁》《占花魁》《牛头山》《意中人》《人兽关》《万里圆》等。他的作品有一个优点，它们不是专门供阅读的文学本，而是合乎演出的需要，适应舞台排场的规律，所以他的剧本虽然没有出版，但是大部分都由艺人保存下来了。

比方他写的《清忠谱》，实际上写的是苏州五人义的事。这个剧本的取材和布局，在李玉的大量创作中，是一本比较有意义的作品。剧情是描写明朝天启年间宦官魏忠贤利用职权，命各地给他造祠堂。巡抚毛一鹭，是魏忠贤的干儿子，就在苏州的七里山给魏造祠堂。祠堂建成之后，当地有一个退休官员吏部员外郎周顺昌，这个人很有气节，他对这个事非常不平，冲进祠堂指着魏忠贤的坐像大骂。魏忠贤知道这个事之后，就把周顺昌给牵入到别人的一件案子里去了，派校尉到苏州捉拿周顺昌，准备押解到京城问罪。苏州市民里边有一个抬轿子的周文元，和一个干零活的颜佩韦，纠合了做小买卖的马杰、沈扬和一个花农杨念如，共五个人，向全市呼吁，聚集市民一万多人，包围了巡抚衙门，要求释放周顺昌。毛一鹭不但不受理，反而当着群众把周顺昌钉上脚镣起解了。周文元等五个人，在万分气愤之下，打死了校尉二人，并打伤多人。魏忠贤大怒，限毛一鹭交出主犯周文元等，否则要杀光苏州全市居民。周文元等为了救全体苏州居民，所以，五个人一齐自首，慷慨就义。不久魏忠贤失败，他的祠堂叫群众给砸了，就把周文元这五个人，埋在了魏忠贤的祠堂那块地方，现在苏州七里山塘还有五人墓。京剧短打武生唱的《五人义》，就是根据李玉这个本子。

这个时期，除了李玉之外，还有许多剧作家，如《未央天》就是京剧的《九更天》，《九莲灯》就是昆曲《闯界求灯》，《轩辕镜》就是秦腔的《春秋笔》。邱园所写的《虎囊弹》这个戏，全本的早已失传了，而其中的《醉打山门》一折，倒是流传得很广泛。还有叶时章写的《英雄概》，是描写黄巢起义的一出大戏，后来京剧也只演《祥梅寺》这一折了。

以上所说的这些作品，它的文词和排场都是专为昆腔而设的。但是，南昆北弋既然已经分庭抗礼，那么这类剧本，逐渐地就用弋腔演出了。昆、弋同唱一种剧本，自满清初期就已经开始了。而当时会唱昆腔的，基本上也都会弋腔。洪承畴的一篇文章里，就提到陈圆圆唱的弋腔曲调婉转动人。

清乾隆爱好昆曲，是个事实。周明泰在《清昇平署存档事例漫抄序》里说："自乾隆南巡后，选江南伶工招之入京，供奉内廷，名曰'民籍学生'。"庄清逸在《南府之沿革》里说："高宗政余时，即传唤新小班诸角色演唱，上亲取昆弋二腔之长，自制为曲拍以教授各角色，名为‘御制腔’。”

（九）花部乱弹与皮黄剧

康熙时，《桃花扇》和《长生殿》先后脱稿。这两部传奇，不论在文学史上，还是戏剧史上，都有着重要地位。

《桃花扇》作者孔尚任，山东曲阜人。他做过国子监博士，户部员外郎。《长生殿》的作者叫洪昇，是浙江钱塘人。

昆腔的失败，首先是腔，另一个原因就是词句艰深，不能雅俗共赏。《桃花扇》和《长生殿》也同样是不容易被一般人听懂。但是，从剧本来讲，它的取材、布局、关目、排场，完全符合昆腔表演艺术的规律，使这些伶工们在舞台上有发挥艺术创造的余地，这是两个剧本最大的长处。

昆腔，又叫昆曲，似乎是花部乱弹兴起以后的别名。花部乱弹就是指昆曲以外的诸腔各调。

乾隆年间扬州的戏剧称盛一时，戏班和一些名优，也都荟萃在扬州。《扬州画舫录》里说：“昆腔之胜，始于商人徐尚志，征苏州名优为老徐班。而黄元德、张大安、汪启元、程谦德各有班。洪充实为大洪班，江广达为德音班，复征花部为春台班。自是德音为内江班，春台为外江班。今内江班归洪箴远，外江班隶于罗荣泰。此皆谓之内班，所以备演大戏也。”

根据《扬州画舫录》记载，在乾隆四五十年间，演唱花部的都是土人（也就是土生土长的农村的子弟会），他们演的叫本地乱弹，所谓草台班。后来有梆子腔和安庆的二黄调、弋阳的高腔、湖广的罗罗腔到扬州的城外四乡来演唱。只有到了夏季，昆曲不演了，才进城去演出，这还有个名目叫赶火班。后来的这些剧种里属安庆的二黄调色艺最好，超过了本地乱弹，所以本地乱弹班里的艺人，有不少加入安庆二黄调的。当时在北京的京腔，本来是以宜庆、萃庆、集庆这三个班的水平最高。自从四川的魏长生以秦腔班进了北京，一鸣惊人，他的扮相和艺术都超过了宜庆、萃庆、集庆这三个班子的水平，于是，魏长生的秦腔以压倒一切的优势红遍了北京，所有观众都被秦腔吸引过去了，所以京腔的艺人都学习了秦腔，因此，京、秦就不分家了。等到了魏长生回四川，高朗亭进了北京以安庆花部融合京、秦两腔，成立了三庆班。

所以四大徽班为首的三庆班，以程长庚为首那是后来的事，第一个领班的则是高朗亭。成立春台班的是江鹤亭。因为当时春台为外江班，不能自立门户，所以只好聘各处的名角，如苏州的杨八官、安庆的郝天秀等。杨八官、郝天秀采取了魏长生的秦腔和京腔的优点，于是春台班也是京秦不分了。

秦腔由魏长生入都后才盛行北京，这是没有疑问的。可是过去的说法，称陕西梆子为秦腔。《秦云撷英小谱》里面说："弦索流于北部……陕西人歌之为秦腔。秦腔自唐宋元明以来，音皆如此，后复加以弦索。"可见秦腔是属于陕西的土生土长的戏剧。魏长生来自四川，他唱的不一定是陕西梆子的老调。因为四川戏里有一种腔调叫盖梆子，实际上就是梆子腔，当初魏长生所唱的，或者与所谓的盖梆子也有些关系。

另外，《燕兰小谱》里说："蜀伶新出琴腔，即甘肃调，名西秦腔。其器不用笙笛，以胡琴为主，月琴副之。"魏长生所唱的可能就是这种腔调。

梆子腔在当时是一种很流行的声调，最早它是出自陕西、甘肃的秦腔和西秦腔。而河北、山东、河南、山西也都有本地梆子。梆子也属于乱弹或花部。

罗罗腔可能是产生在湖广，很早就到了北京。《剧学月刊》第三卷第八期的《二黄来源考》里说，弦索调、吹腔等，不是徽调之内的，它们的总名叫罗罗调……浙江西部所流行的三种戏班，一种是昆腔班，一种是皮黄班，一种是三合班，唱的是罗罗调。罗罗就是属于弦索调和吹腔。后来京剧唱的《打面缸》《紫荆树》（即《打皂分家》）《打杠子》，过去都叫南罗腔，后来也叫吹腔。《打樱桃》为吹腔，属于罗罗调。《探亲家》唱【银纽丝】，属于小曲，这两者并非一类。《小上坟》就是西秦腔改用笛子伴奏。四平调虽然用胡琴，但实际上是从吹腔衍变的。

关于皮黄戏的来源，有各种各样的说法，周贻白先生认为欧阳予倩在他的《谈二黄戏》这篇文章里解释得比较清楚。欧阳先生说，二黄在当初不过是一种牧歌式的歌唱，几经进步，才变成了现在的形式。最初盛行确在湖北，而湖北唱戏的人，要以黄陂黄冈人为中心——尤以黄陂人为多——所以都说二黄戏产生于湖北。从湖北而传到湖南、广西、广东（五六十年前的广东调，同汉调还差不多，如今是很不相同了。广东的老伶工、老妓女还能唱汉调式的粤调）。传到安徽就叫湖广调，许多徽班的老伶工都承认二黄是从湖北传过去的。不过从二黄戏的腔调的组织上细细研究，虽说是产生在湖北，却不是毫无所本。有人说二黄本于徽调的高拨子（高拨子出自桐城），西皮本于秦腔，因为高拨子只有二黄弦，没有西皮弦；秦腔只有西皮弦，没有二黄弦。湖广调在最初的时候，想当然没有二黄、西皮之别。以后受到徽调同秦腔的影响，才发生了变化。

由高拨子到二黄，只是平板二黄为之过渡。平二黄和属于弋阳腔的咙咚腔极为相近，说是从咙咚腔和吹腔脱胎是不错的。弋腔流入安徽较早，平二黄是由安徽人唱出来的，二黄之前先有平二黄。二黄在汉调中叫做南路，因为秦（陕西）在西北，皖（安徽）在南，二黄既脱胎于徽调自然叫南路，脱胎于秦腔的西皮所以就叫做北路了。汉调的南路戏里，许多带着平板形式，所以，我以为二黄是由平二黄改成的。平二黄虽说脱胎于弋腔，在当时不会不受高拨子的影响，从安徽的平板戏里的《雪拥蓝关》等戏看起来，它的音节板眼还带着高拨子的色彩，因此，我们可以推想平板二黄是弋腔和高拨子的产物。但是汉调的南路——京调二黄——已经丝毫没有高拨子的意味，这是没有直接受影响的缘故。照这样看来，与其说二黄是本于高拨子，不如说是本于弋腔。（《梅龙镇》《乌龙院》等戏，从前都唱吹腔。）

关于四大徽班的三庆，杨懋建在《梦华琐簿》里说，三庆在四喜之前，乾隆五十五年，高宗八十整寿，三庆班进北京，时称三庆徽，是徽班之鼻祖。又有小铁笛道人在《日下看花记》里记载："月官，姓高，字朗亭。年三十岁，安徽人，本宝应籍。现在三庆部掌班，二簧之耆宿也。"所以可见高朗亭在进京之前，早就在三庆班唱二黄了。

不仅在徽班入京以前就有了二黄，同时楚调也参杂在徽班里了。汉调和楚调都是湖北的产物，这两个湖北的曲调流入安徽，和安徽桐城的徽调融合在一起，形成了二黄。西皮确实是由秦腔吸收过来，逐渐演变而成的。

皮黄剧，虽然以西皮二黄为总称，可事实上，它是博采众长，无所不有。像弋阳腔、昆山腔、西秦腔、梆子腔、徽调、汉调、楚调以至南罗、花鼓、小曲秧歌等，都兼容并蓄，并行不悖地运用在皮黄戏里。说起来似乎是杂乱无章，但是，声腔虽然很杂，仍然不妨碍它的艺术的完整性。有时候在一场戏里，刚唱完一段二黄，又唱西皮，并不给人一种不协调的感觉，反而对剧情有所帮助，突出了人物的思想和情绪的变化。往往在声调变化上处理得当的话，会给人感觉提神，起到推动人物感情的作用。有人说，皮黄戏里虽然包括着许多不同的声腔，可是多半都变了质，和原来的那些声调，有所不同。这话是一点也不错。就拿西皮二黄这两个声调来说吧，西皮是由秦腔变化来的，二黄是从徽调脱胎的，这就说明皮黄戏的形成，是由许多种声腔改变而来的。

西皮既然是出自西秦腔，西皮的胡琴是四工弦，和源出自山西的河北梆子是同一个系统，所以它可以用西皮的胡琴唱梆子；二黄由徽调转变来的，所以二黄是合尺弦，跟汉调的发展情况相同，所以，汉调、吹腔、高拨子，用二黄弦都能唱。《打面缸》唱南锣，《打连厢》唱花鼓，《过关》唱小曲，《小放牛》唱秧歌。表面看起来好像是有一个一定的系统，但是它好就好在能把原来的东西变质换形，融化成为自己的东西。使自己这个剧种的声腔艺术非常的丰富，这是皮黄戏的一个最大优点，正因为是这样，它才能够成为全国性的一个最大的剧种。

它另外的一个优点就是：从皮黄戏的形成，一直发展到现在这个阶段，它本身的原则就是一个变字。当初没有西秦腔和徽调，就没有西皮二黄，单有西皮二黄，没有昆曲的排场、舞台规律、表演艺术，也不会形成皮黄戏。单有皮黄戏，而没有其他地方戏的参酌和借鉴，也不会延续到现在。

换句话说，它从纵的方面，是改昆为乱，改雅为俗；横的方面是变弋、秦、徽、汉为京，变杂为纯。

就是皮黄戏发展到被中外所公认，它已经达到了登峰造极的时候，也仍然随时随地在改革和变化。现在的京剧和五十年前的皮黄剧比较，已经是又有了很大的变化了，无论是剧本、唱词、唱腔、音乐、伴奏、角色、扮相，都大大向前发展了一步。而促成它改变，或者说发展的原因，直接的自然的就是观众，间接的就是时代，时代向前发展了，观众的要求也就必然随着时代而提高了。因此，京剧，或者说任何一种戏剧，就必然地也要随着时代的发展，观众的要求，不断地在改革和创新过程中，而继续提高。如果总是固步自封，抱残守缺的话，这个剧种就会被时代所淘汰。

但是，温故才能知新，我们不能像“四人帮”那样，把过去的历史全盘否定，搞虚无主义。中国的戏剧是一步一步发展起来的，在整个的发展过程中，历朝历代，都有人为它做出过很多的，甚至是伟大的贡献。我们从事导演工作的，都负有对自己所从事的那个剧种的艺术建设的责任，都有着为自己的剧团，从事艺术创作和推陈出新的任务。没有过去的历史，就没有今天的现实，不掌握传统艺术，也就无陈可推。因此，我觉得温故才能够知新。

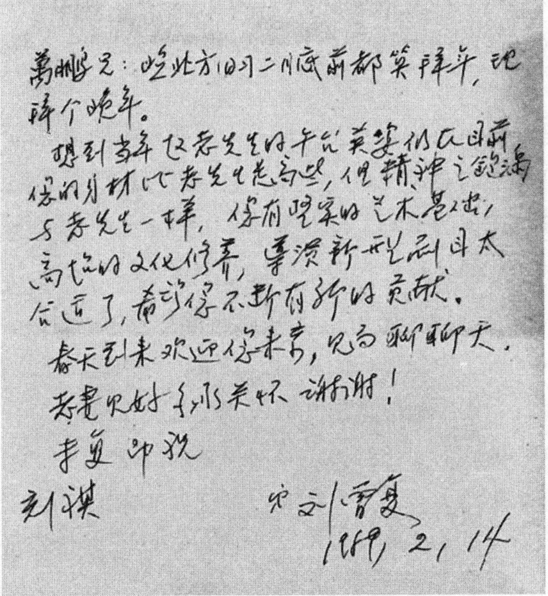

万鹏兄：照北方旧习二月底前都算拜年，祝拜个晚年。

想到当年杨老先生的舞台英姿仍在目前，你的身材比杨先生高些，但精神气质与杨先生一样，你有坚实的艺术基础，高超的文化修养，导演新型剧目太合适了，希望你不断有新的贡献。

春天到来欢迎你来京，见面聊聊天。

老妻问好，并谢关怀，谢谢！

专复 即祝

刘祺

弟 刘曾复

1988, 2, 14

刘曾复信函

京剧的形成及其历史经验

前言

纪念徽班进京二百周年的活动，是具有深远意义的。通过这个隆重的纪念活动，让我们不得不认真地回过头去，重温京剧形成的历史，从历史发展长河中，去寻找那些曾经推动京剧艺术向前发展的戏剧伟人、艺术大师和先辈们的脚印，从渗透着先辈血汗的足迹中，去探索我们的京剧艺术，怎样从地方色彩极其浓厚的徽、汉二调，脱胎为一个具有高度审美价值的全新剧种——京剧。

正是这个泛美的京剧艺术形式，鲜明而生动地表现了几千年来，我们民族的心灵美和精神美。它给人以庄严而优美的艺术享受，陶冶着人们的情操，净化着人们的灵魂，因而它风靡全国，成为中国戏曲的象征和代表，并以它那迷人的艺术魅力，走出国门，征服世界剧坛，使中国民族戏曲成为世界三大戏剧体系之一。京剧展示了中华民族的文学、音乐、舞蹈、美术的高度水平和辉煌成就，集中地体现出我们民族文化的素质。

京剧是民族的文化结晶，是中国艺术的瑰宝。京剧的历史凝聚着几代戏曲伟人、艺术大师和众多无名的艺术家在长期艰辛的奋斗中所创造出来的艺术形式。京剧史也是各家流派的发展史，如果我们认真地对它进行科学分析，便可以总结出对于我们教益极大的宝贵经验，有助于我们清醒地认识过去和现在，以及未来，使我们能有效地去振兴京剧，弘扬民族文化。

中国幅员广大，艺术种类繁多。光是戏曲，就曾经存在过三百多个剧种，除少量的衰亡以外，现在能做职业演出的，据说还有二百多个剧种。虽然不同的剧种，有着共同的表现方法，统一在一个共同的民族风格之中，但是由于各个剧种产生在各个不同的地区，而各个地区的方言、语音、风俗、情调直接影响着剧种的字音、音乐、声腔、曲调和审美趣味，所以，各地方戏都有自己的声腔曲调、舞台语言、美学特征。此外，由于剧种产生的年代有先有后，历史背景各不相同，因此舞台风格也必然有迥然不同的标志。

京剧和其他剧种的重要区别，是因为它的声腔曲调，并非是产生在一个地区的方言和语音的基础之上的，而是在长江以南和黄河以北，两大声腔体系交流汇合的基础上，吸收了北京的字音，并经过了长期细致的改制和创新，才发展成一个独特的，具有高度审美价值的声腔体系。这个继承、吸收、改制与创新的过程，既是漫长的，也是复杂的。

（一）西皮二黄的来源

京剧脱胎于徽、汉二调。徽戏产生于安徽省的安庆，汉戏产生于湖北省的武汉，它们都是地地道道土生土长的地方戏。它们同样受着方言和语音的影响，所以，最初它们的声腔曲调，也都是地方色彩浓厚的乡土味道。但是，徽、汉这两个剧种有一个共同的特点：善于与其他剧种同台合奏，广采博收，特别是徽班，它既演徽戏，也演汉戏、昆曲和梆子。因为徽戏的老家是安徽的首府安庆，安庆地处我国繁华的地域中心，位于长江下游，是水陆交通枢纽，随着商业的发展，南方各戏班的流动演出多路经此地。

例如早在明代，江西的弋阳腔、江苏的昆山腔便流传到了安徽。特别是乾隆时期，弘历皇帝六次南巡，陕西、四川、湖北、江西等地的戏班均往扬州集中，也都要路经安庆。因此，徽戏以它优越的地理位置，有条件广泛地吸收各地戏曲声腔曲调的特长，使徽戏的声腔不断丰富。其实，最初徽戏只有吹腔和拨子，后来徽班唱的二黄腔和昆曲，就是吸收了江苏的昆山腔和湖北的二黄调，不过，这种二黄调只是比较简单的平板二黄（即四平调）。

关于二黄的来历众说纷纭，我觉得欧阳予倩的《谈二黄戏》，与京剧界老艺人的说法比较接近。欧阳予倩在其《谈二黄戏》中说："二黄在当初不过是一种牧歌式的歌唱，几经进步，才变成现在的形式。最初盛行确在湖北，而湖北唱戏的人，要以黄陂、黄冈人为中心，尤以黄陂人为多，所以都说二黄戏发生于湖北"，"许多徽班老伶工，都承认二黄是从湖北传去的。"另外一种说法是，二黄腔产自于安徽，系由安徽人之吹腔、拨子演化而成。"初时，吹腔中出现了一种低调吹腔，用昆笛伴奏，因其四平、昆腔风味较浓，称之为'四昆腔'、'昆平腔'……这种腔调后来受拨子影响，并改用唢呐伴奏，形成了'唢呐二黄'（又称老二黄）。'唢呐二黄'的曲调结构和板式变化，都还比较简单。之后，又吸收了拨子的一套板式结构，并加以演化，才形成板式变化比较完整的二黄，改用胡琴伴奏，唱腔更加流畅柔和。后来又出现了反二黄。另外还有一种'二黄平'（即二黄平板），由吹腔直接演变而成……以后变为京剧的'四平调'。"（见《中国大百科全书》戏曲曲艺卷"徽剧"条）

西皮调，乃是甘肃、陕西一带的梆子，传入湖北襄阳之后，与当地的语音和说唱相结合，而出现一种新的声腔——湖北的襄阳调，襄阳调经过进一步变化，才成为西皮腔。当它成为西皮腔以后，已经不同于梆子的声腔体系，而成为一种崭新的皮黄声腔体系。

汉戏，亦称汉调，即现在汉剧的前身。它流行于湖北汉水一带，因湖北为古代楚国，所以，在清代道光年间又称它为楚调。汉戏是清代中叶以后，在流行于湖北的清戏（即弋阳腔的支流）的基础上，吸收了来自安徽的二黄腔和从襄阳调演化而成的西皮腔。所以，汉戏的声腔是以西皮、二黄为主。不过，汉戏二黄与徽戏二黄，虽均称做二黄，但因流域各异，所以，在声腔板式上亦不尽相同。徽戏二黄以平板二黄（即四平调）为主，而汉戏二黄的腔调、板式，却比徽戏二黄丰富。

襄阳西皮调的形成，加上安徽二黄调的传入，使皮黄合奏的局面，首先在汉戏中出现。就其二黄、西皮两种声腔而言，二黄来源于弋阳腔，西皮则来源于梆子腔。弋阳腔属于我国江南主要戏曲声腔之一，梆子腔是我国黄河以北的主要声腔。皮黄声腔的形成及其同台演奏，不仅说明了中国南北两大声腔的交流、汇合，而且标志着我国古代的弋阳腔和梆子腔的革新与发展。这一历史演变过程，体现了中国戏曲声腔在其历史发展过程中的一个新的飞跃，也是一个新的转折——从简单粗糙的艺术形式，向着完美的艺术境界发展。

上述情况究竟发生于何年何月？史书没有明确记载，但是，道光三十年（1850）叶调元在他所著的《汉皋竹枝词》中，回顾他在道光十三年（1833）观看汉戏演出的情况时说：“曲中反调最凄凉，急是西皮缓二黄”，“月琴弦子与胡琴，三样合成妙绝音”。由此可见，远在道光十三年以前，湖北汉戏便出现了皮黄合奏的局面，并且在此时已经使用了胡琴伴奏。汉戏首先将皮黄合流，成为一个全新的戏曲剧种，是对中国戏曲声腔发展的一个重大贡献。

（二）昆弋合奏　梆子盛行

四大徽班进京之前，北京的戏曲舞台，早已出现昆弋并存，梆子盛行的局面。

弋阳腔，简称"弋腔"，是宋元南戏流传至江西弋阳后，与当地方言、民间音乐结合，并吸收了北曲演变而成。它在元代后期已经出现。明清两代，弋阳腔在南北各地繁衍发展，成为活跃于民间的主要声腔之一。清李调元所著的《剧话》之中说："弋腔始弋阳，即今高腔。"故弋阳腔又通称高腔。在明嘉靖初年（约16世纪20年代）开始流传至北京。它到京时间早于昆腔。由于它自明末清初便活跃于北京并与北京语音结合，吸收了北京民间曲调，逐渐形成带有北京地方特点的弋阳腔，因此又被称为京腔。

反映京腔在北京盛行的资料《高腔戏目录》中记载，乾隆时京腔剧目有不少整本大戏，如《倒铜镇》《金印记》《神州擂》《党人碑》《下河南》《锦囊记》《东吴招亲》《棋盘会》《黄烈春秋》《反五关》《通天犀》《瓦桥关》《蜈蚣岭》等。折子戏则有《扫秦》（《东窗记》）、《扫松》（《琵琶记》）、《祭姬》（《一捧雪》）、《救主》《盘盒》（《金丸记》）、《十面》（《千金记》）、《闻铃》（《长生殿》）、《昆阳》（《云台记》）、《赏军》《打朝》（《白袍记》）、《耕田》《钓龟》（《金貂记》）、《山门》（《虎囊弹》）、《奇逢》（《幽闺记》）、《寄柬》《拷红》（《西厢记》）、《鬼辩》（《红梅记》）、《思凡》（《孽海记》）、《扫地》《盟誓》《望乡》《滑油》《六殿》（目连戏）、《挑袍》《古城》《挡曹》（《三国志》）等。

通过上述很不完备的剧目单，即可看出当时在北京流行的京腔演出剧目，大体分为两类：一类是继承了明代以来的昆、弋传奇，使之保存在丰富的折子戏里；另一类则是从当时流行的说唱艺术，如弹词、鼓词等，以及历史演义小说中选取题材，编写成有头有尾的连台大戏。而演出整本的连台大戏，原是弋阳腔的老传统。

昆曲于明万历末年（约 17 世纪初）传到北京，受到宫廷、贵族和士大夫们的赏识。由于他们的偏爱与扶植，加之本身婉转曲折的曲调，典雅细腻的表演，昆曲被划入雅部，取代了弋腔的领先地位，一时雄踞京都戏曲舞台。

由于昆曲日益走向宫廷化，新创作的剧本大多是士大夫们的案头之作，文学性虽强，但不符合表演规律，无法搬上舞台，新的剧目贫乏，又不能雅俗共赏，因此失掉了广大观众，而日趋衰落。

康熙年间，由于杰出的剧作家洪昇创作的《长生殿》，孔尚任创作的《桃花扇》，和李玉创作的《千钟禄》等优秀剧目，极受广大观众欢迎，昆曲曾一度振作。但是，昆曲在统治阶级与保守势力控制下，对于昆曲的剧本，由官方设局，修改词曲，很难吸收民间营养，排演新的优秀剧目。由于上述原因，进入乾隆年间，昆曲又逐渐衰退。为了维持局面，于是昆曲班兼演弋腔，或共同组成昆弋班，于是出现了昆弋合奏的现象。

到了乾隆后半叶（18 世纪），梆子在北京盛行起来，弋腔才由盛转衰。

梆子，又称陕西梆子，源出于山西、陕西交界的蒲州（山西）、同州（陕西）。这里是梆子声腔体系最早形成的地方。明万历年间的传奇抄本《钵中莲》，即已有【西秦腔二犯】的记载。【西秦腔二犯】可能就是山西陕西梆子的一种板式或唱法。它在明末清初，即以一个剧种的面目出现了。梆子腔传到北京，最早约在康熙年间。《广阳杂记》中说："秦优新声，有名乱弹者，其声甚散而哀。"广阳，即北京。《广阳杂记》作者刘献廷是康熙时人，可见梆子腔早在康熙时，就已经传到了北京。

但是，梆子腔在北京盛行，却是乾隆中叶以后，即18世纪末叶，特别是在魏长生二次到北京以后。

魏长生，字婉卿，行三，四川成都附近金堂县人。农民家庭出身，13岁到西安一家店铺学徒，次年到同蒲（今陕西大荔，山西蒲城一带）秦腔班学戏，后随班演出。在川北农村各地演出了17年。乾隆四十年（1775），他首次带领秦腔班到北京演出，受到冷遇，被迫而回。他再次刻苦练功，悉心钻研秦腔表演艺术，水平显著提高。乾隆四十四年（1779），他又领一批秦腔艺人，如三寿官、杨五儿等到北京。此时北京也有秦腔戏班，但不被人赏识。魏长生向双庆班说，倘若我入班两月不能给大家挣大钱，甘愿受罚，绝不后悔。于是搭入双庆班演出，果然一炮而红，在北京剧坛上“大开蜀伶之风，歌楼一盛”（浮槎散人《花间笑语》，1805）。

魏长生的《滚楼》《背娃进府》等戏轰动京城，观众日达千余人。双庆班被誉为“京都第一”，当时不仅京（弋）腔艺人学习梆子，在京的各地方戏，如楚、滇、粤、晋等剧种的演员，也都纷纷学唱梆子，向魏长生学艺。

乾隆五十年（1785），清政府明令禁止京师演唱秦腔。两年后，乾隆五十二年（1787），魏长生离京南下，到扬州演出。他参加了徽戏的春台班，演出极受欢迎。在扬州演出了三年，人们纷纷学唱他的唱腔。《扬州画舫录》中说：“到处笙箫，尽唱魏三之句。”

乾隆五十五年（1790），魏长生到苏州演出，不少昆曲艺人背着师傅向他学习秦腔。此后，他又巡回演出于浙江、江西、安徽、湖南等地，最后回到四川。此时已是乾隆五十八年（1793）。他的表演艺术影响很大，各地争相效仿，辗转相传，使秦腔艺术广泛传播，推动了各个地方戏曲表演艺术的发展。

他在四川一住八年，修了一座老郎神庙。嘉庆五年（1800），他第三次进京，在台上风姿不减当年。嘉庆六年（1801），有一次在他演出《背娃进府》时，竟然在台上气断声绝。不久便溘然长逝。

综观魏长生的一生，他确实是一位杰出的表演艺术家，他的成就，对于中国戏曲有很大的贡献。

他塑造过许多不同类型的妇女性格，舞台形象鲜明生动。如《香莲串》中的秦香莲，《背娃进府》中的表大嫂，《清风亭》中的周桂英，都是具有强烈反抗性格的中年农妇形象。他演《杀四门》中的刘金定，《送银灯》中的桂娟，《闯山》中的金莲，则表现出了巾帼英雄的英勇气概。至于《滚楼》中的黄赛花，《铁弓缘》里的陈秀英，《烤火》中的严碧玉，《卖胭脂》中的王桂英等，都是大胆追求爱情的痴情妇女。魏长生把这些人物演得有血有肉，栩栩如生，因而赢得了很高的声誉。

他之所以能有如此成就，是因为他能够虚心向老一辈及其他同行们学习，向其他剧种学习，博采众长，熔于一炉，在艺术上精益求精。他的唱"善于传情，最是动人倾听"（《都门纪略》），"长以音节为工"（《听春新咏》）；他的表演艺术"得写实之妙"（《中国近代戏曲史》）；他还在剧本上下功夫，"演戏能随本自出新意，不专用旧本"（《檐曝杂记》）。

此外，他对于人物的舞台造型也进行了改革，旦角的跷工，就是他的创造。他能够将生活中的东西，加以技术化，变成一种旦角的基本功，艺术地再现生活，从而看出他的表演艺术造诣之深。再如旦角化装，他也有很大贡献，梳水头就是魏长生的革新，梳水头可因人塑形，增进了旦角在舞台形象上的美感。

魏长生在北京取得的艺术成就，不仅为四大徽班进京闯开了一条道路，同时也给后来的京剧以极其深远的影响。

（三）四大徽班进京是历史性的转折

梆子腔继京腔之后，风靡北京剧坛。不料乾隆五十二年，魏长生被迫离京南下，于是在京的梆子腔由称雄剧坛的绝对优势，降为南昆、北弋、东柳、西梆四大剧种的最后一名。南昆，即指昆曲，因其产生在江苏昆山，故称南昆；北弋，系指江西的弋阳腔，因它在黄河以北流行甚广，成为"燕俗之剧"，故称北弋；东柳，即指山东的梆子腔；西梆，即指山西陕西的梆子腔。虽然各个剧种荟萃京师，但缺乏轰动九城的演员。当时徽戏三庆班的高朗亭在江南已露头角，引人注目，加之二黄腔曲调新颖，表现力丰富，又有功夫惊人的武戏，演出阵容颇为可观。正值乾隆五十五年，弘历皇帝八十大寿，于是浙江盐务大臣便征集了徽班三庆班进京，为弘历皇帝祝寿，参加朝廷大典的演出。

实际上，1790年进京的徽班，所唱之声腔、剧目，已经比原来的徽戏丰富了许多。除吹腔、拨子、二黄、昆曲外，连一些流布范围较小的柳枝腔、罗罗腔也都兼容并蓄，为我所用。所以，1790年进京的三庆班，已经是以徽戏为主，同时兼收其它剧种声腔的综合性戏班。由于三庆班的戏丰富多彩，令人耳目一新，所以祝寿戏演罢，遂被留在北京。

徽班进京之初，以高朗亭名声最著。高朗亭，名月官，安徽安庆人，原籍江苏宝应。他是一位擅演古代妇女角色的男演员。他注重体会人物，运用二黄声调，以声传情，表演细腻，所以，他扮演的各种人物形象生动自然，毫无矫揉造作之感，因此博得北京各个阶层观众的赞誉。如《日下看花记》书中描写他："一上氍毹，宛如巾帼，无分毫矫强，不必征歌，一颦一笑，一起一坐，描摹雌软神情，几乎化境。"可见他的表演是非常自然逼真的。

高朗亭所唱的主要是徽戏二黄腔，但在吐字发音上，不断地吸收了北京的字音，在声腔曲调上也旁征博采，兼容了其他剧种的演唱技巧，使二黄腔更为优美，表现力更为丰富。《消寒新咏》向津渔者说："高月官安庆人，喜南北曲，兼工小调。"《日下看花记》说高朗亭："三庆部掌班，二黄之耆宿也。"这就说明，高朗亭虽然吸收了南北各剧种的演唱技巧和民间小调的生活气息，但都经过了改制和加工，融化于二黄腔之内，形成了自己的演唱特点。同时在表演方面，他吸取了昆曲的精巧细腻，弋腔的朴实泼辣，梆子的生活气息，提高了表演技巧，丰富了艺术手段。《听春新咏》评三庆班演员吴莲官，说他"得魏婉卿之风流，具高朗亭之神韵"，莲官乃旦行演员，系高朗亭在北京之晚辈。高朗亭与魏长生相提并论，又同为后人所效法，可见高朗亭在北京之声誉。高除演剧之外，还有管理才能，他掌管三庆班十年之久，故有"青蚨主妇"之称号。

徽戏之所以既受宫廷喜爱，又受民间欢迎的主要原因有三。

(1) 它的声腔曲调丰富，表现力强

徽班进京时，徽戏就包括二黄、昆曲、吹腔、高拨子等各类声腔。而其曲调既有高亢激越之优长，又颇具浑厚深沉之特色，这不仅加强了声乐的美感，更重要的是加强了声腔曲调的表现能力。与那一味追求婉转曲折的昆曲，只讲激越高亢的弋腔，专以悲调擅长的梆子相对照，更显出徽戏声腔曲调的多彩多姿，以及它那强劲的表现力。

(2) 它的行当齐全，重视表演

所谓行当，实际上就是各种不同类型的角色在表演上的分工。当时徽戏的行当有末、生、小生、外、旦、贴、夫、净、丑九门角色。徽戏的各门行当，都有一套独特的唱腔、道白、身段、动作等。行当齐全，说明舞台表演艺术的丰富。而行当的分工，必须通过剧目说明。徽戏进京后，以老生为主的《徐策跑城》《蓝关渡》《清风亭》《扫松下书》；以老生、旦角为主的《坐楼杀惜》《戏凤》；以旦角、小生为主的《奇双会》《卖胭脂》《金莲戏叔》；以武生为主的《长坂坡》《狮子楼》《十字坡》《快活林》《蜈蚣岭》《花果山》《安天会》；以净角为主的《闹花灯》《醉打山门》；以丑角为主的《借靴》《一匹布》；以旦、丑为主的《打樱桃》《昭君出塞》，虽然上面列举的剧目数量甚微，但是，可以看到其中有文戏，有武戏，文戏不仅包括唱、念、做、舞，而且全面展示了二黄、吹腔、昆曲、四平等各种声腔曲调；武戏则既有长靠，又有短打、跟头和猴戏的表演。

徽班的武戏，历史悠久，早在明末就有记载。《陶庵梦忆》曾经赞誉徽班的武戏演员"剽轻精悍，能相扑跌打"。而且，据昆曲老艺人说，《芦花荡》《醉打山门》《钟馗嫁妹》等戏中的身段、功架，都来源于徽班。

通过上述剧目，说明徽班不仅在表演上具有较高的水平，而且剧目的题材广泛，通俗易懂，有浓厚的生活气息，容易被广大观众所接受。

(3) 各行当广泛吸收，为徽戏开创新路

学以致用，有发挥余地，是激励演员努力进取的动力，当然要首先认识到自己的不足。

三庆班里每一个主要的行当，都有其自己的正戏。这就促使着各个行当的演员，必须广泛吸收其它剧种的表演技艺，提高自己的艺术水平，发展自己的剧目。此时，因徽班兴起，在京的昆、京、秦腔江河日下，甚至发生散班失业的现象。于是三庆班便将这些剧种的失业艺人聘入班内。由于其他剧种的演员搭入徽班，不仅对徽戏移植剧目，丰富表演艺术，争取更多观众，起到一定的作用，也为徽班在表演艺术上的变革和发展，闯出了新路。《扬州画舫录》记载:“长生还四川,高朗亭入京师,以安庆花部合京、秦两腔……”马彦祥在《二黄考原》中说:“《拿高登》一剧中之【清江引】,《淮安府》戏中所用的【斗鹌鹑】【菩萨蛮】,另如其它普遍使用之【急三枪】【风入松】【石榴花】【点绛唇】【粉蝶儿】【画眉序】等,原均为京腔曲牌。”京剧界前辈艺人说,现在京剧中的南梆子,就是当初徽班由魏长生所唱之秦腔演化而成。

由于三庆班在北京受到欢迎,于是徽班在京迅速发展。继三庆班之后,又出现了四喜、启秀、霓翠、和春、春台、三和等戏班。除启秀、霓翠为昆曲之外,其它均系徽班。其中以三庆、四喜、和春、春台名声最盛,故被称为四大徽班。

四大徽班都有自己的特色和专长。当时三庆班的演出多是连台戏,如同画卷逐渐展开一样,故称为“轴子”;四喜班以演昆曲为主,故称“曲子”;和春班以武戏为主,大多取材于《水浒》和一些公案小说,而舞台上使的兵刃,戏班管它叫做刀枪把子,因而,和春班以“把子”得名;春台班的演员都是比较年轻的,演出生动活泼,富有朝气,故以“孩子”得名。由于上述原因,所以有“三庆的轴子,四喜的曲子,和春的把子,春台的孩子”之称。

(四)汉戏进京给徽班带来巨大变化

自皮黄合流在汉戏出现之后,它以完美的艺术形式和丰富的表现手段,受到广大群众的喜爱,迅速由本省传布湖南、四川、广东、广西、云南、安徽、江西、福建、河南、陕西各地。

汉戏的演出剧目十分丰富,以演历史演义和民间传说故事为主,最早多演出本戏,后来以本戏中的重点场子,即折子戏为主。有汉戏八百出之说。其中西皮戏多于二黄戏，西皮戏如《战樊城》《取成都》《骂曹》《醉骂》《探窑》《乔府求计》等；二黄戏如《双尽忠》《祭江》《祭塔》《龙凤阁》《清风亭》等，均是汉戏常演的剧目。

本来徽戏和汉戏在进京之前，即有频繁的交往，在声腔曲调、演出剧本乃至表演艺术方面相互影响，艺术手段以及艺术风格亦有许多近似之处。特别是徽、汉二戏的演员，早在进京之前就有着合作的历史。因此，在乾隆末叶，汉戏主要演员如四喜官、米喜子、余三胜、李六、王洪贵、龙德云、童德善、谭志道等人进京，并未单独挑班演唱，而是投身于徽班之中。

在道光二十五年（1845）刊本《都门纪略》中，介绍春台班与和春班的演出剧目，谓王洪贵为和春班首席老生，擅长剧目一为《让成都》（刘璋），一为《击鼓骂曹》（祢衡），这两出均为西皮戏；李六搭春台班，该班首席老生为余三胜，李六居第二，其擅长剧目有《醉写吓蛮书》（李白）、《扫雪》（刘子忠），前者为西皮戏，后者为二黄戏。这说明当时汉戏的西皮调，已经发展得比较成熟了。

万鹏饰演关羽造像

米喜子名应先，湖北崇阳县人，幼年入班学艺，习正生。业成后搭江湖班，演艺四方。乾隆末年搭徽戏春台班，为该班台柱，并随班进京，以唱关羽戏享誉京师，为京师舞台创造关羽戏的第一人。据说程长庚之关羽戏，便是从米喜子那里学来的。

米喜子在做工方面刻意求精，

善于体会人物的思想感情，表现人物的精神风貌。因此，发生过一段动人的故事：有一天，御史老爷团拜，约米喜子演《战长沙》，米扮演关羽。出场时，米用水袖遮面，走到台口突然撤下水袖，展现出凤眼蚕眉，庄严肃穆的关羽形象，顿时全场观众不约而同地肃然起立。事后有人问，这是为什么呢？当时看戏的观众说，米喜子扮演的关羽这么一亮相，就好像真关公显圣一般，所以大家不知不觉地就自动离开了座位。通过《日下看花记》《京剧之变迁》和《梦华琐簿》等有关记述，说明高朗亭、米喜子这一旦一生，创造的艺术形象已经达到物（这里系指剧中人物）我（指扮演剧中人物的演员）不分，交融统一的状态，使观众将剧中的人物和演员的表演视为一体，在欣赏中得到了艺术的真与美，从而把美看做是生活的境界，有一种令人忘怀一切，深入到意境之中的特定情景。这便是体验与表现相结合的艺术魅力。

从以上记载，不仅可以看出米喜子在演剧上的高深造诣，而且，他为春台班主演，以及程长庚师法于他的事实，均说明汉戏无论在唱念或表演上，对徽班都有着重要的影响。

此时徽、汉虽然都已是皮黄兼唱，但由于徽、汉二戏所在地域各异，其皮黄声腔之特色必然不尽相同。徽戏所唱的西皮调，属于梆子腔，二黄调也主要指平板二黄。

汉戏的二黄腔，此时已发展得较为完备，如二黄摇板、散板、滚板、导板、二六、慢板等一套二黄板式，均已出现。就汉戏西皮而言，散板、摇板、快板、二六、导板、原板、慢板等，比二黄腔更为完备。

由于汉戏演员搭入徽班，也将汉戏特有的老生剧目和表演技艺带进了徽班。如米喜子擅长的关羽戏，李六擅长的《醉写吓蛮书》《扫雪》，王洪贵擅长的《击鼓骂曹》，大和尚擅长的《胭脂褶》。特别是余三胜唱、做并重的剧目，如《定军山》《当锏卖马》《战樊城》《鱼肠剑》《四郎探母》《双尽忠》《捉放曹》《碰碑》《琼林宴》《牧羊圈》《乌盆记》《摘缨会》等戏，都是徽班初进北京时所不演的剧目。

尤其值得一提的是，搭入徽班的汉戏小生龙德云，通过他擅长的《辕门射戟》和《黄鹤楼》等戏，不仅把汉戏小生的演唱技法带进了徽班，而且与徽、昆结合，创制出皮黄腔的唱工小生行当，丰富了徽班表演艺术，奠定了以生行为主的演出格局。

徽汉合流，变三小班为龙虎班，推动了生行表演艺术的发展。在汉戏进京之前，无论称为雅部的昆曲，还是属于花部的京、秦、徽班，无一不是以演旦角戏为主。就以花部诸班而言，不仅各班以旦行演员为最多，而且一些旦行主演大多兼任领班人。如秦腔之魏长生，三庆班之高朗亭均是如此。其他各班，如京腔班的八达子、天保、白二；秦腔班的陈银官；三庆班的金双凤、沈霞官、苏小三、邱玉官、陈喜官、沈翠林；四庆徽班的董如意、曹印官、陈桂官；五庆徽班的胡祥龄、潘巧龄、程春龄等，均为旦角演员。

以上各班演出剧目有《买胭脂》《花鼓》《搬场拐妻》《思凡》《探亲》《相骂》《过关》《上街》《连相》《借妻》《看灯》《别妻》《挡马》《打面缸》（见《缀白裘》)、《烤火》《卖饽饽》《拐磨》《小寡妇上坟》《浪子踢球》《王大娘补缸》《三英记》《缝搭膊》《龙蛇阵》《滚楼》《潘金莲葡萄架》《百花公主》《打灶王》（见《燕兰小谱》)，等等。上述各班演出剧目，说明当时北京剧坛，乃至全国各地的戏班，均以三小（小旦、小生、小丑）为主。他们所演的剧目，只是一些反映民间生活故事的玩笑戏和爱情戏。这些戏不需要更多的行当，也用不着十蟒十靠和大量刀枪把子。因为他们不能演出那些表现历史人物的政治斗争与军事斗争题材的大戏，所以被称为三小班。

徽班、汉戏进京之后，形势发生了根本变化。首先是徽班带来了“剽轻精悍，能相扑跌打”的武戏和部分徽戏中的老生剧目。随着汉戏生行演员的进京，老生戏的流行，使当时北京剧坛以三小班为主的局面，转向以生行为主的龙虎班格局，而迅速发展。封建时代，把龙作为帝王的象征，将虎当作将帅的化身，而戏曲所谓龙虎之班的龙，系泛指戏中的帝王将相；虎，则泛指戏中的英雄豪杰。只有文武行当齐全，具有十蟒十靠和全堂刀枪把子的戏班，才能算是有龙有虎的龙虎班。

到了道光二十五年，雄踞北京的七个戏班，除大景和班以净行为主，任花脸为领班人之外，其余六班，如三庆的程长庚，春台的余三胜，四喜的张二奎，和春的王洪贵，嵩祝的张如林，新兴金钰的薛印轩，均为老生行任领班人。

以生行为主这一局面的出现，从戏剧内容上讲，它不仅提高了戏曲舞台反映生活的能力，就表演艺术上看，老生表演技艺的日益丰富，推动了皮黄声腔表演技艺的全面提高和发展。

（五）余三胜对皮黄腔改革的卓越贡献

中国戏曲剧种的划分，最显著的标志是在声腔曲调和舞台语言两个方面。

徽、汉二调合流，并不意味着就是京剧声腔的诞生。而创造京剧的声腔曲调和舞台语言，需要解决许多根本性的问题，在这个方面，贡献最大的首推余三胜。

余三胜（1802—1866）本名开龙，字启云。湖北罗田县人。出身湖北汉戏班，原为汉戏著名末角演员，于道光初期进京，搭入春台班，任领班人。自道光以来，进京搭入徽班的汉戏老生演员，除余三胜外，如米喜子、童德善、王洪贵、李六等名角，为北京剧坛带来了“楚调新声”（即汉戏新腔），为徽班演出增加了色彩，对京剧的形成起到了奠基的作用。

比如，将徽、汉二调融于一炉，从根本上解决京剧声腔的字音、声调、归韵的标准和规范，并创造出大量的京剧唱腔，丰富京剧的音乐旋律，余三胜起到了主要的作用。众所周知，余三胜以擅长花腔而独树一帜，故有“时曲巨擘”之赞誉。

在余三胜进京之前，北京已经流行了将近四十年的二黄腔。但是，就当时徽班所唱的二黄腔而言，其声腔曲调和板式方面，都还比较简单，所以当时有“时尚黄腔喊似雷”的评论。所谓“喊”和“雷”都包含着批评的意思。喊者，即缺乏声乐的演唱技巧和韵味；雷者，即实大声洪，平直简单，曲调缺少旋律（这种唱法，直到今天仍保留在河南豫剧与河北梆子的花脸声腔里）。而余三胜创制的花腔，实际上就是从丰富京剧的声音色彩，加强京剧的唱腔旋律入手，打破了“时尚黄腔喊似雷”的局面，加强了京剧音乐的完美性，提高了声腔曲调的表现能力，同时，体现出京剧音乐的一种独特的风格特色。

创腔制曲，首先在字音、声调、平仄、归韵等方面，需要有明确的根据和统一的规范，才能形成完美的声腔系统。徽、汉二调合流，固然为京剧的形成奠定了基础，但是，皮黄声腔和舞台语言，如不进行全面改革，统一规范，有可能仍停留在量变的阶段。

徽、汉艺人为了消除和北京观众的语言隔阂，立足于北京舞台，以《中原音韵》（即中州韵）为舞台唱念的语言规范。《中原音韵》是元代周德清为北曲而作，所以，这部韵书以元代的北方语言为标准，对字音、声调、韵辙均做了统一规定。徽、汉艺人的唱念，共同地以《中原音韵》为准，同时吸收了一些北京字音，与中州韵相结合，统一规范，彻底克服了用安徽湖北的方言和语音演唱皮黄腔的土腔土调，这是皮黄腔从量变到质变的第一个关键。

既然为了消除语言隔阂，为什么京剧声腔一直沿用湖广音？

这是京剧声腔特有的音乐性和韵味性所决定的。上面所讲的，徽、汉二调合流，为京剧的形成奠定了基础，这个基础是什么呢？是广大观众对皮黄腔的热爱。皮黄腔之所以能够吸引广大观众，是因为它本身有一种任何剧种都不可能具备的，特殊的音乐性和韵味性。这种特殊的音乐性和韵味性，来自跳跃性强的声调，大跳音程的句式，和具有高度演唱技巧的吐字、发声、行腔、归韵。

汉戏皮黄初进北京时，在演唱上均以湖北方言作为字音标准。湖北方言的特点就是音域宽，声调跳跃性强，虽然演唱起来高低跌宕，曲调悠扬，但是，朴实有余，优美不足，未免俚俗之气。

京剧沿用的湖广音，虽代表着湖北地方语音和声调，但它是经过了提炼加工之后，美化了的湖广音，与生活里面的湖北话，已有很大区别。

京剧声腔在广泛采用《中原音韵》用韵规范的基础上，沿用了部分湖广音的四声调值，并适当地吸收了北京字音，提高了演唱技巧和念白的音乐因素，形成了雅俗共赏的声乐美。

据京剧界的老前辈们说，京剧声腔的全面改革，主要由余三胜带领部分徽、汉艺人完成。所以，在道光中期，老生的唱法已分为三派，程长庚为徽派（侧重徽戏唱法），张二奎为京派（演唱中多用北京字音），余三胜为汉派（使用湖广音）。汉派虽为三派之一，但实际上在徽班中占有统治地位。就湖广音的使用而言，从余三胜到谭鑫培、余叔岩、孟小冬、杨宝森，一直是京剧老生演唱中的一个主要流派。

余三胜不仅在创腔方面是“时曲巨擘”，而且他擅长表演，文武兼能。他擅长的剧目，有《定军山》《琼林宴》（即《打棍出箱》)、《当锏卖马》《击鼓骂曹》《双尽忠》《摘缨会》《战樊城》《鱼肠剑》《捉放曹》《碰碑》《牧羊圈》《乌盆记》等。据历史记载,《碰碑》《乌盆记》《牧羊圈》中的二黄反调唱腔,均系余三胜所创始。

总之,余三胜为京剧老生行当开辟了一条集唱、念、做、舞,全面而又广阔的艺术展现途径,极大地丰富了老生的表演艺术,为推动京剧艺术的全面发展,做出了卓越的贡献。

(六)程长庚的精神应该永远继承和发扬

程长庚是一位对京剧形成和发展有着重要贡献的艺术大师、戏剧活动家和教育家。他生于1811年,安徽潜山人。少年在安徽坐科,满师后即在安徽各地演出。当时徽戏在北京声誉很高,程长庚遂进京搭班入三庆班。该班阵容很强,如汉戏演员童德善、龙德云等均为该班的主演。据说,程长庚开始在三庆班演出,成绩并不突出,因此他向春台班的著名汉戏演员米应先(米喜子)问艺,发奋三年,日习夜练,艺业精进。在一次堂会戏中,程演《文昭关》中的伍员,腔调激昂,神情动人,把伍子胥演得栩栩如生,全场轰动,前后台皆惊而赞之,由此名声渐起(见《京剧二百年历史》)。后来,三庆班先辈相继凋谢,程长庚遂为该班主演。据道光二十五年刊本《都门纪略》所载,程此时已为三庆班首席老生,领班人。

程长庚嗓音高亢,可穿云裂石,声韵之美,能余音绕梁。他在唱念上吸收昆曲和京(弋)腔的咬字发音方法,即所谓"熔昆弋声于皮黄中"(见《燕尘菊影录》),故其字眼清楚,"极抑扬吞吐之妙"(见《梨园旧话》)。艺兰室主人在《都门竹枝词》中,还以"乱弹巨擘属长庚,字谱昆山鉴别精"的诗句,说明他吐字发音吸收昆曲唱念的技巧。

程长庚虽以唱功为其特长，但也十分讲究身段做派。从他经常演出的《镇潭州》（岳飞）、《战太平》（花云）、《临江会》《华容道》《战长沙》（关羽）等剧目和角色来看，他还是一位允文允武的全才。

（1）程长庚对待艺术的严肃态度

演戏能否从人物出发，既标志着演员的艺术水平，又说明演员对待艺术创作的态度。据说，程长庚演《群英会》中的鲁肃，每次出场亮相，“是用双手握玉带的前端，而不用双手分托玉带两侧的‘端带’。进大帐的身段，也绝不用抬腿撩袍，而是为符合人物性格先提袍后抬腿迈步（周信芳经王鸿寿的传授就是这种演法），以示鲁肃的凝重。又如他不论坐内场或外场椅，绝不偏斜坐，都是正面坐，以示鲁肃之端庄”；再如程演《文昭关》伍子胥，“虽是身穿‘富贵衣’，其台步则是高抬腿走大步，以示伍子胥身在困境，仍不失武将风范”。（见董维贤《京剧流派》）

上述两例，按照一般的想法，均属于无足轻重的细微动作。但是，在程长庚看来，舞台上举手投足，一坐一站均能表现人物的身份、气质和性格特征。所以，他为了刻画人物，连这些很不被人重视的细节，也一丝不苟。他对待艺术之严肃，永远是我们的楷模。

（2）程长庚之艺德

过去有书记载，程长庚不唱反二黄戏。京剧界的老前辈们也曾经讲过，程大老板从来不演二黄反调，原因就是为了艺德。因为二黄反调既是余三胜的创造，又是他的擅长，演员之间应该互相躲避人家的拿手戏，让人家尽量发挥专长，自己可以在不同的戏里去发挥，这是每个演员都应该做到的艺德。

戏曲界历来把主演、配演的界限分得很清楚，凡成名者，皆不演配角，而长庚却经常饰配角。同行常虑于其盛名有碍，加以劝阻，而长庚却正色说："众人之搭三庆班，乃因我程长庚。众人为我，我又何敢不以手足视众人！正角唱戏，配角亦何独不唱戏也？同一唱戏，又何高低之分，贵贱之别也？"（见张江裁《程长庚传》）穆辰公《伶史》曾评程长庚曰："操行特著，后人称道弗衰，虽古之贤宰相，不过是也，则其得名也，岂偶然哉！"《伶史》的评语，充分肯定了他那令人崇敬的高尚艺德。

（3）程长庚把演戏视为高台教化

在道光年间，当程长庚听说英帝国主义携鸦片侵入我国广东并直入长江后，他愤怒欲绝。此时，程长庚着力塑造了坚韧不拔的伍子胥，忠勇爱国的岳飞，以及疾恶如仇的祢衡等英雄形象。由于表现这些人物的激昂愤慨之情，遂使长庚逐渐形成高亢雄壮、慷慨激愤的演唱特色。据说程长庚的演唱，可使"闻者泣下"，这正是当时人民对帝国主义侵略的愤怒感情在演员声乐中的曲折反映。

程长庚曾与人云，他之演戏，是"聊以泄吾悲耳"（见陈澹然《异伶传》）。张江裁在《燕都名伶传》里说他"多演忠臣孝子事"，并"寓以讽世之词"。如在同治末年，一次都察院强迫程长庚演出《击鼓骂曹》，程破例允诺。但演到祢衡击鼓三通，怒斥曹操一段时，长庚指堂下怒骂曰："方今外患未平，内忧隐伏，你们一般奸党，尚在此饮酒作乐，好不愧也！有忠良，你们不能保护；有权奸，你们不能弹劾。你们一班奸党，尚在此饮酒作乐，好不愧也！"台下之官僚显贵，如坐针毡，怒愧难言（见赵炳麟《程长庚传》）。程长庚将反对帝国主义侵略的愤怒与愤世嫉俗，紧密地融于戏中，通过演出起到高台教化的作用。他这种高度的爱国主义精神，和不畏权势的铮铮铁骨，永远是我们学习的榜样。

程长庚善于经营，热心公益。他掌管三庆班数十年，演员上下及各道箱口的箱倌，从无散漫作风，可谓严明。有触犯班规者，不论名望大小，地位高低，则一律按规章处理，不徇私情。

程长庚为人慷慨，热心公益，不论亲疏，一视同仁。例如，在战乱年代无法演出，演员生活发生困难，程解个人之囊而相助。遇有演员亲属生老病死，程无不亲自过问，格外给予照顾。最令全班及社会有关人士感动的是，在国丧期间，九城以内停止娱乐，只准艺人在城外的茶馆清唱。为维持全体演员生活，程长庚亲自带领全班，到城外茶馆清唱，所得收入全部分给演员，而程则分文不取。长庚年老，仍时常登台演出，时人常以“君衣食丰足，何尚乐此不疲”讽之。程长庚叹道：“某自入三庆班以来，于兹数十年，支持至今日，亦非易易。某一旦辍演，全班必散，殊觉可惜！且同人依某为生活者，正不乏人，三庆一散，此辈谋食艰难。某之未能决然舍去者，职此故耳。”程长庚这种不计个人得失，热心公益，爱护同仁的高贵品德，受到广大戏曲界的赞扬与拥护。故继张二奎之后，被推选为精忠庙庙首。

由于程长庚为人正直，德高望重，铮铮铁骨，不畏权势，所以，他敢于在权贵面前挺身而出，革除那些不尊重艺人的陋习。例如，他在演出中非常反对观众喝倒彩，更厌恶台下嘈杂之声。对明清以来一直流行的主要演员在演出之前站台供观众观赏的恶劣风气，他尤其厌恶。为此，他亲自上书宫廷，请免上述陋习。不仅上述陋习一举废除，连他最怕台下烟叶子气味的话，也一起传扬了出去。此后，程再登台演戏，台下观众自动停止吸烟，可见程长庚的社会威望。

（4）程长庚爱惜人才，提携后进

三庆班之所以数十年久演不衰，誉满全国，不外乎有人，有戏，通力合作三条经验。程长庚固然有“乱弹巨擘”和“伶圣”

之称，但是，三庆班既为龙虎之班，各个行当均须有出色人才，才能珠联璧合，相映生辉。程长庚善于发现人才，重用人才，卢胜奎入三庆班，并成为程的得力助手，便是最好的例证。

卢胜奎，出身宦门，幼年读书，喜好京剧，因考试不中，遂入梨园行以演戏为业。卢刚入戏班即为程长庚所赏识，于是被约入三庆班。卢不仅擅长做工，演孔明最为拿手，而且有编戏的才能，因为他能创编一台大戏，故被称为“卢台子”。三庆班所演之连台本戏《三国志》《龙门阵》《法门寺》均系卢氏所编。

由于卢胜奎熟读史书，钻研文学，他不仅是三庆班的名老生，而且六场通透。他的剧本的结构安排，唱念布局，不仅符合京剧的舞台规律，而且能够为各个行当演出提供发挥之余地。他编写的《三国志》共 36 本，结构严谨，情节精巧，人物生动，文辞通顺。他在《三国志》中扮演孔明，程长庚扮演鲁肃，徐小香扮演周瑜，黄润甫扮演曹操。因为他们都在各自扮演的角色身上，下了一定功夫，各自均有一套刻画人物的绝活，所以，当时观众称卢为“活孔明”，程为“活鲁肃”，徐为“活周瑜”，黄为“活曹操”。

徐小香，工小生，私淑曹眉仙。他聪慧过人，有较高的文化修养；相貌英俊，嗓音响亮；戏路宽博，文武兼擅。文戏有《拾画・叫画》《惊梦》《乔醋》《奇双会》等；武小生有《石秀探庄》《雅观楼》《八大锤》；雉尾戏有《起布问探》《辕门射戟》《镇潭州》《凤仪亭》；唱功戏有《监酒令》《孝感天》《罗成叫关》等。尤其《三国志》中之周瑜，堪称一绝。程长庚曾有“无小香饰周瑜不演《群英会》”之说。徐小香性情高傲，一次偶然与程意见分歧，小香拂袖辍演。程派人调解，徐提出苛刻条件，众人料长庚决不允诺，不想长庚不但允其条件，并亲自迎请小香复入三庆班。小香见长庚礼贤下士，深受感动，以拿手戏回报，与长庚携手合作。此后，三庆班每贴长庚与小香之合作戏，戏票必一抢而光，观众争看双绝。

(5) 程长庚为京剧培养了杰出人才

谭鑫培，16 岁时随父谭志道搭三庆班效力，先拜程长庚，后拜余三胜。因嗓音倒仓，而到京东一带跑野台子。同治九年(1870) 从京东帘外班回京，入三庆班，应工武生兼武行头。最初只能陪程长庚演《青石山》之马童，但对程扮演之关羽，总是全神贯注，悉心揣摩。程见谭鑫培对艺业苦心钻研，且嗓音已经恢复，遂提拔他演老生戏。因谭之嗓音甜美，程曾告诫他，老生之声调不可柔靡，“近于柔靡，则为亡国之音”。可见程长庚以诚待人，诲人不倦的精神。

汪桂芬，本习老生、老旦，14 岁入三庆班效力。18 岁嗓音倒仓，而投程长庚琴师樊景泰门下，改学胡琴。曾代师为程操琴，程将唱法传授于汪。后来汪重登舞台，成为徽派传人。

孙菊仙，虽出身军伍，但自幼酷爱京剧，私淑程长庚。后问艺于程，程亦认真指点。

杨月楼本系张二奎弟子，工须生兼演武生、长靠、短打，猴戏兼能。几度去沪演出均大红。回京后隶三庆班，为程所器重。长庚既见月楼，以为“此子可继我而掌三庆班者”，遂极力提拔，“且规杨曰：‘子必与三庆相终始，使我安堵，毋负我之鉴识。’月楼感激知遇，且以一身率三庆，一如长庚，亦终其身为三庆老板。月楼殁年余，以统率不得其人故，三庆遂解散矣”。

程长庚虽为普通艺人出身，而能以寓教于乐之原则，一生坚持高台教化；疾恶如仇，发扬爱国主义精神；治学态度严谨，对艺术精益求精，舞台作风严肃认真，一丝不苟；发扬艺德，尊重他人艺术，克己复礼，使同行皆有发挥专长之余地；不计个人得失，热心公益；敢于斗争，坚持原则；善于发现人才，使用人才，提携后进，培养人才。

他与余三胜、张二奎，被世人誉为“老生三杰”。“后三杰”之谭鑫培、汪桂芬、孙菊仙，均在他的提携、教导之下成长和发展，以至成为第二代京剧艺术大师。

甚至，从梅兰芳先生的一生，他的为人处世和他对梅剧团的领导方法，都可以找到三庆班的痕迹，看到程长庚的精神。梅先生犹如1790年前后的徽班一样，敞开他那博大的胸怀，兼收并蓄，博采众长，将提炼出来的所有艺术精华，熔铸于京剧表演艺术之中。于是，以梅兰芳先生为代表的艺术体系，在余、程、张“老生三杰”时代的基础上，再一次飞跃，使京剧成为了世界艺术。

京剧艺术的形态和形成，是中国戏曲历史的积淀与结晶。历史留给我们的经验，实在是极为丰富的，只看我们如何去汲取。

后　记

关于京剧的历史，多半是我演戏以后，从先祖和先父的口中得知。先祖父赵永贵，系永胜和科班坐科，程永龙乃先祖父同科

万鹏祖父赵永贵父赵鸿林

师弟。先父赵鸿林，在20世纪20年代初期去沪演出，在周信芳的陪同下，向王鸿寿问艺时，听王鸿寿讲过皮黄的来源和徽班进京的情况。但是，传到我这里，就很不系统了，又没有文字记载，所以，在我写这篇文章时，参考了《中国戏剧史长编》《中国戏曲发展史纲要》《中国京剧史》《京剧二百年概况》和《中国近代戏曲史》等有关资料，才系统成文。如有不当之处，敬希得到有关专家指正。

1990年8月28日

万鹏父亲赵鸿林幼年时与祖父赵永贵合影

中国戏曲声腔的三大源流及皮黄剧

中国戏曲在声腔上，可以分作三大源流，即昆山腔、弋阳腔（一名高腔，又作京腔）和梆子腔。

昆山腔

昆山腔即今之所谓昆曲，因其所唱为南北曲，故有此称。创兴于明代中叶时昆山，由当地曲师魏良辅由旧有之海盐腔改变而来，其本源则为宋元南戏。

余怀《寄畅园闻歌记》云："南曲盖始于昆山魏良辅云。良辅初习北音，绌于北人王友山，退而镂心南曲，足迹不下楼十年。当是时，南曲率平直无意致，良辅转喉押调，度为新声，疾徐高下清浊之数，一依本宫，取字齿唇间，跌换巧掇，恒以深邈助其凄泪。吴中老曲师如袁髯、尤驼者，皆瞠乎自以为不及也。"据此，魏良辅之创为昆山腔，实因唱北曲不能见赏于人有激而然，而其本人的唱曲经验，当亦含有北曲的成分。至所谓"南曲率平直无意致"，似即指海盐腔。但当时通行于南方的声调，还有所谓弋阳腔和余姚腔。徐渭《南词叙录》云："今唱家称弋阳腔，则出于江西，两京、湖南、闽、广用之；称余姚腔者，出于会稽，常、润、池、太、扬、徐用之；称海盐腔者，嘉、湖、温、台用之。惟昆山腔止行于吴中，流丽悠远，出乎三腔之上，听之最足荡人。"证以顾起元《客座赘语》："今又有昆山，校海盐又为轻柔而婉折”，亦相吻合。

明沈宠绥《度曲须知》云：“我吴自魏良辅为昆腔之祖，而南词之布调收音，既经创辟，所谓水磨腔、冷板曲，数十年来，遐迩逊为独步。至北词之被弦索，向来盛自娄东，其口中袅娜，指下圆熟，固令听者色飞，然未免巧于弹头，而或疏于字面……”以上说明娄东（昆山）曾盛行北曲，亦说明魏良辅之创昆腔，虽造成南北曲声调之对立，而事实上却使我们知道，昆山腔的出生，是从北曲和海盐腔或余姚腔，甚至弋阳腔的各个方面（袁髯、尤驼，或即此类声腔的老曲师），辩证地创造出来的。

现在看来，他是用“清柔婉折，一字之长，延至数息”加工于腔调，一方面是一种提高或进步，另一方面却是迎合了当时的一般士大夫的口味。进而乃有梁伯龙为之推波助澜。据明张元长《梅花草堂笔谈》载：“魏良辅别号尚泉，居太仓之南关，能谐声律，转音若丝。张小泉、季敬坡、戴梅川、包郎郎之属，争师事之惟肖，而良辅自谓勿如户侯过云适，每有得必往咨焉。过称善乃行，不即反复数交勿厌。时吾乡有陆九畴者，亦善转音，顾与良辅角，既登坛，即愿出良辅下。梁伯龙闻，起而效之，考订元剧，自翻新调，作《江东白苎》《浣纱》诸曲。又与郑思笠精研音理，唐小虞、陈梅泉五七辈杂转之，金石铿然。谱传藩邸戚畹金紫熠爚之家，而取声必宗伯龙氏，谓之昆腔。”

根据这段记载，可以得知昆山腔的成功，其客观条件之一，便是当时贵族们的爱好。梁伯龙之作《浣纱记》（谱吴越春秋事，有《六十种曲》本；《江东白苎》为散曲集，有暖红室本），显然含有迎合性质。其间最值得注意的，是魏良辅“每有得必往咨焉”的过云适。说不定魏氏之创昆山腔，这位过云适实隐操其间之枢纽，至少，这人也必是一个娴熟音律的老曲师。然则创兴昆山腔者，实不当归功魏良辅一人。除了过云适和梁伯龙，就连张小泉、季敬坡、戴梅川、包郎郎等都得算上。若无过之是正，与梁之景从，固不能使昆山腔打好基础，若无张、季、戴、包等人，也许不能立时流行。不宁唯是，便在北曲方面，王友山自是激发魏良辅创辟昆腔的一人。而魏良辅在另一关系上，却仍获得一个精于北曲的人的帮助。清陈其年诗云："嘉隆之间张野塘，名属中原第一部。是时玉峰魏良辅，红颜娇好持门户。一从张老来娄东，两人相得说歌舞。"按，张野塘为寿州人，以北曲擅长，系魏良辅之婿。陈诗"红颜娇好持门户"，指魏女。然则魏良辅创兴昆山腔，亦曾得力于素精北曲的张野塘。

《南词叙录》云："今昆山以笛、管、笙、琵按节而唱南曲者，字虽不应，颇相谐和，殊为可听。"又沈德符《顾曲杂言》云："今吴下皆以三弦合南曲，而又以箫、管叶之，此唐人所云'锦袄上着蓑衣'。"又李调元《雨村曲话》引沈宠绥《弦索辨讹》云："明时虽有南曲，只用弦索官腔。至嘉隆间，昆山有魏良辅者，乃渐改旧习，始备众乐器，而剧场大成，至今遵之。"这些话都是很实在的。而其间主要的关键，还是以弦索改为笛、笙、箫、管。因此，深邈者属于声腔，而凄泪则当归功于伴奏。

《南词叙录》云："南曲则纡徐绵眇，流丽婉转，使人飘飘然丧其所守而不自觉，信南方之柔媚也。"然则昆山腔自始即是贵族阶级庭院中的艺术。唯其如此，它便由这班人的支持，随着流宦各地的士大夫们的足迹，由东至西，从南到北，遍行于各地。而事实上却是把大众所喜爱的戏剧，从剧本到声腔，引向所谓高雅的途径，离开大众愈来愈远。

刘廷玑《在园杂志》谓"终以昆腔为正音"，便代表了当时一般士大夫的看法。清钱泳《履园丛话·艺能篇》："余七八岁时（笔者按：其时约为乾嘉年间），苏州有集秀、合秀、撷芳诸班，为昆腔中第一部。"在北京方面，士大夫们也会两下子。《履园丛话》云："近士大夫皆能唱昆曲，即三弦、笙、笛、鼓板，亦娴熟异常。余在京师时，见盛甫山舍人之三弦，程香谷礼部之鼓板，席子远、陈石士两编修能唱大小喉咙。"

流入北方的昆曲，因别于南方起见，乃有北昆之称。旁及其他各地，如四川现仍有能唱昆曲者（曹黑娃灌有《林冲夜奔》唱片）。

湖南在道光以后，亦尚有普庆班专唱昆曲。徽班名宿程长庚，亦为唱昆腔出身（《都门竹枝词》咏程氏有"字谱昆山鉴别精"语）。即远至陕西、福建，亦莫不有昆曲的流播。然而，其流播原因，仍只是随着那些流宦各地的士大夫们，作其庭院演出，初不必即为一般大众所娴习。

昆腔故事取材，除了才子佳人一类的风月闲情外，大多数为历史或小说的翻版。而词句则务于雕琢，声腔则极其柔婉，甚至连昆腔出生地的江浙一带，一般大众都感到昆曲的声腔词句，和他们太隔阂了。于是，先从词句和声腔入手，别出一种方式与之争长。那便是源出昆曲，而趋于通俗的所谓"滩黄"。

滩黄，亦作滩王，又作滩簧。初起于清代乾隆年间，当时刊行的《霓裳续谱》（有乾隆六十年序文）中有滩簧三种。又《履园丛话》云："演戏如作时文，无一定格局，只须酷肖古圣贤人口气，假如项水心之何必读书，要象子路口气，蒋辰生之愬子路于季孙，要象公伯寮口气，形容得象，写得出，便为绝构，便是名班。近则不然，视《金钗》、《琵琶》诸本为老戏，以乱弹、滩王、小调为新腔……"

近人程徐瑞《湖阴曲初集·绪言》云："在皮簧未兴以前，所有唯一戏剧，则昆曲是也。顾其文辞典雅，音节繁缛，非一般社会所能领略。江浙之间，有演为浅俗白话，如苏沪滩簧等，大都白多唱少，调极简单，仅起落稍佐琴弦……"又《杭俗遗风·

滩簧》云："以五人分生旦净丑脚色，用弦子、琵琶、胡琴、鼓板，所唱亦系戏文……不过另编七字句，每本五六出。"按滩黄之由来，就是昆曲所演故事及排场，而改变声腔与词句。尤其是苏州滩黄，其唱词虽改成七字句，而其内容则仍为昆曲剧中所有。其剧目如《牡丹亭》之《劝农》,《琵琶记》之《赏荷》,《水浒记》之《借茶》《活捉》,《白兔记》之《养子》《出猎》,《南西厢》之《游殿》《寄柬》,《占花魁》之《受吐》《独占》，殆无一不是就昆曲改成。

这类戏目，在苏州滩黄中，谓之"前滩"，即较前上场之正戏。另有所谓"后滩"，则大抵为一丑一旦的玩笑戏。如《卖草囤》《捉拉圾》《卖青炭》《打斋饭》之类。多为随意打诨，临时抓哏。然而最为一般观众所欢迎的，也就是后滩。

近年唱苏州滩黄者日少，不但是前滩，就连后滩也只能在上海游艺场偶一见之。不过，以其剧本而论，以其地域接近昆曲而论，滩黄最早出生的地域，应当就是苏州。上海滩黄（旧名本滩，一名东乡调，近则改称沪剧），无锡滩黄（一称无锡文剧），常州滩黄（或连无锡而并称常锡文戏），这都是根据苏州滩黄而沿着京沪线发展的。

扬州有文戏，实亦滩黄之类，则由长江流播过去。杭州的滩黄，早与苏州并列，似由苏嘉线而传去。宁波亦有滩黄，则明为受杭州的影响，及上海滩黄的参合。此类滩黄之剧目，如申、锡、常州所演，多为后滩一类，间亦排演取材自弹词及民间唱本的连台戏。扬州、宁波多属男女相悦，调情打趣的喜剧。惟杭州旧亦有前滩之剧，如《古城记》之《训弟》《单刀》之类，即苏州滩黄亦有所未能。

滩黄虽把昆曲简易而通俗化了，但并不能因此而代替昆曲。因为在剧本取材方面，和演唱技艺的不完整，实已陷入绝症。所以前滩不兴，乃转向后滩发展。今上海的沪剧，已开始与盛极一时的越剧进行竞赛，其勇于改进之处，实亦不容忽视。

昆山腔在中国戏剧的声腔上，因有本身的改革和士大夫们的支持，操了二百多年的霸权。在横的方面，几乎遍及各省，在纵的方面，则今日许多地方戏曲，仍不免受其影响。声腔和词句，固不必仍皆依其范畴，但排场、伴奏、服装、科介，实犹存其绪余。比方皮黄剧，除了腔调不同，其念韵白还是中州韵的反切。如“知”念“支依”，“筲”念“西鏖”，“更”念“肌因”。而场上需用牌子时，则几乎全属昆曲，甚至即唱昆曲某一出的原词。如班师回朝用【五马江儿水】，“虎将承凤诏”出《鸣凤记·辞阁》；简单一点的用【一江风】，“一官迁，白下孤云断”，则出《百顺记·召登》。这类例子真是不一而足。不但皮黄剧如此，就是陕西的秦腔，也没有脱离这个圈子。如行军用【普天乐】，坐帐用【水龙吟】，登殿用【朝天子】，都是昆曲中出来的。

他如汉剧、湘剧、川剧、滇剧，乃至桂剧、粤剧，其排场、伴奏、服装、科介，都受昆曲的影响。又福建之泉漳一带有所谓“御前清音”，其声调较昆曲尤为绵远，但只作零曲演出，不复能粉墨登场。

当然，昆曲有二百多年历史而遍行各省，凡属高台大戏，其表演形式，或多或少地皆与之有一些关系。除非是来自民间的三小土戏（小生、小旦、小丑），他们才不去理会这些炫人耳目的成规，甚至举起反帜，自搞一套。

然而，以皮黄剧为例，溯源其始，不管是西皮或二黄，最初也都是来自民间的土戏，及至进入都会，被征到当时统治者的辇毂之下，才一步一步地踵事增华。皮黄剧和秦腔都继承了一部分昆曲的绪余。

上述或有未明，列表为次：

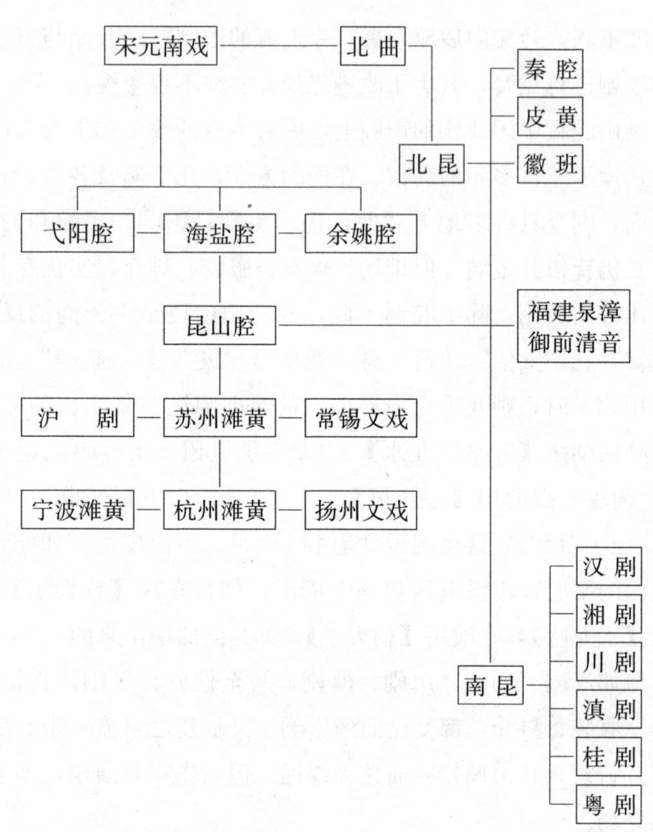

弋阳腔

弋阳腔于明代始见记载，创兴虽或在海盐腔之前，在这期间恐无直接关系。至于海盐腔之变为昆山腔，则人所共知。明顾起元《客座赘语》记载："南都万历以前，公侯与缙绅及富家，凡有讌会，小集多用散乐……大会则用南戏，其始止二腔，一为弋阳，一为海盐。弋阳则错用乡语，四方士客喜阅之；海盐多官语，两京人用之。后则又有四平，乃稍变弋阳。而令人可通者。

今又有昆山，校海盐又为轻柔而婉折，一字之长，延至数息……”

据此，弋阳再变而为四平。四平原出徽调，即今之四平调。清李渔《闲情偶寄》论音律云：“弋阳、四平等腔，字多音少，一泄而尽。又有一人启口，数人接腔者，名为一人，实出众口。”清刘廷玑《在园杂志》云：“旧弋阳腔乃一人自行歌唱，原不用众人帮合，但较之昆腔，则多带白作。曲以口滚唱为佳，而每段尾声，仍自收结，不似今之后台众和，作哟哟啰啰之声也。江西弋阳腔、海盐浙腔，犹存古风，他处绝无矣。近今且变弋阳腔为四平腔、京腔、卫腔，甚且等而下之，为梆子腔、乱弹腔、巫娘腔、琐哪腔、啰啰腔矣。愈趋愈卑，新奇叠出，终以昆腔为正音。”其谓旧弋阳腔无众人帮合，不知何据。证以汤显祖《宜黄县戏神清源师庙记》“其调喧”之语，如系“一人自行歌唱”，又何喧之有？其实弋阳腔之“以口滚唱”，变为乐平、徽、青阳以后的情形，即所谓“滚调”是也（见傅芸子《白川集·释滚调》）。

明徐渭《南词叙录》云：“今唱家称弋阳腔，则出于江西，两京、湖南、闽、广用之。”这话很可信。现在的湖南仍有高腔，其唱法即为一唱众和的路子。又福建闽侯亦有此种腔调，其用他人帮和之腔调，谓之“驮岭”，其自行拖腔而不用他人帮和者，谓之“自驮岭”（见闽剧《紫玉钗》剧本序例）。

另清李调元《剧话》云：“弋腔始弋阳，即今高腔，所唱皆南曲。又谓秧腔，秧即弋之转声。京谓京腔，粤俗谓之高腔，楚蜀之间谓之清戏。向无曲谱，只沿土俗，以一人唱而众和之。”这话也是不错的，适可与《南词叙录》互为印证。如今之四川，固仍有高腔；楚虽兼指两湖，而湖北之花鼓戏（今名楚剧），旧日亦为一人唱而众人和之（予藏有旧日花鼓戏名角小宝宝之《十二想》及《吃醋》等唱片，仍有帮腔）。广东今日虽无帮腔之戏，但旧日伶工俱为湖南祁阳人，所习亦湖南戏，其大锣大钹以及大段数唱，似仍存高腔痕迹。唯南京一处，现既无本地之戏剧，遂无往迹可资寻索。但北京旧日盛行之高腔，亦即所谓京腔，其起源却另有其说。

清震钧《天咫偶闻》云："京师士夫好尚，亦月异而岁不同。国初最尚昆腔戏，至嘉庆中犹然。后迺盛行弋腔，俗呼高腔，仍昆腔之辞，变其音节耳。内城尤尚之，谓之得胜歌。相传国初出征，得胜归来，军士于马上歌之，以代凯歌。故于《请清兵》等剧，尤喜演之。"其说之谬，固不待一辩。但高腔亦即弋腔，自为事实；因其流行于北京，故名京腔。

清王正祥《十二律京腔谱·凡例》云："弋腔之名何本乎？盖因起自江右弋阳县，故存此名。犹昆腔之起于江左之昆山县也。"综上以观，弋阳腔自明迄清，初则行于两京、湖南、闽、广等地，嗣后乃推而至于楚蜀一带。而浙江之绍兴高调，安徽之高拨子，虽或有帮合，或无帮合，按其声调，固皆同一系统。至少，高拨子是与四平调有关的。不宁唯是，即其他民间小戏，如绍兴之的笃班，其初亦有帮合。今之越剧，虽皆一人自行歌唱，而其伴奏器乐之随腔，每至尾句过门，辄即尾句之重复，亦旧日有帮合之遗迹。湖北楚剧，亦复如是。

湖南之高腔，固仍不绝如缕，而民间流行的花鼓戏，实亦与湖北的楚剧同源，在昔谈湖南花鼓戏或采茶戏者，皆未及此。仅就花鼓中之大筒各剧而言（其伴奏之二胡，下端之筒甚大，故名），剧目如《张三反情》《李四复情》《张四姐下凡》《富公子嫖院》皆属之。而正宗之湖南花鼓戏，实亦高腔变体，仅有锣鼓铙钹以按节拍，并无伴奏。剧目有《清风亭》《教轿儿》等。

综上所说，弋阳腔在中国戏曲声腔上的源流，其直接系统，应为下表：

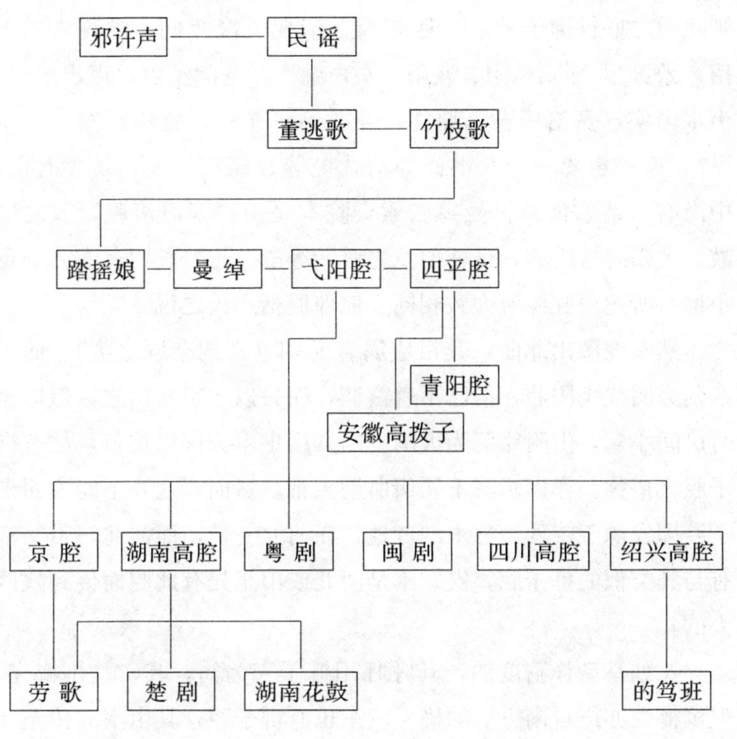

梆子腔

“梆子发源于陕西，亦即所谓秦腔”。梆子腔这一名目，有一个时期曾被视为乱弹的代名词，几乎除了昆山腔和弋阳腔，其他声调皆属之于乱弹。

梆子腔属弦索调。除鼓板之外，另用枣木为梆以按节，故有此称。李调元《剧话》云：“俗传钱氏《缀白裘》外集，有秦腔。始于陕西，以梆为板，月琴应之，亦有紧慢，俗呼梆子腔，蜀谓之乱弹。”今本《缀白裘》，以梆子腔诸剧编作第十一集；乾隆丁未年嘉兴博雅堂刊本，则以第十一集分作“万方同庆”四册。然则陕西之盛行梆子腔，至迟亦当在清代乾隆年间。洪亮吉《七招》云："北部则枞阳、襄阳，秦声继作。芟除笙笛，声出于肉。枣木内实，篔筜中凿（原注：今时称梆子腔，竹用篔筜，木用枣）。啄木声碎……"洪氏为清代乾隆、嘉庆间人，其《七招》中尚有"请歌南部：曼绰弦索，院本是祖。五声清脆，节之以鼓。弋阳海盐之调，良辅伯龙之谱"等语。与严长明《秦云撷英小谱》所述声腔源流大致相同，似即概括严氏之说。

然秦腔源出北曲，其祖应属金元调（宫调杂剧之类），而近亲则为明代弋阳腔，但已不遵宫调，而另以七字句出之，似即当时民间小戏，由附庸蔚为大国。因其用枣木为梆以按节，故有梆子腔之俗称，亦以示其不属诸所谓大雅。然而，这并不能说明梆子腔即发源于陕西。枣木的产地，在河北一带，而河北一带又都有与其类似的梆子腔，安知不是河北或山东先有此腔而传到陕西去的？

比如马彦祥猜度的，其呼呼用椰子壳为筒，其实是槟榔壳，但槟榔壳亦产自南方。的确，广东也有梆子腔，其由南方传至北方，亦非全不可能的事。不过照梆子腔的声调而论，其用枣木为梆，是为着在鼓板之外，增助其音节的高亢，明为高台广场的演出而造成。若以中国各地语言相比较，从黄河流域到长江流域，由高渐低，至滨海一带，则又较长江流域为低。故南音绵远而低，北音急促而高。广东的梆子音调极低，绝用不着那种声为爆竹的枣木为梆，而只在鼓板之外加用木鱼就够了。然则梆子之称，当因有那个枣木梆，才获得这一俗称的。

那么顾名思义，其重点就不在呼呼上面了。设令真是南方梆子在先，而传到北方去，以粤剧为例，则粤剧实出灰剧及湘剧，而湘剧与汉剧同源，在年代上似乎不至早于秦腔。而况秦腔的出生，虽不必如《秦云撷英小谱》所云"自唐宋元明以来，音皆如此”，但既已在乾隆年间盛行，其形成的年代必当比乾隆年间更早一点。由乾隆年间上溯到清初，再上溯到明末，这时期，正是李闯王起义的当口，在清初陆次云所撰《圆圆传》中，便有这么一段：

> 李自成据宫掖……进圆圆。自成惊且喜，遽命歌。奏吴歈，自成蹙额曰：“何貌甚佳，而音殊不可耐也。”即命群姬唱西调，操阮筝琥珀，己拍掌以和之，繁音激楚，热耳酸心，顾圆圆曰：“此乐何如？”圆圆曰：“此曲只应天上有，非南鄙之人所能及也。”自成甚嬖之……

圆圆姓陈，本为女优，以饰《西厢记》红娘擅长（见清邹枢《十美词纪》），又能唱弋腔（见《影梅庵忆语》），所谓“吴歈”，即指昆曲。李自成来自陕西，所谓“西调”，虽或为《霓裳续谱》中所收【西调鼓儿天】那一类的小曲，但如所奏器乐为阮（即今之月琴）、筝、琥珀（即火不思，一作浑不似）而又“繁音激楚，热耳酸心”，显然是一种颇为高亢的声调，假令唱的是某剧的一段，则无疑是属于秦腔了。

当时尚无胡琴或呼呼，而胡琴或呼呼，实亦由火不思衍变而来。槟榔壳当然产自南方，但不必制成呼呼而后传播过去。犹之弦琴有广线苏线两种，便很不容易断定其声调究将谁属。

若依笔者的揣度，槟榔壳之制为呼呼，只是乐器上一种配置。何况，秦腔的主要伴奏，实为类似古之奚琴的二弦，其弦以皮为之，发音高锐，适与枣木梆相应（见近人王绍猷《秦腔纪闻》）。

在李自成的当时，即以器乐源流而论，琥珀即今之二弦，其拍掌以和，即有如枣木为梆。不过，秦腔虽统称梆子，但在西安而言，则实为同州剧（或连朝邑而称同朝剧）之专称，其音高亢，较西安尤甚。而西皮反自称乱弹，而直名同州剧为同州梆子。

同州（即今大荔）在陕西东路，故又名东路梆子。西安为陕西的西路，其声腔实由同州传来，因较同州梆子略低，故一名西路梆子。其二弦为合尺弦，与二黄调胡琴和弦法相间。同州则为四工弦，较西安梆子为高，即等于西皮调的和弦法。同州与山西蒲州接壤，因而蒲州梆子亦为世所称，其声调似即由同州流传过去。河南之有梆子，亦为同州梆子系统（河南之西北角与同州接近）。山东以曹州梆子为代表，则系由河南传去。至于河北梆子，或系秦腔到北京以后，才逐渐兴盛起来。

刘献廷《广阳杂记》云："秦优新声，有名乱弹者，其声甚散而哀。"其以秦腔直名乱弹，当即西安的梆子。刘献廷为清康雍间人，足见清初已有秦腔了。其至北京大抵为乾隆、嘉庆间事。戴璐《藤阴杂记》载："京腔六大班盛行已久。戊戌己亥时，尤兴王府新班。湖北江右公谦，鲁侍御赞元在座，因生脚来迟，出言不逊，手批其颊。不数日，侍御即以有玷官箴罢官。于是搢绅相戒不用王府新班。而秦腔适至，六大班伶人失业，争附入秦班觅食，以免冻饿而已。"戊戌、己亥为乾隆四十三至四十四年(1778—1779)，可见秦腔已先徽班而入京。

但河北梆子，系蒲州梆子推行至崞县、忻县一带，故称北路，其音高亢，与同州梆子相近。同治《都门纪略》竹枝词云："几处名班斗胜开，而今梆子压春台。演完三出充场戏，绝妙优伶始出来。"又《天咫偶闻》云："光绪初，忽竟尚梆子腔，其声至急而繁，有如悲泣，闻者生哀。"这是同光年间北京梆子盛行的情况。但这种梆子实为河北梆子（一作直隶梆子），如今尚健在的刘喜奎便属此类。当时曾与皮黄同台演出，俗称"两下锅"。名角侯俊山（十三旦）、田际云（想九霄）皆此中佼佼。

他如老梆子及唱唱腔，滦州的蹦蹦（即今评戏），定县的秧歌，东北的地蹦子，山东的肘鼓子，以至于乾隆间在京红极一时的魏长生、陈银官，虽多起自农村，但于声调上多受梆子的影响。

杨掌生《辛壬癸甲录》谓魏长生、陈银官师徒“相继作秦声以媚人”，其实，魏为四川金堂人，所唱声调为西秦腔。吴太初《燕兰小谱》云：“蜀伶新出琴腔，即甘肃调，名西秦腔。其器不用笙笛，以胡琴为主，月琴副之。工尺咿唔如话，旦色之无歌喉者，每借以藏拙焉。”其所谓甘肃调，殆因甘肃南部有西秦之称。但事实上魏长生所唱似为四川梆子，其源当出西安梆子，故音调不甚高亢，且已有了一些变化。

论者谓西皮调即由此而来，语虽有据，但西皮决非由四川梆子脱胎。按之地域，实系由陕西而从白河经襄阳而入武汉。如今之云南的滇剧，其西皮则仍名襄阳调，亦即所谓湖广调。

他如汉剧、湘剧（名北路，以示来自汉剧）、赣剧、桂剧（皆湘班传去）、粤剧（仍名梆子，其始亦传自湘剧），皆系循此路线发展。至于皮黄剧的西皮调则传自汉剧，初名楚调。

粟海庵居士《燕台鸿爪集》云：“京师尚楚调，乐工中如王洪贵、李六，以善为新声称于时。”按此为道光八年至十二年事。据道光二十五年本《都门纪略》，王洪贵隶和春班，所擅剧目为《让成都》（刘璋）、《击鼓骂曹》（祢衡）；李六隶春台班，所擅剧目为《醉写吓蛮书》（李白）、《扫雪》（刘子忠），皆属西皮剧（《扫雪》或有唱二黄者，但此剧亦源出秦腔）。又同书载有汉籍伶工余三胜，亦隶春台班，所擅剧目为《定军山》（黄忠）、《探母》（杨四郎）、《当锏卖马》（秦琼）、《双尽忠》（李广）、《捉放曹》（陈宫）、《碰碑》（杨令公）、《琼林宴》（范仲禹）、《战樊城》（伍员），亦以西皮剧居多（除《碰碑》《琼林宴》及《捉放曹》

的《宿店》外，其余皆为西皮）。

据此，当时所谓新声者，实即西皮调。盖二黄调在乾隆五十五年早已入京，其有名旦角为高朗亭，一名月官。小铁笛道人《日下看花记》云："月官，姓高，字朗亭。年三十岁，安徽人，本宝应籍。现在三庆部掌班，二簧之耆宿也。"《日下看花记》有嘉庆八年癸亥（1803）自序，距道光十二年（1832）已 30 年，若王洪贵、李六所唱为二黄，似不应认之为新声。皮黄剧之西皮调脉络既明，然则二黄调又将何属呢？

二黄调，自昔以"起于湖北之黄陂"之说为有据，此说引及"京师尚楚调"等语，以为至少当来自湖北。偶有指二黄实源出徽调者，亦以为曾经汉剧之陶冶。甚至有人以二黄之"黄"字或作"簧"字，认为系两种声调。又有人以"二"字的江浙音读作"宜"，疑其出自宜黄。凡此诸说，虽不必全为风影之谈，但按之源流，据笔者所知，实不敢贸然附和。

欧阳予倩先生的《谈二黄戏》一文（载《中国文学研究》，《小说月报》17 卷号外）以其实地经验，而作声腔上之比较，始渐明其端绪："有人说二黄本于徽调的高拨子（高拨子出于桐城）——由高拨子到二黄，当是平板二黄为之过渡。平二黄与属于弋阳腔之咙咚调极相近，说是从咙咚调（又称梆子调，又称吹腔）脱胎，想来不错。"按二黄本于徽调，自是不刊之论，高拨子为弋阳腔的支流，与属于弋阳腔之咙咚调自亦有其渊源。则平二黄不出高拨子，即出咙咚调。咙咚调者，应为陇东调之音讹，陇东为陇省之东，陇为甘肃。陇东调在西安言之，谓之西凉调，亦即甘肃梆子。其声调与西安梆子略同，唯吐字发音为甘肃土味，实亦秦腔系统。而另一陇东调，则为环县之道情，其尾句用众人帮和，实为道地之陇东调，当与弋阳腔为近亲。但甘肃一带称西凉调为高腔，则亦似与弋阳腔具有渊源了。至于"又称梆子调”，当指甘肃梆子；“又称吹腔”，则或因辗转流传，浸至以笛子为伴奏主乐之故。如今尚传之《贩马记》（一名《奇双会》）一剧，其声调即为吹腔，其剧本来源为徽班老路。清焦循《剧说》载：“近安庆梆子腔剧中，有《桃花女与周公斗法》、《沉香太子劈山救母》等剧，皆本元人。”（按：元人指元人杂剧）《剧说》编于嘉庆乙丑（1805），则此时的徽调仍有梆子腔之称。故“又称梆子调，又称吹腔”云云，亦不悖谬。而平二黄之出自吹腔，则确凿不移。最明显的证据，便是四川的平二黄，现仍用笛子随腔，如《乌龙院》等剧，与吹腔完全一致。准此以观，平二黄既与咙咚调相近，同时又系由吹腔变化而来，而咙咚调又属于弋阳腔，是二黄亦当为弋阳腔系统了。

但弋阳腔的规律，为有节拍而无伴奏，而且有众人帮和，其废去帮和而改加伴奏，虽不乏其例，但照平二黄的发展路线看来，恐怕不是最近的事。根据咙咚调或为陇东调的音讹来看，则平二黄颇有出自西凉调或环县道情的可能。其旁证便是清代嘉庆年间的安庆还是梆子腔，至少这时候的安庆已有梆子腔。安庆梆子即今之所谓南梆子，而南梆子实即秦腔的变格，于此更可证明徽调必与梆子腔有其渊源。

再说现在西安、泾阳、三原及商洛一带，尚有所谓本地二黄，或名土二黄。有人认为是二黄源出于徽调，再传播到西北一带去的。这一说也有可信处。那便是徽调源出梆子，由徽调变成二黄，然后流传到西安一带。这就等于北京的皮黄剧，本来源出徽汉二调，而今之安徽、湖北又流传着京调是一样的。

旧日剧本选集《缀白裘》一书，其第六集及第十一集均收有梆子腔零出。第六集分“共乐升平”四本，收有下列诸剧：《买胭脂》《落店》《偷鸡》《花鼓》《途叹》《问路》《雪拥》《点化》《探亲》《相骂》《过关》《安营》《点将》《水战》《擒么》。第十一集“万方同庆”四本，收有下列各剧：《堆仙》《上街》《连相》《杀货》《打店》《借妻》《回门》《月城》《堂断》《猩猩》《看灯》《闹灯》《抢甥》《瞎混》《请师》《斩妖》《闹店》《夺林》《缴令》《遣将》《下山》《擂台》《大战》《回山》《戏凤》《别妻》《斩貂》《磨房》《串戏》《打面缸》《宿关》《逃关》《二关》。

以上均据乾隆丁未刻本。其所收各剧，今日之皮黄班偶有见诸舞台者，如《落店》、《偷鸡》即《巧连环》，《花鼓》即《打花鼓》，《途叹》等四出为《蓝关雪》（小三麻子有此剧），《探亲》、《相骂》即《探亲家》（今仍唱【银绞丝】）。《过关》一剧，湘剧有之，名《婊子过关》。《安营》等四出为《洞庭湖》，周信芳有此剧。《堆仙》为喜庆剧，昆曲班亦有之。《上街》、《连相》即《打连厢》，汉剧丑角大和尚有此剧。《杀货》、《打店》即《十字坡》，《杀货》一出皮黄不演，汉剧名《卖皮弦》。《借妻》等四出即《一匹布》。《猩猩》一剧今已失传。《看灯》等四出即《瞎子逛街》，《请师》、《斩妖》即《青石山》，《闹林》、《夺店》即《快活林》，《缴令》等六出即《神州擂》，《戏凤》即《梅龙镇》，《别妻》旧名《丑别窑》（湘剧与《平贵别窑》隔场演出，谓之《双别窑》），《斩貂》即《斩貂蝉》，《磨坊》、《串戏》即《十八扯》，《宿关》等三出即《查头关》（但早已不带《逃关》《二关》）。

上列各剧，《缀白裘》虽均列入梆子腔一类，但不一定都是秦腔或其他各地的梆子腔的唱法。甚至明著牌调或另标声腔的，如《买胭脂》一剧，固然是梆子腔，但已没人唱了，而《落店》、《偷鸡》则标作三调，一为【吹腔】，二为【梆子驻云飞】，三为【梆子皂罗袍】，今则改【吹腔】为昆曲【粉孩儿】，唱词则为《长生殿·埋玉》“匆匆的弃宫闱珠泪洒”。又如《打花鼓》原为《红梅记》中一折，今剧无丫头朝霞及曹公子情事，故亦不唱梆子。又《蓝关雪》，在湘剧则唱高腔，京剧或唱二黄或唱徽拨子。

但这都是现在的情况，其间当然已有了许多变化。可是《探亲》、《相骂》在《缀白裘》上亦明作【银绞丝】，何以亦归入梆子腔呢？还有《洞庭湖》四出，其第一出《安营》，为【点绛唇】【醉太平】【普天乐】；第二出《点将》，为【朝天子】【普天乐】【朝天子】【普天乐】【尾】；第三出《水战》，无唱词；第四出《擒么》，为【朝天子】【尾】，这明明是南北曲，何以亦作梆子腔呢？他如《借妻》有【乱弹腔】，《打面缸》有【包子带皮鞋】（按：【包子令】带【赵皮鞋】为南北曲犯调，天柱外史《皖优谱》引论以为包子即拨子转音，误），今则唱【南锣】（一作啰啰）。《缴令》六出中既有【批子】【吹调】，而又有属于北曲的【点绛唇】【四边静】【尾】。准此以观，当时梆子腔的范围，实在是无所不包。

清李斗《扬州画舫录》云："两淮盐务例蓄花雅两部，以备大戏。雅部即昆山腔；花部为京腔、秦腔、弋阳腔、梆子腔、罗罗腔、二簧调，统谓之乱弹。"据此，乱弹实为诸腔各调之总称。

《缀白裘》以乱弹腔属之梆子腔。而李调元《剧话》亦有"俗呼梆子腔，蜀谓之乱弹"之语。至少乱弹腔与梆子腔，必有其类似之处。至于梆子有【驻云飞】【皂罗袍】，乃至大套单支的南北曲，这却毫不足异。今日陕西之所谓迷胡（眉户），有月调（即越调）曲牌，如【满江红】【混江龙】【黄龙滚】【罗江怨】，皆即南北曲的原调。

梆子腔其源当来自弦索，殆因简易通俗之梆子腔既臻兴盛，此类曲调反成为其全局的一部分。此外，其戏剧以乱弹名者，有扬州戏（一名香火戏）、江淮戏、绍兴戏、潮州戏，皆就其本省之乱弹而作其土音之演唱，而实为弋阳腔系统。

各地剧种不及闻见者尚多，如山西的上党戏中有梆子、西皮及二黄等；云南的花灯戏，因未能详知其声调，不敢随便附入。

而非属登台扮演之剧种，如河北之滦州影及牵线傀儡，福建泉州之掌中班，湖南、四川等地的皮影戏及竿子傀儡，皆不予论列。

上述三大声腔源流，在音乐伴奏上有值得补充的一点：弋阳腔系统，大抵为有节拍而无伴奏（高阳弋腔之有伴奏，系按昆曲路子的一种配置，如《纳书楹曲谱》中《借靴》一剧，即其显例）；昆山腔系统，其伴奏之主要乐器，大抵为管乐（滩黄系改用弦乐）；梆子腔系统，其伴奏之主要乐器，大抵为弦乐（或有加用笛子者）。其与声腔之发展，具有极大关系。

假令以三大源流汇合而言，则梆子系之平二黄，无论咙咚调属于弋阳腔与否，而平二黄旧有四平调之称，似亦与弋腔系之四平腔不无相当关系。昆山腔每值数人同场，有合唱曲尾之例，其为出自弋腔之帮和，极为明显。

然则中国戏剧虽分三大源流，而弋阳腔自为其间之总脉。溯源于始，则凡属歌唱，莫非起自劳动呼声之"邪许"了。

昆曲与南戏的渊源关系

昆曲最早叫昆山腔，兴于明代中叶的江苏昆山，由当地著名作曲家魏良辅根据旧有的海盐腔加以变化发展而来。因为魏良辅最初演唱北曲不受人赏识，所以，他一气之下创造南曲，闭门谢客埋头作曲，十年没有下楼。在海盐腔和北曲的基础上发展创新，终于创造出字分八声，运用唇齿，注重清浊，讲究清柔婉转、抑扬顿挫的新声腔调。此后，新起的昆山腔逐渐压倒其他声腔，称霸剧坛。这就是说，昆曲是在海盐腔和北曲，也就是元曲的基础上，脱颖而出的。

南戏的产生是在宋光宗时代，永嘉人写的《赵贞女》和《王魁》两个剧本，是南戏最早的代表作。南戏的盛行是在北宋南渡以后，号称永嘉杂剧，永嘉就是现在的温州，所以又叫温州杂剧。所谓温州杂剧就是南戏，又叫戏文。南戏本来是一种土生土长的民间艺术，虽然它已经发展成为一种既有剧本，又有各种脚色分工，建立了生旦净末丑等行当的戏曲，但是却没有引起人们的注意。宋朝首都迁到临安（杭州）之后，由于温州和杭州很近，所以就逐步传播到杭州，于是引起人们的注意，才逐渐发达起来。

南戏成熟以后，虽然和原始的温州杂剧比较，在词句上已经雅化了，剧本取材也广泛了，但是，它的演出形式还保留着，比如各种脚色同场的时候都可以唱，不像元曲那样，一出戏只用一个脚色唱到底，其他脚色只有念白。

由此可见，当时的南戏已经具备了完整的戏剧形式。那么，海盐腔与南戏是一种什么关系呢？

海盐腔始于南宋末年，创造人叫张镃，字功甫（见明代李日华的《紫桃轩杂缀》）。海盐腔也是浙江的产物，它出在嘉兴、湖州和温州一带。

明朝万历年间有一个进士叫顾起元，他写的《客座赘语》里边说："南都万历以前，公侯与缙绅及富家……大会则用南戏，其始止二腔，一为弋阳，一为海盐。"王骥德的《曲律》里边说："旧凡唱南调者，皆曰海盐。"所以，海盐腔出自南戏，昆曲出自海盐腔。

元曲对后来的戏曲有何影响？

刚才说的南戏是以沈约的平上去入为行腔吐字的根据。那么，元曲则不然了，它是根据元朝周德清的《中原音韵》的阴阳上去为行腔吐字的根据。周德清的《中原音韵》是根据北方音系而编撰的一部韵书，它废除了吴音里面的入声字。因为元曲产生在元朝的大都（北京），所以，它的行腔吐字是根据《中原音韵》

这部韵书，所以元曲又叫北曲。

王骥德在《曲律》里面说：“古曲有艳，有趋，艳在曲之前，趋在曲之后。”艳就是现在戏曲里的【引子】，趋则是【尾声】。因此我们也就看出，直到今天我们的传统戏曲（特别是昆曲和京剧）还保留着元曲的套数（也就是程式）。

不仅如此，元杂剧无论是行当的分工，服装道具的使用，还是分场虚拟化的表现方法等，都给后来的戏曲留下一大批极其宝贵的财富。从剧本来讲，元杂剧无论在思想性、艺术性、文学性还是创作方法等方面，都是值得我们认真学习和探讨的，是极为宝贵的艺术遗产。

元杂剧不仅在中国戏剧史上占着极其重要的地位，在世界艺术宝库里，也是一颗永远灿烂的明珠。

皮黄剧的变质换形

皮黄剧（京剧）虽然以西皮二黄为其总称，事实上，它是博采众长，无所不有。如弋阳腔、昆山腔、西秦腔、梆子腔、徽调、汉调，乃至南锣、花鼓、小曲、秧歌，都并行不悖地同台演唱。

说起来似乎杂乱无章，使人莫衷一是，然而，声腔虽杂，却无碍于其演出的完整——有时候，以不同的两种声调相间演出，反而觉得它很新鲜，同时，也能协调。因此，有人说，皮黄剧中虽然包括着许多不同的声腔，可是多半都变了质，和原来的那些声调有了或多或少的不同。这话是不错的。即以西皮二黄两种声调而论，前者是由西秦腔（即秦腔）而变化，后者则脱胎于徽调，这说明皮黄剧的形成，皆由各种声腔改变而来。

西皮既出自西秦腔，其伴奏的胡琴为四工弦，与源出山西的河北梆子属同一系统，故可表演河北梆子；二黄由徽调转变，其胡琴为合尺弦，而与汉调发展情况相同，故汉调、吹腔、高拨子等俱能加入。至于《打面缸》之南锣，《打连厢》之花鼓，《过关》之小曲，《放牛》之秧歌，虽无一定系统，但皆来自民间。正所谓“畸农市女，顺口可歌”，无非取其为大众所喜闻乐见。置之金鼓喧阗之中，亦觉别饶趣味，故同台并列，也不嫌其枘凿了。但是，比之原来的声调，的确有多多少少的改变。比方皮黄剧中的梆子腔，就没有纯粹的河北梆子那样高亢，高拨子也没有纯粹徽班那么沉雄。淮南之橘，至淮北则为枳，这种现象是很自然的。

唯其如此，皮黄剧的形成，一直发展到现在这个阶段，其本身的原则，就是一个变字。没有西秦腔和徽调，就不会有西皮二黄；单有西皮二黄，没有昆曲的排场规律，不会有皮黄剧；单有皮黄剧，而没有其他地方剧的参酌或借鉴，也不会绵延到现在。换言之，其纵的方面，是改昆为乱，改雅为俗；横的方面，是变弋、秦、徽、汉为京，变杂为纯。

若有人说，皮黄剧是无从改变的一种东西，这显然是没有弄清楚皮黄剧本身的来历。不宁唯是，即皮黄形成以后，也无时不在改变中。据笔者所知，现在的皮黄剧，与50年前的皮黄剧相较，已迥然有别。无论唱词、腔调、场子、伴奏、角色、扎扮，都与50年前有了较大的距离。若以一出戏而言，则从故事到剧本，从剧本到舞台演唱，从舞台演唱到观众的反应，差不多都有所改变。而促成其改变的，自然是观众的需求，间接的却是随时而异的社会生活。

纵然所演的剧目全是历史故事，但因时代的推移，也常由观众的意向而决定其取材和上演。有艺术成就的演员，他固然可以凭个人的声誉而掌握一部分观众，但演员本身毕竟受时代的影响和现实生活的支配。尤其是那些能自树一帜的名演员，其本身之成就，虽然或禀天赋，或经苦练，但究其成功原因，殆无一不从改良求变而来。正如皮黄剧本一样，若非时加改进，决不会有今日之景象。假使仍有人怀疑，皮黄剧是无法换形变质的，那么我们不妨从头谈起，由纵的到横的，由剧本到舞台，虽然一鳞半爪，不能证明它全部换了个样了，但从各方面凑起来，也好像大不相同了。

皮黄剧的故事取材，大抵都是循着昆曲的旧有路线，非历史，即小说（演义属历史，评话属小说），甚至大部分剧本，就是从宋、元、明、清的杂剧或传奇而改编。因此，“改”之一字，便成了皮黄剧的来源，凭空结构的创作，可说绝无仅有。

笔者曾经统计过，曾上演和仍在上演的各剧，究其本源，几乎有三分之二是旧有杂剧传奇中的老关目。当然，以有牌调和长短词句的杂剧传奇来唱皮黄，许多地方是不合条件的。同时，那些词句也过于文雅，多半是死胡同里的东西，不能不改。

即以昆曲本而论，从故事到剧本，从剧本到舞台演唱，也有一些出入。比方取材《水浒》的一些剧本，常见的如《义侠记》《水浒记》，稀见的如《元宵闹》《翠屏山》，都与《水浒传》有或多或少的不同。又如故事本来是写尼姑，剧本的文词也是尼姑，因为舞台演唱时形象不大雅观，便将尼姑扎拌成为道姑。如《玉簪记》的陈妙常，《思凡》《下山》的小尼姑，皆其显例。至于故事结尾原为家破人亡之悲剧，而强改之为团圆终场等，则不一而足。有时甚至完全推翻历史故做翻案文章。如张大复的《如是观》，写岳飞挥兵直捣黄龙府；无名氏的《百子图》，写邓攸弃子全侄，其子邓全为他人收养，仍得团圆。以后周文泉又作《补天石》八剧，亦本此路线而作历史翻案。

皮黄剧因系沿改旧本而来，有时也搞不清故事本身究竟怎样，岳飞之死，人所共知，故仍以《风波亭》为其结尾。而邓攸弃子，全本名《黑水国》，今演者仅《桑园寄子》一折，则以其子为其弟媳所救，同奔潼关作结，似即《百子图》的路子，则虽不自作翻案，仍于不知不觉中蹈入窠臼。至于皮黄剧本身所改编的东西，其故事与剧本全不相侔者，可以拿《连环套》一剧为例。《连环套》以窦尔敦盗御马为骨干，写窦尔敦之豪侠，实则借以彰黄天霸之猥琐及朱光祖之精悍。据天汉浮槎散人《秋坪新语》载：

> 康熙间，献邑有巨盗窦尔东，骁勇绝伦，匹马双刀，飞腾上下，所乘马日可行八百里，每孤身劫客，无论数十百人，刀马所至，应手披靡……一日邑会师百数十人，围之城西廉颇庙，窦持刀拒门，众无敢入。用火计烧其庙，窦窥见，于是跨鞍马，袒臂握刀，呼跃而出，马亦嘶怒奔踌，雷轰电转，众皆辟易，窦已溃围去。后屡捕不获。然窦最孝，其母匿于僻村，搜访得之，下之狱。乃乘马握刀，驰至县门大呼曰："我窦尔东在此，杀人劫财我也，于母奚与？幸释我母，我当就缚。"兵役惊集，遥为环绕而莫敢近，于是令出堂前遥谓曰："子豪士也，诚欲自投，遗弃尔马！如弗释尔母者，有如日。"窦乃下骑，遂出其母于狱，尽去锒铛，窦弃刀抱之哭，乃就擒。奏闻，上惜其材厚，故留之，闻其踝骨已坏，遂诛焉。

据此，窦尔敦即窦尔东，因其所乘之马神骏，乃讹为御马，而以盗自御厩加于身。《秋坪新语》有乾隆壬子（1792）浮槎散人自序，其时皮黄剧尚未从徽班蜕化，评话《施公案》亦未刊版。似编剧者先于《秋坪新语》取材，而以陪衬黄天霸；又以其人生于康熙间，乃复设为《李家店》一剧，使黄天霸之父黄三太与窦尔敦结怨，以作盗御马害黄之剧本。于是而有《连环套》一剧，以双钩易其双刀，以单身大盗改为啸集山林之寨主。又蒋瑞藻《小说考证》引阙名《笔记》载窦二敦事，亦做献县人，系明史阁部部将石某孙婿，其盗御马之动机，实欲行刺康熙帝，因不得逞，乃匿归山林不知所终。阙名《笔记》未见传本，其所载似即就《盗御马》一剧而攸谬之，当不若《秋坪新语》之可据也。

自清代乾隆末年入京的徽班，至道光初年已经在京将近四十年（1790—1828）。在这四十年间，四大徽班博采众长，变质换形，无所不有，已经有过不少的变化。

京剧的形成和发展经过，现在看来虽然比较清楚，但不能用“京剧是由徽班演化而来”这一句话加以概括。京剧皮黄调的形成，是因为徽班入京之后，在声腔上容纳众长，剧目上广征博采，由是蔚成一种丰富多彩的表演。二黄的声调由于轴子戏在一般观众方面取得信任，根据这个基础，再加上西皮的一些大众所熟悉的剧目，于是在诸腔多调中脱颖而出。同时在唱工老生当中，产生了初期的杰出人材，如程长庚、余三胜、张二奎等人，继之而起者有谭鑫培、汪桂芬、孙菊仙等人。入京后的徽班从而蜕变成为以西皮、二黄为主要声腔的皮黄剧——京剧。

徽班进京是中国戏剧史上的伟大转折

12世纪我国宋金杂剧破土而出，是经过周秦的俳优、乐舞，汉代的角抵、百戏，隋唐的滑稽戏、参军戏等漫长的孕育阶段，才逐步形成一个独具中国民族特色的戏剧形式。宋金杂剧的卓然成形，为中国戏剧的发展树立起一个富有历史意义的里程碑。而元杂剧的崛起，则是中国戏剧史上的第一次转折；第二次转折，是明传奇取代元杂剧；而推动中国戏剧第三次转折发展的，便是二百年前的徽班进京了。

我们说徽班进京是中国戏剧史上的伟大转折，是因为由于徽班进京才出现了徽汉合流的局面。正因为徽班汉戏的同台合奏，是在全国政治、文化的中心——北京，又有一个长期稳定的政治局面和百花竞放、斗艳争奇的艺术环境，它才能够大量吸收其它剧种之长，并根据北京观众的审美需求，将北京字音糅进它的声腔曲调之中，孕育出一枝奇花异葩——京剧！

京剧这枝奇花异葩，奇就奇在了集中国戏曲表演艺术之大成，用典雅的艺术形式，演出通俗易懂的历史故事。它以其雅俗共赏的表现方式，塑造出许许多多面貌一新，独具风格的艺术形象，散发着独特而浓厚的韵味，体现着极高的审美价值。因此，它登上了北京剧坛盟主的宝座，风靡全国，成为中国戏剧的象征和代表，并以它那迷人的艺术魅力，走上世界戏剧舞台，征服了世界剧坛，使中国古老的民族戏曲成为世界三大戏剧体系之一。京剧充分展示了中华民族的文学、音乐、舞蹈、美术的高度水平和辉煌成就，集中地体现出我们民族文化的素质。由于京剧取得了高度的艺术成就，所以，它又推动了全国所有戏曲剧种（包括曲艺）的蓬勃发展，为中国戏剧史谱写了光辉灿烂的新篇章。这一切不正是由于徽班进京而产生的吗？所以，我们说徽班进京是中国戏曲史上的伟大转折。

反过来讲，假若没有徽班进京，就不可能在北京剧坛上出现皮黄合流的局面。但是，由于徽汉二调乃同一声腔体系，因此，它们即使不能在北京同台合奏，也必然在其他地区合流。当然，那只能与其他地区的方言、语音结合，根据其他地区的审美习惯，产生出代表其他地区的剧种，而绝不会产生足以代表中国戏曲的京剧。那么，中国戏剧的发展则是另一番景象了。既然皮黄合流是必然的，那么，徽班进京究竟是一次偶然的机会，还是历史的必然呢？

乾隆五十五年（1790）乃乾隆皇帝八旬大寿，宫廷必然要隆重地庆祝一番。这么大的活动，为什么只有浙江盐务大臣送徽班进京，参加朝廷大典的演出呢？难道其他各省均未送戏进京？假若有，为什么史书上从无记载？假若没有，那究竟是何原因？这一系列问题，不是值得我们深思吗？

当然像高腔、昆腔、秦腔，当时正在北京，不必再从外地召集。可是那些历史悠久，又具有表演特色的戏曲剧种，为什么都没有被召集进京，参加庆祝乾隆八旬大寿的隆重演出，而单单送徽班进京呢？

像湖南长沙的湘戏，在明嘉靖以前便已开始形成，到清康熙年间已颇具规模，在乾隆年间湘戏便开始设立科班传艺（当时的徽班并未做到），说明湘戏已经发展成熟。潮州戏也形成于明代中叶以前。它的脚色行当，光是丑行就分十类，其中有项衫丑、官袍丑、踢鞋丑、裘头丑、褛衣丑、长衫丑、武丑、老丑、小丑、女丑；旦行分七类，有乌衫旦、蓝衫旦、乌毛旦、白毛旦、武旦、衫裙旦和彩罗衣旦；生行分五类，净行分三类。这些行当的分工说明它的说唱、歌舞、唱腔和表演技巧的丰富多彩。兴化戏（即现在的莆仙戏）流行于福建的莆田、仙游及闽中闽南等兴化方言地区。它在宋杂剧的影响下，出现了综合歌舞白以搬演故事的兴化杂剧，因它的脚色行当原为生、旦、贴生、贴旦、靓妆（净）、末、丑七个行当，所以又称兴化七子班。它于明代中叶就已盛行，清代又有很大发展。绍兴乱弹也于明末清初便流行于绍兴、宁波、杭州、上海等地，至乾隆年间盛极一时。此外还有梨园戏、川戏和广东的广腔（即粤戏）等等。当时活跃于长江以南的几个戏曲剧种，它们有的在明嘉靖年间早已流行，有的在明末清初便已正式形成。

而北方呢？除河北的丝弦戏和河南的越调在康熙、乾隆年间就已经形成外，当时其它剧种均尚未正式形成。虽然蒲州梆子（又称南路梆子，即今之蒲剧）在康熙年间早已流行，但是，它和北京流传最广的秦腔，同属一个声腔体系。声腔曲调雷同的剧种，自然没有必要同时出现在北京的戏剧舞台上。

同样，湘戏自康熙年间，就以唱高腔为主，或高、昆（昆腔）兼唱。潮州戏因明清两代弋阳腔、昆山腔、西秦戏和外江戏的流入，所以兼收弋、昆、梆、黄的声腔曲调。绍兴乱弹素称绍兴高调班，它也因明末清初受昆腔和乱弹的影响，而兼唱昆腔和乱弹。广东的广腔当时所唱的声腔，也是一唱众和，整体上是弋阳腔与当地广调结合，用广东方言演唱的。川戏以川昆、高腔、胡琴（即皮黄）、弹戏（即梆子腔）和民间的灯戏构成了昆、高、胡、弹、灯五种声腔。由此可见，上述剧种首先在声腔曲调上，均未脱离昆腔和高腔的声腔体系。尽管它们与当地的语音、方言、民间小调结合，但仍不能消除昆、高声腔的色彩。

唯独徽班的二黄调开一代新声，表演技艺风格独特，令人耳目一新。因此，徽班进京虽然是一次偶然的机会，但是，这个偶然性却包含着历史的必然性。请看徽班进京前夕北京剧坛的概况：

在徽班尚未进京之前，北京的戏剧舞台上，已出现了昆弋合奏、梆子盛行的局面。关于昆腔和弋阳腔的来历等等，早有各种版本的戏剧史书作过详细介绍，无须笔者在这里重复。但是，要说明徽班进京之后，对中国戏剧的发展所起的巨大作用，就不可避免地要涉及造成昆弋合奏、梆子盛行的原因。但这不是我要说的重点，因此略做简要介绍。

清李调元《剧话》说："弋腔始弋阳，即今高腔"，它在明嘉靖初年（约16世纪20年代）开始流传北京。由于它自明末清初便活跃于北京并与北京的语音结合，逐渐形成带有北京地方特点的弋阳腔，因此又被称为京腔（但戏剧界却一直习惯用高腔的叫法）。由于它既有连台大戏，又有折子单出，剧目丰富，讲究舞台排场，所以，它一直被称为京腔大戏雄踞北京剧坛。

昆腔（又称昆曲，即今日之昆剧）于明万历末年（约17世纪初）传到北京，因其声腔曲调婉转清柔，表演典雅细腻，剧本词藻华丽，受到宫廷、贵族和士大夫们的赏识，取代了高腔的领先地位，一时独步京都剧坛。由于昆腔日益走向宫廷化，新创作的剧本大多是士大夫们的案头之作，文学性虽强，但不符合表演规律，无法搬上舞台，新的剧目贫乏，又不能雅俗共赏，因此失掉了广大观众，而日趋衰落。

康熙年间，昆曲排演了洪昇创作的《长生殿》，孔尚任创作的《桃花扇》和李玉创作的《千钟禄》，受到广大观众欢迎，曾一度振作。但是，由于它曲高和寡，所以，进入乾隆年间，昆曲又逐渐衰微。为了维持局面，昆曲班开始兼演弋腔，后来共同组织昆弋班，于是出现了昆弋合奏的现象。

昆曲之所以能兼演弋腔进而昆弋合奏，是因为弋腔演唱也是联套的曲牌，与昆曲唱腔结构并不矛盾。昆弋合奏的局面在河北一带及北京、天津一直维持到20世纪30年代末。我在少年学戏时，曾多次看过陶显庭、郝振基等演出的高腔（即弋阳腔）。弋阳腔的唱腔结构，虽然和昆腔同样来自南戏的曲牌联套体制，但它的徒歌（干唱）、帮腔和滚调，皆以锣鼓帮衬，确实“铙钹喧阗，唱口嚣杂”（《啸亭杂录》）。由于它那粗犷、豪放、激越、明快的特点，它的“只沿土俗”，不重视艺术的形式美和装饰美，故被人称之为“燕俗之剧”。如果说昆腔是因为它词曲过分古奥而衰落，那么弋阳腔则是因为它过分土俗而衰竭。

秦腔本来在北京早已流传，但不被人赏识。乾隆四十四年（1779），梆子花旦魏长生搭入北京双庆班，以他的《滚楼》《背娃进府》等戏轰动京都。他特别发展了花旦的跷工，帮助他的表演“得写实之妙”，所以，观众日达千余人，因此双庆被誉为京都第一。当时不仅高腔艺人学习梆子，在京的其它剧种也都纷纷学习魏长生的表演和梆子腔。可是乾隆五十年（1785），清政府明令禁止演唱秦腔，魏长生及其它秦腔艺人改入昆弋班演出。两年后，乾隆五十二年（1787），魏长生离京南下，到扬州参加了徽戏的春台班。

过去听先祖父赵永贵和程永龙（先祖父与程永龙均系永胜和科班坐科）说：“虽然自清朝以来，戏班里把有些戏分成奸、盗、邪、淫四类。但是，像《鸣凤记》里的严嵩，《逍遥津》里的曹操，非得把他们骨子里头的奸演出来才算上品；而《偷鸡》《盗甲》的时迁，越是偷得巧妙、痛快，就越显出义盗之可爱；如《无底洞》《摇钱树》《金钱豹》的武旦和武净，必须演出魔法无边的邪气，才能算把闹妖戏演好；但是，花旦和玩笑旦，可都要在淡处生妍，媚而不淫。”

魏长生擅长的《滚楼》《背娃进府》均非淫戏，居然被清政府明令禁演，禁令不仅针对他个人，而且包括秦腔班，说明他必有庸俗不堪的表演——戏剧舞台与社会风气是相互影响的。乾隆五十年安乐山樵所作《燕兰小谱》和嘉庆八年小铁笛道人的《日下看花记》等等，不是赞美花部旦角的“手如柔荑，肤如凝脂”，就是形容雅部旦角的“莲脸柳腰，柔情逸态”，即或谈论某旦某戏，也无非是什么“刘有《桂花亭》，王有《葫芦架》，究未若银儿之《双麒麟》，裸裎揭帐令人如观大体双也。未演之前，场上先设帷榻花亭，如结青庐以待新妇者，使年少神弛目瞤，罔念作狂”。难道当时整个北京剧坛的花雅诸部，所有的生行、净行、老旦行和文武丑行中竟无一个出色的人才吗？当然《燕兰小谱》和《日下看花记》就是为了“兰”和“花”而写的，所以，前者记旦色 64 人，后者记旦色 84 人。

当时花雅各班流行的剧目有《买胭脂》《花鼓》《搬场拐妻》《思凡》《探亲》《相骂》《过关》《上街》《连厢》《借妻》《看灯》《别妻》《打面缸》（见《缀白裘》），《烤火》《卖饽饽》《拐磨》《小寡妇上坟》《浪子踢球》《王大娘补缸》《三英记》《缝搭膊》《滚楼》《潘金莲葡萄架》《打灶王》（见《燕兰小谱》），等等。上述剧目均系典型的三小戏，而内容除了爱情之外，便是反映民间的生活故事。这些戏不需要更多的行当，也用不着十蟒十靠和各种刀枪把子。因为三小班不能演出那些历史重大题材，表现历史人物各种各样的政治斗争与军事斗争的大戏。寓教于乐是戏剧的功能，否则为什么我们的先辈把演戏称之为高台教化呢？虽然爱情和民间的生活故事是任何一种戏剧形式都不可缺少的内容，但是，我们民族的审美理想，绝不是仅仅围绕着谈情说爱打转转。历史人物的那些英雄事迹和他们的勇敢顽强、纯朴善良、聪明智慧、忠贞爱国、铁面无私、疾恶如仇、见义勇为才是我们民族的性格、民族的精神和民族的审美理想。其实高腔、昆腔和秦腔历史悠久、行当齐全，剧目也十分丰富。尤其是秦腔的生行和净行在表演技艺方面，均有一些绝活。但是，它为了迎合那些文人墨客和纨绔子弟的病态心理，而放弃了自己的特长，以三小班去彼此竞争以至两败俱伤，可见社会风气对戏剧的影响。

三小班风靡北京剧坛，说明中国戏曲的主要支柱——生、旦、净、末、丑五大行当的发展已经出现一种极不平衡的局面。这既违背了中国戏曲的发展规律，也违背了广大观众的审美要求。这种局面不仅窒息了其它行当的发展，限制了剧本题材，而且把戏曲舞台那种瞬息万变、气象森罗的广阔天地，缩小到庭前院后、闺房绣楼之中，这岂不是中国戏曲的倒退吗?

徽戏三庆班就是在这样一个历史背景之下，它以所有地方戏曲均不具备的优势，取得了应召进京为乾隆祝寿的契机，从而跻身于北京剧坛。徽班的优势表现在以下三个方面：

1. 它的声腔曲调丰富，表现力强

三庆班进京时，虽只以二黄、吹腔和高拨子为其主要声腔曲调，但它的二黄腔既有高亢、激越的优长，又有深沉、浑厚的特色，具备了声乐的美感和强劲的表现力。与那一味追求婉转清柔的昆曲、“其节以鼓，其调喧’的高腔和“其声甚散而哀”的秦腔相比，就更显出二黄声腔曲调的多彩多姿了。而徽班又善于广收博采，在声腔曲调方面，从昆腔、秦腔到柳枝腔、罗罗腔以及民间小调，它均能兼容并蓄，为我所用。它既以二黄、吹腔、拨子为主，又兼唱昆、秦、柳、罗各种声腔曲调，所以它能做到观众想听什么，它就有什么；而对北京的其它剧种而言，它们的声腔曲调，它不仅都有，而且能和它们竞争，但是，它的声腔曲调——二黄、高拨子，它们就来不了。这是它必然被选进京的第一个原因。

2. 它的行当齐全，各显身手

当时徽班有末、生、小生、外、旦、贴、夫、净、丑九门行当。每一个行当都有数名水平较高的演员，并且每一个行当都有自己的正戏，它们有单折戏、小本戏，还有连台多本的大轴子戏，所以，每一个行当都能发挥特长，各显身手。

早年先祖父和程永龙均曾说过："三庆班在北京一炮而红，是因为各行都有出色人才，各行也都有自己的看家戏，绝不是就红了一个高朗亭（三庆班著名花旦）。如果三庆班光靠高朗亭叫座的话，到了嘉庆年间高朗亭就不行了，为什么三庆班反倒越唱越红呢?"

万鹏祖父赵永贵

我幼年演戏时，有一次先祖父看了我的《文昭关》，说我演的像《捉放曹》的陈宫，不像伍子胥，因为缺乏骨子里的刚劲，没有大将的气度。所以，他举了程长庚的例子，他说："过去都说程长庚把《文昭关》的伍子胥演活了，那是因为伍子胥虽然穿的不是蟒靠，可仍然有大将的气度，骨头里有一股子刚劲。因为徽班最注意做戏，所以，一样的身段，劲头可不能一样。不然的话，为什么老徽班讲究身段要结合大锣、小锣的轻重音和板眼的尺寸呢?""七七事变"时，周信芳正在天津中国戏院演出，先父赵鸿林在20世纪二三十年代曾多次与周信芳合作，所以，先父经常带我到周信芳住所听他们聊天。有一次周信芳和先父说起老三麻子在徽戏《蓝关渡》（周信芳演此戏，改名《雪拥蓝关》）中，如何通过身段、步法的变化，运用髯口、帽翅和水袖等技巧去配合脸上的表情，表现韩愈被贬蓝关时的复杂心理活动。他边说边做，甚至连唱腔、过门、锣经都毫无遗漏地表演了出来，真是精彩极了。他和先父说："你看，徽班里的表演有多少好东西呀！老三麻子确实会很多徽班的绝戏，除《蓝关渡》之外，他的《醉轩捞月》《梁灏夸才》《兴瓦岗》《陈琳挂帅》，以至《斩经堂》等，他都是在徽班时一招一式学来的。"

由于徽班讲究运用表演技巧刻画人物，因此它每个行当都有一套自己的身段、功架和绝活。拿身段、功架来说，《芦花荡》、《钟馗嫁妹》和《醉打山门》的难度都是比较大的，没有扎实的武功、优美的身段和铜筋铁骨般的功架，是难以胜任的。都说这些戏是昆腔班演得好，可是据先祖父说，这些戏都是徽班传给昆腔班的。就在我将要倒仓之前，学《下河东》《战长沙》的时候，先祖父曾说："论白脸末和魏延这堂活儿，谁也演不过苏廷奎（曾教过先祖父和程永龙、刘永奎等人的架子花戏）。因为他的老师就是三庆班唱架子花脸的，徽班的架子花最讲身上、脸上和功架……苏先生就教过昆腔班，据说侯益隆（北京昆弋班著名武净）就受过苏廷奎的指点。"

综上所述，可见徽班各行的表演艺术是同时并进的，所以，它的行当齐全，成龙配套，当时北京的所有剧种均无法与之相比。这是它被选进京的第二个原因。

3. 它的武戏出色，异彩纷呈

安徽的旌德、青阳一带专出能翻能打的艺人，他们的武功部分来自武术和杂技，他们既可做徽戏演员，又能以打把势、要杂技谋生。徽班兼容并蓄的精神，不仅表现在声腔曲调方面，在表演上也是博采众长、包罗万象。所以，早在明代末年徽班就把他们的翻扑跌打和上轴杆、要流星、爬杆、顶棒，以及七节鞭、三节棍等，都穿插在《打连厢》《大卖艺》和目连戏之中了，因此徽班素有“剽轻精悍，能相扑跌打”的声誉。到了清代，这类技艺已逐渐化入了表演程式和表演技术之中了。武戏方面，如《金钱豹》里的耍叉、捧锞子；《四杰村》《花蝴蝶》里的上轴杆；武旦、武丑的顶功（过去叫旱水）和一般武戏里的窜毛、抢死板、钻圈、入洞以及跟头和乌龙绞柱等，都化入了徽班武戏之中，成为武戏中不可缺少的程式技术了。文戏方面，如吊毛、僵尸、抢背等，也均成为老生必须掌握的基本功。当时徽班艺人，不但是武生、武丑、武旦、武净都须具有较高的武功水平，就是一般的贴旦、花旦、老生以及末，也须有一定的武功技艺，否则有些戏你就动不了。

当时徽班有《大卖艺》《打连厢》两出戏，前者的剧情是：兄妹二人流落江湖以卖艺为生，遇恶霸讹诈；后者剧情是：姑嫂二人因家境贫困，故上街以打连厢谋生，遇地痞流氓戏谑。这两出戏剧情基本相同，又都没有更多的唱念，纯以杂技和武功表演敷衍成剧。前者为武丑和武旦的重头戏。当时在北京看过徽班戏表演的王梦生，在他的《梨园佳话》中记载：“武剧……以余所见于京师者，其人上下绳柱如猿猱，翻转身躯如败叶，一胸能胜五人之架叠，一跃可及数丈之高楼。目炫神摇，几忘为剧。”（此书出版于民国初年，但所记多为清代道咸年间之事。）据老前辈讲，徽班进京后仍保留武术和杂技的戏，只有上述两出，在其它戏里已看不见武术和杂技的痕迹，那就是上面所说的早把它们融化在表演技术之中了。

王梦生在《梨园佳话》中形容徽班的武戏表演，虽有些夸张，但徽班武戏的翻扑跌打，其它剧种确实无法与之匹敌。

当时三庆班每一场戏，必有一出专重翻打的武戏放在中轴子，压轴子多为生旦的重头戏，而大轴子即文武带打的全本新戏，“分日接演，旬日乃毕”。不要小看“剽轻精悍，能相扑跌打”的武戏，这既是徽班被召进京的原因之三，又是扭转“要吃饭，一窝旦”的不良风气，树立龙虎之班雄姿英发形象的巨大动力。

中国历代均把龙作为帝王的象征，虎当作将帅的化身，而老徽班将龙虎之班的“龙”泛指为帝王将相，“虎”则泛指为英雄豪杰。只有文武行当齐全，具备十蟒十靠和全堂刀枪把子，什么大戏都能演的戏班，才能算是有龙有虎的龙虎班。实际上龙虎班是徽戏特有的一种体制，这种体制是生、旦、净、末、丑共同发展的结果。不仅当时其它剧种不具备龙虎班的条件，即使现在，除京剧以外，各种地方戏曲也均无龙虎班的格局。即使高腔、昆腔和秦腔的行当齐全，剧目丰富，生、净的表演也有特色，但是，它们却没有武生、花脸挑班的惯例。

由于徽班具备了绝对优势，所以，它不仅必然被召进京，而且必然取代昆弋班和称雄一时的秦腔，登上北京剧坛盟主的宝座。二黄调的盛行，致使在京的昆、高、秦三个大剧种江河日下，甚至出现散班的现象。于是，三庆班便将这些剧种的失业艺人聘请入班，所以，这些剧种的艺人对徽班移植昆腔、高腔和秦腔的剧目、曲牌、排场和丰富表演艺术，等等，均起到很大的作用。

徽戏由俗到雅，最后达到雅俗共赏，是经过了一定过程的。不过徽戏二黄调有一个先天的优越条件，就是它的发源地——安庆——靠近江南，因之，它的语音介乎南北之间，没有什么特殊的侉音超字。因此土生土长的二黄调，虽难免乡音土调，但由于安庆语音的优越条件，当它进京以后，通过一个阶段的宫廷演出和昆曲发声吐字的影响，使徽戏从声腔曲调到舞台表演均发生了由俗到雅的变化。特别是为了适应北京的观众，它在唱腔与念白中，逐渐采用了北京字音，尤其在玩笑戏里，干脆将花旦和小花脸的道白改成具有音乐色彩的北京话（即京白）。玩笑戏改用京白后，不仅人物显得活泼自然，生活气息浓厚，同时增加了喜剧效果，使观众感到格外亲切。因此，逐渐又将部分生旦合演的对儿戏，如《乌龙院》的阎惜姣，《翠屏山》的潘巧云，《挑帘裁衣》的潘金莲，以至所有旗头旦的念白，一律改为京白念法。这是徽班的一次重大改革，不仅推动了徽戏的发展与进步，同时为后来演化为京剧准备了充分的条件。

由于喜欢徽戏的观众越来越多，所以四喜、和春、春台等徽班也相继进京。这四个徽班各具特色，如三庆班最有号召力的便是连台本戏，需要连日接演，如同画卷一样逐渐展开，因此观众称它为“轴子”；四喜班以昆曲为主，故称之为“曲子”；和春班以武戏为主，把子是他们的专长，因而以“把子”得名；春台班乃科班性质，除主演外一律是年轻演员，生龙活虎，朝气蓬勃，故被称为“孩子”。概括起来就是：三庆的轴子，四喜的曲子，和春的把子，春台的孩子，统称四大徽班。

本来徽戏和汉戏在进京之前即有频繁交往，无论声腔曲调、演出剧本乃至表演艺术均曾相互影响，艺术手段以及艺术风格亦有许多近似之处，特别是徽汉二戏的演员，早在进京之前就曾有合作的历史，因此，许多汉戏著名艺人，如米喜子、余三胜、李六、王洪贵、龙德云、童德善、谭志道等人，均投身于徽戏春台班与和春班之中。春台班进京时首席老生是享誉京师的米喜子，可见春台班生行阵容之强，和春班首席老生为王洪贵。他们均以西皮戏为主，但也兼演少量的二黄戏。如李六擅长的剧目《醉写吓蛮书》和《扫雪》（又名《扫雪打碗》或《铁莲花》），前者为西皮戏，后者为二黄戏。这就说明徽汉两个剧种在进京之前，早有频繁交往、相互影响的历史。

由于三庆班在北京打开了局面，那些著名的汉戏艺人又投身于徽班，将汉戏特有的老生剧目和表演技艺带进徽戏之中，形成徽汉二调正式合流的局面。例如余三胜唱做并重的剧目《定军山》《卖马当锏》《战樊城》《鱼肠剑》《四郎探母》《双尽忠》《捉放曹》《碰碑》《琼林宴》《牧羊圈》《乌盆记》《摘缨会》；王洪贵擅长的《击鼓骂曹》；大和尚擅长的《胭脂褶》；小生龙德云擅长的《辕门射戟》《黄鹤楼》……特别是米喜子的红生戏《战长沙》，居然令台下观众不约而同地肃然起立，竟忘却了这是在演戏。可见当时汉戏的表演技艺了。当时三庆班首席老生程长庚（京剧创始人之一），便从米喜子学习红生戏。

到了道光二十五年（1845），雄踞北京剧坛的三庆、四喜、和春、春台、嵩祝、新兴金钰、大景和七个戏班中，除大景和班是以净行的花脸为主之外，其余六班均以生行为主。如三庆的程长庚，春台的余三胜，四喜的张二奎，和春的王洪贵，嵩祝的张如林，新兴金钰的薛印轩。

以生行为主的局面出现，从戏剧内容上讲，加强了戏曲舞台反映生活的能力，促使剧本创作题材广阔，繁荣了演出剧目；从表演艺术来看，老生表演技艺的丰富提高，推动了皮黄声腔曲调的进一步发展与完善；带动了武生、小生、红生、娃娃生以及净行、丑行、老旦行的唱腔板式与吐字新腔，也与老生是密切相关的。因为在许多戏里都是生旦并重，而且生旦的长短往往是彼此衔接紧密，相互关联的，老生的唱腔板式丰富了，旦角的唱腔板式必然随之丰富；老生的身段加强了，旦角的身段如不加强，二者的表演就会脱节。所以，生行为主的局面形式，不但没有限制旦行的发展，反而促使旦行的唱、念、做、打全面提高。龙虎班必须在这样的基础之上才能全面形成。

京剧之所以得天独厚，就因为它脱胎于徽汉二调合流的龙虎之班。它继承并发展了徽班汉戏的优良传统，以崭新的龙虎精神代表着中国戏剧，屹立于世界艺术之林。所以我们说，徽班进京是中国戏剧史上的伟大转折。

完成于1990年9月下旬

原载《京剧与时代》

龚望　书法

京剧发展史概论

重温京剧历史的现实意义

京剧的历史是一部不断发展，不断前进的历史。京剧代表中华民族的戏曲艺术，第一个走出亚洲奔向世界，使我们民族的戏曲艺术登上了世界剧坛。从 20 世纪 20 年代到 30 年代，京剧艺术大师梅兰芳便征服了日本、美国、苏联以及德国的戏剧专家、电影皇后、喜剧大师、艺术评论家和各国的广大观众，因此震惊了世界剧坛。并且，通过京剧艺术在国外的访问演出，提高了我们祖国的文化艺术在国际上的地位，增强了互相了解，建立了和平友谊，为祖国争得了荣誉。因此，京剧的发展过程，是一部光辉灿烂的历史。

我们研究京剧的历史，不仅是追踪摄迹，述其沿革，更重要的是研究它在各个历史时期的发展原因，和我们祖先的成功经验，从而找出我们这一代停滞不前，或者说有严重倒退现象的教训。回顾历史就是要总结成功的经验，汲取失败的教训，找出我们努力的方向，这就是孔夫子说的“温故而知新”。

京剧是一种高度的综合性艺术。在行当方面除了生、旦、净、末、丑之外，还有文场、武场，和后台的各种箱口的分工。在武工门里，除了武生、武旦、武净、武丑和武老生之外，还有二武生、武二花、打英雄和官将的上下手，等等。

我们的祖先不仅为京剧的表演创造出四功五法，而且为文武场创造了极其丰富的板腔体演奏程式，京剧继承了大量的昆曲曲牌，并发展了锣经，以及后台各种箱口的工作程序和操作技术等，同时积累了剧本创作程式、写意式的舞台排场和虚拟化的导演方法。因此，京剧早已形成了自己的独特风格和完整的艺术体系。

所以说，我们的祖先给我们留下了极其丰富而宝贵的艺术遗产。这些遗产是几代人的心血和结晶，也是京剧的精华，需要我们认真地去继承。也只有认真地去继承，才能得到宝贵的艺术遗产，使它不至于全部失传。这是历史赋予我们的责任，也是祖先对我们的期待。

然而，要做到这一点，我们就要认真地重温我们的京剧历史，看一看我们的祖先究竟是在什么基础上创造的京剧，又是怎样一步步地进行改革和发展的？究竟都给我们留下了哪些宝贵遗产？我们应该怎样去继承？如此，才能真正振兴我们的京剧。这就是我们重温京剧历史的现实意义。

三庆班进北京

因为京剧的二黄来自徽剧的二黄调，西皮来自汉剧的西秦调，也就是汉剧楚调，所以，回顾京剧历史，必须从四大徽班进京开始，四大徽班进京之后，才形成皮黄合奏的局面。可以说，四大徽班进京是京剧的孕育时期，皮黄合奏以后，才产生了京剧。

所谓四大徽班进京，一般都理解为三庆、四喜、和春和春台这四大徽班同时进京。其实率先进京的只是三庆班。三庆班入京的时间，是乾隆五十五年，公元 1790 年。因为乾隆皇帝那年过八十大寿，浙江的盐务大臣为了给乾隆皇上庆寿，特地到扬州，把当时安庆花部最红的三庆班邀到北京，送进宫里边去，给乾隆皇上庆贺八十大寿。三庆班入京，是在满清的鼎盛时期，物阜人丰，在一片太平景象的背景下，以庆祝乾隆皇帝八十大寿作为媒介，而进入北京，登上全国剧坛的。

《梦华琐簿》里边说："四喜在四徽班中得名最先……而三庆又在四喜之先，乾隆五十五年庚戌，高宗八旬万寿，入都祝禧，时称三庆，是为徽班鼻祖。"《批本随园诗话》批语说："《燕兰小谱》作于乾隆三四十年间。迨至五十五年，举行万寿，浙江盐务承办皇会，先大人（伍拉纳）命带三庆班入京。自此继来者又有四喜、启秀、霓翠、和春、春台等班，各班小旦不下百人。"

当时三庆班的老板，领班的叫余老四。挑班的是当时最红的名旦高朗亭，又叫月官，当时他三十岁，安徽人，本籍江苏宝应县。《日下看花记》里边称他为"二簧之耆宿"，"体干丰厚，颜色老苍，一上氍毹，宛然巾帼，无分毫娇强，不必征歌，一颦一笑，一起一坐，描摹雌软神情，几乎化境"。由此可见高朗亭注重做工，以表演取胜。当时他最有名的戏是《傻子成亲》。三庆班除挑大梁的旦角高朗亭唱二黄调之外，还有刘朗玉，他是魏三（魏长生）的得意门徒，是唱秦腔的，他也是三庆班的台柱子。还有陈仙圃，艺名可能叫桂林，也是三庆班的旦角，应工《盗令》《游街》《学堂》《思凡》《拷红》《戏叔》等昆曲戏。

三庆班当时的演出剧目，属于昆腔戏的有《思凡》《藏舟》《刺梁》《寄柬》《佳期》《絮阁》《番儿》《问病》《醉归》《独占》《水斗》《断桥》《春睡》《偷诗》《茶叙》《盗令》《杀舟》《春思》《借扇》《相约》《讨钗》《园会》《楼会》《前诱》《杀惜》《交账》《戏叔》《卖身》《刺霓》《盗巾》等。属于乱弹的有《孔雀楼》《洛阳桥》《烤火》《小上坟》《庙会》《玉蓉镜》《赠珠》《萧后打围》《缝衣》《闯山》《踢毬》《盘展》《铁弓缘》《送灯》《顶嘴》

《珍珠记》《卖饽饽》《打樱桃》《打雁》《戏凤》《雄黄阵》《四门》《十二红》《胭脂》《香山出家》《金盆捞月》《背娃》《小桃园》《抛毬》等。以上这些剧目，真正属于二黄调的，仅仅是《萧后打围》和《戏凤》两出。《打樱桃》《卖饽饽》都用吹腔；《顶嘴》就是《探亲家》，又叫《探亲相骂》，这个戏里的唱为【银绞丝】（小曲），应该属于罗罗腔；《背娃》就是《背娃进府》，这个戏根本没有唱；《金盆捞月》里边的唱为【丝索调】；《闯山》《铁弓缘》《十二红》《送灯》属于秦腔。另外，如《洛阳桥》《孔雀丧》《傻子成亲》都属于新编戏。除以上这些剧目之外，还有《庆顶珠》《杀四门》《大香山》《别窑》《富春楼》《百花亭》《无底洞》《檀香坠》《裁衣》《赠镯》等。

从三庆班的主要演员和他们的剧目来看，虽然他是二黄班，但是却以昆腔和秦腔为主，并包括诸腔各调。所以，周贻白在他的《中国戏剧史长编》里说："《扬州画舫录》所谓'以安庆花部合京秦两腔'，固属实情。"因此可以证明三庆班到京初期，是以诸腔各调兼容并蓄、百花齐放而取胜的。特别是"安庆花部合京秦两腔"，在历史上曾多次提到，所以必须引起我们的注意，因为这是与京剧的产生和发展，有着直接关系的重要问题。

京 腔

何为京腔？京腔就是高腔，又叫弋腔。它和昆山腔相比，一是音节不同，唱法多用激昂高亢的腔调，不像昆山腔那么清柔绵软；二是高腔的武戏比较多——这也是它慷慨激昂的原因。像过去的郝振基、王益友、陶显庭、白云生、韩世昌、侯永奎等，都是高腔班的。不过他们已经是高腔的第六七代了。现在继承他们的就是侯少奎、洪雪飞等人。过去说南昆、北弋、东柳、西梆，南昆指的是江苏的昆山腔，北弋就是指河北高阳的高腔，东柳是指山东的柳子戏，西梆指的是陕西梆子和山西梆子。

高腔在清朝初期就形成了，而且从满清开国，高腔就进入北京，是当时北京人最喜欢的一个剧种，所以又被称为京腔。最早说京腔大戏就是指高腔而言，后来才指京剧。

由于高腔和昆山腔，除了音节和唱法的特点有些不同之外，其声腔曲调均属于昆曲——不过是南昆以清柔细腻动人，北弋是以粗犷豪放见长——所以，当时会唱昆腔的基本上也都会唱弋腔。

庄清逸在《南府之沿革》里说："高宗（乾隆）政余时，即传唤新小班诸角色演唱，上亲取昆弋二腔之长，自制为曲拍以教授各角色，名为'御制腔'。"由此可见昆腔和弋腔就是南昆和北昆的区别，如果它们是迥然不同的两种声腔，乾隆绝不可能"取昆弋二腔之长，自制为曲"。这就说明了南昆和北昆的关系，同时也可以说明，南昆北弋在乾隆年间已经形成分庭抗礼的局面。

谈到南昆北弋的分庭抗礼，就要涉及一些戏。例如当时有一位剧作家叫李玉，是吴县人。他创作的剧目，就现在所知道的，就有 32 种，像《一捧雪》《麒麟阁》《占花魁》《牛头山》（即《挑滑车》）、《意中人》《人兽关》《万里圆》（即《苏武牧羊》）、《清忠谱》（后来京剧叫《五人义》），等等。在这个时期，除了李玉之外，还有许多剧作家写的本子，如《未央天》就是后来京剧的《九更天》，《九莲灯》又叫《闯界求灯》，就是《六部大审》和《火判》，《轩辕镜》就是后来秦腔演的《春秋笔》。（马连良 1938 年的冬天，在上海黄金大戏院排演了《春秋笔》。当时马先生饰演前张恩，后王彦丞，张君秋演王夫人，刘连荣演檀道济，叶盛兰演差官，马富禄演驿卒，芙蓉草演张妻，苗胜春演陶二潜，曹连孝演前部王彦丞。这出戏在上海首次演出，一炮而红。

马先生的《春秋笔》就是由山西梆子移植改编的。）还有邱园所写的《虎囊弹》，不过这个戏全本的早已失传，其中的《醉打山门》一折，倒是流传下来了。还有叶时章写的《英雄概》，是描写黄巢起义的一出戏，后来京剧也只演《祥梅寺》这一折。

李玉作品一个突出的优点，就是它不是专门供人阅读的文学本，他所写的本子都合乎舞台排场的规律，所以戏曲团体都非常愿意上演他的剧本。因为适应演员的需要，因此，他的剧本虽然没有出版，但是大部分都由艺人保存了下来。

以上所举的这些剧本，它的唱词结构和排场，都是为昆腔而设的。但是，由于南昆北弋分庭抗礼，所以这类剧本，逐渐地就用高腔演出了。

三庆班包括京秦两腔，又演昆曲，因此，剧目非常丰富，可以说是琳琅满目，又有风靡一时的主演高朗亭，所以，这是三庆班到北京越演越红的主要原因。三庆班演出的剧目丰富多彩，不仅其二黄调具备自己的特色，而且京腔、秦腔、昆山腔也都具有较高的水平。因此，它才在北京取得了剧坛霸主的地位。

上面曾说，浙江的盐务大臣特地到扬州，把当时花部最红的三庆班邀到北京，给乾隆皇上庆寿。为什么在三庆班的头上，加上了“花部”两个字？这个花部是什么意思呢？

当时封建统治阶级，为了把他们所喜爱而垄断的昆曲，和其他一些地方戏加以区别，因此，将戏曲分为雅部和花部两大类。所谓雅部，即指昆曲，意思是说，昆曲正规、标准、文雅高尚，可以登大雅之堂。花部又被叫做乱弹，意思就是说，曲调混杂、零乱，表演花哨、热闹，五颜六色，比较粗俗。花部的范围很广，它包括京腔（也就是高腔）、秦腔、弋阳腔、梆子腔、罗罗腔、二黄调等。因此这些剧种统称为乱弹。

虽然“花”和“雅”只是一字之别，但是，充分说明了宫廷艺术和人民艺术的对立。

艺术本来是人民大众创造的，它的美学原则，一是民族性，二是人民性。我们中国戏曲艺术的美学原则符合广大人民群众的审美要求和审美情趣，所以，它是人民群众喜闻乐见的一种舞台艺术。人民群众才是艺术的真正主人。这是经过千百年来无数事实所证明的，不以任何人的意志为转移的一条真理。这也是我们从事文学艺术工作的每一个人都应该自觉遵守的一条艺术规律。凡是离开了民族性和人民性，违背了人民群众的审美心理和审美趣味的艺术，即或能够得到一部分人的捧场和宣扬，但是，一但离开了捧场者的支持，它就会摇摇欲坠，站不住脚。

被称为雅部的昆曲，本来也是民间的戏曲艺术。因为它产生于江苏省昆山县，所以，最初它叫昆山腔。

昆山腔的历史很长。据魏良辅的《南词引正》记载，元朝有个叫顾坚的，家住在离昆山30里的千墩，精于南词，能演唱南曲，并能讲出南曲的奥妙，所以，在明朝初年，就有昆山腔这个名字了。同时，明朝有一个叫周元暐的，写过一本书叫《泾林续记》。这本书里说，明太祖朱元璋问一个叫周寿谊的："我听说昆山腔非常好，你也会唱吗?"这个周寿谊生在宋朝的景定五年，也就是1264年，他经过了元朝，到了明代洪武六年，已经是110岁了。朱元璋认为他刚刚开国立帝，就有110岁的老人，是国家吉祥的象征，所以将周寿谊召到南京，亲自用酒宴款待他。因为听说他会唱昆山腔，所以，朱元璋和他谈话时，才问他："闻昆山腔甚佳，尔亦能讴否?"

通过以上这两个史料来看，昆山腔实际上创始于元末明初，到现在已经有六百多年的历史了。但是，元末明初的昆山腔，还只是它的初级阶段，只在昆山一带流传。

到了明朝的嘉靖和隆庆年间，就是公元1522到1572年这个时期，杰出的戏曲音乐家魏良辅，为了探索南曲的改进，创造新的声腔艺术，钻研了10年（“足迹不下楼”），在总结南北曲传统曲调的基础上，吸收了海盐腔、弋阳腔和江南的民间小调等多种艺术成分，创造出一种轻柔细腻的腔调，称为水磨腔。于是昆山腔不仅在声腔艺术方面发展到一个新的高度，使人耳目一新，同时在音乐伴奏上也相应地加以丰富和改进。它在弦索之外，增加了笙、管、笛、箫，使唱腔得到烘云托月的效果，同时在规范舞蹈身段、加强舞台气氛、突出戏剧节奏等方面，均起到了极大的作用。

随后，传奇作家梁辰鱼（伯龙）按照昆山腔的艺术特点，创作了一个传奇剧本《浣纱记》，用魏良辅创造出来的水磨腔，就是新的昆山腔，拿到舞台上演出。这种新的昆山腔，通过《浣纱记》在舞台上呈现之后，立即轰动一时，从此昆山腔便风靡苏州一带。

昆山腔兴起后，其他曲调似乎都暂敛锋芒，从明代中期以后，甚至所有的剧本，无论是杂剧、传奇，都以昆腔的曲调和排场上演，于是昆山腔便成为中国戏曲艺术的代表。

昆山腔的出生，在中国戏剧史上确是一件大事。它不仅以清柔婉转的声腔艺术，代替了当时盛行的海盐腔的地位而称霸剧坛，创造了中国舞台上前所未有的新局面，而且通过它的影响，提高了其它剧种的声腔艺术、表演动作、舞台排场，以及整个的演出形式。因此昆山腔被誉为百戏之祖。由此可证，它在中国戏剧史上的重要地位。

昆山腔的兴起，应当归功于魏良辅和梁辰鱼（伯龙）。沈宠绥在他的著作《弦索辩讹》里边说：“南曲则大备于明。明时虽有南曲，只用弦索官腔。至嘉（靖）隆（庆）间，昆山有魏良辅者，乃渐改旧习，始备众乐器，而剧场大成，至今遵之。”（李调

元《雨村曲话》引）

昆山腔在唱法上为了讲求音节优美，柔曼动人，在吐字发音方面，创造了头、腹、尾的切音，运用唇齿舌喉，研究出开、齐、合、撮的四呼口型准则，分八声，注重清浊，讲究清柔婉转，抑扬顿挫，等等，用这一套完整的理论，来指导昆山腔的唱腔和念白。这套方法成为戏曲艺术宝库里的一颗光辉灿烂的明珠。

京剧的形成与老生三杰

京剧，顾名思义，是北京的产物。但是，京剧的主要声腔——西皮，是来自湖北的汉调；二黄，是来自安徽的徽调，所以，京剧的老家是安徽和湖北。

由于安徽和湖北接壤，所以，徽汉两个剧种时常接触，演员之间也互相交流，因此，徽戏的二黄调便逐渐地流入汉戏之中。因为汉戏是以西皮调出名，徽戏是以二黄调著称，所以，尽管汉戏吸取了二黄调，但是，它仍然是以西皮调为主，因为每个剧种都有它自己的声腔曲调。要发展自己的剧种，首先就要发挥本剧种声腔曲调的特色和自己的表演艺术风格。所以，徽汉两个剧种，虽然在湖北曾经同台合奏，进一步交流，但是，它们各自都保持了自己剧种的声腔和艺术特点，并且在合作中进一步发展了各自的优势。

汉调西皮与徽调二黄的迅速发展，为培育京剧提供了必要的条件。

京剧是以西皮、二黄为主要声腔，为什么不说它脱胎于汉戏，而认定它是脱胎于徽班呢？

因为徽班的胸怀非常宽广，能够兼容并蓄，博采众长，在它还没有进京之前，就从秦腔和昆曲里边吸收了大量营养，充实自己的艺术实力，提高自己的表演水平。所以，徽班的演员不仅徽戏演得好，而且昆曲也唱得好，特别是它的高拨子、吹腔和四平调各具特色，这是汉剧所不具备的。

高拨子是徽调的一种主要声腔。周信芳唱的《徐策跑城》《举鼎观画》和《斩经堂》里面，在吴母赐剑之后唱的几句散板，都是高拨子。

吹腔也是徽戏的一种主要声腔。徽班里面的吹腔戏很多，像《奇双会》《打樱桃》《十字坡》《快活林》《蜈蚣岭》等，都是吹腔戏。另外在红生戏里唱吹腔的地方也很多，如《古城会》既唱西皮又唱吹腔，《水淹七军》是既唱吹腔又唱高拨子，《挂印封金》和《灞桥挑袍》是前边唱吹腔，后边唱西皮，《走麦城》是前边唱西皮，中间唱吹腔，后边唱高拨子。

尤其是徽班的昆曲戏，那就不能算是吸收了，整个是原封不动地拿来为我所用。例如《牡丹亭》里面的《学堂》（即《春香闹学）、《游园》《惊梦》，《狮吼记》里面的《梳妆》《跪池》，《金雀记》的《乔醋》《醉园》，《铁冠图》的《别母》《乱箭》《刺虎》，《宝剑记》里的《夜奔》，《安天会》的《偷桃》《盗丹》。另外像《挑滑车》《状元印》《麒麟阁》《石秀探庄》《武松打虎》《铁笼山》《四平山》《扈家庄》《金山寺》《断桥》《盗甲》《小商河》《钟馗嫁妹》《火判》《芦花荡》《醉打山门》《活捉三郎》等，都是昆曲戏。而徽班是通通拿过来为我所用，最后是全都让京剧继承了过来。

例如京剧里有名的“王八出”（即全部《王宝钏》），《彩楼配》《三击掌》《别窑》《探窑》《鸿雁捎书》《武家坡》《算粮》《大登殿》，就是徽班从秦腔班移植过来的。最明显的是《翠屏山》，前边的《吵家》唱西皮，后面的《酒楼》和《杀山》整个唱梆子。这个戏还非这么唱不可，如果后边也唱西皮，那整个戏的气氛就完了。这个戏从杨小楼的上一代黄月山，一直到天津的李吉瑞、赵鸿林，北京的高盛麟都是这么唱。这倒不是保守，而是这么唱能够更好地表现石秀的人物性格，把后半出戏的节奏和气氛推上去。

徽班不仅从昆曲和秦腔这样的大剧种取长补短，就连民歌小调它也吸收。京剧的《打花鼓》，就是当初徽班从凤阳地方戏曲整个搬过来的。所以，唱《打花鼓》不单是唱凤阳小调，连念白都得说凤阳的地方方言，才显得有生活气息。这就和《金山寺》里的小和尚必须念苏白一样。

徽戏里用罗罗腔的地方也不少。罗罗腔是用唢呐吹奏的，因为它来自湖北，故又称南锣。罗罗腔在唱句里不用乐器伴奏，每唱一句之后，由唢呐奏过门，仅在最后结尾的唱句中才加以伴奏。其曲调异常简洁，语言性强，富有活泼风趣的特色。京剧的《打面缸》《打杠子》《打灶王》《蔡家庄》等戏，都唱南锣。《探亲》《相骂》唱的曲调叫【银绞丝】，也属于南锣。另外，近年来也有一些现代戏，例如《白毛女》中黄世仁和穆仁智的上场，《蝶恋花》里范瑾西的上场，也均使用了南锣的曲调。

徽班不仅吸收了南锣，同时还吸收了梆子腔。如《小放牛》《小上坟》的曲调，就属于梆子腔。因为所有的山歌小曲，都划在梆子腔之内。

于是徽班在没有进京之前，就已经具有了很强的实力。所以它从徽戏的发源地——安庆，沿江而下，到了当时繁华似锦，戏曲荟萃的扬州，一显身手。由于徽班在扬州越唱越红，所以在1790年，给乾隆庆祝八十大寿的时候，徽班被选进北京，参加了盛大的庆典演出活动。

尽管当时南昆、北弋、东柳、西梆四大剧种占据着北京剧坛，可是徽班的二黄调、高拨子、吹腔和四平调等，声腔丰富，曲调优美，同时它的剧本内容生动，题材广泛，通俗易懂，尤其是它的武戏，翻打扑跌，勇猛剽悍，武打火爆，绝技惊人，再加上行当齐全，各有特色，所以，徽戏的三庆班进京以后，艺压群芳，轰动九城，于是徽班便称胜剧场，独领风骚。

本来被选进京的徽戏，只是一个三庆班，因为徽戏在北京这么一红，所以，徽戏的四喜班、春台班、和春班也相继进京。它们虽然都是徽班，但是它们的演出风格不同，各有特色。所以有如下说法："三庆的轴子"，是因为三庆班以新编连台本戏见长；"四喜的曲子"，是说四喜班以昆曲为主；"和春的把子"，是以武戏取胜；"春台的孩子"，就是以青少年演员为特点。因为它们都拥有自己的观众，自己的特长，因此被观众称之为四大徽班。

在徽班刚刚进京的初期，徽戏里还没有西皮，而且在唱法上是直声直调，非常粗糙，只是以实大声洪，唱法响堂为特点。所以，当时在北京的观众里流传着"时尚黄腔喊似雷"的说法。这句话是形容当时徽班唱的二黄腔缺乏演唱技巧，跟喊叫差不多。说明尽管徽班已经雄踞北京剧坛，但是在声腔曲调和演唱技巧方面，仍美中不足。这就对四大徽班提出了一个如何丰富声腔曲调，提高演唱艺术的问题。

由于徽汉两个剧种在湖北、安徽的时候，艺术上早已相互交流，汉剧里面已经吸收了徽剧的二黄，在舞台上曾经出现过皮黄合奏的局面，所以汉剧的著名老生余三胜、李六、王洪贵和老旦演员谭志道等人，也先后进京参加到徽班里面，以合作的方式同台演出。于是在北京剧坛出现了徽汉二调同台合奏的局面。这个局面的出现，标志着孕育京剧的条件已经成熟。

既然西皮二黄是京剧的主要声腔，那么，皮黄二调同台合奏，那不是京剧已经诞生了吗？为什么还说只是京剧的孕育时期呢？

第一，当时徽汉二调是用当地的乡音（也就是用纯粹的湖北和安徽的地方口音）去唱西皮、二黄，这就和现在的徽剧与汉剧所唱的味道一样，尽管它们现在唱的确实是地地道道的西皮二黄，可是你能说它是京剧吗？反过来说，如果你把现在京剧所唱的西皮二黄，说成这就是徽剧或汉剧，人家安徽和湖北也是不承认的。因为你唱得已经不是徽调和汉调的味儿了。

第二，当时徽调的二黄，都是走低调的，最明显的例子就是京剧里边的《扫松下书》。这出戏基本上还保持着当初徽调二黄的原样，例如这个戏的主人公张广才的第一段唱：

黄叶飘飘树叶落寒风来到……（白）哎呀呀，我道是什么喧叫，原来是寒鸟喧叫。当年那蔡伯喈进京赶考，就是寒鸟在当头喧叫，今日我到蔡家的坟前祭扫，又是寒鸟在当头喧叫，叫道是鸟哇，鸟哇！你怎么不能传书？怎的不能带信哪？叫道是鸟、鸟、鸟！（唱）你怎么不带书把信捎？我劝世人在世间都要学好，莫学那浪子无下稍。我行一步来至在三岔路道……是何物将我绊了一跤？

这就是徽调的平板二黄的唱法。它既不同于我们现在唱的二黄原板，也不是现在的四平调。碰板是这出戏的核心唱段，这段唱，便可以听出来徽戏的二黄调和我们现在所唱的二黄的区别。

张广才的第二段唱：

（白）我拜的不是你，我拜的是那忘恩负义的……（唱）蔡伯喈，小哥哥在这荒郊外，听老汉把这蔡家的事儿一一从头说开怀：蔡伯喈到京城把功名求拜，在家中抛下了二老双台。他的父亲想伯喈把那双眼哭坏，他的母终朝每日泪洒胸怀。都只为家贫穷无计可奈，最可叹他们冻饿而死双双丧阳台。五娘子剪下青丝到长街去卖，换来了银钱把他公婆来葬埋。似这样贤德的媳妇令人真可爱，是老汉我送米又送柴。五娘子身背着琵琶到那京城地界，愿他们夫妻相逢永和谐。烦劳你小哥哥与我把信带，你叫那蔡伯喈早早地回家来。倘若他把父母的恩情抛在三江外，你问他官从何处得身打何处来，倘若是那蔡伯喈佯装不睬，你就说在陈留郡荒郊外，有一个老汉叫张广才拜托小哥哥把信带，我一个拜，一个拜，一个拜……你叫他早早地回来祭扫坟台。

前面唱的那第一段“黄叶飘飘”是徽戏的平板二黄，现在把它叫作反四平调。后边唱的那第二段，就是徽戏的二黄调，现在把它叫作二黄碰板。

通过这两段唱，完全可以听出来，徽调的唱腔旋律是平直、古朴的低调，而我们现在唱的二黄已经和徽调完全是两种味道了。

我们用《乌龙院》宋江唱的几句四平调、《搜孤救孤》里的几句碰板和《扫松下书》的唱一比较，就能看出它们的区别。

很明显，前面不仅是平直沉郁古朴，而且带有乡音土调的味道。而后面，虽然都是一正一反的四平调和同样的二黄碰板，但是后面的旋律优美，变化巧妙，唱腔精致挺拔，顿挫鲜明精巧。显然它们是有着很大程度的文野之分，精粗之别。

那么京剧到底是怎么脱胎于徽班的呢？这首先得归功于老生三杰——余三胜、程长庚和张二奎。

在汉戏进京之前，无论是昆曲、京腔、秦腔和徽班，都是以花旦戏为主。例如秦腔的魏长生，徽班的高朗亭等，他们不仅是主演，而且是领班人。他们演出的剧目，都是一些花旦戏和玩笑旦戏，例如《打花袄》《打面缸》《打灶王》《背娃进府》《滚楼》《小上坟》《探亲家》《思凡》《戏凤》等，说明当时是以三小挑班。

汉戏进京之后，形势才发生了变化。因为汉戏里边以老生为主的剧目数量最多，而参加到徽班里面演出的余三胜、李六、王洪贵又都是汉剧的著名老生。而且汉剧在湖北、安徽吸取了徽调二黄之后，声腔曲调发展很快，各种板式基本上已经具备，而徽班的程长庚在这个时候也掌握了汉戏的西皮调。因此，徽汉二调才能很自然地同台合奏，并且改变了三小挑班，形成了以老生戏为主的挑班局面。

汉戏的西皮调出现在徽班的舞台上之后，不仅使徽班面貌一新，并且因此奠定了皮黄戏的基础。在道光八年至十二年间的《燕台鸿爪集》里边有“京师尚楚调，乐工中如王洪贵、李六，以善为新声称于时”的记载，“楚”就是指湖北，“新声”就是指西皮调，可见北京的观众对西皮调是非常欢迎的。

到了道光二十五年，也就是 1845 年的时候，雄踞北京剧坛的三庆、四喜、和春、春台四大徽班，都是以老生戏为主。如三庆班的程长庚，春台班的余三胜，四喜班的张二奎，和春班的王洪贵，还有嵩祝班的张如林，新兴金钰班的薛印轩，都是以老生任主演和领班人。

当时这几个徽班上演的老生剧目，据当时《都门纪略》的记载，就有八十余出，例如《法门寺》《草船借箭》《文昭关》《让成都》《白蟒台》《定军山》《当锏卖马》《捉放曹》《碰碑》《琼林宴》《战樊城》《打金砖》《击鼓骂曹》《断密涧》《芦花河》《南天门》《清官册》等。

以生行为主的格局出现，从戏剧的内容上看，它提高了戏曲反映生活的能力，从表演艺术上看，老生的声腔演唱艺术的提高，表演技艺的发展，促使西皮、二黄两种声腔在舞台语音的统一和板式的规范化方面，达到了前所未有的崭新局面。

徽汉两个剧种，本来都是用本地方言演唱的，但是徽汉的演员在北京扎根的时间一长，他的演唱必然受到北京语音的影响。大约在咸丰初年左右，徽汉两个剧种的演员，在唱词的字音上，已经起了明显的变化。北京语音的特点，逐渐融化在徽汉演员的唱念之中。这都是通过生活和长期的舞台演化，在实践中潜移默化形成的。

但是，用十三辙和湖广音、中州韵，以及四声、四呼、上口字、尖团字等来规范唱念当中的吐字、归韵和声调的高低标准，是经过老生前三杰余三胜、程长庚、张二奎和许多艺人长期的努力和共同研究才建立起来的。这是使西皮二黄摆脱地方方言的乡音土调，促使皮黄戏走上京剧化的关键一步。

所谓十三辙，就是按照北京语言的发音特点，在唱词的韵脚上所规定的十三道韵辙：中东、一七、言前、灰堆、梭波、摇条、发花、人辰、由求、乜斜、姑苏、江阳、怀来。这十三道辙，既规范了剧本唱词的平仄和韵辙，又为演员的演唱铺上了一条轨道，从吐字发音到行腔归韵，必须沿着这条轨道运行，不能离开这条轨道，这就是规范化。

湖广音实际上就是湖北方言的语调。在皮黄戏的唱念中，使用湖广音的字占多数，这是因为湖广的语调，音乐性比较强。但是，在湖广音里也夹杂着北京音的语调，这既是为了让北京观众听得懂，同时通过湖广和北京音的巧妙融合，运用到唱和韵白之中，不仅音乐性强，而且既深沉又明快，给人一种悠扬悦耳之感。

在极左的那个时代，曾经有人提出“京剧应该废除湖广音”，其实就连所谓的样板戏里，也离不开湖广音。例如《红灯记》李玉和唱的“穷人的孩子早当家”里边的“孩”字，就是湖广音；“时令不好风雪来得骤”的“来”字，也是湖广音。《沙家浜》里阿庆嫂唱的“陈书记临行时托咐再三”里边的“行”字，也是湖广音。如果把这几个湖广音都改成北京音，那唱出来可就是非驴非马，令人啼笑皆非了。

皮黄声腔曲调的这种特殊韵味，是来自湖广音，但是它和湖北汉剧皮黄腔的不同有如下几点：

（一）用湖广音不是原封不动地照搬湖北的乡音，而是有选择的使用，同时在不违背声腔旋律的地方，适当地掺杂北京音，并且使湖广音和北京音巧妙地融合在一起，使它们成为浑然一体。于是跟原来的徽汉皮黄腔相比，出现了一种新的韵味。这种新的韵味就是北京皮黄的独特之处。

（二）由于徽班长期与昆曲和秦腔合作，从这两个剧种，特别是从昆曲里，吸收了吐字、发音的技巧和表演程式中的舞蹈动作，把它们融入皮黄的唱法与表演中，使皮黄戏由粗到精，由野变文，最后完成了由俗变雅的重要过程。

（三）板式的发展和规范。徽班进京初期，没有西皮这个词，所唱的二黄，主要是类似《扫松下书》那样的平板二黄和四平调。汉戏进京的时候，它的皮黄板式虽然已经很丰富，但是并不完备。比如西皮慢板就还没有发展成熟，那个时候所谓的慢板，实际上就是把原板的尺寸放慢。再如原板与二六板，在节奏和曲调上也大同小异，还没有严格的区别。到了道光咸丰年间，北京的皮黄声腔才出现了新的变化。从《四郎探母》杨四郎的唱腔和《让成都》刘璋的唱腔中，可以看出当时包括导板、原板、慢板、二六、快板、散板、摇板等一整套的西皮板式已经发展成熟。在二黄方面呢，通过《文昭关》伍员的唱腔和《大保国》老生和旦角的唱腔，便可以看出二黄的板式也已经发展得相当成熟了。皮黄戏的板式发展和规范化，不仅增加了唱腔的表现能力，同时使皮黄戏的艺术形式日趋完善。

据历史记载，京剧里的二黄反调，像《碰碑》《乌盆记》《朱痕记》中的反二黄唱腔，都是由余三胜创造出来的。据说余三胜擅长创造花腔，在上述这三出戏的反二黄里面，唱腔旋律确实非常丰富，因此当时就管它叫作花腔。

正是由于余三胜创造的花腔需要用较高的演唱技巧去表现，所以才扭转了“时尚黄腔喊似雷”的局面。通过所谓的花腔，丰富了唱腔旋律和演唱色彩，提高了音乐的表现能力，同时加强了京剧音乐的完美性。余三胜在丰富京剧声腔曲调和制定湖广音方面所作的贡献是很大的。他的演唱技巧，在老生前三杰当中也是名列榜首。

（四）乐器的改革，出现了新的伴奏风格。本来徽汉二调的皮黄腔，是用两根笛子伴奏的，不仅吹笛子的人很费气力，而且在腔的婉转周折的地方，笛子也很不灵活。它限制了唱腔的发展，所以唱出来就是直声直调，只能以直率结实见长。

在程长庚之前，四喜班有一个叫王芝山的，提倡废除笛子，改为用胡琴伴奏，于是托腔便比笛子和谐灵活多了。但是那个时候的胡琴不是竹筒子，而是用木头做的筒子，而且筒子上面的码儿也特别宽，而且是短弓子，所用的琴弦，里弦是很粗的老弦，外弦是仅仅比老弦略细一点的中弦。这种胡琴的伴奏效果是宽厚有余，但声音色彩十分单调，显得低暗沉闷。现在京剧舞台上，伴奏西皮二黄早就不用它了，只有唱高拨子时还用它。因为它的音色和高拨子的声腔曲调比较和谐，再配上广东板，唱出来别有一种独特的韵味。可是用它拉西皮二黄就不行了，为了把它和京胡区别开，所以管它叫大胡琴。

随着皮黄戏的演唱技巧不断地提高，必然要求胡琴伴奏有相应的发展。所以，根据演唱的需求，皮黄戏的琴师对胡琴进行改革时，首先吸取了梆子胡琴的特点，将木制的胡琴筒子改为竹筒，并把长码儿改为短码儿，另外把短弓子变为长弓子，把软弓子变成硬弓子，同时把马尾加粗。

改革后的胡琴，在伴奏上也改变了过去那种同曲随和的伴奏方法。创造了你唱高的，我拉低的，你唱低的，我拉高的，你简我繁，你繁我简的拉法。另外创造了指法上的吟、猱、绰、注和弓法上的长弓、短弓、碎弓、抖弓、顿弓等伴奏技巧，丰富了音乐色彩，体现出胡琴明快、嘹亮、清柔、和谐的独特风格。因此把它称为京胡。

但是，胡琴发展到这一步，已经是谭鑫培时代了。而在程长庚、余三胜、张二奎的时代，也就是皮黄戏第一代的时候，还是先用笛子伴奏，然后才逐渐改为上面所说的那种大胡琴伴奏的。

（五）剧本创作的京剧化，标志着京剧已经成为了一个崭新的剧种。在徽班进京的初期，演的都是一些民间小戏和一些单出的折子戏。由于折子戏的故事情节不完整，观众看不出个头脑来，满足不了观众的需要，所以三庆班根据观众的欣赏需求，根据《三国演义》《水浒传》等小说，并参照昆曲剧本《鼎峙春秋》《忠义璇图》，编演了连台的《三国志》三十六本，这是徽班进京后创作的早期剧本。此外还有《龙门阵》《双姣奇缘》等都属于连台戏。

春台班则根据武侠小说《施公案》故事，改编了京剧有名的“八大拿”戏。所谓“八大拿”戏，演施公手下的黄天霸等人捉拿八名恶霸或江洋大盗，都是短打武生戏。例如《恶虎村》《连环套》《蚆蜡庙》《洗浮山》《霸王庙》《落马湖》等。这些戏，唱念做打都各具特色。

根据《都门纪略》（道光二十五年，也就是1845年）的记载，当时新创作的剧目就有73出。《花天尘梦录》里面记载了40出，清升平署档案剧目记载了86出。这200出戏，是道光二十年至咸丰末年的创作。

京剧自1840至1860年间，创作了200多出本剧种专有的独特剧目。它说明：京剧舞台的分场体制，唱念做打的程式化，舞台时空的虚拟化，演唱语言的规范化，以及用七字句和十字句的板腔体代替长短句的套曲体，这些独特的音乐结构（实际上也就是剧本结构），已经全面发展成熟。于是一个崭新的剧种——京剧脱颖而出。

从原来的徽班汉戏过渡到集戏剧之大成的京剧，经过了几十年的过程，在众多徽汉艺人的努力下，才取得了京剧的伟大成就。其中贡献最大，艺术成就最高的，便是京剧的创始人余三胜、程长庚、张二奎。

余三胜，生于嘉庆初年，本来是汉剧著名老生，善于创造新腔。他进京后，一直是春台班的首席老生兼领班人。道光二十五年的《都门杂咏》里边有这样一首诗："时尚黄腔喊似雷，当年昆弋话无媒。而今特重余三胜，年少争传张二奎。"从这首诗可以看出，余三胜的演唱艺术在北京是享有盛誉的。京剧形成之后，他和程长庚、张二奎被誉为老生三杰。这三个人各有各的演唱风格。由于余三胜是湖北人，他在唱念之中湖广音运用得最好，同时唱腔巧妙，旋律丰富，所以被同行称之为汉派。

程长庚，安徽潜山人。他出身于徽班，进京后搭入三庆班。程长庚有一条穿云裂石的好嗓子，而且音韵优美。他在唱念方面，吸收了昆曲和京腔的咬字发音方法，所以《燕尘菊影录》里形容他"熔昆弋声于皮黄中"。《都门竹枝词》中还有"乱弹巨擘属长庚，字谱昆山鉴别精"的诗句。说明程长庚的唱法，不仅将徽汉二调的西皮二黄融为一炉，同时吸收了昆曲和弋阳腔的演唱技巧。他特别讲究声情并茂，形成自己的独特艺术风格，被人称之为徽派。

张二奎，河北衡水人，是随他父亲经商到北京的。由于他从幼年就好唱戏，所以他在青年时代，就成了经常票戏的票友。因为当时他已经在工部的都水司当差，清朝有一条规定，凡在衙门任职的，不许粉墨登台演戏，张二奎就是因为触犯了这条规定，而被革职。其实他正想下海唱戏，于是他先搭入和春班，后入四喜班。因为他嗓音特别洪亮，身材魁梧，扮相端正，而且他武功比专业演员毫不逊色，尤其他的唱，粗犷奔放，朴素自然，更多地运用了北京字音，吐字喷口有力，唱得干净利落，毫不拖泥带水，给人感觉痛快淋漓，所以，他下海之后一炮而红。因为他在唱念之中多用北京字音，所以被称为京派。

张二奎与余三胜、程长庚并称为老生三杰，又称三鼎甲。

老生后三杰之首谭鑫培

谭鑫培，1847 年生，本名金福，湖北武昌人。他最早的艺名叫小叫天。

谭鑫培

他的父亲谭志道，本来是汉剧演员，和余三胜、王洪贵等进京之后，加入徽班演出，应工老旦。因为谭志道的嗓子高亢而音窄，所以人称他谭叫天。谭鑫培早期的艺名小叫天就是这么来的。

谭鑫培幼年随父学艺，从小受

汉剧的熏陶。11 岁入北京金奎科班，学武生和老生，受到严格的基本功训练。同治元年（1862）出科，便在三庆班搭班演出，他先拜程长庚，后拜余三胜为师。但是，由于他刚刚出科，艺术还很不成熟，所以只能叫他来个零碎活儿，在科班学的武生和老生戏，都得不到实践的机会。

由于谭鑫培很要强，不甘心光来零碎活儿，于是他就到京东一带去跑帘外，也就是去唱野台子戏。这样一来能把他学的武生戏和老生戏上台演出，得到了舞台实践，同时也能养家糊口。因为刚出科的年轻演员，在大班里头干活，先得效力，没有工资。

谭鑫培搭入野台班之后，不管一天演几场戏，都坚持练功，喊嗓，非常刻苦。据《梨园轶闻》记载，他在唱野台子戏期间，背上生疮，他还摔锞子。说明他为了把艺术练好，不惜受一切痛苦。谭鑫培就是这样，一口气儿在帘外班坚持了好几年，不仅练了一身好武功，而且他在三庆班效力的时候，从程长庚、余三胜身上偷偷学来的演唱方法和老生的表演技艺，都得到了舞台实践。

同治九年（1870）谭鑫培 23 岁的时候，回到北京，又搭入三庆班。以武生应工，兼武行头。他每天跟程长庚同台演出，对程长庚的唱念发声、一举一动无不用心领会。他为了学会程长庚《青石山》的关公，自愿扮演马童，以便在台上仔细观摩他的神气和台威。因为他父亲谭志道和余三胜是同乡关系，谭鑫培既得到余三胜的关照，又得了余三胜的亲传。

当时谭鑫培虽然名列程门，但是唱腔实际上是宗汉派余三胜。再加上当时老生行当的名角，还有王九龄、卢胜奎等，各有所长，给谭鑫培提供了非常难得的学习条件。

在这个时期谭鑫培所演的武生戏有《神州擂》《白水滩》《三岔口》《金钱豹》《黄鹤楼》等。这个时候他虽然还没有成名，但是，由于他勤学苦练，老生戏也演得有声有色，因此得到了程长庚的器重。

在程长庚去世前的几年，谭鑫培除了演武生之外，已经兼演老生戏了，如《战长沙》《定军山》《阳平关》等，备受程长庚的赞赏。因此程长庚把他叫到自己的房里对他说："你唱武生所以不能成名，是因为你的扮相太苦，嘴太大。你挂上髯口以后，这个缺陷就掩盖过去了，再加上你有一条甜美醉人的嗓子和那么好的武功，你如果唱老生，将来必能独步剧坛。"

程长庚对谭鑫培的教诲，为他指出明确的转折方向。因此他借着去上海金桂园演出的机会，除了武生戏如《挑滑车》《长坂坡》《战冀州》等之外，大部分以老生戏为主，如《琼林宴》《盗宗卷》《王佐断臂》等。

光绪六年（1880）程长庚去世，谭鑫培改搭四喜班，唱老生，跟孙菊仙轮流唱大轴，这时谭鑫培开始由专唱武生而转入以老生为主了。他在艺术上不死学一家，而是集众家之长，比如《镇潭州》《状元谱》学程长庚，而《碰碑》《桑园寄子》《打棍出箱》学余三胜，《四郎探母》学张二奎，《天雷报》学周长山，《空城计》学卢胜奎。而且他把梆子和京韵大鼓里面的腔，吸收过来，糅进了自己的唱腔里面，经过消化加工，变成自己的独特的唱法。

可是论嗓子，他不如老三派，也不如他同辈的杨月楼、许荫棠、汪桂芬和孙菊仙。但是，他在唱腔上避开了那种单纯追求高音大嗓的传统唱法，根据自己的嗓音条件，在唱腔的曲折婉转、抑扬回荡上下功夫，创出超越老三派，更超越同辈的新腔。

他在表演上，还善于扬长避短。谭鑫培从来不唱王帽戏，为什么呢？因为他面部削瘦，戴上王帽脸就更显得瘦了，没有那种雍容华贵的扮相，所以，不适合演王帽戏。

但是，他认识到自己的武功好，应该发挥这方面的优势，于是他便专在褶子、箭衣和靠把戏上下功夫。如《卖马》《打棍出箱》《南天门》《打渔杀家》《天雷报》《桑园寄子》《汾河湾》《战太平》《定军山》《镇潭州》《宁武关》等戏，他发挥自己的绝活，表现自己的特长，从而使这批剧目成为谭派的看家戏。

谭鑫培不单重唱工，而且重做工。他的唱，讲究“歌声清朗，如出金石，抑扬顿挫，圆润自如”。他的做，讲究“真实优美，武神兼备”。关于做，他讲过这样一句话：“唱戏只有哭、笑最难，因为难于逼真；但是，在台上如果是真哭、真笑，又有什么趣味呢?”这句话的前半句“难于逼真”，是说艺术不能没有生活，而后半句的“真哭、真笑又有什么趣味”，是强调艺术的美感在似与不似之间。

谭鑫培在京剧老生行当的贡献巨大，主要表现在他对京剧的革新和创造方面。例如，在当时的老生一行，分为安工、靠把、衰派三工。安工是以唱为主，表情动作很不讲究；靠把是以功架见长，对唱却不讲究；衰派是专以做工为主，对唱也是很不讲究。而谭鑫培却能打破这种界限，使安工、靠把、衰派三工扬长补短，互相借鉴，把它们的长处融合在一起，创造出集唱念做打于一身的谭派老生，丰富了老生的表演技巧，推动了老生行当的发展。

清光绪十六年（1890），谭鑫培被召作内廷供奉。他与汪桂芬、孙菊仙并称老生后三杰，又称为后三鼎甲。

1912 年，谭鑫培任北京正乐育化会会长。此时谭派艺术已誉满全国，北京的社会上有一种说法就是：“有书皆作序，无腔不学谭”，说明从专业演员到京剧票友，凡是唱老生的，都是谭派。

其实这个说法，一点儿不夸张，从清末民初开始，凡是老生演员都以宗谭为荣。如余叔岩、言菊朋、高庆奎、周信芳、王又宸、王雨田、王俊卿、马连良。后来的余派、言派、高派、马派、麒派、杨派、奚派，无一不是在继承谭派的基础上发展起来的。

他的第五个儿子谭小培，也是谭派著名老生。谭小培之后，谭富英是四大须生之一。谭富英之后，又有谭元寿和其子谭孝曾继承谭派艺术。

老生后三杰之一汪桂芬

汪桂芬生于1860年，人称汪大头。他的父亲叫汪连宝，是春台班的武生演员。

汪桂芬9岁入陈兰笙的春茂堂学老生和老旦。14岁入三庆、四喜两个班实习演出。因为当时掌管三庆班的是程长庚，掌管四喜班的是王九龄，所以，他在艺术上受到程长庚和王九龄的熏陶和影响。

光绪三年，也就是汪桂芬18岁的时候，因为嗓子倒仓，所以投在樊景泰门下学胡琴。樊景泰是程长庚的琴师，汪桂芬是樊景泰的徒弟，所以，程长庚演戏，汪桂芬必须给樊景泰提着胡琴下后台，并且还得在台上伺候着师父。因此凡是程长庚的戏，汪桂芬必聚精会神地听，回去就仔细地揣摩，因此他对程长庚的唱法领会得比较深。

有一天程长庚演《文昭关》，琴师樊景泰遇到了特殊情况，临时不能来参加演出，于是就叫汪桂芬代替他的师父，给程长庚拉这出《文昭关》。没想到过门、托腔、弓法，甚至于劲头，都跟他的老师拉得一模一样。程长庚非常高兴，从此汪桂芬就给程长庚操琴了。

光绪五年（1879），程长庚病故，汪桂芬的嗓子也恢复了，俞菊笙邀请他到春台班演老生。这个时候汪桂芬的嗓子，要高有高要宽有宽，再加上他完全掌握了程长庚的唱法，所以，他在春台班的打炮戏《文昭关》一炮而红。观众赞扬说，汪桂芬学程长庚的《文昭关》可以乱真。

其实他不仅《文昭关》唱得好，《让成都》《天水关》《朱砂痣》《捉放曹》《取帅印》《打金枝》《探母》《洪羊洞》等，都是标准的程派，实际上也就是徽派。同时老旦戏《钓金龟》《哭灵》《游六殿》也是他的拿手好戏。

汪桂芬以唱工见长，他的唱发展了程长庚的脑后音，所以形成了雄浑沉郁、悲壮激昂的演唱风格。但是他的念白、身段和表演并不太讲究。可是，他的唱工确实是既有功力又有特点，因此，被称之为汪派。汪桂芬名噪京师，与谭鑫培、孙菊仙并称老生后三杰。

光绪二十八年（1902），汪桂芬被选入升平署，从此声誉更高。曾经有人形容他的唱是"龙吟虎啸"。可是他年仅 49 岁便离开了人世。

他的传人是王凤卿，私淑者为汪笑侬、刘鸿声。周信芳的唱腔中也有汪派的情韵。不过从剧目来讲，他没有什么创作，所以他没有自己的独特剧目。

老生后三杰之一孙菊仙

孙菊仙，生于 1841 年，本名孙濂，字菊仙，号叫宝臣。因为他是天津人，成名之后，天津的观众叫他老乡亲，于是便流传开了，最后他的艺名改为老乡亲。

孙菊仙幼年好武，17 岁入天津城里太平街弓房习武。同时他爱唱京剧，经常在票房里票戏。他 18 岁中了武秀才，所以，他从 21 岁便在军务部任职，随军辗转于北京、安徽、广东等地。就是在军队里的时候，他也利用一切时间唱京剧。

1872 年，孙菊仙 31 岁的时候，终于因为他老是出入票房唱戏而被革职。因此他在上海跟朋友搭伙，开了一家升平茶园，因为不会经营，茶园也赔垮了。为了偿还债务，他只好以票友的名义，在丹桂茶园唱了一年的戏。因为票友唱戏都不写自己的本名，所以孙菊仙就以"孙处"两个字，代替自己的名字。因此上海的观众都知道有一个孙处，所以孙菊仙最早在上海，是以孙处闻名的。

1877 年以后，孙菊仙又去了张家口从军。因为在上海以孙处闻名，北京的京剧界和票界都知道他，所以就被北京的京剧界挽留，并介绍他拜程长庚门下深造。

最初他在嵩祝班和三庆班演出，后来王九龄病故，所以大家推举他做了四喜班的领班人。

他虽然是票友出身，可是声誉和谭鑫培、汪桂芬齐名，所以，在光绪十二年（1886）被选入升平署。与谭鑫培、汪桂芬并称老生后三杰。

孙菊仙的成名，也是靠唱工。他的嗓子洪亮宽厚，高低粗细随心所欲。他唱高腔的时候，不用费一点力气，轻而易举便直冲霄汉，而唱低音的时候，把声音往下一放，如同劈雷入地一般。所以，有人形容他的唱是："高则直冲牛斗，低则直下九渊，宽则直塞乾坤，细则犹如婴泣。"

他在唱腔方面，不求花哨，无柔声，无嫚语，以苍老痛快取胜，以气势赢人。所以被观众誉为"豪迈苍劲，大气磅礴，闻之令人荡气回肠"。

孙菊仙的唱工，最讲究气口、音色和抑扬。他说唱戏靠的是气，气乃声之源，无气则无声。他对气口的使用技法是“偷换存放”“大小疾徐”。关于音色，他说：“唱腔是画儿，嗓音是色儿”，把嗓音比喻成画画不可缺少的颜色，以没有颜色就画不成一幅色彩斑斓的美术作品的道理，说明音色在演唱艺术中的重要作用。

孙菊仙的唱，能够给人以情绪万千、闻声动情的艺术效果，这是与他在演唱中善于运用音色的变化分不开的。他讲抑扬，就是在演唱中根据剧情的需要，能大能小，能强能弱，能刚能柔。他虽然有孙大嗓之称，但是，他绝不是采取可筒倒的唱法，而是采取低中见高、弱中显强、有收有放的唱法。放的时候如同撞钟打锣那么响，收的时候却像头发丝那么细。而且他这些演唱技巧都是从剧情的需要和人物的感情出发的。比如说，孙菊仙唱《三娘教子》这个戏的时候，他的唱念很少用高腔大嗓，他认为演老薛保这个人物，如果大喊大叫，就不符合这个人物的身份了。他是在薛保哀求王春娥的时候，才提高了调门念这句：“三娘，老奴这厢也跪下……了……”这是因为老薛保实在控制不住感情了。又如在《逍遥津》里《写诏》一场戏，他唱的那段西皮导板和原板，也绝不乱用高腔。他认为这场戏应该以穆顺为主，汉献帝的重点戏则在《逼宫》一场。

过去的演员，把这种不随随便便地突出自己，抢人家戏，说成是戏德。其实这种戏德，正是一个演员应该遵循的，从剧情出发，从人物出发，掌握好表演的分寸。

孙菊仙的演出剧目，以唱工戏为主。他的代表作有《逍遥津》《鱼藏剑》《骂杨广》《骂王朗》《三娘教子》《朱砂痣》《御碑亭》等。据说《四进士》这出戏，最早是由孙菊仙把它搬上京剧舞台的。

孙菊仙于宣统元年就告别了舞台，从上海返回天津颐养天年。1931 年以 90 多岁高龄故于天津。

后人宗孙派的不多，原因是没有他那么好的嗓子。马连良曾拜孙菊仙为师，但唱法不学孙。可是，周信芳和唐韵笙的唱腔里，有不少学孙菊仙的地方。

谈王瑶卿与四大名旦

王瑶卿，生于 1881 年，原名瑞臻，字稚庭，号菊痴。祖籍江苏清江。其父为著名昆曲演员王绚云。他九岁从师田宝琳学戏，在三庆班从崇富贵练功。后拜谢双寿为师，同时向张芷荃、杜蝶云学青衣和刀马。19 岁进福寿班，又向时小福、李紫珊、陈德霖求艺。23 岁时三进福寿班，同年被选为升平署外学民籍教习，时常入清宫演出。

1906 年入同庆班，为谭鑫培所器重。1909 年自己组班演出于丹桂园，改变了以往在京剧舞台上以老生领班的局面。形成了独树一帜的王派，时人将他同谭鑫培并称为梨园汤武。

王瑶卿

他最初学青衣，13 岁入三庆班改学花旦和刀马旦，在身段和把子功方面得钱金福的指导。所以，他在青衣、武旦、刀马旦三个行当中，都受过严格的训练，全面打下了非常坚实的基础。出科后，搭三庆班、福寿班唱青衣。他的嗓子脆亮圆润，扮相清秀大方，身上扎实好看，得到了内外行家的好评。被谭鑫培所器重，聘入同庆班与谭鑫培同台演出。他跟谭鑫培合演的《南天门》《汾河湾》《打渔杀家》《珠帘寨》《武家坡》等戏，都被誉为上品佳剧。

可是，王瑶卿从中年嗓子就坏了，不能以唱功取胜，靠着他那坚韧不拔的毅力和超凡的艺术才华，在艺术上另辟新的道路。他把青衣、花旦、武旦融为一体，创造了既非青衣，又非花旦的刀马花衫。他亲自改编剧本，亲自导演了《花木兰》《十三妹》《棋盘山》《福寿镜》《庚娘传》《穆天王》和《万里缘》等新戏。给观众的感觉内容新颖，唱念做打焕然一新。旦行的表演艺术因此别开生面，开拓出一条新路。

王瑶卿之所以在艺术上能够取得成就，固然与他的勤奋好学，博闻强记有关，然而更重要的原因应该是他的不断探索，敢于创新的精神。比方说，像《武家坡》《汾河湾》这种小戏，别人演只是捂着肚子唱，念白、做戏平平淡淡，只能让观众听几句唱而已，可是王瑶卿则不然，他在这类的青衣戏里，既发挥唱工的特点，又十分注重人物的表情动作。例如《汾河湾》这出戏，从薛仁贵问路，到柳迎春得知丈夫回家，以及夫妻之间发生误会，等等，他都能抓住矛盾的焦点，从对白的语气、声调，到表情、动作，细致地安排，精心地设计，把柳迎春的心理活动刻画得细致入微，把一出极其平常的小戏，演得妙趣横生，真实动人。

王瑶卿不仅在唱念和表演等许多方面进行了改革，并且他修改了大量剧本。就拿《穆天王》来说，老本子在穆桂英与杨宗保成亲之前，有场杨六郎刺死穆洪举的情节。就这个情节而言，穆桂英不记杀父之仇，反倒和杀父仇人的儿子成婚，这不仅非常不近情理，而且损伤了穆桂英的形象。王瑶卿把杀死穆洪举的情节，改为穆桂英把穆洪举救了回来，再与杨宗保成婚。这个改动不仅使这出戏的故事情节合理了，同时，穆桂英的形象也更加完美可爱，同时加强了全剧的喜剧气氛。

王瑶卿一生整理修改的剧本大约有七八十出，例如《三击掌》《玉堂春》《宇宙锋》《十三妹》《穆桂英》《孔雀东南飞》《棋盘山》等，都成为广大观众非常喜爱的，具有现实意义的保留剧目。

王瑶卿对于京剧的改革，涉及的范围非常广泛。即使是服装、化装，他也从不忽略。比方说像大头的梳法，服装的式样，他都敢于破旧出新。例如《探窑》这出戏，王宝钏的头饰，原来是在大头上面挽一个观音斗，并且插一个抱头莲，王瑶卿却把它改成了素头，而且从发髻上垂下来一缕散发，这种头饰不仅与王宝钏唱的“这几日未梳妆思念夫君”的唱词十分贴切，而且通过这一缕散发，表现了王宝钏在寒窑的凄楚境遇。这种修改的成功之处，在于从化装上提示了，王宝钏情愿在破瓦寒窑，过着清贫的生活，也绝不顺从父亲那种嫌贫爱富，执意悔婚的高尚品德。

王瑶卿在 40 岁以后，因嗓子关系不得不脱离舞台，他又把全部的精力，投入到戏曲教育事业，授艺育才，奠基开路，建立了不容忽视的丰功伟绩。王瑶卿德艺双馨，全国京剧界的各行演员，没有不崇拜他的，凡是向他求教的人，无论是哪个行当的演员，他没有不教的，可以说是桃李满天下。就连被誉为四大名旦的梅兰芳、程砚秋、荀慧生、尚小云，也无一不是受王瑶卿的指导而成长起来的。所以梅、程、荀、尚四大名旦，对他都执弟子之礼。

王瑶卿是光绪末年以后，在旦行中继往开来，对京剧艺术的革新发展贡献最大的一位著名演员。作为表演艺术家、戏剧创作家、戏曲教育家，被同行们尊为通天教主、剧界导师。

梅兰芳的成长过程

梅兰芳，生于1894年，字畹华，自号缀玉轩主。他祖籍江苏泰州，生于北京。祖父梅巧玲，是咸丰年间的京剧名旦，同光十三绝之一。他的伯父梅雨田是著名琴师，为谭鑫培操琴。他的外祖父杨隆寿，是晚清的著名武生。梅兰芳就是出身于这样一个梨园世家。

他自幼受家庭的熏陶，八岁便开始学戏，最初他在朱霞芬的云和堂学艺，不久便跟吴菱仙学青衣，学了《战蒲关》《二进宫》《三娘教子》《落花园》《祭江》《宇宙锋》《打金枝》等30多出戏。他10岁登台，14岁入喜连成科班搭班学艺，向名旦秦稚芬和名丑胡二庚（胡喜禄的侄子）学花旦戏。武生茹莱卿给他练功。当时他不仅学了《穆柯寨》等刀马戏，并且还学了昆曲的《断桥》《思凡》《金山寺》和《昭君出塞》等戏。同时他还向钱金福学了《镇潭州》的杨再兴和《三江口》的周瑜（这两出是武小生戏）。他的《虹霓关》《醉酒》和《风筝误》是向王瑶卿、路玉珊、李寿山学的。他在喜连成科班时期，边学习边演出。他不仅学习了京剧的青衣、花旦和刀马旦，同时还学习了昆曲的正旦、闺门旦和贴旦，而且是一边学习一边实践。所以，在唱念做打各个方面，都打下了扎实的基础。

梅兰芳嗓子变声以后，在玉成班演出，曾与谭鑫培合演《汾河湾》《四郎探母》，得到谭鑫培的指导与提携。这个时期梅兰芳的主要演出剧目，多半是《武家坡》《玉堂春》《打金枝》《二进宫》一类的青衣戏。当时他的戏码大多是排在倒第二和倒第三演出。他跟谭鑫培合演了《汾河湾》《四郎探母》之后，崭露头角，声誉日增。

1913年，梅兰芳20岁的时候，随王凤卿到上海月桂第一台演出，王凤卿挂头牌，梅兰芳挂二牌，可是梅兰芳比王凤卿红。恰巧王凤卿一向是爱惜人才，提携后进，所以，王凤卿提议让梅兰芳演大轴戏。梅兰芳第一次演出的大轴戏《穆柯寨》一炮而红，从此梅兰芳便轰动了上海滩。当时上海各界观众对梅兰芳的评语是："扮相好，嗓子好，唱得好，功夫好，而且做戏好。"由于梅兰芳在上海大红大紫，所以1914年底和1916年冬，他又两次应约到上海演出。

在这个时期，梅兰芳观摩了上海的夏月润、夏月珊演出的《黑籍冤魂》《新茶花》《黑奴吁天录》等时装戏，欧阳予倩创办的春柳社演出的《不如归》《茶花女》等话剧，以及上海建造的新式舞台和灯光、布景、服装、化装等方面的革新。这些都对梅兰芳的艺术思想产生了积极的影响。梅兰芳在唱念做打等方面的革新创造，对于头饰方面的改革，都是在新的戏剧观念影响之下进行的。

梅兰芳从1915年开始，创作了不少反映现实生活的时装新戏（如《孽海波澜》《宦海潮》《邓霞姑》《一缕麻》）和古装新戏（如《嫦娥奔月》《牢狱鸳鸯》《黛玉葬花》《千金一笑》《天女散花》《童女斩蛇》《麻姑献寿》《红线盗盒》）。同时他排演了前后部《花木兰》《天河配》、头二三四本《春秋配》和一些昆曲剧目（如《金山寺》《佳期·拷红》《风筝误》《春香闹学》《狮吼记》《藏舟》《瑶台》《乔醋》等）。这些戏都是1915年至1919年排演的。

梅兰芳从1913年在上海一炮而红，到1919年完成上述这些剧目的排演，他的表演艺术发展成熟，并形成了梅派艺术风格和自己的艺术体系。

从总的方面说，他的嗓音甜润，扮相秀丽，舞姿优美，表演细腻。具体地说，他的唱与念吐字清晰，舒展大方，丝毫没有矫揉造作，或者剑拔弩张，故意讨好之处。自始至终都是那么圆润甜美、流畅自然。

梅兰芳《醉酒》

我们通过《宇宙锋》和《凤还巢》的唱腔，就可以听出来，梅派的唱法给人感觉那么舒展大方，流畅自然。因为梅派的唱腔，不追求华丽，没有那种九转回肠像“螺丝大院”一样的花腔，乍听起来好像是平淡无奇，如果你仔细咂摸滋味，你就会领悟到“淡极始知花更艳”的妙处。这也正是他的唱腔风格。

梅派艺术的特点是，把声腔韵味与舞蹈韵律巧妙结合，把唱念做打舞的表演程式熔于一炉，以综合性的表演方法，全面地体现着梅派艺术的神韵。在梅兰芳之前，青衣戏就是干巴巴地捂着肚子唱，既不讲什么美的造型，更谈不到舞蹈动作。这是因为那个时候的行当分工过细所造成的。例如，青衣重唱工，花旦重做工，刀马旦重功架，武旦重技巧。强调每个行当各有侧重是对的，但是，把侧重强调到单项表演的程度，那就违背了京剧“无声不歌，无动不舞”的原则。

所谓舞，不光是起霸、趟马，舞台上的一走一站、一指一看、一哭一叹、一投袖一转身，等等，每一个动作都是精准的舞蹈。因为各种角色从他一出场到下场的全部动作和造型，都是节奏化、韵律化、音乐化、舞蹈化的，所以才说是“无动不舞”。

这些舞从表面上看，虽是文戏里边的一些简单的身段动作，但是这些身段动作，不仅需要腰腿的功夫，而且必须有把子功的上步、撤步、掏步、踮步、绕步、趋步的步法，和转身、拧身、斜身、侧身、变身的身形变化，才能走得圆美和顺溜。说梅先生把唱念舞打都熔于一炉，就是从这个方面讲的。如果你连腰腿功夫和把子功都没有，就想学梅派的表演艺术，那是根本不可能的。就是你唱得很像梅兰芳，那也只是单项表演，谈不到以梅派艺术的表演方法去塑造剧中人物。

大家都知道言慧珠是一个文武全才，昆乱不挡的著名演员。她拜了梅先生之后相当用功。有一次她在上海演出梅先生的全部《洛神》，演出很成功，台下的观众非常欢迎。演出之后，言慧珠征求许姬传的意见，许姬传对言慧珠说，你这出《洛神》无论是唱还是身上、脸上，无一处不像梅先生，只有一点儿就是缺少一点神气。许姬传追随梅先生几十年，对梅派艺术可以说太有研究了，他的意见正如画龙点睛一样，道出了梅派的精髓——神韵。

过去北京管看戏叫听戏，意思是专门为听唱儿去的。其实不然，绝大部分观众是既看做工又听戏的，因为中国戏曲是以歌舞演故事为艺术特性的，是载歌载舞的综合性艺术。如果像谭鑫培、梅兰芳没有进行改革之前那样，王帽老生只能端着带唱，青衣旦角只能捂着肚子唱，那么京剧只能成为清音桌艺术。如果是这样的话，不用说京剧征服世界，就是在它的发祥地——北京，也早已不复存在了。那京剧也就不可能被世人称为“无声不歌，无动不舞”，“极视听之娱”的舞台表演艺术。

这一点，梅兰芳的祖父梅巧玲和王瑶卿都意识到了，所以，梅巧玲和王瑶卿都对捂着肚子唱进行过改革。特别是王瑶卿在这方面做过很大的努力，但是成效不大。而梅兰芳在上海受到新的戏剧观念的启发，冲决阻力排演新戏，突破了那些束缚旦行艺术发展的清规戒律。他不仅把青衣、花旦、刀马旦的表演程式熔为一炉，创造了花衫这个行当，而且还把昆曲的正旦和闺门旦的表演技巧，也都吸收到自己的身上，丰富了艺术表现手段。所以他创出来的花衫这个行当，既不失青衣的端庄，又具有花旦的秀丽，既具有昆曲正旦的典雅，又具有闺门旦的妩媚。

梅兰芳剧照

梅兰芳为了创造花衫这个行当，在旦行传统的兰花指的基础上，加以丰富和创造，最后总结出49种各具优美造型的手势动作。如迎风、吐蕊、映月、含香、露滋、护蕊、醉红等。他还就戏里不同角色的身段，归纳出坐、立、卧、望、指、思、羞和托物、提物、搬物、抱物、捧物等12种造型各异的，舞蹈化的动作姿势。同时他还在一些新编的剧目里，根据剧情和塑造人物的需要，设计了许多成套的舞蹈场面，如《嫦娥奔月》里的花镰舞，《千金一笑》里的绸子舞，《霸王别姬》里的剑舞，《上元夫人》里的拂尘舞，《麻姑献寿》里的水袖舞，《西施》里的翎子舞，《黛玉葬花》里的锄舞和《廉锦枫》里的刺蚌舞等。这些舞蹈动作，不仅丰富了旦行的表演艺术手段和京剧的表现形式，而且提高了京剧的审美价值。

梅兰芳做与舞的表演艺术风格是端庄典雅，绰约多姿，轻盈含蓄，仪态万千。他创造的花衫这个行当，彻底纠正了那种将唱念与做舞割裂开来的错误倾向，这是他对戏曲艺术发展作出的伟大贡献。

梅兰芳的表演艺术，不仅为国内广大观众所喜爱，同时也受到国外文化艺术界的高度重视。所以，日本文化艺术界曾于

1919年和1924年，两次邀请梅兰芳作访日演出。在日本，他结识了市川猿之助和青木正儿等著名戏剧家。

1929年底至1930年初，梅兰芳应美国文化界邀请，作赴美访问演出。在美国，他结识了喜剧大师卓别林，歌唱家保罗和罗伯逊等，并且被美国波莫纳学院和南加利福尼亚大学授予名誉文学博士学位。

1935年，梅兰芳应苏联对外文化协会的邀请，到苏联进行访问演出。在苏联，他结识了文学家高尔基、托尔斯泰，戏剧家斯坦尼斯拉夫斯基、丹钦科和梅耶荷德，并结识了旅居苏联的萧伯纳和布莱希特等戏剧家。

斯坦尼斯拉夫斯基　梅兰芳

梅兰芳在国外的演出活动，受到了各国人民和艺术家们的热烈欢迎和高度评价。在梅兰芳还没有到国外访问演出以前，外国人曾以看中国戏为耻，他们认为中国戏是一种丑陋、落后的表现。可是他们看了梅兰芳的演出之后，不仅完全改变了这种错误的看法，并且把看中国戏引以为荣。他们的一些戏剧家和评论家们说，他们看了梅兰芳的演出之后，令他们惊叹不已，因为他们没有想到，居然有无所不能表现的，这么美的戏剧艺术。

苏联的戏剧家梅耶荷德看了梅兰芳运用手的姿势进行表演之后，深有感慨地说："看完梅兰芳博士的表演，再到我们那些剧院里转一转，你们就会同意我的说法，那就是该把我们所有演员的手都砍下来，因为那些手对他们来说毫无用场。"

德国大戏剧家布莱希特在莫斯科看了梅兰芳的《打渔杀家》之后，在文章里说，中国戏剧以桨代船，要比苏联戏剧大师斯坦尼斯拉夫斯基在他导演的《奥赛罗》里面精心制作一条真实的船要聪明得多。布莱希特为什么如此崇拜中国戏曲的以桨代船呢？因为以桨代船不仅是依靠演员的虚拟动作来表明船的存在，而且是通过虚拟的表演创造出特定的意境，使观众在特定的意境之中，产生了水的感觉和其他景物的联想，给人艺术美的享受。

梅兰芳征服了世界剧坛，不但提高了京剧的审美价值，同时也提高了京剧的地位。他创造的艺术体系，与苏联的斯坦尼斯拉夫斯基体系和德国的布莱希特体系，并称为世界三大戏剧体系。这是梅兰芳把中国京剧介绍到国外，并通过他精湛的表演艺术，为中国戏曲赢得的最高荣誉。

程砚秋的成长过程与艺术创造

梅兰芳的艺术生活是一帆风顺青云直上的，而且他在刚刚进入中年的时候，就达到了登峰造极的境界，久盛不衰。

而程砚秋的幼年和青年时代的艺术道路，是崎岖不平，比较坎坷的。他的祖籍是吉林省通化临江一带，出生于北京。他的父亲叫荣寿，满族人，是个世袭的官宦后代，属于吃皇粮的。可是，程砚秋出生不久，父亲就故去了。因此家境贫困，程砚秋自幼就拜给了荣蝶仙学戏。他的启蒙老师是荣蝶仙和荣春亮，开蒙学的既不是青衣也不是花旦，而是武生。都说程砚秋的武功好，那就是从小学武生打下的基础。因为程砚秋身上比较软，不太适合学武生，又发现他的小嗓很好，扮相也很秀丽，于是荣蝶仙又让他和陈桐云学花旦，和陈啸云学青衣。

他学了花旦戏《打樱桃》《打杠子》《拾玉镯》《花田错》和头本《虹霓关》以后，青衣戏还没有学，荣蝶仙就让他在丹桂戏院登台演出。程砚秋学的这些小花旦戏，只能唱开场。他一边唱着开场戏，一边和陈啸云学青衣。他学了《彩楼配》《三击掌》《春秋配》《祭江》《祭塔》《起解·会审》《汾河湾》《武家坡》《御碑亭》《三娘教子》《四郎探母》等戏后，大家都认为他是个青衣的坯子，观众对他的青衣戏也比较喜欢，所以他演的戏码就往后边挪了。

恰巧跟孙菊仙、刘鸿声配戏的旦角因故不能登台，这临时裉节上救场如救火，后台管事的就叫程砚秋扮上了，什么戏呢？是《御碑亭》。这个戏虽说是老生和旦角的对儿戏，实际上这个戏旦角的分量比老生重。一个唱开场码儿的小孩，居然陪着鼎鼎大名的孙菊仙，唱那么重的对儿戏，后台都琢磨着他非哆嗦了不可。谁知程砚秋一点儿也不怯场。别看他岁数小，可是他长得个子高，一上台就有台风，而且举止端庄，做戏大方，念得稳重，唱得有味儿，和他唱开场戏的时候简直是变了个人。后台管事的跟荣蝶仙说："嘿！这孩子真争气！"

这出《御碑亭》唱完了，孙菊仙非常高兴，对管事的说："这孩子可是个好体面的大青衣呀，以后我的戏都让他陪我唱了……"从那时起，孙菊仙、刘鸿声、李桂芬这三个老生的对儿戏，就都让程砚秋陪着唱。这一下，程砚秋的身价立刻提高数倍。

孙菊仙是与谭鑫培、汪桂芬齐名的老生后三杰之一，德高望重。刘鸿声是老生"三斩一碰"的代表人物，他嗓子最好，是实力最强的著名老生。程砚秋获得了他们的认可，而且还破格提拔，前后台的老板那就更得刮目相看了。

观众对程砚秋越欢迎，他的演出机会就越多。在那个年代，所有的戏园子都是两场戏，演员白天唱完了晚上接着唱。所以，那个年代的演员舞台实践机会太多啦，一个唱正戏的演员，一个月得演出 60 场戏。如果你的戏折子上不超过 60 出戏，人家就没法用你，因为起码一个月之内戏不能翻头。谁要想搭班，不单得有能耐，还得会的戏多才行，那个时候的演员，会个七八十出戏是不多的。虽然当时的演出机会多，不过也有一个弊病，就是有许多好演员，因为演出负担过重，把嗓子唱坏了，不得不过早地离开了舞台。这样的例子很多。

程砚秋就是将要红起来的时候，嗓子倒仓了。倒仓以后的嗓子应该禁声休息。可是程砚秋的老师荣蝶仙不准，为了赚钱，他不考虑程砚秋的嗓子，仍然叫程砚秋坚持演日夜两场。

当时一位诗人，也是一位对戏曲很有研究的作曲家叫罗瘿公。他觉得程砚秋是个人才，如果这样继续下去，就有把嗓子彻底累垮的危险，于是设法帮助程砚秋脱离了荣蝶仙。从此程砚秋在罗瘿公的指导下重新学艺。

罗瘿公为了使程砚秋进一步深造，聘请了昆曲名家乔蕙兰、张云卿、谢昆泉教他昆曲，还给他请了著名京剧武旦阎岚秋给他说戏练功。罗瘿公亲自为他讲诗词和文史，并且给他安排观摩戏剧和其他姊妹艺术的课程，全面提高他的文化修养。同时由罗瘿公介绍程砚秋正式拜梅兰芳为师。

程砚秋嗓音基本上恢复之后，搭梅兰芳、余叔岩的班，在前边唱开场戏，后来又搭高庆奎、朱素云的班。那个时候他演出的剧目有《御碑亭》《汾河湾》《四郎探母》《战蒲关》《思凡》《游园惊梦》《武家坡》《打渔杀家》等。在这个时期，他基本上是走梅兰芳的路子。

就在程砚秋声誉日增，大家对他寄予很大希望的时候，他的嗓子又发生了变化，变得又闷又窄，越唱越不响亮。一个文戏演员如果一旦嗓子出了问题，那种痛苦简直无法形容。因此他每天到大马神庙去请教王瑶卿，希望他能指出自己的嗓子到底是什么毛病。

王瑶卿叫他一连吊了好几天的嗓子，也不谈意见。程砚秋实在憋不住了，就开门见山地问王瑶卿："您听我的嗓子是不是没有发展的余地了?"王瑶卿考虑了半天才说："你的嗓子不能再按一般的唱法去唱了，更不适合学梅兰芳的唱法，你只有另走一条路子……因为，根据你现在的嗓子条件，谁的路子你都走不通，你只有另创一条不同的新路，去研究出一套你自己的发音方法，来一个另辟蹊径也许能成功……如果你还按照你现在的发音方法去唱，恐怕是越唱越糟!"

王瑶卿的话在京剧界最有分量，因为他不仅有真才实学，而且懂得多，见得广，所以被京剧界称为通天教主，说明大家公认他是对京剧无所不知的。程砚秋听了王瑶卿的话之后意识到，如果自己不能闯出一条新路，不仅没有发展前途，甚至能否维持现状也没有把握。于是程砚秋破釜沉舟，潜心研究自己的嗓子到底怎样唱，才能解决又闷又窄的这个缺点。

怎么能让嗓子的声音既响堂又打远儿呢?又怎么样躲开那种习惯性的传统发音方法，另创出一条新的路子?他猛然想到京剧界说："字是骨头，腔是肉"，要解决发音问题，还得先从这十三道辙口找起。例如江阳辙怎样发音，用哪儿的共鸣?遇到人辰辙怎样发音，找到哪儿的位置才有共鸣?既然"字是骨头，腔是肉"，就必须先把十三辙的发音位置和共鸣区找准之后，再去解决关于四声的运用方法。因为四声的高低错落，是决定唱腔旋律的关键，而唱腔旋律又是决定唱腔高低强弱的关键。

所以程砚秋决定，第一改变发音位置，找自己的共鸣区；第二用湖广韵来规范四声的运用。这两个问题解决之后，才能研究旋律、行腔和归韵的问题。特别是他完全采用湖广韵来规范字的声调之后，突然发现这么一来，就和大量采用北京音的梅派唱法，有了非常明显的区别，并且别有一番古朴、幽咽的味道，这恰恰符合古代妇女那种轻声细语，委婉含蓄的特点。

他摸索出这条途径之后，就像《桃花源记》里所说的那样，“山有小口，仿佛若有光。便舍船，从口入。初极狭，才通人。复行数十步，豁然开朗”。

程砚秋这一发现，使他恍然大悟，要不是王瑶卿指点迷津，怎么能发现这别有的洞天呢？看来只有另辟蹊径，才能走出一条自己的道路。于是，程砚秋信心倍增，他沿着那条古朴、幽咽、轻声细语的道路，继续探索如何在唱腔中表现那种高音可以响彻行云但不刺耳，低音能够一沉到底而仍然保持清辙圆润，并且把它们统一在委婉、含蓄的唱腔之中，体现那种古朴、幽咽、轻声细语的特点。

他一步一步深入探索，反复琢磨，体会到要表现古朴、幽咽、轻声细语的特点，就得在委婉、含蓄的唱腔之中，用收音和放音的对比，去表现收音处细若游丝，似有若无，放音时徐徐而出，由弱渐强，由细变宽，而且要做到“细而不飘，宽而且柔”。这就需要高度控制的演唱技巧。

程砚秋在确定了这个方向之后，日以继夜，口不离曲，经过艰苦努力，终于创造出一整套别具一格的吐字、发音、行腔、归韵的特殊方法。特别是他在收与放、强与弱的声腔处理和高与低的音腔掌控能力上，巧妙结合，有机运用，这是任何声腔中所没有的。

王瑶卿和罗瘿公听了之后，无不拍案叫绝。要创造自己独特的艺术风格，首先需要发挥自己的艺术特长，创作出带有自己艺术个性的演出剧目。因此罗瘿公亲自为他编写剧本，如《梨花记》《龙马姻缘》《红拂传》《玉镜台》《花舫缘》《风流棒》《鸳鸯冢》《赚文娟》《玉狮坠》《青霜剑》《金锁记》等，都是由罗瘿公创作和改编，请王瑶卿设计唱腔，并进行排练和导演。

程砚秋有了这些新编剧目之后，如鱼得水，身价倍增，特别是一些文人和名士，对他的表演风格十分赞赏。他们对程砚秋的评论是，除梅兰芳之外，只有程砚秋称得起是旦行的后起领袖。

因为程砚秋在罗瘿公的指导下，对诗词和文史有了一定的基础，罗瘿公为了继续提高他的文史修养，又为他介绍了文化名人康有为、陈散原、樊樊山、陈叔通、金仲荪等人。程砚秋艺术的飞跃发展，与有这样高层次的文化熏陶，是绝对分不开的。

1924年罗瘿公病故，对程砚秋是个极大的打击。当时社会上的舆论说，罗瘿公一死，程砚秋也就完了。果然，当初因为罗瘿公的情面而帮助过程砚秋的一些朋友，因罗瘿公故去，对程砚秋也就冷淡下来了。

程砚秋面对这种艰难的处境，丝毫没有退却，决心创造自己的风格和流派。他请金仲荪编写了《碧玉簪》剧本，自导自演，不仅得到了观众的热烈欢迎，而且显示了他的艺术才能。在《碧玉簪》演出以后，他又在金仲荪和王瑶卿的帮助下，创作排演了《聂隐娘》《梅妃》《沈云英》《文姬归汉》《勘情记》《朱痕记》《荒山泪》和《春闺梦》等新编剧目。

程砚秋《荒山泪》

其实程派艺术不止表现在唱腔方面，在表演上也有独特的创造。例如《青霜剑·祭坟》一场，他随着幕后导板，手里提着两个仇人的彩头快步上场，在一句回龙唱腔里面，一口气儿连走三个圆场，脚底下的步子跟唱腔的节奏丝丝入扣。这三个圆场一个比一个快，唱腔的结尾一拍比一拍紧，这种唱舞结合的艺术处理，突出了申雪贞这么一个贫弱的女子，对于土豪劣绅的满腔仇恨和敢于斗争的精神，把人物和剧情表现得淋漓尽致，动人心魄。

又如《武家坡》里面的圆场、进窑、关门的动作，谁唱都是点到而已，从来没有人在这个动作上去做文章，可是程砚秋唱《武家坡》这出戏时，一个进窑关门的动作，居然满堂喝彩。这满堂喝彩声，说明只有情与技的结合，才能迸发出惊人的艺术魅力。程砚秋是根据人物的心理活动，运用程式技巧来体现王宝钏的人物性格的。当薛平贵要强拉王宝钏上马时，她出于自卫，转移薛平贵的注意力，好借机逃跑。于是，她一边说："军爷那厢有人来了"，一面偷偷地凑近她放在地上的篮子，用"只见人移动，不见脚下行"的横搓步，上身不动，只用倒背手的蹲腿动作，把篮子拾起。趁薛平贵不备，扬出一把沙土，利用沙土迷住薛平贵双眼的机会，飞奔而去。在临下场的时候，王宝钏的唱词是"急忙回到那寒窑前"，程砚秋就在"寒窑前"的结尾处，用了一个单手摇头的下场式，步法、身形和水袖的配合，天衣无缝，干净利落。这是他在艺术处理上，为下面进窑、关门的动作，做了巧妙细致的铺垫。再上场的时候，王宝钏在前面跑，薛平贵在后面追，程砚秋把他那精湛的圆场功充分地利用在这个情节里边，用得合理，用得自然。程砚秋一边唱着："前面走的王宝钏……"一边圆场，等唱到"进得窑来把门掩"的时候，程砚秋把蹲腿、矬身、进窑、转身、关门、插门这一连串的动作，用最快的速度连在一起，一气呵成。其中难度最大的是，他利用进窑的转身带动了裙子随身旋转，就像一把张起来的布伞在旋转一样。而且这一连串的动作，必须在唱腔的"把门掩"三个字当中全部来完成。这个动作真是太优美，太精彩了，所以，艺惊四座，满堂喝彩。就这个动作来说，必须有扎实的圆场功、把子功和水袖功。因为他这个动作完全靠步法的巧妙和拧腰的那点爆发力，才能使裙子像张起来的伞一样，随身旋转。通过这一个动作的设计，便可以看出一个大艺术家的匠心独运。

另外，程砚秋对水袖的运用也跟别人不同。他的水袖工最好，但是，他从不乱要水袖，因为他反对在舞台上单纯地卖弄技巧。他主张水袖要用在人物感情十分需要的地方，而用法也是画龙点睛，决不能喧宾夺主。这一点是程派的可贵之处。

京剧界有句谚语："做与舞是车，唱与念是辙"，形容唱念与做舞的关系。程派的艺术特点，就是把唱念做舞糅在一起，而且结合得非常巧妙，被世人所称道。

程砚秋通过舞台实践与艰苦的革新创造，终于形成了具有独特艺术风格的程派，与梅兰芳、尚小云、荀慧生并称为四大名旦。

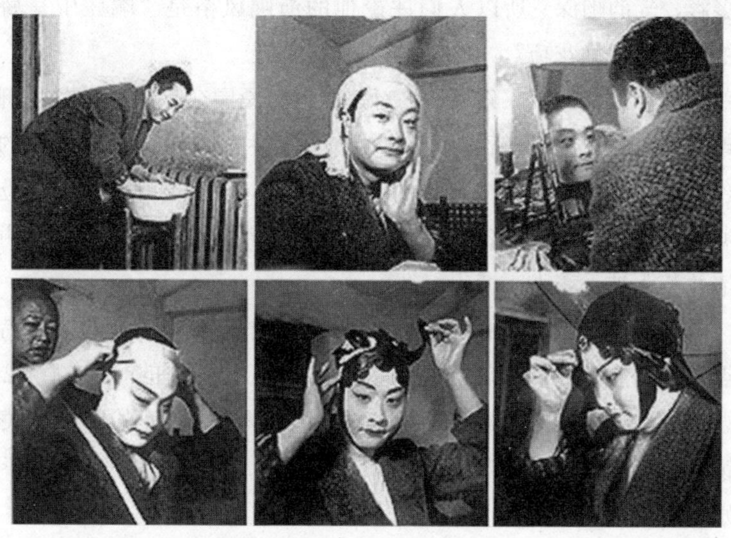

程砚秋

尚小云

尚小云幼年在正乐科班学戏，先学武生、老生，后改青衣和刀马旦，他的老师叫孙怡云。

因为他的嗓音清脆，亮而甜润，扮相端庄秀雅，所以他 16 岁出科，就跟孙菊仙、杨小楼、王瑶卿、余叔岩、王又宸、谭小培等合作演出。

尚小云在唱法上继承时小福、陈德霖，但是由于他的嗓子好，在唱工上功力很深，所以，他在时小福、陈德霖的基础上，有较大的发展和创造。

他早期以青衣戏为主。他的唱，每唱一句都是满宫满调，吐字发音爽朗清晰，行腔刚健有力。他擅长运用立音、颤音和顿音等演唱技巧，就是一句很平常的唱腔，由他嘴里唱出来也会绚丽多彩，气韵幽深。所以人们评论他的演唱风格是“端庄中呈娇艳，规整中见花巧”，刚中有柔，挺拔婉转。

尚小云早期以《祭塔》《三娘教子》《桑园会》《武家坡》《御碑亭》《玉堂春》《斩窦娥》等唱工戏为主。他跟孙菊仙合作的《三娘教子》，跟杨小楼合作的《楚汉争》，跟王瑶卿合作的《乾坤福寿镜》，跟谭小培合作的《桑园会》《武家坡》等戏，都以声情并茂、神采袭人，博得好评。

五四运动以后，根据时代的需要和自己能文擅武的艺术特点，他编演了大量的新戏。如《卓文君》《秦良玉》《峨眉剑》《摩登伽女》《梁夫人》《汉明妃》《北国佳人》《龙女牧羊》《福寿镜》《绿衣女侠》《墨黛》《双阳公主》《青城十九侠》《林四娘》等。

在这些剧目中，尚小云成功地塑造了梁红玉、王昭君、何玉凤等巾帼英雄和豪侠烈女。他根据人物的性格和剧情的需要，把武旦、武生的动作、技巧和刚健挺拔的特点，运用到《汉明妃》即《昭君出塞》一折中。利用踢腿、跨腿、劈岔、单腿颠步、垛泥等，去表现王昭君在崎岖的旅途中，风沙扑面，战马不前的情景，既留恋家乡，又得紧催战马，去完成皇帝给她的使命。在这种特定的情景下，运用武生、武旦那种幅度很大、夸张性很强、变化很快的舞蹈动作，去表现这种旅途艰难与内心痛苦交织在一起的复杂心情，是非常合适的。

尚小云剧照

尚小云以奇特的构思，夸张性的技巧运用，大胆而又细腻的艺术处理，巧妙的大幅度的舞蹈动作，来大胆表现情节和人物，这在旦行的角色表演中，是突破性的创举。

另外，他在《乾坤福寿镜》《摩登伽女》和《墨黛》等戏里面，根据不同的人物，创造了不同的舞蹈程式。如《福寿镜·失子惊疯》里边，他一边要着水袖，一边唱着跑圆场。这三个部分同时的结合运用已经很难了，但是，光结合好还不行，还要表现得像疯子，而且疯得那么美，这的确是高难度的艺术表演，没有非常深厚的功底是绝对做不到的。

尚小云的艺术特点是文戏武唱，也就是不能把文戏唱瘟，要把文戏唱得火爆。但是这个火爆不是洒狗血，也不是胡来，而是把一出很瘟的文戏唱活。这就需要善于挖掘别人想象不到的东西，并且恰当地把它表现出来。这一点是如此，那一点也是这样，因此就给人的感觉是处处有戏。这样的戏也就不会瘟了，达到了火爆的目的。这就是尚小云的艺术特点。

由于他那独特的表演艺术风格被内外行所公认，所以在20世纪20年代就被广大观众称之为尚派。与梅兰芳、程砚秋、荀慧生并列为四大名旦。

荀慧生

荀慧生幼年在义顺和科班学梆子花旦，受侯俊山的传授，艺名白牡丹。后来又入正乐科班改学京剧。在科班演出时就得到了广大观众的赞赏，所以他与尚小云、芙蓉草并称正乐三杰。

荀慧生

荀慧生先拜路三宝，后拜吴菱仙、陈德霖、王瑶卿，并且问艺于孙怡云、田桂凤。从19岁专演京剧，与梅兰芳、程继先合演《虹霓关》一鸣惊人。然后与杨小楼、余叔岩、高庆奎、尚小云、周信芳、盖叫天等先后合作演出。他常演的剧目有《虹霓关》《英杰烈》《花田错》《辛安驿》《坐楼杀惜》《十三妹》《得意缘》《玉堂春》《小放牛》等戏。

20世纪20年代中期，他和陈墨香等合作，在王瑶卿的指导下排演了大量新戏，如《香罗带》《荀灌娘》《元宵迷》《埋香幻》《红娘》《勘玉钏》《霍小玉》《绣襦记》《杜十娘》《晴雯》《红楼二尤》《鱼藻宫》等，共五十多个剧目。他所排演的新剧之多，居四大名旦之首。

荀慧生之所以能够创作出这么多的新剧目，说明他反对因循守旧，抱残守缺，富于创造精神。而另一方面是因为他先演梆子，后演京剧，掌握了两个剧种的表演规律和艺术特点。同时他又把青衣、花旦、花衫和刀马旦的表演程式，都化在自己身上，熔为一炉。所以，荀派艺术的表现力特别强，既能表现出身卑下的侍女、丫鬟、红娘、晴雯等类型的角色，又能刻画爱情专一的名妓杜十娘、霍小玉等类型的人物，同时还能塑造出要饭花子的女儿金玉奴等类型的平民形象。这种宽阔的人物形象表现力，是梅派、程派、尚派艺术所不及的。

例如他用蹙肩（就是端着肩膀）来表现无可奈何的心情；用拧身斜视去表现女孩子的害羞；用懒洋洋的大转身去表现沉浸缠绵于爱情之中；用反指和刚要指出去又立刻把手缩回来的动作，表现爱慕之情的羞羞答答，及欲言又止的情感。这些都是其他流派所没有的表演方式。还有咬手绢、拧手绢等，类似的表演动作，均来自女孩子在生活中特有的表现。甚至端肩膀的动作，是外国妇女的一种生活习惯，在电影里可以看到，但在戏剧舞台上是从未有人用过的。

荀慧生就是从生活和电影、话剧、绘画、雕塑等姊妹艺术中吸收营养，经过消化和加工，把它变成自己的表演手段，然后再运用到舞台上去，使舞台表演程式生活化，这是他的独特创造。例如在他的《红娘》《勘玉钏》《红楼二尤》里面，把花旦的小碎步一律改成大步量的走法，乍看上去好像很不习惯，因为传统花旦的小碎步，走起来给人的感觉，符合古代妇女那种一步挪不了三寸，腰肢扭捏的样子。而荀慧生把这种走法改为大步量，确实有他的道理。上面所说的那种传统花旦的走法，只适合大门不出二门不迈的闺阁幼女，或者是官宦之家的少奶奶，而用在像红娘那样的侍女丫鬟身上，是不合适的。因为她是伺候人的，小姐刚让他倒茶，老夫人就可能让她去拿扇子，不用说一步挪不了三寸，就是走慢了恐怕也得挨说。所以，她就得大步量，甚至于还得小跑才行。这是由于她的身份和环境所使然。

比方说《勘玉钏》里面的韩玉姐吧，她虽然是生长在封建时代，但是，她自幼跟着哥哥韩臣长大，缺乏父母的严格管教和三从四德的那种礼教约束，再加上她本人就是那么爽快、开朗、无拘无束、见义勇为的性格，所以，把大步量的走法用在韩玉姐身上是恰如其分的。

又如《红楼二尤》里面的尤三姐，这个人物和红娘、韩玉姐就不一样啦，她是大家闺秀，按理说应该是扭扭捏捏的千金小姐，用一步挪不了三寸的走法才合适，其实并不然。因为她从小就是娇惯起来的，不单在母亲的面前非常任性，而对任何事情她都有一股子倔强劲，这股子倔强劲正是她的反抗性格，因此她便不是那种一步挪不了三寸、扭扭捏捏的人。她说话办事干脆痛快，性如烈火，所以把大步量的走法用在她的身上也是非常合适的。

可是，荀派的这种大步量的走法，并不是千篇一律，完全一样的模式。例如在红娘的台步中，通过那种轻盈、洒脱的体态，来表现一个劳动少女的天真的质朴美。而韩玉姐则是通过她那大步量的台步和身段动作，去表现她那种既天真又泼辣，既爽快又袅娜的性格与风貌。可是《红楼二尤》里面尤三姐就不然了，虽然她的台步也是大步量的走法，但是，她要走出名门仕女的风华和鹤立鸡群的劲来。因为她一出场，就是贾琏那帮子纨绔子弟们和她姐姐尤二姐前去看戏，她对贾府那帮子公子哥们是非常的看不起，所以，用鹤立鸡群的形象来塑造尤三姐，特别是在她第一次出场的特定情景之下，是非常符合人物性格的。

总之，荀派创造的这种大步量的台步，用在上述这三种不同类型的人物身上，非但没有削弱古代妇女的袅娜多姿，反而使人物的生活气息更浓，性格更鲜明，因此也就更增加了艺术的真实美。

荀慧生年轻的时候扮相很娟秀，身段动作袅娜娇昵，百态千姿，可是他的嗓子既缺乏亮音又缺乏立音，所以，他根据自己的嗓音条件，创造出一种低回婉转、秀俏柔媚的演唱风格。他更善于把身段动作糅进唱腔和过门之中，形成唱中有舞，念中有做，和谐统一的荀派表演艺术。

荀慧生既擅长演悲剧，又擅长演喜剧。他在悲剧的《杜十娘》中，塑造了一个虽然出身秦楼楚馆，但是对爱情忠贞不渝，宁可投江一死，也不朝三暮四、水性杨花的女性形象。荀慧生不但把杜十娘塑造得感人肺腑，他塑造的霍小玉也同样令人惋惜和同情，甚至恨不得叫黄衫客把忘恩负义的李益给杀了才能解恨。霍小玉让李益害得奄奄一息，还在为这个丧心病狂的男人求情。荀慧生每次演到这儿，台下都有许多观众为之流泪。

这两出悲剧是很难演的。尽管这两出戏的主人公都是一片痴情，最后都是殉情而死，但是，她们两个人，一个是青楼名妓，一个是大官的庶女，她们的出身有天壤之别，社会地位也相差悬殊，因此，她们的思想性格、风神、气质是完全不同的。

荀慧生对这两个人物的思想性格把握得很准，所以他刻画的这两个人物，各有各的精神风貌。例如他演杜十娘，首先刻画她饱经风尘，性格成熟，所以通达世故，她用对李甲的体贴入微，去表现对他的爱，而且是死心塌地的爱，因此对李甲是那么的信任，那么的依赖，那的么温顺……而他演霍小玉，则首先侧重于一个“娇”字，随着剧情的发展，再刻画他的痴。因为她出身于官宦之家，又是侧室所生，所以，她是娇生惯养有余，而礼教的约束不足。尽管她通晓诗文，性格纯真，但是一身娇气。而正是因为她娇惯成性，所以才草率地跟李益成婚，铸成大错，饮恨而死……荀慧生的表演，刻画出了她内心的善良和她那纯真的美。

荀慧生还十分讲究念白的技巧，他不仅念得清晰、爽朗，富于口语化，并且重视潜台词的挖掘。像红娘和金玉奴这些人物，他的京白念出来，语调那么流利，听起来好像是生活的语调，但是还韵味十足，同时能够念出情趣，念出性格。另外他的念白还有一个最大的特点，就是在念白的音韵和身段动作，面部表情和舞蹈形体的结合之中，闪现着剧中人物的精神、气质和他们的性格特征，形成了他那种独特的神韵。

荀慧生在这些方面的创造是非常多的，流传也是非常广泛。曾经有过一个时期，是“十旦九荀”。

荀慧生演喜剧也是非常拿手的。比如像《红娘》和《勘玉钏》后边的韩玉姐，他在随随便便之中，便把这两个人物演得那么风趣横生，滑稽脱俗，在幽默之中寓意深邃，并能够引人深思，给人启迪，表现出艺术家的高深造诣。这是荀派有别于梅派、程派、尚派的显著特点。

京剧《红娘》这出戏，是荀慧生的喜剧代表作。在《西厢记》这个故事里，他对红娘这个人物的爽朗、善良、正直和反抗性，感受非常强烈，特别喜爱。而当时京剧又没有这出戏，而昆曲只有《拷红》一折。所以，荀慧生参照王实甫的《西厢记》和昆曲的《拷红》，与陈墨香合作编写了《红娘》这个剧本，填补了《西厢记》在京剧剧目中的空白。

这个剧本于 1936 年编成之后，荀慧生为红娘这个人物的唱念做舞进行了精心的设计和大胆的创造。例如《琴心》一场的反汉调，《佳期》一场的反四平调，以及《逾墙》一场，红娘用棋盘引着张生，进入花园时的舞蹈身段等，都紧密地结合着人物性格，闪现着人物的精神风貌。所以这出戏于 1936 年 10 月在北京首次演出之后，便轰动了九城，几十年来久演不衰。尤其是“看小姐作出来许多的破绽”这段四平调，和“小姐你多丰采”这段反四平，早已成为脍炙人口的著名唱段。

“小姐你多丰采”这段为什么叫反四平呢？因为胡琴、二胡的伴奏是用低调门，而在唱腔中，用正、反结合的旋律来唱，所以叫反四平。意思就是说它和一般的四平调是相反的。这一正一反的四平调，低回婉转，柔媚传情。

《辛安驿》和《得意缘》是荀慧生早期的代表剧目。这两出戏的风格和《红娘》不同，虽然故事情节没有红娘那么动人，但是这两出戏都非常吃功力，具有鲜明的特色。

荀慧生在表演方面的最大特点，是从生活当中吸收了过去舞台上从来没有用过的大量动作。这些动作经过了他的加工改造，赋予它一定的思想内容，形成了荀派的表演程式，在不同的剧中，展现着各种人物性格。

谈前后四大须生

谭鑫培时期，京剧的老生一行分为安工、靠把、衰派三工。安工老生是以唱见长，表情动作很不讲究；靠把老生是以功架见长，对唱却不讲究；衰派老生是专以做工为主，对唱也是很不讲究。而谭鑫培却能打破这种界限，使安工、靠把、衰派这三门各有侧重分工的老生，互相借鉴，扬长补短，巧妙地把它们的长处融合在一起，创造出集唱念做打于一身的谭派老生。

谭派丰富了老生的表演技巧，推动了老生行当的发展，为京剧的老生行当开拓了极为宽广的艺术道路，把京剧艺术推上了一个新的高峰，成为京剧老生行的光辉典范。

余叔岩、言菊朋、高庆奎、马连良四大须生，都是在学谭的基础上自成一家。他们的艺术，经过了千锤百炼，形成了各自不同的表演风格和艺术特点。随着时代的变迁和艺术的发展，在新的环境之下，又出现了后四大须生：马连良、谭富英、杨宝森、奚啸伯。

马连良两次荣获四大须生的称号，是因为他在 20 世纪 20 年代就已经自成一家了。谭富英成名晚于马连良，而又早于杨宝森和奚啸伯十几年。杨宝森、奚啸伯成名于 40 年代。

后四大须生里面没有余叔岩、言菊朋和高庆奎，是因为在 20 世纪 30 年代中期，余叔岩就告别了舞台，高庆奎的嗓子塌中以后，便退隐教学，言菊朋也是因为嗓子发生了很大的变化，所以后期很少登台演出。就在这个时期，谭富英已经大红大紫，甚至与马连良齐名，形成马、谭两家争胜剧坛的局面。后来杨宝森、奚啸伯逐渐形成了自己的艺术风格，所以从 40 年代中期始，活跃在京剧舞台上的老生名家便是马、谭、杨、奚，于是自然而然地形成了新的四大须生。

余叔岩

余叔岩

自谭鑫培以后，威望最高的老生莫过于余叔岩。余叔岩的祖父余三胜曾经在天津很红，所以，余叔岩从 15 岁便到天津下天仙搭班演戏，那时他的艺名叫小小余三胜。当时他演出的剧目有《失街亭》《捉放曹》《当锏卖马》《文昭关》等。和他在下天仙同台的演员有孙菊仙、李吉瑞、尚和玉、薛凤池、九阵风（即阎岚秋）等人。

虽然当时余叔岩年龄很小，但是很有台风，唱念做舞、举手投足气度不凡，很受观众欢迎，再加上天津观众出于对余三胜的感情，因此对余叔岩就更加器重，所以天津的观众送给他小神童的称号。

他在天津演出有三年的时间，这三年时间对他来说极为重要，一则是每天演出，得到充分的舞台实践，二则是谭鑫培等名家经常来天津演出，得到了大量的观摩机会；同时他在同行和票界交了几个打把子练功和切磋技艺的朋友。当时每天陪他打把子的，有著名武生韩长宝、赵鸿林；和他一同喊嗓、看戏、切磋技艺的有王庚生。余叔岩曾经演出过《八大锤》的陆文龙和《金钱豹》的豹精。像这种纯武生戏，是他十七八岁的时候，在天津韩瑞安家里学的；他的《举鼎观画》是和天津著名武生薛凤池学的；《南阳关》是和天津的名票王庚生学的。余叔岩 18 岁以后才回到北京，继续深造，专心学谭。他在天津这三年时间，为他后来进一步深造打下了坚实的基础，所以他对天津有着深厚的感情。

余叔岩的最大特点是唱念做打无一不精，称得起是文武全才，昆乱不挡。比如说他演出的《战太平》《定军山》《战宛城》《宁武关》《镇潭州》和《洗浮山》等戏，除谭鑫培以外，可以说任何一家流派也无法和他相比。而他的《搜孤救孤》《捉放曹》《打棍出箱》《击鼓骂曹》《盗宗卷》《当锏卖马》《空城计》《断臂说书》《托兆碰碑》《桑园寄子》《一捧雪·审头刺汤》等戏，都成为全国京剧老生学习的典范。特别是他跟梅兰芳合演的《打渔杀家》《游龙戏凤》和《汾河湾》，珠联璧合，堪称双绝。

余叔岩是唱念俱佳，特点是音醇、韵厚、气爽、腔圆，在行腔吐字方面，句句做到字正而巧，声刚而柔，不温不火，回味无穷。他的唱念能够鲜明地表现出人物的性格气质、思想感情。他饰演的人物是通过"含蓄中寓刚劲，浑厚中寓感情"的演唱方法，以细腻的表演和身段的韵律巧妙结合而塑造出来的。光听他的唱，还不能看到他的艺术全貌。我们欣赏余派的演唱艺术，主要先从声腔韵味和抑扬顿挫中，去玩味他的风格特点。

言菊朋

言菊朋出身于书香门第。因为他是蒙族人，所以从陆军学校毕业后，曾经在清末的理藩院和民国的蒙藏院任过职。他确实是一个酷爱京剧的票友，又是一个谭为这（就是迷恋着谭鑫培的艺术），所以他在学习谭派戏方面下了一定的苦功。他在谭派名票红豆馆主和著名琴师陈彦衡的指导下，对谭派的唱法有着深刻的研究。

言菊朋　言慧珠《打渔杀家》

可是要想下海当一名演员，光对唱有研究是远远不够的，于是他又请钱金福、王长林给他说身段练武功。他的《战太平》《汾河湾》《四郎探母》等戏，是向钱金福、王长林和王瑶卿所学。

他正式下海是1923年，随梅兰芳去上海演出开始的。因为他在唱法上深得谭派的真谛，远远超过了其他谭派老生，所以一炮而红，被观众誉为谭派正宗须生。当时他演出的剧目有《战太平》《汾河湾》《空城计》《南天门》《捉放曹》《桑园寄子》等。

言菊朋不仅在上海大红大紫，北京观众和谭迷票友也公认他的唱是标准的谭派。在确立四大须生的时候，言菊朋是以老谭派的代表人物被观众认定的。因为当时他还没有创立言派。

到了20世纪30年代初期，言菊朋的嗓子发生了变化，按谭派的唱法已力不从心，于是他根据自己的嗓音条件，借鉴青衣、小生、老旦以及地方戏曲和大鼓书的一些曲调，创造出了具有独特风格的言派唱法。

言派演唱艺术严格遵循以字生腔、字正腔圆的原则，创造出“吐字精巧细腻，行腔起伏多变，在轻巧中见坚实，扑拙中见华丽”的风格。例如他的代表作《卧龙吊孝》中的反二黄和《让徐州》里面的西皮二六，唱得是忽起忽落，似断又连，委婉凄切，回肠九转，那真是把诸葛亮的悲痛欲绝和撕肝裂肺的内心痛苦，表达得真切感人。这是言派艺术的独特之处。

高庆奎

高庆奎幼年从贾丽川（即著名做工老生贾洪林的叔父）学老生，12岁即正式登台演出。到了18岁嗓子倒仓，不能参加演出，他的父亲高四保是清末的丑角演员，便叫高庆奎和贾洪林一起研究唱、做，并且叫他向李鑫甫学把子练武功。

当时正是京剧的兴盛时期，除了谭鑫培、汪桂芬、孙菊仙为首的三大流派之外，汪笑侬、王凤卿、刘鸿声、贾洪林等，名角如林，各有千秋。

高庆奎最初宗法谭派，倒仓之后嗓子变得高宽脆亮，音色丰

高庆奎

富，于是他吸收了孙菊仙、刘鸿声的唱法，并借鉴老旦龚云甫、花脸裘桂仙的演唱特色，创造出一种擅长使用大气口、长拖腔、满宫满调的唱法，去充分抒发人物的思想感情。因为他是谭派的底子，继承了谭鑫培韵味浓厚的特长，所以他高亢激越的唱腔又给人圆润秀丽的感觉，形成了具有特色的高派演唱艺术。

高庆奎不单在唱工上自成一家，而且在剧目方面也具有积极开拓创新的精神。他创造的高派剧目有《乐毅伐齐》《重耳走国》《信陵君》《史可法》《吴越春秋》《苏秦张仪》《马陵道》《赠绨袍》《哭秦庭》《逍遥津》《应天球》、全本《铁莲花》等，其中《逍遥津》《哭秦庭》《赠绨袍》流传至今，脍炙人口，其它的高派剧目已经失传。

另外，他的老旦戏、花脸戏、武生戏和红生戏都演得很出色。像老旦戏《钓金龟》《掘地见母》，花脸戏《铡美案》《探阴山》，红生戏《战长沙》《华容道》，以至武生戏《连环套》等，都有着自己的风格。

1919 年，高庆奎曾经随梅兰芳赴日本演出，回国后又与梅兰芳合作，演出了时装戏《孽海波澜》。高庆奎在梅兰芳勇于改革、大胆创新的精神影响之下，不仅对《逍遥津》等戏的唱腔进行改革创新，加强表演，而且创造了大量新编历史剧。作为四大须生之一，高庆奎是当之无愧的。

马连良

马连良在喜连成坐科，所以，叶春善、蔡荣贵、茹莱卿、萧长华、郭春山都是他的授业老师。同时他也向喜连成科班的大师兄雷喜福学过戏。

他是先学小生，后改老生的。出科后，他一面进行舞台实践，一面求师深造。他宗法谭鑫培，私淑余叔岩，同时又学孙菊仙、贾洪林、刘景然，并且向王瑶卿、王长林、杨小楼等人问艺求教。

他在表演艺术上广征博采，力图革新。他通过不断的舞台实践，创立了独树一帜、面貌一新的马派艺术。

马连良的嗓子响而不焦，柔而不绵，听起来给人一种圆润爽朗、清澈柔和的感觉。他的唱腔旋律流畅自然，好像行云流水。他的行腔吐字讲究顿挫，但这种顿挫如同高峰坠石，却又落地无声。他的唱法讲究飘逸俏丽，但绝不是油腔滑调，而是在飘逸中见苍劲，简练中寓俏丽，所以他的唱给人感觉是那样的舒展、俏皮、潇洒、自然。

马连良的念白，是有口皆碑的。他念白的最大特点，是在音调方面非常讲究。每段念白的轻重疾徐，起伏跌宕，都安排得十分巧妙，其音乐性之强不亚于唱腔。关于念白的艺术，所有老生还没有一个人能与他相比。

马连良的表演受世人所推崇，首先是他的手眼身法步有着一种特殊的韵味，这种韵味是其他流派所没有的。

另外一个重要的方面，他的唱念与做舞的相互配合，完全达到了水乳交融的地步，可以说是天衣无缝。所以，他给人的感觉不是在演戏，而是真实的生活。但是，他又不是光给人感觉真实，而且给人感觉是那么的美，这种美就来自于手眼身法步的那种特殊的韵味。而这种特殊的韵味，产生于唱念做舞的自然、和谐、完美、统一之中，这就是马连良的表演艺术风格。

他不仅在唱念做舞方面有独特的创造，同时他创作了大量新剧目，为京剧艺术增加了宝贵财富。《借东风》《甘露寺》本来是传统剧目，早年《借东风》中的孔明，没有那大段二黄导板原板，有的唱昆曲，有的只唱几句散板，所以，《借东风》中的孔明，以前是里子老生应工。《甘露寺》中的乔玄，原来也没有“劝千岁杀字休出口”那么长的大段唱，只是唱半句西皮原板，就转流水了。后边《相亲》一场的夸将，按老的演法，乔玄也没有那几番念白。现在的演唱格局，都是马连良在老戏的基础上，发挥自己唱念做的特长，加以丰富，创造出来的。

马连良《临潼山》剧照

像《白蟒台》《渭水河》《广泰庄》《焚绵山》《火牛阵》《三字经》《许田射鹿》《青梅煮酒论英雄》等戏，都是很少有人演的传统戏，其中有的剧目仅是开锣戏。但是，经过他加工整理，不仅都变成了大轴戏，而且都令人耳目一新，原因是他给这些剧目都注入了新的活力。

另外，他创作的新编戏就更多了，如《要离断臂刺庆忌》《羊角哀》《苏武牧羊》《楚宫恨》《串龙珠》《春秋笔》《临潼山》《十老安刘》等，其中的《苏武牧羊》《春秋笔》和《十老安刘》中的《淮河营》，可以说风靡了半个世纪，流传至今。

马连良不仅创作了大量的新编戏，而且对整个舞台艺术进行了全面的革新。例如他的服装、盔头、髯口和登云履、福字履、方口皂等，从色彩到图案，无一不是自己精心设计的。整个舞台幕布和全体乐队的服装，以及龙套的演出程式，他都有严格的要求。凡上舞台的演员，都必须做到三白（即护领白、水袖白、靴底白）才能上场。马连良不仅创造了马派老生的表演艺术美，而且创造了舞台艺术的整体美，所以，应该说他是老生艺术美的创造者，是中国的一位大艺术家。

谭富英

谭富英出身于梨园世家。祖父谭鑫培，父亲谭小培。入富连成科班，坐科 6 年，工老生。出科后拜在余叔岩门下，在余叔岩的指教下，继承了谭派和余派的艺术风格。

谭富英家学渊源，天资优越。他的演唱嗓音宽亮清脆，高低自如。唱腔简洁明快，朴实无华，用气充实，情绪饱满，痛快淋漓。在唱法中吐字行腔从不过分雕琢，讲究一气呵成，韵味醇厚，酣畅流漓，朴实大方，具有其独特的艺术风格。被人们称为新谭派，誉为四大须生之一。

谭富英

谭富英文武兼备，唱做兼

能。他唱工惊人，武功基础坚实，靠功干净利落，身段表演洒脱大方，英姿威武，引人入胜。特别是《定军山》《战太平》等靠把老生戏，尤为突出，堪称典范。

谭富英继承家传，擅演谭门剧目，既以唱工取胜，又以武功见长。其代表剧目有《战太平》《定军山》《将相和》《群英会》《失空斩》《捉放曹》《击鼓骂曹》《四郎探母》《鼎盛春秋》《大探二》《南阳关》《桑园寄子》《洪羊洞》《珠帘寨》《十道本》《正气歌》等。

谭富英早在20世纪30年代初期即已经大红大紫，甚至与马连良齐名，形成马、谭两家争胜剧坛的局面。他是继马连良之后，成就显著，舞台生涯最长的四大须生之一。

谭富英不仅戏演得好，同时赋性忠厚，秉承了谭家的祖训忠厚传家，堪称德艺双馨。

杨宝森

杨宝森（1909—1958），字钟秀，号时斋。祖籍安徽合肥，生于北京。出身梨园世家，曾祖杨贵庆，为四喜班丑行；祖父杨朵仙，工花旦；父杨孝方，先工架子花脸，后改武生；伯父杨小朵，亦工花旦；堂兄杨宝忠，先工老生，后改琴。

杨宝森7岁读书，9岁由名净裘桂仙（裘盛戎之父）启蒙，习老生。杨赋性聪慧，12岁搭入斌庆社时，艺业已颇有造诣。他虽是童伶，而无孩声稚气，嗓音及唱法饶有谭余韵味，兼之扮相清秀，气质不俗，故博得小余叔岩之美誉。由于杨宝森性格温和，勤奋好学，聪明而不外露，谦逊而有分寸，所以，京剧界前辈艺人对他皆甚赏识。著名汪（桂芬）派传人王凤卿曾对陈秀华（著名余派教师）说过，如果宝森倒仓后，嗓子能恢复过来，他定能成为一名出色的老生。

杨宝森《战太平》剧照

杨宝森16岁嗓子倒仓，离开斌庆社，继续深造。一面向陈秀华学余派戏，一面向王凤卿学汪派戏，后来成为杨派代表剧目的《文昭关》，便得自王凤卿的亲传。但杨宝森因身体健康原因，倒仓后嗓子一蹶不振，且因其父早逝，家境贫寒。他在那“满腹戏曲歌不成，箪食瓢饮苦练声”的岁月里，无论生活多么艰苦，也从不求亲告友，而靠给故宫博物馆抄写满清大臣们的奏折维持生活。除喊嗓吊嗓之外，便埋头窗下读书习字，钻研京剧声韵，揣摩余派唱法。如此年复一年，养成了书生气质和耿直的性格。他以数载面壁，十年寒窗的精神，揣摩各派唱法，精研声韵，为后来变革发音方法，创造独具特色的演唱技巧，打下了坚实的基础。同时他习书法陶冶情操，读奏折扩大视野，使三者相辅相成，为追求古拙淡雅的艺术风格，默默地锻炼着文化与艺术的修养。

京剧老生艺术流派，当时有三种类型。一种是，本身具有一条得天独厚的嗓子，或嗓子天赋虽不卓绝，但经刻苦钻研反复磨练，在唱念做打方面，均有自己的独特艺术风格，如高庆奎、马连良、唐韵笙、谭富英等；另一种是，嗓子条件差，但在唱工方面，确有突破前人樊篱之惊人的创造，如言菊朋、奚啸伯等；还有一种是，在做工方面艺压群雄，虽嗓子极差，但能因势利导，唱出最富特色的韵味，如周信芳等。杨宝森既不想走言菊朋的路子，更不可能走周信芳的途径，但是，以他那宽音有余而立音不足的嗓子，去唱挺拔苍劲、高低自如的余派声腔，无疑是给自己出了一个最大的难题。他为解决这个难题，走过了漫长而艰苦的历程。

1940 年杨宝忠曾对笔者说："前几年宝森的嗓子，一遇到高音就滋花，我和王大爷（王瑶卿）都劝过他，不变唱法只能倒一辈子霉。现在他才找着一条曲径通幽的路（指嗓子的发音部位与共鸣区），可是这种路很长，得一步一步走，要打算让这条路畅通无阻，恐怕他还得几年功夫……"杨宝忠此话系暗指杨宝森虽然重返舞台，但他随章遏云去上海、武汉，以及和宋德珠合作到天津等地演出，仍比较勉强。但是，尽管杨宝森屡受挫折，壮志未酬，而大家看到他那锲而不舍的精神，对他寄予的希望却有增无减。

杨宝森原住北京宣外海北寺街，他与赵霞璋结婚后，迁到麻线胡同，离我家很近，但我从未碰到过他，不料我却在先父的朋友家中，见到了他亲手写的诗。大约 1944 年，故宫博物馆的朱先生回上海省亲，赵桐珊（芙蓉草）托他给先父带来一幅程十发的画。我和沈金波到朱家取画时，朱先生拿出一卷尚未装裱的字画，叫我和金波欣赏。其中京剧耆宿的字画很多，当发现杨宝森的字时，我和金波不约而同地被吸引住了。这是一幅行书，字体清秀，笔力遒劲，内容既非唐诗，亦非名句。朱先生说，这是杨宝森 1935 年作的一首七绝。其中两句虽是指他自己而言，但我和金波感触颇深，所以，我立即摘录了下来，这就是我在前面引用的"满腹戏曲歌不成，箪食瓢饮苦练声"。从这两句诗可以看出，杨宝森 1925 年倒仓后，直到 1935 年嗓音尚未恢复。虽近两年他重登氍毹，但嗓子仍不作美，看来这崎岖坎坷的艺术道路，是大器晚成的必然途径吧！

时隔不久，我随先父到孟小冬家拜访，恰巧碰见杨宝森，这是我第一次见到他。当时他虽然仍不得意，但在他那一身书卷气中，蕴含着一种大家风度。我们坐的时间不长，他便告辞了。我记得他临走时对孟小冬说："将来我再到上海演出，就能在那儿跟你演戏了。"然后他对先父说："余先生的戏，您见得最多，以后还得向您请教。"他走后，孟小冬深有感慨地说："宝森真不容易呀！钻研余派这么多年，由于嗓子不尽如人意，他不得不改变发音方法。"我这个正在倒仓的年轻演员，听说杨宝森改变发音方法，自然情不自禁地刨根问底。孟小冬说："他的嗓子光有宽而没有高，这恰恰和余先生的嗓子相反，因此他用余派的唱法，必然把自己的缺点全部暴露出来。宝忠和王大爷（王瑶卿）劝他改变唱法，可是他又不能把余派的东西丢掉，所以，他苦恼了这么多年，现在他总算摸索出一种扬长避短的唱法……他主要是把发音的部位往前推了，利用口腔的共鸣，把声音往外送，这样既增加了宽音的亮度，扩大了音域，同时避开了咽腔、鼻腔和额窦腔之间的提和拔的发音方法（这是余派最有名的提溜唱法）。可是这样发音，必须用极为松弛的唱法，才能利用口腔共鸣，使高音一滑而过。刚才他唱了几句西皮和一段二黄，确实给人感觉另有一种韵味……不过力度稍差。我跟他说，如果再把力度解决了，也许你还能自成一派呢！"孟小冬的话，我至今记忆犹新。她不仅将杨宝森的发音方法，分析得纤悉无遗，而且她已经预见到杨宝森的未来。

此后不久，杨宝森果然由杨深泉陪同来到我家，请先父讲述余叔岩第一次在上海演出的情景。当他问到《宁武关》时候，首先向先父声明，他的右手是双伤胳膊，所以演《定军山》都很勉强，讨教《宁武关》，不是想演这出戏，而是想弄清余派的演法与昆曲班有哪些不同。通过这件小事，可见他治学态度何等严谨。

孟小冬因余叔岩去世，在北京感到生活空虚，故回到上海定居，谢绝舞台；王少楼因嗓音塌中，而演连台本戏；李少春虽正在鼎盛时期，为了票房价值，以猴戏和新编历史戏为主。因此当时北京剧坛，竟无一台余派老生戏，这是广大观众的极大遗憾。

杨宝森就是在剧坛内外渴望余派戏再展风姿的呼唤声中，开始组班的，班名瑞义社，首演在中和戏院。旦角是周素英，特邀叶盛兰、马富禄合演《拾玉镯》，大轴是杨宝森的《失空斩》。他扮相清秀，举止端庄，嗓音宽厚，韵味纯正。虽唱法宗余，而根据自己的嗓子条件既有取舍，又有创造。关于擞的运用，他确有独到之处，如“此一番领兵去镇守”的“兵”字，他利用宽厚的中音，先将“兵”字提起，然后往下一放的刹那，四个擞音紧密相连，顺流而下，宛如珠落玉盘一般。“问老军因何故纷纷议论”的擞音更为精彩，他先用浓墨重彩，将“纷纷”二字唱得十分饱满、稳定，继而在神完气足的声浪之中，“议”字倏然出口，擞音飘然而上，玲珑剔透，飘而不浮。当他以稳而不滞的唱法，唱出“国家事用不着尔等劳心”的时候，一种从容、凝重的气韵油然而生，突出了诸葛亮在兵临城下的紧要关头，成竹在胸，泰然自若的精神风貌。他整个唱腔咬字清晰，音韵和谐，行腔柔和平稳，浑厚深沉，突出一个“圆”字。城楼一场的二六，听来好似朴实无华，实则内中却蕴含着一个“巧”字。

他的《击鼓骂曹》《洪羊洞》《杨家将》等戏，均如《失空斩》的风格一样，体现了古朴中寓纤巧，淡雅中见俏丽，顿挫鲜明而不露棱角，抑扬得当无大起大落，调门虽低，字字入耳，挥洒自如，韵味隽永的特点。

抗战胜利后，梅兰芳约他赴沪参加梅剧团演出，由于上海观众习惯听谭富英响遏行云、流丽爽快的演唱风格，故对杨宝森的唱法一时接受不了。但是，孟小冬和余派名票赵培鑫等对杨倍加赞赏，影响了上海的票界和新闻界，因而出现了杨宝森走后红的局面。

杨宝森回京后，认真总结上海演出失利的原因，养精蓄锐，潜心发展扬长避短的剧目，他的代表作《伍子胥》便是在这个时期研究出来的。可是他既不对外透露，也不拿出来与观众见面。当他再次去沪，自己挑班时，仍迟迟未露此戏，直到上座率岌岌可危，前后台束手无策的情况下，他才抛出苦心孤诣的《伍子胥》，以雄浑沉郁的唱法，把人物心情融于低回婉转的声腔之中，发展地使用了前人的脑后音，画龙点睛地表现了伍员的悲壮与激愤，取代了高亢激越的汪派唱腔打破了没有穿云裂石的嗓子便不能唱《文昭关》的禁区。

杨宝森《文昭关》剧照

杨宝森这一大胆改革，为宽音有余、立音不足的老生，开拓了一条蹊径，给京剧的老生演唱艺术增加了一种新的流派。杨宝森的《伍子胥》演出后，上海剧场颇为震动，上海戏校的学生，如关正明、陈正岩、汪正华、程正泰以及票友，无不学习他的唱法。于是上海掀起了杨派热。本来李鸣盛早已拜杨为师，他虽在北京偶尔演出，但并未惹人注意，当杨宝森誉满江南的消息传到京津后，不仅杨本人声誉鹊起，李鸣盛亦相应地受到了观众的重视。

在20世纪30年代，被誉为四大须生的是余（叔岩）、马（连良）、言（菊朋）、谭（富英）。这时余、言已殁，而南北均有宗杨之老生，所以杨派艺术的影响，不亚于谭（富英）、奚（啸伯），于是社会上便将马、谭、杨、奚称为后四大须生。

中华人民共和国成立后，杨宝森艺术更加成熟。他于1952年将瑞义社改名宝华社，演出于南北各大城市。1956年又率宝华社部分演员，参加天津市京剧团，任第一任团长。遗憾的是，杨宝森多年沉疴，于1958年即病逝，终年只有49岁。

虽然他参加天津市京剧团的工作仅两年时间，而他对艺术严肃认真，一丝不苟，加之鼓师杭子和、琴师杨宝忠的密切配合，在天津市京剧团的艺术建设、舞台作风、培养人才等方面，均作出了贡献。

奚啸伯

奚啸伯，北京人，满族。艺宗谭派。曾得到言菊朋的赏识，后拜言菊朋为师，得其真传。21岁正式搭班，先后辅佐杨小楼、尚和玉、尚小云演出。1935年加入承华社与梅兰芳配演。后自组忠信社，与张君秋、侯玉兰合作，在京、津、沪等地演出。

奚啸伯在表演上注重刻画人物，清新典雅，博采众长。其代表作有《白帝城》《范进中举》《击鼓骂曹》《失空斩》《宝莲灯》《杨家将》《四郎探母》《上天台》《法门寺》《白蟒台》《苏武牧羊》《二堂舍子》《清官册》《红鬃烈马》《乌盆记》《三娘教子》《法门寺》《乌龙院》等。

奚啸伯的嗓子既不宽，也不亮，但是音色非常好，唱得圆润。他在吐字发音上，功夫下得很深，所以，在唱念之中对每一个字的喷、打、弹、扬的口劲和开齐合撮的吐字发音，都有独到之处。他的唱腔工整、大方、细腻、委婉，特别是对十七辙的运用，有着系统的研究。他刻苦自励，终享盛名，为四大须生之一。

奚啸伯剧照

他的基础也是宗法谭鑫培、余叔岩。但是，在唱腔方面，主要从马连良、言菊朋身上吸收了大量的东西。他的演唱特点，就是将马连良和言菊朋的唱法与他自己的吐字发音的技巧融合在一起，创出了熔谭派的爽朗、余派的端庄、言派的工巧、马派的流畅于一炉的奚派演唱风格。

南麒北马关外唐的开拓精神

一、表演艺术家的职责与贡献

南麒北马关外唐指的是麒麟童（周信芳）、马连良、唐韵笙三位表演艺术家。这个称号的由来，应是出自广大的京剧演员和观众对于他们的敬慕和赞美。

大家非常清楚，对于表演艺术家的要求，是创造，不是摹仿。一个表演艺术家要通过他们的表演技艺，创造出前所未有的舞台艺术形象，这既是表演艺术家对社会应尽的职责，也是对艺术事业应有的贡献。这三位演员都富于开拓精神，致力于创造开辟新的艺术道路，因此人们亲切地称之为南麒北马关外唐。

创造舞台艺术形象，须要具备一定的物质条件，那就是唱念做打扮。唱和念既需要一条好嗓子，更需要造诣很深的唱念技巧；做和打（舞）则要求手眼身法步技艺精湛，有较高的表现能力，并给人以艺术的美感；同时还要有一个较好的扮相。可是如此全面的演员毕竟不是太多的，即使是一些著名表演艺术家，由于每个人的生理条件不同，艺术追求和艺术修养各异，因而他们也有不同程度的局限性。

例如有的流派专门以唱作为塑造人物的主要艺术手段，如言（菊朋）派和杨（宝森）派。专门以唱为主要艺术手段的流派当然不止言、杨二人，其他就不一一列举了。另外也有专门以做（表演）为塑造人物的主要艺术手段，并形成艺术流派的，如筱（翠花）派和侯（喜瑞）派。这是由于他们嗓子的局限性较大，不得不专门以做为他们的主要艺术手段。其实从来很少有十全十美的演员，因此不能要求一个表演艺术家必须十全十美。但是，必须要求他有自己的独特艺术创造、独特的艺术风格和独特的艺术表现力。往往有些自身存在着缺陷的演员，反而能够成为杰出的表演艺术家。原因就是他不仅能够扬长避短，而且他有丰富的艺术想象力和巨大的艺术创造力，能为社会创造出具有较高审美价值的精神财富，对社会尽到应尽的职责，对艺术事业做出应有的贡献。

二、麒麟童另辟蹊径出奇制胜

麒麟童嗓音的局限性虽然和筱翠花、侯喜瑞不同，但毕竟也是一条沙哑的嗓子，如果按照正常规律，他是不具备老生条件的。然而他却成为蜚声中外的麒派创始人，这是多么值得我们中年演员深思的问题啊！那么，他的成功诀窍究竟在哪里呢？答曰：另辟蹊径，出奇制胜。当时与他同代的老生人才济济，百家争鸣，北京的余叔岩、高庆奎、言菊朋、马连良等，均风华正茂，竞相在沪争奇斗艳；天津的吴铁庵（唱念做舞均有独到之处的老生）、小达子（即李桂春，嗓音高耸入云，能文能武）、王虎辰（在沪红极一时的文武老生）等，也都在上海大显身手，彼此之间展开了既激烈又友好的艺术竞争。就在这种特殊严峻的环境中，麒麟童根据他不利的嗓音条件因势利导，不以婉转悠扬、九曲十八弯的长腔去争强斗胜，而是将明白如话的语气，节奏鲜明的感情，结合四声五音的运用，巧妙地糅进他的唱腔旋律之中，形成了以情感人的、深沉古朴、苍劲有力的麟派唱法。“他不像一般演员那样，唱只是静静地唱，不能组织在动作的感情里”。他的特点是将唱腔的抑扬顿挫、轻重疾徐组织在动作的感情里面，相互衬托，彼此辉映，和谐一致地去加强他的艺术表现力，因而他的唱念做舞是一个不可分割的整体。

例如他在《萧何月下追韩信》中，为了扬长避短，全面发挥自己的优势，首先注重剧本的戏剧性和情节的紧凑性，调动一切唱念做舞扮的艺术手段，为了剧情的需要，创造出技术性很强的表演技巧，着力塑造了这样一个为了统一大业求贤若渴的萧何丞相。如萧何发现了韩信的雄才大略之后，暗自责备自己对韩信的怠慢，于是，在唱到西皮流水末句“恕我萧何未相迎”的“未”字时，他将右手的水袖平甩出去；又随着“相”字，干净利落地将水袖带回，用左手抓袖拱揖；稍一停顿，紧接着又用了个疾步如飞的趋步奔向韩信，随着“迎”字出口，倏然拜倒在韩信面前。他每次演至此处，无不满堂喝彩，远远超过了单纯以唱表达人物感情的艺术效果。这便是他将唱腔的抑扬顿挫和轻重疾徐，有机地组织在动作的感情里，所表现出来的艺术感染力。又如，在萧何得知韩信弃官逃走的消息大吃一惊时，他随着撕边一锣用了一个变脸吸气，扬着微微颤抖的右手哑口无言，这个亮相之后，迸发出如金石掷地般的“带路”两个字。然后他忙而不乱地踢蟒抓袖，运用他那一波三折的舞步，踏着节奏鲜明的水底鱼，连忙走进韩信的书房，随着五锤东张西望，寻找韩信留下的诗句。当他发现墙上的诗句时，翻卷衣袖倒背双手，背对观众举目看诗，他的动作由慢而快，鼓师的撕边由弱渐强，只见他看过两行之后，背后微抖的双手颤动加剧，双肩耸动，急切地将诗句看完突然转身，拍手亮相目瞪口呆。接着一声感叹：“嘿嘿，韩信……去了！”这一段戏前后仅仅用了八个字的念白，便将萧何意外的遭遇、复杂的心情、焦灼的情绪，表现得淋漓尽致，层次分明，以此时无声胜有声的艺术手段，将剧情的高潮一下子推了上去，把观众带入了紧张的舞台气氛之中，这是唱所达不到的特殊的艺术效果。通过这两个极小的例子，便可以说明他在总体艺术构思中的出奇制胜。

周信芳剧照

麒麟童懂得艺术家的创造越大，艺术个性就越鲜明，艺术个性越鲜明，也就越具有艺术特色，越有特色的艺术也就越有价值。因此他为自己开拓了一条极其宽广的艺术道路，从他的创作剧目来看，已经远远超越了老生的界限。如《张良出世》中的张良、《韩信出世》中的韩信、《六国封相》中的苏秦、《潘金莲》中的武松、全部《张仪》中的张仪、《董小宛》中的冒辟疆、《连环计》中的吕布，《华丽缘》中的皇甫少华和《文素臣》中的文素臣等，都是小生或武生的扮相，麒派（老生）的唱法。但是，这些人物的性格修养各异，品格气质不同，这就需要在唱念做舞各个方面，采取变化多端的总体艺术构思，调动丰富多彩的艺术手段，去塑造各具特色的艺术形象。

他在韩信乞食漂母的反西皮唱段中，运用凄凉感叹的唱腔和拘谨羞涩的动作，恰如其分地表现出韩信虽有雄才大略却贫困潦倒的窘态；在《潘金莲》中，何九叔向武松说明武大被害的实情后，他大胆地运用了二黄碰板、原板，唱出了武松性格中的粗犷刚烈之声和凄惨悲壮之情，成功地塑造了前所未有而又别开生面的麒派武松；在《六国封相》中，他塑造的苏秦更是令人难以忘怀，特别是《投井》一场，为了表现苏秦再次失败而归，穷途落魄，他是一身褴褛，足登草履，肩挑书箱，饥肠百转，蹒跚而来。兄弟横眉冷对，父母执杖相逼，妻不下机，嫂不为炊，迫使他走投无路，竟欲投井自尽这场戏。麒麟童以京剧《打侄上坟》和梆子《云罗山》中的穷生表演程式作为参考借鉴，根据苏秦人物性格和特定情景，经过精心提炼和艺术加工，创造出在快长锤中表现苏秦归心似箭，疲于奔命而又步履艰难的特殊台步，以满面饥色、风尘仆仆的神态，结合着凄楚的声调、悲戚的唱腔，将苏秦此时此地的精神面貌和复杂心情，刻画得入骨三分。姑且不谈他创作的《明末遗恨》《徽钦二帝》《亡蜀恨》《香妃》《陈胜吴广》《文天祥》《义责王魁》《海瑞上疏》等戏的巨大成就，仅就上述光嘴巴的戏而言，如果没有大胆的开拓精神，怎么敢于剃掉老生嘴上的胡髭，去另辟蹊径？如果他仅仅依靠某种单一性的艺术手段，也不可能在前人所没有的基础上，创造出泛美的艺术形象。他以巨大的艺术表现力，创立了独特的艺术风格。

三、马连良走在时代的前面

中国戏曲舞台上的艺术形象，不仅由各种艺术手段综合构成，而且演员要把自己的表演全部融化于诗作美、声乐（唱念）美、乐器美、舞蹈（做打）美、绘画美、工艺美（甚至包括想象和联想中的建筑美）之中去塑造人物。

马连良早在青年时代就充分认识到了这一点，因此他不仅把自己的表演全部融化于诗作美、声乐（唱念）美、舞蹈（手眼身法步以及髯口、水袖、帽翅、服装下摆等流动线条）美之中，并且对舞台守旧（幕布）、服装、道具、乐队衣着等方面进行了创造性的改革，充分调动了绘画美、工艺美、色彩美，严格地将诸美统一在他自己的艺术风格之中，全力以赴地去塑造泛美的舞台艺术形象。

马连良通过以上的重大改革，战胜了某些只顾唱腔技巧，忽视整体表演艺术的流派。他为了进一步提高听觉形象与视觉形象的艺术统一性，大胆突破了唱工老生与做工老生、衰派老生的界限。所以，他才能在舞台创作的形象思维中，从唱念做舞的各种表演程式中，提炼出塑造一个典型形象的各种物质材料。经过技术处理和艺术加工，将这些物质材料融化在某一个人物身上，使之成为这一个人物的骨骼、血肉、形态、精神面貌和性格气质。

所以，马连良的唱与做，念与表，哪怕是弹髯、舞袖、移步换形、一举一动，都给人感觉那么自然和谐，美不胜收。甚至这一切都使人觉得不是什么表演程式，而是活生生的人物生活。其实他塑造人物的艺术手段，仍然是唱念做舞表演程式，这和任何一个演员都是相同的。而不同的是，这些表演程式经过他的提炼加工，全部化入了人物生活之中，达到了物我交融的境界。因而他所塑造的人物洒脱自然，充分体现了艺术的真实美。

马连良不仅在表演上突破了前人的樊篱，而且在剧目上也是另辟蹊径。就以《群英会·借东风》和《甘露寺》为例。原来《借东风》一折，不仅唱词和现在不同，而且是以昆曲的形式演出，后来虽唱二黄也是极其简单，基本上是二路老生的过场戏。经马连良修改后，不仅充实了唱词内容，创造出极为精彩的成套唱腔，并且精心设计了服装扮相和七星坛的旛旗道具，给予它新的生命，提高了它在全剧中的地位，使《群英会·借东风》成为老生唱念做表并重的大戏。《甘露寺》从生行来讲本来是以刘备为主，乔玄虽有唱念，但只是陪衬地位，从情节来看戏剧性并不强，从生行的表演来看也缺乏艺术特色。然而马连良不从充实刘备入手，却改弦易辙，为乔玄这个人物创造了大段原板转流水的新颖唱段，丰富了相亲时风趣横生的念白，并对乔玄的盔头、服装进行了改革，使这个人物也从二路老生的从属地位跃居于生行的首席。再如《渭水河》《广泰庄》《火牛阵》《三字经》《临潼山》《胭脂褶》等均属开场戏，但是，经过他的加工整理或改编，这些开场戏面貌一新，焕发出奇光异彩。

马连良《串龙珠》剧照

他不仅挖掘京剧传统老戏刮垢磨光，并且虚心向其他兄弟剧种学习，取长补短。他的《串龙珠》《春秋笔》均从山西梆子移植，《十老安刘》中的《淮河营》也是从川剧和汉剧中吸收而来的。

正因为他在艺术上具有远

见卓识的开拓精神，因而他从无门户之见，更不以京朝派自居，而轻视其他地区的京剧流派。所以，他才能善于发现别人的优点，博采众长，吐故纳新。记得1959年我从江南回北京办事，马长礼请我在鸿宾楼便饭，不想马先生与阿甲老师和袁世海也到鸿宾楼进餐，与我们仅是一层木板之隔。我和长礼正说得兴高采烈，马先生在隔壁敲着木墙十分风趣地说："二位，别聊了，过来咱们二兵合一吧!"第二天我到板子街（马先生故居）去看望马先生，当时有马长礼、周和桐等在座。当谈到文武老生的表演艺术时，马先生对我说："文武老生里边我最佩服的就是唐先生（唐韵笙），他每次来北京，我都是亲自到车站接他，只要我没有演出，准去看他的戏。我曾经对崇仁、长礼说过，'你们仔细看看人家的脚底下，那真是每一个台步都有戏。'他创造了那么多列国戏，都自编自导自演，而且每出戏都有惊人的东西。所以，东北的演员都称他为唐老将啊!"马连良先生的话的确代表着广大京剧演员的看法。

四、唐韵笙的惊人创造独树一帜

唐韵笙不仅是唱念做打俱佳，文武昆乱不挡的表演艺术家，而且他有惊人的创作才能（他的剧本均系自己亲手编写）。他早期创作的《驱车战将》，不仅巧妙地综合了唱念做打舞的表演技巧，塑造出前所未有的南宫长万；而且剧本的情节新颖曲折动人。尤其最后一场，他一面驱车保护老母奔逃，一面与追来的将士厮杀，在圆场进行当中唱中有打，在边唱边打之际一面驱车登高，一面力敌众将。唱与打结构严谨，技与艺如熨如焚，全面展示了唱念做打舞的综合艺术，是一出十分别致的武老生戏。所以，20世纪30年代初上海的老武生高雪樵、张德禄等，天津的老武生赵鸿林、崔盛斌等，均以此戏作为自己的保留剧目。50年代从南方初到东北的黄云鹏也经常上演此戏，至于唐门弟子便可想而知啦。

唐韵笙亲手编写的《未央宫·斩韩信》更是影响着长城内外的文武老生，从20世纪三四十年代起，整个东北地区的文武老生，如曹艺斌、周仲博、李玉书、田子文、小王虎辰、董春伯等，皆以《斩韩信》作为自己的重头戏。此戏的特点恰与《追韩信》迥然不同。从唱功来讲，唐韵笙有一条高而浑厚，亮而圆润的嗓子。因此他在《斩韩信》中设计了长达数十句的西皮流水，来表现韩信预感到吕后召他进宫将有大祸临头，但又自恃功高，怀有侥幸的矛盾心理。因而他先以平铺直叙的唱法，引用伍子胥对吴国的功绩，比喻自己对刘邦的贡献。当他唱到伍子胥忠心为国，反落得被迫自刎时，由平缓柔和的唱腔，一变为无限愤慨，百感交集的激越之调，骤然间句句铿锵，字字紧凑，如急雨般点点入地。到最后，“纵然是汗马功劳前功尽弃，到后来万古千秋评说曲直”两句斩钉截铁，戛然而止。数十句的西皮流水一气呵成，就是单纯以唱取胜的演员，也未必能有此功力。在《未央宫》一场，吕后指出韩信有谋反罪行，唐韵笙根据情节的变化，在与吕后的对白中，以两种不同的跪式，精彩而有力地推动了舞台节奏，层层递进地掀起了戏剧高潮。第一番跪，是韩信大吃一惊之后念道：“微臣忠心报国，焉能私通陈豨，起意谋反，娘娘明察！”他在“明”字出口前后的刹那之间，迅速敏捷地将前后蟒袍扬起，随着“察”字的节拍，在大锣声中突然双膝跪地，前后蟒袍随之而落，匍匐氍毹。这一跪快而出人意外，使观众为之一振，顿时舞台出现了惊心动魄的紧张气氛。当吕后将刘邦的圣旨抛在韩信面前，韩信跪接圣旨，照旨宣读，随着“旨下”两个字的撕边一锣，跪倒在地的双膝在原地突然转身，用身形带动了宽袍大袖的红蟒飘然而起。这一画龙点睛的舞蹈动作，又为韩信读旨作了十分有力的铺垫。第二番跪，是韩信读旨后，向吕后索要物证，吕后宣萧何进宫出示物证，此时韩信站起身来欲亲自去唤萧何，当他正在撩袍出门时，吕后厉声喝道“转来”，韩信急忙甩蟒撩蟒转身下跪，只见前后飞舞的蟒袍随着韩信的双膝同时落地。这一动作与读旨时的跪腿转身带动蟒袍的旋转，恰好是一高一低形成了鲜明的对比。吕后命他起过一旁等待物证时，韩信用低沉的声音念了一句“遵……旨”，叫起了大锣五锤，他站起身来一步一锣地退向台侧，在末一个顷仓的锣经里暗自挥汗转身背手亮相，表现了韩信内心极度惊恐，而又故作镇静的尴尬之态。虽然这仅仅是几个台步，但是，每一步都在点线组合的韵律美中，表现出韩信那沉重的心情和黯然的神态。正如马连良所称赞的，“每一个台步都有戏”。最后的二黄碰板，虽然也采取了由念而转唱的方法，然而却和麒麟童《追韩信》中“三生有幸”的碰板截然不同。唐韵笙在碰板的第一句“萧何丞相”的“丞”字，就用了一个拔地而起的立音，然后用申诉的语气慷慨陈词，直唱到“我的功高盖世智广才多，才封我为三齐王”的“齐”字，运用了脑后音扶摇直上，随即又以擞音倏然而落，这种大起大落的唱法，恰似“划然长啸，草木震动，山鸣谷应，风起水涌”。麒麟童以《追韩信》成名，唐韵笙以《斩韩信》起家，这是巧合吗？不，这就是他们彼此之间，既是激烈地竞争，又是在友谊的基础上，进行艺术互补的结果。京剧表演艺术从来就是张有张的高招，李有李的绝活。高招就是为了塑造典型环境中的典型性格而创造的表演程式；绝活就是为了表现特定的人物、特定的感情或特定的行为，所创造出来的特殊的表演技巧。

唐韵笙在他自编自演的《郑伯克段》（光嘴巴戏）、《二子乘舟》（光嘴巴戏）、《十二真人斗太子》（光嘴巴戏）、《好鹤失政》《闹朝扑犬》《绝龙岭》《黄逼宫》《红逼宫》《后羿射日》（“九一八”日本帝国主义侵略东北后，唐将此剧改名《扫除日害》）、

《二十四孝》《岳飞》《郑成功》《唇亡齿寒》《詹天佑》等戏中，根据人物性格和特定情景，结合他那得天独厚的嗓子和深厚的功底，创造出了许多前所未有的舞蹈程式和奇特的表演技巧，给人留下了不可磨灭的印象。

唐韵笙《十二真人斗太子》剧照

例如他在《闹朝扑犬》中选择大蟒、硬带、黑素相纱，长长的白三，三寸厚底，手中还拿着牙笏，从这身服装道具来看，完全不同于麒麟童在《追韩信》中所戴的改良相纱、软带和改良（底子较薄）靴子，就连赵盾手中的牙笏，也远不如萧何手中的马鞭灵活，便于舞蹈。因此这些物质条件限制了舞蹈动作，更无法使用难度较大的表演技巧。然而唐韵笙却出人意外地为赵盾设计了一系列难度极大的惊人特技。而难能可贵的是，这些特技既是从赵盾与獒犬殊死搏斗的特定情景出发，又充分利用了这些特技，鲜明地表现了赵盾的年龄、身份、性格和气质。唐韵笙在獒犬尚未出场之前，首先利用了声如裂帛一般的幕内架子：“獒犬伤……人——”这一句鸢飞戾天、声震耳鼓的念白，给观众造成了极大的舞台悬念。然后赵盾在獒犬的追逐下惊慌失色，步履踉跄而上，只见他胸前的白髯微微颤抖，雪白的牙笏在右掌之中不停地旋转，牙笏与白髯的节奏和谐，他左手撩袍，脚下踏着锣经，巧妙地运用了他那十分精湛的厚底功——搓步、趋步、趱步、跪步、单腿退步和屁股坐子等一系列的舞蹈动作。特别是当他唱起【南吕·一枝花】的曲子时，獒犬翻扑蹿跃，赵盾边唱边舞，不仅起伏跌宕，错落有致，而且套路严谨，扣人心弦。尤其在接近结尾之处，为了表现赵盾年老体衰，獒犬猛烈凶残之岌岌可危的情景，唐韵笙设计了一个赵盾被獒犬扑倒在地，左右滚坐的动作。蟒是宽袍大袖，带与腰有一定的空间，况且手拿牙笏，足蹬厚底，这个滚坐动作，简直是无法想象的。然而唐韵笙却在左右滚坐中将蟒袍、硬带、髯口、牙笏处理得一清二楚，有条不紊，干净利落。这不仅真实而艺术地表现了生活，同时创造了在老生戏中从未出现过的难度如此之大的舞蹈动作。正如马连良所说，"他每出戏里都有惊人的东西"。

唐韵笙不仅在列国戏中有着奇特的创造，他的红生戏更是性格鲜明，独具神韵。他在所有的红生戏中，从不以洒狗血讨好观众，而是以深沉含蓄的表演，寓方于圆的功架，凝重优美的台步，刚柔相济的亮相，挺拔舒展的唱腔，韵味浓郁的念白，紧密地结合剧情，塑造关羽这个特殊的艺术形象。因此唐派的红生戏是雄浑中寓儒雅，威武中见风流。他为《困土山》中的关羽所创造的在曹兵重重包围之中夺路而走，策马登山的一系列舞蹈动作，别致、紧凑、强烈、感人，既符合关羽无路可走，跃马提刀冲上土山的特定情景，又不失关羽神威猛烈，勇不可挡的英雄气概。表演技艺和谐，完整地体现了人物、情节、技巧和形式的完美统一。后来，成为红生戏中表现登山、上桥的固定表演程式。

中国戏曲表演艺术体系是历代戏曲表演艺术家们辛勤创造的艺术结晶。艺术创造不仅是表演艺术家的事，也是所有演员对社会应尽的职责，对民族艺术事业应有的贡献。然而创造却不是一件轻而易举的事情，它需要付出长期的艰苦劳动，需有勇于革新，敢于开拓的精神。否则只能是萧规曹随，袭故蹈常，在前人留下的剧目圈子里兜来转去，甚至连表演程式也视如雷池，不敢逾越一步。凡是抱残守缺的人，看到别人的发明创造，专门在背后指手划脚地指责人家是瞎诌、胡来、外江派。当年高庆奎学习前人不拘一格，创造了许多新编历史剧，反被保守派说是高杂拌。马连良何尝没有受过保守派的攻击？凡是具有艺术家气魄的大演员，从来对那些保守派的背后讥讽和指责，都是不屑一顾的。

麒麟童和唐韵笙，就是在讥讽和指责声中崛起的，他们不仅大胆创造了许多光嘴巴戏，并且进一步突破了行当的界限，全面地展示了自己的艺术才能。麒麟童扮演《探阴山》的油流鬼（丑行），《战长沙》的魏延（净行），《三戏邓蝉玉》的土行孙（小孩）等，均有一套自己的表演方法。因此尽管这些戏不是他的应工，却有他的独到之处。唐韵笙不仅以老旦戏《目连僧救母》《三进士》别开生面，独具一格，他经常演出的《秦香莲》的包拯，《拾玉镯》的刘媒婆，也均有他自己的特色。尤其是他演的武生戏《艳阳楼》《铁笼山》，使内外行无不心悦诚服。马连良虽不演跨行当和光嘴巴的戏，但是，他从黑三、黪三、白三到二涛、黪满、白满，所有挂髯口的老生戏无一不演，无一不精，这在老生行中是一个很大的突破和创举。大家之所以对南麒北马关外唐十分崇敬，是因为他们敢于突破前辈艺术大师们的樊篱，钦佩他们锲而不舍的创造精神，赞扬他们为后人开拓了一条宽广的艺术道路。

如果我们认真地回顾一下京剧历史，便会恍然大悟，原来大胆创造，勇于开拓的精神，正是中国戏曲的优良传统，也是戏曲表演艺术的发展规律。如果没有谭鑫培继往开来，革旧创新，进一步开拓生行表演艺术的话，京剧很可能在程长庚、余三胜、张二奎之后，仍停滞在徽汉二调色彩浓郁的皮黄戏阶段。假若不是杨小楼在俞菊笙、黄月山、李春来的基础上，兼容并蓄，大胆革新，武生行焉能从单纯的勇猛升华到武戏文唱？誉满中外的程砚秋、荀慧生、尚小云等杰出的表演艺术家，哪个不是在梅兰芳首先打破了青衣、花旦、刀马旦的界限，融唱念做打（舞）于一身，创造了大量新编戏的影响和启发下而猛省的？

梅兰芳的开拓精神，不仅直接带动了程、荀、尚诸人及整个京剧旦行的表演艺术，并且启发了所有行当的京剧演员，推动了京剧艺术的大发展，为中国戏曲表演艺术体系做出了巨大的历史贡献。

历史雄辩地证明，南麒北马关外唐的成功，是因为他们认真地总结了前人的历史经验，深刻地认识到中国戏曲表演艺术的发展规律，是因为他们努力发扬了中国戏曲的优良传统——开拓精神。

原载《戏曲研究》第29辑

1989年5月1日

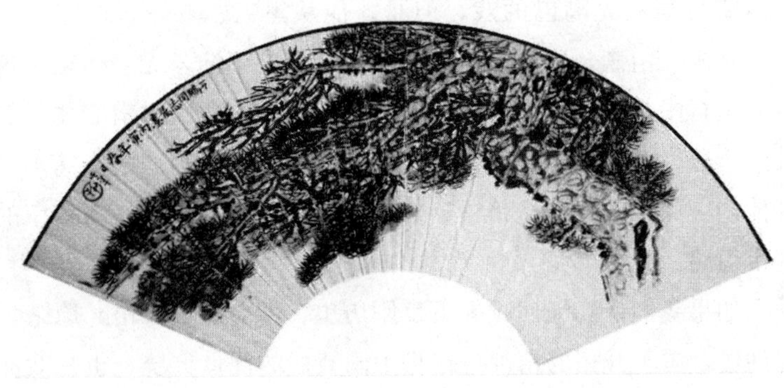

孙其峰　苍松

戏曲美学

笑鹏说戏

京剧表演艺术体系的美学特征

第一章　戏曲舞台的艺术美学

美，是人人所喜欢，人人所追求的。无论哪个国家，哪个民族，没有不喜欢美，不追求美的。在整个宇宙里面，有充满生机的大自然的美，有雄伟壮观的宫殿美，有玲珑剔透的园林美，有高楼大厦的建筑美，有最新款式的服装美，有珠光宝气的首饰美……

然而在举不胜举的类型美之范畴，所有的"美"当中，人是最美的。因为人是创造世界，主宰世界的，上面所说的各种各样的美，都是为了人而创造，为了人而存在的，没有人，这一切就都不美了。

人的美，也是各种各样的，有的形象美，有的风度美，有的语言美，有的朴实美，而最可贵的则是心灵美，只有心灵美才能焕发出来精神美。

在艺术领域里，无论是绘画、诗歌、散文、小说，都以表现人的精神美为永恒的主题。有的人会说，你讲得不对，爱情才是永恒的主题呢。这话固然不错，可是你忽略了爱情是心灵深处的东西，首先通过精神表现出来，所以，有些思想感情用精神去表现，比用语言去表达的作用大得多。

比如说塑造人物的性格、气质、精神、风貌，完全靠语言去表现是远远不够的。尽管小说里面靠语言能够描绘人的性格、气质、精神风貌，但是，它仍然是平面的案头文学，不是立体的人物形象。就连那些大作家笔下的人物，你也得一边读一边琢磨。唔！他是这个样子，那个样子……那么，他究竟是个什么样子呢？就连《红楼梦》里塑造的人物，你看个两遍三遍的，也未必在你的脑海里形成一个十分鲜明的人物形象。

万鹏长子赵一昆吕布剧照

中国的戏曲舞台艺术不然，它用不着你去思索、琢磨，更用不着你去猜闷儿，只要演员画好了妆，穿上行头一亮相，你一眼就能看出来这就是关公，这就是张飞，这就是周瑜；再加上一个穿着古装的旦角，不用问那就是吕布和貂蝉。假若这个旦角把古装卸掉，包上大头，换上罪衣罪裤，再戴上鱼枷，不用说观众就都知道她是苏三了……戏曲舞台上的人物形象，就是这么的鲜明！

当她开口一唱“苏三离了洪洞县”，台底下就会有许多观众跟着台上的演员一起唱起“将身来在大街前”，台上台下一唱众和，打成一片。甚至有些观众恨不得此时此刻自己也装扮起来，到舞台上唱上两段，表演一番才能尽兴。

请问世界上有哪一种戏剧形式，像中国戏曲这样深入人心？有哪一种舞台艺术所塑造的人物，像中国戏曲里边的关羽、张飞、吕布、貂蝉、诸葛亮、曹操、包公、秦香莲以至红娘和苏三那样家喻户晓，妇孺皆知！

正因为中国戏曲舞台艺术是在我们民族的美学思想的孕育下土生土长的，因而在它的每一出戏里面，每一个人物身上，都体现出我们民族的美学观，体现着我们的民族精神。而这种体现既不是政治的说教，也没有让观众感到高不可攀，而是在绚丽多彩、千姿百态的艺术美里边，蕴含着强烈的民族性和广泛的人民性，因此它和广大人民群众的思想感情是息息相通的。所以，她被人民所热爱，国家所提倡，因为她代表着我们的民族精神！

绚丽多姿的中国戏曲舞台艺术，从它诞生起，就向我们展示出她所蕴含的我们民族自己的美学观。从它独特的创造规律和艺术实践里，我们进一步得到了对她的美学认识。

大家都知道，中国戏曲是唱、念、做、打的综合艺术。这只是对中国戏曲表演艺术个性的一般认识。如果我们站在美学角度，从唱、念、做、打综合艺术这个基础上，进一步深入全面地观察，就会认识到它不仅仅是唱、念、做、打这几种艺术美的综合，而是融合了剧诗美、语言美、诗词美、吟诵美、音乐美、舞蹈美、绘画美、雕塑美、脸谱美、武术美、杂技美，等等，几乎包括了一切的艺术美。任何一种表演艺术都不像戏曲这样，把自己的形象全部融化在丰富多彩的艺术美之中。

由此可见，一般地停留在认为唱、念、做、打的综合就是整个中国戏曲表演体系的艺术个性和美学特征，这种简单的概括，显然是不够的。

那么，怎样概括中国戏曲表演体系的艺术个性和美学特征呢？

我认为是以泛美主义的创作方法，调动一切艺术手段去塑造既是美的，又是真的，生动感人的艺术形象，并且通过艺术形象的光辉，给人以极大的艺术美感，令人久久不能忘怀。这就是中国戏曲表演体系的艺术个性。

古人说“绕梁三日不绝”，孔子说“三月不知肉味”，是指的什么呢？就是指听完某人弹的曲子或某某人的歌唱而言。像京剧的余叔岩、梅兰芳、杨小楼、程砚秋和晋剧的丁果仙，越调的申凤梅，越剧的戚雅仙等，这些老艺术家们的演唱和表演，已经不是绕梁三日不绝了，而是直到今天还令人回味无穷，这是多么鲜明的艺术个性啊！

试问，世界上有哪一种戏剧能有如此之大的艺术魅力呢？电影和电视剧里塑造的人物，能够过了半个多世纪之后，还让人回味无穷吗？

那么，中国戏曲表演体系的美学特征是什么呢？那就是明代美学理论家、戏曲作家、曲论家王骥德所说的“以实生虚，以虚拟实”，“虚实相生，以虚为用”。

什么是“以实生虚”呢？

譬如说三国历史中的的刘备、关羽、张飞、诸葛亮、赵云、周瑜、孙权、曹操、吕布和貂蝉等，他们是真实的历史人物。可是，在舞台上表现这些人物的某一个事迹，那你就得从他们的大量生活中去进行提炼、概括，集中和巧妙地运用艺术夸张。既是从生活出发，又高于生活，比真实的生活更强烈、更感人，从而达到艺术的真实。这便是“以实生虚”。写剧本必须如此。演员刻画人物，不但要“以实生虚”，而且还要“以虚拟实”。

怎么叫“以虚拟实”呢？

先从脸谱说起。它是一种非常夸张的人物造型，又是中国戏曲所独有的，被世界各国人民所喜欢的一门特殊艺术。它既可象征人物性格，又为演员分了行当，同时它还能帮助演员去创造性格化的表演程式。在生活中哪个朝代也没有天生的大花脸，因此它是虚构的艺术夸张。但是，这个虚构的艺术夸张还是有根据的，它主要根据人物性格，例如，过去在老百姓当中有句话叫“红脸汉子好交”，这就是我们民族的审美习惯。中国戏曲就是根据自己民族的审美习惯，用红色脸谱象征忠义，白色脸谱象征奸诈，黄色脸谱象征凶狠，蓝色脸谱象征勇猛，黑色脸谱象征刚直，绿色脸谱象征剽悍，紫色脸谱象征刚毅，等等。然而，每个脸谱的眉子、眼窝、鼻窝的不同画法，又表现了人物的忠奸善恶。这种以脸谱的虚拟来表现的方式，恰恰说明了各种人物性格中的不同本质，这就是以虚拟实的戏曲表现手段。

这种艺术夸张的脸谱恰恰为艺术夸张的表演动作提供了思想性的依据。它最为迷人的是那些歪脸、碎脸和妖魔鬼怪的脸谱，尽管丑得可怕，但是，在丑的里面又蕴含着耐人寻味的美。像《闹天宫》的巨灵神，一张脸上画着两个脑袋，而且巨齿獠牙；《问樵闹府》里面的煞神，《嫁妹》里面的钟馗，都是一种变形的美。就像《巴黎圣母院》里的敲钟人一样，外表丑得要命，而心灵却是那么美。《打瓜园》里面的陶洪，前鸡胸后罗锅，难道不丑吗？但是他丑得可爱，因为他是寓美于丑。像这种寓美于丑，在美学来讲，它属于藏，就是把它的美深深地藏在极为丑陋的外壳里面。其他脸谱，像《铁笼山》的姜维，《徐策跑城》的薛刚，《金沙滩》的杨七郎等，都属于露。但是，不管你对这个人物是采取藏的艺术手法，还是采取露的艺术手法，都必须是美的，这是中国戏曲舞台上一条重要的艺术创作原则。

王永昌猪八戒剧照

另，艺术创造的手段不同，表现方法也就不同。例如歌剧，她的表演艺术手段，完全是以歌唱的方式，表达人物性格，演绎故事情节，既没有念，也没有舞；舞剧，在舞台上一切人物的思想感情、矛盾冲突完全依靠舞蹈去表现，既没有唱，又没有念；话剧则完全依靠人物的对话或独白，去表现剧情，既没有唱，也没有舞。所以，它们的艺术个性很好概括，只用“歌”“舞”“话”三个字，就概括了三种戏剧的艺术个性。

而它们的美学特征呢，是以古希腊大哲学家亚里士多德的临摹论作为它们艺术创造的指导思想。因此它们的美学特征是写实主义的，因为它们的理论就是：艺术是对现实（包括古代生活）的临摹与再现。这种写实主义的戏剧是在古希腊的悲剧影响下形成的。最具代表性的是斯氏体系（苏联斯坦尼斯拉夫斯基表演体系）。

中华人民共和国成立以后，斯坦尼斯拉夫斯基的学生列斯里来到中国讲斯氏体系，把中国戏曲批评得一无是处。他反对中国戏曲的表演程式，反对脸谱，反对髯口，反对我们的打击乐，反对我们的枪花下场，等等，甚至把中国戏曲的美全部予以否定。而实际上呢，他是以写实主义的戏剧观来改造中国戏曲的美学特征。于是乎弄得演员，甚至包括马连良、裘盛戎这样的表演艺术家，在表演创作上也都手足无措，不知如何是好。

应该感谢著名的戏剧家、理论家阿甲同志挺身而出，发表了《生活的真实和戏曲表演艺术的真实》等几篇强有力的文章，从美学高度论述了中国戏曲的表演程式与生活的关系，和它的审美价值，等等，驳斥了列斯里的自然主义戏剧观，肯定了戏曲表演程式高度的科学性与艺术性，于是才扭转了几乎要全面否定中国戏曲的局面。

阿老有一个最精辟的论述，他说：西方写实主义的戏剧，要求舞台上一切都要和生活一样真实，这就等于把大米经过淘洗之后，放在锅里，把它焖成米饭一样。生活就是大米，把它焖熟了以后，只不过是熟米比生米长个儿了，可以吃就是了。而中国戏曲则不然，他不是把大米焖成米饭，而是把大米酿成了酒。它不单看不见大米，而且米的味道变成了醇美的酒香味道。

请问，到底是把大米焖成饭的价值高，还是把大米酿成酒的价值高？不言而喻，酒的价值当然比米饭的价值要高得多，因为美酒可以使人陶醉。那么，中国戏曲界那些杰出的表演艺术家，像京剧的四大须生、四大名旦，晋剧的丁果仙，越调的申凤梅，汉剧的陈伯华，越剧的袁雪芬、戚雅仙等，他们的演唱和表演不是比美酒更令人陶醉吗？

第二章　演员是创造美的表演者

各种艺术门类里面，表现人的精神美，中国的戏曲舞台艺术是得天独厚的。因为戏曲舞台的表演者既具有综合的表演技艺，又是训练有素的戏曲演员，他们利用一切表演手段，在有限的空间创造出活生生的舞台形象。可以说，我们的戏曲演员是美的创造者。他们在舞台上，具有呼风唤雨、撒豆成兵的本领，上能登玉皇大帝的凌霄宝殿和西天如来佛的三十三层天，下能到海底龙宫和十八层地狱。这是世界上任何一种戏剧舞台艺术所不能达到的。

万鹏　关羽剧照

四大徽班进京之后，汉剧的老艺人米喜子在北京演了一出《战长沙》的关羽，他四击头一亮相，居然吓得那些王公大臣一个个都跪倒在地，高喊“关老爷显圣”了，其实并非关公显圣，而是米喜子这一亮相，威武肃穆，光彩照人，真如天神下界一般，所以那些满清的官员就以为是关公显圣。这是一个真实的故事。大家听起来是太演义了，但实际上这并没有夸张，历史上是有记载的。我们常说某某演员把某某人物给演活了，这样的例子不是很多吗？程长庚被称为活鲁肃，徐小香被称为活周瑜，卢胜奎被称为活孔明。如今还健在的袁世海不是被公认为活曹操吗？

大家不禁要问：他们究竟是怎样把人物演活的呢？说起来也很简单，就是他们把戏曲的表演程式——一举一动，一唱一念，一指一看全部性格化了，就连往那儿一戳一站都是这个人物特有的韵味，特有的风貌，这就是内在的思想性格与外在的精神气韵达到完美统一所产生的必然结果。

例如生行吧，难道伍子胥、刘备、诸葛亮、乔国老、祢衡、黄忠等人物都长得那么清秀吗？恐怕不一定吧。特别是武生，像武松、高宠、赵云、黄天霸等人物，全部长得就是那么漂亮？恐怕也未必。但是，你扮演这些人物，就得漂亮，如果在戏曲舞台上演武松这个人物，扮得和电视剧里的那个武松一样，估计观众就不会接受了。像电视剧《三国演义》中，里边的周瑜、吕布、赵云、张飞等人物形象，塑造得并不成功。因为它不美，没有英雄人物身上的那种英武之气，所以，就让人感觉不像。

其实谁见过活着的周瑜、吕布、赵云、张飞呢？所谓像，就是以形传神，真正做到了形神兼备，那观众自然就称你是活周瑜、活赵云了。活在哪里呢？活，主要是活在眼睛，所以，晋朝的大画家顾恺之说：“传神写照正在阿堵中。”阿堵是什么？阿堵就是眼睛嘛。因为电影和电视剧的演员没受过手眼身法步的训练，没有戏曲演员的功架和表演技巧，所以就不像。再加上他们穿戴的服装、盔头都是写实的，虽然生活化了，可是人物身上的光彩和韵律全没了。

而戏曲表演体系，在创作思想和创作方法上，具有其它艺术形式所不具备的独特的艺术哲学和表现形式的美学个性。就拿包头网子、水纱、靴子、髯口、服装、盔头、大头和旦行脸上的片子，以至各种道具来说吧，没有一样不是为了表现人物的形象美而创造的，没有一样不是为了演员的表演技巧而提供的物质条件。很简单的包头和水纱，往头上一勒，眉毛一吊，这个月亮门就能改变男性演员的脸型，再把髯口一戴，立刻就会呈现出一种凝重、清秀、端庄、儒雅的风韵。当他穿上服装，戴上盔头之后，好像人物的韵律之美已经蕴藏在他的身上了。更令人称奇的则是旦行脸上贴的片子，它不仅能够改变人的脸型，而且它能够把胖人变瘦，丑人变俊。这丝毫没有夸张，不然的话，四大名旦晚期都是六十多岁的老头子了，怎么能扮演妙龄少女、大家闺秀呢？难道就靠脸上擦的那点油彩吗？当然油彩、粉和胭脂是必不可少的，但是起决定作用的是片子。当包上头，戴上头面，甚至不用穿上服装，就能把一个六十多岁的老头变成西施、杨妃、苏三和红娘，这简直是脱胎换骨，难道这还不算神奇吗？那些现代的高级化妆品，恐怕绝对起不到这种换骨的作用。

万鹏关羽剧照

再看一看关公的扮相：足下穿三寸高黑白分明的厚底，身上穿绣着五福捧寿的大红彩裤、海水江牙的箭衣，外面披平金的绿靠，头上戴杏黄绒球、加大后兜的夫子盔，长长的黑三、千斤、飘带和穗子飘洒胸前，手执青龙偃月刀，四击头亮相时，演员把头微微一颤，夫子盔上面的珠子、绒球连连颤抖，簌簌作响，同时把单凤眼一睁，那种雄风盖世、大气磅礴的神武之威，令人肃然起敬。莫怪那些满清的王公大臣见了米喜子扮演的关公，都惊呼肃立纷纷膜拜。米喜子我没赶上，可是唐韵笙的老爷戏我看得太多了，他给人的感觉就是和天神下界一样，雄伟中寓着潇洒，威武中寓着风流，刚中寓柔，图中见美。

塑造任何一个人物形象，都是首先要有功力和修养，但是，必须还要有符合人物身份，适合演员表演的服装道具，这三者缺一不可。

比方说，翎子、髯口、甩发、纱帽翅、水袖等，不是单纯为了好看，演员还要利用这些物质条件，通过外部动作的表演技巧，去表现人物的喜、怒、哀、乐、惊、恐、思和更为复杂的生活情景。特别是大靠武生后背上的四根靠旗和那四根飘带，不仅形象地表现出大将军的八面威风，更重要的是，在难度很大的舞蹈和武打里边，那四根靠旗和飘带要纹丝不乱，干净利落，脆快稳准，最后亮相的时候斩钉截铁，雄风袭人，美不胜收。令观众在惊心动魄中得到极大的艺术享受。

除了中国的戏曲之外，任何国家的戏剧中，都不可能有感染力这么强烈的艺术形式。仅用以上这么一点点的例子就足以说明，中国戏曲表演体系的艺术哲学和表现形式的美学个性，只为它自己所有，是其他艺术形式无法比拟的。这就是我们中国戏曲所特有的美。

以上所说的，仅仅是脸谱和服饰的美。当然，脸谱和服饰里边既包括了美术，也包括了人物造型。而更主要的美，应该说一切表演形式，都是由演员的表演手段来完成。

第三章　舞蹈在戏曲表演里的美学价值

表演艺术认识到功能的特性，全在于以形象来描写形象。舞台上，演员以自身创造性的舞台行动对人物直接描写，艺术地再现人物与生活，让人们得以通过舞台行动对人物（对演员的表演）进行审美评价。

因此，舞台行动是表演艺术进行形象思维的种子，也是它的果实；是它的细胞，也是它的肌体；是它的开始，也是它的完成。

舞蹈美也是戏曲视觉艺术的形象美。它包括中国戏曲表演体系里被称为做（表情和形象动作）与打（形体动作的特殊形式——武打）的两门艺术。戏曲舞台上的所有人物形象，在他们的一切行动中，都是程式动作的舞蹈化，都是用舞蹈艺术来完美地塑造舞台上的人物形象。

戏曲的舞台行动，它的舞台艺术形象，是否整个全都是舞蹈艺术的形象呢？有些动作看来很接近生活，是否只是对生活动作的美化而已，不好把它算做舞蹈呢？进而，如果把唱念做打舞并列起来说明戏曲表演体系的实质，准确不准确呢？

舞蹈，就其审美特点来说，被称为动态造型艺术。其艺术创作的基本规律，是把人的内心动作和形体动作加以提炼和艺术改造，赋以有节奏、有韵律、有组织、有变化、富于表现力和具有音乐性格的种种美的姿态，从而艺术地、动态地刻画人的精神世界。因此，戏曲的舞台动作不仅是美化的，而且是融化在整体的音乐节奏、舞台韵律、和情节的气氛发展之中，这些表现动作就是舞蹈。

无疑，武打、起霸、趟马、走边、圆场、打跌、刀舞、剑舞、枪舞等，这些幅度大的舞台行动是舞蹈；而哭头、叫头、翻水袖、悠帽翅、甩发、抖髯、掏翎、运扇、耍手绢等小动作，也是舞蹈。问题是，那些美化的生活动作，例如做针线活、喂鸡轰鸡、闻花采桑、上楼下楼、出门进门，算不算舞蹈？

诚然，这些动作幅度小，生活气息浓郁，无疑是生活动作的提炼与美化。但更重要的是这种美化的动作，是和谐地融化在戏曲舞台上整体的韵律、节奏和音乐的旋律之中，是音乐化了的动作表现。像《采茶舞》《矿工舞》《喜开镰》《庆丰收》等许许多多现代舞蹈，既是生活动作的提炼与美化，而又融化于整体的韵律、节奏与音乐旋律之中。它们的动作都是有韵律、有节奏、音乐化的动态造型艺术，音乐化的动作表现即为舞蹈。

那么，更小些的动作单元，例如一坐、一站、一指、一看、一羞、一怒，是不是舞蹈？这些动作无所不在，更为单纯，有些甚至处于相对静止的状态，看来无非是一些美化了的生活动作而已。然而我们深知，对于生活动作的美化，戏曲和话剧是完全不同的。

戏曲舞台上的站，须生、武生用丁字步；老生、老旦用八字步；武丑一足在前，足尖点地；旦角一足在后，后脚尖点地；小生一足在前，亮靴底……实际上，这就不仅仅是生活动作的美化，而是从头到脚已成为一种有韵律的舞姿、舞步和艺术造型。

梅兰芳剧照

戏曲的指，生角用柔和的双指指，也有很多人物用单指指；旦角用盛开的兰花指指；净角用夸大的双指指；小生用含蓄的兰花指指……而且右指必从左起势，左指必从右起势。从手指的姿态到肩、臂、肘的弧度，以及全身各个部位的衬托、配合，整体动作的曲线，都是一种舞姿。

戏曲的坐，生旦净丑，各有坐相。所谓相，就是造型，就是舞的姿态。例如将相等袍带人物，青衣闺门旦等庄严角色，绝不是舒舒服服往那里一坐了事。那舞台上椅子的坐垫位置极高，坐时身体的角度、手脚的位置、全身的线条，都在性格化的造型之中。与其说那是坐，不如说是一种美的坐式舞姿。

同样，羞，有回首遮面的盖式；怒，有击案抖袖的怒姿；武生远看必提山膀，旦角远看常用一手扶鬓，老生远看不是捋髯，便是扬袖……可见戏曲舞台上的一招一式，都不像话剧那样着重模拟生活的原型，而是生活动作的舞蹈化，既重艺术造型，又重生活真实。试想，如果让旦角撇开两腿，以八字步站在那里，而让老生一脚在前一脚在后，脚尖点地，掏着腿站着又将成何体统。

更重要的，所有这些一招一式，在舞台上都绝不是完全孤立和绝对静止的。就造型来说，演员脚下一站，手上一指，眼神一看，以至一羞、一怒、一进、一退，手眼身法步，全身都要有机配合，使整个外部动作从头到脚都洋溢着节奏美和韵律美。

就抒情来说，人物的一举一动，都是他整个内部动作（性格与激情）贯穿的一环，又洋溢着内部节奏的韵律美。而所有这些，在总体上又都受着舞台上的音乐节奏和韵律要求的严格制约。所以，它们不可能只停留在对生活动作的美化上，不可能离开严格的程式表演规范去表现生活的真实，规范的动作旋律就是舞蹈。

尽管被列为唱工戏的《祭江》《祭塔》《文昭关》《二进宫》

等，剧中人除了吃重的唱念以外，舞台动作都是很少的，但演员只要走上舞台，他的一走、一站、一指、一看、一哭、一叹、一抖袖、一转身，则无不是精湛的舞姿。从出场到下场的全部动作和造型，无不是节奏化、韵律化、音乐化、舞蹈化的，绝不会使它的贯穿线断断续续，随便把一些生活动作掺杂进来。

由于行当所概括的形象不同，有些丑角和彩旦，他们的舞台动作确实比较自由，和舞蹈化相对而言，人们会说它更生活化一些。但也许正是从这个意义上说，这些行当就更难于掌握。因为按照戏曲表演体系的审美要求，他们的舞台动作并不是纯自然的，而同样是有其规范性的。它要融化于音乐之中，特别是要受打击乐的严格制约，所以同样有它的节奏和韵律——丑角特有的韵律感。这种特殊的韵律感，演员并不是一朝一夕就可以唾手而得的，相反，它同样必须具备深厚的文武功底。就连最小的角色——娃娃生、小书童、龙套、宫女，也要服从这个规律，并不是随便什么人一上台就可以自然合拍的。所以，没有经过严格戏曲舞蹈训练的演员，是没有能力走上戏曲舞台的。

关于这一点，我们只要把它和话剧、电影一对比，就会豁然领悟。比方，我们临时请几位从来不曾演过戏曲的电影演员，来串演一出所谓生活化的三小戏。请他们当场走一走小生、小旦、小丑的步子，做一做那种种神态动作，那情形准会不伦不类，当场出丑。因为，那些要走的步子和神态全是微妙的，貌似生活化的性格和舞蹈，或者更明确地叫做丑角风格化的舞蹈，并不是生活动作的简单夸张化、滑稽化或畸形化的结果。

因此，表演“不能仅搬身段，必须联系生活感情，否则就没有内容，没有灵魂，也不会达到血肉交融的美的境界”（华传浩《我演昆曲》）。所以，丑角的表演更需要人物内在的个性化，而不是仅仅给人们一个滑稽可笑的外形，这就需要有精深的艺术素养和文武兼备的基本功力。

舞蹈在戏曲表演体系里的美学价值，首先在于它绝不是孤立于做、打艺术之外的另一种艺术因素，而在于它融化了全部舞台动作，使所有舞台动作“形成了一种富有高度节奏感，而舞蹈化了的基本风格”（《焦菊隐戏剧论文集》），从而赋予所有舞台形象以动与静的舞蹈美，将其塑造成具有高度表现力和感染力的舞蹈艺术形象。

需要补充指出的是，在这个总的审美理论制约下，一些特定情景中的表演细节动作，例如《春香闹学》里，陈最良在前半场几乎全部是坐在桌子后面讲书、写字、谈话，大动作很少；《能仁寺》里，十三妹给张金凤说亲，张金凤坐在那里忸怩不语，画字擦字的神态，看来都是相当生活化的动作（或叫美化了的生活动作），好像说不上是舞蹈。但是我们切不可忘记，它们都是整个舞蹈化的形象思维中的一环，要服从于行当、人物的舞蹈韵律，也要服从于音乐节奏的规范，而不能离开这些去搞脱离舞台风格的话剧表演。

这正是京剧体系所要求的：在舞台上，任何角色任何时候都不能泄了功架，走了神。这是从内部动作讲，指的是不能神出戏外；从外部动作讲，动或不动，在舞台上演员都必需保持着舞蹈形式的精神状态。

我们的古典美学历来讲究气韵生动、形神合一、以形写神。在书法艺术中，则讲究“意前笔后者胜”，“心手不齐，意后笔前者败”（卫夫人《笔阵图》）。这些美学思想，都极其深刻地指导着我们戏曲的表现形式、创作方法。阿甲说得好：戏曲演员在舞台上的动作线必须联贯不断。他指出：“有些演员，在唱的时候或道白的时候，就在那里拼命做身段，这样比划，那样比划；一到唱完了，讲完了，动作也完了。等到再唱再讲时才再开始动作起来……周传瑛和王传淞的表演就不是这样，他们的动作衔接很紧，没有脱节的地方；不是这只手举起来那只手孤立不动，不是手臂动手腕不动，手腕动手指不动。比如挑髯、飞袖、撩袍、端带，甚至眼睛一眨，眉毛一抬，都是贯穿一气，有机联系的……动作的联系贯穿，并不像枯藤缠老树那样非死死地纠缠一起不可，而是若接若离的，有时形断了，势没有断。”（阿甲《戏曲表演论集》）所以，我们把舞台上的一切动作都视为舞蹈化，它是形象思维的一部分。

戏曲舞蹈与生活的关系，是戏曲以舞蹈再现生活，又基于生活动作的表达方式形成舞蹈化。在京剧体系里无论是做的艺术还是打的艺术，都是通过戏曲审美观来认识生活、提炼生活、解释生活的创作结果。它深深地植根于民族生活的土壤之中，饱和着生活美的汁液。然而，它又并不是根，而是花，所以它总是比生活美更集中、更强烈和更精粹。它的精粹之处在于能够自由地出入人的灵魂，让千百万人鲜明地透视剧中的每一个人物和他们内心世界里最隐秘的角落。所以它总是比生活美更深邃、更明朗、更微妙、更神奇。

生活里有的，我们人在生活中的各种外部动作，在戏曲体系里被升华为舞蹈动作的形式之美。它们在生活里全部是外在的，可视的，在戏曲表演中则成为创造视觉艺术形象的基础，概括着人物的一切外部动作。它们是真实的。

生活里没有的，人在生活里不予表露的不可见的内心活动，在戏曲体系里也被升华为舞蹈美，成为刻画人物的视觉艺术形象。这种心理活动因素在话剧里，只有通过生活里的可视动作才能传达出来，它受着生活真实的严格制约。而戏曲却不然。它从一开始就以艺术的力量突破了这种制约。它有时采取哑剧式的独舞，有时把独舞以背工的形式和唱念结合起来，用大幅度的强烈而复杂多变的舞蹈动作，把内心的独白形象化地表达出来，而且加以尽情的描绘和夸张，形象地展现人物的潜台词和他们的内心活动。于是人们通过形体语言，就更加清楚地看到了人物内在的精神世界。

舞蹈行动对人物的直接描绘，艺术地再现了人物与生活，舞蹈行动对生活动作的美化无限扩大了人物的内心。这就是舞蹈功能的特性在戏曲表演中的综合作用。它无所不在地充分地体现着，舞蹈在京剧表演体系中的美学价值和舞蹈美所赋予京剧表演体系的特殊贡献。

第四章　特殊的舞台美术

中国京剧艺术形式独特的美早已被世界所公认。大约半个世纪以前，梅兰芳以其优美精湛的表演艺术轰动了美国，他的演出受到美国人民的热烈欢迎，成为美国剧坛空前的盛事。美国友人称赞说："他那双遐迩闻名的手同菩蒂彻利、西蒙·玛蒂尼和其他十五世纪画家笔下的手奇妙地相似。"（见《梅兰芳和他的剧团节目》）

1935年梅先生第一次到苏联访问演出。布莱希特那时受希特勒迫害，正好在莫斯科政治避难。他观赏了梅兰芳的戏曲艺术表演，深深地着了迷，于1936年写了一篇《论中国戏曲与间离效果》的文章。他在文章中狂赞梅兰芳和我国戏曲艺术，兴奋地指出，他多年来所朦胧追求而尚未达到的，在梅兰芳的舞台表演中已经发展到了极高的艺术境界。可以说，梅先生的精湛表演深深地影响了布莱希特戏剧观的发展，至少起了画龙点睛的作用。

布莱希特最欣赏的是梅先生的《打渔杀家》。文章里作了细致的描绘，对梅先生的身段，"特别是对桨的运用，尤为惊叹不

梅兰芳《打渔杀家》剧照

已”（佐临《漫谈戏剧观》）。布莱希特在《论中国戏曲与间离效果》中说：“一个年轻的女子，渔夫的女儿（指梅兰芳在《打渔杀家》中扮演的萧桂英），在舞台上站着划动一艘想象中的小船。为了操纵它，她有一把长不过膝的木桨。水流湍急，她极为艰难地保持身体平衡。接着小船进入一个小湾，她便比较平稳地划着。就是这样划船，但这一情景却富有诗情画意，仿佛是许多民谣所吟咏过而众所周知的事。这个女子的每一个动作都宛如一幅画那样令人熟悉，河流的每一个转弯都是一处已知的险境，连下一次的转弯处在临近之前就使观众察觉到了。观众的这种感觉是通过演员的表演而产生的，看来正是演员使这种情景叫人难以忘怀。”

梅先生作为中国戏曲的代表，将京剧艺术介绍到了欧美，震动了各国剧坛，卓别林、布莱希特、斯坦尼斯拉夫斯基以及其他戏剧家，无不在丰富多彩的京剧面前心悦诚服，赞不绝口。京剧艺术所带来的中外相通、雅俗共赏的效果，说明了形式美具有世界性的特点。那么，京剧形式是怎样获得了独特之美的艺术魅力呢？

我们就从布莱希特所形容的木桨说起。在京剧传统剧目里边，不仅《打渔杀家》的萧桂英用“一把长不过膝的木桨”，“在舞台上站着划动一艘想象中的小船”，诗情画意地表现出渔家的水上生活，产生了令人难以忘怀的效果，《秋江》里的艄翁不也是站在舞台上，将手中的船篙一撑，便表现出一叶孤舟徐徐离岸，载着那为了追求纯真爱情而冲破宗教藩篱，奔向幸福美好生活的陈妙常，在湍急的一江秋水之中，颠簸荡漾的诗情画意吗?

京剧《收关胜》中有一场水战，代表梁山的李俊和代表官府的关胜，以及他们双方的将官，各自带领四个龙套和一名拿着“一把长不过膝的木桨”的水手，分成四个队形，用直线、斜线、圆形线相互穿插着往来的调度和武打程式，表现双方的许多战船在一片汪洋之中纵横交错的战斗情景。《群英会》中的火烧战船一场，在舞台的右后方摆上两张桌子，曹操怀抱令旗往桌子上一站，他手下的八员大将各执兵器分列两旁，两个船夫手里拿着“一把长不过膝的木桨”站在曹八将的身旁，便说明曹操听了庞统的话，将战船锁在了一起。黄盖带着一名船夫在急急风（表现战斗气氛的锣鼓程式）里仅仅跑一个过场，观众便感到黄盖在滚滚长江之中乘风破浪向曹操的战船飞驶，预示着即将爆发一场激烈的战斗。

京剧不受空间和时间的限制，是从虚拟化的表现形式中产生出来的，这是京剧艺术的一大特点。这一点是欧美的歌剧、舞台剧、话剧和歌舞剧都无法比拟的，因为他们舞台上的特定环境是依靠布景来表现的。

在这里，我联想起另外一件事：1935 年前后，莫斯科上演了斯坦尼斯拉夫斯基导演的《奥赛罗》。从斯氏《奥赛罗》的导演计划里，我们能看到他对威尼斯小船是怎样处理的：船下装小轮子，小轮子上必须妥善地装上一层厚橡皮，使船能平稳地滑动……向歌剧《飞行的荷兰人》中的两艘大船借鉴，用 12 个人推动船身，又用风扇吹动麻布口袋，激起浪花……船夫所用的橹是用锡做的空心橹，在橹的空心里灌上水——摇橹时里面的水便会动荡，发出冲激的水声。《奥赛罗》小船的处理体现的就是企图在舞台上造成生活幻觉的戏剧观。

而《打渔杀家》却采用了破除生活幻觉的戏剧观。面临这两个绝然不同的戏剧观，布莱希特必须有所选择。是《打渔杀家》中的桨，还是《奥赛罗》中的橹，“哪一种更艺术一些，就不难断定了”（佐临《漫谈戏剧观》）。

万鹏教《打渔杀家》

上面的例子使我们清楚地看到，依靠逼真的布景道具在舞台上造成生活幻觉的表现形式，是想让演员忘掉观众的存在，将生活搬上舞台，同时企图使观众忘掉自己是坐在台下看戏，完全相信舞台上发生的一切就是真实的生活。这是一种写实的美学观点。

中国京剧的表现形式恰恰与之相反，它反对依靠逼真的布景和道具在舞台上制造生活幻觉，而是坦白地向观众承认，自己在舞台上所演的是戏，戏绝非生活的复制。“戏”是由“虚”和“戈”两个字组成的。京剧对“戏”字的解释是：舞台上所动的干戈（即反映的斗争生活），都是从虚中而生，所以，京剧讲假戏真做，这是它有史以来一直遵循的一条审美标准。

假戏真做绝不意味着不要艺术真实，而是说舞台艺术的真实只能是假定性的。因此，京剧舞台艺术的真实是靠审美对象——演员——通过想象中的艺术构思，巧妙地调动唱念做打等艺术手段，塑造有血有肉的艺术形象，诱导审美者——观众——在深沉浓郁的艺术境界中产生联想和想象，去扩大艺术形象的容量，使它具有更生动感人的艺术魅力。这是一种写意的美学观点。

只有充分相信审美者——观众——的丰富想象力，才敢于大胆地突破舞台空间和时间的束缚，用一幅朴素淡雅的幕布和铺着桌围的一张桌子两把椅子，去表现无限广阔的生活场景。艺术和生活这个矛盾之所以能够统一，主要依赖于我们的艺术想象和审美经验。

比如《拾玉镯》，明明舞台上连个代表鸡笼或者鸡窝的砌末都没有，仅仅通过孙玉姣的虚拟动作，便把轰鸡、喂鸡、数鸡、寻鸡表现得那么风趣传神，简直是活灵活现，从而使审美者——观众——仿佛看到了一群茸茸可爱的鸡在那里奔跑、争食和怕人捕捉而到处藏躲的真实情景。这种艺术效果，只能通过演员的虚拟动作，产生于审美者——观众——的联想之中。这种不依赖任何道具的虚拟动作所表现的艺术真实，叫作以虚拟实。当孙玉姣坐在台口从针线笸箩里拿出一个鞋帮（道具）之后，她引线穿针，挑花刺绣，是那么细腻入微，使观众不相信她的手中没有针线。这种借助鞋帮（道具）而虚拟绣花的动作，叫作以实生虚。这两者都必须做到真实感人，才符合假戏真做的审美标准。

以虚拟实，以实生虚是表现京剧艺术形式的一种特殊的舞台逻辑。按照这个特殊的舞台逻辑，正确处理虚实关系，才能发挥京剧形式独特的美的艺术魅力；违反了这个特殊的舞台逻辑，京剧形式独特的美的艺术魅力便会遭到破坏。

《打渔杀家》剧中的萧桂英，用“一把长不过膝的木桨”，在那幅朴素淡雅的幕布或者是旧式的门帘台幛前面，以优美的虚拟动作引人入胜，创造出使人浮想联翩、深沉浓郁的艺术境界：渔舟、河流、堤岸、芦苇、柳荫，夕阳……如果在舞台上的天幕上出现了非常逼真的水景，试想那个“渔夫的女儿，在舞台上站着划动一艘想象中的小船”会是一个什么效果呢？不言而喻，那只能把舞台的艺术真实、美的艺术享受破坏得一干二净，成为非驴非马、不伦不类的东西，令人啼笑皆非。因为明明那艘小船是想象的，可是却叫萧桂英站在一片水景前面去摇船，结果那艘想象的小船破灭了。萧桂英这个人物呢，如果还没有被水淹死的话，那么她一定是龙王爷的女儿，除此之外再也产生不了别的想象。由于舞台布景和人物的虚拟动作相互排斥和抵销，违反了京剧的舞台逻辑，所以，给人感觉最美的虚——想象中的小船，以及由它产生的联想，河流、堤岸、柳荫、夕阳等以虚拟实的意境，都被天幕上的水景破坏了。因而代表着生活实物的木桨，也就产生不了以实生虚的作用，这就是生活的真实破坏了舞台艺术真实的结果。

因此，京剧特殊的逻辑只能用京剧特殊的舞台美术去表现它。但是，有些对京剧特殊的舞台逻辑缺乏研究的编剧和舞美设计，总想在京剧舞台上装置布景，特别是立体布景，再运用五光十色的灯光，认为这样才能增加艺术效果。当我们不采纳这种意见的时候，他们会说，这是抱残守缺，不重视美术在戏剧艺术中的作用，等等。持这种观点的同志，是因为他们对舞台美术的认识，只停在死的布景上面，看不到形象思维中活生生的舞台美术。因此他们不去寻找以虚拟实，以实生虚，以简代繁，以少胜多，以神传真的巧妙手法，去表现森罗万象的生活图景，所以他们必然简单地认为，京剧舞台上根本没有舞台美术。

如果仅仅从那幅朴素淡雅的幕布和一张桌子两把椅子去看京剧的舞台美术，是会产生上述看法的。然而，京剧舞台上面的那幅朴素淡雅的幕布，实际上只等于没有涂上任何颜色的一张白纸。剧中人物（包括人物穿戴的绚丽多彩的蟒袍，金鳞闪耀的长靠，珠光宝气的首饰，绒球颤抖的盔头，五颜六色的脸谱，奇形怪状的胡须，以及代表各种实物的道具）和人物的虚拟动作，在那张白纸上构成一幅又一幅具有尺幅千里之感的中国写意画的宏伟画卷。

正像白石老人画虾一样，寥寥数笔，那栩栩如生的虾便活在了你的面前，从来没有一个人去追究为什么画上只有虾而没有水。因为那以神传真的虾，创造出耐人寻味的意境，启发着你对水的种种联想。

中国写意画的美学观点，一直为京剧舞台美术所遵循，并长期加以实践。写意的手法是为虚拟化的表现形式而服务的一种特殊的舞台美术。

第五章　虚拟是产生程式化的美学理论根据

欧洲传统话剧的美学原则，是调动一切物质力量（就是按照生活的原样制造布景、道具，并充分利用灯光），企图在舞台上制造生活幻觉；要求演员忘掉自己，并且还要忘掉观众（见斯坦尼斯拉夫斯基当众孤独理论），完全进入角色，一切从角色的内心出发，去表现生活真实。因此产生了话剧的第四堵墙的创作方法。

什么是第四堵墙呢？就是在舞台的前后左右建立起四面墙。第一堵墙是舞台上的生活环境与后台的隔绝；第二堵墙和第三堵墙是舞台上的生活环境和舞台两侧的隔绝；第四堵墙是演员与观众的隔绝。也就是说，在这个四面用墙包围起来的舞台上，是一个所谓的真实的生活环境。戏，就是在这个真实环境里面正在进行着的生活。

这是 19 世纪中期欧洲写实主义，也就是自然主义的剧作家和导演所提倡的所谓最科学的戏剧。

第四堵墙理论的主要代表和带头实践者是法国自由剧院的创

始人安德烈·安图昂。他主张：“演员必须要表演得像在自己家里的生活一样，不要去理会他在观众中所激起的感情；他们鼓掌也好，反感也好，都不要管；舞台前面必须有一面第四堵墙，这堵墙对观众来说是透明的，对演员是不透明的。”

这种写实主义的戏剧美学思想，在19世纪的下半叶，形成了整个欧洲的戏剧思潮。所以，在写实主义的基础上，又派生出了自然主义，于是涌现了易卜生、斯特林堡和契诃夫。

1887年，法国导演安图昂率先在巴黎成立了自由剧院。随后，德国导演布拉姆建立了自由舞台。1890年苏联导演斯坦尼斯拉夫斯基在莫斯科建立了莫斯科艺术剧院。1891年英国导演格林也成立了独立剧院。这说明写实主义的戏剧曾经在欧洲占绝对的统治地位。

中国的话剧是在20世纪初从欧洲移植过来的，所以继承了欧洲写实主义的戏剧体系。它的审美价值，根据它写实主义的美学原则，应该说使观众忘掉了是在看戏，完全承认舞台上发生的事情就是真实的生活，这才体现出它的真正审美价值。

中国戏曲和话剧恰恰相反，它首先充分肯定舞台艺术的假定性，坦率地承认我们是在演戏，因此在中国的戏曲舞台上根本不存在第四堵墙，也用不着大量的灯光布景和那些非常真实的道具，去制造所谓的生活幻觉。舞台上只用一桌二椅就可以代表各种不同的复杂环境，这种破除生活幻觉的表现方法，就是征服世界剧坛的，中国戏曲艺术独特的虚拟化的表现方法。

什么叫虚拟？虚拟是中国戏曲美学的一个术语。就中国戏曲来说，没有实，生不出虚来；没有虚，就不成其为艺术。概括起来说，就是以实为本，以虚为用，虚由实生，实靠虚行，所以说戏是生活的虚拟。这就是中国戏曲的虚拟学说。在这个戏剧美学思想的指导下，才构成了中国写意性的戏曲艺术体系。

因此，我们说中国戏曲的虚拟化为表演的程式化开拓了道路。如果我们进一步去研究，就会发现，虚拟和程式不是并列的，而是一种表里的关系。程式是表，虚拟是里。我们在舞台上是看不到虚拟的，我们所看到的只是唯一的程式，我们只有通过程式才能认识虚拟，离开了程式就不能认识虚拟。因为程式是一种物质的、可见的东西，而虚拟是一种非物质的、属于精神领域的艺术思想。虚拟只有附着在程式的躯体上才能被认识，立于程式之外的虚拟是没有的。所以说虚拟是产生程式的理论根据，程式是虚拟在艺术实践中的具体运用。

先说说以实生虚的例子。比如，以鞭代马、以桨代船、以车旗代车、以大小帐代轿、以桌子代表高山、以椅代表窑门或牢门、以桌子代表船，等等，都是以实生虚的例子。

再说空间上的虚拟。舞台上的空间是一块固定的、极其有限的地方。要在这一小块舞台上表现远可达万里，高可上西天的无限空间，是一件不容易做到的事情。戏曲艺术由于运用了虚拟的美学原则，以人物的程式动作来表现空间，于是就做到了景随人生的艺术创造，唤起观众的联想，调动观众的想象力，去突破空间的局限，畅所欲为地让人物上天入地，潜水登山，去表现森罗万象，瞬间万变的生活。比如说一个圆场就可以表现走了数万里，刚才还在许昌，一个牌子就到了宛城，上一场还在花果山，下一场就到了东海龙宫。

戏曲艺术还借用道具来表现立体空间的高低变化。例如用桌子代表高山，桌子和山的高度不知相差几万倍，甚至几十万倍，根本不成比例。可是桌子到了戏曲舞台上，居然能够代表一座大山，这简直不可思议。然而，借它确实能够表现立体空间的高低变化。这种表现方法就是虚拟在精神领域里的具体运用。它是通过上山的程式动作虚拟地表现了角色登山，而这个登山的程式动作只是点到为止，交待清楚就行了。因为用一张桌子代表一座山的处理方法，实际上已经起到了缩短山和地面之间的高低距离的作用。也只有这样才能把近在咫尺的人物看成有相当远的距离。上山是通过程式动作交待出来的，山和地面的距离是由于虚拟而缩短的。而站在山上的曹操看山下交战的赵云，则是通过眼神的程式运用，又把桌子和演员的距离拉远了。只有用这种虚拟的表现方法，才能够完美地表现人物之间的关系。

这就是以实为本，以虚为用，虚由实生，实靠虚行的美学原则。所谓以实为本就是以生活为根据，以虚为用是说用虚拟化的方法去表现生活。反过来说，这个虚拟化是从生活里面提炼出来的，通过艺术加工去反映生活，给人以艺术的真实感。所谓实靠虚行则是说生活反映在舞台上，是艺术的虚拟。这就是中国戏曲的特征，也是中国戏曲的美学原则。

一出戏的演出时间是受很大限制的，最多也不能超过三个小时，而它的内容对时间的要求则是越不受限制越好。例如《赵氏孤儿》从赵盾和屠岸贾结仇开始，演到屠岸贾抄杀赵氏满门时，孤儿还没有出生。等孤儿的母亲把他生下来，戏已经演了将近五分之二了，当程婴把孤儿救出宫来，戏整整演了一半。而孤儿上场的时候，三个小时的戏已经剩下不过一个小时的时间。就在这不足一个小时里面，既要表现孤儿的成长和他母亲的悲惨生活，还要表现魏绛对程婴的误会，鞭笞，以至程婴与魏绛设计，对孤儿说明赵家的被害经过，最后杀死屠岸贾等曲折、复杂的情节。这出戏的时间跨度起码有十六年以上的光景。

例如昆曲的《千里送京娘》这个戏，京娘对赵匡胤始而惧怕，继而爱慕，最后终于大胆地向赵匡胤暗示她的爱慕之情，这样一个复杂细腻的心理过程，正是在千里同行，他们互相了解、互相帮助、互相同情的特定情景中产生的。这个题材只能在戏曲的结构艺术中巧妙地完成，因为《千里送京娘》这个戏是在不断变化的环境中来表现人物行为的。赵匡胤和京娘的对话，以及他们的复杂内心活动，完全是在走路的时候发生的，没有一点静止的场面。这种当众表现舞台时空的连续变化，几乎可以和电影中的跟镜头相媲美，任何其他舞台艺术都只能叹为观止。

所以说，戏曲舞台上的角色和环境，都是在角色的内心世界里，以主观的形态，用客观的反映来表现。因此，在连续变换时空的结构中，选择和组织角色活动的环境，就完全可以借人物的性格和人物的心理活动，最直接、最充分地揭示人物的性格和不断变化的活动场景。

比如《梁山伯与祝英台》的十八相送一场，从书馆门前到长亭之上，剧作者选择凤凰山、清水塘、独木桥、水井、观音堂等一系列景物环境，通过这些连续交替的景物环境在祝英台、梁山伯心中引起的不同反应和不同感受，鲜明地揭示了祝英台对梁山伯的爱恋，并以不同的方式进行着大胆的暗示，同时也揭示了梁山伯始终以祝英台为小弟弟的那种憨直可爱的性格，妙趣横生地展示了两种心理状态的喜剧性冲突。

在不断变换的时空中刻画人物，是戏曲独特的结构手法，因为戏曲的角色和环境，是通过演员表演的程式而产生的，是虚拟化的自然环境。

尽管欧洲写实体系的戏剧为了解决当众变换角色环境的时间问题，曾经使用过转台，但它的表现能力仍然很有限，因为那种极端写实的布景，和表演是很难完全统一的。

张庚曾经介绍过苏联的一次戏剧演出：这个戏表现一个人从中亚细亚到西伯利亚去的过程，台上没有人，只有天幕上用幻灯打出的绿洲、沙漠、冰天雪地等自然风光变化的活动影像，然后出现了一个监狱的铁门，这个时候，人物才上场。这种完全脱离人物表现时空变换的办法，反衬了中国戏曲处理时空自由的高妙技巧，也反映了中国写意的戏剧体系对写实主义体系的优越。

多重时空的创造，使戏曲的时空处理超脱了现实的表象真实，更利于表现人物的内心世界，并且增强了浪漫主义色彩。

欧洲的写实主义戏剧原则，要求在舞台上由各种装置体组合形成空间在相互关系上符合生活的真实，因此戏剧动作进行的时间也只能是单一的。这就是说，舞台上所表现的只是某一时某一地的生活进程，它根本无法在一个舞台上同时表现环境里面的不同生活进程。

中国戏曲是通过演员的表演，来创造角色的生活环境，因此它就可以由几个演员在同一个舞台上创造出两个或更多的生活环境。

另外，在多重时空的交流和呼应上，处理得更有特点的是一出流行在清代乾隆年间的花部乱弹戏《借妻》。后来京剧演出这个戏，改名《一匹布》，或叫《张古董借妻》。这出戏的大概内容是：不务正业的张古董，骗了他妻子沈赛花一匹布上街叫卖，遇上了新近丧妻的表弟李天龙。李天龙想进京赶考，苦于没有盘费，而李天龙的岳父周员外有言在先，要等他续妻之后给他一笔财产。但是，李天龙还没有续弦，他岳父不肯给他这笔财产，所以，他连进京赶考的盘费都没有。张古董听到了这个情况，便异想天开地和表弟李天龙商量了一个办法：张古董把老婆沈赛花借给李天龙，冒充续弦，骗了财产后各分一半。但是，双方言明只能是临时性地冒充续弦，不能过夜。没想到，李天龙带了张古董的老婆拜见他岳父的时候，他岳父特别热情，非留李天龙和沈赛花在他家住一宿不可。因为李天龙给他岳父引见沈赛花时，说这就是他续弦的媳妇，所以，他岳父说，既然你们已经成婚了，在我这住一宿有什么关系呢？李天龙没有办法拒绝岳父的一番好意，只好勉强答应，这一来不要紧，结果弄假成真了。张古董本来和李天龙说好：不等天黑就把张古董的老婆送回来。可是天大黑了，还不回来，张古董就沉不住了，于是赶紧进城去接他的老婆。没想到刚到瓮城，两道城门一下子关上了，把张古董给关在了瓮城里面。这个时候在一个舞台平面上，同一个节奏里，既表现李天龙和张古董的老婆在一个房间里各自寻思，俩人在这儿过了夜，回去怎么见人的同时，又表现张古董冷冷清清一个人坐在瓮城里，后悔自己太信任李天龙，埋怨李天龙不够朋友；在表现张古董的老婆埋怨张古董不该把自己随随便便借给李天龙的同时，又表现了张古董骂他的老婆不该顺水推舟；在表现张古董的老婆在灯光之下见李天龙红光满面，不觉生情的同时，又表现了张古董从梦中惊起，说什么天上通红，一定是哪儿着了火了。像这种趣味盎然的场面，是我们中国民族戏曲通过大胆想象，把身处两地的人物各自不同的思想交织在一个节奏里，就仿佛二重唱似的，在一个舞台平面展现出来，这是西方戏剧所不能表现的。

尽管这不同环境的实际距离近在咫尺，然而却能使观众感觉出他们是天各一方，那是为什么呢？那是因为角色的生活环境是通过演员的表演程式虚拟出来的，因此观众也就不按照生活的尺度去衡量舞台上的环境距离了，而是从移情的作用中感受到艺术的真实。

什么是移情作用呢？“移情”这个词，是从德文翻译过来的一个美学术语。移情作用，就是演员把他所扮演的角色的感情，以戏曲独特的表演程式，传达给观众的视觉之后，使观众受到了艺术的强烈感染。观众便和舞台上角色的感情密切融合为一体，于是观众和角色共同去创造那个虚拟的精神世界。

第六章　中国戏曲艺术的形式美

（一）戏剧与戏曲

戏剧是艺术的一大门类，世界上各个民族都有自己独特的戏剧艺术。

今天世界上的所谓戏剧，是在不同国度的许多地区经过各自的酝酿、萌芽，逐步发展起来的。虽然在这个漫长的历史过程中，世界上各个地区的戏剧也有相互影响，但是，世界上各个地区的戏剧并不都是来自一个共同的祖源，各个地区的戏剧实践有着不同的经验和各自的特性。由于实践的不同又决定了人们认识上的不同，人们对什么是戏剧的本质属性，什么是非本质属性，也就因为各自所根据的对象不同而产生了不同的结论。这是不应该强求一致的，我们既不能用自己的实践否定其他国家的戏剧，当然也不能用其他国家的实践来否定我们的戏剧。

我们研究民族戏曲的形式美学，首先应该把戏剧和戏曲这两个词的来源和什么是它们的本质属性的概念弄清，才能了解戏剧和戏曲的个性和共性。

"戏剧"这个词源出于古希腊。在2600年以前，古希腊人用歌唱和舞蹈祭祀酒神，到了公元前6世纪，希腊的累斯博斯人阿瑞翁开始以酒神的身份表演，使演出形式具有了装扮角色的性质，这种祭祀酒神的表演，就是古希腊人的酒神颂。

所谓酒神颂是古希腊人在葡萄收获季节，装扮成长着羊耳朵和羊尾巴的羊人萨堤洛斯，这个萨堤洛斯（羊人）被古希腊人视为草木动物之神，并且是酒神狄俄尼索斯的伴侣。祭祀酒神的人们唱歌跳舞拜祭酒神，装扮酒神的表演者临时口占（也就是临时编几句话）来回答这支歌舞队的领队人的提问，讲述酒神在世的时候漫游的情形和宣教的故事。

此后采用两个演员表演酒神颂的是忒斯庇斯，埃斯库罗斯把装扮角色的演员从两个增加到三个，索福克勒斯又进一步增加为四个演员。由于有了第二个、第三个和第四个演员，丰富了人物的对话，表现了不同的人物性格，加强了戏剧冲突，所以，在酒神颂的基础上，逐渐形成了山羊之歌（即古希腊悲剧）。古希腊理论家亚里士多德在他的《诗学》第三章里面说："这类作品之所以称为戏剧，就是因为借人物的动作来模仿。"

古希腊人创造出悲剧之后，他们从庆祝葡萄收获的歌舞中又逐渐演化出了狂欢队伍之歌（即希腊喜剧）。在希腊这种萌芽状态的戏剧是没有脚本的，应该说这是即兴表演，所以亚里士多德在《诗学》第四章说："悲剧和喜剧起初不过是临时口占。"这种临时编词的即兴表演，在我们民族的传统戏曲萌芽时期的唐代参军戏里也是如此。

中华人民共和国成立前有些艺人演的连台本戏，只有提纲没有固定的台词，全靠舞台经验，到台上去临时现编，而且编得很周全。有时台上好几个演员，张三唱完了李四接，李四唱完了王五念，你有来言我有去语，绘声绘色唱得有鼻子有眼儿，还能有起伏跌宕，甚至于照样可以唱出高潮，让台下的观众叫好。虽然不像侯宝林说的关公战秦琼那样硬叫关羽跟秦琼连打带唱，可也是正反两面的人物上台之后临时现编，这种即兴表演可真得要点本事。

因为他不是一个人表演独角戏，有时是两三个，甚至是五六个，这五六个人在台上那份聚精会神就甭提了。因为谁也不知道到底是谁说完了该自己说，谁唱完了该自己唱，所以，得全神贯注地注意每一个人。临时现编的台词、语气和眼神，都做好了接每一个人的盖口的思想准备，不然的话，这一台戏就许从自己身上抖个大漏子，这个责任谁也担不起。这种即兴表演有时看着也很有意思，因为起码它给人感觉舞台上的气氛是紧张的，可是，如果场场都这样，观众也受不了。我们把这种临时口占的表演叫做跑梾子，解放后在戏曲改革运动当中，大力提倡舞台的严肃性，以中国京剧院为主，对传统戏的剧目本着取其精华去取糟粕的原则，做了大量的加工整理和净化舞台的工作。所以，那种跑梾子的现象在 20 世纪 50 年代就不存在了。

这就是说，世界上各个地区的戏剧虽然并不都是来自一个祖源，但是，它们确有相通之处，这个相通有互相影响的结果，有些却是殊途同归。古希腊的悲剧来自歌舞，中国古代的歌舞何尝不是形成中国戏剧的一个主要因素呢？不过应该承认古希腊的戏剧历史要比我们长得多，特别是在古代对戏剧本质性质的阐述，亚里士多德的《诗学》要算是最早的一家了。

《诗学》第六章给悲剧下了一个定义："悲剧是对于一个严肃、完整、有一定长度的行动的摹仿；它的媒介是语言，具有各种悦耳之音，分别在剧中的各部分使用；摹仿方式是借人物的动作来表达，而不是采用叙述法；借引起怜悯与恐惧来使这种情感得到陶冶。"从这一段话来看，亚里士多德对戏剧的内涵作了比较周密的阐述。为什么这样说呢？因为他从摹仿所用的媒介——语言，所取的对象是指——"山羊之歌"和"狂欢队伍"。只要把他上面所说的"怜悯与恐惧"排除出去，就是戏剧本质的一个总和，也是悲剧和喜剧以及正剧所共有的。把他的阐述作为一个整体来看，是能够把戏剧同其他几种主要的艺术门类大体区别开来的。

（二）戏曲的由来

我们国家的民族戏剧艺术为什么叫做戏曲？从国外移植来的话剧、歌剧、舞剧（芭蕾）为什么称为戏剧？

因为戏剧一词源出于古希腊，所以，要弄清戏剧和戏曲这两个词的内涵与外延问题，需要先从欧洲谈一谈。

古希腊的悲剧、喜剧；古罗马的即兴滑稽剧；中世纪基督教的宗教剧；文艺复兴以后直至现代的话剧、歌剧、舞剧（芭蕾）、哑剧；中国唐代的参军戏、宋代的杂剧、金代的院本、元朝的元曲、明清两代的传奇剧，以及自满清以来的各种地方戏和民国以后的文明戏；印度的古典梵剧、卡塔卡利舞；日本的舞乐、能乐、狂言、歌舞伎；印度尼西亚的巴厘戏剧，乃至各国的木偶戏、影戏和广播剧、电视剧，等等统称为戏剧。

自从中华人民共和国成立以后，把中国的传统戏剧定名为戏曲，把从国外移植过来的话剧、歌剧、舞剧（芭蕾）称为戏剧。那么，戏曲和戏剧的概念究竟有什么区别呢？

“曲”和“剧”这一字之别，说明我们的民族戏剧艺术不同于从外国移植过来的话剧、歌剧、舞剧的戏剧样式，它是我们民族的一种独特的戏剧形式。那么什么是我们民族戏剧形式的基本特征呢？我想凡是看过京剧、昆曲、梆子或川剧的观众都会知道，我们民族的传统戏曲是以唱、念、做、打、舞等各种表演程式和表演艺术手段去塑造各种不同的人物，表演广阔的生活。

唱固然是声乐和器乐的融合，而念做打舞虽不都用弦管乐器去伴奏，但是，那种节奏鲜明而强烈的打击乐，自始至终配合着人物的一举一动。音乐气氛推动着剧情的起伏跌宕，张显着我们民族传统戏曲的独特性。戏曲是以歌曲、说白、做派（即表演）、武打和舞蹈组成的一种高度的综合性艺术。

“戏”字的繁体写法，是“虚”和“戈”两个字组成的，“戏”乃“虚中生戈”，“曲”乃音乐因素。中国民族戏曲艺术是在音乐的气氛中，虚拟地表现生活，应该说这种独特性是我们民族文化的结晶。所以有些初次看中国戏曲的外国人在这种前所未见的，无比丰富多彩的艺术形式面前惊呆了”，“变得哑口无言了”，他们惊叹地说：“中国的戏曲是登峰造极的艺术!”

所谓丰富多彩的艺术形式，是指中国戏曲艺术的表现手法包括导演、表演、戏曲音乐和舞台美术。特别是表演艺术上，唱念做打舞的全面而巧妙的运用，给人以美的艺术享受，这确实是中国戏曲艺术形式的一个重要特征。它既不同于话剧的光是说，又不同于歌剧的光是唱，也不同于舞剧的光是舞。中国戏曲是一种载歌载舞，说表兼重，真正无愧于综合艺术称号的戏剧形式。由于它有着极高的审美价值，从而使自己在世界剧坛上独树一帜。

欧洲经历了中世纪的基督教时代和文艺复兴运动之后，大约在 16 世纪前后，意大利出现了歌剧和舞剧（芭蕾)。发展到 18 世纪，原来在古希腊戏剧中并存的话、歌、舞三种表现手段，分别自立门户的趋势日益明显。以对话为表现手段的戏剧（我们称为话剧）和以歌唱与舞蹈为表现手段的歌剧、舞剧，三足鼎立的局面逐渐形成。于是，欧洲人所说的戏剧，虽然仍包括古希腊最早的那两种戏剧形式，但实际上主要指的是专以对话为表现手段的话剧，并包括了歌剧和舞剧（芭蕾)。这就是话剧、歌剧、舞剧移植到我国之后，被称为戏剧的历史原由。

那么，中国的传统戏剧为什么定名为戏曲呢？请看我们汉字中对“戏”字的写法，是由“虚”“戈”两个字组成，“虚中生戈”乃为“戏”。这说明我们中国的戏，是以虚拟的手法去表现历朝历代各种各样的政治斗争、军事斗争、宫廷斗争、民族斗争和人与大自然的斗争，等等，所以，虚拟化是中国戏剧的表现形式。完成这种表现形式的具体手段，首先是以唱为主，以各种不同的曲调和曲牌为主体，这就进一步说明了，歌曲在中国传统戏剧中的重要地位。

我们民族艺术的表现形式，“戏”是虚拟生活，“曲”系音乐因素。中国戏曲的艺术手段是唱、念、做、打，从这四种手段的先后次序来看，唱是首位，那就是说唱具有中国戏曲的代表性。因此“戏曲”这两个字概括了中国戏剧的表现特征。这就是决定我们把传统观念中的戏剧精确定名为戏曲的理论依据。

经过几十年的实践证明，我们民族戏曲艺术的形式之美（包括脸谱和武打），不但一直为中国的广大观众所喜爱，而且受到了全世界各国观众的热烈欢迎，他们公认我国的戏曲艺术表现形式有着极高的审美价值。

第七章 京剧表演艺术体系的美学特征

社会审美实践的历史表明，艺术内容本身在可欣赏性上是有限的。一般的情况是，任何艺术内容，在你欣赏第二遍、第三遍以后，它那迷人的悬念和高潮，就会失去大半的吸引力。而戏曲的艺术形式却恰恰相反。它的美可以产生巨大的艺术力量，可以在精神美的主导下，放射出无穷的魅力，令人欣赏玩味不尽，甚至超越时空，成为人类共同的审美对象，久远地传播在人们和爱好者的心里。

不管多么完美的艺术形式，都必须通过艺术家的艺术哲思和鲜明、独特的艺术手段，精心塑造具有美学个性的艺术形象，才具有永久的审美价值。京剧表演艺术是中国历史发展的产物。它的艺术内容虽不可避免地会囿于时代局限，但贯穿在其中的艺术却带有广泛的人民性，这永远是它美的本质。

它的表演艺术，在其发展成熟的漫长岁月中，早已形成一个完整的表演艺术体系，并以舞台艺术程式化的表现形式，相对独立于内容之外，成为我们可以对它进行专门研究的对象。

（一）关于京剧表演艺术体系的提法

“戏曲”一词最早见于元代陶宗仪的《南村辍耕录》，他主要是指元杂剧之前的宋代杂剧；到了近代王国维，才开始比较成熟地将戏曲作品，如元明杂剧、宋元南戏、明清传奇和近代的京剧与地方戏等，统称为戏曲。这是一种泛指。中国幅员辽阔，艺术种类繁多，光是戏曲，就曾经存在过三百多个剧种，除少量的衰亡以外，现在能做职业演出的，据说还有二百多个剧种。

虽然不同的剧种有着共同的舞台表现方法，统一在一个共同的民族风格之中。但是，由于各个剧种产生在不同的地域，而地域的方言语音、风俗情调直接影响着剧种的音乐、字音、声腔、曲调，所以，各种地方戏都有自己的声腔曲调、舞台语言。由于剧种产生的年代有先有后，历史背景各不相同，因此舞台风格也必然有极大的区别。

尽管大家习惯于把所有剧种统称为戏曲，并归纳为一种表演体系，但事实上它们在艺术形式的美学要求、创作方法、表现形态、艺术品格等方面，都有着迥然不同的明显标志。因此用笼统的戏曲表演体系的共性概念，去概括京剧艺术个性的美学特征，是难以说明京剧本质的。

（二）关于“体系”的由来

五四运动以后，梅兰芳以发扬国剧，沟通文化交流为宗旨，将中国京剧艺术介绍到欧美和日本，震动了世界各国剧坛。梅兰芳剧团于1919年到日本演出，1930年、1935年先后去美国和苏联演出。1935年他在苏联的演出引起国际剧坛的强烈轰动，获得了极高的评价，外国艺术家们称他是美的创造者。

今天中国戏曲有了更大的发展，以更大的规模到几十个国家和地区进行文化交流。然而它仍以简单的幕布和桌椅，演出于国外的豪华剧院，而每一次演出都轰动一时，成为剧坛之盛事。无

梅兰芳　美国电影皇后

数的事实反复说明，中国京剧以其独特的艺术美所产生的巨大魅力，吸引着世界各国人民。许多外国青年朋友们对它产生了极大的兴趣，并且孜孜不倦地对京剧艺术的美进行着学习、实践、研究和探索。

曾有不少专家学者对戏曲艺术的特点和美学，发表过许多精辟论述，尽管各家的论述所取的角度不同，但是，都企图通过自己的理论，使更多的人了解中国戏曲的特殊规律。中国京剧艺术体系的美学核心，就是以最美的唱念做打舞的艺术手段，塑造各种各样美的艺术形象，使之具有百看不厌、百听不烦的审美价值，将假戏演真，满足看戏的观众，最大限度地使观众得到美的艺术享受。

论中国戏剧艺术的灵魂
——虚拟化

一、理论产生于实践

各派艺术理论都是从实践中概括总结出来的，然后反过来再用理论去指导实践，古今中外大约如此。亚里士多德给古希腊悲剧所下的定义，也是在古希腊悲剧产生以后才概括总结出来的。

中国戏曲的诞生，虽然比古希腊要晚得多，但是，由隋唐时期第一出初具规模的《踏摇娘》算起，至今也有一千四百多年的历史了。即使从宋金杂剧来算，到现在恐怕也有八百年左右的时间。

在这样漫长的历史过程中，中国戏曲经历了颇为曲折的道路，它既有辉煌的历史，也有几度兴衰。直到20世纪20年代末和30年代初，由京剧艺术大师梅兰芳率领的代表中国戏曲艺术的京剧，东渡日本，远涉欧美，将中国民族戏曲第一次介绍到国外，使外国人在中国戏曲面前惊叹不已，如醉如痴，赢得了各国戏剧大师的盛赞，征服了世界剧坛。从此以梅兰芳为代表的中国戏曲艺术体系，屹立在世界艺术之林。

世界上凡是具有独特性的戏剧体系，都有自己的美学观点。它对戏剧艺术的概念、规律、法则、表现等，都有它自己的理解，形成一套自己的理论。

中国戏曲当然也不例外。不过尽管千百年来，在我们的历史上曾经有过许多杰出的戏剧理论家和戏曲评论家，对中国戏曲美学作过许多精辟的论述，但是，文字记载却十分零散。而真正全面、系统地总结中国戏曲艺术的特点和它的艺术规律，应该说是从20世纪50年代初开始的。从史的方面去研究、总结、阐述的是张庚；而从表导演艺术实践方面，运用民族戏曲美学观点去概括、总结中国戏曲艺术的特点和它的舞台艺术规律的，则是阿甲。他的著名论文《生活的真实和戏曲表演艺术的真实》全面论述了中国戏曲艺术的表现方法、表演形式、运用程式、与生活的关系，等等，进一步阐明了中国戏曲艺术的独特性，有力地批驳了当时戏曲界在学习斯氏体系的过程中形成的教条主义。学习斯氏体系，丰富理论知识，本来不是一件坏事，可由于当时采取教条主义的学习方法，生搬硬套，用写实的话剧表现方法去要求写意的戏曲艺术，所以，在当时的戏曲界严重地出现了自然主义的错误倾向，把戏曲艺术的以虚拟实的表现模式斥之为“违反生活真实”，甚至有些人以“外国朋友一听京剧的打击乐就捂耳朵”为由，跃跃欲试地准备取消锣鼓家伙。他们千方百计要打破戏曲艺术的舞台规律，革除表演程式，其目的就是用话剧艺术规律来改造中国戏曲。阿甲就是在这种情况之下挺身而出，从分析研究戏曲艺术的基本特点出发，系统深入地论述了戏曲艺术反映生活的特殊方法和独特的表现手段，雄辩地论证了我国戏曲艺术独具风采的现实主义本质，为反对教条主义和自然主义提供了有力的武器，保护了民族戏曲艺术。在他那富有独特精神的戏曲美学见解的影响下，中国戏曲表导演艺术理论和创作实践大大地向前发展了一步。他的研究推动了中国戏曲美学的研究工作，为中国民族戏曲理论体系建设做出了卓越的贡献。

二、戏是生活的虚拟，艺术的真实

汉字的“戏”字，是由“虚”和“戈”两个字组成的，尽管这个“戏”字不是专为戏曲而造的，但是，“以虚生戈”便为“戏”，却与戏曲特征完全相似。不知这是巧合呢，还是当初造字的时候，就给中国戏曲下了定义？

从五四时期就有一些人喊着中国要有“真戏”，他们认为这个“真戏”就是西洋派的戏。20 世纪 50 年代又有一些人企图用话剧的模式来改造戏曲。直到现在仍有一些人对戏曲的脸谱、髯口、一桌一椅、表演程式，还有类似上述的看法，总感觉戏曲创作和舞台表现属于脸谱派的戏，缺乏生活的真实，否定中国戏曲的博大精深。

我说，中国戏曲根本就不听上帝（自然主义）的那一套，它不仅不用生活的原型去表现生活，而且把历史生活中的人物面孔的肤色都分成红黄蓝白黑绿紫，有的面孔画得歪七扭八，稀奇古怪，这还不算为奇，居然让古人的胡子长在空气上。按照上帝忠实信徒的看法，这不是明目张胆地歪曲了上帝赋予人的模式吗？

不仅如此，它的舞台上确实是一会儿是神仙世界，一会儿是地狱人间，什么金銮宝殿，破屋残窑，什么高山峡谷，渔舟战船，只是或横或竖的桌子，或倒或立的椅子，最多不过有那么一点象征性的砌末而已。就凭这么一点可怜的物质条件，居然表现那么深远广阔、气象万千的历史生活，这不是在广大观众面前撒弥天大谎吗？

诚然，历史上伟大的艺术家从来就不怕人家说他是撒谎的。汤显祖在《牡丹亭记》的题词中说：“天下女子有情，宁有如杜丽娘者乎？梦其人即病，病即弥连，至乎画形容，传于世而后死。死三年矣，复能溟莫中求得其所梦者而生。如丽娘者，乃可谓之有情人耳。”这不明明是说，杜丽娘这样的事，生活中是不存在的吗？所以，汤显祖又说：“弟传奇多梦语”，“因情成梦，因梦成戏”。他在评论《松滋县士人传》时说：“真所谓弥天造谎，死中求活。”明代伟大戏剧家汤显祖公开承认，他的不朽之作是“因情成梦，因梦成戏”，是“弥天造谎”。

《牡丹亭》的生生死死是“理之所必无”“情之所必有”。《窦娥冤》的窦娥被斩，热血飞到丈二白练之上，六月天居然雪降三尺掩埋了她的尸体，按理在生活里面是不可能发生的。那么李白的“白发三千丈”和毛泽东的“刺破青天锷未残”就是生活的写照吗？在诗词里面允许那么大胆地艺术夸张，为什么戏曲艺术就不可以呢？

像窦娥那样一个柔弱、朴实、善良无辜的少妇，替受了冤屈的婆婆去死，官府明明知道这是一桩冤案，但是，为了图那么一点贿赂，便公然处死这个无辜的少妇。面对这样令人发指、天理难容的事情，关汉卿以惊人之笔写出窦娥的热血飞上丈二白练，并以洁白如银的六月雪，履盖了含冤而死的弱女子。这既是窦娥临终的遗愿，又是剧作者对封建统治血淋淋的控诉。像这样浪漫的艺术夸张，不仅蕴含着艺术家强烈的爱和憎，同时是千百年来中华民族的审美要求。

包拯不过是个开封府尹，敢公然铡国舅，铡驸马，而且还铡了阴曹地府的判官老爷。如果按照生活的真实去衡量，简直是睁着眼睛说梦话。然而包公戏却是多少年来广大群众百看不厌的好戏。因为封建社会的法律是为了惩治老百姓的，不用说皇亲国戚，就是那些达官贵人犯了法，也有“刑不上大夫”的明文保护。所以，在法律极不平等的封建社会里，老百姓只好把一切希望寄托在清官身上。包拯这个艺术形象，就是根据人民群众的愿望塑造出来的。中国戏曲公开承认演戏，戏是演给观众看的，所以，关于戏的艺术性和思想性，都必须从广大群众的审美趣味出发。不过像包拯这类清官戏，也曾受过大肆的批判，可是不管你怎么批，观众就是喜欢看，于是后来又赐给老包一个“人民理想的化身”之光荣称号。看来像这样睁着眼睛说梦话的戏，还是符合民族审美趣味的。

清代戏剧理论家李渔在《闲情偶寄》中说：“谈真容易，说梦为难”，这不仅是对汤显祖“因情成梦，因梦成戏”的创作思想的充分肯定，而且说明了戏剧之所以称为艺术，不是简单地去模仿生活的真实。他也认为没有梦就没有戏剧艺术。既然是主张“因梦成戏”，也就不怕“弥天造谎”了。

说梦也好，造谎也罢，其实都是强调一个“虚”字。明代王骥德在《曲律》中说：“剧戏之道，出之贵实，而用之贵虚”，中国戏曲就是基于这样一个美学思想，把“虚”字放在了一个主导地位。所以，才敢于像王骥德形容汤显祖的《牡丹亭》那样，“临川尚趣，直是横行”地去突破生活的局限性，去大胆地想象，以浪漫主义的手法进行虚构、夸张。所以，才能够创造出中外观众喜闻乐见的杜丽娘、白娘子、窦娥、包拯、杨玉环、莺莺、红娘、谭记儿、关羽、曹操、鲁智深、赵云、张飞、林冲、李逵等性格鲜明的艺术形象，产生那样强烈的艺术魅力。如果仅仅拘泥于历史的真实，不去进行大胆的虚构和特殊的艺术夸张，这些人物就不可能那么生动感人。所以，戏只能是生活的虚拟，艺术的真实。

三、人物化装的虚拟化

因为“出之贵实，而用之贵虚”的美学思想渗透在中国戏曲各个部门的艺术创作和实践之中，所以，化装、服装、道具、唱念做打，凡是舞台上展现的一切，无不本着以实生虚，以虚拟实的原则。

净行的脸谱，不仅仅是肤色的夸张，图案的美化，而且是用某种颜色象征某种性格、某种气质和某种品质。它是一种集中概括的，既是脸谱化又是类型化的表现形式，和行当有类似之处。生旦净末丑每个行当都有自己应工的角色，都有一套本行当基本的表演技术和表演程式，而每个行当的表演技术和表演程式既有共性，又有个性。

比方说生行《捉放宿店》中的陈宫和《文昭关》中的伍子胥，都是坐在窗子旁边眼望着月亮感叹地唱二黄三眼转原板，甚至连头一句唱词也只有一字之别：一个是“一轮明月照窗下”，一个是“一轮明月照窗前”；而这两个人物戴的都是黑三，迈的都是老生台步，程式动作同是老生的规范，这便是类型化里面的共性。但是，戏曲演员讲究装龙像龙，装虎像虎，不能千人一面。因此就要在同样的调式、同样的板式里面，表现不同的身份、性格、气质和不同的思想感情，使观众鲜明地感觉到这是两个迥然不同的人物，这便是共性中的个性，也就是类型化中的个性化。

例如关羽的脸谱，是根据小说或评书里面面如重枣、红脸大汉的形象发展来的。因为关羽以忠义著称于世，所以，红脸就成了忠勇正义的象征。姜维、李靖（托塔李天王）和关胜等人的性格虽然和关羽不尽相同，但也属忠义之士，所以，他们也以红色为主：把眼窝和眉子放大，在眉和眼的中间加上一道油白，使其眉眼更为夸张，这是关胜红三块瓦的脸谱；姜维则在红三块瓦的基础上，于脑门中间再画一个阴阳鱼，又名太极图，象征他是个通晓天文地理，文武双全的帅才；李靖的脑门中间画了一杆戟，表示他惯以方天画戟取胜，于是同一类型的红三块瓦由于增加了一个戟，所以就成为李靖的象征了。从红脸象征忠义来看，这是类型化，但是，从这三种不同的画法去分折，姜维、李靖、关胜这三个人物在同一类型中又各有各的性格特征，这又是性格化。

至于白脸曹操，黑脸张飞，紫脸常遇春，黄脸典韦，绿脸红发的青面虎，面如蓝靛的窦尔敦，以及五官变形的歪脸、破脸、碎脸和金脸、银脸的神佛灵怪，既有说书人介绍书中人物形象的影子，又有寺庙内塑像和壁画的痕迹。古老戏剧使用的面具，一些人物脸上的皱纹，都为戏曲脸谱艺术提供了创作的素材。然而最主要的是从各种人物的典型性格出发，参照各种不同的相貌和骨骼，大胆地吸收那些丰富的素材，运用夸张和变形的艺术手段，通过鲜明的色彩，巧妙的图案，表现出富有极大艺术魅力的各种各样的人物形象。它们既有一定的生活依据，又有寓褒贬，别善恶的含义。尽管有褒有贬，有善有恶，但是，都给人一种艺术的美感，这是戏曲化装虚拟化的原则。所以，脸谱艺术在风格统一的以虚拟实的戏曲化装中，是一种特殊的化妆手法。

四、虚拟化的化装与程式化的动作

脸谱和髯口是密不可分的，既然脸谱是以虚拟实，那么髯口也只有长在空气上了。如果按照生活的真实去看脸谱和髯口，当然是不合理的，可是到了舞台上通过唱念做打，就会感觉是理所当然的了。假若它不是这样大胆地夸张，反而会使观众觉得索然无味，因为观众看戏是为了得到艺术美的享受。中国戏曲正是根据这一点，所以，它对角色身上穿的行头，头上戴的盔头，脚下登的厚底，嘴上挂的髯口等，都是从虚拟、夸张、装饰、美化出发。这不仅是塑造人物外部形象的需要，同时要借助这些物质条件，发挥演员唱念做打的特殊技巧，表现人物内在的性格气质和思想感情。

例如《盗御马》中的窦尔敦，趁黑夜之际独自潜入梁九公的御营去盗御马，可是那里戒备森严，很难找到御马，就在他茫然无计的时候，从两个更夫边走边说的对话中，偷听到御马圈的所在。此时窦尔敦有一句内心的独白："此乃是天助我成功也！"这是表现他欣喜若狂，激动万分的内心活动。如果没有一个准确、鲜明、姿势优美的舞蹈动作去配合这句独白，就不可能把他的内心活动恰如其分地表现出来。于是，窦尔墩利用嘴上的髯口和头上的紫巾（一种盔头的名称）的珠子绒球，在这句独白当中，运用了一个托髯、甩髯、搂髯亮相的舞蹈动作。紫巾上的珠子绒球随着舞蹈动作微微颤抖，最后亮相的时候，由于全身配合，特别是扭身变脸，所有的绒球和珠子突然大振，如同窦尔敦的心花怒放，这令人振奋的明快节奏一下子把舞台气氛推上去了。由于这个动作是这出戏里一个固定的表演程式，所以，不论是金少山、侯喜瑞、裘盛戎、袁世海，还是一个不出名的演员，只要动作准确，节奏鲜明，念出窦尔敦那种粗犷豪放、欣喜若狂的语气，亮出一个神采飞扬并似铁罗汉一般的亮相，观众便会报以热烈的掌声。这是演员通过运用程式动作塑造某个特殊人物，给予观众的一种特殊的艺术享受。

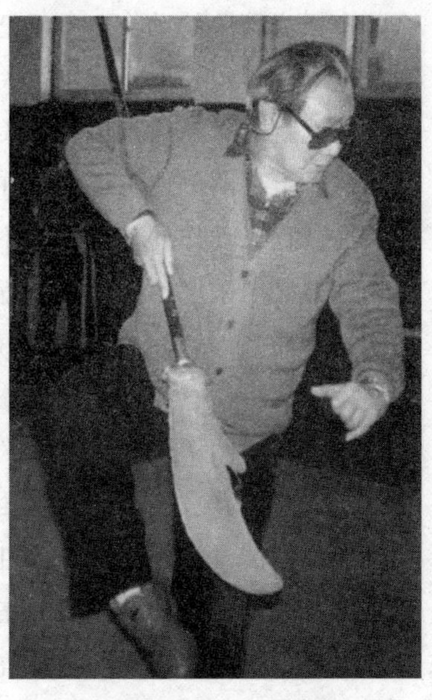

万鹏教唐派《古城会》

又如《古城会》的关羽，为了到河北寻兄，保护两位皇嫂，一路上闯关斩将，风餐露宿，历尽艰辛，好不容易到了古城，指望叫马童给张飞送信，他立即出城迎接。不料张飞大骂自己忘恩负义，降顺曹营，他不但不出城迎接，反而对关羽派去的马童提枪就刺。关羽听到此处气得浑身发抖。根据关羽的身份、性格和修养，只能是轻微的颤抖，这就需要借助斗篷、珠子和绒球来表现，离开了这些物质条件，轻微的颤抖观众如何能感觉到呢？当马童继续说道："若不是我两腿快如风，险些刺一个前后皆通！"关羽在颤抖中突然甩开斗篷，猛烈地弹起右边的髯口、千斤和飘带，用左手搂髯，右手推髯，在蚕眉竖立、凤眼圆睁的亮相中，发出了一声穿云裂石、直冲霄汉的长鸣："唔——"这声长鸣震动着珠子、绒球、髯口、斗篷嗤嗤作响。似风卷波澜，拍打着关羽炽热的心，霎时给观众一种威严肃穆之感，使压抑、期待的舞台节奏，立刻变为山岳震撼、石破天惊的气氛。就是这么一个极为简单的动作，不仅把关羽的惊讶、恼火、焦急、愤怒表现得淋漓尽致，而且展示了关羽雄浑刚健、儒雅风流的特殊功架与威武飘逸、韵律和谐的优美造型。

通过上述两例便可说明，在戏曲舞台上当人物感情需要的时候，往往程式动作的艺术魅力不亚于唱腔的作用。但是，不同的人物性格必须采取不同的表演程式，不同的表演程式又必须借助不同的物质条件。如周信芳的《徐策跑城》，所运用的舞蹈程式是：投袖、甩袖、抓袖、圆场、绕袖、屁股坐子、耍水袖等，这些程式技巧必须依赖他穿的那件袖子宽大的蟒和相纱、白三等。《英雄义》中的史文恭，在与梁山战败之后，表现他狼狈而逃、失魂落魄的情景，则借助于头上的甩发。《快活林》中的武松，在醉打蒋门神时，用金刚般的拳脚，罗汉式的招数，以迅雷不及掩耳之势，踢了蒋门神一个又高又脆的硬枪背，武松顺势用左脚将大带踢上右肩，就在拧腰转身的刹那，左手抓住大带，双手掴线甩罗帽握拳亮相。通过这一套程式动作，既表现了武松勇敢正义、爱憎分明的性格，又塑造了他醉而不醉、迅猛敏捷、雄姿勃勃的英雄形象。假如没有大带和罗帽，他这套精彩的表演就无法发挥，最后的亮相就会干巴无力，黯然失色。《穆柯寨》中的穆桂英与杨宗保交战时，产生了爱慕之情，所以穆桂英在夸将（即敌我双方通过了激烈的战斗后，用打背躬的形式，交代出自己心中钦佩对方武艺或人品的一种表演程式）时，利用挑枪转身的机会，用自己手中的翎子在杨宗保的脸上轻轻地一扫，转过身来掏腿拧身，先看看手里的翎子，然后与杨宗保交流。仅此一个简单的动作，观众立刻就领会了穆桂英的内心活动。为了拴住杨宗保，穆桂英故意佯输诈败诱他深入，就在下场之前穆桂英左手推枪亮相，右手掏翎子挽了一个花，然后又用翎子冲着杨宗保点了三下，转身而去。这一段戏无唱无念，只通过那绚丽、柔软而富有弹力的翎子和婀娜多姿的身型变化及表现程式，便深刻地揭示出穆桂英所追求、向往的内心世界。无声的表演全靠以形传神，而形与神是通过技术的体验，产生于虚拟化的化装、程式化的动作和舞蹈化的表演之中。

五、虚拟化产生特殊的舞台美术

有人说："中国传统戏曲的舞台美术，等于是个零。"这就是我在文章第二部分里面说的，企图用话剧的模式改造中国戏曲的那些人的观点。他们认为舞台上所展现的一切，都必须按照生活和逻辑，去表现生活的真实。因此他们完全按照以斯氏体系为代表的西方近代现实主义戏剧的写实手法，以十分逼真的舞台布景和灯光道具制造生活幻觉，抽象地在舞台上建立了第四堵墙，把演员与观众隔离开来，让演员忘掉自己，完全进入角色，并设想观众是从“钥匙孔里去看正在进行的真实生活”，从这一理论观点出发，当然会觉得戏曲的舞台美术等于零了。

所谓舞台美术，对话剧来说，是指幻灯、布景、道具把舞台装置成真实的生活环境，这是一种把舞台时间和舞台空间固定的办法。所以，当它把这幕戏演完，就必须放下大幕，把布景道具搬走，换上另外的布景道具，才能表现另外的生活环境。

中国戏曲的舞台时间和舞台空间是不固定的。角色没有上场之前，台上的幕布和一桌一椅不代表任何环境，只有角色上场后，通过他的唱念做打才产生具体环境，可是角色一下场这个具体环境就立刻随之消失了；当另外的角色上场后，随着另外角色的表演，又产生了另外的具体环境。所以说戏曲舞台上的环境就依附在角色身上，是景随人物而生，景随人物而灭的。

艺术上的以一当十、以简代繁、以实生虚、以形传神是我们民族美学的主要精神。那种把舞台装置成真实的生活环境的做法，其舞台美术也只能是一就是一，而不能以一当十。因为它本身的形象是有限的“真实”生活环境，所以，它不能以有限的形象去表现无限的生活景象。它只能是一目了然、一览无余的布景，它没有蕴藉含蓄、耐人寻味的意境。意境是情与景的结合，无论是诗词、国画、小说都讲究情景交融，所以，写景也是写情。

戏曲更加如此，它的舞台上只有幕布和一桌二椅，那无形之“景”，完全产生于角色的表“情”动作之中，这种高度的虚拟表演，通过完美的唱念做打表现，当情景交融在角色的表演程式之中，便会呈现出一幅幅意境深邃的美丽画卷。

例如《南天门》的曹福，保护着小姐曹玉莲，如丧家之犬一般连夜逃出府来，奔往太原投亲。一路上天寒地冻，跋涉艰难，漫山遍野朔风骤起，大雪纷飞。曹玉莲饥寒交迫，寸步难行，义仆曹福为保全小姐性命，将自己的衣服脱下为小姐御寒，而曹福竟活活冻死荒郊。此戏的特点是，自始至终的舞台空间，一刻不停地变换着各种环境：郊外、乡镇、首饰店铺、脚夫栈房、街道、荒郊、山野、独木小桥、冰天雪地，等等。这些空间变换，环境转移，包括自然现象的朔风怒吼，大雪纷飞，不仅要在演员唱念舞的表演程式中表现出来，而且要把角色的真情实感和艺术的美巧妙地结合起来，才能达到诗中有画、画中有诗的境界。

曹福鬓发苍白，步履踉跄，老态龙钟；玉莲端庄秀丽，豆蔻年华，弱不禁风。以这样两个特定人物去表现长途跋涉，在风雪交加的山野中忍饥受冻，直到义仆曹福活活地冻死在冰天雪地，来揭示严嵩欺君误国，残害忠良，给曹福主仆带来的灾难。这个戏从人物情节到规定情景，均为展现那一幅幅情景兼融的“诗”和“画”，创造了移步换景的广阔天地。

请看他们是怎样表现荒郊野外风雪交加的情景：当他们步履艰难地走到漫无人烟的一片荒野之中，曹福挽起玉莲的左臂搀扶着她，在大锣三锤中以两腿沉重的形态迈着登坡的舞步，就在末锣角色亮相中，突然以锣边和铙钹奏出了象征性的风声，曹福和玉莲身不由己地倒退了几步，他们随着撕边一锣，节奏鲜明地将水袖遮在头上浑身颤抖，二人紧紧依偎在一起瑟缩着仰望天空，曹福唱：

霎时天气变得快，
鹅毛大雪降下来。
荒郊俱被雪来盖，
远处的楼阁似银台。

在这简短的四句散板中，曹福与玉莲变换着四种造型，高低前后彼此交错。而这四种不同的造型，又都是在二人相互依靠，以袖遮雪的舞蹈动作中形成，每一个造型都是这一老一少在狂风大雪的袭击下相依为命共同挣扎的亮相。他们那惊慌、畏惧、痛苦、挣扎的目光，蜷缩颤抖的神态，使整个舞台呈现出一片冰天雪地的景象，使观众不寒而栗，这便是寓景于情，以形传神的艺术感染力。

德国大戏剧家布莱希特 1935 年在苏联看了梅兰芳演出的《打渔杀家》之后，撰写了《论中国戏曲与间离效果》一文，他在这篇有名的论文里面说："一个年轻女子，渔夫的女儿，在舞台上站立着，划动一艘想象中的小船。为了操纵它，她用一把长不过膝的木桨。水流湍急时，她极为艰难地保持着身体平衡。接着小船进入一个小湾，她便比较平稳地划着。就是这样地划船，但这一情景却富有诗情画意，仿佛是许多民谣所吟咏过，众所周知的事。这个女子的每一个动作，都和一幅幅画那样令人熟悉；河流的每一个转弯处，都是一处已知的险境；连下一次的转弯处在临近之前，就使观众觉察到了。观众的这种感觉是通过演员表演产生的；看来正是演员使这种情景叫人难以忘怀。"布莱希特早已认识到中国戏曲的舞台美术就在角色的唱念做打之中。正是这种虚拟化的特殊舞台美术，才能"富有诗情画意"，"叫人难以忘怀"。

上述两例充分说明，中国戏曲舞台美术不是一览无余的布景，而是那些身着宽袍大袖、色彩缤纷的服装，头戴珠光宝气、璀璨耀眼的盔头，面敷和谐脂粉、图案奇特的脸谱，各种各样的人物形象，用他们轻柔含蓄、威武奔放的舞蹈动作和姿态万千、美不胜收的亮相，在那如同白纸青天一般的古朴淡雅的幕布前，创造出的一幅幅古代人物画。

齐白石所画的虾已成为国之瑰宝，然而他大部分画虾的作品，却有虾无水。但是，当你看到活灵活现的虾是那么生机勃勃，自由活泼，便会产生水的感觉。那么这种感觉是怎么来的呢？是画家创造的写意传神、余韵无穷的意境，使你产生的联想和想象。中国戏曲中的特殊舞台美术和中国写意画，不是有着异曲同工之妙吗？

六、时空的虚拟，表现的自由

中国戏曲美学的虚拟化，为戏曲舞台时间和空间的特殊表现方法开拓了广阔自由的天地。所以，它不仅能够以多不足一刻，少不足十分钟的时间，就表现整整过了一夜；又能把瞬间的思想活动，拉得比一夜的时间还要长。第一场孩子刚刚出世，第二场孩子就长大成人，如果不是以虚拟的时空观念去处理，那么全部的《清风亭》一剧，至少得演二十多年才能演到《天雷报》，当然那就不是戏了。所以，戏曲舞台的时间是服从戏的内容需要，不受时间的客观规律所支配的。否则一出《女起解》也得演个八九天，因为苏三从洪洞县起解，步行到太原府，就按一天走五十里来计算，四百多里的路，不也得走八九天吗？

《战宛城》一剧中，曹操从许昌出发，在牌子的发帽后上马，龙套和曹八将只是唱着【江儿水】的牌子，以鞭代马走了两个圆场，扎犄角然后领起来下场。然而曹操却仍然在台上，只是在急急风里用了一个扎马、勒马、转身、卧鱼、转搓步的舞蹈程式，表现惊马踏坏了大片青苗。于是曹操唱了四句散板，命令人马撤回，曹操割发代首，原地未动就到了宛城的近郊。《女起解》和《战宛城》均属于当场虚拟空间的变化，然而这既是空间的虚拟，也是时间的虚拟，因为时间是离不开空间的。

戏曲对舞台时间和空间的虚拟，是根据特殊的舞台逻辑进行处理的，它不受生活逻辑的束缚。如《捉放曹》剧中，曹操误杀了吕氏满门之后，与陈宫乘马而逃，不料又在路上碰到了沽酒回来的吕伯奢，这位热心好义的吕伯奢为了款待曹操执意挽留，却被曹操剑劈道旁，陈宫忍无可忍向曹操提出质问，曹操拔剑恐吓，胁迫陈宫随其逃跑。此时陈宫已彻底看出曹操奸诈残忍的本相，他面对躺在地上的死尸和曹操的宝剑，在刹那之间就必须做出何去何从的抉择。本来这只是几秒钟的思想斗争，但是，就在这样的特定情景下，陈宫居然唱起了大段的西皮慢板，一下子把几秒钟的心理活动拉长了几十倍。这明明是严重地违反了生活逻辑，然而观众却认为此处正是戏剧高潮。这正是观众对戏曲的要求，不是单纯地去看情节发展，而是要在戏剧矛盾尖锐的时候，欣赏那强烈冲突所撞击出来的艺术火花——抒情性的唱念做打。

这段西皮慢板的音乐旋律起伏得当，节奏鲜明，恰恰抒发了陈宫的惊恐、悔恨、进退维谷和委曲求全的复杂心情，从而唤起了观众的理解、同情和感叹。这个矛盾冲突撞击出来的艺术火花像魔术一样，巧妙地把生活逻辑隐瞒起来，使观众忘掉了时间的客观规律。

戏曲舞台的分场，是戏曲表演的枢纽，隐显结合的桥梁，时空变化的形式。如《收关胜》一剧，上一场是代表梁山的李俊和代表官府的关胜各带兵将水手，双方展开了一场激烈的水战；下一场便是李俊弃舟登岸，诱敌深入；再一场则表现关胜苦追不放，弃舟登岸，跨马提刀跟踪追击；又一场是梁山将士为了接应李俊包围关胜。所以，在急急风中疾步如飞过场而下，再上场即表现关胜策马追来，李俊大败岌岌可危，梁山将士追到关胜团团围住，于是展开了一场十分火爆、精彩的武打。这仅仅是《收关胜》从水战到陆战的一部分，如果用时间来计算，这一部分最多不超过二十多分钟。就在这短短的时间里表现那么复杂的空间变化，展示人物性格和丰富多彩的舞蹈动作、变化多端的武打程式。除了电影、电视以外，假若不是运用虚拟化的分场手法，恐怕在其它戏剧舞台上是无法表现的。

但是，分场的形式并不意味着用简单的办法去解决变换环境的问题，而是在虚实、繁简、疏密、隐显的辩证统一中，去安排场与场的关系。组织舞蹈和武打程式，处理舞台节奏，既要使场与场之间连贯、紧凑、自然、流畅，又要层次分明，突出重点，表现主要人物的性格特征。这样才能扬其所长，避其所短，使唱念做打各得其所，以生活的虚拟，艺术的真实，满足观众的审美要求。

突破舞台空间的限制，是为了扩大舞台容量，取得表现上的更大自由。因此在分场形式的基础上，根据内容的需要，运用多重时空的虚拟方法，在一个舞台平面上表现不同的空间。通过不同的空间展示出的戏剧动作，起到交流、呼应、衬托和对比的作用，深刻地揭示人物的内心活动，渲染舞台气氛。

如在《狮子楼》一剧中，武松为了寻找西门庆为被害的兄长武大报仇，手提钢刀赶到狮子楼下，面对楼上厉声高呼："西门庆可在楼上?"坐在舞台左前方自斟自饮的西门庆答道："俺正在楼上!"武松在楼下高喊："尔敢下来?!"西门庆在楼上答："尔敢上来?!"武松蔑视地喊道："爷上来了!"本来这两个同在一个舞台平面上，可是通过简短的对话，和武松倒

盖叫天《武松》剧照

背钢刀，前弓后箭，怒目仰视的亮相，鲜明地表现出楼上、楼下两个空间。当武松用刀拨飞了西门庆投掷下来的酒杯酒壶之后，武松虚拟上楼执刀去砍西门庆时，楼下的环境顿时消失，满台都变成了楼上的空间了。

另一种多重时空的虚拟方法，如《长坂坡》中掩井一场：麋夫人在乱军之中中箭之后，藏在断壁残垣之下，赵云为寻麋夫人和阿斗，在重重包围之中几出几进，正在东寻西找焦急万分之际，急听矮墙后面有妇人隐隐哭泣之声，连忙下马去看，果然是麋夫人怀抱阿斗，赵云请麋夫人赶快上马，冲出重围去找刘备。就在此时，曹兵上场双抄进行搜索，而赵云和麋夫人明明就站在台上，曹兵从他们背后过来过去，居然彼此视而不见。麋夫人投井后，赵云正要将阿斗藏在铠甲之中，曹兵又一次上场搜索，和赵云摩肩擦背却各不相扰。这是什么道理呢？因为通过多重时空的虚拟方法，把一个舞台平面上的两部分角色，处理成是在两个环境里同时进行着不同的人物动作。所以，尽管他们摩肩擦背，但是由于把一个舞台平面虚拟为两个空间，于是便把实际上近在咫尺的距离，一下子就拉到两个环境里边去了。

那么这种多重时空的虚拟方法，是如何深化人物的内心活动，渲染舞台气氛的呢？上述这场戏曹兵第一次抄过，形象地说明了四面八方的曹兵步步逼近，形势十分紧急；同时用敌众我寡的对比暗示出，让麋夫人骑那唯一的战马，赵云徒步保护她突围的想法，会导致三人同归于尽。这就为麋夫人自我牺牲的决心作了有力的铺垫，从而赵云的内心焦急得到了形象的衬托。麋夫人投井后，第二次抄过进一步强调了曹兵与赵云的距离不过咫尺，形象地把舞台悬念和舞台节奏推到一个新的高度，反衬出赵云浑身是胆、临危不惧的大将风度。

多重时空的虚拟方法是多种多样的。如《一匹布》中，张古董因为不务正业难以糊口，从妻子沈赛花手中诓得一匹布去质当，遇表弟李天龙，李天龙聘周员外之女，未婚即死，周父许诺李另娶妻室后，可将亡女妆奁相赠，张古董闻知此事，唆使妻子沈赛花假冒李天龙之妻，前往周府认亲，以求分得部分妆奁，临行言明当晚即归，不料李、沈被周家夫妇留宿，张古董见天已掌灯妻子不归，恐与李天龙过夜，于是忙奔周府寻妻，不想竟被关在瓮城之内。就在一个舞台平面上，表现相距甚远的两个环境：新房和瓮城，以及矛盾双方的心理活动：李、沈同宿一室各自懊悔，彼此顾虑，局促紧张，以至将错就错，索性以假成真；张古董被关瓮城哭笑不得，始而猜测，继而担心，唯恐将错就错，最后心灰意冷。他们三人的内心独白，既是各诉自己的心事，又包含着彼此的交流和呼应。以李、沈二人萌生爱情去衬托张古董的忐忑焦急；用李、沈索性成婚，来对比张古董的彻底绝望，把一悲一喜同时摆在舞台上，让两个环境里的人物在同时发展的情节中彼此交流、呼应，相互衬托、对比，产生特殊的喜剧效果。

戏曲艺术处理舞台上的高低变化也是十分巧妙的。仍以《长坂坡》为例，曹操站在山上观看赵云与自己的将士厮杀，如果用布景来表现这个立体空间的变化，这座山要多高多大才能表现它的真实性呢？人与山的比例，山与地的距离等等怎么办？假如按照生活的真实去要求，恐怕在世界上找不到那么大的舞台。戏曲艺术的解决办法非常简单，它只用一张桌子便代表了高山。实际上桌子和山的高度不知要相差多少倍，为什么它居然能够代表一座山呢？因为中国戏曲承认自己是在演戏，既然是演戏，就可以使桌子变为山的虚拟。因此上山的动作，也是在舞台平面上的虚拟，这两者的虚拟和谐结合起来，才能表现出山的形象。由于桌子很低，它又起着缩短山和地面之间高低距离的作用，所以，才能同时表现山上的曹操和山下的赵云的相互关系。而曹操观看赵云和他手下将士厮杀，必须运用极目远望的眼神，才能使观众产生高、远距离的感觉，表现出艺术的真实。这种若近若远，若即若离地表现立体空间的高低变化和山与人物之间关系的方法，是虚拟化的巧妙运用。

虚拟化，是中国戏曲艺术领域里的创作思想，又是表现戏剧内容的复杂性与抽象性的艺术处理方法。它是以实生虚，以虚拟实的美学思想在戏曲艺术中的具体运用。因为中国戏曲把生活和艺术划分为两个性质不同的范畴，生活是实，艺术是虚，没有实生不出虚来，没有虚就不成其为艺术。艺术创作的过程是由实生虚的过程，但是，到了舞台上面就变成了用虚来表现实的过程了。所以，戏是生活的虚拟，艺术的真实。

虚拟化渗透在中国戏曲艺术的每一个角落，从剧本创作、表现方法、脸谱化装、服装道具、唱念做打、音乐演奏到一举一动，它是无所不在的。所以说，虚拟化是中国戏曲艺术的灵魂。

完成于1987年12月6日

原载《为张庚、阿甲从事戏剧工作五十五周年学术研讨会》

万鹏与王学仲合影

京剧的美学价值

京剧是中国民族戏曲艺术的典型代表。京剧的形式美学屹立在世界艺术之林，充分地展示着它那绝妙而又震撼的艺术特色。京剧的美学价值，在于它具有独特的艺术表现形式。我们讲京剧艺术的表现形式，首先要涉及戏剧和戏曲这两个名称的区别问题。因为要弄清楚京剧艺术形式的特征和它的艺术规律，以及它的美学价值，就需要和其他的剧种，不管是中国的外国的，都进行一下比较，才能够使我们了解它的独特性。如果没有比较就没有鉴别，没有鉴别，也就谈不到对它有真的认识。

拿最简单的问题来说吧，无论是中国戏，还是外国戏，在观众的思想里反正都是戏剧，不管它有什么独特性，也都是通过演员的表演，使观众得到艺术上的享受。假如达不到观众的审美要求，你那个戏剧的独特性就是空的，内容再好也吸引不了观众。假如我是一个观众，我也会这样想。

这个朴素的想法说明，不管你是中国戏，还是外国戏，必须真正发挥你的戏剧功能，满足观众的审美要求，才能够体现出你那个戏剧的独特性和社会性。这是社会对戏剧的要求。但是，不同的国家，不同的民族，有着不同的审美心理，因此对戏剧也有着不同的要求。所以，世界上各个国家的戏剧，都是为了适应自己民族的审美心理而创造出来的具有其民族特色的戏剧艺术。

过去我吃过印度苹果，前几年也吃过我的儿子从日本带回来的苹果。不管它是印度产的，还是日本产的，总之它都是苹果。

但是，吃到嘴里就尝出来，印度苹果和中国苹果不是一个味儿，它的味道很特殊；日本苹果呢，既不同于印度苹果的味道，也不同于中国苹果的滋味，它的味儿也很特殊。因为它们的土壤不同，水质不同，气候不同，施的肥料也不同，培植的技术也不同，所以，味道也就不同了。

在我们中国把同是舞台剧这个艺术门类划分为戏剧和戏曲两个种类，甚至有些专业演员到现在也没弄清戏剧和戏曲究竟有什么区别。中华人民共和国成立以后，把中国的传统戏剧定名为戏曲，把从国外移植过来的话剧、歌剧、舞剧（芭蕾）称为戏剧。那么，戏曲和戏剧的概念究竟有什么区别呢？

“曲”和“剧”这一字之别，说明我们的民族戏剧艺术不同于从外国移植来的话剧、歌剧、舞剧的戏剧样式，它是我们民族的一种独特的戏剧形式。那么什么是我们民族戏剧形式的基本特征呢？

我想凡是看过京剧、昆曲、梆子和川剧的观众都会知道，它既包括了声乐，也包括了器乐。例如京剧的唱腔属于声乐；胡琴、二胡、弦子、月琴、笛子、笙、唢呐、海笛子为器乐，单皮、大锣、铙钹、小锣、堂鼓、南堂鼓等为打击乐。中国戏曲的艺术手段是唱、念、做、打，从这四种手段的先后次序来看，唱是首位，那就是说唱具有中国戏曲的代表性，因此以“戏曲”这两个字概括中国戏的特征是有道理的。

我们民族的戏曲艺术，是以歌曲、说白、做派（表演）、武打和舞蹈等各种表演程式手段，去塑造各种不同的人物，表现广阔的生活。“戏”字的繁体由“虚”和“戈”两个字组成，戏乃“虚中生戈”，曲乃音乐因素。唱固然是声乐和器乐的融合，而念、做、打、舞虽都不用弦竹管器去伴奏，但那是节奏鲜明而又强烈的打击乐，自始至终配合着人物的一举一动，推动着剧情起伏跌宕，是一种高度的综合艺术。这就是我们民族戏曲艺术的独特性。

中国的戏曲艺术在音乐的气氛中虚拟地表现生活，应该说这种独特性是我们民族文化的结晶。有些初次看中国戏曲的外国人表示，他们在这种前所未见的，无比丰富多彩的艺术形式面前惊呆了，变得哑口无言，他们惊叹地说：“中国的戏曲是登峰造极的艺术!”

所谓丰富多彩的艺术形式，是指中国戏曲艺术的表现手法，包括导演、表演、舞台、美术和音乐，特别是指表演艺术上，唱念做打舞的全面而巧妙的运用，给人以美的艺术享受。这确实是中国戏曲艺术的一个重要特征。它既不同于话剧的光是说，又不同于歌剧的光是唱，也不同于舞剧的光是舞。中国戏曲是一种载歌载舞，说表兼重的，真正无愧于综合艺术称号的戏剧形式。由于它有着极高的审美价值，从而使自己在世界剧坛上独树一帜。

关于中国戏曲形成的过程，这里暂且不讲，还是先来分析一下区分戏剧和戏曲的问题。

欧洲经历了中世纪的基督教时代和文艺复兴运动，大约在16世纪前后，意大利出现了歌剧和舞剧（芭蕾）。发展到18世纪，原来在古希腊戏剧中并存的对话、歌、舞三种表现手段，分别自立门户的趋势日益明显。以对话为表现手段的戏剧（话剧）和以歌唱、舞蹈为表现手段的歌剧、舞剧，三足鼎立的局面逐渐形成。于是，欧洲人所说的戏剧虽然仍包括古希腊最早的那两种戏剧形式，但实际上主要指专以对话为表现手段的话剧，并包括了歌剧和舞剧（芭蕾）。这就是话剧、歌剧、舞剧移植到我国之后，被称为戏剧的历史原因。

那么，中国的传统戏剧为什么定名戏曲呢？请再来看汉字中“戏”字的写法，它是由“虚”“戈”两个字组成。“虚中生戈”

乃为戏，说明我们中国戏是虚拟各种各样的生活斗争的。所以，虚拟化是中国戏的表现形式。完成这种表现形式的具体手段，首先是以唱为主，以各种不同的曲调和曲牌为主体，这就进一步说明，歌曲在中国戏剧中的重要地位。戏是虚拟生活，曲系音乐因素，所以，我们把中国的戏剧名称定为戏曲，这是艺术表现形式的必然。过去的观众习惯说“听戏”，尽管这种说法好像是轻视了戏曲艺术的视觉形象的审美价值，但是这也恰恰证实了，把我们民族的戏剧定名为戏曲不是没有缘故的。

戏曲是中国各种地方戏的一个总的名称。由于中国幅员辽阔，各个地区的方言不同，风俗人情和审美趣味也各有差异，所以，中国各地都有自己爱好的地方戏，因此，中国的地方剧种可以说是百花齐放，众彩纷呈。

虽然这些地方戏都是在中国这块土壤上产生的，但是，由于地方的方言不同，产生的时代不同，成长的环境不同，给予它们影响的阶层不同，所以，它们不仅在声腔曲调上有根本的区别，在风格上也有极大的差异。

就拿昆曲和越剧来说吧，这两个剧种一个生长在江苏昆山，一个产生在浙江嵊县，它们活跃的地区主要都在江苏、上海和杭州一带，而它们又都是以表现才子佳人的抒情戏见长，按说这两个剧种的风格应该很接近吧？其实不然，凡是看过这两个剧种的人，都会鲜明地感觉到它们之间在风格上有很大的区别。

它们的区别是什么呢？昆曲是古色古香，有浓厚的古典韵味和色彩。越剧尽管演的也是同一类题材的古装戏，却有一种现代气息。越剧不像昆曲那样古雅，昆曲也不像越剧那样通俗。

这种风格上的区别，显然是由于产生的年代先后不同所造成的。因为昆曲的风格是在明代末期形成的，因此它和现代气息有很大的距离。而越剧的形成，不过是近四十多年的事，特别是越剧到了上海之后，才逐渐形成它的风格。它的表演程式不大受规范化的约束，比较自由，有点像话剧演古装戏那样，没有严格的程式和规范。所以给人感觉接近生活，因此它通俗易懂。剧种形成的历史条件已大不相同，这就是造成它们之间风格不同的主要原因。

另外，不同地区的民俗情调，也对地方剧种和风格有很大的影响。评剧和越剧都是在本地区的民间曲调的基础上形成的，它们都以通俗的形式演一些男女之间的爱情戏，它们基本上没有像京剧那样的，《群英会》《借东风》《闹天宫》《长坂坡》《汉津口》《挑滑车》《艳阳楼》《三岔口》《武松》之类的剧目，按说这两个剧种的风格应该接近吧？其实它们的风格更是迥然不同。

另外，长期接触的阶层和环境，也是影响一个剧种风格的因素。例如昆曲和秦腔，就其产生的时代来看，历史都是比较悠久的。可是昆曲自产生以后，受到了士大夫阶层的爱好，很多文人墨客为昆曲编剧、填词，甚至于直接参与昆曲的排演。士大夫的影响不仅使昆曲形成了一种高雅的风格，而且演员受到了文墨的熏陶，士大夫的爱好变成了他们自己的追求，所以，昆曲的高雅风格就非常巩固和完善。秦腔就不同了，它主要流行民间，特别是农村对它非常喜爱，所以，它大量的时间活跃在广大的农村。因此，它就具有了一种朴素通俗的风格。昆曲和秦腔这两个剧种，一个是在士大夫阶层的审美趣味指导下，形成的古朴高雅的风格；一个是在广大群众审美趣味影响下，形成的朴素通俗的风格。这两种不同的历史环境，就是构成它们不同的风格的重要因素。

这些都说明中国地方剧种之间的区别，不止是曲调上的不同，而且风格也有着很大的差异。所以，我们必须多方面认识它们的区别，才能进一步去欣赏它们的风格特色，正确估价中国戏曲丰富多彩的特征。

比方说花卉不过是牡丹、芍药、水仙、兰草、菊花、梅花、月季花等的一个总的名称，但是，牡丹给人感觉雍容华贵，所以，形容牡丹常用“牡丹高贵”四个字；兰草幽雅朴素，所以古人常用“芝兰君子性，松柏古人心”去形容兰草的性格。李白不是有“为草当作兰，为木当作松，兰幽香风远，松寒不改容”的诗句吗？形容梅花性格的诗就更多了，例如“雪虐风饕愈凛然，花中气节最高坚”这两句诗，不是把梅花的性格写得很鲜明吗？花各有不同的性格特点，就如同各种地方戏一样，各有各的风格特色。

喜欢梅花的不一定就喜欢兰草，喜欢牡丹的也不一定就喜欢月季。洛阳和郑州只喜欢河南的豫剧，其他剧种多好的演员去了，也唱不过豫剧。可是到了开封就喜欢京剧，认为看京剧比看豫剧过瘾。尽管这三个地方都是河南，爱好就显然不同。唐山就爱听评剧和皮影戏，昆曲到唐山去演，就不可能对胃口。这就是每个地区有每个地区的爱好，也说明了戏剧有它的层次性。

中国戏曲舞台艺术是在我们民族美学思想的孕育下土生土长的，因而在它的每一出戏里面，每一个人物身上，都体现出我们民族的美学观，体现着我们的民族精神。而这种体现既不是政治的说教，也没有让观众感到高不可攀，而是在绚丽多彩、千姿百态的艺术美里边，蕴含着强烈的民族性和广泛的人民性，代表着我们的民族精神。

绚丽多姿的中国戏曲舞台艺术从它诞生起，就向我们展示出它所蕴含的我们民族自己的美学观。从它独特的创造规律和艺术实践里，我们进一步得到了对它的美学认识。

但是，在最近几年，有些人认为戏剧是一种比较时髦的当代艺术，而戏曲呢，在这些人看来它已经太陈旧了，认为它的表演程式僵化，另外最重要的是它的节奏太慢，与时代的生活节奏不能合拍。所以，青年人根本不喜欢京剧，于是出现了京剧危机论。

京剧在前一个阶段，也确实出现了“门前冷落鞍马稀”的情况，但是，滑稽的是，就在一片楚歌声中，从国内到国外又出现了一股又一股的京剧热潮。

先从国内看，就在那个时期，红起来了荀派男旦宋长荣，本来他是个不知名的演员，可是居然红遍了天津、北京、整个东北和江南，然后又从上海红到了香港。苏州京剧团的胡芝风，以一出有所革新而改编的《李慧娘》，也红遍了全国。北京一些专家称她这出《李慧娘》是京剧旋风，这股旋风也从上海刮到了香港，并且还拍了电影。不仅天津举办的裘派会演和荀派会演，都是车水马龙，门庭若市，就是赵燕侠、杜近芳、刘秀荣、李维康、杨秋玲等人，到天津来演出都是场场客满，座无虚席。叶少兰、厉慧良等人在上海演出，观众对他们的欢迎程度，也令人感到吃惊。天津青年京剧团和天津京剧三团在北京演出，不仅受到观众的热烈欢迎，而且都被召进中南海，在怀仁堂为中央领导演出，受到了中央领导的赞赏。

春节前夕，李世济在一宫演出将近一个月，黑票居然卖到八九块一张。当然卖黑票是非法的，但是，这说明了京剧艺术的巨大吸引力。这次为纪念张君秋舞台生活五十年，在天津举办的张派艺术展览演出，票价两块五，有多少人为了买两张戏票一跑就跑了好几天，结果还是买不到。难道台下的观众都是老头老婆吗？其实有一大批中青年观众对我们民族的戏曲艺术有着深厚的感情。

从国外来看，美国、日本甚至欧洲和澳洲，京剧票房或京剧研究社、研究会等专门研究中国京剧的群众团体风起云涌。不仅中央和省一级的京剧院团接连不断地被邀请到外国访问演出，就连专区一级的京剧团也经常被不同的国家所邀请。一些有些名气的京剧演员如赵荣琛、童芷苓、李宝春、杨秋玲等，到外国讲学的接二连三，你来我往。甚至于根本没有多少舞台实践的演员、琴师也在外国成了戏曲教育家。

不仅如此，外国人居然用英语唱京剧，而且全堂乐队，包括拉京胡的，都是外国人，这简直令人难以相信，但是，这却是事实。

1979年美国留学生魏莉莎在南京留学，跟梅兰芳的学生沈小梅学了梅派的《贵妃醉酒》，并且用中国话，唱京剧的唱腔，念京剧的韵白。1980年在江苏省京剧团的协助下，正式登台演出，这简直令人不敢相信，可这也的确是事实。

1985年2月14日，美国夏威夷大学居然把梅派的《凤还巢》移植到美国的舞台上，由一批美国大学生演出。惊人的是，他们并不是把京剧变成话剧去演，而是把京剧的唱腔、念白、动作，以及服装、乐器等全部搬过去，一样不少，一点儿不变。只是演员换成美国人，唱词换成了英语。不到半年的时间，负责教授他们的老师杨秋玲、李嘉林、万瑞兴，就让一批美国的大学生不仅熟悉了一个完全陌生的剧种，掌握了它的特性，并能够公开演出，这真是个奇迹！

1982年9月和12月，山东省京剧团先后赴日本和新加坡演出，他们看到那里的京剧爱好者组织了许许多多的票社、票房。不仅华侨热爱京剧，学习京剧的各种流派，掌握着大批京剧的艺术资料，就连日本早稻田大学，也有很年轻的学生专门研究京剧艺术。经人介绍，早稻田大学的研究生细井尚子和福井官奈，专门到天津来找我学习京剧表演程式和京剧艺术形式的美学原则。

1985年初，京剧著名演员童芷苓应美国艺术中心邀请，赴美国接受该会授予她的亚洲最佳杰出艺人奖。同时她应联合国文化教育部门的邀请，为联合国文化教育部门的官员主讲中国的京剧艺术，许多联合国的官员说："京剧是至高无上的美好艺术。"

1985年，北京京剧院四团赴英国和波兰演出，当他们到达伦敦的时候，正是伦敦的戏剧节。他们在伦敦的皇家宫廷大戏院为这次戏剧节演出了《三打陶三春》。经过多次交涉，英方都不同意在演出当中打字幕。本来在国内就有人说，"京剧如果不打字幕，观众根本听不懂演员唱的是什么"，到了外国语言不通，再不打外文的字幕，那些外国观众怎么能欣赏中国的京剧呢？为此北京京剧院四团的同志非常担心。可是非常出人意料，大幕拉开之后，很快台上与台下就出现了一种很自然的感情交流。

北京京剧院四团从英国回来，他们的主演王玉珍在《戏剧报》上写了一篇《旅欧演出散记》。她说，既没有翻译，也没有字幕，"随着剧情的发展，观众的感情也同样变化起伏，时而开怀大笑，时而感叹不已，时而会意点头，时而报以热烈掌声。如果说，在国内与国外的演出有不同的话，那则是外国观众看戏时，反应更强烈。掌声之热烈，次数之频繁，谢幕时间之长，均为国内所鲜见"。外国的许多家报纸都用"绝妙""奇异""叹为观止""不可思议""难以置信的完美"等形容之词，对这次演出进行了报道和评论。他们的评论说："那弥漫的、如泣如诉的弦音和歌唱，突然间成了那一晚上最迷人的因素"；他们认为中国的京剧音乐，"即使再过两万年，也仍旧具有激发与鼓励的意味"。

以上不过是举几个近几年中国戏曲在国外受欢迎的例子。其实，中国戏曲早在五十几年前，就征服了世界剧坛。

中国京剧艺术大师梅兰芳，早在20世纪初期就率领他的京剧团东渡日本，他在东京以京剧独特的艺术美的魅力，使日本的民族戏剧——能乐、舞乐、狂言、歌舞伎——退避三舍。西欧国家的驻日使节也是惊喜若狂，拍案叫绝。梅先生在日本演出的盛况很快就传到了欧美各国。所以，梅先生从日本回国不久，就接受了美国的约请。梅兰芳剧团在美国的演出不仅轰动了朝野上下，受到了广大观众的欢迎，并且成为美国剧坛的一大盛事，在各大报纸上传为佳话。

美国的一些艺术评论家对中国戏曲艺术的评论是："前所未见的、至高无上的、登峰造极的艺术!"梅先生在美国受到的欢迎，是美国剧坛上史无前例的。所以，喜剧家卓别林和当时的美国电影皇后玛丽·璧克馥，称梅兰芳是"美的创造者"。

卓别林、布莱希特、斯坦尼斯拉夫斯基，以及各国戏剧家，在中国无比丰富的京剧艺术面前心悦诚服，赞不绝口。京剧艺术所带来的中外相通、雅俗共赏的效果，说明形式美具有世界性的特点。

实践证明，我们民族的戏曲艺术形式（包括脸谱和武打）不但一直为中国的广大观众所喜爱，而且受到了世界各国观众的热烈欢迎，他们公认中国的戏曲艺术代表——京剧有着极高的审美价值。

艺术与哲学

在当代，艺术几乎成为哲学家最为主要的研究课题。其实历史上的哲学家又何尝没有认识到这一点呢？

历史上，那些杰出的哲学家往往同时也是伟大的艺术家。反之，那些伟大的艺术家也往往被公认为杰出的哲学家。比如，中国春秋时期的孔子，既是著名的哲学家，也是一位大音乐家。《论语》中说，孔子听音乐“三月不知肉味”，完全陶醉在音乐之中。他给学生开的六门课程中，即有一门是音乐课，他亲自教授音乐。孔子还是一位诗人，据说《诗经》便是他整理的，另外，他还整理过许多古代典籍，也可以说是文学家。与孔子同时代的另一位著名哲学家老子，也是一位诗人，他的《道德经》既是举世闻名的哲学著作，也是千古传诵的诗篇。宋代大哲学家朱熹，他的文学作品中，有许多脍炙人口的好诗。现代人经常引用的“问渠哪得清如许，为有源头活水来”这一佳句，就是出自于他的手笔。现代的鲁迅、郭沫若等亦都是集艺术家和哲学家于一身的人物。

国外这样的人物也很多。古希腊的著名哲学家柏拉图，他的大部分著作都是用对话体的形式撰写的，用这种文体达到那样高的文学成就，至今还被人们叹为观止。文艺复兴时期著名的画家达·芬奇，在西方哲学史上同样占有十分重要的地位。他的《论绘画》一书，不仅是西方绘画史上最早的一部著作，也是研究文艺复兴时期珍贵的哲学文献。近代德国的歌德、席勒、海涅等大文豪都是有相当建树的哲学家，法国的哲学家柏格森曾荣获诺贝尔文学奖，奥地利的精神分析学家弗洛伊德得过歌德文学奖。至于法国作家萨特，我们根本没法回答，究竟是他的文学作品，还是哲学著作更有代表性。

共生现象更普遍地表现在，历史上的艺术繁荣时期和哲学繁荣时期往往是同时出现的。虽然并不是任何一个艺术家都可以称得上是哲学家，但是，在一个艺术家的周围，总是有众多的艺术家和哲学家在活动着，并且相互影响着，形成一种所谓共同的文化背景和环境。有人说，没有康德哲学就不会有贝多芬的音乐。同样道理，没有诸子百家，何以有屈原的《离骚》《天问》?

一、什么是哲学?

从哲学和世界观的关系来说，哲学是理论化、系统化的世界观。

从哲学和具体科学的关系来说，哲学是自然、社会和思维知识的概括和总结。

从哲学在社会生活中的地位来说，哲学是以最一般的概念、逻辑的形式反映社会存在的特殊的社会意识形态。

因为哲学实质上是涵盖和渗透于一切文化领域和每个人的世界观和方法论，所以，艺术作为人类思想文化的一部分，是不可能不受其影响的。

二、艺术是什么?

艺术是历史生活和现实社会生活在艺术家头脑中反映的产物。它通过形象来表现人们的思想感情，并且作为社会意识形态的一种特殊形式，对社会生活发生着影响。

既然艺术是历史生活和现实社会生活在艺术家头脑中反映的产物，那么，就必然存在着艺术家应该用什么样的观点和怎样的方法，去认识和反映社会生活的问题。它实际上就是我们常说的艺术创作和世界观的关系问题。

艺术家的世界观，对于艺术创作是有指导作用的。任何一个艺术家在他的艺术作品中，都不可避免地或自觉或不自觉地流露出他对于社会生活的认识和评价。而这种认识和评价的正确与否，在很大程度上是取决于他的立场、观点和方法。

19世纪的俄国著名作家列夫·托尔斯泰曾经说过："一个没有明确而固定的世界观的作家，尤其是那种甚至认为不需要有世界观的作家，是不能创造出艺术作品来的。他可能写得很多，很好，但不是艺术品。"他认为，要成为一个艺术家必须具备许多条件，而其中最首要的条件就是："这个人必须处于他那个时代最高的世界观水平。"

怎样才能做到这一点呢？显然，只有哲学。因为唯有哲学才是关于世界观的学问，才能帮助我们在各式各样的世界观中加以分辨和提炼，从而获得这个时代最为崇高和最能代表未来的思想观念，并且通过艺术作品的感人形象深刻地体现出来。

艺术是通过形象来表现人们的思想感情的。艺术形象是从历史生活和现实生活中产生出来的。当然艺术形象不可能是对生活的直接描摹。艺术家创造艺术形象，不仅要从生活中吸取营养，而且也要发挥他自己丰富的想象力。而想象力和哲学不是相互排斥的。

想象力的发挥不能凭空实现，必须符合生活的逻辑。同时想象本身必须遵循思维的逻辑。尽管想象的活动借助于形象进行，区别于概念的活动，但是，想象不能违背思维规律和形式逻辑。

任何想象一旦自相矛盾，就难免陷入妄想。辩证唯物主义哲学把想象称作形象思维是有道理的。因为想象并不是像某些西方学者所认为的那样，是所谓意识流或者什么下意识的冲动。

想象本质上仍然是一种思维，是借助于形象的思维活动，同样遵循思维的一般规律。想象并不是艺术家追求的目标，艺术家是通过想象来塑造形象，并且通过形象来表现人们的思想感情。所以，不仅从想象的形式上说，它不能违背生活逻辑和思维逻辑，而且就想象的内容来说，它还包含着深刻的思想性。对于一个杰出的艺术家来说，在他的艺术想象的背后，隐藏着他对世界和社会生活的深刻思考。艺术想象之所以能使人产生无穷的联想，其原因就在于想象本身所具有的哲理性，它使想象不停留于个别的表象，而是产生由此及彼、由表及里的连锁效应。

为什么有时一部优秀的艺术作品，能够比哲学论著更能给人以启迪？是由于它把哲学思想融化在想象和情感之中，因而耐人寻味。

既然艺术是社会意识形态的一种特殊形式，那么，它就不可避免地与作为社会意识形态另一种特殊形式的哲学，发生一定的关系。根据马克思主义的理论，社会意识形态的各种形式之间是相互渗透、相互影响的。

哲学作为理论化、系统化的世界观，处于社会意识形态的最高层次。它为包括艺术在内的意识形态，以及其它的各种形式，作逻辑上、理论上的论证，为它们提供理论和方法论的指导。

哲学思想对艺术思潮的影响，就是意识形态领域内哲学意识形式对于艺术这种意识形式所起的指导作用。同样，艺术意识形式也会反作用于哲学。艺术直接或间接地以哲学作为它的思想内容，它的社会传播和教育功能往往超过哲学本身。

18 世纪的德国戏剧家莱辛说：“谁想创造，必须学会理论。”

对立统一的规律，是宇宙的根本规律，艺术作为社会的反映，当然也不能脱离这一规律而存在。

古汉语中“戏剧”一词就其本义来说，“戏”由“虚”“戈”组成，“虚”就是假的，“戈”既代表兵器，又代表斗争；“剧”，左为虎与猪的象征，右为刀的象征，就是以刀猎取野兽。可见戏剧的本意，就是人们用形象再现生活，表现矛盾在运动中的一种娱乐。

这种娱乐，就是用艺术的手法，去揭示矛盾，激化矛盾，转化矛盾，使人们认识矛盾的发生、发展、转化，直至彻底解决这个矛盾的全过程。在这方面或那方面获得了精神上的满足，当然这是一种娱乐性的莫大快乐。

所以，艺术的娱乐性并不是单纯为了让人发笑，更在于让人获得了什么。人们要获得自己想要获得的精神满足和娱乐，就要依赖艺术家的世界观。“善恶相搏，系于一心”，艺术家的世界观才是戏剧的总导演。世界观主导着文艺的社会功能。

三、文艺的社会功能一般有三个方面的作用

认识作用。认识作用在于为人们揭示事物发展的规律。

教育作用。教育作用在于鉴戒愚贤。

审美作用。审美作用就是怡悦情性。

对于认识作用，反映在艺术上是个真的问题，教育作用和审美作用则是善与美的问题。真善美之间的关系是辩证的，不可分的，统一的。一般来说，真的、善的当然也是美的。但三者又不是一个东西，比如艺术中的审丑，也给人以美的享受。

四、世界观决定着艺术家对事物的认识、评价、立场和观点

艺术家反对什么、歌颂什么，需要从艺术家的世界观中去寻找，艺术家的世界观是怎样的，会在他的作品中自觉不自觉地体现出来。例如宋代、元代和明代，有三幅《文姬归汉图》，由于作者的立场、观点、思想感情的不同，所表现的主题也就不同，因此选择的角度也就不同。一幅是元代大书画家赵孟頫的《文姬归汉图》，表现的是蔡文姬雍容华贵，面带笑容，由保姆带着两个孩子，坐在敞篷驼车上，归汉途中显出一派胡汉一家的欢快景象。与此相反的是宋代人所画的扇面，表现了蔡文姬与匈奴王和两个孩子的哭别场景，气氛凄凉。与前两幅又不相同的是明代画家仇英的作品，蔡文姬这一人物形象并未正面表现，只是在山坡间露出驼车车顶的一角，显然作者的意图是以含蓄的手法来表达的。这三幅《文姬归汉图》，一幅是笑归，一幅是哭别，一幅是神归，同一题材、同一事件、同一人物，却表现了完全不同的主题，生动地说明了作家、艺术家的创作思想是世界观作用的结果。

哲学思考与艺术创作，在反映与超越上具有共同性。马克思说，真正的哲学是时代精神的精华。所谓精华，在哲学基本问题上，就是指人类思维的智慧既源于存在，又超越于存在。思维对存在的这种超越的属性，体现在文学艺术上，就是作家、艺术家对社会生活本质的真实把握，以及对人生和世界之真谛的深刻洞察。

哲学家和艺术家对人生和社会的思索都有一种超越性，有着异曲同工之妙。当然这种超越并不是高悬于空中的楼阁，而是根

植于共同的社会现实基础。

如果莎士比亚不是生活在新旧交替的历史时期，歌德不曾忍受过少年失恋的折磨，冼星海不曾耳闻目睹亡国奴的惨景，那么，《哈姆雷特》《少年维特之烦恼》以及《黄河大合唱》可能至今也不会和我们见面。

正如俄国作家冈察洛夫所说：“我只能写我体验过的东西，我思考过和感觉过的东西，我爱过的东西，我清楚地看见过的东西。总而言之，我写我自己的生活和与之长在一起的东西。”

如此说来，我们又怎样看待古典神话作品中虚无飘渺的描写和古典诗词中浪漫潇洒的抒怀呢?

虽然《牛郎织女》《西游记》所描写的人物、情节和环境，与现实生活的本来面目大相径庭，但通过这种神奇怪诞的外貌，却表现了人民群众在正常状况下难以实现的爱情追求和生活理想。因而以形式上对社会生活的任意虚构，神思遐想，最终达到了本质上对社会生活更真实的把握，起到了鼓舞人心的强烈作用。

至于像李白的《行路难》等诗，虽然很少直接描写社会现象，主要是抒发作者本身的思想感情，但是，通过充满激情的诗句，也能使我们曲折地发现一个不满当时统治者的昏庸和境遇不佳抑郁寡欢的诗人形象。

作为哲学基本问题的思维，主要体现在它的抽象性上；而作为艺术创作的思维，则主要表现在它的形象性上。但是，抽象性思维对创作也是重要的。

试论武戏文唱之文

武戏文唱是京剧界对杨小楼艺术特点的一个精辟的总结。这个精辟的总结一经提出，便立刻成为京剧武戏的最高美学命题和武生、武旦、武净、武丑表演艺术的创造原则。因为武戏文唱不仅提高了武生表演艺术的审美价值和武生戏在整个京剧艺术中的品位，并且对其它行当的表演也具有普遍的指导意义，因此这个伟大的创造，对整个京剧艺术的全面发展起到了巨大的推动作用。所以，杨小楼“国剧宗师”的称号是当之无愧的。

武戏文唱之所以成为整个京剧武戏的最高美学命题和艺术创造原则，是因为它不仅为武生的表演贯注了人物感情，彰显了艺术美感，而且最根本的是它将一味注重真杀实砍、勇猛剽悍的写实的演剧方法，升华为蕴藉含蓄，讲求神韵写意的舞台表演方法，从而使整个京剧武戏由粗到精，由野到文。

从狭义来讲，文是指唱、念、做，这仅是就其属性而言。其实武戏文唱的这个“文”字还有更深一层含义，那就是它在美学上的意义。《文心雕龙·情采》中说：“故立文之道，其理有三：一曰形文，五色是也；二曰声文，五音是也；三曰情文，五性是也。”“形文”系指造型艺术，“声文”乃指音乐艺术，“情文”是指语言艺术。但这三者又都是表现人的思想感情的艺术形式，故文在美学上的意义，是指审美对象的形式和形式美。

那么，什么是形式美的基本特性呢？是寓杂多于统一。《国语·郑语》中说：“声一无听，物一无文”，这就说明单一化的声或单一化的物是不美的。因此《易·系辞下》里边说“物相杂，故曰文”，其实“物相杂”就是指形式上的多样性与变化性。武戏不仅是以唱、念、做、打去塑造人物形象，表达思想感情，同时还要以翻打扑跌、器械出手等武功技术去表现剧中人物的厮杀与格斗，所以，武戏的形式因素更具有复杂的多样性和变化性，可谓是十分典型的“物相杂”了。那么，如此“相杂”的形式因素，何以统一呢？《礼记》中说：“五色成文而不乱，八风从律而不奸，百度得数而有常。”这里所说的“五色”“八风”“百度”，都是指形式因素的杂——多样性；而“不乱”“不奸”“有常”则是指一——统一性。这就是说，各种形式因素的杂，都要靠“文”，靠“律”，靠“数”（“律”和“数”均属于“文”）去统一。那么，杨小楼不正是以“文”——形式美去统一造型艺术、音乐艺术、语言艺术和翻打扑跌以及其它各种形式因素，让它们自然和谐地去体现那具有无穷艺术魅力的武戏文唱吗？

京剧唱念做打各种形式，都具有独立的审美价值。如果是一个好演员，即使他不敷粉墨，不着戏装，不登氍毹，不管是在华堂之上或陋室之中，只要通过他一个唱段，一个起霸，一个亮相，一个身段，即或是一两个手势，也能把你带进京剧艺术美的境界之中，这就是京剧形式美的艺术魅力。梅兰芳先生早年赴苏联访问演出时，不是曾在若干外国艺术家面前，穿着西装革履表演他创造的兰花指，引起了疯狂般的轰动吗？当时苏联著名的戏剧家梅耶荷德竟然发出了“看了梅先生的手势，觉得苏联某些演员的手可以砍掉”的感叹！可见京剧的表演具有多么大的艺术魅力，多么高的审美价值啊！

京剧观众，尤其是那些京剧戏迷，都是为了得到形式美的满足才来看戏的，恐怕没有几个观众是为了受爱国主义教育才来看《挑滑车》的。过去戏迷们看戏是今天看了杨小楼的，明天还要看尚和玉的。后来是看了厉慧良的，还想看高盛麟的。其实这些观众早已不是为看剧情而来，它们完全是为了欣赏不同风格的形式美。这些演员虽然演的都是《挑滑车》，但是，他们风神各异，韵味不同。京剧的形式美，是有其特殊韵味的，这种特殊的韵味蕴藏在唱念做打各种形式的骨子里面，要让它从骨子里面表现出来并引起美感，并不是每个演员都能做到的。所以，那种缺乏审美价值的唱念做打也比比皆是。实践证明形式与形式美的距离是相当大的。

形式美是由美的形式逐步发展而来的。例如唱在京剧艺术里面是极其重要的一种表现形式，京剧的唱腔旋律之美举世公认，但是，这种很美的形式并不是所有文戏演员都能把它唱得那样美。武戏演员同样如此。都是一个四击头亮相，有的演员就能使你感到其动作是那么严谨、大方、舒展、有力，仅仅通过一个亮相，就能表现出他那英武之气，阳刚之美，令满堂观众齐声喝彩；而有的演员则使尽浑身解数，也引不起观众的艺术美感，反而使人感到难受、厌烦。同样是一种美的形式，区别竟有如此之大，这是夸大其词吗？非也。艺术这个东西就是差之分毫谬之千里的。

武戏文唱绝不是要武生只去注重文，而把武放在次要地位。《挑滑车》高宠的起霸绝不能和《战太平》花云的起霸一样，因为《挑滑车》是武生戏嘛。所以，武戏文唱不能把武和文割裂开来，文在武戏中好像是一个人的大脑或灵魂一样，它支配着演员的一举一动，所以，文是无所不在的。正因如此，它才能使那么“相杂”的形式因素，既能够展示各自的光彩与韵味，又能够在统一的风格之中自然和谐地去表现那既有独特性，又有完整性的形式美。

武戏文唱的文，不仅产生于传统戏曲的美学思想，同时它还产生于动，即武生应该具备、应该达到的深层的功夫之中。没有深厚功底和丰富艺术修养的演员，就做不到随心所欲而又不逾矩。做不到这一点又怎么能把功夫升华到具有松弛美、弹性美和富有神韵的灵动美呢？所以功夫不到家，是谈不到武戏文唱的。曾与梅兰芳、周信芳、李少春等艺术家交谊甚厚，并对京剧艺术颇有见地的吴性栽先生，在他的《京剧见闻录》中说："我亲眼见到他（指杨小楼）和南方短打鼻祖盖叫天同台演《义旗令》，盖扮黄天霸，杨俊扮薛应龙，盖五爷再快也快不过他"，"我又亲见上海名武生高雪樵和杨小楼合演后本《盗御马》，窦尔敦起解，高雪樵扮演梁大兴搭救窦尔敦，行刺黄天霸，几个过合儿，总是杨在等高雪樵的。"

我在幼年学戏时，听先父赵鸿林讲，早年杨小楼在上海演《八大锤》，盖叫天扮演岳云（锤将），杨扮演的陆文龙见岳云时，开打里面有剜萝卜皂头片头的动作。第一个剜萝卜皂头片头盖叫天是低头走的，等到第二个剜萝卜时，盖故意不低头，可是他披着大靠，靠旗比人高出很大一块，假若换了一般唱武生的，这个皂头片头是绝对走不过去的。没想到杨老板脚底下那么快，盖叫天还没有转过身来，杨已经在等着他了，于是杨顺着盖的转身，用右手的枪按住盖的靠旗，因势利导迫使对方不得不低头，只见杨老板的跨腿骗腿整个从盖的靠旗子上面过去。只有唱过武生的人才能体会到，这个动作是多么惊险哪！而杨小楼却从容不迫，真是

杨小楼

令人惊叹！这说明他脚底下的步法、腰上的劲头和腿上的功夫早已达到了随心所欲的地步。所以，他在《挑滑车》《长坂坡》里面运用圆场功的千变万化，生动地表现出高宠、赵云在万马军中如入无人之境，驰骋疆场，气壮山河的场面。本来像《长坂坡》《挑滑车》的大战完了，赵云或高宠与敌人的一扯两扯是一般武生所不重视的，甚至有些武生还利用这一扯两扯蛇吞皮的节骨眼休息一下；可是杨小楼却在大家所轻视的一扯两扯中，充分运用他的圆场步法和身段的变化，从与敌人对峙的舞台右前方，突然变身跑到舞台的左前方，又在敌人的对峙中往左变身跑至舞台的右前方。他这个左冲右突，宛如游龙摆尾，不仅显示着步法美、身形美和灵动美，而且创造出一种威武雄壮、气势逼人的意境美。

戏曲表演艺术的形式美，是离不开风骨与气韵的。演员们常说“人家台上真有份儿”，所谓“份儿”，就是指风骨与气韵而言。吴性栽在《京剧见闻录》里说：“杨小楼演《铁笼山》的姜维……整个舞台都好像装他不下似的……打击乐器用大锣（中心凸起的)、大铙钹，没有一个武生能够有如此气魄来配合这个场面和气派的。”如果没有高度的艺术修养和一定的文化气质，是不可能表现出姜维的风神骨力，当然也就谈不到什么气韵生动了。“起霸之后观星，整场没有一句道白，但在夜观星象中对于第二天大战顾虑和焦灼的情绪，在全身满溢了出来，真可以说浑身是劲，浑身是戏，而毫不矜才使气。”所谓“浑身是劲”，无疑是指其功架、动作气韵生动，遒劲有力；“浑身是戏”则说明他将姜维这个人物的风骨和心理活动表现得淋漓尽致，达到了审美的真实；“毫不矜才使气”则进一步说明杨小楼的戏不是做出来的，而是浑然天成，进入到物我合一的境界。

戏曲舞台的艺术创造，一切都是包容在表演之中的。偌大一场起霸观星，既没有一句道白也没有一句唱，演过几十年后还令人念念不忘，这是多么巨大的艺术魅力呀！这巨大的艺术魅力，难道仅仅是起霸中的两个四击头登式和观星里面的那个背剑飞脚踩泥的作用吗？这些只能说是起霸观星中不可缺少的形式因素。可是这些直觉的感性形式，却包含着十分充实的思想内容。而这些思想内容用无言的舞来表现，则需要诗化的舞台调度和诗化的舞蹈动作，才能构造出美的境界，在观众的心目中产生不可磨灭的审美意象。这不正是阿甲老师生前所说的表演文学吗？

那么，究竟什么是表演文学呢？我认为是世代相传的整套戏曲表演语汇。这宝贵的传统表演语汇，它不仅能够生动地表现情节、环境、事件、人物的思想情感和深刻的文化内涵，而且它具有写意传神的艺术特点，其中包含特殊的韵味与鲜明的形式美。圆场功在一般人的眼里，是认为无关紧要的，殊不知韵味和形式美也表现在圆场功里，所以，它是百功之祖，是各种身段动作、武功技术的一条极为重要的纽带。老一辈宗杨的武生没有不注意这一点的。我向孙毓堃先生学《铁笼山》《状元印》时，孙先生对我说："由于杨老板的圆场功好，所以，他的望兵和最后的趟马、过河、箭射郭淮那么吃功的东西，人家走出来就那么潇洒自然，举重若轻，可是又有分量，始终不失姜维的气魄，那真是柔中有刚，美中有威。"其实箭射郭淮一场，姜维早已丢盔卸甲，身上只穿一件龙箭，腰系大带，左手持弓，右手挥鞭。姜维虽遭惨败，但在疾步如飞的圆场中，头上的甩发、胸前的黑满前后飘洒却不蓬乱，趟马、过河的动作也都要快而不乱，稳而不滞，气势磅礴，不失大将气概。当敌将郭淮追来，二马交错，郭淮一箭射来，姜维一个镫里藏身，接过敌人之箭巧妙地反射回去，正中敌人咽喉。然而此时姜维只剩七人五骥，他在仰天悲呼声中口吐鲜血，当马岱劝他“回营整顿人马，再与那贼交战”时，姜维猛地一下甩起垂在地上的甩发，突然爆发出一声“回营哪！”这三个字不仅要高耸入云，震撼人心，而且要表现出姜维此时此刻复杂的思想感情和卷土重来、再分胜负的决心。姜维的下场式虽然仅仅是个踩泥，然而把一个英雄独立的造型放在悲壮的气氛之中，不仅大大增加了艺术感染力，而且达到了戏有终而意无穷的境界。它给人留下的不单是一个壮美的英雄形象，同时是一首壮丽的诗篇。构成这境界的正是表演艺术的形式美！

原载《戏曲艺术》1996年第1期

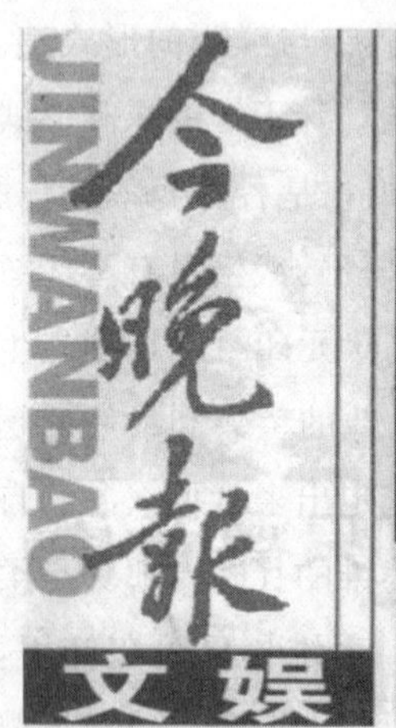

今晚报
JINWANBAO
文娱

青年京剧团重排《甘宁》

昨天下午，为迎接由李瑞环同志倡导的“天津市青年京剧团‘百日集训’”20周年暨中华剧院落成纪念演出，由天津市青年京剧团新编排的优秀传统历史剧《甘宁》完成了首次连排。该剧由赵万鹏担任编剧、导演，京剧名家董文华、苏德贵担任武打、舞蹈设计，该团著名京剧演员王立军、杨光在剧中分别扮演甘宁和凌统。该剧将于4月份与观众见面。图为王立军、杨光在导演赵万鹏（左一）、武打设计董文华（右一）的指导下紧张排练。 本报记者 倪剑摄

万鹏2005年重排《甘宁》

戏曲表演

萬鵬說戲

華亦

论中国戏曲表演特点

中国戏曲表演艺术善用开门见山的方法，以生、旦、净、末、丑的造型，作为创造角色的技术基础，对发展戏曲的表演程式和塑造舞台上的人物形象，具有其独特的美学作用。

戏曲的表现形式基本上是歌舞的形式，以歌舞形式来反映复杂、深刻、广阔的生活是比较困难的，因而在舞蹈、表演部分（所谓做派）创造一种特殊方法，以求克服这个困难。因为歌舞形式是生活高度的加工，距离生活的自然形态较远，表达就不那么直截了当，如果不在表演上想点特别的办法，不在塑造人物、刻画性格上用点特殊的手段，就不容易充分地表达复杂的剧情和复杂的人物关系。

对角色来说，这种分行的形式，其中包括着许多人的身份、性格、品质、形象及善恶、美丑等方面。每一行又有文武之分。除此之外，还有更具体的分法。如生行有生、末、之外，还有小生的雉尾、扇子、穷生等，旦行有青衣、花旦、贴旦、彩旦等，净行有铜锤、架子等，丑行有方巾丑、腰包丑等。这还是大体的分法。比较历史悠久的剧种，各行都比较复杂，有的地方戏比京剧分得更细。分行是有道理的，但分得太细不等于是好。因为人物的思想性格总是要靠演员的具体体验来表现，分行再细也不能代替形象的创造。另外戏分文武，文戏有重唱功的，有重做功的；武戏有重靠把的，有重短打的。各行又都有自己的看家戏，以发挥这一行的特长。所以演员的分行，是中国戏曲固有的特点。

上下场的分场方法是戏曲舞台表现方法的环节

戏曲剧种的区别，主要在唱。由于各地方的语言不同，影响到歌唱的形式也不同。但在舞台表演上基本是相同的。在风格上、派别上、作风上虽各有特点，但基本规律都是一样。

戏曲的分场方法，是戏曲舞台的基本形式。分场（上下场）这种舞台形式，宋元时代的勾栏棚已经具备了。舞台就在平地，四面围着栏杆，舞台设有上下场门，上场门在舞台的右边，下场门在舞台的左边。在上下场门的门幕上边题有“出将”“入相”字样。在宋元时代，这上下场门，有叫作鬼道门的。古人有诗句说“扮演古人事，出入鬼道门”，这说明戏的故事情节是通过角色和上下场的形式来安排的。

角色的上下场有关全局结构，如哪些场子需要集中，要紧凑；哪些场子就只演轻描淡写的，起个衬托作用即可。有的故事情节，往往费很多笔墨也写不清楚，可是有时只要一两次过场戏，也不要几句台词，就把问题介绍得清清楚楚了。有时，为了照顾到角色的劳逸和更换衣装的时间等待，也会考虑利用上下场的间隙。但分场的意义，最主要的是对舞台空间和时间的一种特殊的处理。它的特点是舞台上脱离演员的表演，就没有固定的地点和时间的存在。比如说，话剧也讲上下场，但意义和戏曲不同。话剧的上下场在舞台地位是固定了的，只要不换景，不论上下场多少次，仍旧是那个地方；就是演员没有上场，具体的地点和环境已经是独立存在了（这是布景所规定的）。戏曲舞台则不然，如果台上没有演员，舞台上就不表示有任何地点和环境。过去舞台中间常常放一张有桌披的桌子，两张有椅披的椅子，这是一种抽象的舞台摆设，和剧情全然无关。只要角色一出鬼道门，具体的地点就开始设定了；到角色一下场，这个具体的地点又不存在了。不仅上一场和下一场的地点可以变动，就是在同场，地点也是不固定的，它可以根据剧情的需要而变动。

例如《坐楼杀惜》，宋江上场时是在大街上，但碰见了妈儿娘就被拉进了乌龙院；一会儿又被妈儿娘从楼下把他和阎惜姣拉到了楼上。等宋江发现丢失了招文袋之后，从上场门上，先表现在大街上寻找，可是一转弯又到了乌龙院，从楼下找到楼上，这些都是在一场戏里边。而宋江里里外外地寻找招文袋时，阎惜娇就坐在场上睡觉。地点环境变化这么复杂，而且场上还有另外的人物在睡觉，这应该说是极端不合理的。然而，戏中不仅能够表现得一清二楚，并且观众也看得是明明白白，从没有人提出过质疑。

另外，如《盗御马》的梁九公从德胜门去口外行围射猎；《法门寺》中从宫殿到法门寺，主要人物在台上不动，几个龙套围绕着一转，吹了一个牌子，地点就变了。一个趟马百十里，沙场驰骋数十合，在舞台上是常见的。

至于时间的处理，它和处理舞台空间的特殊手法是一致的。如果说几十里的路程只要转一个圆场就到了，那么几十里路的跑路时间（大概几个钟头）只要几秒钟就行了。《问樵闹府》书房一场，范仲禹痛念妻子、孩儿失散，只短短地唱了三段小平调，简简单单地做几个身段，不过三五分钟的时间，便使人感到一个愁苦的书生如何在寂静的深夜熬过几更的时间。《文昭关》的伍子胥，因避难住在东皋公家，干瞪着眼睛，翻来覆去睡不着觉，连唱带做，不过十几分钟的时间，便使人有通宵达旦之感。这样的例子举不胜举。可是这种表现手法，只有在分场的舞台形式中才能做到。如果一分幕，一用真实布景，就将舞台的空间和时间都固定了，这种戏曲舞台的特殊手法便要整套地遭到破坏。

例如说《秋江》这出戏，在天幕处的幕布上画一片水景，表演艺术的真实就遭到了破坏。第一，有桨无船，假的；第二，划船只是在水里打转转（圆场），假的；第三，陈妙常一路赶到河岸，上船之后，一个圆场立刻就将岸上的道路淹没了，这也解释不通。其结果，既破坏了生活动作的逻辑，又破坏了布景的逻辑，两者之间不是互相帮忙，而是互相拆台。这样的例子很多。如何在戏曲舞台上合理地使用布景的问题，并未完全解决。

假若我们将分场的形式改为分幕的形式，将戏曲靠表演艺术处理舞台空间时间的方法改为话剧处理舞台空间时间的方法，就这出戏的形体动作而言，在尺寸上也许可能比话剧要放大一点，可是这种动作只能表现人物的思想情绪，不能同时看到从表演中虚拟出来的优美景致和富有说服力的身段动作。虽仍然有唱，可是那些配合身段的腔调和道白就被削减了；虽仍然有音乐伴奏，可是那些配合身段动作，富有表现力的打击乐器，也就发挥不了烘托的作用，这出戏的表演风格特点也就不存在啦。

从传统的表演方法来研究，我们必须利用分场的特点。分场，是戏曲表演艺术的枢纽，没有分场的形式，也就没有虚拟的动作。正因为传统表演艺术是虚拟动作，演员才可以在一块有限的舞台面积中，不受任何限制，反映各种各样的复杂生活。

其实，布景的运用，在过去并不是没有试验过。远在五代时，据说在舞队的折莲队里，就在舞台上装有假山（蓬莱山），旁有莲池。用绿色轻罗做成地衣，画上水纹作为莲池，池中设有水兽、菱荷等物，池旁用皮囊做成吹风器，开动时风吹地衣，如波涛起伏荡漾。莲池有船，用轱辘转动，载舞女二百二十人，一面鼓棹行舟，一面击拍唱歌，周游于地衣之上（见中国舞蹈艺术研究会《宋代舞队》）。可是这种做法已成为历史陈迹。故宫的畅音阁是个建筑华丽的宫廷舞台，舞台有上下三层，最底一层设有布景机关，所演《地涌金莲》《宝塔凌空》《龙舟竞渡》《阐道除邪》《劝善金科》等戏，大都为神怪奇传，神府仙境，布满舞台。当时还觉得新奇，后来连慈禧太后也厌烦了。

过去在戏曲舞台上，在一出戏之内，大场子用景，小场子不用景，或幕内用景，幕外不用景。这样就会使人物生活在两种境界，一会儿是在真实环境中活动，一会儿又在虚拟环境中活动，使舞台处于分割状态。

有时景的透视越深，人物行动就越显得假，演员只能在台前一块地区活动，他无法随着景的透视而缩小，这个矛盾至今仍未解决。总之不从表演出发，而从布景出发，这样的做法是不妥当的。

唱念做打是统一于上下场舞台形式的表演规律

如果说，生活的真实要求艺术地表演出来，那么，舞台戏曲艺术的表演规律，就是通过上下场的形式来表现生活的真实。但上下场本身是抽象的，它只有结合了唱念做打，才能完成具体的舞台形象，才能出现舞台空间和时间共同组成的规定情景。

《击鼓骂曹》中“相府门前杀气高，密密层层摆枪刀，画阁雕梁双凤绕，赛似天子九龙朝”，舞台上曹操的相府，原来没有这些排场，可是由祢衡唱的情绪和表演的情绪相结合，把它描摹出来了，这是唱；再如《秋江》的急水行舟，《杀惜》的登楼寻书，舞台上本来没有这些布景设置，可是由艄翁、陈妙常和宋江的身段动作，把它表达出来了，这是做；另如《七雄聚义》的“青峰密密插云霄，松柏林中鸟喧巢，霞光闪闪绕落日，举目观看路途遥”，这幅黄昏的景象，由朱仝抑扬顿挫的韵白节奏和矫健的舞蹈姿势，把它烘托出来了，这是念；陆战冲锋陷阵，水战翻江倒海，则是靠武打的特技和各种各样的挡子把它表现出来，这是打。

这些唱念做打的表演技术，只要一脱离上下场的分场形式，换了分幕形式就英雄无用武之地，至少不能充分发挥。分场形式如果脱离了具体的唱念做打，就只剩下一块空空如也的舞台面积了。分场形式一方面给表演技术在活动上以无限的自由，同时又要求表演技术的组合要有严格的规范。如果表演动作（这里主要指虚拟的动作）的尺寸不准确，层次不分明，结构不严谨，上楼不感觉到有楼梯，行船不感到有水，总之一句话，要是表现力不强，就完成不了分场形式所赋予的舞台任务。所以戏曲舞台，除了剧本问题之外，表演技术决定一切。

程式不是符号

程式不是符号，它是戏曲形象创造的结果，又是形象再创造的手段。演员的上下场、唱念做打和音乐伴奏，都有一定的规范，规范就是程式。

上场时，在唱念范围内的有【点绛唇】上、引子上、念诗念对上、数板上、内白上、倒板唱上、散板或摇板唱上、原板或慢板唱上、快板唱上、吹腔唱上等；以身段动作上场的有起霸上、走边上、趟马上、站门上、二龙出水上、斜一字上、扎鸡角上等；音乐伴奏上场的有小锣帽子头上、夺头上、大锣四击头上、长锤上、纽丝上、乱锤上、阴锣上、冲头上、水底鱼上等；曲牌方面上场的有【水龙吟】【风入松】【工尺上】【娃娃】【泣颜回】等上法。演员的下场方面，在唱念做打中的有唱下、念下、数板下、打着下等；在身段动作方面有耍水袖下、甩发下、甩髯口下、踢大带下、甩罗帽下、耍辫穗下、刀花下、枪花下、棍花下、剑花下、耍扇子下、耍烟袋下等；另外还有插门下、领着下、斜门下、倒插门下、倒脱靴下、拉下、一窝蜂下等；曲牌锣鼓也有多种下场的形式。唱念做打在上下场方面的名目繁多，这里只是举一些例子而已。

以这些形式，角色的上场、下场，或以音乐将他们送出来，送进去；或以舞蹈耍出来，耍进去；或以歌白唱出来，唱进去。这不仅仅是为了声色之娱，而且都是在表现环境的转换，以及性格和事件的发展。

表演身段的程式富有表现力，而又合乎美学的要求。例如，袖口有甩袖、抛袖、抓袖等；手有拉山膀、云手、穿手、三刀手、抖手等；足有正步、跑步、滑步、搓步、蹿步、跌步、云步、醉步等。即是使用道具，也都是有程式的，如耍扇子、耍翎子、耍甩发、耍髯口，以及各种武打把子等。在使用这些程式的过程中，都要表现角色的思想感情和心理活动。戏曲表演不仅是形体动作有舞蹈，感情也是舞蹈性质的，如涮眼球、耍眉毛、抖两颊、闪鼻翅等；髯口的舞蹈也是复杂的，有甩、抖、撩、推、摊、挑、捻、托等方法。以上这些都是以表达感情为目的而使用的特殊的表演方法。单是哭笑就有多种形式，连上场时一声咳嗽，也要咳出身份来。

总之，这一切都需要生旦净末丑各行以表演程式来完成剧本赋予角色的任务。没有这些程式，就没有中国戏曲的表演艺术，也无法达到戏曲舞台艺术反映生活真实的目的。一个从事戏曲艺术实践的人，必须研究和掌握这些程式。如果不掌握这些程式技术，或掌握不好这些程式技术，就会在舞台表演过程中因为程式技术使用不好而手忙脚乱，此时剧中人的情绪便受到了干扰，跑出了剧情之外。

但是也有人认为，只要掌握了程式就可以演好戏。这种人就是把剧情上的悲欢离合，表演上的嬉笑怒骂，看成只要将几套规定的程式这样一拼，那样一凑，就完事大吉。这种看法就是说，创造角色，完成舞台形象，只要有了程式，就可以不要体验，不要生活，不要现实主义的创作方法，这是莫大的错误。戏曲中的形式主义，或者说是程式化，就是由于这种看法形成的。我们的舞台艺术、程式技术，总的来说就是从生活提炼而来，它是依据生活逻辑，又依据艺术逻辑，相互融化相互处理的结果。所以在运用程式时，不能单纯地从程式出发，而要求从生活出发；并不是用程式来束缚生活，而是要以生活来充实和修正程式。如果将程式只当作一种符号来标记生活，那程式就不可能表现活生生的人物形象。

运用程式必须从生活出发，从人物的具体思想性格和具体的规定情景出发。所谓从生活出发，并不是抱定机械狭隘的观点，并不是除了亲身直接体验之外，就再没有别的办法。前人从各个方面汲取艺术的营养来丰富自己的创作，这种例子是很多的。比如，要表现身体灵活，就模仿鹞子翻身；要声音雄壮，就模仿虎啸狮吼（如花脸的虎势和打哇呀）；要腰肢纤细扭得柔和好看，就比方柳条摆动；要手指秀美，就形容兰花开放（所谓兰花指）。举凡和尚、道士、壁神庙像、飞禽走兽，甚至鱼龙虾蟹、龟蛇兔鳖，以及中国书法的线条，绘画的布局等，都可以去观察，并作为我们创作的源泉。（我们时常以金蝉脱壳、调虎离山等形容生活中的情景。）盖叫天曾说，转身转得好看，要像拧麻花那样，一顺边就不好看了。他往往点上一炷香，观察香烟的浮动飘缈，以研究身段舞蹈的美妙变化。这些东西都包括在生活之内，和体验角色结合起来，方能创造戏曲舞台的艺术形象。演历史剧，不可能回到历史的过去，不可能把坟墓里的骷髅请出来访问，只有通过间接的方法，凭借自己的领悟和生活中的经验，去加以揣摩和创作。

要知道，程式和生活总是有矛盾的。程式从生活中来，又和生活不是一模一样的；艺术的真实要从生活的真实中来，又和生活的真实不一样。从生活的观点来看，生活是自己看的，是方的就是方的，是长的就是长的，天真无邪，无拘无束，它要求保持自然形态的真实。从程式的观点来看，它要求舞台生活有严格的规律，循规蹈矩，一举一动，丝丝入扣：出场要用音乐引出来，入场要用音乐送进去；开口要合节拍，举动要合锣鼓。生活总是有血有肉的，程式总是比较定型的；生活总是要冲破程式，程式总是要规范生活。要正确解决这个矛盾，不是互相让步，而是要互相渗透。从程式方面说，一方面是拿它作依据，发挥生活的积极性，具体体会它的性格，答应它的合理要求，修改自己不合理的规矩，克服自己的凝固性；从生活方面说，要克服自己的散漫无组织，不集中，不突出的自然形态，要学习大雅之堂的斯文典雅，但又要发挥自己生动活泼的天性，不受程式的强制压迫，既要冲破程式的樊笼，又要受它的规范。

我们的生活本身也是有程式的，如穿制服端着两只手就不好看，穿长袍摆阔气并着两只脚坐着就不相宜；中国人吃饭用筷子，外国人吃饭使刀叉，使用工具不同，动作姿态也就有不同的规定。这些都是生活中的程式。不过生活的程式是根据自然形态组成的，戏曲程式是根据舞台形式组成的。

生活程式和戏曲程式的矛盾是相对统一的，它们永远有矛盾，又必须求得统一。统一的方法，一句话，就是以现实主义和浪漫主义的创作方法，来对待生活和程式的关系。这样才能使艺术的真实和生活的真实一致起来。《诗大序》说：“永歌之不足，不知手之舞之，足之蹈之也。”《乐律全书》说：“盖乐心内发，感物而动，不觉手足自运，欢之至也。此舞之所由起也。”这说明舞蹈动作从生活中来，从内心出发。傅毅的《舞赋》说：“其少进也，若翱若行，若竦若倾。兀动赴度，指顾应声。”谢偃的《观舞赋》云：“方趋应矩，圆步中规。”这又说明生活成为舞蹈，必须有程式。

在舞台上利用戏曲程式表现生活的真实，这是一个以美学处理生活的问题。我们时常说要对生活进行加工，这不是那么简单的，凭一个人的经验是不行的，要借助于其他艺术的帮助。其他艺术也是有程式的，这些程式都是创造形象的结果，当再创造时，程式又成为创造形象的手段。中国画很讲程式，画山就讲究各种皴法（即运笔的方法），如披麻皴、乱麻皴、大斧皴、小斧皴、云头皴、荷叶皴等。画树，讲究一株树如何画法，二三株树如何画法。如画两株树，“一大加小，是为负老，一小加大，是为携幼；老树须婆娑多情，幼树须窈窕有致，如人之聚立，互相顾盼也”。这里又是程式，又有形象，但都是从生活中观察得来的。中国有些画不大讲究用背景，这和戏曲颇有相似之处。正因为如此，就特别要讲究表现力。即使画一幅墨竹，也要将春夏秋冬、晴雨雪霜的情景表达出来。但它也有程式：“春则嫩篁而上承，夏则浓阴以下俯，秋冬须具霜雪之姿，始堪与松梅而为伍。天带晴兮偃叶而偃枝，云带雨兮坠枝而坠叶。顺风不一字之排。带雨无人字之列。所宜掩映以交加，最忌比联而重叠。”（《芥子园画谱》）这些程式，从生活出发，又从艺术提高。

演戏也一样，不仅要体验生活，讲究程式的运用也十分重要。话剧中有一种叫作无实物练习，就是不用道具去模拟实物对象，但动作的分寸感和质量感都要和真有实物一样。这对话剧演员的基本训练很有好处。戏曲的虚拟动作部分亦有类似之处，如跨门槛的尺寸，要有一定的界限；如上楼梯几步，下楼梯也应该是几步。但戏曲和话剧的基本性质不同，因为戏曲上下场的特殊形式允许戏曲用虚拟的手法去表现，不要求都按照实物的分寸感和质量感去比拟。

戏曲表演的虚拟，并不是对实物像照猫画虎一样去比划，它有想象，有夸张，有省略，有装饰。有时很小的细节也非常写实，如穿针引线，非但能看清捻线头的细微动作，还听得到用牙齿绷线的声音；有时又非常简略，如提笔写信，只是简单比画一下就完了。比如骑马，假使一定要以像与不像来要求，那一匹马的大小高矮，不管什么人骑乘，都没有什么伸缩的余地，可是戏曲舞台上并非如此，武生骑马跨大步，真像跳上了马背；老生骑马跨小步，好像骑一只狗；花旦骑马只将脚尖踮一下，好像骑一只龟。比如坐轿，若依照真实生活去模拟，就必须蹲着走，乘车也不应该直立而行。所以戏曲的虚拟动作，如果依据自然主义的真实所要求的像与不像来要求虚拟动作必须合乎生活真实的标准，那就会弄得演员啼笑皆非。实际上，要使虚拟动作完全合乎真实的生活，在戏曲舞台上是无法办到的。如果勉强为之，观众看了以后，不但得不到欣赏艺术的感受，反而会厌烦，起到画蛇添足的作用。

比方说《坐楼杀惜》的寻书，宋江从大街小巷一路找到乌龙院，直到上楼。戏曲舞台上表现大街小巷，不外是走圆场，走S形，可是有的演员为了模拟生活的真实，他在一块小小的舞台上，做了很繁琐的设计：何处是胡同，何处是巷口，何处是十字街，他为了表演穿大街过小巷，从乌龙院出来是这样走，回去寻书又是这样走，弄得宋江在舞台上左一个小弯，右一个大弯，转来转去反反复复，搞得观众眼花缭乱，不知所以，认为宋江进了迷魂阵。凡此种种都是自然主义的方法，演员心里认为交待得很清楚，而观众却莫名其妙。

还有一种对虚拟手法的评论也是自然主义的。山东吕剧《李二嫂改嫁》中有打草一场，台上打场、积草堆，都是用虚拟动作来表现。有位先生很感兴趣，认为这种方法是艺术的，只提了一个意见，他认为在打场中（即打稻场）既已将草堆搭好了，虽是虚构，但在继续打场时，就应该将草堆这块舞台空间留出来，如不留出这块地方，就等于将草堆毁掉了。这位先生的意见有一定道理，但要看舞台上所假设的情况而定，如果舞台空间所表示的地点关系是固定的，那这个意见是对的。不过这里所表现的打场，它所表示的打场面积，并不止实际舞台空间那么大。它表示打了东场，又打西场，因而舞台上原来所虚构的草堆，已经移动了地方。这类例子很多，如表现疆场驰骋，激流行舟，长途行军等，在舞台面积上转过来又转回去，这种情况并不是还原，而是转移了地方。

还有一种要求，它不是从一个舞蹈动作完整的组成部分去追求目的性，而是以分解的方式，用支离破碎的方法，去追求所谓的目的性。如追究《赠绨袍》中须贾的耍甩发有何目的；《拦马过关》那个英雄人物在椅子上翻筋斗有何目的；踢一腿有何目的，走一个云手又有何目的。还有一种是追究舞台上的人物，为什么睡觉时上不脱帽，下不脱鞋；为什么大摆酒宴有杯无筷，有酒无菜；为什么喝酒总是一口而尽；为什么睡觉不是躺着而是坐着，凡此等等。有些人认为这些地方都是不合理的，不真实的。如果将上面这些处理方法改为自然主义的真实，那就糟糕了，戏曲艺术表演的特点也就不存在啦。

刘成基同志说："演戏的动作如画上的墨龙，有的身体在云雾里，有的已显露出来，从东鳞西爪连起来就秀出龙的全貌。"这个比方是很有意思的。戏曲表演确有神龙见首不见尾的意趣，应该突出的突出，应该省略的省略，应该简洁的简洁，应该繁复的繁复；有些地方轻描淡写就过去了，有些地方则非反复描写不可。

比如骑马，作为一般的交通工具来说，去就去了，来就来了，在表演上不必搞什么名堂，因为这里面没有冲突。可是《战宛城》曹操《马踏青苗》一折，就非得表现马在行军路上的动作和人与马的矛盾不可，因为这个情节是戏剧冲突；《挑滑车》中，高宠因为连续地挑了滑车而马力不支，陷在地里，在表演上就非常精彩，跳跃翻腾，把当时的气氛烘托得十分紧张，表现了强烈的戏剧冲突。上党戏的《黄鹤楼》，周瑜对待刘备，在礼节上十分隆重，见面时如何拜会，排宴时如何拂座，如何礼让，如何敬酒，表演得非常繁复。但是这些动作一点也不觉繁琐，因为在这一连串的动作里面，都贯穿了一个目的，就是表现他要在黄鹤楼杀害刘备。周瑜庄严和蔼的礼貌里面，隐藏着阴险可怕的杀机。戏曲表演艺术的特点，就是要在这些地方特别渲染，集中、夸张地来反复表现。至于有酒无肴，有杯无筷，都无关紧要，省略掉对艺术的真实毫无妨碍。

表演上简洁而又有效果的如《借靴》，表现那个悭吝人对一双新靴子的珍爱，用一柄很精致的扇子托着靴子，立刻抬高了那双靴子的身价，后来穿好靴子不敢走路，而是膝行爬了回去。这些手法是既简洁又深刻，以极端夸张的手段，形象地刻画了人物，给观众在艺术欣赏之余，留下了极深的印象。

我们要理解，戏曲表演的省略、简洁、突出和繁复，都是为了表现典型人物复杂的心理矛盾，集中表现戏剧的冲突。演员在表演上并不因为省略和轻描淡写而失去动作的连贯性，也并不因为繁复、突出而凝滞累赘，而是使人觉得意味深长。绘画中有所谓无墨而染，书法中有所谓有势下笔，在表演的行话中叫作连贯的动作而线不断。如齐白石的画，有极写意的地方，有极工细的地方，但都是有机的一气呵成。因此，我们的戏曲舞台上所谓的合理，必须是符合戏曲舞台上形成的艺术处理，而不是自然主义的处理。

戏曲舞台上的生活琐事

舞台上的生活琐事，要么不出现，只要一出现就要有戏可做。拿喝酒来说，比如《潘葛思妻》这个戏，潘葛为了悼念因宫中政变舍身救主而死去的爱妻，当举杯之时，万感交集，一面庆幸新主登基，自己加官进爵；一面痛悼爱妻的牺牲，不能白头偕老，共享荣华。湘剧徐绍清演这个戏，愁对空中，面向设想中的亡妻，举杯相邀，如待活人，老泪纵横，呜咽欲绝，披露了封建统治者奴役道德的矛盾，这种喝酒就很有戏剧冲突。《醉打山门》中的喝酒，反映了鲁智深的豪放性格和宗教清规戒律的矛盾，这个喝酒也很有戏剧冲突。再拿吃饭来说吧，《评雪辨踪》中的吕蒙正在泼粥一场，取笑那穷秀才又要摆架子，又忍不住饥饿的假清高；《鸿鸾禧》中，莫稽吃饭，揭露那个当穷困时饥不择食，当发迹时昧灭天良的势利小人，这些喝粥吃饭都是有戏剧性的。再拿脱衣、摘帽、开门、关门之类的来说，汉剧陈伯华演的《宇宙锋》金殿装疯一场的脱衣摔帽，表现了赵艳容反抗封建压迫的决心和聪明机智的斗争手段；《周仁献嫂》的摘帽，表现了周仁被迫以献嫂为条件，接受严府的官位，良心上受到了强烈的谴责，一路回家痛苦万分，将头上那顶乌纱摔在地上，要把它踏碎，那种怨恨、恐惧、忏悔的复杂心理，都在踏帽这些动作中形象地表现出来。至于开门关门之类，也不是为了表现有门就要开关那样必然的道理。如桂剧的《拾玉镯》几次开门关门，深刻地表现了青年男女的爱情和封建礼教的矛盾；《打渔杀家》的开门关门，烘托出萧恩父女秘密计划复仇的一种紧张气氛。

以上的例子，在戏曲舞台上是常见的，这说明，像吃饭、喝酒，脱衣、摘帽，开门、关门这类生活琐事，要么不搬上舞台，只要一搬上舞台，就和戏剧冲突发生了密切的联系，贯穿着戏中的主题思想。

《画梅花》的杨云友和批评家黄天鉴

周企何和许倩云合演的《画梅花》这个戏，是一个很风趣的讽刺喜剧，它本身就说明了生活真实和艺术真实的关系。杨云友小姐在新婚之后，要在丈夫面前显显自己的才艺，她打开窗户，看着花园里的一株梅花对物写生。自然里的梅花是很美的，枝干刚劲，花朵简洁；杨小姐画中之梅，比自然里的梅花更美了。因为她虽取之于自然，但又有不同。自然里的梅花几根枝，几朵花，几丝蕊，大枝干多长，小枝椏多短，开放的花是几朵，含苞的又是几朵，如果真有人要检验它的实在（所谓生活的真实），是可以算出来，也可以量出来的，可是古今中外画梅花的人从没有这样做过。你看杨云友画梅，手如飞电，笔势如龙，几下就画成了。如果为了真实，一定要请个会计负责来一五一十算算枝是几根，花是几朵，再请个裁衣师量量干是多长，枝是多短，要是这样来对证生活的话，那杨小姐的官司一定打输了。可是杨小姐的画中之梅，实在比园中之梅要高明。因为她在画梅过程中，不仅是对物写实，而且还能触景生情，连她的审美观、想象力，以及熟练的技巧，都凝聚在她的笔下。虽是寥寥数笔，一不涂彩，二不布景，可是这株梅花比园中之梅更有情趣，更有精神。所谓铁骨银心，笑傲风雪，把梅花的精神、品格完全表现出来了。这叫作艺术的真实性。但这里也有个程式，当她画梅时，并不是像生手的打字员那样看一个字，打一个字，而是运笔如飞，一气呵成。这并不违反写生的原则和现实主义的创作手法，并不是只凭脑瓜子一热，信手胡涂出来的。她的创作有两点是与演戏相通的：一是长期对生活（真实的梅花）有深刻的观察和自己感情的体验，而且要长期练功，所谓“演笔法于常时，凝神气于胸臆，思花之形势，想体之奇倔”，这和我们做演员的要经常观察生活，还要经常练功是一个道理；一是要学习前人画梅的经验，所谓接受传统，掌握画梅的一套程式，如所谓“叠花如品字，交枝如又字，交木如椏字，结梢如爻字”等，这也和我们做演员的要学习整套的程式技术是一个道理。

杨云友小姐画梅之法，不论是没骨也好，勾勒也好，用圈也好，用点也好，这都不违反梅花的真实。但有一点，只要在梅花上加一片叶子，那就违反了真实。杨友云的丈夫黄天鉴，冒充行家，偏偏批评他的爱人所画的梅花忘了添叶子，以为是一大缺点，这自然令人捧腹大笑。

梅花添叶这个故事可以用来说明艺术创作不能违反生活真实。梅花要添叶子，我们能很容易识别其对错，可是批判戏曲表演艺术违反了生活真实，那就复杂多了。错误理解生活真实会陷于自然主义，表演艺术的精华和糟粕绝不是鼻子上添了一块白粉就是什么，抹掉一块白粉又是什么那么简单。

比如程式，虽是为了完成舞台形象的一种有特殊表现能力的手段，但把它看成是一种法定的规矩，就会造成舞台上的清规戒律。至于我们刚才说的运用程式必须从生活出发这一点，并不是要我们在创造角色时完全丢开程式。因为创造角色时的内心体验和形象思维总是同步进行的，看到形象就会考虑到程式，不可能片面地体验好角色之后，再装到程式的瓶子里去。

胸有成竹，笔下无竹，那不是画家，只是论画的空谈家；内讲体验，外看形象，那不是表演艺术家，只是论述表演的空谈家。我们必须承认理论的重要性，也承认它相对的独立性，但是一个专业的工作者，必须是能够全面去实践的人。因此，当演员的必须勤学苦练，锻炼技术，掌握程式。当导演的在一定程度上也要掌握程式，掌握技术。不然，你在排戏时只能对演员提出内心体验的要求，不能在脑子里先看到角色的形象以及整个舞台的效果。演员常称这种导演为“心里没有谱”。

明确戏曲表演艺术的真实和生活的真实，目的是要求导演和演员在戏曲艺术的创造和发展过程中，必须认识到自己的特点，掌握自己的规律，反对形式主义和自然主义的倾向。这样才不会脱离传统、脱离观众，脱离戏曲艺术特殊的表演手段。

戏曲表演的特点是什么？程式是什么？

研究戏曲的特点，不仅是为了找出戏曲和话剧、歌剧的区别，而是为了更好地发展民族的戏曲艺术。有些同志将中国戏曲表演归纳为综合的、夸张的、集中的等几个特点，其实综合的特点，为所有戏剧所共有；夸张的、集中的特点，为所有艺术所共有。比较流行的说法认为，中国戏曲表演的特点是载歌载舞，这也不够完全。

中国戏曲的特点：一是分场（上下场）的舞台方法。这种方法，它表现舞台的时间和空间有着无限的自由，舞台虽小，变化很多；它可以不受任何限制地表现深远广阔的故事内容，反映社会生活的全貌。一是虚拟动作。这种虚拟动作，不仅表现角色的思想感情，还表现角色所处的环境（自然环境和社会环境），没有这种虚拟动作及假设的舞台空间和时间，就失去了具体的内容。一是唱念做打的表现手段。唱念做打（歌唱、道白、表演和舞蹈的结合）是分场的舞台方法和虚拟动作的具体化。如不是唱念做打，舞台上的空间、时间和虚拟的表演，就不容易说明它复杂的内容。

可以概括地说，中国戏曲主要是用分场和虚拟的舞台方法，以唱念做打为艺术手段的一种特殊的戏剧表现方法。

所谓程式，它是什么呢？它是戏曲表现形式的材料，它是对生活的高度的艺术概括。它有很强的技术性，如果你不掌握它，就不能把戏演好。它有完整的技术结构，可分可合。中国戏曲舞台无限自由的表现形式，是靠严格的程式规定好的。正是因为表演的程式准确、严谨，才能把舞台的空间自由、时间自由表现出来；只有这样，虚拟的环境和情景才能通过程式找到感觉到。如果没有规定的程式，或者程式掌握得不准确，那个舞台形象就成为不可捉摸不可理解的东西。因此，程式和表现不能分开。没有掌握程式，也就是没有掌握表现能力。程式这个东西带有固定的性质，它离开了具体的戏，就没有具体内容，只能成为一种技术单位，不可能成为完整的形式。但是，它又具有一般内容的素质，因为它毕竟是属于表现古人生活范围的技术。程式，这一概念长期以来不很明确，例如也有人把它叫作形式。任何艺术都有形式，似乎没有区别；如果叫它为规律，它的内部联系又不是那样具有必然性。要给这个假定的名词下准确的定义有些困难，但可以说明程式是由哪些东西构成的：

（1）生活是基础。任何戏剧的表演技术都以生活作基础，这没有什么特别，但戏曲程式对现实生活的汲取十分广泛。它不仅限于直接对人的模仿和体验，它还要从古典舞蹈、民间舞蹈，从武艺拳术，从演义小说，从壁画塑像，从飞禽走兽，从书法绘画等材料中模拟其形，摄取其神，作为自己的内容。龙骧虎步、鸟飞鱼潜，常常作为戏曲表演模仿的对象，把它概括在程式之中。戏曲表现能力如此丰富多彩，在于它懂得从广泛的生活源泉中汲取养料。

(2) 虚拟为主的舞台逻辑。戏曲的虚拟手法，它是有自己的逻辑的。话剧为了训练真实感，有一种方法叫作无实物练习。比如，你早上起床，穿衣服，打水洗脸，早餐，出门，上办公室，读文件，批阅等，这一连串动作，都是用空手虚拟的办法来模拟对象。最重要的是必须按照生活中事物的真实量感、质感，模拟得要十分准确。

戏曲的虚拟性质与此不同，它也要求准确，但它是按照舞台的真实来模拟的，无论登山、涉水、跑马、行舟，只能按照舞台的逻辑来表演。比如骑马，并不要求你蹲着两脚走路，才证明是骑马的姿势；因为即使是蹲着走路也没有多大意义。可是一到骑马杀敌，冲锋陷阵，就要将马跳跃奔腾的精神充分表现出来。这种虚拟，也并不是按照马跳的原型来模仿，只能强调它某一点的重要特征，这就是戏曲的舞台逻辑。比如写信，戏曲的虚拟表现是，轻描淡写，一带就过。真要按一个字一个字的写法去模拟，那非得一刻钟不可。比如舞台上睡觉，不到一分钟时间就表示打了五更，如果机械地按生活真实来模拟，那非睡八个钟头不可。戏曲的虚拟表现手法是一到紧要关头，它就反复渲染，不厌其烦；它所表现的东西比生活丰富得多。

戏曲舞台上，有关丑恶的形象，如杀人、死亡等，一点就算，不求其真；在需要抓住观众、打动人心的地方，它就使劲突出，不遗余力。这是按照戏曲舞台的逻辑来加以合理化。如若不然，很多事情都无法解释。舞台逻辑，当然不能脱离生活逻辑。比如一个人的心理活动：他在想什么？他要做什么？他有哪些矛盾要解决？用什么方法，用什么态度去解决这个矛盾？这必须合情合理，不能离开生活逻辑。但如何表现它，话剧、戏曲各有巧妙。戏曲自当遵守自己的舞台逻辑。

（3）夸张的手法鲜明地体现了戏曲美学原则。戏曲舞台上对善恶的褒贬，态度特别鲜明。为歌颂一个人，总是把美好的东西集中在他身上。请看戏曲舞台上关羽庄严威武，孔明飘逸安详。开什么脸，如何扮，怎么坐，怎么站，都是选择最完美的形象来表现他。如果反对一个人，总是把丑恶的东西集中在他身上。如汤勤之流，一出场就看出他是一个胁肩谄笑的势利小人。《甘露寺》里的贾华，那种虚张声势的丑样，简直是一幅非常出色的漫画；《法门寺》里的贾桂，那副奴才性格，真是奴颜婢膝的典型。民间艺人对善恶的美学判断，不仅表现在人物的造型上（如脸谱、身段等），也表现在整个舞台处理上，特别是对反面人物的舞台调度，有鲜明强烈的对比。这种鲜明突出的美学思想，也体现在戏曲的程式里面。

（4）浓厚地方色彩的民族风格。中国戏曲剧种在两百多种以上，主要区别表现在语言和唱腔上面。在表演方法上有共同特点，又有不同风格。同一题材，由于不同剧种的处理，味道完全不同。这种风格，和那里的人民的爱好密切联系。因为它是土生土长，所以生活气息很浓。各剧种的风格特点，集中表现在程式中间。

程式，包含了以上所讲的四种特征。这四种特征，原来就表现在整个戏曲表演形式里，何必又提出程式问题？其中又有什么区别呢？

原因是，以上的特征不是在表演时才表现出来，也不是在形象构思时才想到它，它是在长期的生活体验和舞台体验（遵守舞台逻辑的体验）的过程中凝聚成的一种特殊的技术形式。这种特殊的技术形式，就是戏曲表演的手段。当它再体验生活，表现具体的剧本内容时，它才成为完整的形式。程式，是戏曲表现形式的基本组织，没有它，就没有表演本钱，这个本钱是长期积蓄起来的，他和小说家积蓄语条有点相似。

程式，只有当它表现具体戏的时候，才具有思想性，一旦离开具体的戏，它只是一种单纯的技术形式。可是话又说回来了，因为这种技术形式含有以上四种特征的因素，就又具有一定的内容。这个内容，是亘古以来的生活所决定的。

表现人物，运用技术

表现人物、运用技术，一方面是利用现成的程式，根据内容的需要加以改造；另一方面是学习它的表现手法，从生活出发创造新的、符合现代人物生活的动作。

程式，它是以唱念做打作为自己的表现手段，是深刻体验生活和高度概括生活的结果；它是戏曲表演艺术中既具有特殊的表现能力，又带有一种固定性质的技术形式。这种形式的特征，从它的概括手段来看，带有一种符号的作用；脱离了具体的体验，就只是一种抽象的技术形式，在表演上容易导致形式主义的道路。如果你能从体验的方法来掌握它，它那抽象的符号就成为你创造形象的最好手段，而且必然会促进形式的发展。我们考察戏曲程式，可以从两方面看：一是从它的固定性来看，它是不随意的、不自由的。歌唱有板眼管着，荒腔走板就不行；身段动作要适应锣鼓节奏，一个动作交待不清楚，鼓点子就打不下来。舞台上一举一动，我们都要遵守它的规矩，所谓不以规矩不能成方圆。二是从它的灵活性来看，戏曲程式毕竟不是铁打铜铸，而是靠演员的感情体验和肌肉控制作为表演素材的。当你掌握了这些程式运用规则，你就获得了创作自由，体味到一种创作的喜悦。懂得创造的演员，在运用表演程式时，总是服从它的规矩，又破坏它的规矩；总是充分发挥创作上的自由，又必然受它的约束。

没有这种舞台约束，也就没有表现的自由。以上说明了程式的限制和自由的关系，但并没有解决现代戏的问题，因为这里面有一个客观生活的法则问题。

古人今人，各有工架

传统的戏曲程式，毕竟是古人的生活形式在舞台艺术上的反映。戏曲程式，它是表现古代人生活形象的一种结果，它的创造必须按照古代人的规划法则，这就有了客观的性质。因此它那种程式，就不能听从我们随意使唤，不能毫无条件地适应现代戏的要求。古代人的生活美学，除掉有共同的特征之外，在统治阶级中，特别是其中的正面人物，又有它自己鲜明的美学标志。这一点两千年以前的孔老夫子早就起了示范作用。他的风格气度，在每一种特殊场合下，都有一套特殊的表现形式：他和家乡人讲话，摆出一种诚实的样子，所谓“恂恂如也”；他和小官谈论，就有点盛气凌人，所谓“侃侃如也”；他和上级见面，又是一副和颜悦色的样子，所谓“訚訚如也”；见君最难，既要大大方方，又要局促不安，所谓“踧踖如也，与与如也”。如果鲁君唤他招待贵宾，那他的身段和表情就更多了：首先要变脸，所谓“色勃如也”；再则要跳舞，所谓“足躩如也”；接着是如何打躬作揖，如何摆手势，如何整襟撩袍，如何走趋步，如何一会儿将两臂张开，一会儿将两臂弯曲，像鸟翅膀那样飞来飞去，一直将客人送走为止。（见《论语·乡党篇》）古代人越是上层人物，越是讲究身段工架。古代生活所规定的那些形体动作，提炼为戏曲程式，如整冠、理髯、耍袖、甩发、掏翎、端带等优美的形式，在表现古人生活时，当然效果很好，一表现现代生活就使不上劲啦。这说明程式的利用是有限度的。因此，演现代戏要研究现代生活中的程式素材。

现代人也有现代生活的格式。当然古今格式不同，标准也不同。古人方袍阔步是好看的，我们穿干部服踱八字步就成了滑稽；古人端坐，要两脚撑开才见庄严，我们穿制服坐下，要两脚并拢，才算有礼貌；古人将袖口挽起，规规矩矩，今人将袖口挽起，流里流气；古人双手拢袖，从从容容，今人两手插在裤袋里，随随意意；古代的姑娘见人要衣袖挡脸，这是必要的分寸，今天的姑娘也这样做，那就成了神经病；过去的妇女出门，必须摸摸鬓角，看看裙子是否遮住了三寸金莲，今天的妇女出门，先挎个提包；挥笔提毫和使钢笔的手势不同，吹水烟袋和扔香烟头的姿势也各有区别。这类例子举不胜举，说明现代生活也有自己的一套习惯格式，其中含有自己的美学观点。君如不信，请到照相馆去看看，那些摄影师总是要教导你如何站，如何坐，眼睛怎么看，面皮怎么笑，等等。有人不愿意受他摆弄，就要来个自由姿势，但毕竟还是要有个姿势。所以古人今人，各有工架。

无产阶级的风格

我们今天的工农兵和国家干部、革命知识分子也都有他们的风格。这种风格，是在党的领导下，受到长期的革命锻炼，自然形成的。他们有两个基本特征：一是他们从群众中来，在群众的革命斗争中成长。他们最理解群众的感情和地方的风俗习惯，因而在思想作风上，保持了热爱群众、平易近人的品质。一是他们在马列主义和毛泽东思想的指导下教育成长。他们表现着无产阶级的革命气魄；他们永远不怕困难，藐视敌人；他们不管在任何凶恶的敌人面前，总是带有一种“灭他人志气，长自己威风”，“你不投降就消灭你”的革命气派，这种坚强雄伟的气派，就叫作无产阶级战士的革命风格。这种风格只能通过个性表现出来。他们既有这种共同的基本特征，又具有每一个人的特殊的特征，所谓共性中有他的个性。这种特征，只有通过个性，才能深刻地表现出来。创造新的程式，不是依靠这些特征，而是以这些特征为内心依据，还得通过具体情景和具体矛盾冲突，以及他们所做的具体动作为生活依据，并借鉴传统的表现方法，去创造新的程式。

服饰不是决定的条件

宽袍大袖的古代服饰，诚然是戏曲舞蹈动作的重要条件，所谓“长袖善舞”，但是能舞不能舞，它并不是唯一的条件。其实戏曲里的花旦、短打武生，都是短袄小袖，并没有因此影响它的舞蹈技术，短袄小袖同样有它自己的一套舞蹈表演方法。问题是穿了今人的服装，生搬硬套那些表现古代人物的程式，是不行的。必须以生活为基础，既要现实又要浪漫地去创造适合于今人的程式。

程式是前人创造的一种成果，主要是应该学习它的表现方法，就是既要深刻模拟，又要大胆抽象地运用的那种现实主义和浪漫主义相结合的表现方法。

反面人物为什么好演

为什么演反面人物利用旧程式时问题较少，因为生活里的坏人并没有脸谱。所谓阳奉阴违、口蜜腹剑、衣冠禽兽，等等，这些形容都说明反面人物心理和面貌的对立统一，又说明了这类人的现象和本质的区别。一个坏人要伪装成好人，当然不会有自己表明自己是小丑之理。可是一个坏人要装，使人一点也看不出来却不容易。孔老夫子最能观察这种人物，他说“巧言令色，鲜矣仁”，又说“君子坦荡荡，小人常戚戚”。可见反面人物自有一种邪气，叫人一眼就能看得出来。中国戏曲的表演艺术，最善于将这些人的心理、品性，以夸张的手法赤裸裸地揭露在舞台之上。中国戏曲丑行形式最为丰富，川剧小丑有十门之多。当然，凡丑并不都是坏人，其中也包括性格幽默、脾气古怪而心地善良的人物。除此之外，一般都是当作反面人物看的。为什么传统小丑的程式用在现代戏里的反面人物身上问题不大呢?

第一，戏曲里的小丑，虽也有它自己的特殊形式，一般地说，它的表演比其他的行当较为自由。丑角的基本姿势虽只有那几套，可是允许演员在舞台上自由发挥，即兴创作，不像其他行当有许多限制。由于它原来的丑角形式就比较自由多样，因而表现现代生活的限制性也就不大。

第二，所谓丑，它在舞台上反映了丑与美的矛盾。可以假定说，一个人的形态的美（这里暂不讲道德的评价），首先总是在正常的形态里表现它自己的特色。宋玉称他所见的美人说：增一分太长，减一分太短，搽粉太白，抹胭脂太红。这个标准太严格，但其中也表现了一种常态和特色的统一。有一般的标准，这是常态；标准的那么理想，即是特色。我们所谓的好看的人，长得平均，匀称，总是大体上有个标准，这个标准也有时代的特征。至于丑，它往往是以反常的形态来表现它的特点。美的动作身段则要求一种正常形态的调和，而丑的动作身段它允许反常态的，将这种不调和的东西，有安排地统一在丑的身上，就成为丑的特色。它把美的身上看作是丑态的东西，将它集中起来构成另一种调和，以表现自己的常态，即是表现丑角的美。

有一种叫作冷面滑稽的，它的脸上一丝不动，像是经过裁缝用熨斗烫过的那样，这也是一种超过常态的表演。现代戏中的反面人物，可以利用戏曲中丑角的形式。为什么？因为现代的反面人物，虽有它的时代特征，但是在表演上也允许有这种特征，即是以不调和的动作来表现它自己的和谐。因而，它既能容纳传统丑角的形式，也能容纳其他行为的形式。比如老生，一般说是封建时代正面人物形象的描绘，这种形式若是拿来表现我们的正面人物，特别是代表正确思想的人物，不仅感到滑稽，而且是歪曲了正面人物的形象；如果拿来表现今天的反面人物，那这种滑稽却也成为它自己的一种和谐。你想，在你面前明明是一个卑鄙的人物，他却踱着方步，摆出一副端庄持重的派头，这种形式内容的不调和，正是一种丑态的披露，然而在反面人物身上是调和的。如果以传统戏中风流小生的动作来夸张今天生活中那些极端陈腐落后的旧知识分子，不是很合适吗？所以，以不调和来表现它的调和，这是丑的揭发，在它本身却是正常的形态。东施本来不美，却还要效颦，那就更丑，因为它很不调和，在东施本人说来，那又是统一的、常态的。漫画也用这种手法。

反面人物之所以反常，正是心理行为的反映。我们词条里，有这样的比喻：螳臂挡车、掩耳盗铃、东施效颦、狗尾续貂，等等，这都是一种反常的反映，它自己以为很真、很美、很有趣，人们看来很假、很丑、很滑稽。

还有一点是重要的，反派的丑，不只是使人感觉滑稽可笑，必须使人可厌、可恶、可恨、可怕。因此，我们表演反面人物时，不是只揭露它愚蠢可笑的一面，也必须揭露它奸险毒辣的一面。当我们用传统形式表现反面人物时，决不可形式主义地去制造形式上的矛盾，流于一味出洋相的地步。如果那样，人们对舞台上的反面人物一点不觉得可厌可恨，倒是对创造角色的表演者觉得可厌可笑。所以，在利用传统形式时，总是要体验和创造。

还有一种情况是要注意的，就是对那些基本上是正面人物而有毛病的人，或者是有性格缺点的人，不能当敌人来讽刺。比如有些人狭隘多疑，自悲懦弱，或者性急粗暴，骄傲自满，等等，这要看他是什么人，是内部矛盾还是外部矛盾。这个概念必须明确。只要不是敌人，就不能加以讽刺。

学习程式和学习手法

学习戏曲程式，它能帮助在形体动作上培养审美能力，使我们形体经过严格锻炼、筋肉控制，达到无微不至随心所欲的程度，这是我们创造现代生活的舞蹈动作很重要的基础。武生的动作是古代的武艺决定的，它表现了使用古代武器精湛绝妙的技法。表现现代生活，学习戏曲遗产，不应该搬用它那已经形成的套路（现成的程式陈套），主要是学习它的表现手法，因为它深刻地模拟了生活的真实，所以观众看得懂，这是它的基础。同时，它不仅扬弃了生活动作里面的真实，还抛弃了不符合戏曲舞台逻辑的那些东西。它从模拟的生活中跳将出来，以奇妙的表演幻想创造出海市蜃楼，复置身于其中，且歌且行。它是幻境的虚拟，又是生活的逼真。这个魔术师，既沉潜于体验之中，又放浪于形骸之外。它善于细致描摹人物的心理矛盾，动作柔和，意味隽永，像是绵里藏针；它也善于表现情感的剧变，气势迫人，激情震荡，真如怒发冲冠。这种大胆的浪漫主义和现实主义的结合，就是中国戏曲表现手法的特点。我们表现现代生活，应该学习这种表现手法，不是去抄袭程式。

我们要学手法，不要套程式。话又说回来了，既然不要套程式，那么还需要去学程式吗？当然要学，而且非学不可。因为手法只能在程式之中，不能在程式之外。当演员的，对于具体手法的掌握，形象的创造，不只是观念里的问题，不是自我懂得欣赏就算了，必须能将它表达出来，这得靠演员的感情材料和身体材料才能做到。因而我们不只要在观念里掌握手法，且必须在自己的物质手段中掌握手法。人人都能胸有成竹，但只有画家能将胸中之竹表现出来。我们只有学了程式才能具体掌握它的表现手法。不学它就不能化它，手法离开程式就不存在。当然你可以用分析、抽象的方法去概括它，去认识它，但必须从具体入手，这是很浅易的道理。因此，没有旧戏基础的演员，必须刻苦地学习技术，学习程式，但更重要的是结合生活体验。

不能依法类推

戏曲传统的表现手法固然要学，可是它在表现现代生活时，也不是没有局限性的。比如戏曲舞台上惯用四个龙套代表十万大军，一个圆场就走过万里，对这种手法如果依法类推，去表现现代生活当然是不行的。比方说以四个或者八个解放军，在舞台上做划船身段，就算是百万大军渡过长江，这是不行的。传统戏舞台上惯于程式的采用，是以局部来代表整体的办法，在表现现代戏时，就得看情况，要因事而用。至于服装的美化夸张也是如此。学习戏曲服装的色彩和它的夸张，也不能依本照抄，要看演什么戏，演什么人。

鲁迅曾经写信给《戏剧》周刊的编者，他这样说：“只要在头上戴一顶瓜皮小帽，就失去了阿 Q，我记得我给他戴的是毡帽。”足见这些细节之处，一不注意就会破坏人物的形象，使农民变成流氓。演现代戏既要使服装美化，又要不破坏生活真实。凡布景、道具、化装等都存在这些问题，既要艺术夸张，又要真实可信。

要夸张又要真实

亚里士多德在他的《诗学》里说："我们所看见逼真的摹拟感到愉快，就因为我们一面看，一面求知，在推理，比方说'这就是某人'。假如我们从没有见过模拟的对象，那就不是由摹拟引起的快感，而是由于技巧、色彩或类似的原因。"因此，对那些有名而且在群众中有一个比较完整、固定印象的人物，只靠想象是不行的。对于戏曲表演程式和手法的运用，就不能距离生活真实太远。脸谱式的夸张是不允许的。

人民对于是非善恶态度鲜明，他们要捧什么人，贬什么人，有他们鲜明的美学评价。我们表现现代生活，应当好好研究这种方法，学习这种方法，但方法不能代替生活。社会主义生活的夸张，必须根据社会主义生活的特点。现代戏曲的艺术真实必须是可信的，然后才能有感染力。学习遗产，运用戏曲形式，目的是为了能够更加表现新的生活，并不是为了保守旧的形式而借用新的题材。因此，即使是传统里最好的东西，也不是一成不变的。

形式和内容的关系十分复杂。每种艺术形式，总有它自己的特征，又有它自己的局限性。艺术形式在内容起决定作用的前提下，又总是根据自己的形式特征来表现它，否则艺术形式的区别就不存在了。

体验生活

舞台艺术是直接靠演员的形体和感情来创造的。演员，他是角色的创造者，同时，他又是角色本身。创造角色，除剧本以外，主要是靠演员的感情体验和形体的体现。因此，演员除去他是一个艺术家以外，同时又是角色创造的手段和材料。当演员的就必须具有这两门本领，一门是具体表达生活的本领，一门是创造表达生活的手段。前者要从生活出发，后者要从技术入手。技术表达生活又属于生活，它要从勤学苦练中获得，最初，总是从生活中来。因此，一个演员无论是认识生活，表现生活，必须从体验开始。当然，体验不是盲目的，要有一定的思想观点作为指导。演员体验生活，各人都有自己的一套。有人主张静静地观察，好比相面先生善观气色那样，这种办法只能述其形，不能摄其神，这不能当作主要的办法。有人用设身处地将心比心的方法，这是演员创造角色有效的方法。所谓内心体验、情绪记忆，就属于这种方法。但这种方法也有限度，因为你所体验的，只能是你本身有限的知识和经验。

有个穷人家的孩子在大年三十晚上吃饺子，他说：如果我当了皇上，每天都吃饺子。这个孩子以自己的生活经验去体验皇帝的生活，自然是可笑的。地方戏中有这样的笑话，说包龙图因陈州放粮有功，回朝时王后做大葱烙饼给他吃。这也说明农民把自己的经验用来体验宫廷的生活是错误的。所以将心比心、设身处地这种内心体验的方法，不能当作普遍的方法来应用。虽然人生活在社会之中，与万事万物不能孤立绝缘，可是当要求你去深刻认识一件事情，就非得实践不可，非得亲身去体验不可。一个人的经验认识，必须符合客观情况，主观的经验所以能够反映客观真实，是实践的结果。

音乐也是一样，生活中的音响和语言中的音调，是创作音乐的原料，但它不可能直接提供你完整的曲调，要作曲还得接受传统的经验。所以，戏曲表现现代生活，必然要使体验生活和接受传统结合在一起，而体验生活是前提，接受传统是借鉴。无论是接受传统还是发展传统，都要以体验生活为内容。戏曲的新程式要从新的生活体验中产生，但同时必须依靠旧程式的创作经验，来帮助你集中生活、概括生活、提炼生活。没有它，新的程式也产生不出来。“百花齐放、推陈出新”的方针，包括接受传统和深刻体验生活这两个方面，有了这两个方面才能产生出来新的生命力。

由于各种艺术在表现手段上的不同，所表现生活的真实也就不同。各种艺术在反映生活时，都包含着自己的长处和它的局限性。所以，从事戏曲实践的人，必须研究中国戏曲艺术的特殊手段，来完善自己的艺术特点。

世界上没有一种艺术和创作可以脱离具体的艺术实践而存在，也没有一种艺术实践可以脱离它自己的表现手段而生存。生活是艺术的源泉，艺术自然不能违反生活的真实，但艺术反映生活，不可能不通过它自己的特殊形式，按照自己的特殊规律，运用自己的特殊手段，来完成艺术的真实。这就是中国戏曲艺术的特点。

万鹏导排《鉴湖女侠》合影

谈余派表演艺术

从余叔岩的先见之明谈起

我在幼年学戏时，曾闻陈秀华（余派专家）老师与先父在闲谈中讲过，当初马连良开始创造马派艺术，尚未得到大家公认时，余叔岩便对他作了十分准确的预言："别看现在内外行都对马连良有许多非议，将来老生行执牛耳者，非他莫属。"

余叔岩

余叔岩的先见之明深刻地说明，作为一个京剧演员，必须唱念做打（舞）全面发展，才能以高度综合的表演艺术，去创造形神兼备的艺术形象，取得广泛而深远的影响。这既是京剧演员的正确发展途径，也是京剧发展的艺术规律。而令人遗憾的是，这条途径与规律常常被演员所忽视，因此京剧形成直到今天，摹仿前人艺术成品或只凭单项表演的人甚多，他们也能风靡一时，但是，却不能推动京剧表演艺术向前发展，成为后人探索与学习的典范。

在20世纪20年代初，汪（桂芬）派和孙（菊仙）派日益衰微，谭（鑫培）派"有书皆作序，无腔不学谭"的局面从北京扩大到全国，谭腔盛行于世。恰在此时，马连良从学谭的行列中分化出来，创造了一套清新明快，细致传神，洒脱流畅，飘逸自然的唱念做舞，排演了大量旧戏翻新的剧目。然而这却招来了谭派“叛徒”“京剧罪人”“油腔滑调”等攻击和谩骂。

就在这种氛围之中，余叔岩预言马连良必然成功，这对当时剧坛内外均起到了非常重要的作用。因为当时余叔岩已经在学谭的基础上向前发展了一步，其唱念做打均比前人更为严谨、精湛，写意传神，从而提高了老生表演艺术的审美价值，被奉为老生圭臬。因此他对马的肯定，确有举足轻重的作用。

余叔岩之所以敢于对未来的马派做出肯定的预言，是因为他了解马连良的功底和艺术潜力，看到了他努力追求唱念做打的高度综合，一改其他老生演员重唱轻做（单项表演）的错误倾向，并且敢于创造自己的独有剧目和独特的艺术风格。通过这一事例，充分说明余叔岩不仅没有门户之见，而且是反对重唱轻做、墨守成规的。

余叔岩的聪明之处

唱念做打是戏曲演员塑造人物形象的艺术手段，这是尽人皆知的。然而事实上，并非所有演员都能正确认识唱念做打的内在联系，因而在舞台上能否把唱念做打之间相辅相成的微妙关系把握得当，巧妙结合，使它们相映生辉，这并不是任何一个演员都能做到的。

从历史上看，继程长庚、余三胜、张二奎之后，被誉为老生后三杰的谭鑫培、汪桂芬、孙菊仙三派，对唱念做打内在联系的认识和运用，就表现出极大的差异。因此，他们由声誉、地位不相上下的三足鼎立之势，逐渐变为谭鑫培跃马扬鞭，独自登上艺术顶峰的局面。谭氏之所以成为剧界大王、一代宗师，绝非仅仅由于他的嗓音甘甜圆润，歌声清朗，唱腔新颖，悠扬动听而胜过汪、孙两派。谭鑫培意识到重唱轻做不符合京剧艺术的发展规律，因而他从丰富老生表演艺术出发，利用其文武双全，昆乱不挡的优越条件，创造性地将老生行中的安工、衰派、靠把各有专攻的唱念做打熔于一炉，经过加工锤炼，创造出唱念做打的技巧性与写实性完美统一的谭派艺术。

谭派艺术的崛起，推动了老生表演艺术的发展和京剧历史的前进。当时北京除王凤卿、时慧宝、高庆奎之外，所有著名老生无不师法于谭。但是，由于谭鑫培在唱念做打等方面，文中有武，武中有文，技巧性强，难度很大，所以，不是文武兼全的老生，只能在唱的方面摹仿谭腔，很难从唱念做打的内在联系去全面研究谭派艺术特点，更谈不到学习他的艺术创造规律。即使是人所公认的著名谭派老生如王又宸、言菊朋（尚未创立言派之前）、贵俊卿、王雨田等人，也均以摹仿谭派唱法而成名。所以，今天只要能摹仿余叔岩十八张半唱片，便可冠以著名余派老生的头衔，当然就不足为怪了。

可是当年余叔岩学谭，绝非单纯地摹仿谭腔，他更不是单纯以唱腔有味儿而成名。他是唱念做打无一不精，手眼身步无一不美。焦菊隐论戏曲表演动作“三度面积美”时曾说：“戏曲的传统表演，就特别强调人物的塑形——立体感。无论是一个人物的动作，或是群体的活动，它都强调形体的三度面积美……在戏曲界前辈当中，曾经有过这样的评论：‘钱金福的身上，四面好看；杨小楼和余叔岩的身上，三面好看；其余的演员，仅仅是一面好看。’这足以说明戏曲是多么重视人物形象的造型美了。”（《焦菊隐戏剧论文集》第353页）余叔岩经得起三度空间的考验，说明他身上脸上的功夫达到了最高的审美要求。

余叔岩的唱工与表演，在幼年时期已有一定的造诣，并得到观众的好评，可是他却在做工与武打方面花费大量的时间，付出极大的代价，是由于他从谭鑫培的身上发现，只有将精湛的唱念做打高度综合，才能打破重唱轻做的局限性，驾驭各种扮相，演好各种人物。但是，要达到这个目的，必须具备像谭鑫培一样的功底，所以，他并不急于学谭鑫培的戏（艺术成品），而是首先学习谭鑫培的功（创造艺术成品的材料——艺术手段）。他这种学习方法，一般人或许认为是一种愚人做法，殊不知余叔岩这种做法恰恰是他的聪明之处。

余叔岩锐意学谭

余叔岩（1890—1943）本名第祺，字叔岩，艺名小小余三胜。祖籍湖北罗田，生于北京。祖父余三胜，工须生。父余紫云，工旦角。余叔岩弟兄三人，长兄伯钦为其操琴，三弟胜荪，系程（长庚）派须生。

余叔岩幼承家学，九岁正式学艺，从吴联奎学老生，姚增禄学武生。十三岁时以小小余三胜艺名在他父亲的福庆班演唱。十五岁时带艺入天津德胜魁科班，坐科三年，与白玉昆、苏春科同科，演出于天津下天仙。因余三胜当年在津献艺极受欢迎，故天津观众对小小余三胜倍加喜爱。他在下天仙与孙菊仙、李吉瑞、尚和玉、薛凤池、阎岚秋（九阵风）等人同台演出。当时他尚未学谭，但在表演上已经显露出过人的才华，所以，他的《文昭关》《捉放曹》《失街亭》《当锏卖马》等戏，多演出于后中场，一时轰动津门。余叔岩当时年龄虽小，却抱负远大，对自己取得的成绩和观众的爱戴，他并不感觉得意，反而倍加努力地勤学苦练。他在津期间，谭鑫培、杨小楼经常来津演出，这不仅给予了他充分观摹学习的机会，而且能够使他结合自己的实践，去加深对谭、杨艺术特点的理解和体会。

余叔岩在津演到十八岁以后，因变声不能演唱，回到北京。在其岳父陈德霖的帮助下，向钱金福、王长林学习谭派身段，重新进修把子工。这是他从必然王国开始向自由王国迈进的一个艰苦而重要的阶段。

大武生　赵鸿林

就在余叔岩向钱金福、王长林学习谭派身段，进修把子工期间，尚和玉、韩瑞安带领韩长宝和先父赵鸿林也回到北京，准备练习打炮戏《神亭岭》。因为尚和玉曾一度窘困，韩瑞安深知尚得俞菊笙真传，故时常给予经济上的帮助，并与尚结为金兰之好。后来韩瑞安培养韩长宝学武生，教戏的责任当然就落在尚和玉的身上。尚为了使韩长宝一鸣惊人，根据韩长宝、赵鸿林的条件编写了《神亭岭》，并亲自设计了精彩的夺戟武打。后来韩、赵二人以此戏打炮，尚和玉为取吉利，将《神亭岭》改名《少年立志》。

由于韩、赵二人在天津每天陪余叔岩打把子，建立了感情，而尚和玉又与钱金福关系甚好，因此钱仍叫韩、赵陪余叔岩练打把子工。当时余叔岩住前门外石头胡同，韩家住在韩家潭，彼此距离很近，于是韩、赵二人除了在家学戏之外，便跑到余叔岩家看钱金福、王长林给余说戏。

把子工对老生的表演究竟有哪些作用？这是个普遍忽视的问

题。其实舞台上的唱念做打，一分一秒也离不开手眼身法步的综合运用。而训练手眼身法步综合运用的有效办法，一是打把子，二是拉戏（就是老师给学生排戏）。因为把子工手眼身步必须同时动作，哪一个部位想单独行动都是不可能的。一套把子，浑身上下无一处不在运动之中，手眼身步无一处不在规范之内，上步、撤步、绕步、踮步均以自己手中的招数变化为依据；正视、斜视、侧视、仰视、藐视、鄙视和怒视，或看枪尖或看刀刃，均以对方的招数变化为转移；抬腿、跨腿、片腿、弓腿、转身、拧身、斜身、侧身、变身又均以步子的进退走向为轴心。把子的速度快慢，身形姿态的美丑，取决于步法的巧与拙；而身上的劲头，则来自于腰。腰若僵硬呆板，身形便转动不灵，而腰若软弱无力（即软腰子），则全身筋骨不张。四肢受腰的支配，双目听腰的指挥，腰是身段、舞蹈、功架、武打之枢纽，脚是取形、换形、造型之根基。

余叔岩在钱王二位的指导下，通过悉心揣摩和刻苦锻炼，领悟了其中奥秘，他将把子打得下下精确，手到神随；脚下进退一清二楚，快慢适度；身上圆顺优美，柔中有刚。整套把子起伏跌宕，节奏鲜明，千姿百态，韵味无穷。韩赵二人专攻武生，又受尚和玉精心传授，论武功当然是行家里手，但是，通过与余叔岩打把子之后，两人赞叹地说："这才是打出了神采，打出了韵味。"余叔岩对韩赵说："手眼身步都在法的统率之下，所以，不论是起霸、走边、打把子，还是弹髯、投袖、走身段，在学的时候主要是学法；在练的当中，要细心地去找法；在休息的时候，脑子里要去默法。这就是既要练动功，还要练意功。因为谭派的身上，讲究把练出来的棱角磨光了，再拿到台上去才能让人觉得自然，好像是一点棱角也没有，其实棱角都在里头呢！这全靠心里的劲头，不练意功是体会不到的。"可见余叔岩锐意学谭，所下的苦功，是为了得其神髓，绝非只是徒然形似而已。

余叔岩致力于学法

余叔岩的学戏方法是和别人不同的。他拜谭鑫培之后，谭仅仅正式教了他一出《空城计》的王平，半出《太平桥》的史敬思。余叔岩明知《空城计》的王平是个里子活儿，为什么他不求学诸葛亮，而同意学王平呢？过去京剧界常说“法不传六耳”，就是教戏不教法。因为戏的路子很好学，张三李四教的戏路了，基本上均无太大出入，但是，你要想把戏演好，就必须得法。因此，一般向老艺人学戏并不太难，不过你只能学个戏路子，而法是绝不轻传的。

过去有人说，谭鑫培怕外人将自己的东西学去，所以，只教余叔岩一出半戏，而这一出戏还是个里子活儿（王平）。我认为这恰恰说明谭对余是毫不保留的。因为余叔岩的应工是诸葛亮而不是王平，显然谭教余王平的目的，不是为了让他去演，而是为了通过王平和史敬思这两个角色，传授他靠把老生应该掌握的法。通过这两个角色的法举一反三，其它靠把戏和箭袖戏，如《战太平》《镇潭州》《四郎探母》《武家坡》《南阳关》《汾河湾》《当锏卖马》等戏的功架、步法和身上的劲头，便可无师自通了。正因为余叔岩的靠功和把子功达到了相当水平，谭鑫培才肯教他这一出半戏。后来李少春和孟小冬都拜在余叔岩的门下，为什么他将《战太平》传授李少春，未传给孟小冬呢？还不是因为李少春的靠功和把子功比较扎实吗？当然作为一个完整的老生演员，不止需要扎实的靠功和把子功，褶子功也是极其重要的。

余叔岩为了演好褶子戏，以《打棍出箱》为基础，在王长林的指导下，结合观摩谭鑫培演出的体会，他从台步、水袖、髯口、眼神、指法和特技（踢鞋、甩发、《出箱》的吊毛）到整个表演，无一处不反复揣摩，刻苦锻炼，精益求精。这个戏不仅舞蹈动作复杂，更重要的是如何刻画范仲禹的性格、气质和精神状态。范仲禹是个学有成就的书生，但是，他因失落妻儿而精神失常。刻画这样一个特定人物，首先要在他的一举一动中自然地流露出十足的书卷气，同时又必须表现出他时而头脑清醒，时而思维紊乱，处于半疯状态的精神面貌。这两者的分寸如何准确把握，唱念做舞多样性怎样和谐地统一在他的本质性格和半疯的精神状态之中，并体现多样统一的复合之美，是一个深层的表演艺术课题。

先父与韩长宝随尚和玉回京学戏期间，正是余叔岩练习《打棍出箱》的阶段。所以，先父与韩长宝总是趁尚和玉有日场演出不能来说戏的机会，去看余叔岩练习此戏。有人说，谭鑫培演范仲禹用三软台步，刻画他失落妻儿之后，在山前山后寻找半月有余的疲惫和衰弱。后来在我学这个戏的时候，先父一再说，通过反复看余叔岩练习此戏和他后来的演出证明，用三软台步的说法是不准确的。

三软台步的要领是：下颏前探，表示脖颈软；膝部前曲，表示落脚软；驼背松腰，表示腰胯软，这是衰派戏的走法。如《天雷报》中的张元秀年过八旬，生活无着，思子成病，精力衰竭，这种类型的人物是要用三软台步的。而范仲禹虽然为寻妻儿四处奔波，疲惫不堪，但他毕竟正在中年，用三软台步显然是与人物不符的。可是范仲禹的台步和身段，的确与其他戴黑三的老生不同，因为他是个穷儒，所以，他穿的不是厚底靴子，而是福字履，戴高方巾，穿黑褶子，系丝绦。从扮相就说明他是个离家在外的穷书生。京剧和昆曲的穷生戏，均不穿靴子，这是人物身份所决定的。而穿福字履迈方步，本身就有一种寒酸气。这种台步的要领是：坐腰松肩，膝部微曲，脖颈稍缩，走大八字步时身体必然带动背后的底襟左右摇摆，于是产生一股穷书生的寒酸气。

余叔岩就是在这种台步的基础上，结合范仲禹纯朴、善良，书呆气十足的本质性格和两眼迷惘的精神状态，去刻画他焦急、失望、心力交瘁，茫然不知所措的复杂心理活动的。这个戏之所以设计了许多繁难的舞蹈动作，就是为了表现上述人物的特征。

余叔岩　王长林《问樵》

如《问樵》一折，范仲禹与樵夫在第一段念舞组合中念道："南山之上，下来一只猛虎，将那小婴孩它就衔——衔在口内！"身段是远指南山，近指猛虎，在"它就衔"三字中，正翻双袖，甩髯亮相，紧接着转身，反翻双袖，金鸡独立，左腿与双袖大幅度开合动作（与"衔在口内"四字相互配合），这组动作里面包含了文丑与武丑的舞蹈程式。

在第二段念舞组合中，有这样两句念词："见那猛虎，口衔婴孩，赶上前去是这样三拳两足，将虎打走……"配合这两句词的动作，纯系武生的短打程式，如投袖裸肘，栽锤趋步，磕腕踮步，单腿抱月，等等。特别是樵夫为范仲禹指明葛府标志时的一段念舞组合，在大锣的二三锣中进行，念白速度很快，但要求字字入耳，动作幅度极大，而必须层次分明，低式时，挥舞水袖单腿卧鱼，高式时，挥舞水袖侧身射雁，两人挽臂，一左一右，同时变化，此起彼伏，形成上下翻飞的舞蹈画面。

先父与韩长宝连续看了好多天排练以后，问余叔岩："为什么有的身段很有劲，有的身段又那么软呢？"余叔岩说："你们所说的有劲的地方，正是武生和文武小花脸的动作化在了范仲禹的身上，以此去表现他时而身手矫健，动作有力，时而全身松弛，四肢疲软。矫健有力是刻画他反常的精神状态和疯癫行动，松弛疲软是表现他头脑清醒时正常的精神面貌。”通过观摩余叔岩《打棍出箱》的排练，使韩长宝与先父懂得了表演艺术文中有武，武中有文的奥秘。余叔岩在天津练把子功的时候，他早已从谭鑫培身上悟出了这个道理。

余叔岩为了全面掌握谭鑫培的表演特点和艺术风格，只要谭有演出，他每场必看。但是，正脸、侧脸和背后戏，需要从各个不同的角度去看，才能领会全面要领，为此他总是提前购买他指定位置的戏票。谭的举手投足，一举一动，吐字发声，一腔一擞，他均作笔记，不敢有半点疏漏，所以，他经常与陈彦衡一起观摩，然后再彼此对照笔记，共同研究。虽然他也在春阳友会票房与溥侗（红豆馆主）、范濂泉等一起研究京剧声韵和谭派唱法，但实际上陈彦衡对他的帮助是比较大的。

余叔岩为了提高文化素养，先后向湖北名士陈农先、天津名士魏匏公学习书法。他拜谭鑫培之后，特请陈农先之母为其书房题写了“范秀轩”的匾额，因谭鑫培字英秀，余以谭为典范，故取“范秀轩”三字，说明他对谭之崇拜。

他之学谭虽一丝不苟，但并非拘泥于形式上的摹拟，而是遵循其表演规律和艺术创造原则，着意于意境的融化，因此他的唱念做打既是谭派的风范，又显示着自己的风格，达到了“有法之极，归于无法”的境界。所以，他与那些墨守成规，重唱轻做的谭派老生，如王又宸、言菊朋（尚未创言派之前）、贵俊卿、王雨田等人，分化为旧谭与新谭两派。旧谭派即上述诸人，新谭派便是余叔岩。

所谓新谭派，其特点在以下两个方面：一、余叔岩唱念做打全面发展，文中有武，武中有文，这是旧谭派所望尘莫及的；二、他并未停留在学谭的阶段上，而是根据自己的条件与体会，对谭的东西有所取舍和变化。他在不断的发展中，突出了他自己隐秀（隐即意义含蓄，秀即形象鲜明）结合的艺术个性和意境深邃的艺术特点，以崭新的谭派风貌出现在北京戏剧舞台上，于是新谭派便轰动了剧坛。

马连良便是在私淑余叔岩的过程中，发现了另一条蹊径——排演适合自己条件的剧目，以新的形式去展示唱念做打全面发展的优势。

余叔岩的《打棍出箱》

20世纪20年代初，余叔岩之新谭派已誉满江南，渴望一睹余之风采的上海文人、名士、票友、士绅，亟盼余叔岩到沪公演，一饱眼福。彼时丹桂第一台戏班老板刘凤翔花费巨金邀请李吉瑞、高庆奎、白牡丹（即荀慧生）和先父到沪合作演出。因李吉瑞接家中来电："母患重病"，于是匆匆返回天津。不料李吉瑞走后，上座率急剧下降，戏班老板大有亏本之势，刘凤翔急中生智，亲赴北京聘请余叔岩南下。余到沪后，高庆奎、白牡丹和先父移到大新舞台演出。

余叔岩以"三打"（即《打渔杀家》《打鼓骂曹》《打棍出箱》）作为三天打炮戏。先父早已成为余迷，利用他的戏码在高庆奎和白牡丹前面的有利条件，每天完了戏连脸都顾不得洗干净，便坐黄包车赶到丹桂第一舞台看余叔岩的戏，而且回到家必作笔记。他说，余叔岩首场《打渔杀家》便一炮而红，第二天《打鼓骂曹》尤为精彩，特别是第三天《打棍出箱》，内外行均知此戏乃余叔岩拿手杰作，演出时不仅台下面甬道上都摆满了临时加座，就连舞台两侧也挤满了演员和票友。

先父说，余叔岩在出场亮相时紧锁眉头，两眼直勾勾地望着远方，然后拖着沉重的脚步走到台口轻撩水袖，在一望两望的眼神中，给人一种找的感觉，随着第一句二黄散板“山前山后俱找到”的唱腔，找的感觉就更为突出了，待他唱完第二句“寻不着妻儿为哪条”时，竟博得满堂喝彩。这是因为他的嗓音洪亮，唱腔华丽吗？其实不然。余叔岩的嗓音虽然圆润醇厚，但并不十分响亮，而且还带有一种干涩之音，所以，都说他是云遮月的嗓子。然而在既无花哨的旋律，又不放大音量去拖腔的两句散板中，居然获得全体观众鼓掌，这究竟是什么力量呢？这是范仲禹身上的韵律和精巧细腻的唱法、刚劲委婉的行腔，与忧伤、失望、无可奈何的神情，巧妙地交织在一起，将观众带进了一个特殊的意境，这便是真与美的艺术魅力，唤起了观众的共鸣。

当范仲禹两次呼唤樵夫，对方均未听见，他自言自语地说：“他又不曾听见，待我来吓他一吓！”从此处开始，余叔岩便着重表现范仲禹精神失常的一面了。范仲禹与樵夫一问一答的念舞组合共有四番，尽管身段难度很大，但剧情却很瘟，一般演法只是就舞蹈而舞蹈，必然有雷同的感觉。余叔岩将四番念舞组合分为惊、喜、呆、急四种不同的心情：一、他在范仲禹听说自己的儿子被猛虎衔在口内的念舞组合中，着重表现的是提心吊胆，最后突出一个“惊”字；二、在范仲禹获悉自己的儿子被打虎斗士背回家去时的舞蹈动作中，着力刻画其振奋与激动的心情，突出一个“喜”字；三、范仲禹得知自己的妻子被葛登云抢回府去，他反倒谢天谢地，这是一种神智不正常的表现，余叔岩运用眼神刻画范仲禹的精神恍惚，思维紊乱，突出一个“呆”字。上面所说的都是大节骨眼儿，而在细微之处，更看出他的表演独具匠心。当范仲禹意识到妻子被抢进葛府的严重后果时，他在叫头中用托髯掩面代替了水袖的动作，这一小小细节，却发挥着做工方面的微妙作用。托髯的语汇是代表自己，掩面的语汇是表示极其羞愧，无地自容。通过这样一个叫头，不单把范仲禹的复杂心情表现得极为深刻，而且推动了戏剧冲突的发展，舞台节奏的变化。四、从樵夫手挽范仲禹圆场开始，余叔岩便在水底鱼的锣鼓中利用轻重疾徐的步法，拧眉立目的眼神，突出范仲禹的愤怒与焦急，所以，在最后一段“八字粉墙，黑漆门楼，金字牌匾，还有两竖大旗杆”的念舞组合中，他与樵夫的念白接得紧，动作快，在大锣严密的配合之下，把一个“急”字充分渲染了出来。在身段方面，范仲禹和樵夫的水袖上下翻飞，两人的身形高低交错，层层叠叠，像滚滚波涛卷起千层巨浪一般，把《问樵》的结尾一下子便推上了高潮。

《闹府》一折的踢鞋，是表现他不顾一切地奔往葛府，找葛登云算账。但是，在心急似箭的奔跑中，甩掉了一只鞋子。此时范仲禹的思维是正常的。当他在地上盘腿而坐，悠闲自得地用水袖为自己扇风，鞋子从自己头上掉下来，他反倒莫名其妙地拿着鞋子比量着他那只没有鞋子的左脚。这一段表演清楚地告诉观众，此时范仲禹的精神又错乱了。他穿上鞋子之后，才猛然大悟地喊了起来：“我有事呀？呃！我有事呀！”通过踢鞋等一系列表演，余叔岩将范仲禹时而头脑清醒，时而思维紊乱的半疯状态，刻画得入木三分。

范仲禹到葛府辩理，葛贼老奸巨猾，用花言巧语掩盖了他强抢范妻的罪恶，并假惺惺地以命人替范寻找妻儿为名，将其留在府中准备暗中杀害。两人饮酒时，范仲禹有一段二黄原板，头两句唱词是：“我本是一穷儒太烈性，冒犯了老太师的府门庭。”余叔岩将“门”字拖长，利用行腔表现范仲禹的内疚，当“庭”字出口时，将头稍往左侧低倾，双手向葛一拱，将范仲禹感叹自己轻信“谣言”，行为粗暴的悔恨心情和歉意淋漓尽致地表现了出来。然后他在“念卑人结发糟糠多薄命，浪打鸳鸯两离分”两句唱腔中，着力表现了他对糟糠的无限同情和“两离分”的万分痛苦。因此他把“糟糠”两个字唱得那么深沉委婉，而“两离分”不但运用了行音不跑字，润腔不断情的拖腔，而且当他唱到“两”字的时候，将微微颤动的双手食指放在胸前，似比拟着一对鸳鸯，但他的动作又是那么含蓄自然，当他唱到“离”字时，利用低回曲折的唱腔过渡，将双指向内划了一个圆圈，恰好在“分”字的喷口双指翘立，与抬起的左腿同时转动，配合着唱腔的抑扬顿挫，突出了人物的感情波澜。“我往日饮酒酒不醉，到今日饮酒酒醉人”是这段原板的最后两句，在这两句里面有四个“酒”字。余叔岩在第一个“酒”字的前面加上一个装饰音，唱得非常柔美，而最后一个“酒”字，运用逢上必滑的演唱方法，突出表现“借酒浇愁愁更愁”的情绪，深刻地揭示出范仲禹的失望与颓丧。

书房一场有三段四平调，余叔岩运用不同的节奏，层层递进地表现范仲禹在漫长的黑夜，独自坐在陌生的书房，思妻想子的悲痛情景。这三段四平调唱腔简单，全靠尺寸的疾徐、情绪的变化和表演，去创造一种凄凉、悲怆、惴惴不安的舞台气氛。先父说：“余叔岩在三个哭头中，运用了三种唱法：伤感、哭泣、大痛。”当他唱到第三个哭头的时候，将“妻”字提到一定的高度，继而用“儿”字将腔往下一落，在低回婉转之间突然拔地而起，扶摇直上，好似盘旋在空中，回荡在山巅。这种大起大落的唱法，把范仲禹撕心裂肺的内心痛苦宣泄无余。紧接着末句“浪打鸳鸯”的“浪打”两个字，用了个海底捞月的唱法，将“打”字由下滑上，戛然而止，然后徐徐唱出“鸳鸯”二字，尾音低沉酸楚，若断若连，唱出了泪洒长河，哀感天地的意境。

最后《出箱》一折，范仲禹蜷缩在箱子里面，随着头一句唱腔尾音，突然将整个身躯挺直，露在箱口上面（这个动作名曰铁板桥），随着搓锤（锣经）两屈两伸，当再次将身躯缩回箱内时，却出人意料地用吊毛出箱。先父说："所有老生均从箱口上面滚下，当时用吊毛出箱者只有余一人。余这一特技，动作敏捷，干净利落，不但髯口、甩发、绦子、水袖一清二楚，纹丝不乱，而且使人感觉轻松自如。"那么，为什么要在这个地方安排这样的动作呢？因为葛登云用石砚将他击昏以后，命家丁将他装入箱内抬到荒郊，准备用火焚化。家丁们遇到两个劫路的差人，一轰而散。两个差人打开箱盖，正要摸东西的时候，范仲禹在昏厥中得以复苏。这个铁板桥和吊毛出箱就是表现范仲禹懵懵懂懂地从箱子里面挣脱出来的情景。所以，这就要求演员在出箱前后的两句四平调中，表现范仲禹此时此刻的特定形态。"在城隍庙内挂了号，土地祠内领了回文"两句四平调，余叔岩用虚实结合的唱法，配合扑朔迷离的双眼和疲软无力的动作，使人感到虽有声有色，但又云蒸雾腾，如同隔雾看花，给人一种朦胧的美感，恰当地表现出范仲禹被石砚击昏，刚刚复苏的精神状态。

"你骂我是一个狂书生，平白地骂我所为何情，所为何情"和"我和你一无冤来二无有仇恨，打得我头破鲜血淋，鲜血淋"这两段，是范仲禹针对两个差人唱的。这就进一步揭示出范仲禹的精神已整个错乱，遭人打骂的印象十分深刻，但是，他把真正打骂他的罪魁祸首忘得一干二净，而现在他抓住不放的却是两个无辜的公差。所以，余叔岩在这两段唱中，以吐字锋利，见棱见角，行腔刚劲，气势昂扬的唱法，去刻画范仲禹义愤填膺，理直气壮的质问。在这两段四平调的后面，范仲禹抓住差人的木棍不放，于是随着差人的步子，一面踩着锣经，一面甩着甩发，无论是第一番的左右十字，还是第二番的大车轮，均与脚下的步法协谐一致，如行云流水，层次分明。“叫一声范金儿你来了吧，我的儿呀，送儿到学中攻读书文，攻读书文”和“叫一声陆氏妻你何厢去，我的妻呀！红罗帐内叙一叙苦情，叙一叙苦情”这两段唱说明，范仲禹在葛府遭到陷害之后，他的神昏智乱已经到了严重的程度，所以，他将两个差人当成自己的妻儿。虽然这是个喜剧情节，但是，余叔岩完全以情真意切的唱法，去表现范仲禹悲喜交加的感情。当他发现自己的感情引不起对方的共鸣时，便不顾一切地扑将过去，因此余叔岩用浓墨重彩去着力渲染这两个哭头，以表现范仲禹盼望妻儿已经到了发狂的地步。受了重创的范仲禹，此时已完全是一种疯的病态在支持着他的行动，所以，他时而精神振奋，力大无穷；时而萎靡不振，疲惫不堪。余叔岩根据这一特点，用一种有气无力的表演方法去唱封腿，唱腔凄恻委婉，如泣如诉。这种寓谐于庄的人物刻画，产生了引人发笑，但又令人辛酸的喜剧效果。

“这才是清平世界朗朗乾坤，平白地把我残生断送”两句四平调，既是范仲禹对黑暗世道的控诉，又是全剧的结束语。余叔岩以鹰击长空的气势唱出“这才是”三字，然后运用欲扬先抑的方法将“清平世界”四字用浑厚的低音往下一沉，如巨翼掠地，继而“朗朗”两字又勃然直上，似鹞子钻天，最后以起伏紧凑，顿挫鲜明的唱腔，结束“平白地把我残生断送”的封腿。虽然末两字落在低音区，但是，他唱得筋骨刚健，峻峭挺拔，给人以阳刚之美。

先父说：“我在北京看余叔岩排练时，有些身段确实繁难复杂，但他在舞台演出时，给人感觉那么轻而易举，但又精彩至极。”这说明，一切身段技巧都必须经过艺术修养的熔炉熔化之后，用提炼出来的精华去铸造人物的性格、气质、风骨、韵味，才能使那些技巧既有丰富的内涵，又能举重若轻，使繁若简，达到气韵生动，蕴藉风神的艺术境界。所以余叔岩对先父说：“淡取之于浓，平得之于险。越是繁难复杂的东西，就越不能让人觉得眼花缭乱，只有让人看得舒服，心旷神怡，才能体现出艺术的巧妙。”后来的余派传人，如王少楼、李少春、孟小冬等无不遵循这一原则。

梅杨对余的影响

谭鑫培对京剧老生的全面改革，把京剧艺术大大向前推进了一步，这是一个伟大的历史贡献，但是，谭派也绝非再无发展的余地。余叔岩1915年拜谭为师，正值封建主义日渐衰微，资本主义日益发展之际，社会、经济、科学、文化，乃至人们的思想、审美观念等，都在发生变化。因此京剧艺术也必然随着时代的前进而变革。梅兰芳就是在1915年左右创作演出了大量新戏，并且对唱念做舞乃至服装、化装和乐队编制进行了全面改革。杨小楼也在同时以武戏文唱提高了武生表演艺术的审美价值和武戏的地位。余叔岩在这样一个历史背景和客观环境的巨大影响之下，其审美意识必然随着时代的前进而有所更新。

余叔岩　岳飞

我们从他所留下的剧照便可看出，他不仅在服装、化装方面有明显的改进，而且他的身上无论是角度、线条或功架、劲头以及神韵、气质，均无可挑剔。他的最大特点是美不在表层，而是包含在他的神韵、气质之中。这一点只有梅杨可与他媲美。所以，《焦菊隐戏剧论文集》引用的戏曲界前辈对余叔岩的评价："杨小楼和余叔岩的身上，三面好看；其余的演员，仅仅是一面好看"，是准确、公正的。

在唱的方面，用余叔岩那十八张半唱片和谭鑫培的唱片一比较，便可得出青出于蓝而胜于蓝的结论。

余叔岩的风骨韵味

中国戏曲的美学原则，产生于中国古典美学思想体系。如果没有中国古典美学的气、象、意、味、有无、虚实、形神、情景、意象、隐秀、风骨、气韵、意境等范畴的理论启发与影响，是不可能产生具有高度审美价值的中国戏曲表演体系的。因此衡量一个演员或一个流派的艺术贡献，主要看他表演艺术的审美价值。

中国古典美学一向重视思想——表现为骨，又重视情感——表现为风。所以，《文心雕龙·风骨篇》说："结言端直，则文骨成焉；意气骏爽，则文风清焉。"这虽是指文章的风清骨骏，但是，论人物的风骨，诗词书画的风骨乃至戏曲舞台上艺术形象的风骨，都是一脉相承，彼此相通的。

京剧是"极视听之娱"的表演艺术，只有唱念做打均达到同等水平，才能塑造出完美的艺术形象，全面地体现人物的风骨和韵味。先父说，余叔岩在上海演《打鼓骂曹》时，他唱完"平生志气运未通"四句原板，在转身下场时居然博得观众的热烈鼓掌；他的《打渔杀家》，在第一场摇船下场时，也获得满堂喝彩。

这是什么缘故呢？国画中的人物画，无不运用飞动的线条去表现人物运动的内在节奏，使得整个形象具有一种动态的美，这是中国传统艺术共同的美学形式——点线结合。画论中所谓“吴带当风，曹衣出水”，就是赞美唐代吴道子和北齐曹仲达，运用衣带飘举，流动线条，表现出人物的风神。观众之所以为余叔岩《打鼓骂曹》的下场鼓掌，正是因为他运用那顾盼自雄的姿态和昂首阔步的走法，带动着襟袖飘举，在舞台上画出了韵律优美的流动线条，充分表现出祢衡的傲骨与韵味，使听觉形象与视觉形象得到了完美的统一。

写于漱石斋，1990 年 11 月初

原载《戏曲研究》第 44 期

万鹏教余（叔岩）派戏　　万鹏剧照

杰出的编导演　难得的艺术家

——论唐派艺术特点

剧本和表演是两种不同属性的创作，前者属于时间艺术，后者属于空间艺术。古今中外的戏剧都是时间艺术与空间艺术的综合，因此任何一种戏剧，都离不开剧作家与表演艺术家。可是只有剧作家和表演艺术家，没有导演统一的艺术构思领导各个艺术部门去进行艺术的二度创造，把握剧本的主题思想和全面的舞台处理，要想创造出风格统一、节奏鲜明的完整好戏，也是不可设想的。因此一个戏的优胜劣汰，决定于编导演的艺术水平。

尽管过去中国戏曲没有导演这一名词，但导演的职责却始终严格地执行着。京剧界的导演职责，在科班方面，由教师去执行，在班社（即剧团）里面，由主演来担任。虽然前辈艺人从未听说过那些专门的导演术语，然而他们却排出了大量的精彩好戏。这是因为他们有着极其丰富的舞台经验，掌握着京剧舞台表演程式以及音乐曲牌和锣经的运用规律。特别是他们见多识广，举一反三，左右逢源，因而他们不仅能把程式用活，并且能在剧情需要演员尽情发挥的关键处，拿出令人想象不到的高招和绝活。

京剧表演艺术家唐韵笙就是一位长期执行着导演职责，又拥有大量作品的剧作家。从表导演的艺术创造来说，他在自编自导自演的《闹朝扑犬》里面，运用【一枝花】的曲牌，作为赵盾（唐韵笙扮演）与屠岸贾豢养的獒犬殊死搏斗时的舞蹈动作的程式规范和音乐形象，使舞中有歌，歌中有舞，起伏跌宕，歌舞交融。獒犬在赵盾歌舞中翻扑蹿跃，赵盾在獒犬猛啮中闪展腾挪，一个是如狼似虎凶猛残暴，一个是银须飘洒老态龙钟。就在那人与兽的强烈对比之中，赵盾引吭高歌伴随着优美的舞蹈，宽袍大袖挥舞着飞动的线条。唐韵笙善于在身段繁难中不使人眼花缭乱，动作惊险处却又似举重若轻，所以，他的《扑犬》一场千姿百态，层次分明，韵律和谐，美不胜收。因而全国京剧界，不论是从南到北或从东到西，无不对《闹朝扑犬》交口称赞，叹为观止。因为他上述创造，是令人意想不到的一种独特的表演程式，而这些独特的表演程式，既是从生活出发，又是京剧舞台上前所未有的高难技巧，所以，它具有一种别有洞天般的新鲜感和强大的艺术魅力，而令人津津乐道。

不过大家一直忽略了一个重要方面，就是唐韵笙的独特创造系产生于他那“闳其中而肆其外”的导演构思之中。反过来说，凡是没有导演才能的演员，哪怕是表演艺术家，也只能在他擅长的某一个方面去发挥他个人的创造，若让他自己去调动全面的艺术手段，并将它们高度综合，完成整个的舞台处理，那无疑是对他的遗大投艰，强人所难。

《闹朝扑犬》显示了唐韵笙编、导、演的全面艺术才能，而《二子乘舟》则是他剧本创作中最有代表性的成功之作。这个戏取材于《东周列国志》第十二回卫宣公筑台纳媳的故事，通过主人公急子（唐韵笙扮演）和公子寿兄弟二人争相一死的悲剧情节，深刻地揭示了王公贵族权欲熏心的残酷性和封建伦理道德的罪恶性，这是一出感人至深的大悲剧。

鲁迅曾为悲剧下了一个明确的定义：悲剧是把有价值的东西毁灭给人看。有价值的就是弥足珍贵的，也就是真善美的。唐韵笙在《二子乘舟》的剧本中，着力描写主人公急子温柔敬慎、仁义善良的性格品质和公子寿见义勇为、替兄殉难的壮举。他在公子寿获悉母后齐姜与胞弟公子朔暗派死士假扮盗匪，伏于莘野待杀急子的消息，乘舟载酒，亟往河下，劝说急子速逃他国这场戏中，以诗一般的意境，赋一般的笔调，描绘了一对仁义善良、勇敢顽强的兄弟，在顺流而下的舟中，端坐船头，面对寒星闪烁，月色朦胧的茫茫黑夜，举杯对酌，泪洒交融的情景，揭示了兄与弟各自的内心苦痛，诀别之情。公子寿决心替兄一死，故将急子灌醉。急子酒醒，发现公子寿已乘舟而去，恐其被死士误杀，催舟追赶，待急子赶到莘野，公子寿已佯称急子，引颈受刀。急子痛心疾首，夺刀自刎。兄仁弟义，毁灭于宫廷的阴谋，玉碎珠沉，消失在无情的流水。留下的冷月诗魂，沉痛地呼唤着人间的正义；潺潺流水，激发着人们对邪恶的义愤！

悲剧就是美的毁灭。在京剧舞台上经常看到的悲剧人物，如《六月雪》中的窦娥，《清风亭》中的张元秀，《风波亭》中的岳飞，《走麦城》中的关羽，《孔雀东南飞》中的刘兰芝，《审头刺汤》中的雪艳，《霸王别姬》中的虞姬，《荒山泪》中的张慧珠，等等，他们都是一种美的典型，又都是一种美的毁灭。但是，上述种种美的毁灭，不是使人意志消沉，而是鼓舞人们的斗志。它虽然催人泪下，但又激人奋进抗争。所以，成功的悲剧蕴含着巨大的精神力量，是通过美的毁灭而迸发出来的。

《二子乘舟》的齐姜原是急子未婚之妻，因其貌美而被无耻的公爹（卫宣公）霸占，这种败坏人伦的禽兽行为，毁灭了急子和齐姜的幸福与人格。而齐姜非但不以此为耻，反而为她的次子公子朔夺取王位继承权而定计杀害忍辱负重的急子。这激发了见义勇为的公子寿，他挺身而出，冒急子之名而惨遭杀害，人间正义遭到了毁灭。公子寿系齐姜长子，而急子却是卫宣公与父妾夷姜私通所生，这种为人类所不齿的伦理关系，本身就是极为残酷的悲剧。因此急子宁愿一死不违命，看起来是愚忠愚孝，实际上急子是以自己的毁灭，去洗刷父母带给他的终生耻辱。这是京剧舞台上首次出现的毁灭中之毁灭的最大悲剧，它的审美价值，可以和曹禺的《雷雨》媲美。然而遗憾的是，戏剧界皆知唐韵笙是个杰出的京剧表演艺术家，却忽略了他还是一位杰出的剧作家。

京剧剧本创作，一靠语言艺术（包括诗词歌赋），二靠历史知识和生活积累。"戏剧语言是一门极见功力的艺术，剧作家凭借它描神绘态，解剖灵魂，表达思想，营造意境。有时如滔滔江水一泻千里，有时则惜墨如金，不着一字尽得风流。所以文字功力对于剧作家比对小说家、散文家更为紧要。"（赵大民《人之初》，载天津《戏剧文学信息》第25期）上述所言，是指话剧语言艺术的文字功力，而京剧的艺术语言，则需要更为精练、概括和具有诗赋交融的骈体节奏，才能融形象思维于诗美之中。因为不仅是它的唱词要符合诗的韵律，就是在念白方面（无论是韵白或京白）也需要体现诗化的特点，使抒情、叙事、对话、独白声韵和谐，节奏流畅，朗朗上口，铿锵有力，用以集中和强烈地塑造艺术形象，表达人物思想感情，体现出剧诗美。因此戏曲文学的语言艺术，是剧作家为之奋斗终生的基本功。

而戏曲表演艺术，特别是京剧对演员的要求，融声乐美、扮相美、舞蹈美、韵律美于唱念做打之中，以泛美的表演艺术去塑造完美的艺术形象，在感染观众的同时，去体现京剧的艺术美。所以四功（唱念做打）五法（手眼身法步）既是京剧演员的艺术根基，又是终生磨练的艺术课题。因此一个表演艺术家，对剧本创作的一套学问，是无暇顾及的。即使是世界闻名的艺术大师，也未必均能亲自写戏，这就和不能要求剧作家必须是表演艺术家一样，因为他们所从事的专业是两种不同属性的艺术。

据说谭鑫培曾亲自改编过一些戏，如对《珠帘寨》的创造，《失空斩》的修改，《战宛城》的加工，《太平桥》的整理，等等。

后来注重改革，发展新编剧目的梅兰芳、马连良、程砚秋、荀慧生等，则均有著名文人长期为其编写剧本。如梅兰芳的编剧齐如山、李释戡，马连良的编剧吴幻荪，程砚秋的编剧罗瘿公、翁偶虹，荀慧生的编剧陈墨香等。北京如此，上海亦然。先父赵鸿林曾说，他在上海几次与周信芳合作，周均排演了许多新戏。但是，那些戏都有人为他执笔，并非出自他个人之手。演员在传统戏的基础上，进行加工整理或修修改改者，固不乏其人，而能够独立进行剧本创作，并拥有大量成功作品的演员，在整个一部京剧史上也是凤毛麟角。

京剧最早的演员剧作家，当首推卢胜奎、沈小庆、黄月山。卢胜奎，道咸时期三庆班著名老生。他熟读史书，精于文学，为三庆班创作《三国志》共三十六本，据说《龙门阵》和《法门寺》也出自他的手笔。沈小庆，道咸时期春台班著名武生。他好听评话，颇有文化修养，根据《施公案》创作了《恶虎村》《连环套》《蚂蜡庙》和《青草洼》等戏，并亲自为上述剧目设计武打，处理舞台排场。黄月山，同光时期三大武生之一。他在表演方面独树一帜，剧本创作方面亦有独到之处。如薛礼戏《凤凰山》《叹月·独木关》，武老生戏《大名府》《请宋灵》《潞安洲》《洗浮山》；白胡子戏《剑峰山》《百凉楼》《反五关》和《铜网阵》《刺巴杰》等，均系他的创作。

清末民初，京剧界又出现了三位演员兼编剧的艺术家，那就是对南麒北马关外唐影响很大的汪笑侬、王鸿寿和贾洪林。其中汪笑侬作品甚多，流传最广。他的"四骂一哭"（即《骂阎罗》《骂王朗》《骂毛延寿》《骂安禄山》和《哭祖庙》）"凄凉幽郁，茫茫大千，几无托足之地。幽愁暗恨，触绪纷来，低回咽呜，慷慨淋漓，将有心人一种深情和盘托出，借他人酒杯浇自己之块垒。笑侬殆以歌场为痛哭之地者也"（载《耕尘舍剧话》）。这段话虽是对他演唱艺术的描写与评论，但是，却能从中看出他爱国主义的创作思想。唐韵笙幼年在上海等地演出时，正是汪（笑侬）派盛行时期，当时唐学了不少汪派戏，《刀劈三关》便是其中之一。虽然唐的艺术风格与汪笑侬迥然不同，但是唐受汪的影响较大，所以，唐韵笙的剧本创作思想与汪笑侬有殊途同归之妙。

王鸿寿，艺名老三麻子，出身于徽班，以擅演红生戏闻名。当时的红生戏，除《龙虎斗》的赵匡胤，《采石矶》的徐达，《探营》的姜维之外，关羽戏仅有《青石山》《战长沙》《华容道》等单折戏。王有编剧才能，故根据自己擅演红生戏的特点，从徽戏移植、改编了二十余出关羽戏，如《斩熊虎》《斩华雄》《斩车胄》《困土山》《破壁观书》《战延津》《战汝南》《白猿教刀》《真假关公》《水淹七军》《活捉潘璋》等。于是关羽戏流传全国，不论南派北派，凡是演关羽戏者，皆宗法王鸿寿。但是，关羽戏各有各的演法，不单风格迥异，就连剧本处理、程式运用方面也均有出入。除夏月润（上海最早学王鸿寿者）的关羽戏我没有赶上外，北方的程永龙、白玉昆、刘汉臣、李洪春，南方的周信芳、林树森、李吉来（小三麻子）、路凌云、王椿柏，以及后来北京的李万春、高盛麟等人，我均比较熟悉。因为上述诸公大多数与先父同台多年，有的也和我在一个舞台上演出。特别是我倒仓以后，也以关羽戏为主。所以，凡是演关羽戏者，我无不注意观摩。虽然上述诸公各有所长，但从全面衡量，唐韵笙创造的唐派关羽戏，可谓独树一帜，艺冠南北。

首先说唐韵笙的嗓子，他气沛声洪，高而穿云裂石，宽而雄浑圆润，膛音洪亮，高低自如，韵味醇正，韧性极强。从京剧红生戏的唱腔特点来看，《龙虎斗》的赵匡胤、《青石山》的关羽均唱唢呐，《华容道》的关羽唱娃娃调。唢呐和娃娃调的旋律，均属于调面（是正常唱腔的高八度）的唱法，没有一条高亢的嗓子，是不能胜任的。那么当初为什么要让红生用翻高的唱法呢？那是因为高昂激越的唱腔适合表现忠正刚烈性格的缘故，所以从程长庚到汪桂芬乃至王凤卿演红生戏，均以高耸入云的唱法去表现人物的性格特征。唐韵笙的关羽戏，就是根据这一创造依据，去研究人物音乐形象的。从历史的经验来看，一般学汪（桂芬）派唱法者，多高亢而单薄，缺乏关羽之雄浑遒劲，凡学王鸿寿之红生唱法者，皆雄浑有余高亢不足，失去关羽之激越挺拔。于是唐利用其得天独厚的嗓音条件，将武生的立音、花脸的虎音结合于老生的声腔之中，与汪、王两派的演唱特点熔于一炉，创造出既符合关羽性格，又具有独特风格的音乐形象：刚正挺拔，气贯长虹。运用音乐形象塑造关羽的典型性格，唐韵笙可谓当代红生之翘楚。

在视觉形象方面，关羽戏之所以难演，就难在他的功架既非老生，又非武生、花脸，然而他却有老生的韵律，武生的筋骨，花脸的气势。这三者各占比重多少，一要看演员对人物的体会是否准确，二则看演员是否精通这三个行当表演程式中的法。唐韵笙塑造的关羽形神兼备、栩栩如生的主要原因，一是他对人物有自己的正确体会，二是他的老生戏基础深厚，武生戏技艺精湛，花脸戏造诣颇深。姑且不谈他应工的文武老生戏，就说他偶一为之的《艳阳楼》《铁笼山》，全国的武生表演艺术家谁不心服口服？《造白袍》的张飞，《铡美案》的包拯，哪个名净不表示敬佩？武生、花脸并非他的应工，他居然能演到这种境界，可见他的功底何等雄厚。正因如此，他才能从这三个行当中提炼出适合铸造关羽形象的成分，经过综合、锤炼，创造出庄严中寓风流，威武中见潇洒的特殊功架和武打，可谓是气韵生动，写意传神。

虽然上述两个方面是文武老生中绝无仅有的两大优点，但唐韵笙并不因此而满足，他为了做到视听形象的完美统一，对每一出戏均作了全面细致的深刻研究，包括每一个细小动作，都要经过认真推敲，精心设计，合理安排。如《汉寿亭侯》中，在《困土山·约三事》之后，有一个过场，内容是曹操命张辽率众将迎接关羽。此场调度为：曹八将各执马鞭，在急急风中扎犄角上，站斜一字，张辽随后，站单出头位置。关羽上场后，在舞台左前方勒马，随即退至上场门前，向曹八将拱手致意，然后以推磨的形式与曹八将互换位置。当关羽转到下场门时，唐用了两番极为普通的点头拱手，跨腿抬腿（表示谢意）的动作，竟赢得观众热烈掌声。这个过场连一句台词都没有，动作也无高难之处，此掌声究竟从何而来呢？这是因为唐韵笙从上场开始，便将人物复杂的内在情感倾注在每一个细小的动作之中，使简单的动作流露出丰富的内涵，通过那看着普通但又十分精湛的拱手点头，跨腿抬腿，使观众在美不胜收的艺术享受之中，看到了关羽此时此刻的复杂心情，这便是运用以形传神的表演方法，调动了观众的情感，使观众情不自禁地报以热烈掌声。

唐韵笙《过五关》剧照

《白马坡》中，关羽斩颜良的动作非常简单，剧情的规定情景是颜良见关羽策马而来，连忙下马取信，发现势头不对，便要提刀上马，但此时关羽已到面前。因此关羽的舞台调度，只是在急急风中，随飞虎旗倒脱靴上，见颜良后突然出刀抹死颜良，亮相唱快板。这是约定俗成的处理方法。由于上述动作是在刹那之间进行的，因此按照一般想法，此处只能如此处理。但是，这种传统处理方法，不仅关羽的亮相缺少一个必要的过渡，而颜良的锞子也很难起范儿。唐韵笙的处理方法是：在颜良提刀上马时，加一个蛮头，颜良正好借低头弯腰起范儿，待颜良纵身而起，青龙刀一反刃，便抹在颜良的脖颈之上，颜良扔刀起锞子，关羽上步转身，恰好颜良的锞子与关羽的亮相同时落在四击头的末锣，动作紧凑，扣人心弦。唐只在此处加一蛮头添一转身，顿使斩颜良的动作大放光彩，满台生辉。这正如老舍形容焦菊隐的导演艺术一样，有点石成金的本领。

《灞桥挑袍》是应该在挑袍处做点文章的，不过除了一段西皮流水和快板以外，只有几句散板，而且是站在桌子上面，这无疑限制了演员的发挥。因此有些演员便把流水或快板的末句尾音无限延长（这种唱法或讽之为拉警报），利用警报长鸣的掩音，大洒狗血（即哆嗦起来没完），以此发挥，这是一种靠大卖力气去唤起观众同情的廉价艺术。而这种演法却十分普遍，甚至有的名家也不例外。可是唐韵笙从不为了讨好观众，使自己的表演脱离人物，破坏剧情。虽然他有一条使之不尽，用之不竭的嗓子，但是他绝不光靠嗓子赢人，而是一字一腔均从人物出发，讲究以声传情；尽管他有出类拔萃的武功，然而他绝不单纯卖弄技巧，而是一招一式均结合内在情感，强调写意传神。

唐韵笙在《挑袍》一场，是以“急”“威”“稳”“快”四字统率他的唱念做舞，刻画关羽思想变化的。上桥之前，他在“马童！保护二位主母速速过桥，待关某独自断——后——”的简短念白中，以急而不慌的语气念出前半句，而后面的“独自断后”四个字声震屋宇，气吞山河，一下子就突出了关羽心急似箭的心情；紧接着用他那气势磅礴的圆场和策马上桥的精彩动作，将“急”字延伸，进一步表现出关羽恨不得一步越过曹营的管界，飞奔河北的急切心情。二位皇嫂过桥后，曹操率兵赶到，关羽立马桥头，表现出一夫当关，万夫莫敌的英雄气概，此处突出一个“威”字。曹操见关羽无法挽留，举杯敬酒为其践行，关羽料定曹操不以武力强留，必另有诡计，于是沉着镇定地思考对策，此处突出一个“稳”字。前面唐以念白、圆场、上桥表现急，继而以功架、神态、气势突出威，然而此处只用了一个山膀便将这个“稳”字表现得淋漓尽致。因为他将关羽对曹操及众将的观察和激烈的思想活动注入这个山膀之中，因而使这个慢而不滞，柔中有刚的山膀闪烁着关羽的精神面貌和韵律之美，突出了关羽在紧急关头稳如泰山的大将风度。特别是最后挑袍的动作，唐韵笙利用“青龙刀挑起大红袍”这句唱词后三个字的音腔节奏，将手中的刀微微两摆，突然反刃，顺势扬刀，红袍随着唱腔的尾音从刀头上飞起，像一道彩虹飘落在马童手中，恰好是腔止袍落，向曹操拱手告别。在巧妙迅速的动作和斩钉截铁的念白中，突出了一个“快”字，不给曹操再留说话的余地。他整个一场《挑袍》给人的印象是：急而不慌，威而不僵，稳而不瘟，快而不火，可谓是奔放处不离法度，精微处仍见气魄。以上所举，虽是他关羽戏中的一鳞半爪，不过管中窥豹可见一斑。

唐韵笙非常注意剧本的文学性与合理性，从他改编的《关公月下赞貂蝉》和《古城会》来看，都是在诗情画意与合情合理的基础上，歌颂关羽的忠正仁义，表现他的智勇双全，塑造了一个有血有肉的关羽形象，而不是从崇拜协天大帝的思想出发，去塑造一个神的偶像。由于他基于这种创作思想，所以，在他所有的关羽戏中，都是非常讲究文学性与合理性的。有人说他演的关羽有儒雅之气，这恰恰说明他那高超的表演艺术与他那戏曲文学创作的高度修养达到了完美统一的境界。

上面所讲，绝无厚此薄彼、厚今薄古之意。人所共知马连良学贾洪林，但是，马除了不擅编写剧本之外，他的表演艺术不是远远超过贾洪林了吗?

贾洪林，号朴斋，工老生，以做工戏见长；兼擅编剧。他创作的剧本有《忠义奇闻》《庚娘》《红玉》《循环新报》《九月登高》《搬兵增灶》、改编的有《割麦装神》和《十五贯》等。

卢胜奎、沈小庆、黄月山、汪笑侬、王鸿寿、贾洪林均系名垂史册的演员剧作家，他们之所以令人怀念，是因为他们不但戏演得好，并且还为我们留下了用自己心血凝成的宝贵作品。而在这些宝贵作品中，又包含着值得我们去学习、借鉴、继承、发扬的艺术创造和表演技巧。唐派艺术之难能可贵，不正是因为他的表演艺术特点产生于他的剧本创作之中吗?

1925 年，唐韵笙首次到天津，在广和楼、东天仙、天华景等戏院演出他自己创作的《荆轲山》《驱车战将》《收秦明》《怒斩于吉》《三请姚期》等剧目。当时他曾将《荆轲山》和《驱车战将》剧本赠送给先父赵鸿林，后来他去上海演出时，又将《驱车战将》和《收秦明》传授高雪樵，故《驱车战将》和《收秦明》首先在天津、上海流传。

《荆轲山》我只见过先父演出，剧名改为《夜走荆轲山》。《收秦明》我曾见过江南武生演出，据说是从高雪樵那里学的。先祖父赵永贵讲过，1925 年姑母与唐韵笙先生订婚后，上海刘凤翔约先父去沪演出，数月后又约唐韵笙与先父同在天蟾舞台献艺，唐头天打炮《收秦明》，二天《驱车战将》。高雪樵见《收秦明》剧本精练，舞蹈清新，《驱车战将》剧本构思巧妙，艺术穿插奇特，故常在观摩时以笔记戏，背后练习，唐遂将上述两个剧本赠高，并传授技艺。后来高雪樵在《收秦明》和《驱车战将》中加进许多出手，成为南派武生戏，于是唐放弃了这两出戏，但是《驱车战将》却流传全国。

他早期创作的《怒斩于吉》和《三请姚期》等戏，在天津经常演出，史料亦有记载，但笔者未亲眼目睹，不敢妄加评论。不过已故著名花脸周和桐与我谈过，他幼年时期家在天津，每天在天华景戏院看唐韵笙的戏，给他印象最深的便是《三请姚期》《怒斩于吉》和《扫除日害》。他说："因为这几出戏非常过瘾，可是后来再也没见别人演过。如果现在能把唐先生编的《三请姚期》改为花脸演，肯定是一出好戏，因为剧情曲折，引人入胜，唱念做舞都有精彩之处……"这是 1981 年 7 月，北京京剧院准备排演我为马长礼改编的《一捧雪》，马崇仁将我接到北京之后，周和桐在与我闲谈时讲的。通过周的谈话可知，唐韵笙的早期创作已给京剧界留下了不可磨灭的印象。

1930 年 4 月唐韵笙离津，他在赴青岛等地演出期间，创作了与《萧何月下追韩信》不分轩轾的《好鹤失政》。大约是 1931 年，先父在青岛与王芸芳合作演出，期满回津，途经济南时，周信芳与唐韵笙正在济南唱对台戏。唐先到济南，在山东大戏院献艺，周后到济南，在北洋戏院演出。周在这边唱《追韩信》，唐在那边演《好鹤失政》，看过戏的观众说："麒麟童（即周信芳）是丞相追元帅，唐韵笙是大臣追国王。"恰巧这两家戏院是斜对门儿，这真是名副其实的对台戏。

赵鸿林饰释迦太子

唐韵笙是先父的妹夫，周信芳乃先父之好友，当然他们要挽留先父在济南盘桓几日，所以，先父亲眼看到周、唐二人在舞台上相互竞争，交往时彼此爱慕。但是，由于周、唐戏路相同，两个戏院又近在咫尺，因此两家业务均受到极大影响。于是两家戏院经理请先父出面撮合，建议周、唐合作，在北洋戏院排演《封神榜》，山东大戏院改放电影，不再互相争夺京剧观众。周、唐携手后，他们要求先父看看头本《封神榜》再走。就在他们一面排戏，一面赶制布景当中，唐韵笙充分显示出他那玲珑剔透的思维和七步成诗的才华。因为周、唐两人各有分工，周负责给演员排戏，唐负责绘制布景。在周排戏时，唐正涉笔成趣，舞弄丹青，两人根本无法碰面，只有吃饭的时候，周、唐两人才能聚在一起，但演员均已散去，唐扮演黄飞虎，无法与其他角色一同排戏，所以唐只好让周把黄飞虎在什么节骨眼上场，什么节骨眼唱，什么节骨眼念，唱的大意，念的内容，等等，草草说上一遍，便粉墨登场。惊人的是唐韵笙到了舞台上面，能依照剧情的规定情景，沿波讨源，使本来没有的唱词油然而生，有根有据，并且唱腔流畅，声情并茂；大段念白有来有去，顺理成章；舞蹈身段简洁大方，镂月裁云，将一个连台本戏居然演得如精雕细刻的折子戏，后台演员无不惊叹。先父说，唐之黄飞虎与周之姜子牙，可谓春兰秋菊，各具其美。

先父临行时，周信芳和先父说："韵笙弟不仅在舞台上有引百川入东海的本领，而且还精于丹青，看起来他真是个奇才啊！"诚然。一个自幼学戏，从未按部就班读过书的艺人，却能成为翰墨生辉的剧作家和舞台美术设计师，这几乎是不可思议的事情，然而这却是毫不夸张的事实。

1932 年，唐韵笙返回东北。由于他扩大了视野，广采博收，不但表演艺术日趋成熟，剧本创作也进入了鼎盛时期。他在早年编写的《收秦明》《荆轲山》《驱车战将》《怒斩于吉》《三请姚期》《扫除日害》《好鹤失政》的基础上，又创作了闻名遐迩的《闹朝扑犬》《二子乘舟》《郑伯克段》《未央宫斩韩信》《陈十策》《绝龙岭》《十二真人斗太子》《十二真人战玄坛》《三霄怒摆黄河阵》《关公月下赞貂蝉》，改编了《古城会》《夜走麦城》《刀劈三关》《岳飞》《宗泽》《天波杨府》《包公怒铡陈世美》以及《唇亡齿寒》《詹天佑》等戏，为京剧艺术宝库贡献了宝贵财富。

唐韵笙的剧本创作手法和他的表演艺术一样，根据自己的美学观点，博采南北两派之长，融化于自己的创作风格之中，并大胆地借鉴莎士比亚的剧诗营造意境的创作手法，因此在他的《二子乘舟》《闹朝扑犬》《郑伯克段》《好鹤失政》和《未央宫斩韩信》中，均有出人意外而又在情理之中的惊人之笔。所谓出人意外，是他的剧本结构方法和唱念做打的程式安排，往往有令人意想不到之处。

唐韵笙《闹朝扑犬》剧照

如《闹朝扑犬》中，赵盾与士会、韩厥桃园谏君一场，唐将诗朗诵的形式运用在赵盾与士会、韩厥边走边念之中，通过诗来描景抒情，刻画赵盾三人的一片忠心，浩然正气。一方面他以诗的节奏美配合舞蹈台步，带动那宽袍大袖的韵律美；而另一方面，则在三人的吟哦之中去完成舞台动作——奔赴桃园诤谏，发现太监率领武士抬着晋灵公命獒犬咬死的膳夫尸首。这一情节的安排，不仅为后面的戏作了有力的铺垫，而且强化了诗的内涵，延伸了戏剧矛盾，推动了剧情的发展。请看这段戏的剧本摘录：

韩厥：此乃屠岸贾诱惑大王，做此祸国殃民之事。看来屠贼不除，国无宁日了！

赵盾：哎！如今百姓怨声载道，国家安危在旦夕之间，我三人进宫力谏，大王若能从谏如流，贬了屠岸贾，关闭桃园，乃我晋国之幸。

韩厥：愿随丞相进宫力谏。

赵盾：如此二位大人请！

（大五锤，赵盾三人边走边念。

赵盾：走过金阶玉路，
便是生死禁门。

士会：秉公为国除奸，
是非直言无隐。

韩厥：但愿改恶从善，
今后悔过自新。

赵盾：当念民为邦本，
那旁有蹉跎之声！

（水底鱼，太监率武士抬竹笼走过。

赵盾：侍卫转来！

太监：原来是老相国与二位大人，不知有何吩咐？

赵盾：竹笼之中所置何物？

太监：这……小臣不敢言讲。

赵盾：不必害怕，大王降罪，老夫担当！

太监：如此相国请看！

赵盾发现膳夫的尸首，仔细盘问，太监在【江儿水】曲牌中叙述了膳夫被害经过，才引出赵盾的西皮散板。这一手法的运用，不仅使剧中矛盾在诗的意境中进行，体现着剧诗美，并且将太监的叙述安排在【江儿水】曲牌之中，避免了太监干巴巴的念白，又与后面《扑犬》的【一枝花】前后呼应，使全剧音乐布局风格统一。特别是将赵盾的西皮散板放在【江儿水】的后面，说明唐韵笙对昆乱两种声调穿插运用所产生的特殊音乐效果，是深有研究的。

唐韵笙《斩韩信》剧照

又如他在《未央宫斩韩信》中，把一段长达数十句的西皮流水安排在韩信随萧何进宫的过场里面，这在一般的剧作家看来，无疑是违反了戏必须集中的创作原则的。其实那种生拉硬扯的集中，是受了三一律的影响，严重地约束了京剧剧本以分场的形式体现我国传统的点线组合、散点透视的美学原则和戏曲舞台自然流畅、一泻千里的艺术规律。唐韵笙不将大段流水放在萧何请韩信进宫那场戏里，是为了首先表现韩信居功自傲的侥幸心理，然后通过这个过场，表现他在进宫途中感到此去吉凶难料然而却已无法脱身的矛盾思想。于是他用伍子胥对吴国的功绩，比喻自己对刘邦的贡献，企图唤起萧何的同情。这段唱放在此时此地，既符合韩信思想变化的过程，又为演员的表演提供了广阔天地。这场戏的艺术特点是板在脚下，唱在走中。唐韵笙在这段流水的第一句“尊一声相国听端的”的前三个字中，连上三步，每一步都非常自然而又准确地落在板上。这三步的作用，首先突出了韩信让萧何感到他的话是对知己所谈的肺腑之言；同时这三步又加强了流水板的节奏感；然后随着流水板的节奏，调动手眼身法步的韵律之美，像烘云托月一般，衬托着唱腔的抑扬顿挫，轻重缓急。他用大推磨的形式，表现萧、韩二人时而款款而行，时而止步叙谈——款款而行时，唱如行云流水，止步叙谈间，腔又婉转迂回。结尾时的垛句字字紧凑，声声入耳，情真意切，慷慨激昂，充分表现出韩信借古喻今，将胸中块垒一吐而尽。这个过场戏既使观众感到痛快淋漓，又给观众造成极大的戏剧悬念，因为它起到了“山雨欲来风满楼”的作用。

这种艺术手法，不正是出人意料而又在情理之中的惊人之笔吗？但是，这惊人之笔仅靠剧本的文学语言是体现不出来的，如果没有高超的导演手法，杰出的表演艺术，这惊人之笔只能被看作过场戏，最多合并于其他场子之中。唐韵笙在这个过场戏中的

唐韵笙《怪侠锄奸计》剧照

艺术创造，绝非只注意局部的渲染，它是剧本起承转合中的矛盾转化的关键，因而它是艺术作品整个运思的一个重要部分。上述所举虽系一些旁枝末节，但越是在旁枝末节处，越可见其艺术修养之博大精深。

京剧形成已有一百五十多年历史，在这一百五十多年当中，京剧剧坛涌现出来的表演艺术家不胜枚举，但是，像唐韵笙这样全才者能有几人？除程长庚时代的卢胜奎、沈小庆，谭鑫培时代的黄月山、汪笑侬、王鸿寿以外，堪称梅兰芳时代杰出的编导演，难得的艺术家，非唐莫属。

1991年3月20日完成于漱石斋

原载《唐韵笙舞台艺术集》

万鹏与尚明珠、历慧良、董文华、张世麟、张幼麟

唐韵笙与唐派艺术

文艺百花园中的各家艺术流派争芳斗艳，异彩纷呈，是艺术繁荣昌盛的标志。然而任何一家艺术流派的形成都有其艰苦的历程，特别是被人誉为南麒北马关外唐的唐韵笙的艺术发展道路，较京剧其他各家流派的成长更为艰难曲折。原因与他的身世、性格和他长期艺术活动的地域均有着密不可分的关系。

先姑夫唐韵笙本姓石，福建人。他幼年丧父，家中一贫如洗，寡母因无力抚养他和他刚刚会走路的弟弟，于八岁时，石老太太忍痛将他送给了唱零碎男旦的唐景云为徒，遂改为姓唐。从此唐先生便跟随他的师父跑草台班子，从福建到江浙沪宁，然后又从山东唱到东北，最远到了海参崴。他在吉林度过了倒仓（变声）时期，于1925年4月首次到天津演出，初露头角。

赵鸿林《龙抬头》剧照

当时先父赵鸿林正与孟小冬、白玉昆、赵美英等人合作，在天津演出《七擒孟获》等戏。与唐韵笙相识后，经常相互切磋艺术，彼此敬慕，交好甚厚。在此期间，经过曾与先父配演的武花脸闻子方反复提亲，诚作月下老人，唐、赵两家几经磋商订下了亲事。邀请了京津两地京剧名宿荀慧生、李吉瑞、尚和玉、吴铁庵、郭仲衡、韩长宝、周瑞安、金仲仁、雪艳琴等人，以及各界知名人士，在登瀛楼举行了先姑夫唐韵笙与先姑母赵式筠（原名）的订婚仪式。

唐赵联姻后，唐先生利用在津修整期间，与先父交流技艺，广泛观摩学习杨（小楼）尚（和玉）两派的艺术特点，兼收汪笑侬、李吉瑞和程永龙（著名红净）的艺术精华，为创造唐派艺术奠定了极为重要的基础。姑母生前对我十分偏爱，又因我从小学戏，所以，她每次来住娘家，都把唐先生幼年学戏的艰难和他对艺术的孜孜不倦的探索精神，反复地讲给我听，以此对我鞭策。

唐先生自幼天资聪慧，深知母亲之苦楚，从不和同龄儿童一起玩耍，沉默寡言，颇有心计。六七岁时便懂得利用母亲缝缝补补之时，一面替母亲照看着弟弟，一面向母亲问字，凡是母亲教过的字，便用树枝在地上一笔一画地写出来。他不仅好学，而且有惊人的记忆能力，凡是不懂的便问，问完便记入脑海，几十年的事情均记忆犹新，他的博闻强记是从小便养成的。

唐先生的父亲曾在县衙做过师爷一类的差使，母亲虽非名门闺秀，也是小康人家出身，读过几年私塾，不仅有《大学》《中庸》《论语》《孟子》的基础，而且最喜唐诗。虽然家道中落，但是，就在那贫苦的环境中，从唐先生三四岁的时候，老太太就用教儿歌的方法给唐先生灌输“春眠不觉晓”“慈母手中线”等简单的诗句。虽然唐先生一生从不具备上学的条件，但后来所有的唐派戏，如《驱车战将》《闹朝扑犬》《好鹤失政》《郑伯克段》《二子乘舟》《扫除日害》《绝龙岭》《斩韩信》《十二真人斗太子》《张果老招亲》等戏，均系自编、自导、自演。他的戏从剧本到表演均有独特的创造和自己的风格，而每一出戏都根据不同的人物、不同的剧情，设计出不同的高雅的表演技巧。一个从未上过学的人，不仅创作出大量剧本，而且其书法绘画均宗法赵孟頫，并有一定的造诣，恐怕这不仅是因为天资聪慧、勤奋好学，石老太太对他的幼教和影响也是极其重要的。

唐先生幼年演戏已略有光彩，不过会戏太少，又无名人指教，同班的老一辈均感叹说："可惜一个好角儿的坯子，搁在一个唱零碎旦角的手里，就给糟蹋了！"谁知这些议论非但没使唐先生灰心丧气，反而更激发了他奋发图强的决心。戏会得少怎么办？他每天顶着星星就爬起来，一个人偷偷地跑到台上，回忆头天晚上别人唱的戏，自己照猫画虎，背戏练功。久而久之感动了许多前辈艺人，他们不仅纷纷地给唐先生说戏，并且把所见所闻的名家表演技巧和所谓的绝活都讲给他听。尽管这些都是些零散的间接知识，如饥似渴求艺心切的唐先生却如获至宝。没人实地指点，只好默默地暗自揣摩，偷偷地去练私功。

戏学得越艰难，就越觉得宝贵，因此也就越发地珍惜它。所以，唐先生对任何一出戏都爱若珍宝，哪怕只学到一招一式，也反复琢磨，日夜苦练。练功得有窍门，然而窍门一般的老师是不教的，就是教，功夫不练到一定程度，也是找不到劲头，而唐先生从小就养成了不练出窍门绝不罢休的习惯。这是环境逼出来的。因为京剧艺术最忌讳把功练死，而要求把功练活，所以练功需要动脑子，而不应该傻练。往往学戏条件优越的演员，反而忽略了这十分重要的问题。学戏的艰难却使唐先生不知不觉地越过了傻练和死练的漫长历程。

唐韵笙既非梨园世家出身，又不曾在名科班坐科，他自幼上无名师提携，下无师兄关照，他性格耿直倔强，沉默寡言，既反对借助别人的力量提携自己，去揪龙尾巴，更反对利用社会交际，得到那些有权有势的人的捧场和舆论上的那种虚张声势的鼓吹。失意时，他躲在偏僻的地方卧薪尝胆，山后练鞭；得意时，亦不应酬社会名流去攀龙附凤。他在京津沪曾一鸣惊人，大红大紫，文艺界上上下下对他的表演艺术有口皆碑，无不叹服。但他从不考虑利用三大城市的有利阵地，去巩固和发展他的唐派艺术。因为他一贯坚信艺术的高低优劣取决于艺术的本身，城市的等级不能代替艺术的价值。

记得 1948 年 6 月，先姑夫唐韵笙由沪返沈后，又来天津在上平安戏院演出，历时两个多月，座无虚席。看戏的观众如醉如痴，似疯若狂，从观众到票友，从戏迷到演员，一致交口称赞。有一天天津票界权威王庾生到东方旅社拜访唐先生，恰巧我在场，王庾生对唐先生说："您文武全才，艺术精湛，虽然您文不宗谭余，而唱念做表规矩大方，特别是在平淡之中往往异军突起，有令人意想不到的精彩之处，这似乎宗汪而又无汪的明显痕迹，确实别具一格；武不宗杨尚，而功架扎实稳健，尤其在气势磅礴之中，含蓄着儒雅风流之美，仿佛宗俞又区别于俞，别具一番神韵。这说明您的功力深厚基础扎实，四功五法运用自如，动则有法而不拘泥于法，做到了法为我用以法传神。因此您的唱念做打均有独到之处。我少年与叔岩（余叔岩）三哥交往密切，在共同学谭时，曾受叔岩三哥许多指教，故对谭余稍有研究。实不相瞒，票界向来对外江派有门户之见，然而看了您的演出，却使我惊叹不已。即使是内江派，也远没有能把红生戏演得像您这样儒雅大方，神采飞扬。武生戏您演得是那么工整含蓄生动感人。所以，我对您那超人的艺术修养和独特的风格非常钦佩。"

其实我和我王庾生先生很熟悉，他和姑丈说话，我作为一个晚辈却不便插言，但是，我觉得王庾生对唐先生的艺术评价既比较客观也比较中肯。我也是间接学余的，在我的头脑里也不无门户之见，但是，我看了姑夫唐韵笙的戏以后，确实和王庾生具有同感。

姑夫向王庾生先生客气了两句之后，王庾生惋惜地说："遗憾的是，您久居关外，京津很少有人宣传您的艺术。如果您能定居北京，与京角合作，我想定会声价十倍。”唐先生淡然一笑说：“江西瓷出于小小景德镇，它却能登大雅之堂。湖笔徽墨均非京师所制，上至帝王之家，下至寒儒陋室均把这摆在茶几之上。谁曾因其产地偏狭而鄙视它的价值？况且创建京剧的开山老祖程长庚、余三胜等人均系徽、汉艺人。西皮二黄本来自徽汉二调，京剧的排场、曲牌和许多表演技巧直接吸收于昆曲和秦腔。而这些剧种哪一个产生于北京？就说红脸戏，也是老三麻子（王鸿寿）在江南创造的，后来才流传到北京。北京固然是名家辈出流派盛行，但是，神州大地到处均可藏龙卧虎，与其靠趋炎附势成名，远不及天马行空，任意驰骋来得痛快！”唐先生这番话，听来好像对这位好心的王先生不够尊重，然而这正是他那耿直而又倔强的性格毫不掩饰的一次具体的表现。

性格耿直的人，大都是重视信义的。新中国成立后，天津、上海在成立国营院团之前，均想以唐韵笙为主成龙配套，发展唐派艺术。所以，津沪两地对他做了大量的工作，甚至等了他很长时间。特别是 1955 年秋，中国京剧院委托马彦祥同志，请先父赵鸿林以亲戚的关系出面，三次邀请唐先生加入中国京剧院，允其自带一个团，专以唐派戏为主演出。不想延至当年 10 月唐先生给先父的回信说：“沈阳是我早年成名之地，已结下不解之缘。抗战胜利后我再次进关，南北云游十载，而沈阳对我依然怀念。为接我返回沈阳，省市领导和剧团的同志曾费了几番的周折，我既已允诺加入沈阳京剧团，只能善始善终。我若中途弃沈而来北京，岂不落个见利忘义之名？故中国京剧院对我之深情厚意实为盛谢，怎奈难以从命。望您代我婉言辞谢。”

前面唐先生与天津票界权威的谈话，是他耿直倔强的性格体现，而后面给先父的这封回信，则是他重信义而轻名利的具体事例。

万鹏姑母赵慧贞　表妹唐紫菱

他的性格往往给人造成一种自高自大、目中无人的看法。虽然姑母曾不止一次对我讲："你小时候，你姑夫可喜欢你了!"但那时我尚未记事，当我成年后和他第一次接触时，也给我造成上述印象。但是，他在天津两个多月的演出，通过与他日常生活的接触，我发现对他自高自大、目中无人的看法，确实是一种误解。造成这种看法的主要原因，一是他过于沉默寡言，二是他一贯惜时如金。1948 年他在天津上平安演出两个多月，1950 年他在天津中国大戏院与梅兰芳合作演出后，又在新华剧场与杨荣环等人合作演出，前后也有两个多月时间。他在天津的熟人和老友很多，可是从未见他到任何人的家里做客，社会上的应酬他更是一律拒绝。

记得有一次天津宝隆医院陈院长请客，梅先生和梅夫人、姜六爷都到了，唯独不见唐先生。陈院长在沈阳多年，与唐先生结识很早。由于他酷爱京剧，因此到天津后，我们便成了忘年之交，许多年我们一直来往密切。所以，陈院长说："干脆别打电话了，万鹏去接他一趟吧。"于是，我跑到国民饭店，推开门一看，他一个人正在屋里闭目养神，我问他怎么还不到宝隆医院去，他大吃一惊地说："梅先生今天上午还嘱咐我别忘了今天在陈院长那儿吃饭，可是下午我一默戏，竟然把这个事给忘了。"我说，"今天晚上又没有演出，您默什么戏呀?"唐先生笑了，他说："这次我和梅先生同台演出，又受到一个新的启发，你说梅先生究竟好在什么地方?""唱念做舞无一不精。"我脱口而出。唐先生说："难道程、荀、尚的唱念做舞就不精湛?"唐先生这一问，真使我一时间回答不上来。唐先生又说："作为一个艺术家，唱念做舞俱精，那只是起码的条件，更重要的是他的风格和特点。你看梅先生的戏，唱不用千回百转的花腔，念没有幅度太大的起伏和棱角，但是，他的唱念如同行云流水，那么自然流畅，优美感人，他的做和舞既不用复杂的身段，也没有繁难的绝活，看似平淡，但在平淡之中却蕴藏着千变万化，是那样的绚丽多姿，美不胜收。就是在《醉酒》《宇宙锋》这样歌舞并重的戏里，梅先生也毫无卖弄舞蹈之处，每一个身段，每一个动作，哪怕是一顾一盼，一个手势，都是那个人物性格的体现和思想感情的驱使。因此他才能以情传神，以神传真。"

万鹏表妹唐韵笙之女唐玉芝婿赵乃义

《野猪林》的表演艺术分折

李少春是大家比较熟悉的演员。他自编、自导、自演的《野猪林》，是一出脍炙人口的好戏，也是李少春的代表作。

《野猪林》这个戏，可以说集京剧唱念做打之大成。从唱的方面看，它包括西皮、二黄、高拨子、反二黄四种调式；在板式方面，除了慢板之外，所有板式它都包括了进去。这在传统戏的老生剧目中，也是少见的。

从念的方面看，在白虎堂一场，林冲有两大段层层递进、铿锵有力的念白。用通俗的话来讲，这段念白是戏眼，这就说明了它的分量很重。

从做的方面看，林冲这个人物必须讲究武生的功架和棱角，因为他是八十万禁军教头；但是，他还要具备老生身段的自如和含蓄，因为他熟读兵书具有一定的文化修养，而不是一勇之夫。同时这个戏的剧情曲折，林冲的心理活动一场比一场复杂，因此在表演方面就不能一道汤，这不光指身段而言，并且包括脸上所表演的戏。

从打的方面看，虽然山神庙一场林冲的扮相和打法都是短打的路子，可是这个戏必须具备长靠的功架，才能表现出八十万禁军教头的气质和他那眼观六路耳听八方的指挥本领和战斗经验。

通过上述四个方面，就可以看出这个戏的艺术特点。大家知道，李少春文戏学余（余叔岩），武戏宗杨（杨小楼），但他绝不是原封不动地照搬，而是将余杨两派的艺术特点化在自己的身上，变成自己的东西。所以，他的表演艺术里面虽然包含着余派的神韵和杨派的风范，然而却是他自己的独特的艺术风格。所谓自己的独特的艺术风格标志在哪里呢？主要标志在他的唱念做打和艺术创造之中。

为了便于集中分折《野猪林》的艺术特点和李少春的创造才能，我们把白虎堂、野猪林、山神庙三个重点场子作一次概括的分折。首先看白虎堂一场。

陆谦以高俅要看林冲刚刚买来的宝刀为名，将林冲诓到太尉府，陆谦又假借通报为由，偷偷地溜掉了。剧情发展到这儿，预示着林冲即将大难临头。李少春在这个剧情转折的关键地方，通过几句简短的念白和眼神的运用，将林冲所处的幽静、肃穆、气象森严的环境渲染了出来。当他发现白虎节堂的匾额时，他吸了一口凉气，利用盔头上的珠子和绒球的震动，把林冲内心的惊讶与震颤一下子表现了出来。然后紧接着用了个急叫头，说明无故擅入军机重地的严重后果，于是他便要转身而去，就在此时那些如狼似虎的牢子手已经把他包围了。李少春就在扫头与急急风的刹那之间，运用带一个带俩，摘盔，扒褶子，抢背，托举等一套表演技巧，表现出林冲落入高俅所安排的陷阱之中和插翅难逃的惊险场面。

上述这套表演，现在看来好像是一套固定的程式，其实，在李少春没有创造出这套程式之前，还从来没有人在任何戏里运用过这么紧凑完整的当场摘帽扒衣束手被擒的表演程式。但是，李少春这个创造也不是凭空而来的，他是受《大名府》的启发。《大名府》是一出文武老生的传统戏，主人公卢俊义在中途被劫上梁山以后，要求回家料理一下家务，然后上山入伙。于是宋江放他回家，不想家人李固告密，卢俊义正在二堂，牢子手破门而入，将毫无思想准备的卢俊义一举拿获。可是《大名府》这场戏的动作仅仅是牢子手急急风上双进门，卢俊义接嘴巴，转身，牢子手用锁链套住卢俊义，在急急风中拉下而已。李少春就是在这个非常简单的动作启发下，创造出一套十分精彩的拴拿表演程式，为白虎堂一场的剧情转折，增加了舞台气氛。

还有值得一提的是，林冲被打八十军棍以后，李少春走了个乌龙绞柱的动作。大家知道，乌龙绞柱属于短打武生的毯子工，按一般情况来说，穿着箭衣厚底是不适合走这个动作的。可是李少春从剧情的特定情景和人物的需要出发，打破了程式动作的界限，大胆地运用乌龙绞柱来表现林冲被打得皮开肉绽，疼得满地翻滚，但是却不敢用臀部着地的情景。这个程式用在此时此地的林冲身上，为他的西皮倒板做了有力的铺垫。

在唱的方面，如"八十棍打得我冲天愤恨"这句倒板，明明是从《战太平》中的"大炮一响惊天地"移植过来的，但是，他根据林冲被打得疼痛难忍，勉强挣扎的特定情景，把"打得我"的"我"字的唱腔，用低回婉转的唱法，落到最低音阶，然后运用武生粗犷有力的喷口，唱出"冲天"两个字，最后用拔地而起的唱法，将"愤慨"两个字处理成盘旋而上，直冲霄汉。由于这句唱腔符合林冲此时此地的特定情感，所以《战太平》的痕迹便湮没在林冲的感情之中了。

吸收或借鉴前人的东西，需要经过消化与加工，使它变成自己的东西、自己的风格。例如这段唱的第四句"到如今这冤屈何处能伸"的后四个字的唱法，是从《长坂坡》赵云唱的"耳旁听得有妇人声"的后半句唱腔化出来的。观众之所以听不出来的原因，是因为他把杨小楼的唱腔化在了他自己的唱法里面，并注入了林冲的感情，所以不是一下子就能听出来这是杨小楼在《长坂坡》里的唱腔。通过这两个例子，说明李少春将余杨两派的东西化得巧妙，用得得当，所以才能够成为他自己的独特的艺术风格。

这场戏的唱并不多，而念白所占的比重是很大的。例如第一段“卑职身为八十万禁军教头，怎能擅入白虎节堂”和第二段“有道是无风不起浪，无怨不成仇”，都是大段念白。不仅要讲吞吐喷放、顿挫抑扬的念白技巧，而且要根据林冲的人物性格与这场戏的特定情景，念出林冲的语气、情感和节奏。李少春这两段念白，可以说字字铿锵，层次分明，有力地揭露了高俅父子预谋陷害的事实真相，同时也证实了千斤话白四两唱的正确含义。其实千斤话白四两唱并不是指数量的多少，而是指分量的轻重而言。这一点在杨小楼的戏里最为明显。

李少春这两段念白，借鉴了杨小楼在《连环套·拜山》中所运用的托音垛字、快慢相间的念法，但是，由于人物的性格、身份和遭遇不同，因此他们的感情色彩和语气的分量就必须有所区别。李少春利用他《拜山》的念白功底，根据林冲的性格，将杨派的喷口、劲头和托音垛字，有选择地糅进这两段念白之中，所以，他念得情真意切，感人至深，从而把这场戏的结尾推上高潮。

李少春　林冲剧照

在《野猪林》这出戏里，发配一场是全剧的核心，也是最有艺术特色的一场戏。在京剧的武生戏里，从来没有唱高拨子的先例，早年杨小楼和郝寿臣曾排演过《野猪林》，尽管是像我这个年龄的人，都没有见过他们在这个戏里究竟安排了哪些东西，但是，有一点可以肯定，就是杨小楼在发配这场戏里，绝对不会用高拨子这种曲调，因为杨小楼从来不唱二黄。我们通过他所擅长的剧目，便可以证实这个问题。例如他的《长坂坡》《连环套》《落马湖》《挑滑车》《铁笼山》《状元印》《麒麟阁》《安天会》《艳阳楼》《水帘洞》《晋阳宫》《夜奔》《八大锤》《五人义》《战宛城》《战冀州》，以至他与梅兰芳合作的《霸王别姬》和他最后告别舞台时所演的《灞桥挑袍》等戏，不是西皮便是昆曲，没有一出是二黄的戏。据说原来《战冀州》的马超是唱二黄的，由于杨小楼唱二黄不搭调，于是他就把二黄改为西皮。杨小楼被公认为国剧宗师，所以大家也就跟着他都改成了唱西皮。高拨子属于二黄的范畴，既然杨小楼连二黄都不唱，当然他就更不可能唱高拨子了。

高拨子是徽班的主要声腔曲调之一。众所周知，京剧脱胎于四大徽班，可是北京的京剧老艺人从不演《徐策跑城》《斩经堂》等一类高拨子的戏。而上海的老艺人王鸿寿、潘月樵、周信芳等人却以高拨子戏见长。这是因为扎根于北京的徽班剧目多为皮黄戏，而扎根于上海的徽班剧目中高拨子戏多于皮黄戏。这只是原因之一，另外还有一个演员的喜好问题。例如《举鼎观画》这个戏，本来徽班唱高拨子，北京的老艺人把它改为二黄，而上海的老艺人则一直还是唱高拨子，不仅上海的周信芳如此，天津的刘汉臣演《举鼎观画》也唱高拨子，这就是南派与北派的区别。

当初李少春刚刚排演《野猪林》的时候，由于发配这场戏唱高拨子，曾经遭到过一些人的反对。他们认为一唱高拨子就成了海派了。可是李少春的《野猪林》演出以后，那些反对他唱高拨子的人，也都拍手叫好。因为他们没有想到，李少春居然用余派的唱法去唱高拨子。李少春这一创举，不仅使前后的唱腔韵味和谐风格统一，而且充分证实了林冲在这场戏里那种痛苦、凄凉和无限悲愤的复杂感情用高拨子这种调式去表现，要比西皮二黄的感染力更强，气氛更为合适，这场戏的特色也就更为突出。

另外，在这场戏里，李少春用了个倒步，非常恰当地表现了林冲两腿伤势未愈，又被董超、薛霸将双足烫肿，而步履艰难的情景。倒步是衰派老生的一种步法，它适合表现老人的两条腿已不听使唤东倒西歪的情景。例如《清风亭》里的张元秀，《南天门》里的曹福均有这种步法。有人会问，把衰派老生的步法用在八十万禁军教头身上能合适吗？我们说，不但合适，而且是个创造性的借鉴。因为李少春把衰派老生的特征，如曲膝、松胯、坐腰、驼背、塌肩、软脖梗等都去掉了，只把倒步的步法注入了林冲的气质。所以，他恰当地表现出林冲虽然已寸步难行，但是仍然在勉强挣扎，这就真实地表现了这场戏的特定情景。通过这个看似简单的倒步，说明李少春老生的基本功是非常深厚的。如果没有丰富的表演技巧，不可能演出这场戏的特色——既是武生的形象，又是老生的东西，不瘟不火，自然真实。

风雪山神庙这场戏，唱与打的分量都很重。前面的大段反二黄从散板入唱，转入原板，在原板中间利用行弦念白，然后再接唱原板垛句转散板。从板式的变化来看，采取了淡化散板与原板的格式，借鉴吹腔的唱法，一方面把散板与原板之间的距离拉近，另一方面运用高低错落、抑扬相间的办法，把原板的句与句之间连接在一起，这样既省略了不必要的过门和锣鼓，又给人一种顺流而下，一气呵成的感觉，突出了林冲的满腹愁肠连绵不断的特点。整个一段反二黄都不以大腔去讨好，而是以意境去感人。余派的一个最大特点，就是他的唱腔意境深远。那么意境是怎么产生的呢？意境是感情与韵味的巧妙结合。李少春这段反二黄，并没有给观众叫好的机会，那为什么观众非常喜爱这段唱呢？那就是因为通过他唱腔中的感情与韵味，产生了一种耐人寻味的意境，这就是以声传情，以情传神所达到的艺术效果。

从这场戏的武打来看，林冲的扮相和他的打法，都是短打的路子，但是，要想打出林冲的人物性格和这个戏的特点，光靠短打的技巧是远远不够的。因为他是八十万禁军教头，一贯指挥千军万马演阵练操，尽管他现在当了一名军卒，但是他那八十万禁军教头的气质是不会变的，所以，在这场武打中首先要表现林冲的气质。既然要表现他的气质，那就必须具备长靠的功架，可是，他毕竟是短打的扮相和打扮，因此，这里边就有一个化的问题了，就是必须巧妙地把长靠的功架化入短打的动作之中，使观众感觉到这是八十万禁军教头与高俅手下鹰犬的一场特殊的生死搏斗。

李少春在这场武打之前，首先以出其不意的表现手法，在陆谦洋洋得意，准备捡几块林冲的骨头回去邀功受赏的时候，突然让林冲出现在陆谦面前，这两个艺术形象的强烈对比，展示了林冲的沉着、果敢、机警和稳健的英雄气魄。当高俅的打手们将他团团围住的时候，林冲以他那眼观六路、耳听八方的指挥本领和丰富的战斗经验，机智地打乱了对方的阵角。虽然对方人多势众，可是林冲以压倒一切的气势，稳扎稳打，处处主动，把一群如狼似虎的打手各个击破，迫使陆谦手足无措。李少春在武打中的步法变化和把子的技巧，都贯穿着林冲的仇恨怒火，充分显示了他成功地运用了眼神。这就是京剧界所谓的打出了人物，打出了感情。最后他抓住陆谦，恰好鲁智深赶到，当林冲听说他的妻子已经自刎身亡的时候，李少春的脸上突然变色，然后慢慢地将双眼紧闭，虽然这只是无声的表演，但观众非常清楚，此时林冲已肝肠寸断，欲哭无泪了……

李少春不仅表演技艺精湛，文武双全，而且他具有高度的艺术创造才能！

从《野猪林》的艺术创造看李少春的艺术修养

《野猪林》是李少春自编自导自演的一出文武并重、做表繁难的武生戏。此戏虽说属于武生应工，但是，它的唱念表均需要较高的老生艺术修养，如果没有十分深厚的老生基础，即或是武艺超群、天赋极佳的武生也是难以胜任的。《野猪林》这个戏从表面看来，既没有惊险绝伦的武功特技，又没有旋律复杂的特殊唱腔，它的难度就在于必须把武生与老生的多年艺术修养一同放到太上老君的八卦炉里去炼，直到把武生与老生的东西全部熔化，才能去铸造林冲这个艺术形象，并且还要精雕细刻，千锤百炼……否则武生的胳膊，老生的腿，那岂不成了四不像了吗？李少春塑造的林冲，难就难在他把非常讲究的老生的东西化在了武生表演艺术里面，而且是天衣无缝，浑然一体。这不能不说是个新的创举，而这个创举，是对武生行当的一大贡献。

早年杨小楼与郝寿臣曾以单折戏的形式演出《野猪林》和《山神庙》，而且是分两折演出，可惜此戏未能流传下来。在四十七年前，李少春根据本身的艺术条件和观众对京剧艺术日益求新的审美要求，重新编写了有完整故事情节的《野猪林》剧作，并在人物刻画、唱念做打等方面仔细推敲，精心设计，认真排练，刻意求新。由于袁世海、侯玉兰、王泉奎、孙盛武、李世霖、骆洪年等著名演员的通力合作，《野猪林》于 1946 年登上舞台，一炮而红。它以表演艺术精湛，人物形象鲜明，舞台节奏紧凑，故事情节感人，使广大观众耳目一新，令京剧界同仁莫不交口称赞，心悦诚服。

李少春的《野猪林》自 1946 年问世，直到 1963 年拍成彩色戏曲艺术影片，经过了十七年的舞台实践，几次修改剧本。特别是 1962 年，李少春将《野猪林》改编为电影戏曲剧本时，为了挖掘林冲的内心活动，在山神庙这场戏中，为林冲增加了反二黄唱段，深刻地表现出林冲有恨难申，有口难言，有家难奔，有国难报的悲愤心情，使林冲的艺术形象有血有肉，栩栩如生，该戏因此被人称为是一部完美的艺术精品。《野猪林》的成功与流传，标志着京剧武生表演艺术发展到了一个新的历史高度，为武生行的唱念做打全面发展，树立了学习和借鉴的光辉典范。

所谓武生行的唱念做打全面发展，并不是不要行当的分工，更不是抹煞行当的特点。它是京剧艺术的发展规律和观众审美标准不断提高的客观要求，是共同推动京剧历史向前发展的必然。

武戏在中国戏曲中最初形成，是以武术和杂技为基础的。约在明代末年，安徽旌德和青阳一带专出能翻能打的艺人，他们以武术和杂技谋生。当时徽班有《打连厢》《大卖艺》等戏，需要跳索、跳圈、窜火、窜剑之类的杂技表演和翻打扑跌以及真刀真枪的武生对打等动作，于是徽班吸收了这些以武术和杂技为生的艺人，将他们的技艺穿插在《打连厢》《大卖艺》和目连戏之中。徽班进京以后，直至道光年间仍有“武剧以余所见于京师者，其人上下绳柱如猿猱，翻转身躯如败叶，一胸能胜五人之架叠，一跃可及数丈之高楼，目眩神摇，几忘为剧”（见王梦生《梨园佳话》）之说。可见当时在徽班的某些武戏中，武术与杂技表演的成分还是颇为明显的。可是在道光年间，三庆班演出的连台本戏《三国志》，程长庚有活鲁肃之称，徐小香有活公瑾之称，黄润甫有活曹操之称，卢胜奎有活孔明之称，足见老生、花脸、小生等行当在刻画人物性格、塑造人物形象方面的艺术成就已经脍炙人口。然而唯独没有武生应工的活赵云，这说明当时武生行当尚未摆脱单纯的武功表演，创造出一套塑造人物性格的艺术手段，所以当时武生行是居于次要地位的。京剧武生从次要地位跃于挑班的主演，始于道光时期的俞菊笙。俞幼年在张二奎门下学戏，初学武旦，后改武生。因为他两个行当的功底都十分深厚，故在武生的身段动作和武打方面均有独特的创造。

武生毕竟是以武功（包括功架、舞蹈和武打）为主的，唱功在武生戏里从来就摆在次要地位，然而京剧十分讲究人物的性格、身份、气质、风神和复杂的思想感情，因此衡量一个武生演员的水平和修养、念白和表演（即身上和脸上的戏）比唱重要得多。即使是武生戏文唱的杨派武生，唱也被放在了从属的位置，这是历来剧本所决定的。例如，《长坂坡》《连环套》《落马湖》《蚆蜡庙》《霸王庄》《恶虎村》《艳阳楼》《金锁阵》《战冀州》《战宛城》《战濮阳》《战渭南》，等等，大部分是西皮散板、摇板，充其量有一两段垛板或快板而已；《挑滑车》《铁笼山》《状元印》《麒麟阁》《三箭定天山》《安天会》《探庄》《夜奔》《蜈蚣岭》《打虎》《武文华》等均唱昆曲。虽说昆曲在京剧的武生戏里同样讲究满宫满调，声情并茂，可是大量的武生演员都没有那么好的嗓子，久而久之，观众便只重视曲子中的舞，而把曲子中的唱视为一种音乐陪衬而已，因此养成了一般武生演员越发重舞（武）轻唱。武生演员重武轻唱的其他主要原因，一是武生行当根本没有旋律复杂的唱功，二是武生戏需要大量的横音和立音去表现人物的英武之气或刚烈的性格，但是，横音和立音只适合于念，却唱不了大段的婉转多姿的唱腔旋律。这就和绘画一样，光靠大红大绿画不出五色缤纷、自然和谐的好画，它必须善于运用中性的柔和之色。京剧的唱腔也是如此，光靠立音和横音去唱，便会上下不接（即高低音连接不上），那就自然出现不均的脱节现象。试想那样如何能唱得下去呢？因此武生去唱大段上板的唱，并且还要唱得巧妙，唱出韵味，唱得感人，岂不是凤毛麟角吗！

《野猪林》在唱的方面不仅包括了西皮、二黄、高拨子和反二黄四种调式，在板式方面除了慢板之外，几乎容纳了所有的板式。这在老生的传统戏里也从无先例。试想没有较高老生艺术修养的武生演员，怎么能够担当如此繁重而又变化多端的唱段呢？

在念的方面，白虎堂一场，林冲有两段层层递进、铿锵有力的念白。这两段念白，从戏剧冲突来讲，它起着推波助澜的重要作用；从剧本的唱念做打艺术的穿插来看，它又是画龙点睛之举。其分量不亚于《四进士》宋士杰的大段白口。念白是刻画人物性格，表现心理活动最直接也是最有力的艺术手段，故有千斤话白四两唱之说。尤其在武生戏里，念多于唱，因此衡量一个武生的艺术水平高低，念白与表演是十分重要的，因为念与表是一切武打和舞蹈的灵魂。

李少春《野猪林》剧照

李少春在《野猪林》剧中塑造的林冲，难就难在他把京剧表演程式中的唱念做打和跨行当的表演艺术手段综合得自然流畅，而且是天衣无缝，浑然一体。李少春的表演艺术充分地体现了他的文武兼备和完美无瑕的艺术修养。他在《野猪林》的表演中为武生行当开创了许多新的创举，而这个创举是对京剧表演艺术的重大贡献。

戏曲导演

萬鵬說戲

戏曲导演艺术纵横谈

我国戏剧的产生，如果从唐朝出现的参军戏算起，迄今已有一千多年的历史，即使是从宋元杂剧开始，它的历史大约也已将近千年。

中国戏曲有自己独特的表现形式。它不同于话剧、歌剧、舞剧那样，用话、歌、舞便能概括其戏剧样式的特点。中国戏曲是以诗词文学为基础，唱做念打为手段，音乐、美术为规范的一种高度而又全面的综合艺术。

一、独特的表现形式科学的导演艺术

中国戏曲这个高度而又全面综合的艺术的核心，是以实生虚，虚中见实的表演艺术。它将文学、音乐、美术和舞台时间、空间，都放在演员的唱念做打的表演艺术中去表现，这是世界上一种独特的表现形式。戏曲表演艺术中的唱念做打几个方面，既能独立成章，又是相辅相成的，当它们闹起独立性的时候，往往会互相排斥；但是，一旦发现自己不能淋漓尽致地抒发内心的情感的时候，便心甘情愿地把位子让给能够胜任者，哪怕是自己完全站在从属的地位，也是心安理得，所以说它们既有独立性，又有一致性。

但是，它们与音乐的关系犹如鱼水，不论是唱念还是做打，一时一刻也不能没有音乐，就是念做打不需要文场伴奏时，也离不开武场的烘托。所以，戏曲音乐的文武场，也是既矛盾又统一的。特别是在一个新创作的剧目中，演员和乐队，文场和武场，有时经常打架。所谓打架不是人与人的冲突，而是唱念做打与音乐处理的撞车。因为它们的技术性很强，彼此配合要十分默契，准确无误，绝不允许似是而非，必须配合得严丝合缝。演员与演员，演员与乐队，文场和武场，都必须正确理解整个戏的主题思想，每一场戏的具体任务，每一句台词、每一个动作的思想感情、内心节奏，以及它们在整个舞台节奏中的作用，才能掌握恰当的分寸，使唱念做打起伏得当，层次分明地塑造人物，表现故事情节。假若有一个具体环节处理得分寸不当，彼此配合不严，看上去也许是差之分毫，实际上则谬之千里。

因此，戏曲导演的任务，就不仅仅是解释剧本，领导排练，做好演员的镜子，更重要的是在把文字转化为舞台形象的过程中，运用以实生虚，虚中见实的表现方法，打破舞台条件在时间和空间上的局限，解脱自然主义的一切束缚，把有限的舞台变成广阔无限的自由天地，启发演员的艺术想象，调动演员的艺术创造，并且要巧妙地将这些独立、分散、各有特征的艺术手段，高度而全面地综合起来，使它们变成一个有机的整体，在导演构思的蓝图上，相得益彰地成为完整的舞台综合艺术，体现深化剧本的主题思想，起到积极良好的社会效果。所以导演工作是一种十分复杂的创造性的艺术活动，他在戏曲艺术创作集体中担负着总合其成的职责。

我国戏曲艺术酝酿的阶段很长，可以上溯到周秦的歌舞，然而，戏曲形式的形成，则在宋金时代，距今已有八百多年的历史，但是，从未发现过有关导演艺术活动的正式文字记载。由于没有任何文字记载，因此戏曲团体中有些同志认为，传统戏里面根本没有什么导演艺术，这是因为我们过去没有“导演”这个名词而造成的。

其实在我国封建社会刚刚兴起的战国时代，戏剧萌芽阶段的“优孟衣冠”，虽然当时的优孟只是一种即兴创作，而实际上是编剧、导演、演员三位一体，都集中在一个人的身上。从他即兴的表现形式和以情节来表达内容的角度来看，可以说已经存在着导演艺术了。然而当优孟化装成孙叔敖的时候，则是以演员的面貌出现，因此人们不会感觉到导演艺术的存在。

而在希腊，当三大悲剧家之一的索福克勒斯发觉自己的嗓子不够响亮，不能胜任主角的时候，于是便把主角让给别人，自己做了职业导演，改进了悲剧音乐，增设了彩色布景，使古希腊悲剧有了进一步的革新、发展。希腊哲学家亚里士多德在他的《诗学》第四章说：悲剧和喜剧起初不过是临时口占，这就和我们的“优孟衣冠”差不多，也是即兴表演。他们起初也只有一个演员，于表演酒神颂时，讲述酒神在人世的漫游和宣教的故事。在索福克勒斯做了职业导演的时候，他们也不过仅仅发展到三个演员。由此可见，不论中外，在戏剧萌芽时期，表演形式极为简单，还没有形成一种戏剧团体，所以，编导演集中在一个人身上那是很自然的。

索福克勒斯生于公元前496年，殁于公元前405年，我国春秋时代“优孟衣冠”的即兴表演，发生在公元前613年以后。从时间上来讲，我国戏剧的萌芽比古希腊的悲剧还要早，但是，从戏剧的职务分工来看，我国戏曲事业的发展和完善则是比较缓慢的。

我国唐代的《踏摇娘》已发展为两个演员，也仍然是集编、导、演于一身的即兴式的创作。《乐府杂录》记载：“开元中，黄幡绰、张野狐弄参军……开元中，有李仙鹤善此戏，明皇特授韶州同正参军，以食其禄，是以陆鸿渐撰词云‘韶州参军’，盖由

隋唐五代　参军戏俑

此也。”这就说明唐代到了开元年间，已经有了编剧和固定的脚本。作为编剧的陆羽，参加排练，解释自己的创作意图，对戏中的排场提出要求，这是很自然的，陆羽虽不一定就是导演，但是，至少他已经起着导演的作用。

从《踏摇娘》发展到参军戏，已不止两个演员了，而且由于参军戏已经有了一套简单的固定表演程式，需要转相传授，因而产生了老师。参军戏里面那套简单的固定表演程式，哪怕是演员的集体创造，也需要有人去综合指导。其实综合指导的本身，就是导演的艺术创造。

当那套简单的表演程式固定下来之后，由教师去转相传授的时候，便会产生两种情况：一种是善于思考有独立见解的教师，在转相传授的过程中，不断地丰富和发展表演程式；另一种教师则是刻模子原版复制。但是，这两种教师在传授别人的时候，不知不觉地都在执行着导演的职责。戏曲导演的另一种形式是主演兼导演。

到了宋代的时候参军戏逐渐发展为杂剧，此时已经有了五个角色：末泥、引戏、副净、副末、装孤（或者叫装旦）。宋朝吴自牧的《梦粱录》中说：“且谓杂剧中末泥为长，每一场四人或五人……末泥色主张，引戏色分付，副净色发乔，副末色打诨。或添一人，名曰装孤。”这不仅具有生旦净末丑行当的雏形，而且似有主演、导演和剧务职责分工的意思。从戏曲行当传统排列的习惯上看，末泥很可能既是主演又是导演，因为“末泥为长”这句话，具有大老板的含义。

过去戏曲团体均称主演为老板，它和商业中称经理或掌柜的为老板的性质不同。“主张”二字是对舞台演出而言，因此，末泥除主演外，还负有导演的职责；“分付”应该是相当于文武管事（即剧务）的职责，所以引戏类似今天的剧务，执行着导演的主张。

到了元朝，由于关汉卿、王实甫、马致远、白仁甫等书会文人投身戏曲活动，戏剧从里巷歌谣、市井之谈，发展到具有极高文学价值的艺术作品。剧作家人才济济，新剧本不断涌现，要把这些剧本搬上舞台，是离不开导演的。那么当时的导演是谁呢？臧晋叔在《元曲选·序》里说关汉卿“躬践排场，面敷粉墨”，同时关汉卿和当时的著名演员如珠帘秀、顺时秀等有深交，后者经常上演他所写的新剧本，因此，关汉卿为他们“躬践排场”，亲自导戏，并“面敷粉墨”参加演出。可见关汉卿不仅是个伟大的剧作家，而且也是编、导、演集于一身。

进入明代后，随着昆山腔的产生，导演艺术日益发展并严格起来。从昆山腔舞台演出的一切排场和完整的表演艺术形式来看，是可以证实这一点的。戏剧最重要的目的，是以塑造人物，表演故事情节，来完成其主题思想的，这时导演艺术的作用逐渐地显现出来。

《牡丹亭》作者汤显祖和《燕子笺》的作者阮大铖等人，都在自己的家里设有家乐，收罗青少年演员，排练自己创作的剧本。汤显祖在自己的玉茗堂里“自掐檀板教小伶”，“自踏新词教歌舞”，为他的科班导戏。同时戏曲导演理论也开始有了一鳞半爪的记载。《陶庵梦忆》的作者张岱，曾形容阮大铖为他自己的戏班排演的戏“讲关目，讲情理，讲筋节，与他班孟浪不同……其串架斗笋，插科打诨，意色眼目，主人细细与之讲明，知其义味，知其指归，故咬嚼吞吐，寻味不尽”。可见此时的中国戏曲导演艺术已经达到了一个新的水平。

到了明末清初，戏曲的导演艺术又有所发展，排练也有迹可循。在李笠翁的《闲情偶寄》里面，从如何写剧本，如何排戏，一直到如何演出，写得很全面。清初戏曲活动的规模日益扩大，昆曲艺术发展到了高峰，因而促使导演艺术进一步发展提高。《闲情偶寄》全面而系统地论述了戏曲创作问题，形成较为完整的戏曲理论体系。李渔对导演艺术非常热衷，他说：“若天假笠翁以年，授以黄金一斗，使得自买歌童，自编词曲，口授而身导之……”李渔十分重视导演的作用，他说：“填词之设，专为登场。登场之道，盖亦难言之矣。词曲佳而搬演不得其人，歌童好而教率不得其法，皆是暴殄天物。”因此，他在《演习部》里，针对戏该怎么排，怎么唱，怎么教演员，怎么穿服装等，做了详细论述。他那丰富的实践经验，系统的戏曲理论，对我国戏曲事业的发展做出了前所末有的贡献。

另外，在《审音鉴古录》和《海内曹氏藏书三十种》的抄本资料里，还记录着一些戏的调度、地位、身段动作、唱腔的安排、曲子的唱法等等，甚至连唱到哪一句的时候是什么动作，念到哪一句时怎样去拿道具，也都一一记录下来，这实际上就是那个时候的场记本。

中国戏曲塑造人物，表演故事情节，主要靠唱念做打舞等综合表演艺术。在昆山腔兴起前，任何一个剧种，都没有把这几个方面的技术有条理地加以集中概括，使之成为一种塑造人物的表演程式。大部分戏曲表演都缺乏提炼和集中，是一种自然形态的不规范的表演。只有产生了昆曲以后，在表演形式上才力求严谨

早期戏曲舞台人物造型

和规范，做到了歌和舞的和谐统一，为角色的各个行当创造了整套的表演程式，使演员有法可循，有功可练，使演员的唱念做打舞都能循规蹈矩。于是在表演艺术全面发展的情况下，创造出完整的综合性的舞台艺术。

而在这个完整的综合性的舞台艺术里面，科学的导演艺术是必不可少的。仅从《春香闹学》《火判》《思凡·下山》《钟馗嫁妹》《太白醉骂》《醉打山门》等戏来看，通过人物造型，服装搭配，犹如在舞台上展现了一幅又一幅古代人物画卷，真是色彩合谐、浓淡相宜；那笛、笙、箫、琵琶婉转悠扬、飘逸壮丽的曲调和旋律反复交错，节奏断续相间，在歌与舞的抑扬顿挫、轻重疾徐之间，紧紧地围绕着人物的性格、情绪变化，在千变万化的节奏中展示着人物的内心活动。即使是寓淡于浓的昆曲表演艺术，人物与人物之间也需要在互相的刺激——反应——刺激之中，感情才能越演越深，气氛才能越来越浓，这是人物的真实交流创造出来的，绝非哪一个人能够单独完成的。我们的戏曲发展到了这个阶段的时候，"一台无二戏"就是完整的导演构思和严格的导演艺术在舞台上的体现。

中国戏曲在艰苦的探索和锤炼中，逐步积累了丰富的舞台知识，掌握了舞台艺术规律，创造了独特的表现形式，形成了戏曲美学的独特体系。

他们之所以终于找到了这样一条通往舞台艺术高峰的独特道路，是编、导、演、教相结合的集体创造的结果。但是，由于戏曲导演在我国戏剧发展的历史长河中，有时是编、导、演三位一体，有时是以老师的面貌出现，有时是只重视演员的舞台成绩，所以，导演的艺术活动往往被忽视。总之，传统的戏曲活动不大重视导演艺术，缺乏理论性的升华和建设性的引领。

我们民族的戏曲艺术出了多少传世的精品剧作，被世人所欣赏，被世人所盛赞，然而知道编剧和导演的却很少，直到现在仍然存在以主要演员为中心的倾向。我们一提到某某流派无不赞美有加，津津乐道，甚至某某流派的传承人也超越了流派的创始人，享有极高的荣誉，可有谁还记得某某编剧、某某导演为流派的风格特点所付出的心血呢！

欧洲普遍在19世纪末和20世纪初便已形成了导演专业的分工。由于他们对导演艺术极为重视，因此在发展过程中逐渐地产生了各种流派。导演艺术的丰富多彩必然会促进舞台表现形式的多样化和戏剧理论的蓬勃发展，理论水平的提高则又推动着表演艺术的前进和戏剧的发展。

二、论传统戏曲的导演艺术

中国戏曲是一种高度的综合艺术，它的表现手段是丰富多彩的。它的丰富多彩的表现手段和独特艺术形式的形成，是由于它的剧本创作的程式化，为导演表演艺术开拓了无限广阔的天地，使戏曲舞台的空间和时间享有充分的自由。因此，它的导演艺术可以不受任何限制地调动丰富多彩的艺术手段，运用独特的艺术形式，去表现深远广阔的故事内容，反映各个历史时期的社会生活面貌。

中国戏曲是世界戏剧艺术三大体系之中最具独特性的表演艺术。它有着以虚拟实的舞台美术，有节奏强烈、旋律丰富的戏曲音乐，有极其丰富的表演程式——用程式去规范它的唱念做打，因此它的唱念做打等各方面都有难度较大的技术性。以这种全面而又特殊的表演艺术去塑造人物形象，是世界其他戏剧艺术所没有的。所以中国戏曲导演在启发演员和帮助演员塑造人物形象时，不仅要解释人物，揭示主题，强调内心体验，而且要善于调动唱念做打的各种程式和以虚拟实的舞台美术，恰当地运用和组织节奏强烈、旋律丰富的戏曲音乐，帮助演员更好地去塑造人物的视觉形象。因此戏曲导演要全面掌控技能，使表现手段发挥到极致。

唱念做打的全面运用是中国戏曲艺术形式的重要特征。其他戏剧形式在舞台上无法表现，或者很难充分表现的场面，在中国戏曲舞台上都能够充分表现出来。

中国戏曲舞台的空间和时间，有无限的自由，它可以不受任何限制地表现深远广阔的故事内容，反映社会生活的全貌。它的舞台空间和时间之所以不受任何限制，并且具有广阔的表现能力，是由于以下几点：

(1) 虚拟动作不仅表现角色的思想感情，同时它还能表现角色所处的环境，包括自然环境和社会环境，如果没有这种虚拟动作，舞台空间和时间就失去了具体内容。

(2) 戏曲舞台上的一切表演内容，都是通过唱念做打舞等艺术手段，去表现复杂的人物形象和故事发展。

（3）戏曲的分场也就是上下场的舞台处理方法和虚拟动作的表演，决定了唱念做打舞可以不受任何限制地去表现舞台上的空间和时间。如果没有分场的处理方法和虚拟动作的表演，戏曲的舞台空间和时间就不可能有无限的自由，也就不容易表现出深远广阔的复杂内容。

中国戏曲是以分场和虚拟的舞台处理方法，以唱念做打舞的表现程式，作为自己的艺术手段的，这是一种特殊的戏剧表现方法。

中国戏曲是世界上水平很高的戏剧艺术之一，它是独立发展的。因此它有一套独特的、完整的，甚至是卓越的导演体系，有一整套独特的舞台美术体系，有一整套独特的舞蹈体系和一整套独特的音乐体系。总之，中国的戏曲有一整套科学的、独特的、民族的表现程式体系。

中国戏曲导演体系之所以能够深刻而又通俗地阐释剧本所包含的人生哲理，同时能够不受舞台空间和时间的限制，把剧本所要表现的一切都加以充分的表现，主要是充分利用了分场处理和虚拟动作，善于调动唱念做打舞的艺术手段。中国戏曲导演体系创造了很多舞台上的奇迹，打开了戏曲艺术的广阔天地。

世界上一切有独特性的戏剧体系都有自己的美学观点。中国戏曲对戏剧艺术的概念、规律、法则以及表现方法等，也有自己独特的理解。尽管中国戏曲美学没有形成完整的系统，但是，中国戏曲丰富的舞台实践全面地体现了自己的美学观点。我们研究戏曲导演艺术，只能以戏曲舞台的实践经验为依据。

（1）虚拟动作给予观众无限丰富的想象，反过来用观众的想象，去配合演员表现的角色所处的各种环境。

（2）唱念做打舞的具体动作提示着戏曲舞台空间和时间（也

就是表明规定情景）的变化。

（3）分场的形式和舞台空间、时间的自由处理是无法分开的，和表演上的虚拟手法也是无法分开的。

例如《打渔杀家》，不仅用两根木头船桨就可以表现渔民在江河里行船和打鱼的生活，而且通过上船下船的动作，给人一种特殊的美的享受。它是从生活出发，通过艺术加工，以独特的舞蹈形式去表现那个时代的生活。这种处理方法中外观众都能接受，世界上一些著名的艺术大师也深为叹服，布莱希特看了梅兰芳的《打渔杀家》就说过，中国戏用两根木桨所代表的船，要比斯坦尼斯拉夫斯基排的《奥赛罗》里面所精心设计的船要高明多了。

《收关胜》里的李俊和关胜，各自带着自己的人马，打着自己的旗号，只有四个船夫，跟在四支队伍的后面，就可以使观众仿佛看到了多少只战船在水面上进行着激烈的战斗。

《秋江》通过老艄翁和陈妙常两个人的说说唱唱，就把一只小船顺流而下和一江秋水的风物景色融合在一起，同时也把两个人不同的心理状态表现得细腻、风趣、动人，并且使人仿佛看见这只小船在景色宜人的江面上颠簸。

《群英会》《借东风》里的火烧战船，只在下场门前面摆两张桌子，曹操往上一站，两边是曹八将，一边一个船夫，观众就相信这是把战船连锁在一起了。而黄盖带了一个船夫，在急急风里仅仅跑了一个过场下去，就给人感觉在大江东去浪滔天里，一叶孤舟乘风破浪而来。

赤壁鏖兵，火烧战船，是三国时期最大的一次战役。在舞台上表现这么大的水战场面，任何戏剧样式都难以胜任。因此西方戏剧的编剧和导演会有意识地避开这些东西。而中国的戏曲不仅能够表现，而且能够把观众带到那个特定的历史环境里去。这些富有创造性的例子，充分说明了戏曲导演体系的卓越。

通过《挑滑车》的闹帐、大战、挑车、压马这几个单元，能够看出中国戏曲导演体系在解释人物性格、渲染典型环境、制造舞台气氛方面的特殊艺术手段。

万鹏《挑滑车》高宠剧照

高宠怀着舍身报国的热情，赶赴朱仙镇听候岳飞的调遣，不料岳元帅竟然不用他。他提出抗议，岳飞才勉强命他看守大纛旗，并且严肃地告诫他“无令不准擅离阵地”。高宠满腔热情受到压抑，本想拒绝接受看守大纛旗的任务，可是军令如山，只好勉强接受任务。

等岳飞和金兀术会阵之后，高宠走头场边上。这一场采取了评话或说书的方法，作为戏剧的一种进行方式。这种方式在传统戏曲里并不鲜见。在这一场里，主要是表现高宠的内心活动，而高宠此时此刻所想的完全是战场上敌对双方的战斗，按照剧本，敌我双方也正在战场上进行着激烈的交锋。于是剧本作者通过高宠的唱词，反映出战场上兵如潮水，“战鼓齐鸣、刀光剑影、战马纵横、杀声震天、旌旗飘”的战斗情景。但是，唱词并没有一个字是表现高宠的思想活动的。可是如果不表现高宠此时此刻的内心活动，只是通过他叙述一下战场的战斗情景，那这个人物究竟是高宠呢，还是个说书的呢？

这显然是给导演出了一个难题。可是卓越的戏曲导演老前辈，既不修改作者的剧本，又不违背作者的意图，恰当地选了一支【石榴花】的曲子，通过高宠的边唱边舞，不仅形象地反映出敌我双方冲锋对垒的战斗情景，使观众如同身临其境，而且难能可贵的是，突出了高宠热血沸腾的激动心情，把对金人的痛恨，通过舞蹈动作表现得淋漓尽致。特别是唱完了曲子，急急风圆场，四击头冲里登式的舞蹈动作，再一次有力地强调了高宠准备随时挺身而出，誓与金兵决一死战的决心。

在山头观阵一场，导演巧妙地为高宠按排了一段【黄龙滚】的曲子，节奏鲜明地反映出高宠见宋军在战斗中处于不利的形势，心似火烧的情绪，在这段曲子的末尾，更加重强调了他"怒一怒平川踏扫"的决心。这充分调动了音乐手段，把高宠见兀术战败岳飞而气冲霄汉的情绪和不杀尽金兵誓不罢休的决心推到一个高峰。

以上三个层面表现了高宠的心理变化和性格特点，为推进下面的情节发展做了强有力的铺垫。随着岳飞带着宋军败下，激发了高宠违令出阵奋战敌寇的决心。

高宠：啊！往日岳飞元帅百战百胜，今日为何败下阵去？噢噢是了，想是兀术武艺高强，待我出马会会那贼武艺如何？

汤怀、郑环：且慢！想这大纛旗乃军中之要任，无令不可擅离阵地。

高宠：哎呀！自古为大将者，焉有坐观成败之理，二位将军听令，命你二人看守大纛旗！

汤怀、郑环：得令！

高宠：得，抬枪带马！

万鹏《挑滑车》剧照

这时候武场用的是吊钹，高宠下了高台背向观众归正场。如果不是对戏曲表演艺术规律和舞台法则以及表现手段有深刻研究的导演，一定反对在此时此刻，叫高宠在吊钹里头慢慢腾腾地走下高台，然后再背向观众。因为这个调度既不符合高宠情绪发展的节奏，也不符合生活逻辑。可是为了把高宠的情绪发展推向高峰，就有必要采取欲扬先抑、欲催先撒、欲紧先慢的独特的戏曲节奏，也就是说在强调那个【上小楼】之前，必须先把节奏气氛缓下来，然后用一种非常强烈，带有爆发性的动作和音乐，一下子把高宠的战斗激情迸发出来。所以，在此用吊钹，叫高宠从高台上缓慢地下到正场，当他背向观众的时候，这个冲头已经把情绪催化到了顶峰。这时突然用两个撕边一击，配合高宠勒紧甲胄的动作，紧接着用冒头，配合高宠的跨腿蹦子急转身亮相。相一亮住，高耸入云的海笛子就吹起了【上小楼】的最高音阶“气得俺”。最值得我们学习的是，唱的是最高的音阶，高入云端，走的是最低动作。这一高一低看来是两个极端，很不相称，但是，那么高的音阶，用什么样的高式也会显得声情距离太大，除非是一个跟头翻上去，否则是找不出更高的动作了。于是卓越的戏曲导演老前辈，叫高宠用了一个朝里晃手上步掏腿，前胸俯地，大前弓后箭，双手托天的矮式。这个式子虽矮，然而造成的效果却恰好是高入云端。这个对立统一的表现手法，运用在这个典型环境中的典型人物高宠的身上，才能收到对立统一的效果。《坐宫》里的杨四郎也亮这么一个大前弓后箭的矮式，恐怕观众就接受不了啦。

中国戏曲导演的老前辈，就在高宠的这段【上小楼】的曲子里，进一步调动音乐手段，以强烈的打击乐（混牌子）配合高宠舞蹈动作中靠旗的上下翻飞，既表现了高宠胸中的万丈怒火，又突出了他生龙活虎般的英雄形象。

万鹏《挑滑车》剧照

此时高宠恨不得一步冲下山去阻击金兀术，按照一般的导演逻辑讲，高宠上马之后再要大枪花，就把节奏拖散了，同时也是画蛇添足。但是，中国戏曲导演体系对突出和省略、繁复和简洁的关系，有自己的美学观点，有自己独特的处理方法。如果高宠唱完【上小楼】，上马就冲下山，看来是既符合生活逻辑，又处理得干净利落，同时节奏也紧凑，但是，这就违反了中国戏曲运用技术塑造人物的规律。冲下山去阻击敌人，这本来是急如星火的事儿，可是越在急如星火的情况下，就越需要突出这个“急”字。用什么手段去突出这个“急”字呢？只有用表演技术。大枪花本来是一种程式，给人的感觉是只要是在战场上把敌人打跑了，就可以要一套枪花或刀花，然后亮相下场。其实不然。高宠的大枪花下场，是突出“急”字的特定舞蹈动作。如果只用一个大刀花，转身，趋步，扼腕，踹鸭，涮枪倒把，跨腿片腿等动作，就不能突出节奏的变化，就没法给观众造成那个“急”字的感觉。

通过以上对《挑滑车》的舞台处理的分析，可以看出中国戏曲导演艺术的独特性。

三、导演如何帮助演员塑造人物形象

以戏曲艺术形式去塑造人物形象的一个原则，就是既要重视内在性格，又要重视外部行动。通过行当把性格和行动在艺术表现上统一起来，统一在虚拟的程式范畴之内，这是戏曲艺术的基本特点之一。

戏曲舞台上的人物形象，要在类型化中求多样化，只有多样化没有类型化，就不是戏曲的人物形象，只有类型化没有多样化，那就是只有共性没有个性的千人一面。只有把类型化和多样化完美地结合起来，才能成功地塑造出戏曲的人物形象。

行当是戏曲角色的类型化，也是演员表演技术上的分类。每一个行当都有自己应工的角色，都有一套相应的表演技术，这是戏曲艺术程式化的一个特点。作为戏曲导演必须通晓或者基本掌握每一个行当的技术特点和表演程式，才能要求演员在类型化的行当里去创造多样化的各种不同性格的人物形象。

所谓重视内在性格，就是要求演员必须有内心体验；重视外部行动，就是光靠内心体验，而找不到非常鲜明准确的，符合内在性格的程式动作，是体现不出演员体验到的内在性格的。因此，戏曲导演既要启发演员的内心体验，又要帮助他寻找和创造能体现内在性格的表演手段——程式。

用程式手段去塑造一个人物，不是把原来的程式原封不动地硬套在人物的身上，那样这个程式就成了形式主义的东西了。程式要运用得贴切、自然、准确，完全是这个特定人物的特定动作，就得有一个寻找或是选择，而且找到了，也选择对了，还得有一个重新组合，改造程式或创造程式的问题。因为要让人感觉这个程式动作就是这个特定人物的东西，而绝不是这个程式动作放在任何一个人物身上都行，那样就没有鲜明的性格，人物形象也就必然会陷于类型化（只演行当不演人物）或雷同化了。这是戏曲导演帮助演员塑造人物必须首先注意的一个大问题。

往往有的导演启发演员的内心体验头头是道，解释人物性格也处处有理，但是，一旦演员找不到合适的程式，也创造不出更能体现人物性格、表达人物内心活动和思想情绪的动作的时候，就无话可说。其实，导演在必要的情况下，也须做做示范。这就涉及导演是不是掌握每一个行当的表演程式和技术方法的问题。

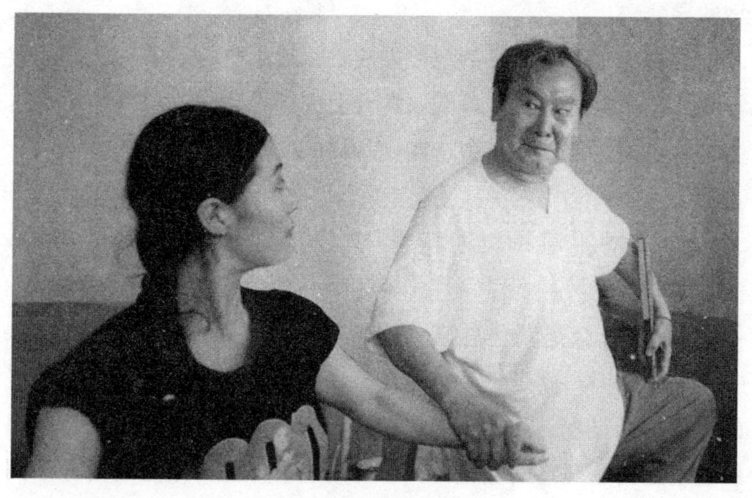

万鹏排戏做示范

如果一个戏曲导演对每一个行当的表演和技术，根本不掌握的话，就没办法去帮助演员寻找表演程式，运用技术方法，也就谈不到去重新组织程式、改造程式、创造程式了。于是就会出现两种情况：一种是，由于自己不掌握这些艺术手段，只好是讲完了理论叫演员自己看着办。即使心里感觉演员所运用的程式不符合这个人物的内在性格，和自己的想象和要求整个是两码事，也不敢再往深里谈。因为拿不出一套手段来解决这个问题，所以只好浮皮潦草地说两句原则话，凑合过去算完了。另一种情况是，自己既不掌握这些手段，又不肯虚心求教，去钻研，硬着头皮拿出一套唬人的理论，什么“这个动作缺乏生活根据”，“那个动作究竟说明什么问题”，“缺乏思想性”，“没有目的性”，等等，使演员无可奈何地听着那些冠冕堂皇的大理论，又没有解决实质问题的手段，有时只得一挥而就，结果是不伦不类的话剧加唱，完全失去了戏曲的特点。这样是很危险的，我们绝不应该做这种类型的导演。

要做一个名符其实的戏曲导演，就得下一番功夫，认真地学习戏曲艺术的特点，掌握戏曲舞台上的各种程式，巧妙地运用这些艺术手段，帮助演员塑造各种各样的人物形象。

四、导演怎样帮助演员构思角色总谱

（一）什么是角色总谱

角色总谱，就是一个角色在整出戏里，由内到外，由始至终的全部活动过程。角色总谱包括两个主要内容：一个是角色思想和心理上由始至终的变化，一个是角色形体上由始至终的一系列行动。这两个内容密切联系在一起，不可分割。如果问哪一个主要，我说两个内容不能强分主次，哪个都重要。

人的一举一动都是受思想支配的，一个人的行动如果没有思想依据，那就失去了逻辑性。所以，演员要掌握角色的特殊性格，首先就要掌握角色的心理活动，没有这部分就构不成角色的总谱。可是思想心理上的变化，总得通过形体上的行动表现出来，否则你怎么能让观众看出你的内心变化呢？所以角色总谱毕竟还得着重去安排一系列的形体上的行动。例如唱念做打的程式，把这些有机地组织起来，才能使角色变为活的可见的形象。因此，我说两个都重要。但是，角色总谱也应该由内容到形式，最终落在形式上。

（二）怎样构思角色总谱

导演帮助演员构思角色总谱，首先要根据剧本的思想内容，人物的性格和故事情节的整体布局，去考虑人物特征的表现形式。既然要准确地去表现人物性格，塑造人物形象，那就要抓住最能表现人物性格的主要情节和发展人物性格的每一个阶段。每一个人在一生当中，都要经历几个阶段；每一个人所办的每一件事，也都要经历一个过程，这叫阶段性。一个人在不同的阶段会产生不同的思想活动、不同的情绪和不同的感情。这些不同的思想活动、不同的情绪、不同的感情的复杂变化，又取决于不同阶段所遇到的不同的矛盾。如何解决这些不同阶段的不同矛盾，又取决于人物的特定个性。

既然一个人的一生或一件事的全过程都有其阶段性和矛盾性，那么一个戏或一个角色的总谱要不要有几个阶段呢？当然要，而且每一个戏，每一个角色总谱都有它必然的阶段。

拿《走麦城》这个戏来说，我们启发演员塑造关羽这个形象，首先就要求他对关羽的历史情况、他的性格和当时的处境有充分的了解。关羽的失败，是由于他骄傲自大，目中无人，不能够因势利导联吴破曹，在战略上失利而造成的。但是关羽骄傲自大不是在走麦城时才有的，而是从他跟随刘备东征西战以来逐渐形成的。在走麦城以前，他总占上风，斩华雄、斩颜良、斩文

万鹏　关羽剧照

丑、斩六将、斩蔡阳、斩庞德，只要跟别人交锋，总是手起刀落把人斩于马下。特别是在水淹七军威镇华夏以后，连曹操都打算迁都，以避其锋。他的骄傲资本就是这样长期形成的，到了走麦城发展到了顶点。但是他除了骄傲的特点外，还有忠于刘备，勇敢倔强的一面。除掌握这两个特点之外，还必须了解他当时是五虎上将之首，坐镇荆州，发号施令，独当一面。根据这三个特点，再集中概括起来，就不难了解他是个骄傲、威严、倔强、自信，又忠又义，具有大将风度的人物。

（三）角色总谱如何分段

《走麦城》这个戏，具体说关羽这个角色的总谱，应该把它划分成几个阶段呢？根据这个戏的中心事件和情节的发展，以及关羽内心节奏的变化，我把它划分为三个阶段。

第一个阶段：拒绝诸葛瑾的联合统一战线，促使东吴在战略上不得不和曹操联合，使自己完全处于孤立的地位，这深刻地揭示了他的骄傲自大、目中无人、极端自信。

他去襄阳的雷厉风行势如破竹的行动，展示出他忠于刘备的可贵品质，强化了他的庄严威武、所向无敌、英勇果断的大将风貌。

第一个阶段所展示的关羽性格的两个侧面，给观众三点感受：关羽的庄严威武、所向无敌、英勇果断的大将风貌是可爱的，他一生忠于刘备的品质是可贵的，他的骄傲自大、目中无人、缺乏策略是可惜的。抓住了以上三点，就给关羽的角色总谱定下了一个基调，同时把他的性格特点一下子就表现了出来。

以上谈的是内容，那么究竟用什么形式去表现这个内容呢？那就要围绕着关羽的性格，去组织和运用表演技巧，鲜明而具体地去体现。

比如第一场，要表现关羽的上场、亮相的气度，对诸葛瑾的傲慢和勃然大怒的动作、派兵遣将的果断。

第二场，见曹仁会阵时，用重新组织的四劈头配合手起刀落、干净利落的武打动作，表现他的所向无敌；得了襄阳之后的派将："赵累听令，命你镇守麦城！王普听令，命你即刻在沿江一带建造烽台，三十里一墩，五十里一座，若有吴兵渡江，点起烟火，关某大兵即到，不得有误，快去，快去！众将官，攻取樊城去者！"通过派将，表现出他忠于刘备，且雷厉风行和稳操胜券的自信。下场的动作，更表现出他乘胜前进、勇往直前的情绪。

第三场，指挥众将"筑起土山，搭起方梯，奋勇攻城"之时不慎中箭的特定动作，既符合生活真实，又不损害关羽形象。

第四场，拔箭的处理和他的特定表演，渲染箭伤的严重，为后面刮骨疗毒突出他的英雄气概做了有力的铺垫。

第二个阶段：刮骨疗毒时的沉着、镇定和无所畏惧，表现了关羽性格倔强的一面。而这个倔强不仅表现他不惧疼痛，更重要的是表现他受了严重打击以后，已经处在危机之中，但是仍有坚定的自信心，不仅丝毫没有气馁，反而激起复仇的决心。因此在刮骨疗毒时，就要表现出他的沉着、镇定——下棋饮酒，谈笑自

万鹏关羽剧照

若，以鼓舞士气，坚定将士们的信心。因此他的表演动作就要处处表现他的无所畏惧的英雄气概。

【风入松】过场，关羽的箭伤还没有全部愈合，但是曹操又派徐晃攻打樊城，而关羽带着尚未愈合的箭伤，亲临第一线，这个举动本身就说明了他的倔强。当他听到关平说襄阳失守，不仅没有退缩，反而勇往直前，这就要充分表现他的过分自信和极端倔强的性格化的动作。

与徐晃会阵时又进一步表现他的骄傲自大、目空一切和轻敌的情绪。为他设计的特定动作，先要突出他的勇，然后表现他的伤，尽管在交锋时他的箭伤迸裂，不能战斗，但是在动作和造型当中，绝不表现他的惊慌或难以挣扎，而是要突出表现他内在的剧痛。

在三报一场，要通过他的念白和表演动作，表现出他在危机四伏、走投无路情况下的内心痛苦和箭伤迸裂的严重性：

关羽：守住各路隘口！哎呀且住，与徐晃交战，不想一时大意箭伤迸裂，众将官，兵撤公安南郡！

报子：公安南郡失守！

关羽：那糜芳、傅士仁呢？

报子：投降东吴去了！

关羽：再再……探！且住！公安南郡失守，乃关某之罪也！

王甫：启二君侯，吴兵白衣渡江，烽火台失守！

这一个最后的沉重打击，加上他箭伤的剧痛，使他不能自制，险些跌下马来。“这！起……过了！”关羽此时已经觉悟到东吴派兵偷渡长江，夺取了烽火台，是自己在战略上失策所造成的，因而内心在激烈地责备自己，所以对王甫哑口无言。

第三报马良说：“启君侯荆州失守！”魏蜀吴为荆州争了几十年，由于刘备对关羽完全信任，特意把这个军事要地让他镇守。他不仅自己连遭惨败，而且还把这个军事要地给丢了。他不仅惊心动魄，而且要达到发狂的地步。于是，这里用了一个大刀上膀子，刀交左手，转身，颤抖，倒步，勒马亮相。表现内心的重创引起箭伤的剧痛，所以刀交左手；转身是为了强调和突出，颤抖，倒步，表现关羽几乎要跌下马来；勒马亮相，则表现关羽的倔强能够控制住自己的身体，却控制不住强烈复杂的思想感情。“起——过——了！”

万鹏《古城会》剧照

最后关羽的“且住！悔不听廖化之言，吴魏合兵，荆州失守，有何面目去见兄王，待某自刎了罢”，这是进一步表现他极端忠于刘备和宁折不弯的倔强个性。

第三个阶段：败入麦城，廖化到上拥搬兵一去不归，城外孙曹围困，城内粮草不足，而关羽的箭伤日益严重，军心涣散，兵无斗志。他发现只有北门外的崎岖山路没有重兵把守，于是决心从北门突围。但是他在一生的战斗中不走小路，因此周仓觉得肯定是敌人了解他的性情，故意诱使他从北门而走，如果是这样敌人一定有埋伏，因此跪求他不可中计。但是由于他性格的倔强，下令夜出此门，果然中计，身落隘马坑，全军覆没，造成历史悲剧。

这出历史悲剧是关羽的性格造成的，因此在帮助演员设计角色总谱的时候，首先要考虑的是在这个戏里决定他成功或失败的因素是什么，是客观造成的还是主观造成的?

关羽的失败是主观造成的，是性格造成的悲剧。那么我们就要深入细致地从他的性格入手，划分几个阶段，每个阶段用什么手段去表现。用节奏，用气氛，最后，推向悲剧的高潮。

五、戏曲导演的案头工作

(一) 接到剧本后的第一个任务

根据剧本特点，去决定舞台空间的处理。所谓剧本特点，大致可以分为正剧、悲剧、喜剧、闹剧、悲喜剧。这当然要分是历史的还是现代的。如果是历史的，还要看是历史剧，还是历史故事剧。比如说《三打祝家庄》《猎虎记》《将相和》《野猪林》《赵氏孤儿》《西厢记》《望江亭》《闯王旗》等等，既属于正剧，又是新编或者是改编的历史故事剧。

但是，还要看它是属于文戏或武戏，还是属于文武并重的戏。如果是文戏，那么就要进一步去分析，它是以抒情为主，还是以事件和情节为主？

拿《猎虎记》来讲。登州知府勒令猎户限期猎虎、交虎。猎户解珍、解宝在山里苦熬了三个昼夜，费了千辛万苦才用弩箭射中了一头猛虎，偏巧这只老虎从山上滚下，落在了当地一个富豪毛太公的后花园。毛太公是当地有名的大地主，他的姑爷又是登州府的师爷，可谓有钱有势。但是，他也同样领到了限期猎虎、交虎的任务。他和猎户不同的是，他打不着老虎，最多花俩钱就了事啦。但是，解珍、解宝三天之内完不成交虎的任务，不仅要受刑，而且以后还不许当猎户，这牵扯到自身的生活出路。所以，忍饥挨饿，冒着生命危险，也得想办法把虎猎到手。幸运的是，在第三天头上，解珍、解宝总算射中了老虎，可是不料这只死老虎偏偏滚落到毛太公的后花园。毛太公是个无利不取、鱼肉乡里的恶霸地主，听说这只死老虎跌落在后花园，正好悄悄地派人送到府衙，就说自己猎到的，不仅免得再花钱运动，还能落得个与这一方百姓除害的好名声。解珍、解宝恭恭敬敬地到他府上来讨虎，他竟赖虎不还，因此引起了一场争斗。最后，解珍、解宝被以讹诈和抢劫行凶的罪名逮捕，押入监牢。解珍、解宝是登州府开酒馆的孙新、顾大嫂的表弟。顾大嫂是个见义勇为、好打抱不平的性格，听说自己的表弟背屈含冤，自然是千方百计地设法营救解氏弟兄。于是和具有正义感而又聪明机智的乐和定计，

张世林赠《猎虎计》剧照

搬出了登州府的总兵孙立，智激孙立杀官劫牢，大反登州，投奔梁山。

这个戏是以猎虎、讨虎、赖虎为矛盾的起点，没有猎虎、讨虎和赖虎，也就不会有杀官劫牢，大反登州的事件。因此，作为导演首先必须紧紧地抓住这个矛盾的起点，做到有层次地铺垫、渲染和强调，只有用最鲜明的手法把矛盾的起点突出出来，才能调动起观众的爱憎情怀。观众同情解珍、解宝，才能引起对毛太公的恨；观众担心解珍、解宝的遭遇，才能对乐和、顾大嫂、孙新、孙立寄予期望，才能对解珍、解宝被押入监牢以后所发生的一系列矛盾加以关心，站在顾大嫂和孙新、乐和这一边，恨不得孙立立刻拔刀相助，救出解珍、解宝，杀掉登州府和毛太公。

像这样既是正剧也是传奇，故事情节很强，人物较多，矛盾尖锐突出，有文有武的戏，导演了解了整个剧本结构、场与场之间的内在联系、每一场的情节、层次与具体细节的安排之后，就要提炼它的主题思想。

（二）导演的案头工作

导演的案头工作包括对剧本的阐述，对人物性格的解释，对整个舞台处理的导演构思，找出每一场所要表现的重点，每一场表现的重点与人物性格的发展都有哪些关系，最后怎样去完成人物性格的典型性，使他成为一个鲜明，丰满的艺术形象。

只有塑造出鲜明的人物形象，才能揭示剧本所蕴藏的主题思想。要做到这一步，必须调动舞台美术、音乐唱腔，精心选择程式、改造程式和重新组织程式。但是在这些复杂的工作当中，首先要确定的是如何去利用舞台空间。

开头讲了，根据剧本特点，去决定舞台空间的处理。《猎虎记》是用什么艺术形式演出呢？京剧。京剧的特点是什么呢？是虚拟化、程式化、音乐化和节奏化。而《猎虎记》这个剧本对导演来讲，所要突出的是什么呢？我认为所要突出的不外乎以下四点：人和虎的矛盾；由于讨虎和赖虎转化为人和人的矛盾；毛太公勾结官府捏造事实，解珍、解宝被捕，又转化为顾大嫂、乐和、孙新与官府和毛太公的矛盾；由于事态恶化，必须借助孙立的力量，而孙立是登州的总兵，劝他杀官劫狱是不可想象的事情，可是不说服孙立起来杀官劫狱，就救不出解珍、解宝，于是，又由对官府的矛盾派生出和孙立的矛盾。而这些错综复杂的矛盾，就是因为恶霸地主和官府勾结，使受苦的老百姓活不下去，归根结底是阶级斗争，它的主题就是反贪官污吏，反恶霸地主，反封建压迫。

六、导演应珍惜对剧本的初次印象

导演对阅读后即将开排的文学剧本的第一次印象，往往会成为以后工作的一个十分重要的关键。对任何人来说，每个剧本只有一次初次印象。第一次阅读剧本，等于一个人第一次看到一件新鲜事物，听到一个新鲜故事，看到一个新人，不，是不少的新人。对导演来说，对任何人来说，这一切都是新鲜的，这个珍贵的新鲜感，在以后二次、三次的阅读中就会淡漠了。

因为第一次阅读，我们对剧中矛盾的展开，人物命运的变化，是随着故事情节的发展逐渐明了的。而以后的再次阅读由于对整个戏的故事情节早已了解，所以对戏里愈来愈尖锐的矛盾，一步深一步的人物命运的变化，绝不会像第一次那样具有新鲜感。

第一次阅读时，剧本中导演所感动的那一页，那一行，也可能就是将来观众最感动的。导演应该十分珍惜初次印象，因为它只有一次。在第一次阅读剧本时，导演最好不要边读边作理性的分析：这个戏的主题思想是什么，应该用什么样式来处理等等。因为在第一次阅读剧本，还没有全面地获得形象感受的时候，就急于理性地考虑创作问题，往往得不偿失。

初次印象会唤起很多想象。艺术创作毕竟是通过创作者的思想感情进行工作的，凡是自己激动过并产生共鸣的地方，才有可能通过再创作去感染观众。如果自己并不激动，脑子里还打着许多问号，那么，去感染观众是困难的。

这样说来，自己激动的地方就好，不激动的地方就不好，问题是否这样简单呢？创作者主观的美感判断和客观标准完全是一致的情况是有的，但另一种情况也并不少见，就是创作者的主观判断和客观标准不完全一致。有时主观美感判断和情趣与客观标准存在着矛盾。而这个矛盾在艺术创作中是一个十分复杂的问题。创作者的主观判断和批评者与欣赏者的客观标准之间的矛盾，是一个值得探索的问题。要解决这个矛盾，是否创作者的主观判断要完全服从批评者和欣赏者的客观标准呢？看来也不那么简单，因为客观意见往往极为复杂，大致是这样：客观意见是正确的，创作者原来的想法和感受不对头。矛盾的产生是由于我们这些知识分子出身的艺术工作者，在体会生活和作品中的先进人物的思想感情时，或许是从不正确的角度去理解的。由于个人的经历、艺术修养、生活趣味、个性等方面的差别，对某一具体事物的观点必然会有分歧，对某一具体作品的爱好，被作品打动的地方和程度也会不同。

总的说，初次印象，是导演接触剧本时最新鲜的感性认识。第一次阅读剧本时写下的感想，可以成为你的思想感情、欣赏趣味、艺术水平、美感判断的忠实记录；同时，也可作为创作上很重要的依据和借鉴。创作者常常是因为初次印象中感受到了许多动人的东西，才引起创作冲动和热情的。

但是对事物的认识，除了感性的感受以外，虚心冷静地听取各方面的意见，对剧本进行理性的分析，也是十分重要的。将自己对剧本的分析，跟别人对剧本的印象对照，才能得出比较全面的正确结论。因为“感性和理性二者不同，但又不是相互分离的，它们在实践基础上统一起来了。我们的实践证明：感觉到了的东西，我们不能立刻理解它，只有理解了的东西才更深刻地感觉它”。

创作者最初欣赏的东西，经过一定的时间过程，随着思想感情的变化，它们也会变化和发展。创作对创作者来说，是一个认识世界的过程。初次印象是可贵的，但必须经过理性认识的阶段，才能巩固下来，开花结果。

七、人物命运矛盾冲突与主题思想

一个戏的主题思想不能用几句笼统的话概括地去说给观众听，也不能由别人硬去安排。经验证明，如果谁想以这种方式使观众接受所谓的主题思想，实际上是徒劳无用的。

文艺中的主题思想应该是作者本人经过长期观察生活得来的一种思想，这种思想必须用形象来表现；一个剧本的主题思想，必须通过由矛盾（而且是主要矛盾）形成的冲突表现出来；主题思想必须在主要人物的生活经历、命运及其与客观事物的斗争中展示出来；主题思想一定在那些激动观众心灵的场面里以及高潮中体现出来。

剧本的创作和导演的再创作，都需要从头至尾贯穿着一条主线，任何情节都不应该脱离这条主线。所谓主线也就是矛盾冲突线，在戏剧中这条矛盾冲突线必须清楚，突出了这条主线，才能抓住戏的中心。而结构必须严谨。情节安排和主要人物的命运与成长过程必须是完全有机的，“情节是人物的历史”。

如果主要矛盾冲突线不够清晰，情节结构不够严谨，就会影响人物形象的完整和性格挖掘的深度，其主题思想也不可能鲜明深刻。作为导演，要把革命现实主义和革命浪漫主义相结合的创作方法领会深透，才能在排演上运用自如、指挥若定，才不至于陷在感情的圈子里，忘记了创作的目的。

文艺作品是多种多样的题材，作家、导演的风格也是各有不同，不同的作品达到教育的目的和途径也不尽相同，且不应该相同。以戏剧、电影来说，有的当场就有很大鼓舞作用，使你热情澎湃，意气风发；有的使人看完后引发许多思索、回味，进而获得历久不灭的印象或启示；有的以昂扬激越见长；有的以荡气回肠取胜。处理手法不能千篇一律。文艺作品反映生活，应该有整体性。也就是说，不论反映的时间悠久或短暂，作家是把它所切取的一段生活作为完整的东西来反映的。

所以，评断一个作品，必须从整体来研究。但是，我们有时往往孤立地看作品的一部分或一场戏，说这部分或这场戏太低沉、太压抑了……而不是从整个作品的效果上来衡量。因此，在处理某些悲痛场景时，常常要求人物在同一场戏里，立竿见影地从低沉转到昂扬。

我以为正确的认识，似乎应该看整部作品是否低沉，是否令人鼓舞，而不是以一部分或一场戏作为定论。事物是对立统一的，矛盾是事物发展的动力。但是，对待文艺作品的反映生活，我们往往不善于用这个正确的观点来看待，作品处理人物思想感情的简单化，不真实，和这一点是有关系的。问题不在于作品能不能写低沉情绪，压抑气氛，而在于作品给人的总的印象是否低沉、压抑，令人丧失信心和斗志。如果不是这样，那么局部的描写是不宜据以为评断的，而且有时这个局部描写上的低沉，正是为了整体上更加昂扬。表现革命的成败，也不能单看革命者的处境，而应该看他们在这处境中的总的精神状态。革命乐观主义不应该理解为光是笑，乐观主义常常表现在对自己力量的坚强信心。所以，不能把人物一时的悲痛、短暂的低沉和丧失信心等同起来。

导演要掌握整个戏的节奏，而节奏和节拍又是两回事。简单地说，如果节奏是个整体的话，那么，节拍就可以说是节奏中的部分。一个戏的节奏，有时是一致的，但也有很多戏的节奏由慢转快，或徐徐渐进和急转直下。

节拍，是每一场戏当中具体情节的急、缓、快、慢的具体尺寸，用京剧术语来说就是板槽。如果把整个戏的节奏比喻为京剧的原板或者二六的话，那么，节拍就是原板或二六里面具体的催一些或撤一些的抑扬顿挫。

艺术的风格、色彩问题是比较复杂的，它一方面贵在纯，但又贵在多彩。党所提出的政治方向的一致性和艺术上的百花齐放，就是要使革命的政治内容获得广泛的、丰富多彩的形式、风格、特点、特色、情调、韵味……通过各种艺术形式和风格，使之更充分更宽广地发挥它的效能。

(一) 音乐问题

音乐艺术是善于表现思想感情的，戏曲里的音乐是戏曲的组成部分，它要在戏曲中起一定的作用。戏曲音乐设计经常出现两种情况：

(1) 若运用得准确、恰当，就会使视觉形象和听觉形象相得益彰。如果运用得基本准确，但不太恰当，那就会在用得过火的时候强调不应该强调的人物性格和矛盾冲突，在用得不足的时候就会减弱不应该减弱的人物性格和矛盾冲突。

(2) 若运用得根本不准确或不太准确，就会影响整个戏的艺术质量，甚至会歪曲戏的主题思想和人物形象。戏曲音乐总是要结合戏中的具体视觉形象的，每一个戏的音乐都要经过具体的视觉形象的考验。如果戏曲音乐设计得准确、鲜明、生动，密切吻合而且加强了人物形象和矛盾冲突，这样的音乐，与视觉形象浑然一体，观众往往只感到它而不注意它。但是，只要有一段音乐和视觉形象不吻合，或者虽然基本上吻合，但在分量上不恰当，观众就会很快发现听觉形象和视觉形象之间的矛盾而觉得别扭。因为音乐在这个时候影响了人物形象的发展和矛盾冲突的开展。

在综合艺术的戏曲中，音乐因素和文学因素，以及唱、念、做、打、舞的程式手段和造型艺术因素等，既彼此支持、彼此补充，又相互制约。

要解决好以上问题，不仅要在逻辑思维上作正确的观察、体验、研究和分析，而且也要在形象思维上作准确的集中、概括、提炼和加工。

由于每个戏的题材、体裁和风格以及剧中人物所处的环境和所表现的性格不同，因而在音乐的艺术处理上也不可能完全一样。

塑造具有人物个性的音乐形象，在戏曲艺术中有着十分重要的地位。尤其是两个人以上的具有特定性格的人物要面对面思想交锋——对唱时，这种特定性格的音乐形象要怎样处理才不至于破坏整个艺术风格和结构的合谐统一？在戏曲艺术中，随着特定人物的精神面貌愈来愈深入的揭示，它的特定的音乐形象也必然要有不断的发展变化来适应，它既不能是静止的，也不能是孤立的。任何物质和物象的量变和质变，都必然有它的内因和外因，艺术作品要深刻地本质地揭示人物的心灵，也要懂得和善于运用这条科学规律。

音乐艺术在塑造音乐形象和运用音乐语言时，还应该严格注意音乐同戏剧情节和诗词音韵的配合，要尽量做到应情顺理，依咏和声。

（二）美术问题

美术是造型艺术。纵观古今中外，凡是开始学习美术的，总离不开两个法宝：第一个法宝叫作写生，古人称为“师造化”，六法论中名为“应物象形”，意思是造型应以现实物象为依据。第二个法宝叫作临摹，就是通过具体作品来学习前人的表现手法，吸收前人的艺术经验，所以又称为“师古”。

写生是解决艺术从生活实际中来的问题，是通过客观物象的观察，以达到形象表现的问题，其关键在于认识客观对象。临摹是解决技法从前辈经验中来的问题，是吸收前人的艺术经验来丰富我们的表现手段的问题，其关键在于接受艺术遗产。

生活是艺术的源泉，不可绝断；作品是艺术的流脉，可以借鉴。毛主席在延安文艺座谈会的讲话中，精辟地谈到过这一点。事实正是这样，在学习造型的过程中，写生和临摹所起的作用，实际上就是开源导流的作用。

美术讲透视、解剖、色彩和构图四种学问。其基本训练课程也有四种：写生、速写、默写，再加上摹写（即临摹）。

中国画经常讲宾与主、虚与实、刚与柔，以及用笔的转折与顿挫，调子的深浅与明暗，等等，这些对立统一的手法，都与艺术概括有关，都是构成艺术节奏感的最基本的东西。

美术的感性认识之所以重要，是因为宇宙万物都有它的特殊性（包括外部形态），它的特殊性就包含在它的具体性里面，如果不具体地认识它的特殊性，也就不能认识它的一般性。感性认识之所以对造型起决定性的作用，不仅因为造型必须以客观现象的外部形态为根据，而且必须通过艺术概括来表现它的特殊性，使其外部特征能够鲜明突出。这就是艺术反映现实而又高于现实的关键所在。不能显示特征的概念式的描写，只能说是符号，不能称为艺术形象。

八、戏曲艺术特点

戏曲艺术特点，这个题目是戏曲导演比较关心的。但是，也会有人认为，戏曲艺术的特点每天都在舞台上表现，不论年头多少，大家都是从事这个工作的，难道还不了解戏曲艺术的特点吗？这个我承认，大家都了解戏曲是一种载歌载舞的综合性艺术，但是，用一句“载歌载舞的综合性艺术”就能概括戏曲艺术的特点吗？

如果作为一般观众来讲，说“戏曲是一种载歌载舞的综合性艺术”，那当然应该承认人家这个说法基本上概括了戏曲艺术的特点。但是，如果作为一个专业戏曲剧团的导演来讲，那就要讲出点实质性的具体的东西来。很原则地或者是泛泛地说“戏曲特点就是载歌载舞的，或者说，它由于是唱念做打组成的，所以它是一种综合性的艺术”，我说，这种解释是不全面的，这仍然是泛泛的，非常原则的。如果严格地说，这是缺乏实际内容，比较空洞的，也可以说对于戏曲艺术的特点还缺乏真正的认识。这么一说，好像有点严重了，搞戏曲导演工作的还没有真正认识到戏曲艺术的特点，那是有点太夸张了吧？其实并不夸张。

阿甲同志在《戏曲研究》1957 年第一期发表的《生活的真实和戏曲表演艺术的真实》那篇文章里有这么两段话：

> 近年来，在对待戏曲表演问题如何提高这一问题上，存在着这样的一种情况：即是许多同志想运用斯坦尼斯拉夫斯基的戏剧理论来解决我国戏曲表演艺术问题。这原来是一件

好事，可是在学习这种先进经验时，不是从中国戏曲的实际出发，而是从教条出发。本来想借此剔除搀杂在戏曲表演艺术中形式主义的东西的，由于错误地对待这个问题，结果连戏曲的表现形式也被反对了。表演上的形式主义究竟在哪里？抽象地讲讲很容易，可是一到排演场具体动起手来，头脑就不那么清醒了。他们往往将自然主义的东西拼命地往戏曲的舞台艺术里塞进去，理论根据自然是现成的，就是任何人也不敢反对的那两条铁打的原则，一叫“内容决定形式”，一叫“从生活出发”。这两句放之四海而皆准的普遍真理，一经教条主义者的理解，具体运用在戏曲艺术上，就要求演员在排戏、在表演的时候，反对运用“程式”，认为一个戏的形成，一个角色的性格外形，只能在排演场中在导演的启发下，根据角色的体会而后自自然然地产生出来。这叫“从内心到外形”，有了“内心活动”自然产生完美“外形动作”的说法。如果演员先掌握一套表演技术即我们所谓“程式”的东西，那就是在创作上犯了原则错误，那就不是“先内而后外”，不是“有内然后有外”，不是“从生活出发”，不是“内容决定形式”的观点，而是从形式出发，成为典型的形式主义了。在这种只要有了内心体验、技术自然相应而生的理论指导下，当导演的和当演员的就不必去研究戏曲艺术的表演特点和它一整套的舞台规律，演员也更不必练功。曾经有这样的理论，认为戏改的目的，在舞台艺术上就是为了打破这种规律，从而产生新的面貌。这些人有意无意地采取自然主义的方法或话剧的方法来评论戏曲表演艺术的真实或不真实，依据这个尺度去衡量传统的表现手法，一经遇到他们所不能解释的东西，不怪自己不懂，反认为这些都是脱离生活的东西，也即认为应该打破应该取消的东西。他们往往支解割裂地向艺人们提出每一个舞蹈动作（如云手、卧鱼、鹞子翻身、踢腿、蹉步等）要求按照生活的真实还出它的娘家来，不然，就证明这些程式都是形式主义的东西。老艺人经不起三盘两问，只好低头认错，从此对后辈再也不教技术了，怕误人子弟。演员在舞台上也不敢放开演戏了，一向是装龙像龙装虎像虎的演员，现在在台上手足无措，茫然若失，因为怕犯形式主义的错误。

近来，我看到有些名演员表演时，应该停顿的地方没有停顿，不该缓慢的地方把过程拉得很长；“打背躬”似是而非，向观众不敢正视；举动节奏含糊，静止不讲塑形，身段老是缩手缩脚。一个好戏就那样松松散散、平平淡淡过去了。据了解，这是在台上力求生活真实，拼命酝酿内心活动，努力打破程式的结果。话又说回来了，我们指出以上的毛病，并不是说研究戏曲表演艺术的特点，就可以离开生活体验的原则，可以违反内容决定形式的观点，可以否认现实主义的创作方法，可以排斥斯坦尼斯拉夫斯基学派的经验，绝对不是的。也不是说一称道戏曲优秀传统，那就完美无缺，不容再有批判之处，这也绝对不是的。问题是做一个戏曲工作者，特别是导演工作者，不管你谈生活体验也罢，谈现实主义创作方法也罢，应该要求你懂得这一门艺术的特殊规律。绘画、音乐、舞蹈、文学、戏剧，都要体验生活，也都要学习现实主义的创作方法，这是共同的真理。但是当它创作时，是按照自己的特殊规律运用自己的特殊手段来完成的，不然还有什么艺术形式呢？世界上没有一种创作方法可以脱离具体的艺术实践的，也没有一种艺术实践可以脱离它自己的表现手段的。生活，是艺术的源泉，艺术自然不能违反生活的真实；但艺术反映生活，不可能不通过它自己的特殊形式，因而也不可能不产生自己的特点。

那么，到底戏曲艺术的特点是什么呢？概括起来就是四点：表现形式的虚拟化、艺术手段的程式化、规范程式的音乐化、音乐形象的节奏化。

世界上一切有独特性的戏剧体系都有它自己的美学观点，也就是它对戏剧艺术的概念、规律、法则和它要在舞台上如何去褒贬人物所采用的表现方法。中国民族的戏曲艺术在这些方面有它独特的美学见解，所以，中国戏曲艺术在它的舞台上全面地体现了自己的美学观点。

中国戏曲的编剧、导演和演员，非常明确自己的任务是满足观众所要求的艺术享受，因此就极为尊重观众的审美观念和审美习惯。于是他们十分注意和观众的思想感情的密切交流，利用一切艺术手段，给观众一种美的艺术享受，以取得观众感情上的共鸣。

九、京剧导演如何发挥打击乐的重要作用

京剧是民族戏曲的代表，是一种高度的综合性艺术。在表演方面，它以虚拟的方式，通过唱、念、做、打、舞的表演程式，去表现古今中外一切历史的和现代的人物生活。

中国历史上诗词的发达促进了音乐的发展，诗词和音乐的兴盛促使了戏曲的产生。中国戏曲的萌芽——歌舞戏，形成于唐代开元天宝年间，当时诗的艺术已经达到了登峰造极的高度，宫廷音乐无论在乐器、曲调、演唱等方面都有了很大的发展，舞蹈艺术内容丰富，形象生动，具有很强的表现能力。

中国戏曲是高度的综合性艺术，音乐、唱腔是戏曲艺术的主

要组成部分，没有音乐和唱腔也就没有戏曲这种艺术形式。因此，音乐、唱腔是戏曲艺术的主要支柱。

戏曲音乐分文场、武场两个部分。文场主要指胡琴、二胡、弦子、月琴、笛子、唢呐伴奏，武场主要是鼓板、大锣、小锣、铙钹、堂鼓伴奏。它们虽有文武场之分，但却是一个有机的整体。如果文场离开武场的锣经伴奏，就无法表现戏曲音乐、声腔、语言和动作的独特魅力；如果戏曲舞台上不能很好地发挥打击乐的作用，戏曲程式中的唱、念、做、打、舞，就无法表现故事情节、人物内心的情感，以及跌宕起伏的剧情变化。

因此作为戏曲导演，在剧目的创作排练过程中，要充分发挥打击乐的重要作用。打击乐的旋律和气势，要沉而不重，速度要慢而不赘。一击锣可以把戏催向激烈、紧张、剑拔弩张的高潮，也可以把戏的节奏敲出风平浪静、烟消云散的松弛气氛。

这些丰富的锣鼓经，都是依据人物的身份、感情、性格、情绪的需要和他们的内心节奏，按照打击乐的特点，以极其夸张的手法分门别类，集中概括，并且经过了长期的舞台实践，逐步定型而规范化和程式化的。其中有辅佐演员表达各种感情的，有配合各种动作的，有烘托舞台气氛的，有摹拟自然音响制造舞台效果的。有专用，有通用。总之用途十分广泛，表现力极为丰富。

这些用途广泛、表现力丰富的打击乐，不同于一般的锣鼓演奏，它的价值及其生命力是不可低估的。

即使演员唱、念、做、打的技艺精湛，但是若无鼓、琴、锣、钹等乐器的协力配合，亦会如凤失其尾般黯然失色。戏曲在表演方法上的那些虚拟的、夸张的、严谨的程式化的东西，诸如水袖、台步、圆场、趟马、起霸、走边、开打、乘船等，都是依据生活进行的艺术提炼。它有鲜明的节奏和虚实相生的艺术风格。这些程式化的表演只有运用表现力强烈的打击乐予以烘托和渲染，才能成为一幅幅完美的，有声有色的动人画面。

当然，表现欢快的气氛是锣鼓的特点，用锣鼓的音响烘托突如其来的感情变化也震撼人心。就是用这些粗陋的打击乐去表现凄凉、忧伤、撕人心肺的悲惨情感，也同样可以收到烘云托月的良好效果。这些铜铁造的家伙，有时竟能打出剧中人的情深意切，悲痛欲绝，催人泪下。

传统戏《监宗卷》中的《淮河营》，是一折道白的重头戏。在这场舌辩戏中，刘长是否吕后所生所养攸关剧中人物性命。蒯彻鉴于李左车、栾布二人说败被囚，拿出了他的全部辩解本领，进营与刘长说辩。这段戏里虽用锣鼓不多，但却击击关键，锤锤重要。

如蒯彻“撩袍进营钻刀阵”时，一阵阴沉缓慢的散长锤转钮丝，把蒯彻内心的紧张，强作威风，他的先发制人，玩世不恭，咄咄逼人，都打了出来。既表现了蒯彻外表的装腔作势，又衬托出其内心的忧恐和谨慎，以应对刘长反复无常的禀性。当蒯彻、李左车、栾布三人获得了半副銮驾，扬扬得意出营之时，以大锣抽头中的锣锣重音，打得似暴风雨后的天朗气清，这种强弱分明、跳跃式的节奏，把蒯彻三人获得成功的喜悦推向高潮。

打击乐起着对剧情的烘托、渲染、暗示、象征等特殊的作用，完美地表现了戏曲艺术的独特魅力。这就是锣经对戏曲艺术的贡献。京剧导演必须掌握和发挥打击乐的重要作用，它是戏曲艺术塑造人物、表现剧情发展的血液和灵魂。

十、对传统戏中有没有导演艺术的探讨

在我们国家的戏曲表演团体中，京剧院团所占的比重是相当大的，而其他剧种所占的比重要小得多。梆子、评剧、越剧、木

偶、歌舞和话剧等，这些剧种当中历史最长的，首先要算梆子，其次是京剧。话剧的历史比较短，但是，话剧的导演制却很健全，因为它是从外国传过来的。学习外国话剧艺术的同时，必须学习外国的导演艺术，否则这个剧种就无法发展。在话剧来讲，戏剧艺术和导演艺术是共同存在的，所以，尽管话剧的历史不长，但在导演制方面确实是比较健全的，这可以说是话剧的一个传统，一个好的传统。

而我们的戏曲表演艺术也应该承认，戏曲艺术和导演艺术是同时并存的。在戏曲艺术发展的历史长河中，一直是演员、乐队和舞台工作人员不自觉地执行着导演的职责，传统戏曲表演艺术就是这样发展过来的。

1978 年中央戏剧学院发行的《戏剧学唱》第十期，发表了徐晓钟一篇文章，题目是《导演艺术的基本特性与导演的职能》。他在这篇文章里说："从十八世纪起导演艺术的本质和规律才开始被人们探索着。导演艺术的规律逐步被人们认识和掌握并形成导演专业的分工，那是在十九世纪末和二十世纪初的事情了。"徐晓钟这篇文章是针对话剧导演讲的，他所说的"从十八世纪起导演艺术的本质和规律才开始被人们探索着"，我考虑他主要是指欧洲而言的，因为在 18 世纪和 19 世纪，咱们国家还没有话剧。

在咱们国家历史最久的弋阳腔和昆腔先姑且不谈，就以京剧为例吧。从公元 1790 年（乾隆五十五年）安徽名艺人高朗亭率领徽班进京，到 1828 年（道光八年）三庆、四喜、春台、和春四大徽班在声腔上容纳众长，剧目上广征博采，西皮二黄在诸腔各调中脱颖而出，蔚成一种丰富多彩的表演艺术，取代了昆腔和秦腔，成为雅俗共赏、流传最广的皮黄剧——今天的京剧。

京剧产生于 18 世纪，盛行于全国，后来又被世界各国公认为中国民族艺术的代表。但是，在近代以前的戏曲发展过程中，从来没有听到老艺人讲过“导演”这个名词，在有关京剧的历史资料里，也从来没有见过“导演”这两个字。不仅京剧如此，其他兄弟戏曲剧种恐怕也都是如此。这是因为在传统的戏曲院团的设置中没有导演这种称呼。

那么，历史悠久的传统戏曲表演艺术或者说传统戏，它究竟有没有导演艺术？我说有。我这样回答这个问题，恐怕戏曲界的老前辈会说我胡说八道。因为在有关戏曲历史资料里确实没有这方面的记载，我居然在这儿硬说是有，似乎是胆子太大了一点。在坐的同志们也会问，你究竟用什么例子来说明呢？

这个问题确实不是三言两语就能回答的，特别是我知道的有限，同时，目前正在排戏的紧张阶段，一天三班，没有充分准备的时间，只能就我个人的粗浅体会，举几个人所共知的例子来探讨。

“一台无二戏”这句话，是人所共知的。历代老艺人都是以“一台无二戏”来要求演员不要脱离剧情去自我表现。另一方面的含义就是要求演员紧紧围绕剧情的发展，去创造人物形象，展现舞台行动。老艺人所谓的“一台无二戏”就是不完备、不自觉地在执行着导演的工作。

我体会“一台无二戏”并不单纯是对演员表演艺术上的要求，同时也包括了对脸谱、服装、音乐、唱腔等方面的要求。例如，《失空斩》第一场就有四个老生扮相的角色，第一个出场的是赵云，第二个出场的是马岱，第三个出场的是王平，最后一个出场的是诸葛亮。在这个戏里赵云带白三，马岱带黪三，王平带黑三，诸葛亮也带黪三。在过去这四个人化装时脸上的粉彩，如果不分年龄，随便拍点白粉，抹点红彩，那是不行的。尽管马岱是小生应工，也不能抹个大红嘴巴，因为是带黪三，有年龄的限制。跟着司马懿的两个子儿，司马师、司马昭，一个是小生，一个是花脸，扮演司马师的该勾什么脸谱，就是什么脸谱，为了省事勾个元宝脸就上去，那绝对是不行的。

比方说《四郎探母》里的四夫人，应该穿素青褶子，脑袋上梳大头，打髻子，因为她一直认为她丈夫杨四郎战死在金沙滩，所以她为杨四郎穿孝。这是根据剧情和四夫人的人物性格所规定的。其实为四夫人规定这个扮相，本身体现了传统的礼教，同时也是对杨四郎变节行为的讽刺。

“一台无二戏”的主要意义，我体会是在一个统一的艺术构思的指导下，以演员的表演艺术为中心，把各种艺术因素综合起来，构成统一的艺术语汇，深化演员的表演，创造出典型的环境和典型的人物，产生丰富的表现力和强烈的艺术感染力。

在传统戏的表演舞台上，亘古以来就讲究戏理，讲究表演程序，讲究表演风格，讲究舞台严谨。同时在管理上业规严格，行当有序，遵守台规，统一指挥，装龙像龙，装虎像虎，绝不允许在表演舞台上各吹各的号。这些完全在“一台无二戏”中充分地体现着。

如果在传统戏中没有导演艺术，那些脍炙人口的优秀的戏曲剧目和那些传承至今而后人又无法超越的经典佳作，又是怎么形成的呢?!

十一、导演艺术促进了表演艺术的提高和发展

主演兼导演的局面，在戏曲团体一直沿袭到新中国成立初期。这里面既有好的经验，同时也给我们留下许多思考。所谓好的经验是：加强了演员对集体表演艺术的重视，锻炼了演员的想象力和创造性，促使演员不得不努力研究舞台调度和戏剧节奏。

关于程式的运用、唱念的安排和技巧的穿插，对于有丰富舞台经验的演员来说，可谓轻车熟路，因此，一些有才能的名演员导起戏来，都有自己的一套办法。我曾亲眼看过两位京剧表演艺术家排戏，一位是麒派艺术创始人周信芳，另一位是唐派艺术创始人唐韵笙。

在我看周信芳先生排《董小宛》和《明末遗恨》的时候，我不过才刚刚学了十几出戏。但是，由于家庭耳濡目染，对一般的戏剧常识已有所领悟。出于对周先生的敬仰，一连几天，我总是默默地坐在台下，聚精会神地看他排戏。虽然这已是四十四年前的事了，然而直到今天我仍然记忆犹新。特别是他排练《明末遗恨》时，对崇祯第一次上场的处理，确实是非常高明。他在崇祯升殿的排场中，十分强调大明皇帝的威仪。当崇祯皇帝庄严地走近龙书案时，竟然发现李自成的檄文端端正正地贴在他那金銮宝殿的龙书案上。这一令人难以想象的变故，使崇祯失魂落魄，突然止步，两旁的太监愕然。就在那全场停顿的瞬间，波澜骤起。崇祯背向观众，只见他龙袍微抖；两旁太监面面相觑，呆若木鸡。当崇祯退至台口时，慢慢转过身来，仰面朝天一声长叹……观众不知不觉地便被他带到了明末风雨飘摇、岌岌可危的典型环境中去了。

此时他既没有唱，又没有念，仅仅用了两个无声的调度和一声长叹，便把时代背景交待得一清二楚，以极其精练的手法渲染了四面楚歌的典型环境，塑造了典型的孤家寡人的形象。从以上这个例子来看，绝不仅仅是表演艺术的成功，而首先是导演艺术的高明。崇祯和王承恩月夜踏雪，亲自到几个大臣家劝说他们捐献金银，为士兵筹饷，不料朱门紧闭，楼台之上猜拳行令，欢声笑语……这一强烈的对比，立即使观众联想到“朱门酒肉臭，路有冻死骨”的悲惨景象。

最后崇祯站在钟鼓楼上，却无一人挺身而出。当他得知李国祯战死，闯兵攻破紫禁城时，边唱边走S形圆场，拔地而起吊毛。就在吊毛翻头、后背悬空的时候，将一只靴子甩到半空之中，当吊毛落地刚刚跪起一条腿的时候，那只靴子随之落地。这一精彩的技术穿插，形象地表现了崇祯逃往煤山时的仓皇和狼狈。这一动作使生活和艺术得到了完美的统一。

唐韵笙先生在排《走麦城》时，曾对人物作过细致的分析，因此他将关羽性格的发展分为了三个阶段，其实这就是我们所谓的角色总谱。唐韵笙先生自编、自导、自演的戏不下几十出，他在《闹朝击犬》《驱车战将》《二子乘舟》等列国戏中，从人物性格刻画、舞台调度、戏剧节奏，直到每一个动作的设计、技巧的安排，都有惊人之处。所以能够独树一帜，被京剧界誉为南麒（周信芳）北马（马连良）关外唐（唐韵笙）。

不止周信芳先生、唐韵笙先生对戏曲导演艺术做出过贡献，历代的戏曲艺术大师们都曾对导演艺术做出过不同的贡献。戏曲导演艺术在戏曲艺术发展过程中存在并起着推动的作用。通过事例可以说明，从历代演员兼导演的情况来看，凡是掌握导演艺术的演员，他们的表演艺术都是全面发展的，而且都是有所革新、有所创造、有所发明的。这充分地证明导演艺术促进了表演艺术的全面提高和发展。

十二、编剧心得

一个剧本总是有情有理的。没有凭空而来的情和理，情和理都是从生活斗争的真实里逐渐积累、发展、蕴育而来的。

真知道要写的环境、人物和他们的思想感情很不容易。只有不断地在深入生活的过程中体验和思索，才能使我们达到真知道的境界。对环境、人物和思想没有理解透，甚至不太明了就动笔，写不出动人的作品。不能感动人的作品常有两种现象：

一种是理胜于情。作者的精神仿佛只围着一种抽象的道理在转，戏里没有什么情节，没有什么人物，没有生活的真实感。道理纵好，也无法落到实处。

剧本总是为着一种思想而写的，古往今来也没有一个剧本不包含着某一阶级的思想。但作品中的思想并不就是某一个人物说的台词，也不全是指某一种曲折的情节所显示的倾向。一个剧本的主题有时可能用一句话概括起来，有时可能是某一个人物所说的一句台词，有时也可能在人物的互相辩论中表现出来。

但不管怎么说，一个剧本的理不能限于这一点。这理可以说是通过真实的人物，巧妙合理的结构，生动真实的语言、环境和气氛，以及作者把多处流露出来的情感综合在一起，透露出的统一的思想结论。剧本的理只有一个，而且是统一的。这个统一的理应该渗透在人物的塑造和情节的安排里，以及丰富多样的语言里。

理是整个剧本的灵魂。人何曾见过灵魂，但人的一进一退、一言一行之间，往往使人感到它的存在。因此，理是我们读完剧本后油然而生的一种思想，仅仅依赖剧本的某一部分、某一个人物或某一句精辟的语言，是不能得到这种结果的。

这样的理常是不能立刻掌握得住，严格地说也是不能轻易看得见的。因为，别人告诉你这个理，不等于你看见了这个理。当然这个理也不可能轻易写出来，要下很多艰苦细微、百般磨练的功夫。一个剧本里的人物、语言、故事情节，都应该体现出这个理来。作者的理在剧本中是无所不在的，正如作者的情在剧本里无所不在一样。

我们有时把理看得太简单了，抓住有修养的同志一句话就用，抓住书上的一段结论就用，以为有了这些就可以随心所欲，发展成为剧本中的理了。这里面当然有理，而且经常能够启发我们，但它未经我们的咀嚼消化，它就还不是我们的。在它还没有成为我的以前，总不能随便拿来充作我的作品中的理。作品中的理，应该是作者通过生活斗争和劳动，在观察、体验、分析中逐步得来的。

一个富有生命力的理是有丰富生活源泉的，因此，表现这个理就要有千变万化的方式。与理同来的自然就有人物、故事和语言的粗坯。剧本的理还时常带有作者从体验、观察生活所得的不同角度的理解，也是作者在深入生活上用了多少功夫和他个人修养高低的标志。因此，同样一个理，当它变成不同作者的剧本中的理的时候，便有不同深浅的内容。

如果从一个作品中看得出来作者写出了他真知道的事物，写出了他真有所感的事物，那么即使这个作品仍然给你理胜于情或者是情胜于理的感觉，这也不能算是什么缺点，相反，倒可以说是作者的风格。

前面所提的理胜于情的理，是指深入生活不够，作者习惯于抽象地推论，把想当然作为当然，把借来的思想错认为能生根发芽的思想，于是就推衍出来的一种干巴巴的东西。这样做，首先不合乎创作之理，所以就容易写成概念化和简单化的剧本。

与此相反，还有一种情胜于理的现象。这里说的情，也不是从作者对事物的深刻体验中流露出来的，而是一种比较肤浅的对事物的感触。仿佛作者仅仅为一种强烈却有点浮夸的情感所激荡，没有再进一步探索就动笔了。这种作品使人感到作者有些急躁。实际上，作品反映的仅仅是作者对于生活的一点新鲜感触，有时这一点感触甚至也不是新鲜的。

我们要有新鲜的感触，但这不是要标新立异，不是说别人感到的我们就不要体验了。新鲜首先是对作者而言，然后才由作者的笔传达给读者。我们踏进新的环境，便自然有新鲜的感觉，这点新鲜的感觉总归是很可贵的。它是创作过程的第一步，是引人入胜的东西。但它本身却不是什么胜境，不可据此立言立说，洋洋洒洒写下大的文章来。新鲜的感觉不能代替更真实、更深刻的认识，创作还是要靠把现实摸透。但是应该叫这新鲜的感觉总是陪伴着你，而不要把它丧失。

新鲜的感觉时常不是客观现实的准确反映，它带有很多的主观成分，比如，作者的思想、修养和艺术的敏感度等。我们可以在创作过程中逐渐修改它，但不可因为在一个环境中生活久了，反倒感觉迟钝了，因而丢掉了那些最初的新鲜的感觉。我过去时常体验到不同的新鲜的感觉。同样的感情在不断的生活实践里也会感觉得更深一些。

生活的经历积累多了，才会对它产生出深刻的情感。情感的反复体验一步一步地加深了，才使我们有深刻的思索。比如说第一次下工厂，我们会有很多新鲜的感觉和由此而来的感想，这便是作品中情和理的开端。但是这一点情和理和我们长期生活在工人之间，和他们做了知心朋友，与他们共患难、同呼吸所得来的情和理，大不相同。这里面有一个深浅之别、粗细之分，甚至真假之别。

如果剧本的情和理在作者的生活里生不了根，如果剧本里的情和理都不是从我们的内心深处流露出来的，这就难以写出动人的作品。必须真的知道，必须深有所感，才能谈到写作。

情胜于理的剧本中的情，有的开始便不很真切，有的从头到尾仅是虚张声势。喊叫的声音太大了，情和理的声音太小了。这类剧本往往形似慷慨的文章，这些文章如流箭乱发，颇难射中思想的箭靶。“理胜于情便枯干了，情胜于理便泛滥了。”前一种使人感到乏味，后一种使人感到茫然。

最好的剧本总是情理交融的。在生活体验中，同时不断钻研马列主义，以毛泽东思想为武器来观察分析一切事物和一切阶级的人，我们会获得比较深刻的情和理。

一个好的剧本，情和理是很难截然分开的，情和理一步一步深化的过程，总是同时进行的。因此作者的情和理都融化在他所写的细微、生动、深刻的生活真实里。它感动我们，它又使我们思考；它给我们极大的艺术享受，它又给我们以深刻的教育。它不是干枯的说理，也不是感情的浮夸。它是作者深入生活，经过周密的思考，真的知道和深有所感后才动笔去写的结果。

有一位艺术家批评一张风景画说："画这幅画的人并没有看见风景的美，吸引他动笔的只是因为这个风景有名。风景在他的笔下不能表现他任何的思想和情感，他没有看见风景。"他的话使我们深思。我们要真看见了风景才能用心去作画。写剧本也是这样，有多少事物写是写了，却仿佛是没有看到他所要写的事物一样。

（一）一个完美的剧本应该达到十大要求

（1）主题明确，（2）人物鲜明，（3）矛盾冲突尖锐，（4）结构严谨，（5）戏剧性强烈，（6）语言生动（既生活，又提炼，并含有动作性），（7）潜台词丰富（不是一就说一，二就说二，而是充满想象余地，耐人寻味），（8）艺术思维完整、独特（有别于逻辑思维和形式思维，既有诗人的概括，又有艺术家的构思），（9）哲理性强（不仅指一般的思想性，而且指时代的世界观、人生观，透过作家的心灵，挖到一定的深度），（10）观剧观广阔。

以上所举的十大要求不是孤立的，而是互相依赖、相辅相成的。已故戏剧家洪深说过："剧本的有价值，在于剧旨的伟大；而剧旨是否伟大，在于剧作者是否诚恳地有力地对于当前的社会说了一句必要说的有益的话。”他又说：“复次，再究问那作者说话的方式，是否是戏剧的，是否善用戏剧技巧，是否能将他所要说的话，用一个动人的故事具体地敷衍出来，而不是率直地座谈式地笨说。”

其实，作者自己要说的话，并不是一句话，并不是指文法上所谓的一个句子，而是指一个完整的意思，其实仔细分析起来是好几句话。比如说了“人民公社好”，又说“高级合作社好”，又说“初级社也好”，这就不简要了，并且也叫人家不明白作者的意思到底是什么。这就是平常我们所谓“没有中心思想”的作品所犯的毛病。按理是应该这样说的：“初级社比互助组好，高级社比初级社好，人民公社比高级社更好”，虽然表面上像是三句话，其实是一句话，即一个完整的意思。

另一种情形是作者自己要说的的确是一句话，但是这一句话是用座谈或争辩的形式说出来的。座谈、争辩只能写一段问答式的对话，根本不是戏，怎么办？于是找一个事件或几个事件凑在一起，填满舞台的空间和时间，而这些事件本身并不包含作者要说的那句话的意义。结果，势必使得观众对事件的领会和意义的领会分离。也就是作者写了一个或数个无意义的事件，同时又用答辩的方式说出了那点要说的意义，于是剧本给读者的印象是既干枯又茫然，不知道作者究竟为什么而写，他的作品究竟要说明什么问题。

这就如同写一个老师带着几个学生逛公园（事件），一个学生失散了，老师把他找回来（事件），临了问他一个算术题，他解答得不对，最后老师给他解释清楚了，大家回家，就此闭幕。老师解释的那点意思是作者要说的那句话，比如二加二等于四之类，可是逛公园，一个学生失散了，又找回来等事件，跟这个主题意思毫无关系，这不是戏。

有的情形比这好些，但也不行。比如，把上边例子稍改一下：两个学生失散了，老师带着另外两个学生把他们找到了，然后进行二加二等于几的争辩，最后老师解释说你们两个和他们两个不是二加二等于四吗？这是个图解的算术问答，这也不是戏。

戏剧，必须是用一个动人的故事，表达对于人民大众的前途幸福有影响，有关联，有益处的那句话”。所以，这一句话，不是直接说出来，而是用动人的故事暗示出来的。作者心中那句对人民大众有益的话，必须通过动人的故事贯穿始终，一步一步地深化，最后不言而喻地整个体现了出来。作者的这句话就是剧本的主题。

一个人有四肢，有血有肉，有各个器官，而支配各个器官的是大脑。这就如同一个剧本，有人物，有故事，有情节，有矛盾冲突，都是围绕着剧本的主题。剧本的主题和人的大脑在支配他的四肢和身体一样，它主导着剧中人物的行动、故事情节的发展。所以没有明确的主题，就没有鲜明的人物，没有鲜明的人物，也不可能有明确的主题。

（二）选择和集中的问题

有些戏是非常好的，一开幕就能引人入胜，如《二堂舍子》、《乌龙院》等。有些戏则不然，浪花迭起，眼花缭乱，刚出来一个小小场面还没有说明什么问题，马上又推翻了，剧中的人物、事件发展得很快，一下子告诉观众许多东西，观众的思想感情跟不上，这是很痛苦的。

我们既建立了一个场面，就一定将它稳定下来，不要建立一点推翻一点，而且还要层次分明。要集中就有一个选择问题，要重视细节，应当选取最能说明主题和人物的细节。

川剧《破洪州》中有一个细节，佘太君说杨家没有兵将，于是寇准陪八贤王到校场去看，的确没有人。但寇准低头一看，发现了马蹄印，就知道杨家不单有人，而且经常在操练，于是寇准有了信心。这个细节就选择得很好，很准确，很有戏剧性。

莫里哀的《伪君子》是怎样说明主人公达尔杜弗是伪君子的呢？他是这样写的：女仆从楼上把他请下来，我们这位家庭良心导师掏出手绢给女仆，叫她把前胸盖起来（外国女人穿的衣裳上胸袒露）。女仆问为什么，他说看不惯。女仆说，原来你为这个呀。她反过来指出，你从头到脚都光着，我老娘看了也不在乎。这一条手绢就这样出卖了伪君子。

而我们却常常是用对话来说明主题、性格和人物。但说话和唱往往说不清楚，一下子就滑了过去。如果挑选一个生动具体的细节，不管多么小，也不会滑过去的。所以选择准确的细节来说明主题和人物性格很重要。但也不能把什么细节都搬进来，因为那不仅不能有力地说明问题，反而把主题和人物搅乱了。

另外，还要注意一个问题，选择是为了集中，这是对立的统一。选择恰当的细节，集中起来才能生动有力地说明主题和人物性格。我们常说戏离不开矛盾，矛盾离不开冲突，冲突最明显的莫过于战争。如果是一个反映革命战争题材的戏，敌我的阵势明显地摆开了，枪炮一响，进攻一出现，观众就欢迎。但是，写战争题材虽不可能也不应该避免炮火，可也不能从头到尾都是炮火。因为它会冲淡你所要建立的矛盾冲突。我想越是这样的题材，越要在动中取静，静到极点，有时更能反映战争的激烈。我们在写战争题材时，要特别注意形势的造成和细节的选择，要注意写出我们的战士在激烈的活动中的心灵和智慧。

一个戏最终要表现的永远是人，主题也是通过人和事才能表现出来的。千万不要拿许多琐碎的东西来模糊人——无产阶级革命英雄的精神面貌。我们要充分表现他们内在的思想感情，就要选择和集中恰当的、合情合理的，而且是非常巧妙的细节，具体生动地挖掘英雄人物的内心世界和他们的崇高理想，以及高尚的共产主义英雄品质。万不可拿一些外在的东西冲淡他们的内心世界，影响了突出主题。

我们写戏就必须有戏，火炽和热闹不一定就有戏，相反它会伤害戏，伤害表演艺术。然而，戏也最忌讳平、温，一个好戏如同一江春水，滚滚东流，时而旋涡百转，时而礁激浪花，忽而奇峰突起，忽而涛若巨雷，汪洋激荡才能兴起高潮。

（三）高潮问题

我们在适当的时机制造高潮，就是为了把人物投入行动。高潮的建立是为了帮助我们的英雄人物成长，把他投入行动之中，才能更好地揭示他的性格。高潮一定在结尾的地方吗？不，有时在，有时不在。因为往往在一个较长的剧本中不止一个高潮。

例如《将相和》中蔺相如见秦王一场，从矛盾双方的力量对比来看，蔺相如只身入虎穴，如不献璧则秦有借口，而令人担心的是璧已入秦王之手，于是就展开了一场尖锐的斗争，这时观众不免替蔺相如提心吊胆。即使机智勇敢的蔺相如以指玉璧上的微瑕为名，又将玉璧诓到手中，但是怎样才能完璧归赵，怎样才能脱离虎口？给观众留下了最大的悬念。

就在这决定胜败的紧急关头，蔺相如义正词严地揭露了秦王诓璧是真，割地是假的阴谋，并阐明了宁愿与璧同归于尽，玉碎珠沉的决心。蔺相如这种履险如夷、视死如归的英雄行为，迫使如狼似虎的秦王不得不接受蔺相如提出的条件：斋戒沐浴，邀请各国使者参加隆重的以十五城易璧的仪式。

谁知蔺相如回至馆驿，即差使者假扮商人，带了宝璧连夜逃回赵国。而蔺相如从容不迫地在各国使臣参加的隆重的仪式上，坦率地告诉秦王已完璧归赵。这一来当然激怒了秦王，于是要把蔺相如投入油鼎，而蔺相如在这生死关头，不仅毫无惧色，反而在各国使臣面前慷慨激昂地把秦王以强欺弱，蚕食各国的狼子野心揭露得淋漓尽致，批判得体无完肤，因此得到了各国使臣的同情。当蔺相如即将扑入油鼎，在这千钧一发的紧急关头，秦王自知理屈，又怕激起各国的愤怒，无奈释放了蔺相如，以容后再议为台阶不了了之。

这两场戏从情节到每一个细节，可以说层次分明，丝丝入扣，一浪高过一浪，最后发展到高潮。既突出了主题，又揭示了人物性格；既推动了剧情的发展，又埋伏下一个亟待解决的危机。这是《将相和》中的第一个高潮。

渑池会进一步暴露了秦王以强压弱的大国主义，而蔺相如的人物性格也进一步深化了。当赵王鼓瑟受到污辱之后，蔺相如挺身而出以自己的生命强令秦王击缶，以洗鼓瑟之耻。秦王惧怕蔺相如，因而勉为击缶。但秦王目的是消灭赵国君臣，所以派大将白起带兵将欲把赵国君臣消灭在回国途中。不料赵国上将军廉颇早已率兵埋伏在界口接应赵王，而把白起杀得大败。

万鹏《将相和》蔺相如剧照

全部《将相和》从蔺相如献璧、夺璧、扑鼎，到强令秦王击缶，智斗秦王的情节处处扣人心弦，把戏剧矛盾步步推向高潮。同时在跌宕起伏的激烈斗争中，精心塑造了蔺相如足智多谋、视死如归的英雄形象。

这就是剧本的力量。它既有力地突出了主题，又完美地塑造了人物的性格，同时寓教于乐，给观众留下了深刻的记忆。

中国戏曲的编剧、导演和演员非常明确自己的任务是满足观众所要求的艺术享受，因此极为尊重观众的审美观念和审美习惯。于是他们十分注意和观众的密切交流，利用一切艺术手段，给观众一种美的艺术享受，取得观众情感上的共鸣。

万鹏导排《沉香扇》

关于戏曲化的一点体会

为了促进现代戏的繁荣，进一步提高现代戏创作水平和演出质量，我想如果就戏论戏，看来似乎很具体，但是，有它的局限性。因此我今天谈的不是针对一个戏，而是想谈谈我个人对现代戏创作如何做到戏曲化的一点体会。但是，我考虑得还很不成熟，难免有些片面性。不过为了共同探讨、互相提高，如果有错误希望大家批评、帮助。下面首先从剧本创作谈起。

一、内容与形式

粉碎“四人帮”以后，我第一次看的现代戏是中国京剧院演出的《蝶恋花》，我感到格外亲切，除了对杨开慧烈士的崇敬之外，主要因为这出戏搞得面貌一新，既没有把人物拔到云端的高度，听来京剧味道也十分浓厚。第一场在她看到毛委员从井冈山给她的来信时，用了一段在“四人帮”时期一直禁止使用的西皮大慢板，唱出了她对毛委员的向往和怀念之情，这段慢板用得巧妙、贴切、恰当，既符合杨开慧文静、沉着的性格，又十分自信地抒发了她的革命情怀。仅仅这一段西皮大慢板的运用，就奠定了《蝶恋花》一派清新的风格特色，并给人以美的艺术享受。剧作者将他们所要表现的生活内容，按照京剧特殊的表现形式，以京剧创作手法安排情节，语言的选择和运用也都是根据京剧的唱念格律，结合湖南的方言色彩去进行加工提炼，因此这个戏既有时代生活气息，又具有京剧艺术特色。

近三年来我只看了我们天津搞出来的一些现代戏，包括我们在1979年搞的《清明雨》和今年为了赶任务排的《双相亲》。尽管现代戏目前上座率不佳，然而大家还是满腔热情地积极努力，目的都想把现代戏搞上去，繁荣社会主义文艺。但是，无可讳言，我们在现代戏剧本创作方面以及表导演和音乐唱腔、舞台美术等方面都存在许多问题，由于没有认真地去研究解决，所以质量上不去。问题虽多，毕竟有个主次，其主要矛盾还是剧本问题。剧本乃一剧之本，剧本上不去，其他方面再使劲儿也是无源之水，无本之木。那么，当前天津戏曲院团在现代戏创作方面的主要问题到底是什么呢？有些同志认为主要由于作者缺乏生活，没有生活怎么能搞出剧本来呢？这个观点谈得对，写现代戏没有生活是不行的，要反映现实必须深入生活，这不仅仅是作者的需要，导演和主要演员也需要到农村、工厂或者部队去体验生活，这是提高现代戏创作水平和演出质量不可缺少的重要一课。

但是，我觉得在提倡作者深入生活的同时，认真研究一下我们的创作方法也是十分必要的。因为当前我们现代戏（包括新编历史剧）的创作和舞台表现形式存在着矛盾。就我们天津近几年的现代戏来看，思想内容都是比较好的，有的戏也不是完全没有生活，可以说有成功的经验，也有失败的教训。就我所看到的现代戏和新编历史剧，包括尚未搬上舞台的所谓文学剧本，我认为在创作方法上值得探讨的是内容和形式的关系问题。有些作者只从内容决定形式的概念出发，对另一方面——内容也要受形式的制约缺乏考虑。

京剧、评剧、河北梆子、豫剧、老调、川剧、越剧、吕剧和黄梅戏等，如果从表现形式上看，它们都离不开唱念做舞，似乎区别不大，其实它们在唱念做舞的内在联系和这些艺术手段的运用，以及唱的格律、语言的选择等方面，都有它们自己的一套特殊规律。如果我们的剧作者从选材到结构剧本不充分考虑剧种的特殊规律，等剧本完成后单靠导演去处理解决这些问题，那是不可能的，除非是叫导演做一次剧本改编或移植工作，否则恐怕是解决不了的。表现形式决定剧本内容，当剧本内容不适合表现形式的特殊规律时，这个表现形式就会对它的剧本内容无能为力。假若把《李二嫂改嫁》或《小女婿》剧本拿来用京剧形式演出，那么京剧艺术显然就会相形见绌；如果将《智取威虎山》或《奇袭白虎团》剧本用吕剧形式和评剧形式演出呢？那也是等于故意与人家为难。特定的艺术形式只适于反映与之相适应的生活内容，特定的生活内容也必然受特定的艺术形式的制约。不考虑这个制约关系，机械地要求形式必须无条件地服从内容，那就会破坏艺术品的多样化和剧本特殊的艺术规律。

一个剧作者，从开始选材直到构思完成，应该始终考虑他所要表现的生活内容是否能够充分调动本剧种所特有的表现形式和艺术手段，以及本剧种的表现形式和艺术手段对他所要表现的生活内容的制约。这在剧作者的艺术构思上是重要的课题。一些比较成功的现代戏，包括新编历史剧，无不遵循这一艺术规律，反之是行不通的。剧本创作主要靠形象思维和逻辑思维，但是，除此之外还要求戏曲作者有音乐形象的思维能力，没有音乐形象思维，写出来的人物也可能有血有肉，然而遗憾的是他却不像戏曲舞台上的艺术形象。因此我认为一个戏曲作者除了文学修养和生活积累之外，还必须掌握本剧种各种行当的表演程式、音乐特性、板式节奏、唱腔布局、唱与念的宾主关系、唱念与舞蹈动作的内在联系，以及戏曲舞台时间和空间处置的特殊逻辑，这样才能全面了解它的艺术规律，掌握剧本创作的自由。清代大戏剧家李笠翁在他的名著《闲情偶寄》里谈到他自己的剧本创作时这样说："笠翁手则握笔，口却登场。全以身代梨园，复以神魂四绕，考其关目，试其声音，好则直书，否则搁笔，此其所以观听咸宜也。"当然不能要求我们每一个戏曲作者都像李笠翁那样精通戏剧，但是，起码我们应该掌握本剧种一般的艺术规律，否则不仅给表导演带来很大困难，甚至连唱腔也很难设计，因此也就谈不到戏曲化了。

1979年和1981年我们搞了两次现代戏会演，出现了一批在剧本结构、人物形象塑造以及从生活到艺术的提炼等方面充分发挥戏曲特点的好戏。然而也有一些戏从演出形式上看是戏曲，可是从剧本结构上看却不是戏曲手法，尽管唱念做打俱全，搞得十分火炽，但是，看不出戏曲的风格特色，因此缺乏戏曲艺术的真实感。其原因就是作者对这个剧种的唱念做打之间的内在联系缺乏深刻理解，不能把它们巧妙地运用于剧本之中，而导演为了避免话剧加唱，只好将演员所掌握的艺术手段硬加进去，所以给人感觉很不自然，不可能产生戏曲艺术的真实感。这就是作者在构思时没有充分认识到戏曲的表现形式对他所要表现的生活内容的制约，又没有认真地研究如何在剧本中按照这个剧种特殊的创作规律，合理地调动它特有的表现形式和艺术手段去表现他的剧本内容而造成的。

二、唱腔的布局

戏曲，顾名思义是以各种曲调歌唱出人物的思想活动，塑造人物形象，表演故事的舞台艺术，因此戏曲是离不开唱的。由于地方方言不同，爱好各异，所以，在不同的地区产生了不同的曲调，然而演出形式却是相同的，故而各种地方戏均统称为戏曲。于是戏曲作者就容易产生这样一种理解：戏曲就要以唱当先，或者是以唱为主。唱在戏曲艺术里面固然占着重要的位置，但是，由于剧种有别，所以对于唱的具体安排和运用手法也各有巧妙不同。例如京剧、越剧、黄梅戏在唱的安排和运用方面就有很大区别。越剧、黄梅戏小生和旦角的对唱，一段就可以唱上几十句，这一场是唱，下一场还是唱，反反复复唱起来没完，我们觉得絮烦，可是观众却接受。如果京剧小生和旦角的对唱，一段也写上几十句行不行呢？我说那样观众就会厌烦了。那么，是因为京剧唱腔贫乏的缘故吗？我说肯定不是。京剧每个行当都有自己的声腔艺术，每种板式都有变化无穷的运用方法和不同的表现力，而且各种行当的流派其唱腔技巧又都有独特的风格和艺术魅力，因此京剧的唱最能表现人物性格和复杂的思想感情。但是，要发挥它的上述作用，就必须给予它合理的安排，如果对它的安排不合理，它不仅发挥不了上述作用，甚至会出现使人厌烦的反效果。所谓合理安排，就是要求作者在剧本创作时就要考虑到唱的整个布局。国画在布局上非常讲究疏密聚散、详略繁简、浓淡虚实，而戏曲创作也是讲究省略和突出、繁复和简洁的辩证统一的。在这个法则的指导下，唱的布局就必须有疏有密，有略有详。有了这样一个指导思想，才能根据情节的发展、人物的行动去具体考虑哪些地方应该安唱，哪些地方不应该安唱；哪些场子的唱需要密，哪些场子的唱可以疏；可唱可不唱的地方就可以省略，抒发人物思想感情、揭示人物复杂内心斗争的关键之处，不仅要唱而且要唱得详尽、突出。偌大一出《群英会·借东风·华容道》，事件重大，情节丰富，人物庞杂，但是，你把诸葛亮、鲁肃、周瑜、黄盖、曹操、蒋幹和关羽的唱都加在一起，也没有越剧《红楼梦》贾宝玉或黄梅戏《天仙配》董永他们一个人的唱词多。然而诸葛亮、鲁肃、周瑜、黄盖、曹操、蒋幹和关羽这几个艺术形象却塑造得栩栩如生，并未使人感到唱少而有损人物形象的塑造。这就是剧作者在省略和突出、繁复和简洁的辩证统一的创作法则指导下，根据特定人物、特定情景统筹兼顾地在剧本中规定了疏密相间、详略适度的唱词布局，因此起到了以少胜多、事半功倍的效果。

《群英会》蒋干过江，周瑜在大帐设宴，众将分列两旁，排场很大，然而作者仅仅叫周瑜唱了几句西皮原板，便把劝降与反劝降两种截然不同的心情全部表现了出来，并借此展示了周瑜、蒋干的性格特征。鲁肃藏书一句不唱，仅靠表演体现人物行动，交待这个重要的情节，以这种表现方法为蒋干盗书做了此处无声胜有声的铺垫，这是作者有意识调动京剧特殊的做的艺术手段，来完成藏书盗书这个特定舞台行动。这场戏在静的舞台气氛中进行，毫不费劲地把观众带到了特殊的意境之中……

《草船借箭》鲁肃和诸葛亮只不过各唱了几句原板，却使得这场戏风趣横生，凸显出诸葛亮的智慧和胆略。《打盖》一场，周瑜剑拔弩张，诸葛亮视若无睹，黄盖受刑后，戏剧冲突已经发展到十分尖锐的地步，周瑜内心矛盾复杂到了极点，而诸葛亮大智若愚如痴似呆，鲁肃惊心动魄，茫然无计。在这种错综复杂的矛盾之中，三个人物却竟然无唱，除了前面鲁肃汇报诸葛亮草船借箭一段念白之外，其余全是只言片语，然而却把这几个人物性格表现得那样鲜明、生动，内心活动揭示得一清二楚。到了《借东风》的时候，作者仅仅赋予诸葛亮一段二黄导板、回龙原板，便使得人物性格又得到了发展，艺术形象更光彩照人。《华容道》关羽挡曹是激烈的戏剧冲突，作者在这样特定的情景之下，突然改变手法，完全用对唱的形式去表现它，这种出人意外的惊人之笔，充分说明了唱腔布局的辩证关系。

不论现代戏或新编历史剧，如果没有多种多样的处理方法、辩证而新颖的唱腔布局和灵活巧妙的艺术手段，即使你把所有的唱腔都赋予一个人物，恐怕也不会塑造出令人难以忘记的艺术形象，结果只能失去戏曲的艺术特点。

三、唱与念互为因果

唱词相对而言，是比较难写一些。因为它既要通俗易懂，又要讲究修辞炼字，往往一段好的唱词读起来也是一首好诗，因此它不能离开十三道辙的轨道和严格的平间仄、仄间平的约束。既然它属于诗的性质，语法则必然要受四三、五三、三三四节奏的制约。例如“手提红灯四下看，上级派人到隆滩”这样的七字句，属于四三的节奏；“困难吓不倒英雄汉，红军的传统代代传”这样的八字句，属于五三的节奏；“想当年家穷无力抚养，四个儿有两个冻饿夭亡”这样的十字句，属于三三四的节奏。所有现代戏、传统戏和新编历史剧的唱词，都离不开这三种节奏。假若你把四三的句式改为三四，五三的句式改为三五，三三四的句式改为四三三，那就会十分拗口，失去节奏性。当然也有个别的句子字数较多，但是，它必须在这个节奏的基础上，作为特殊情况处理，如果完全脱离了唱词的节奏，那是没有办法唱的，这是唱词的规律。

关于念白，现在似乎已不被剧作者和演员注意了。但是，它一直受着京剧前辈作家和艺术家们的重视。“千斤话白四两唱”就是他们的名言，足见念白在京剧艺术中的重要作用。在传统剧目中，不论生旦净丑都有他们自己的念功戏。生行有《四进士》《一捧雪》《审头刺汤》《六部大审》《十道本》《失印救火》《九更天》《清官册》《秦琼表功》《盗宗卷》等，旦行有《得意缘》《十三妹》《浣纱溪》《胭脂虎》《玉玲珑》《乌龙院》《翠屏山》《挑帘裁衣》《梅玉配》《铁弓缘》《金玉奴》《春草闯堂》等，净行有

《李七长亭》《法门寺》《忠孝金》《连环套》《普球山》《清风寨》等，丑行所有角色全属于念功戏，以丑为主的有《连升店》《老黄请医》《定计化缘》《一匹布》《荷珠配》《打面缸》《打皂王》等。以上列举的部分念功戏，即可说明京剧的念在塑造人物方面完全可以起到主导作用。

所谓念功戏与唱功戏的概念，是以它们在一出戏里面的分量轻重和作用大小而言，绝不意味着它们可以互相排斥，单独存在，它们是谁也离不开谁的，所以，前人有“曲白相生”的说法。既然是曲白相生，显然唱和念就不是一种固定的宾与主的关系，而应该说它们是互为因果的。如《红灯记》说家史一场，尽管李奶奶和铁梅的唱都很重要，然而这场戏却是以念为主，以唱为宾的。因为李奶奶的大段念白是说家史的核心，而她们的唱是从说家史的念白生发出来的。因此说家史的大段念白如果写得苍白无力，她们的唱也就会先天不足了。只有把这一大段念白写得真实、深刻，念起来铿锵有力、强烈感人，才能把观众带到李奶奶所描绘的那个惊心动魄的特定情景之中去。当李奶奶念到“那时候，我……我就把你紧紧地抱在怀里”，铁梅此时此刻再也抑制不住内心的悲伤，喊了一声“奶奶”，扑到这个革命老人的怀里。这个强烈的动作一下子震动了观众的心弦，使观众和剧中人物的感情像乳水一样交融在一起。紧接着李奶奶把埋藏在心底十七年的深仇大恨和对铁梅的谆谆嘱咐，用快速的二黄原板一口气唱了出来，就如同黄河决口一样造成了一泻千里、势不可挡的舞台气氛，激发了铁梅高举红灯誓死完成落在自己肩上的革命重任的决心。这场戏从李玉和被捕后，舞台上只有李奶奶和铁梅两个人，作者和导演有意识地在这剧情空白的时候，调动一切手段最大限度地把舞台气氛冷下来，然后叫李奶奶以低沉、缓慢、压抑的节奏声声入耳、字字动心地向铁梅痛说家史。随着李奶奶的念白，舞台气氛由冷转热，从缓慢转为紧张，节奏步步强烈，最后犹如万马奔腾。请想，舞台上仅有两个人，按行当说只是一个老旦和一个闺门旦，居然能够造成这样一种舞台气氛，究竟是什么力量呢？这就是剧作者精通京剧的特殊艺术规律，正确地利用了唱与念互为因果的关系，充分发挥了它们特殊的作用，并且给导演和演员留有调动艺术手段的契机。说家史的大段念白，不仅起到了画龙点睛的作用，并且使这场戏顿时生辉，正如铁梅的唱词“光芒万丈”。李笠翁将唱与念的关系比作房梁和房椽子，或比作人的肢体和血脉，他说：“宾白一道，当与曲文等视。有最得意之曲文，即当有最得意之宾白”，“常有因得一句好白而引起无限曲情，又有因填一首好词而生出无穷话柄者”，以上所举说家史的例子，不正是如此吗？

四、风格特色

每个剧种都有自己的风格特色，如果它一旦失去了自己的风格特色，就意味着它的死亡。艺术既有共性，又有个性，而最保贵的还是它的个性。玫瑰花、牡丹花、蔷薇花、杜鹃花、茶花、菊花、梅花、兰花等，都统称为花。花的魅力来自于美，所以，美就成为花的共性。既然花都是美的，为什么还有人专门喜爱梅花，或专门欣赏兰花，不喜爱其他种花呢？因为梅花或兰花除了具有一般的共性外，它们还具有区别一般的独特的个性，专门欣赏这两种花的人，正是喜爱它们那个区别于一般的独特个性。个性在艺术上来讲，也可以叫作特点吧。戏曲的风格特色，是由语言特点、曲调特点、音乐特点、表演特点等多种因素形成的，因此风格特色不是一种抽象的东西。例如吕剧是以潍县口音作为说唱基调的，所以，潍县口音越浓，吕剧味道就越足。因此吕剧的语言（包括唱词）必须有深厚的地方色彩，才能发挥出吕剧的风格特色，产生它的艺术魅力。

我在山东看过吕剧《红灯记》。当时正在“四人帮”统治时期，样板戏的词儿一字不许改，任何剧种移植，身段锣经和舞台调度必须保持样板戏原样。当说完家史铁梅边唱边举红灯亮相时，台下观众不约而同地哑然失笑……爱听吕剧的人很多，而这一台演员素常也很受当地观众欢迎，为什么会出现这种反效果呢？或许有人认为观众看惯了京剧，可能是先入为主，我说其实不然。主要原因是，京剧《红灯记》的语言舞台性强，本色性差，只有共性，没有深厚的地方色彩，既不适合潍县口音去念，又不适合用吕剧唱腔去唱，发挥不出吕剧特点，身段锣经又都保持着京剧原样，和唱念极不协调。所以，演员往日的光彩，也顿时黯然失色，因而就在铁梅高举红灯，悲壮且慷慨激昂的情景之下，出现了几乎是全体观众哑然失笑的局面。这充分说明语言的选择和运用，必须符合本剧种的风格特色，反之，就会束缚艺术形式的表现能力，破坏它的风格特色。

评剧《刘巧儿》的唱腔流行全国，脍炙人口，假若你一字不改把刘巧儿的唱词拿过来，叫李世济以程派的唱法去唱，那会出现一个什么效果呢？我实在形容不出来，只好请大家去想象吧……

五、唱要顺理成章，水到渠成

一切动人的戏曲语言，总是前面戏剧情节和人物性格发展的必然结果，同时是后面剧情展开的基础，这样才能起到活络前后剧情和突出人物的作用。《芦荡火种》智斗一场三个人的背躬唱写得语言生动、性格鲜明，把戏剧冲突推向了高潮。请看这段背躬唱是怎样形成的。

刘副官：阿庆嫂，他是我们刁参谋长的堂弟，您得多包涵点呀！

阿庆嫂：这算不了什么。刘副官您请坐，呆会儿水开了我就给您泡茶去。您是稀客，难得到我这个小茶馆来！

刘副官：阿庆嫂，您别张罗！我是奉命先来看看，司令一会儿就来。

阿庆嫂：司令？

刘副官：啊，就是老胡啊！

阿庆嫂：哦，老胡当司令了？

刘副官：对了，人也多了，枪也多了！跟上回大不相同，阔多了。今非昔比，鸟枪换炮了！

阿庆嫂：哦。啊呀，那好哇！刘副官，一眨眼，你们走了不少日子了。

刘副官：啊，可不是嘛。

阿庆嫂：（试探地）这回来了，可得多住些日子了？

刘副官：这回来了，就不走了！

刘副官几句话，引起了阿庆嫂的极大注意，她必须弄清胡传魁究竟是投靠了日本人，还是汪精卫的杂牌军，因此她就需要进行侦察。于是就给阿庆嫂提供了展示人物行动的机会，埋伏下新的矛盾。

胡传魁：阿庆嫂，我上回大难不死，才有今天，我可得好好谢谢你呀！

阿庆嫂：那是您本身的造化。哟，您瞧我，净顾了说话了，让您二位这么干坐着。我去泡茶去，您坐，您坐！（进屋）

阿庆嫂对胡传魁有救命之恩，引起刁德一的怀疑，这就造成了阿庆嫂与刁德一之间彼此怀疑、互相试探、你侦察我、我侦察你的智斗局面，人物行动推动着剧情向前发展。

阿庆嫂：（有意在敌人面前掩饰自己）胡司令，这点小事，您别净挂在嘴边上。那我也是急中生智，事过之后，您猜怎么着，我呀，还真有点后怕呀！

【阿庆嫂一面倒茶，一面观察。

阿庆嫂：参谋长，您吃茶！（忽然想起）哟，香烟忘了，我去拿烟去。（进屋）

刁德一：（看着阿庆嫂背影）司令！我是本地人，怎么没有看见过这位老板娘啊？

胡传魁：（唱）八一三炮声响，
她夫妻来在沙家浜。
你多年留学在东洋，
你怎么会认识这位老板娘？！

刁德一：嗷！这个女人真不简单哪！

胡传魁：怎么，你对她还有什么怀疑吗？

刁德一：不不不！司令的恩人嘛！

胡传魁：你这个人哪！

刁德一：嘿嘿嘿……

胡见刁对自己的救命恩人如此怀疑，钉住不放，极为不满。阿庆嫂识破了刁德一的用心，于是随机应变利用胡传魁的江湖义气，紧紧地抓住他作为自己的护身符。然而，刁德一确认阿庆嫂是可疑对象，决心在她身上找出破绽。刁德一纠缠不放，阿庆嫂步步为营，胡传魁莫名其妙，就在这种内紧外松、矛盾尖锐的特定情景下，造成了非唱不可的局面。这就是前面戏剧情节和人物性格发展的必然结果。通过三个人物的背躬唱，既将他们复杂的内心活动揭示得淋漓尽致，同时又为后面剧情的展开打下了基础。由于这段背躬唱是在顺理成章、水到渠成的情况下自然而然唱起来的，所以，它不仅给人感觉贴切、流畅，不多不少恰到好处，并且起到活络前后剧情和突出人物性格的作用，因而收到特殊的艺术效果。

六、本色·文采·当行

戏曲语言，特别是现代戏之所以首先要求本色，因为本色语言可以恰如其分地表现生活和人物性格。通过本色语言，就可以用生活直接打动人，用事实直接说服人，它是最能发挥戏曲感染力的。那么，戏曲语言怎样才能本色呢？这里包含两个问题，首先是选择生活素材的问题，其次是选择生活语言的问题。社会现象千变万化，生活素材无限丰富，然而，其中有些材料反映了社会现实里带有关键性的问题，有些则可以说只是可有可无的表面现象；有些是表现了现实生活里刚刚出现的新事物，有些只是陈陈相因的旧东西。作者在安排人物、情节之前首先要有所选择。关汉卿的《窦娥冤》所以写得本色动人，是由于他在现实生活里选择了一桩屈打成招的冤案，这对当时的黑暗政治来说，有其典型意义。请看《窦娥冤》窦娥在处斩前对婆婆说的一段白：

婆婆，那张驴儿把毒药放在羊肚儿汤里，实指望药死了你，要霸占我为妻；不想婆婆让与他老子吃，倒把他老子药死了。我怕连累婆婆，屈招了药死公公，今日赴法场典刑。婆婆，此后遇着冬时年节，月一十五，有瀽不了的浆水饭，瀽半碗儿与我吃；烧不了的纸钱，与窦娥烧一陌儿，则是看你死的孩儿面上。

这段话是从前面一连串的情节和窦娥本身性格中自然引发出来的，看不出哪些话是作者外加的。通过这段本色的语言摆出了无可争辩的事实：一个为了怕连累婆婆而甘心招承死罪的弱女，被当作谋杀公公的罪犯处斩。这就用不着作者任何主观的宣传，事实本身就有力地揭示了统治阶级的是非颠倒、黑白不分，而这在封建社会是带有普遍性的问题。同时我们还看到，像窦娥这样一个小媳妇，她牺牲了自己的生命，负担了婆婆的灾难，然而直到她临死的时候，她只能要求婆婆给她一点“瀽不了的浆水饭”，“烧不了的纸钱”，这还是要她婆婆看在那死了的孩儿面上，这不是同时血淋淋地揭示了这个从小给人做童养媳的小媳妇的悲惨命运吗？我曾看过一个《窦娥冤》的改写本，可能改编者认为窦娥这些话不够坚强，而要求烧纸钱等又有些迷信，因此把这段话删去，改为窦娥要求婆婆替她伸冤报仇的许多慷慨激昂的话。改编者的动机是无可非议的，然则他所写的窦娥却不符合封建时代的一个小媳妇的本来面貌。一个失去了生活真实的艺术形象，不管口号喊得有多么响亮，只能给我们空洞无力的感觉。

前面所引的《窦娥冤》那段说白看来平淡无奇，却再没有比它恰当的，因为那是由于典型环境决定了窦娥的典型性格。只有窦娥这种典型性格的小媳妇，才能在被斩之前的那个特定时间、特定地点对婆婆说出那段话来，因而它恰如其分地表现了人物性格，反映了生活的真实。

谈谈文采。文采就是文学色彩。一个优秀的舞台演出本往往同时是一本吸引人的文学读物，历史上一些杰出的戏曲作家也总是有较高的文学修养。戏曲要有文采，问题在于作者对文采的具体内容怎样理解。我们说，文采实际上就是作品所表现的艺术性。戏曲剧本不仅要把现实生活描写出来，而且要写得动人，这就不能不讲究一点艺术。但是作者不能为了炫耀自己的文采在剧本里故意搬弄典故，搞一些词汇的堆砌，甚至把人物的对白写成骈文，那就不是文采，而是有些胡来了，那样搞丝毫也起不到戏曲艺术所应起的作用。历史上有些杰出作家曾经在创作上表现了惊人的文采，他们主要是为了突出作品的思想内容而提高了戏曲语言的艺术性。请看关汉卿的《单刀会》写关羽过江时唱的一段曲子：

> 【新水令】大江东去浪千叠，引着这数十人驾着这小舟一叶。又不比九重龙凤阙，可正是千丈虎狼穴。大丈夫心别，我觑这单刀会似赛村社。（云）好一派江景也呵！（唱）
>
> 【驻马听】水涌山叠，年少周郎何处也？不觉的灰飞烟灭，可怜黄盖转伤嗟！破曹的樯橹一时绝，鏖兵的江水犹然热，好教我情惨切！（带云）这也不是江水，（唱）二十年流不尽的英雄血！

这段曲子是表现了关汉卿的文采的。不仅是有些句子对偶工整或用字警策，更重要的是它表达了关羽横渡长江时的复杂心情。这里有单刀赴会，不把敌人放在眼里的英雄气概；有赤壁联兵破曹的回忆；有中国未曾统一，三分鼎立的局面不知何日结束的感慨。戏曲语言除了要注意情节和人物的前后照应外，还必须注意人物和环境的联系，《单刀会》的例子是如此，而《琵琶记》里赵五娘的一段唱更能说明这个问题。赵五娘边吃糠边唱：“糠和米本是相依倚，被簸扬作两处飞，一贱与一贵，好似奴家与夫婿。”这些把人物放在规定情景里来描绘的手法，赋予剧作浓厚的诗情画意，增加了戏曲语言的鲜明性和生动性，值得我们今天的戏曲作者借鉴学习。

当行，就是适合行业的要求，就戏曲说，它必须适应舞台演出的要求，因此当行问题实际就是舞台性问题。

关于舞台性方面，首先要解决好的是曲白分工的问题，这在前面已经举例说明，就不再重复了。不过在我们现代戏和新编历史剧中，由于作者对念白的语言和平仄相间的运用缺乏足够的了解，所以，往往演员念着别扭，锣经不好配合，感情节奏上不去，舞台气氛出不来，给人感觉好像生活里的一般对话，形不成戏曲特点，所以，人家说这是话剧加唱。关于念白的舞台性问题，李笠翁说：

> 宾白之学，首务铿锵。一句聱牙，俾听者耳中生棘；数言清亮，使观者倦处生神。世人但以音韵二字，用之曲中，不知宾白之文，更宜调声协律。世人但知四六之句，平间仄、仄间平非可混施叠用，不知散体之文，亦复如是。

这就是说不仅在唱词中必须做到“混施叠用”，就是在一般的念白里，也应该做到使演员能朗朗上口，这样才能使观众听起来节奏分明，富有“调声协律”之美。

当行，更重要的一个方面是：应该写出具有强烈动作性的语言。如关汉卿《鲁斋郎》第二折的【黄钟尾】：“知他是甚亲戚？教喝下庭阶，转过照壁，出的宅门，扭回身体，遥望着后堂内：

养家的人，贤惠的妻。”又如康进之《李逵负荆》第二折的一段白：“我伏侍你，我伏侍你，一只手揪住衣领，一只手揝住腰带，滴留扑摔个一字，阔脚板踏住胸脯，举起我那板斧来，觑着脖子上，可叉！”这些曲白几乎每一句里都包含有明确的动作和表情，演员演起来容易自然合拍，同时增加了戏曲的舞蹈身段。

舞是戏曲艺术中不可缺少的一个重要方面。尽管戏曲舞台上的角色一举手、一投足都含有舞蹈的成分，但这只不过是对一般的唱念的一般性配合而已；而幅度较大、节奏较强的舞蹈动作、身段造型只有在唱与念的戏曲语言方面提供特殊的动作根据，或是在特殊场面的规定情景之下才能产生，否则是动不起来的。

记得很有成就的前辈戏曲作家这样讲过：“戏者，虚戈也。”这就是说，戏曲是以虚拟化的表演去表现各朝代、各种各样的斗争生活。又说：“角色登场，口动心不动，无情；口动、心动而身不动，无戏；惟口动、心动、身动融合一体者，乃载歌载舞，虚中有实，戏始呈矣。”寥寥数语，可谓言简意赅。由此可见我们在剧本创作中，不仅要领先生活，挖掘人物丰富而复杂的思想活动，把这些思想活动提炼成既有本色、又有文采的戏曲语言来表现人物行动，而且还要在我们的戏曲语言中，给人物提供特殊的动作根据，通过这样的戏曲语言使读者联想到人物的面部表情，这样才能在剧本中看到活生生的人物。

古往今来的戏剧大师都不是大学编剧系的毕业生，他们除了注意观察生活、积累生活之外，都是从戏剧文学宝库里刻苦学来的。古人说：“读赋千首，自善为赋。”已故大戏剧家田汉和如今健在的著名京剧作家翁偶虹、范钧宏的写作技巧之所以令人叹服，原因就是他们剧本读得多，不仅娴熟地掌握了京剧艺术规律，并且对各种流派的风格特点都深有研究，因此他们真正地掌握了创作的方法。

我们要提高现代戏的创作水平，除了注意观察生活之外，还须认真地研究本剧种特殊的艺术规律和创作方法，充分发挥本剧种的艺术特点，去表现现实生活。只有用戏曲化的创作方法，才能写出具有戏曲风格特色的现代戏剧本。

原载《戏剧学习材料》总第7期

孟舒青　书法

《清宫秘史》排练札记

《清宫秘史》这个戏的创作、排练，包括演出的过程在内，可以说是重温或者说是回顾戊戌变法这个历史事件，也是对它重新学习、重新认识的一个过程。

戊戌变法是以康有为、梁启超的公车上书为起点发起的一场维新变法运动。康梁希望中国走日本明治维新的道路，主张君主立宪，改革官制，废除八股，建立学校，兴办工业。光绪皇帝在翁同龢的教导下，接受了新的爱国主义思想，也深深地看到自己政府的腐败无能，所以，决心采纳康有为、梁启超的主张，实行变法，改革满清的腐败政治。但是，封建反动势力的总代表西太后慈禧为了维护她封建家长制的统治，残酷镇压了这场革命运动，造成了历史的悲剧。从这个事件中，我认识到近百年来阻碍中国发展和社会进步的最大障碍是封建主义制度。虽然孙中山领导的辛亥革命迫使满清逊位，结束了统治中国二百六十七年的满清封建王朝，但是，封建制度的崩溃并不等于封建主义思想被铲除，因为封建主义思想统治我们国家已经有几千年的历史，所以它是根深蒂固的。

通过"文化大革命"，才使我们比较清醒地认识到，封建主义在我们社会主义里边，不仅还没有被铲除，甚至于在我们的党内也还没有肃清，并且有的人不知不觉地利用自己的权力，巩固了封建主义的习惯势力。像终身制、一言堂、家长作风、个人迷信、官僚主义、帮派活动、特权思想、裙带风等等，这些封建主义的东西对我们的社会主义发展和实现四个现代化，不是还起着很大的阻碍作用吗？由此可见，我们文艺创作不仅仍然有反封建的任务，而且恐怕还是个长期的艰苦的艰巨任务。

天津日报

1980年3月23日　星期日　第二版

京剧三团将演出历史剧《清宫秘史》

天津市京剧三团正在紧张排练大型历史剧《清宫秘史》，近期将与观众见面。

京剧《清宫秘史》，是由赵万鹏，贺照根据电影《清宫秘史》、越剧本《光绪与珍妃》和有关历史资料重新编写的。这个戏集中地描写了一八八九年至一九〇〇年清朝光绪年间，以光绪、珍妃为代表的维新派，与以慈禧为头子的封建顽固派的激烈的宫廷斗争。剧本通过新旧之争，反映了光绪、珍妃力主维新变法，奋发图强的爱国主义精神，揭露了慈禧维护其封建统治，残酷镇压维新变法运动，投降卖国主义罪行。

剧本为了加强珍妃的人物形象，着力揭示出她在读书时，便接受了维新变法的文廷式的教育，并受到在甲午海战卓有战功的哥哥志锐，和后来积极参与维新变法运动的弟弟志琦的爱国主义思想影响，而对光绪梦寐以求的维新变法运动积极支持，并在生死关头挺身而出，遂遭惨害。这个戏在音乐、唱腔和导演的艺术处理上，力图既有京剧艺术的特色，又立意新颖。这个戏由李经文饰演珍妃，赵慧秋饰演慈禧，刘志广饰演李莲英，武广江、王立军分别饰演光绪。（辛实）

"清宫秘史"编导赵万鹏在制订导演计划。

天津日报《清宫秘史》

在《清宫秘史》创作和排练的过程中，我们并没有认识到这个高度，而是通过演出，从剧场效果和观众的舆论，特别是观众的来信，使我们看到了观众对这个戏的评价和它所起到的社会效果，提高了我们的认识。这充分证明了观众不仅是艺术的欣赏者，也是编导演的一面镜子，而且观众也是戏剧创作集体中的成员。

一、借助观众的想象力来补充舞台表现力的局限

《清宫秘史》主要表现宫廷的内部斗争，但是它又不同于别的戏里的宫廷矛盾。这个戏是以戊戌变法为中心事件，反映立志革新的光绪与珍妃和封建反动势力的总代表慈禧太后的政治斗争。但是，这个题材我们不希望把它写成干巴巴的政治性质的戏，因为政治内容的戏要展开思想斗争，就没法避免在舞台上讲许多大道理，弄得观众十分厌烦，结果还起不到寓教于乐的作用。因此，我们不去正面写这场政治斗争，而是采取以史写情的方法，去塑造珍妃这个人物，通过她的遭遇去反映戊戌变法的政治斗争，从而揭露封建家长制统治的顽固性和残酷性。

戊戌变法不过是1898年中一百多天的事，如果我们把珍妃

仅仅放在戊戌变法这个历史中，那么，她的性格的发展就会受到很大的局限，既不能使观众形象地看到她的整个命运，也很难突出她和光绪的豪情。因此，只有从她被选进宫，直到她被迫投井，用传记的方式，把她的思想行为一幕一幕地展现在观众面前，才有利于塑造她的艺术形象。但是，这样一来，这个戏究竟是反映戊戌变法这场改良运动呢？还是表现光绪和珍妃的儿女私情呢？

《清宫秘史》的主题到底是什么？连排以后曾有不少同志为此而担心，也有个别的专家持这种疑问。但是公演以后，观众回答了这个问题。他们是怎么回答的呢？这个戏在一宫、长城、河西俱乐部、华北四个剧场连续演出了三十几场。在一宫每次中间休息的时间和其他剧场散戏后，我们都听到广大观众大同小异的议论："妈的，中国倒霉就倒在封建主义手里了。"——"要是戊戌变法成功了，中国早就跟日本一样了，至于倒那么多年霉吗！"这都是普通观众的议论，他们的话虽然简单朴素，但是，一针见血地说出了这个戏的主题。很奇怪，这些普通的观众比我们导演、专家会提炼主题！

这个戏既然是以史写情，那就得在珍妃和光绪两个人的情上考虑，于是用第一场选妃这个情节交待珍妃和光绪的爱情受到了封建家长制的阻挠，这既符合历史真实，又为她的悲剧奠定了基础。但是，这样一来，从第一场的 1889 年一下子就跳到了第二场戊戌变法开始的 1898 年。第一场和第二场相隔九年，跳跃性确实很大。但是，二三四五六场都集中在 1898 年戊戌变法这一百多天的政治斗争上。

第七场则是表现戊戌变法失败后，光绪夜间从他被困的瀛台偷偷地到北三所看望被囚的珍妃。这个抒情场面和第二场戊戌变法刚刚开始的抒情，成为一个强烈的对比。前者是寄希望于戊戌变法振兴大业，壮志满怀的豪情；而后者则是抒发生死离别，朝暮相思，悲情感伤之情。通过这两个迥然不同的抒情场面，说明光绪和珍妃的深厚爱情是建立在志同道合、相依为命的基础上。而他们的命运，更是紧紧地依附在国家的命运之上。所以，当八国联军打进北京，慈禧太后要夹着尾巴逃跑的时候，还不能放过珍妃，活活逼着她投井。这是为什么呢？难道就是因为慈禧太后的侄女隆裕皇后和珍妃争风吃醋，她就要把珍妃置于死地吗？作为慈禧太后那样一个统治大清朝，管辖四亿人民的政治家来说，她所考虑的绝对不会这么狭隘。我们认为她之所以要害死珍妃，是基于政治仇恨。因为珍妃是个很有抱负的人，并且为了维护戊戌变法不惜牺牲。因为慈禧怕把珍妃留在光绪身边，有朝一日戊戌变法会死灰复燃，因此在她逃跑之前必须斩草除根。这是她政治上的需要，这就赤裸裸地暴露了封建统治阶级为维护其家长制的统治权不择手段的残酷性。

珍妃投井是在1900年（庚子七月二十一），从第一场的1889年到1900年整整十一年。在这十一年当中，光绪和珍妃身上发生的事情是很多的，因此，在情节方面必须有所取舍，认真选择。为了使线索清楚，更集中地去塑造人物，避免使这个戏跟着情节跑，所以，有的情节我们并没有采用，而是把历史事件中的实质性的东西反映出来，给观众留下创造和想象的余地，用艺术形象激发观众的感情，使观众在受到艺术感染的同时产生联想，用他们的创造和想象去补充产生戏剧情节的内在因素。

比方说，第三场光绪决心撤换一批阻碍变法的后党（慈禧的亲信），在颐和园向慈禧面陈自己的诏令。当慈禧一上场观众就发出了这样的议论：“你看！慈禧这娘们把满清买军舰的钱全造了颐和园了，弄帮败类整天在那儿吃喝玩乐，要是把这笔钱全买了军舰，还至于叫日本欺负得那个样儿吗？”话虽不多，但是说出了慈禧利用封建家长的统治权挪用建立海军的军费建造颐和园的罪行。这个情节在剧本里一字没提，而是由观众给补充了。这个补充不仅仅是个情节问题，而是观众把剧情引申了，把主题给进一步深化了。

当然可以说这是满清历史上一件人所共知的事，剧本不提观众也可以联想，如果在观众脑子里没有印象的事，恐怕就不容易引起观众的联想了吧！其实不然。比方说在第四场里，我们把慈禧对光绪和珍妃的政治斗争，和慈禧为给皇后撑腰折磨珍妃，把宫廷内部的私生活纠缠在一起，目的是暴露慈禧的阴险狡诈和刁钻古怪的性格，表现封建家长制的绝对权威。观众一边看戏，一边发表议论："慈禧这娘们怎么那么坏呢?""这是手腕，明着打珍妃暗着打光绪，这俩都打下去，她那个家长的权不就保住了吗!"这话的确不假，慈禧在这场戏里用冷嘲热讽折磨珍妃，是为了以家长的威风压服光绪。而罢翁同龢的官，撤文廷式的职，发配珍妃的哥哥志锐到乌苏里台，则是用釜底抽薪的办法把戊戌变法压垮，进一步巩固她的统治权，树立封建家长制的绝对权威。观众通过这些戏剧矛盾，找出了产生戏剧情节的内在因素。

第六场戊戌变法计划失败，慈禧要把光绪送到瀛台的时候，观众气愤地说："袁世凯这个窃国大盗，对中国一点好作用也没起!"袁世凯在这个戏里一次场没出，他的戏完全在幕后，竟然引起了观众对他的愤慨。这就是前边所说的以舞台上的冲突去激发观众的感情，从而调动观众的想象力，来弥补舞台上表现力的不足。

我们主观地把主题思想强加给观众，往往观众是不接受的。只有你的剧情和观众的认识吻合了，才能使观众承认你的艺术真实，在他承认你的艺术真实的时候，就已经受到了感染。因此，他会自觉自愿地发挥自己的想象力，和你一同去进行舞台上的艺术创作。只有在这个基础上，从角色的舞台行动自然而然地生发出来的主题，才能在观众的思维中最后完成。

二、舞美设计

《清宫秘史》是表现近代生活的戏，而且一般观众对北京的故宫都比较熟悉，你搞得很不像样子，观众通不过，如果搞得过于实，不仅成本太高，道具制作有问题，同时也妨碍演员表演，更不符合戏曲艺术的特点。

因为戏曲的特点是虚拟化。它不仅仅就是《三岔口》里面的摸黑，《打渔杀家》里面的船，或用马鞭表现骑马，只靠演员的表演动作，就可以表现刮风下雨，等等。如果认为虚拟化只表现在这些方面的话，那还是没有从根本上认识，虚拟化是决定将我们的艺术形式命名为戏曲的主要因素。音乐唱腔这个表现形式就是虚拟化。因此，就是以戏曲形式演现代戏，而且把戏曲里边的一切表演动作和程式都扔掉，完全按照话剧一样演，你也和话剧不同。原因就是你只要有音乐和唱腔，无论你搞得多么新，还仍然是虚拟化。因为从古至今没有一个人在他的生活里一会儿在跟人家说话，一会儿又把自己心里想的都唱出来，那除非是疯子。

因为戏曲的形式是虚拟化，如果你要求舞台美术搞得跟生活里一样真实，真实感和虚拟化就会相互抵消，由于不协调更会影响它的真实性。《清宫秘史》是表现宫廷生活的戏，不是距离我们很近很近的当代戏，如果不要布景会使人感觉缺乏典型环境感，那也就会损害艺术的真实性。请注意，这是《清宫秘史》这个戏的特殊性而决定的，并不是所有的戏都这样。

我们根据《清宫秘史》的特殊性和《清宫秘史》是用虚拟化的京剧这个艺术形式去表现的特点，对舞美设计提出了两点要求：

（1）要有生活根据，叫观众一看就承认是北京故宫，但是，又不要和真的一样。只要艺术真实，不要生活真实。在尊重历史生活真实的基础上可以虚构，但这个虚构，是为了剧情和表演的需要。

（2）既要造成典型环境感，又不要过多地使用道具，舞台要干净，表演要扩大，一切为表演服务。

三、灯光设计

尽管这个戏是悲剧气氛，但光不要太暗，这是戏曲表演的需要。为了使表演集中，光不能铺得太散。这是总的要求，还有些具体的要求。但是，由于分包演出，人手不够，所以，就因陋就简，没有把要求的东西实现在舞台上。因此，对戏的气氛、表演的烘托没有起到应有的作用，反而使戏有所减色。

四、台词、表演与风格

这个戏的念白非常重要。第一，念白比唱多。这个戏里老演员不多，京白基础都很薄，这就必须要求演员在念白方面多下功夫，既要念好京白，又要突破京白。第二，全念京白。如果念白没有比较鲜明的人物性格语言，节奏不突出，那就会叫观众坐不住，更谈不到塑造人物形象。第三，要有生活气息。因为这个戏距离我们现在时间很近，不少老人对满清的生活，特别是旗人说话拿腔作调的习惯比较熟悉。特别是慈禧、李莲英等几个满清的代表人物，如果念白没有生活气息，那就会没有时代感。因此，狠抓对台词的训练工作。我们的要求是：

（1）以京白为基础，但关键人物根据人物性格的需要，可以大胆突破，允许借鉴，不过有一条原则，必须使人听了还是京剧。

（2）强调表现情绪的变化，因此，在语气感情和节奏方面严格要求。

（3）重视生活气息，强调时代感。

关于演员的表演动作，我们强调既要程式，又要突破程式。《清宫秘史》这个戏，男的穿清装，女的穿旗袍。男的设计中没有水袖、髯口、厚底、大靠，女的个个旗头旗鞋。所以水袖上的舞蹈程式和脚下厚底彩鞋的舞蹈身形一概利用不上，这就和现代戏有基本相同的地方。因此，它对导演提出了两个要求：

（1）必须狠抓演员的表演，强调人物性格，深挖角色的内心，突出戏剧的矛盾冲突，以戏去抓人。因为这个戏的做，不可能以技术去塑造人物。

（2）演员的表演到底要不要程式？很明显，在这个戏里既不可能运用成套的程式，又不应该有自然主义的表演。因为我们一定要掌握戏曲的特点，不能是话剧加唱。但是，也不能为了区别于话剧就拼命地加上一些不必要的身段。特别是那些脱离人物、脱离剧情的舞蹈动作，那样搞实际上是损害了人物，破坏了剧情，也破坏了一个戏应该有的风格特色。

这个戏的风格是什么呢？我们认为它是内在节奏紧张，而外部动作并不强烈，不用夸张的表现手段刺激观众，去要求强烈的效果，而是要求在清新、细腻之中表现出浓郁的生活气息，借含蓄、深沉的力量阐述主题思想。因此这出戏的风格应该概括为八个字：清新、细腻、含蓄、深沉。

五、关于这个戏的起承转合

这个戏的第一场，实际上就是我们所谓的楔子，因为它并没有在中心事件之内。它既与主题有关，又与主题无关，是介绍性的一场戏，所以，我们把它作为楔子来处理。

这个戏的第一个阶段是从第二场开始的。因为它是戊戌变法的开始，所以它应该是起承转合的“起”，当时光绪、珍妃对戊戌变法抱着莫大希望，充满极大信心。然而，在前进中却有种种阻力，第二场的收尾，就是以光绪决心冲破人为的阻力而告终。

第三场是“承”，也就是第二个阶段的开始。戊戌变法在向前发展，慈禧在光绪理直气壮决心变法的要求下，来了个不卑不亢顺水推舟，因此，光绪得到了推行变法的短暂机会，这是他气势正旺的一刹那。所以，第三场以胜利者的姿态下场。

第四场仍然属于第二个阶段，它也是“承”，但是，它是承前启后的关键。慈禧对光绪暂时的退让，是为了寻找借口，组织对光绪和珍妃的致命打击。第四场的结尾，表现了两种力量的斗争发展到了顶点。

所以第五场进入了“转”的阶段，也就是第三个阶段。包括第六、第七两场，都在这个“转”里面盘旋回荡。

第八场是第四个阶段，“合”。矛盾的恶性发作导致宫廷中的一代新人——光绪的精神支持者珍妃的毁灭。

六、舞台调度

舞台调度是进入排练场之后导演的第一项任务，同时又是导演的组织工作里边一项最复杂、最细致的工作。舞台调度靠什么？是靠剧本所提供的谁先上场、谁后上场来决定角色坐立的位置吗？还是靠剧本所提供的谁的话多、谁的话少来决定突出谁和不突出谁吗？角色与角色在舞台上的活动，他们随时随地变换的位置，在剧本里边是没有办法提供的。那么角色与角色在舞台上的活动，他们随时随地变换的位置，又是根据什么来决定的呢？是为了避免人物呆板或画面好看而决定他们的活动，或者是为了变换形式而决定角色的位置吗？

如果导演靠这些东西来决定他的舞台调度，那么这个导演就应该打屁股了！那不是戏，是小孩过家家。那么，舞台调度究竟是靠什么来决定的呢？我说，靠戏剧冲突，靠人物性格，靠角色的思想情绪，靠人物与人物之间的关系，靠人物的具体任务，靠矛盾的焦点，靠每场戏的思想内容，靠人物行动，这八个方面是决定舞台调度的根据。离开了这些根据，便会产生盲目性。

我们是怎样处理《清宫秘史》第一场的呢？

开幕后，两个小太监在打扫体和殿，这就表现了时间。为什么？大殿不会是每天打扫，它有一定的日子。而东西两路的内殿或内宫，也和咱住家一样，每天早晨得打扫一遍，体和殿是内殿，所以，早晨都要由小太监清扫这是比较正常的，但是，今天是皇上选后选妃的日子，照理说俩小太监应该是聚精会神地打扫才对呀，为什么这两个小太监都有点心不在焉呢？听听他们的对话，就了解他们的情绪了：

孙德：呃，我说丁公公，今儿个是皇上挑选娘娘和嫔妃的日子，怎么刚才瞧皇上的脸色，有点闷闷不乐呢？

丁宏：唉，皇上喜欢的人老佛爷看不中，皇上讨厌的人偏得当娘娘，你说皇上他心里能高兴得了吗？

孙德：听说翁同龢翁老太傅不是给皇上访到了一位才貌双全的姑娘吗？

丁宏：是呀！前两天老佛爷宣这位姑娘进宫，皇上一见就看中了。可惜这位姑娘不是老佛爷的侄女儿，皇上再喜欢，她也当不了娘娘啊！

两个小太监的简单对话交待出光绪的处境，也预示了全剧的悲剧结局。因此，这就为选妃这场喜事笼罩上一层使人感到压抑的气氛。你看李莲英上场后坐的位置，对王商的暗示，以及王商无可奈何的下场……李莲英坐了光绪的位子，说明了他的身份以及对光绪的傲慢无礼——这第一个调度就说明了李莲英和光绪的关系，再引申一步呢，是慈禧和光绪的关系。

舞台调度是根据戏剧冲突决定的。这场的中心是选后选妃，所以必须突出被召竞选的那几个姑娘，而且应该叫观众一目了然，看清穿红带绿的这几个姑娘。而这几个姑娘的次序，又有个身份地位的区别。毫无疑问慈禧的侄女得排列在第一名，而且要靠近慈禧。珍妃的位子为什么要处理得那么远呢？第一，把她处理在一个角落里，表现出她被压制、被冷落的地位；第二，象征着她和光绪的爱情受着重重的阻隔；第三，给光绪和珍妃创造了直线交流的条件，由于这两个人距离很远，又给观众造成了这两个人的爱情被阻挠的印象；第四，为突出珍妃、隆裕、慈禧、李莲英、瑾妃以及其他所有人所注视的矛盾焦点——光绪拿着的决定隆裕和珍妃命运的玉如意。

最后，慈禧、隆裕获得胜利下场后，珍妃被甩在最后一个。这样处理既符合传统的反领的舞台规律，同时给人自然流畅的感觉。当珍妃即将走出体和殿时，光绪一个人木然不动、如痴似呆地看着珍妃，珍妃完全体会到了光绪的心情，她情不自禁地转身，想看一看这个孤独凄凉、在情感上受到一次沉重打击的光绪。但是，就连回头看一眼光绪，在封建的宫廷里，也是犯规的，所以，珍妃只得用一个既包涵着无限感激的情绪，又表示对光绪安慰的深深的一个请安，去表达自己的心情。光绪凄然地挽起珍妃，既想有所表示，但又碍于皇帝的尊严和宫廷礼仪，于是就在二人默默无言的情况下——闭幕。

《清宫秘史》演出后合影

充分发挥二度创造的艺术作用

戏剧的特点是演员当众表演，直接同观众交流，并且是和观众一起共同去完成艺术创造的一种剧场艺术。但是，怎样才能真正做到和观众共同去完成艺术创造呢？显然那远远不是一个文学剧本所能完成的任务。当然只有依靠演员，因为是演员当众表演嘛。但是，当众表演只是具备了与观众交流的条件，并不等于就能和观众的思想感情交流。要做到真正的交流，必须是确实创造了一台活生生的人物，而不是在那儿做戏，才能和观众的心相通，唤起观众的共鸣，调动观众的丰富想象力，和演员一道儿去完成艺术创造。这便是戏剧的特点，又是戏剧的任务，而执行这个总体任务的是导演。

导演通过他的整体艺术构思，把演员、乐队、舞美统一到二度艺术创造的轨道上，使他们既有各自的艺术发挥，又有严格的艺术规律，才能创造出一台比较完整的戏来。但这并不意味着已经创造出一台活生生的人物，要想真的创造出一台活生生的人物，首先要求导演对文学剧本进行深刻的分析和研究，看清剧本作者的意图，了解剧本所要表现的生活背景、人物之间的现实关系和他们的历史渊源，以及整个事件中的矛盾性质，然后导演才能和人物的生活、思想、感情结合在一起，进行二度创造的艺术。

下面谈谈我是怎样完成《负子图》二度创造的任务的。

为了深刻挖掘剧中主人公马皇后的人物性格和内心世界，准

天津日报

1984年9月

29

星期六

甲子年九月初五

天津地区天气预报

白天 晴间多云

风向 西南

风力 三、四级

夜间 晴转多云

风向 西南

风力 二、三级

温度 最高 22°C

最低 14°C

昨晚，市京剧二团彩排迎国庆新剧目《负子图》。主要演员、导演、编剧在一起讨论剧情。 张寿庠摄

天津日报《负子图》

确地表现她从明王朝的利益出发，在教子建业的思想斗争中的高瞻远瞩和以大局为重的可贵行为，塑造出她的完美形象，除了深刻分析文学剧本所提供的素材之外，还查阅了一些有关资料，认真地研究马后的历史情况和她的事迹。

马皇后是安庆宿县人，父母早亡，濠州的郭子兴是其父的好友，所以她被郭子兴收为养女。公元1352年2月，郭子兴率兵反抗元朝，朱元璋投奔了郭子兴，因朱元璋有勇有谋办事果断，郭子兴将义女马氏许配给了朱元璋。马氏与朱元璋结婚时二十一岁，史料记载马皇后仁慈有智，好读史书，对朱元璋早期事业起了不小的作用。所以朱元璋登基后经常对她的妃子赞扬马后的贤德，比之为唐太宗的长孙皇后。马皇后闻知后对朱元璋说："妾闻夫妇相保易，君臣相保难。陛下不忘妾同贫贱，愿无忘群臣同艰难。且妾何敢比长孙皇后也!"马皇后的突出优点大体有几个方面：

（1）勤于内治，细心辅助朱元璋料理政事。

（2）待人宽厚，时常劝说朱元璋"定天下以不杀人为本"。

例如学士宋濂之孙宋慎被告发是胡惟庸同党，宋濂连坐要处以死刑，马后求情说：“民家替子弟请先生，尚以礼全始终，何况是天子家的师傅？而且宋濂一向住在原籍，定不知情。”元璋不许，到吃饭时，朱发现马皇后“不御酒肉”，问其原因，马后说：“心里难过，替宋先生修福。”朱元璋也为之而伤感，于是第二天特赦宋濂免死，安置茂州。

（3）重视人才甚过宝玉。朱元璋攻克元朝都城，缴获了大量珠宝，马后对朱元璋说：“元有是而不能守……妾与陛下起贫贱，至今日，恒恐骄纵生于奢侈，危亡起于细微，故愿得贤人共理天下。”她生病的时候，怕连累医生，所以连药都不肯吃。临终时，她对朱元璋说：“愿陛下求贤纳谏，慎终如始。”

（4）生活检朴。她平时只穿白绢做的衣服，以身作则，使王妃公主们知道蚕桑之艰难。遇到旱涝之年，她“设麦饭野羹”，节衣缩食。

（5）教子严格。马后常“以宋多贤后，命女史录其家法”，早晚诵读。诸王子的师傅李希颜脾气古怪，规范甚严，常用体罚惩治不听话的王子。有一次李希颜把一个小王子的额角打了一下，小王子哭着到朱元璋面前告状，朱发怒，马后劝朱说：“师傅拿圣人之道教训吾子，怎么可以对人家发怒呢？”

以上不过简单地举了马后几个性格方面的例子。只有对这些有关历史资料进行了认真的学习，才能在导演的脑子里形成一个比较完整的人物形象。作为一个导演，必须是深深地爱上了他脑子里的人物，才能掉进二度创造的生活里面去，和这个人物有同样的思想，同样的爱憎，同样的感情，同样的悲欢。唯有如此，导演才会准确地想象出他所要创造的人物应该怎样想，怎样说，怎样动，才能在舞台上创造出既有自由，又有规范的活生生的人物性格，而不是在那儿做戏。

充分调动表演的艺术手段，并吸收姊妹艺术之长加以改造，补我之短。塑造马后端庄凝重、雍容大度、贤淑善良、忍辱负重、坚韧不拔的人物形象，绝不是仅仅依靠从书本上得来的理性认识，就能轻而易举地创造出表现她内心世界的外部动作。因为凡是套用一些程式，必然是东拼西凑，杂乱无章，不可能准确地表现人物性格，更不可能形成这个人物独特而统一的艺术特点和她那独有的精神风貌。

因此，从台步到每一个细小的动作都要反复设计。例如第一场马后的上场，在第一稿的时候，我叫马后拿一本书上，出场后一边看书，一边慢步走进御花园。第二稿剧情改了，宋濂把百姓告鲁王檀屡踏青苗、箭伤牲畜的状纸呈给了马后，因此，把马后拿书上场改为拿着状纸上场，要求演员边走边看状纸。这两稿的剧情不同，马后拿的道具也不一样，但是都要求演员低头看着东西上场，这是为什么呢？是为了让人物带着戏上场，解决那种没有内容，为了让人物上场而上场的空洞程式，同时也避免一般化的上场亮相，而更重要的是为了突出马皇后的性格特点。看书上场是表现马后勤于内治，精读史书，手不释卷；看状纸上场，是表现马后关心百姓疾苦，严于教子，防微杜渐的严谨作风。利用她侧身看状，慢步向前，随着开唱前的凤点头将状纸倒手、投袖的动作，突出了她的深沉含蓄，凝重端庄。尽管她和朱元璋是患难夫妇，十分恩爱，但人物关系的处理上，我让马后仰面视君，体现马后的谦虚谨慎；对两个妃子说话，也要求语气温柔，和蔼可亲，体现她待人宽厚。尽管第一场就是教子，但从念白上，也以亲切关心、循循善诱为主，以体现她的善良仁慈。

第三场是个重点戏，而且是人物众多，线索纷杂，起伏较大，群众角色众多的戏。所以不仅在马后身上，而且在鲁王檀和曾母以及所有群众身上都下了较大的功夫。从语气到动作，从表情到身段，都一个一个地反复示范。为了既要让群众有戏，而又不能叫群众夺戏，因此必须给所有的人物都做出适当的安排，使马后有充分发挥的空间，突出她的性格和戏的主题。

所以，在第二场马后念到“摆驾红极庄”的尾音时，须以走马锣鼓和变体的【混江龙】曲牌，把观众引到鲁王檀正在红极庄行围射猎、马踏麦田的气氛中去。幕启后，用了一个农夫急切地在阴锣里给县太爷和衙役们带路，慌忙过场，交待红极庄出了大事。紧接着羽林军上场，用了一段很短的马舞，表现他们在农田里横冲直撞；鲁王檀在急急风中上场，耀武扬威不可一世；而后面曾禹和两个抬着一头死牛的农夫紧追着鲁王檀，通过无声的表演，把这个王子任意践踏农田、射死牲畜、激起群众强烈愤怒的情景表现了出来。这就是为了突出马后上场，而以简洁的手法省略了群众的唱念，给马后的大段唱腔和成段的念白留出了可以充分表演的余地。

趋炎附势的县官正要治罪被害的曾禹时，百姓愤慨，怨声冲天，突然一声低沉而苍劲的锣声，幕后高呼“皇后驾到”，马皇后在百姓山呼“皇后”声中急切而来。她见鲁王檀仍盛气凌人，在这个地方，我们叫演员用了一个双袖直向鲁王檀投去，听到百姓的呼声，迅速地将双袖收回，亲切地扶起跪在她身边的百姓。这个水袖的运用，在传统戏里边没有这样一个程式，为了突出马后对鲁王檀的满腔怒火，而又不失皇后的身份，而设计了这个动作。

由于这场戏要充分表现马后对老百姓的深切同情，不忘为建立大明而流血汗的乡亲，以及对王子的教育，所以我特别强调“你来看！耕牛被射死，麦田被践踏”一段念白的语气、节奏和表现动作。为了使动作深沉有力，富有造型化的特点，采取了慢镜头的手法，其中的“耕牛被射死”的侧身指和左腿前弓是从六合剑里面化出来的。在长达十四分钟的大段二六转慢板、原板、快板、吟板的唱腔中，身段的设计是十分困难的，因为时间太长，板式变化太多，起伏性很大。因为她是端庄凝重的皇后，动作既要符合人物身份，又要符合她的性格特点，而且还必须和音乐唱腔的抑扬顿挫合拍，轻重疾徐适度，才能使听觉形象和视觉形象和谐统一。这在传统戏和新编历史剧中，都是没有先例的。那么这个问题到底是怎么解决的呢？

我采取了在动中取静，静中有动的办法，具体地讲就是动作准确地帮助感情的抒发。在感情发展的过程中，要求动作的凝练性，这样既加深了观众的印象，又精练了动作，因此形成了动作的造型化。在慢板的大过门中，以调度抒情，这样既可以把人物处理活，而且还使群众角色有戏可做，发挥红花绿叶的作用。由于在唱段中强调针对性，所以，马后的交流对象时有变化，动作内容有的放矢，动作的幅度严密配合了唱腔的节奏起伏。因此，能够扣住观众的心弦，使整个剧场出奇的安静。当马后唱到“你又怎能封鲁王”时，观众发出热烈的掌声，最后唱到“你扪心自问想一想，怎能够对得起受害的乡亲和乳你养你的老恩娘”的时候，鲁王和曾母已经满脸泪水，观众再一次爆发出热烈的掌声，达到了演员和观众共同交流、共同创作的境地。

第四场马后“为救忠良，我死无憾”的抽袖甩袖侧身亮相的动作，第五场反二黄慢板中“凝神听风雨”的造型，以及在女声合唱“缝衣裹纷忙不闲”中的片腿小卧鱼的动作，有的是从芭蕾舞化出来的，有的是从体操中提炼的，还有的是从敦煌壁画改造的。总之，马后的身段造型和舞蹈动作，是调动了京剧生行、旦行这两个行当的艺术手段，同时吸取了其他姊妹艺术，并经过加工和改造而设计出来的。

另外，就是紧紧抓住戏剧节奏，严格掌握起伏跌宕，从锣经到上下场，从念白到唱腔，强调层次，把握剧情的起承转合。而人物造型（化装）和舞台美术与整个戏的风格，也是与主题思想和马后的性格特点相统一的。

总之，我就是这样以继承与改革的创作理念，把一台起伏跌宕、古朴淡雅、且有新意的新编历史剧呈献给观众，寓教于乐的。

《负子图》演出后合影

阿甲的导演理论与实践

阿甲的导演理论是在与否定中国戏曲艺术的错误观点的斗争中形成和发展的。20 世纪 50 年代在全国文艺界曾掀起一个学习苏联戏剧大师斯坦尼斯拉夫斯基艺术体系的运动。学习斯氏体系丰富理论知识，不论对话剧还是对戏曲都是很有必要的。这对我们进一步认识中国戏曲艺术的独特性，深刻研究它的舞台规律、美学思想是极有好处的。但是，在当时的戏曲界严重地出现了自然主义的错误倾向，把戏曲艺术以虚拟实的美学原则、表演程式，甚至连打击乐、脸谱、髯口等都斥之为违反生活的真实。这些同志企图打破戏曲艺术的舞台规律，革除表演程式，用话剧的艺术规律来改造中国戏曲。

这给戏曲界造成了无所适从的混乱局面。当时有的地方演《挑滑车》《长坂坡》等戏，连枪花下场都不敢耍了，因为有些做戏改工作的同志用斯氏体系写实的戏剧观去问戏曲演员："你说，高宠和赵云把敌人打败了，他不赶快去追杀敌人，居然在台上大耍枪花，这符合生活逻辑吗?""大枪花里的掏线岂不把马头给削下去了吗?"正是由于我们缺乏戏曲理论的研究，一下子就把演员问得目瞪口呆，所以，下次再演可就为难了，耍也不是，不耍也不是，弄得演员哭笑不得，茫然不知所措。不仅是枪花，甚至连亮相都犹豫了，因为人家提出，敌我双方打着打着，突然两个人来了个亮相，是破坏生活真实的，所以，演员在台上缩手缩脚，动作似是而非，生怕动辄得咎。

当时有这么一个笑话：一位自命一定要帮助演员找出程式的生活依据的好心同志，在台下严肃认真地看了一出《智激美猴王》，剧终后满腔热情地跑到后台，问那个扮演猪八戒的演员："来来来，咱们研究研究。你说，这个猪八戒他到底父本是猪，还是母本是猪呢?"恰巧这个演猪八戒的是个唱小花脸的，他一本正经地说："您问我这个猪八戒他父本是猪，还是母本是猪，我倒说不清，反正我猜他八成是乌克兰的种猪配的!"顿时引起整个后台哄堂大笑。说这话的是个唱小花脸的，如果是导演或团长说的，那就麻烦了，不说你是反对马列主义，也得说你对戏改工作有抵触情绪。

就是在这种情况下，阿甲站在民族戏曲美学的高度，从分析研究戏曲艺术的基本特点出发，科学地论述了戏曲艺术反映生活的特殊方法和独特的表现手段，雄辩地论证了中国戏曲艺术独具风采的现实主义本质，为反对教条主义和自然主义提供了有力的武器。在他著名的论文《生活的真实和戏曲表演艺术的真实》里说："他们往往将自然主义的东西拼命地往戏曲的舞台艺术里塞进去，理论根据自然是现成的，就是任何人也不敢反对的那两条铁打的原则，一叫'内容决定形式'，一叫'从生活出发'。这两句放之四海而皆准的普遍真理，一经教条主义者的理解，具体运用在戏曲艺术上，就要求演

阿甲

员在排戏、在表演的时候，反对运用‘程式’，认为一个戏的形成，一个角色的性格外形，只能在排演场中在导演的启发下，根据角色的体会而后自自然然地产生出来。这叫‘从内心到外形’，有了‘内心活动’自然产生完美‘外形动作’的说法。”

记得当时一位做戏改工作的话剧导演用斯氏体系的体验方法给我们排《皇帝与妓女》和《黄巢》等戏，由于基本上革除了表演程式，不仅在排练中演员和乐队都感到手足无措，不知如何是好，到了舞台上面，具有丰富表现手段的演员也失去了往日的光彩。因为着力于内心体验，追求生活的真实，消灭了那些程式动作，所以“举动节奏含糊，静止不讲塑形”，该停顿的地方没有停顿，该夸张的地方不敢夸张，内心的体验无法表现出来，造成台上尴尬，台下着急的局面，最后使观众乘兴而来，败兴而归。这就是照搬斯氏体系，认为只要沉浸于角色体验之中，就会产生那个角色的真实舞台形象的实践结果。

就在戏曲演员无所适从、戏曲艺术彷徨不前的时刻，阿甲严肃指出：“问题是做一个戏曲工作者，特别是导演工作者，不管你谈生活体验也罢，谈现实主义创作方法也罢，应该要求你懂得这一门艺术的特殊规律。绘画、音乐、舞蹈、文学、戏剧，都要体验生活，也都要学习现实主义的创作方法，这是共同的真理。但是当它创作时，是按照自己的特殊规律运用自己的特殊手段来完成的，不然还有什么艺术形式呢？世界上没有一种创作方法可以脱离具体的艺术实践的，也没有一种艺术实践可以脱离它自己的表现手段的。”

中国戏曲艺术的特殊表现手段程式，是贯穿于剧本的创作形式，舞台的表现方法，生旦净丑的分类，服装道具的样式，人物化装的类型，弦管锣鼓的曲牌等各个方面的。上述任何一个方面，都有其独立的程式。如戏曲的剧本创作，绝不是选材、立意、组织戏剧情节、创作诗化语言等等，还须熟悉它的舞台艺术规律，否则你就找不到安排唱念做打的契机，舞台分场的法则，尽管你的剧本主题鲜明，语言生动，人物也有性格，情节也很感人，但是，它不符合戏曲的特殊逻辑，就难以搬上舞台，只好做一个专供读者阅读的文学剧本。戏曲对导演的要求则更为复杂，他不仅需要具有较高的文化素养、历史知识和美学修养，更要掌握剧本的创作规律，精通以虚为用的表现方法，唱念做打的程式特性，音乐曲牌和锣经的功能，以及人物化装、服装道具等等，才能驾驭那些独立性很强的各种程式，引导其找到适合的位置：一方面要求它们有组织有纪律地遵守舞台统一性的约束，成为一个有机的整体，另一方面又要求它们为塑造人物的表演艺术发挥各自的优势。这种既有统一意志，又有相对自由的高度综合艺术，如果没有一个精通戏曲程式的高明导演，是不可能驯服那些顽强表现自己的各个方面，因而也无法将它们巧妙和谐地结合起来，完美地塑造人物形象，揭示主题思想，给观众艺术的美感。尽管在那些历史遗留下来的传统戏里，没有导演这个职称，但实际上是由优秀的教师或高明的主演发挥着导演的职能，否则中国戏曲便无法成为高度的综合艺术。所以，阿甲在《再论生活的真实和戏曲表演艺术的真实》一文中再次强调说："所谓程式是什么呢？它是戏曲表现形式的材料，是对自然生活高度的技术概括。它有很强的技术性，有完整的技术结构，可分可合，你如不掌握它，就不能把戏演好。中国戏曲舞台那样无限自由的表现形式，是靠严格的程式将它规定好了的。正是因为表演的程式准确、严谨，才能把舞台的空间自由、时间自由表现出来，虚拟的环境和情景，才能感觉得到。如果没有规定的程式，或者程式掌握得不准确，那个舞台形象，就成为不可捉摸、不可理解的东西。因此，程式和表现不能分开。没有掌握程式，也就没有掌握住表现能力。”

阿甲以科学的理论帮助戏曲程式甩掉了形式主义的帽子，然而程式与生活的关系呢？他一针见血地指出：程式来自生活，但不是生活的摹拟放大，它有想象，有夸张，有省略，有装饰，还有变形。这一系列的精辟论述，使一直处于朦胧状态的戏曲演员豁然开朗，找到了把生活变成戏曲程式的途径和方法，使那些企图用写实的话剧表现方法改造戏曲的人们哑口无言。

阿甲理论一个最大的特点，就是它是从他那丰富的艺术创作实践中一点一滴地总结、概括出来的，因此，他的理论基础非常深厚宽广。这一方面是由于他早在延安时期就致力于平剧（京剧）的艺术创作和大量的舞台实践，并在实践中融汇各家表演艺术之长，对戏曲程式和舞台规律进行了深刻的研究和深入的探索；另一方面，他有较高的马列主义水平，以辩证唯物主义的思想方法研究古今中外的艺术理论和传统戏曲的美学原则，同时旁征博引，将书论、画论贯通于戏曲艺术之中，融于一炉。他的理论哲理性强，但又深入浅出、通俗易懂，生动感人，读来十分亲切。正如他的为人一样，是那么真挚、诚恳、热烈、深沉。

中国戏曲的表演程式之所以比生活的自然形态更为强烈感人，是因为它不仅具有形式和韵律的美，而且它还有一种特殊的味道。一个高明的导演导出来的戏，也应该像那些表演艺术大师一样具有一种区别于一般的特殊味道。这个特殊的味道，就是导演的特殊功力，最后也是演员的特殊功力。阿甲导演的《赤壁之战》《白毛女》《红灯记》，包括为天津京剧团和江苏省昆剧院导演的《火烧望海楼》和《朱买臣休妻》，都使人感到有一种特殊的味道。

关于现代戏，一些艺术家早就想以戏曲艺术形式去表现现代生活。梅兰芳在青年时代就曾大胆地排演了时装戏，后来又出现了文明戏。由于内容和形式得不到和谐统一，所以，都没有取得成功。就是建国后以京剧形式排演的现代戏，也有许多因内容与形式不太协调，被大家叫作话剧加唱。从梅兰芳的时装戏，到1964年全国京剧现代戏观摩演出，大约四十年左右的时间，一直被人视为畏途的重大课题——现代戏中的程式与生活的矛盾，终于在《红灯记》中完美地解决了。《红灯记》的最大成功之处，是从剧本结构、舞台表现、唱念做打到音乐伴奏、锣鼓点子，都是密切结合着生活体验去加工、创造的，所以，无一处不是内容与形式的完美结合、程式与生活的和谐统一。它不仅使唱念做打各得其所，充分发挥了程式的巨大表现力，同时展示了阿甲对中国戏曲艺术的现实主义本质的真知灼见。《红灯记》的成功，使古老的京剧以崭新的面貌出现在观众的面前，提高了京剧表现现代生活的审美价值，一下子把京剧艺术推到了一个新的高度。这个飞跃，应该说是一个巨大的历史贡献。

程式与生活的多年矛盾，在《红灯记》中是怎样解决的呢？例如，李奶奶第一次出场，是采取幕一拉开便表现人物动作的方法，而这个人物是个年逾花甲的老太太，她的动作又是划火柴点油灯。假如在传统戏里这样的动作只能用小锣配合，但是，这不仅是现代戏，而且李奶奶在这个戏里是个很有分量的特殊人物，因此就不能用小锣来配合她的动作，必须用大锣才能打出她的分量，表现她内心的沉重和动作的韵律。可是根据这场戏的规定情境，既不能用长锤，又不能用纽丝，也不适于用导板，那么究竟用什么点子，才既能恰当地解决上述问题，又能使大幕拉开的速度统一在舞台节奏之中呢？这就是导演如何选择程式、运用程式的问题了。阿甲运用了一个凤点头，在这个凤点头的第一锣开始拉幕，到了第二锣的时候，幕已徐徐拉开，李奶奶正在桌子旁边划火点灯，随着点灯，舞台升光，灯也点着了，光也给够了，李奶奶利用掷火柴的动作，恰好在末锣中转身亮相。凤点头和亮相都是戏曲的固有程式，可是在凤点头的程式中给李奶奶设计了划火、点灯、扔火柴的动作表现现代生活，这就为旧的程式注入了新的生活，而这个新的生活又在程式的规范之中，所以，她在末锣转身亮相，既是划火、点灯、扔火柴的动作归宿，又表现了节奏和韵律的美。就是这么一个普普通通的凤点头用在此时此刻，就变成了富有特殊意义的锣经了，它既解决了拉幕的节奏，又贴切地烘托了李奶奶的动作、心情和这个革命老人的分量。这个看似很小的细节，实际上既是个舞台表现方法问题，又是个程式与生活的关系问题。由于运用得巧妙，所以，给人感觉那么贴切自然，顺理成章。

又如李铁梅从刑场归来失魂落魄，像这种特殊的精神状态，用什么锣鼓点子烘托呢？如果按照一般搞现代戏的想法，恐怕是大提琴、中提琴、定音鼓、小提琴和铜管、木管都得用上去，因为这是现代戏嘛，不用大乐队怎么能把铁梅的悲痛欲绝、失魂落魄的精神状态表现出来呢？如果真的这样做，恐怕会适得其反。因为不仅仅是个前后的音乐形象不统一的问题，而且这个庞大的乐队所形成的那堵墙，会把演员的那点精彩表演全部吃掉。因为它是京剧，不是舞剧，也不是歌剧，它们的表演不同，所以，就应该运用不同特点的音乐去烘托演员的表演。阿甲在这里只用了一个撞金钟，其实这也是传统戏里司空见惯的程式，但是，用在这里非常恰当地衬托出铁梅此时欲哭无泪，双目呆滞，两眼发直，身不自主的特殊精神状态，等到大锣一停，铁梅突然喊了一声“爹——!”这声撕心裂肺的呼声，像黄河决口，火山迸发，一下子把观众带进悲愤的氛围中去了。

关于京剧表现现代生活的困难问题，阿甲曾说，“就在于既要表现京剧的艺术特点，又要反映生活真实；既不能因表现京剧

万鹏　阿甲

的特点而歪曲生活真实，又不能因表现生活真实在形式的运用上采取一种自然主义的观点，降低甚至取消了京剧艺术鲜明的特色。”

阿甲的理论是建筑在实践的基础上，反过来他又用自己的理论去检验自己的艺术实践，从宏观到微观，从原则到具体，扎扎实实，博大精深。

原载《戏曲研究》第27辑

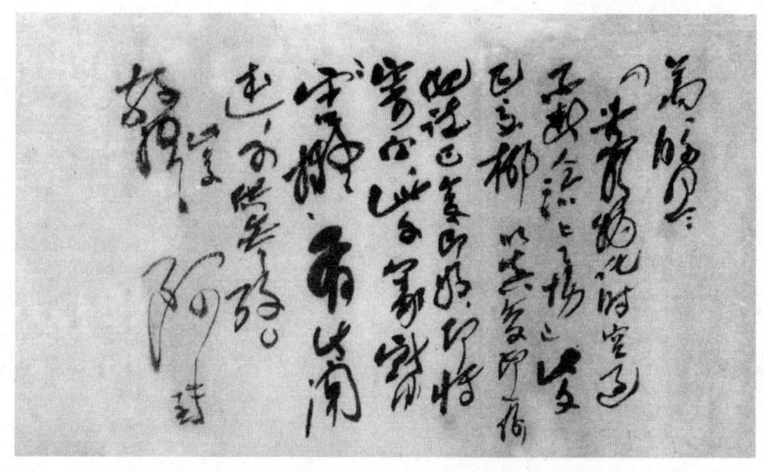

阿甲信函

诗词作品

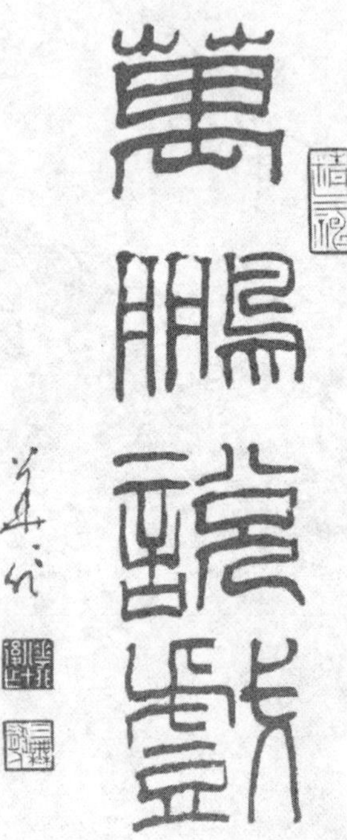

除夕吟

那见玉鼎香添久，不闻铜壶滴下音。稚子分争喧竹爆，小婢推让抹朱唇。辞岁倾杯皆未醉，醉汉何独撞老新。一夜院中有哭笑，可怜鼻尖留斑痕。

1961 年除夕作于河北

"弘和毅"：

弘，是不固执己见，宽大和包容。毅，是一种坚持到底、锲而不舍的力量。这两个字的含义有相矛盾，能"毅"的往往不能"弘"，能"弘"的又往往缺乏"毅"，如果把"弘"与"毅"的矛盾统一起来，那就是既能择其善而从之，兼收并蓄，又能坚持到底、锲而不舍，这是很不容易做到的。

万鹏硬笔书法

返鲁省亲复下江南有感

易水河畔风未寒，送行亦非太子丹。师徒别离不垂泪，砚生依依默无言。告别燕山渡渤海，群鸥飞舞护航船。辗转床前思昨事，人有离合与悲欢。大浪涛涛难入梦，万家灯火烟台山。堂上奉母温新酒，阶下小儿扫庭前。母慈妻孝春晖暖，友人对酌酒兴酣。融融乐事三五日，复别萱萱下江南。

作于1962年秋

万鹏弟子张砚生书法

人生若浮萍

冒雨入金陵，访友不虚行。方苦乏时刻，途中遇梁兄。叩门惊满客，寒暄语重重。去岁蟹佐酒，何期复会宁。风云孰能测，人生若浮萍。江安载北客，尽闻苏皖声。舱中布棋局，忆起常谷兄。河北别老幼，难抑感伤情。滚滚长江浪，一夜过铜陵。

1962 年秋作于安庆

赠万鹏溥松窗　山水

怀念周总理

举世哀惋巨星陨，中华痛惜大树倾。四海悲鸣淌热泪，五岳呜咽更伤心。人民敬爱周总理，胜似儿女爱父亲。刀丛剑树历艰险，代表我党正义伸。踏遍五洲留足迹，才得天涯若比邻。大公无私亲者疏，光明磊落照乾坤。您为祖国心操碎，鞠躬尽瘁为人民。神州八亿齐赞颂，千秋万古一完人。总理精神共日月，浩然正气天地存。光辉一生载青史，世代永远怀念您。

1977 年 1 月 6 日作于青岛

《清明雨》戏报

沙滩变成金银滩

一

老支书，话当年，漫步走进苹果园。怆然慨叹旧社会，无数饿殍飘沙滩。

二

渤海边，白沙滩，风卷飞沙洒满天。聂家刮出三里远，重重流沙覆庄田。

三

望村南，叹耕地，岩石裸露土层稀。牛拉犁杖汗如雨，一亩三分断耕犁！

四

九年旱，十载干，世代泪水浇枯田。清流激醒心头梦，跑遍百里无山泉。

五

咽风沙，食野菜，忍见儿女骨如柴？地主摘去心头肉，饿死沙丘无人埋！

六

毛主席，解救咱，推翻头上三座山。组织起来闹革命，齐叫沙窝换新颜。

七

议方案，绘宏图，根治沙滩栽果树。五里之外挑新土，六次失败信心足。

八

创大业，何惧难，顶风冒雪整农田。滴滴热汗汇成河，搬出石头堆成山。

九

打大井，浇良田，千张银镐万把锨。我刨你铲他挑担，支书砸开花岗岩。

十

凿井壁，空中悬，人流上下迭盘旋。往返十万八千里，打出口口地下泉。

十一

树成林，郁葱葱，七治沙滩见战功。枝繁叶茂两千亩，碧海白云苹果红。

十二

粮油果，大增产，圈里肥猪早过千。林牧副业齐发展，日子越过越觉甜。

十三

敬老院，幼儿园，免费联中队里办。生老病死集体管，今日饮水要思源。

十四

学大寨，开新篇，誓把高峰再登攀。步步紧跟华主席，沙滩变成金银滩。

1977 年 3 月 16 日写于蓬莱县聂家大队

大寨花开下丁家

春风吹笑凤凰山，
喜看层层铺绿毯。
彩虹飞挂半腰上，
愿听渠中水流潺。
马尾松针似翠羽，
笔直白杨欲钻天。
果树相竞吐嫩芽，
跃进歌声入麦田。
田间遍洒人造雨，
沟沟有水库库连。
山上开出金光道，
山腰造成小平原。
喝令铁牛去耕地，
穷山变成米粮川。
大寨花开下丁家，
真是一步一重天。

1977年3月10日作于下丁家接待站

清明节前怀念敬爱的周总理

去岁噩耗肝胆裂，
惊心动魄欲断魂。
头上青天天倾覆，
心中巨星星坠陨。
日月黯然失颜色，
大地凄然更伤心。
江河滚滚涌热泪，
五岳颤颤放悲声。
呼号总理且留步，
您有华夏八亿人。
我辈是您儿和女，
儿女怎舍离父亲。
年年八一建军节，
南昌枪声似犹闻。
艰苦卓绝长征路，
遵义城中定乾坤。
西安谈判誉中外，
代表我党正义伸。
刀丛剑树何所惧，
屹立渝宁叱风云。
万隆会议举世惊，

中华巨人露峥嵘。
踏遍五洲留足迹，
实现天涯若比邻。
日理万机夜劳心，
内外重任系一身。
鞠躬尽瘁为革命，
大公无私为人民。
一生光明多磊落，
万古千秋一完人。
丹心可比日月长，
精神永在天地存。
革命精神洒神州，
神州大地云回春。
待到三春花似锦，
百花丛中唤醒您！

余来此搜集创作素材，蒙站长张毓敏同志及全体接待员热情关怀，大力支持。特别在元宵节之联欢会上均对总理万分怀念。余1月6日曾为总理作七言古诗一首寄托哀思，因青年朋友索去，一时回忆不全。由于怀念总理，感情激动，反复床前，辗转不能寐。夜半披衣命笔，诗成三十六句。为了共同缅怀敬爱的周总理，故赠接待站全体同志。

1977年3月写于下丁家

举杯天地酬

戊辰年夏，首次接二弟万程自台湾来信，并照片数帧，恍如隔世，悲喜交加，回首前尘，感慨万端，故慨然命笔。

风雨数十秋，茫茫一孤舟。沉浮惊涛里，生在死中求。梦寐常相忆，书信无处投。发齿早落半，辗转始通邮。捧书盈热泪，睹影扫旧愁。儿女皆英俊，弟妹定贤柔。伯仲堪欣慰，亡亲当无忧。且待团圆日，举杯天地酬。

（发表于《芝罘诗词》）

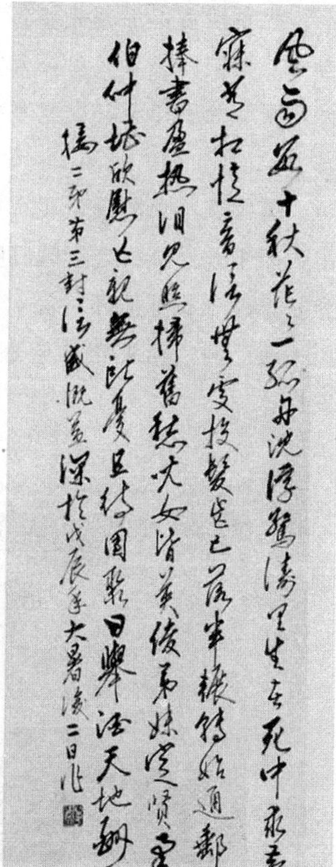

万鹏　举杯天地酬　手稿

花甲前夕

虎年即去，丁卯将临，静如在烟台出院后，盼我春节早归，与妻儿团圆。船票买后，大雾弥漫，飞雪连绵，一连数日船不能开，眼看除夕即至，令我不知所措，如坐针毡……

雾锁苍穹总阴霾，飞雪连绵万里白。任你归心直似箭，风高浪大船不开。临行老妻曾叮嘱，春节望你早归来。深知静如病难愈，怎能令我不挂怀。食不甘味心无绪，如坐针毡自徘徊。且喜风平浪已静，船头翘首望烟台。老妻微笑堪欣慰，酒肴儿女正安排。

静如　万鹏

青岛访齐欧

雪压崂山难寻路，潮音瀑下宿茅庐。
休怪蒲公写狐鬼，果有鬼狐夜同哭。
悲天悯人声凄惨，山泉怒泻千丈瀑。
日夜如斯十年整，金鸡一唱返津沽。
十二年来勤牧作，深知老马尚识途。
惜乎日暮斜阳晚，痛感秋山黄叶疏。
两鬓斑斑思故旧，万般情切过胶州。
栈桥侧畔匆匆过，新楼旧地访齐欧。

1987年秋作于青岛

（发表于《芝罘诗词》）

张洪千　观瀑图

忆继青“三梦”有感

因梦成戏《牡丹亭》，写尽千古女儿情。
试问谁演丽娘好？汤翁笑曰属继青。
痴梦虽系非非常，买臣何苦太绝情。
欲知继青绝妙处，庄周梦蝶物化中。

1988 年春作于天津

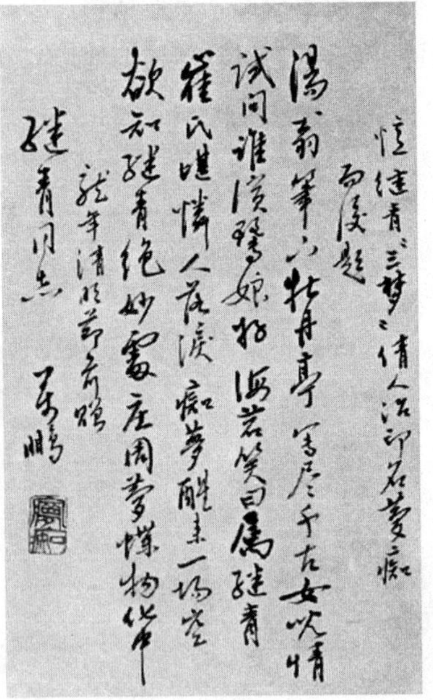

万鹏　忆继青三梦

期　望

江南山水秀，人杰地才灵。
历代出才子，菊坛育精英。
水磨魏良辅，《浣纱》梁伯龙。
昨有《十五贯》，今有张继青。
三梦阳春曲，四海赞声同。
知音多期盼，翘首聆新声。

1988年春作于天津

张继青《牡丹亭》

母亲颂

巅巍巍五岳三山，
苍茫茫黄土高原。
流不尽的黄河归大海，
淌不完的长江汇百川。
绿油油的橙橘树啊，
白皑皑的林海雪原。
伟大的祖国啊，
敬爱的母亲！
您纵横几万里，
您上下五千年。
您养育了多少好儿女，

万鹏小儿参军后全家人合影

大禹、屈原、司马迁，
岳鹏举、辛稼轩，
文天祥、孙中山，
当代班超千万万，
古今无数花木兰。
英雄国度孕育出英雄儿女，
英雄儿女装点出壮丽河山。
伟大的祖国啊，
敬爱的母亲，
请接受儿女们无私奉献，
请听听儿女们的衷心祝愿，
祝愿您必然繁荣富强，
祝愿您更加光辉灿烂。

1988年12月30日

（发表于《芝罘诗报》）

鹊桥仙

1988 年，天津第二附属医院确诊静如为尿毒症后，她要求回烟台住院治疗，因为她思念烟台的子女，故陪她回烟，住在中医医院。我服侍她一月左右，因天津有事，故命子女替我照料，独自返津，心悬两地……

只身归来，书斋惨澹，面对凄凉一片。往日温馨都不见，只剩下纸墨笔砚……咸也不咸，淡也不淡，尽是无限辛酸……老妻卧病烟台山，白发人地北天南！

1989 年元月作于天津

孙其峰　漱石斋

梦后吟

满月空虚，书斋黯淡。
尽管是囊中充实陈设依然，
难填补巨大失落感……
你随我南征北战，
风雨同舟患难几十年，
方安居海地华山。
转瞬间，人去楼空凄凉一片，
日落西山，离别最堪怜！

1989年1月6日作于津舍

（注：海地华山，即天津河西区小海地华山里）

王学仲　人物

为了人间幸福

我虽然备受艰辛，历尽磨难，
但我从不怨地，也不恨天。
为了人间幸福，我愿无私奉献，
让自己化作春风，
融冰雪，驱严寒，
吹绿大地，给人温暖。
把自己化作雨露，
催田苗，润田园，
让百花争艳，让万木参天，
让莺歌燕舞，让春满人间。
只要换来人们的欢颜，
愿承受更大的艰辛，
更大的磨难！

1989 年元月 7 日作

华非　鹏程万里

己巳年前

难挣脱无形羁绊，
心沉重一筹莫展，
闷坐书斋形影单。
咸也不咸，淡也不淡，
只觉有无限辛酸。
满腹心事千斤重，
无法对人言……
归来两月未满，
转眼临近年关，
芝罘妻儿盼团圆，
我却进退两难。
岂畏那旅途颠簸，
地冻天寒，
最担心雾海速慢前途渺茫，
再返津门更心烦！

作于1989年1月28日

一宫偶遇

原天津报界记者，丑行名票孙老乙，早年常来我家做客，后别津门，改名孙圣华，长居上海。久未谋面，不期四十几年后在一宫相遇，故约他到寒舍便饭，即兴成诗一首。

津门一别数十冬，风风雨雨任飘零。攻文习武继父业，艺途坎坷荆棘生。长城内外多辗转，三下江南未相逢。如今两鬓皆似雪，谁知偶然会一宫。

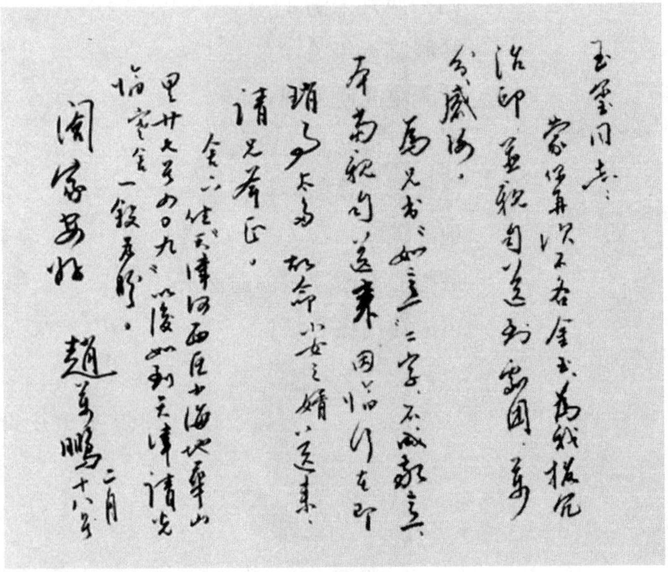

玉堂同志：

蒙您再次不吝金玉为我拨冗治印，并亲自送到寒舍，万分感谢。

为兄书"如意"二字，不成敬意，本当亲自送来，因临行在即，特烦太太与小女之婿送来，请兄斧正。

余小住天津河西区小海地华山里廿六号四〇九，以后如到天津请光临寒舍一叙为盼。

阖家安好

赵万鹏 二月十八日

万鹏　信函

略似程门立雪人

人云乃彭多骄傲，
四句散板即知音。
三上华山缘求教，
略似程门立雪人。

1988 年作于天津

（注：华山，天津小海地华山里）

万鹏教杨乃彭《战太平》

授杨乃彭《战太平》

华山楼上习台步，
排练场中练身形。
余派功架谈何易，
风骨藏在气韵中。
溽暑被靠拉戏苦，
哪知卸靠更吃功。
刚劲挺拔寓傲骨，
花云至死亦英雄。

1989 年作于天津

（注：华山，天津小海地华山里）

万鹏观杨乃朋《战太平》后合影

我终生把你思念

四十三年前，
我们相识在松花江边。
你和你名字一样美，
樱子！你美得多么和谐自然。
你是一颗火种，
点燃了我心底的爱情火焰！
晨曦中我们徘徊在北山脚下，
星光里我们默立在松花江边。
手携手，
肩并肩。
真相爱，
多缠绵。
你听得见我心底的呼声：不分离，
我看得出你眼里的语言：难难难！
为什么非要你舍弃恋人？
为什么不许你留在我身边？
为什么？
为什么？
我们是无辜的青年，
战争的罪恶与我们何干？
心贴心，心心在颤抖，

泪与泪，交流在腮边。

我疾声呐喊，

为什么把我们拆散?!

四十三年梦萦魂牵，

樱子！我终生把你思念……

作于 1990 年

我终生把你思念

赵万鹏

四十三年前，
我们相识在松花江边。
你和你名字一样美，
樱子！你美得多么和谐自然。
你是一颗火种，
点燃了我心底的爱情火焰！

晨曦中我们徘徊在北山脚下，
星光里我们默立在松花江边。
手携手，
肩并肩。
真相爱，
多缠绵。

你听得见我心底的呼声：不分离，
我看得出你眼里的语言：难！难！难！
为什么非要你舍弃恋人？
为什么不许你留在我身边？
为什么？
为什么？
我们是无辜的青年，
战争的罪恶与我们何干？
心贴心，心儿在颤抖，
泪与泪，交流在腮边。
我疾声呐喊，
为什么把我们拆散?!
四十三年梦萦魂牵，
樱子！
我终生把你思念……

万鹏　手稿

挽李小春

得翁舅真传，允文允武，出类拔萃。集余杨风范，昆乱不挡，一代英才。

1990年8月作于天津

李小春之父　李万春《牡丹》

李小春之舅　李少春剧照

挽李公秉谦

一身布衣，大半生任劳任怨，做小公仆。两袖清风，几十年克勤克俭，是大好人。

1990年11月作于天津

李秉谦　戏装人物

一出《夺斗》满堂红

文华久在江湖中，台板之上逞英雄。
不学张来不学厉，专学赵派《走麦城》。
梁斌看后发观感，宗一撰文写剧评。
再学《千里走单骑》，《截江夺斗》下苦功。
难在先改身上范儿，韵味蕴藏动静中。
尚香改为当家旦，赵云亦非苦表功。
晓之以情喻之理，子龙据理来力争。
对口快板不相让，高潮迭起胜《坐宫》。
唱念做舞皆繁重，昆乱和谐一体中。
徽班进京二百载，群英荟萃聚港城。
别开生面人惊异，一出《夺斗》满堂红。

1991 年作于天津

（注：学张指张世林，学厉指厉慧良，学赵指赵万鹏）

董文华 尚明珠 香港演出《截江夺斗》

文匯報

WEN WEI PO

特稿

中國京劇名家續作匯演

四齣折子戲迷人醉

截江奪斗滿堂采 李世濟程腔迴腸

香港文汇报

雪后行前

雪后日月无光彩，
天低云暗遍地白。
可怜归心直似箭，
然恨迟迟船不开。
渡海岂为观风景，
试将老叶落烟台。
此行肩上担重任，
谁能尽解我胸怀。
且喜知音结伴去，
舱中对酌忧可排。
熟料行前又变故，
彼此寂寞奈何哉！

1991 年 12 月 26 日作于天津

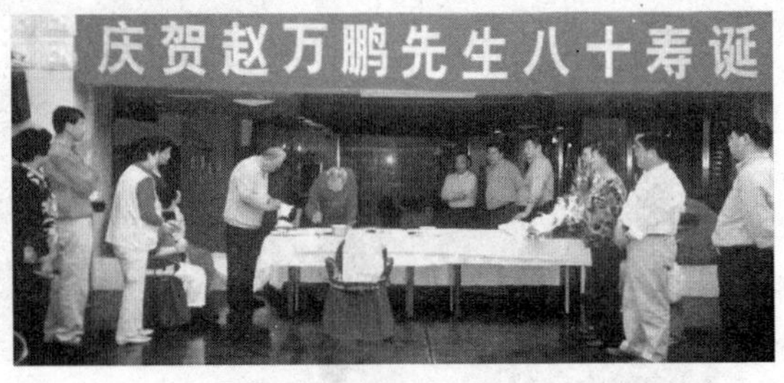

万鹏书写华非站右旁

张裕堪称果酒王

——为张裕葡萄酿酒公司百年大庆题七言绝句一首并书

葡萄美酒酒飘香，
金奖白兰琥珀光。
举杯能醉五湖客，
张裕堪称果酒王。

作于 1992 年

张裕公司百年庆典　万鹏赠字画

独步盘山下

1993年五一节，天津部分书画家应邀赴盘山旅游，作书绘画。晚宴隆盛，劝酒频频，高谈阔论，沸反盈天。余不堪其扰，借机逃席，月下独步，怡然自得，遂成此诗。

书罢开华宴，辉煌醉月轩。金樽美女执，主人语喧阗。频频来敬酒，礼多客也烦。借机悄然去，潇洒明月天。独步盘山下，影随我身边。白云伴我行，百鸟入林眠。柳醉春风里，花睡篱笆前。虫声饶有韵，泉水声潺潺。山村闻犬吠，疑身武陵源。怡然多自得，诗意蕴心间。华堂无佳作，陋室有名篇。自古诗书画，师法大自然。

（发表于《芝罘诗词》）

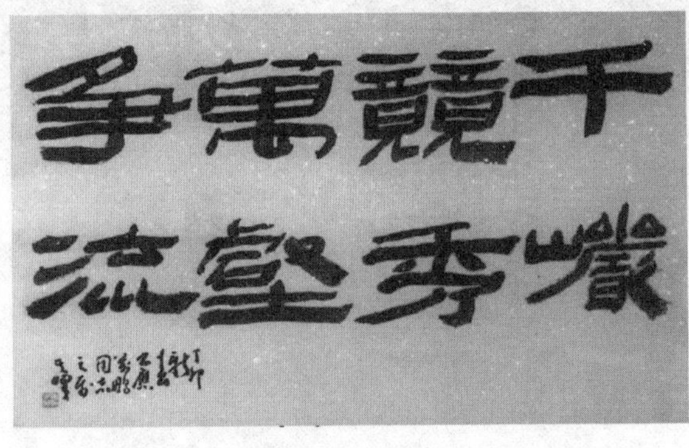

孙其峰　书法

诗意蕴林泉

书林万卉相斗艳，
墨海千帆竞争流。
方家笔下龙蛇走，
面对盘山写春秋。

作于1993年五一节

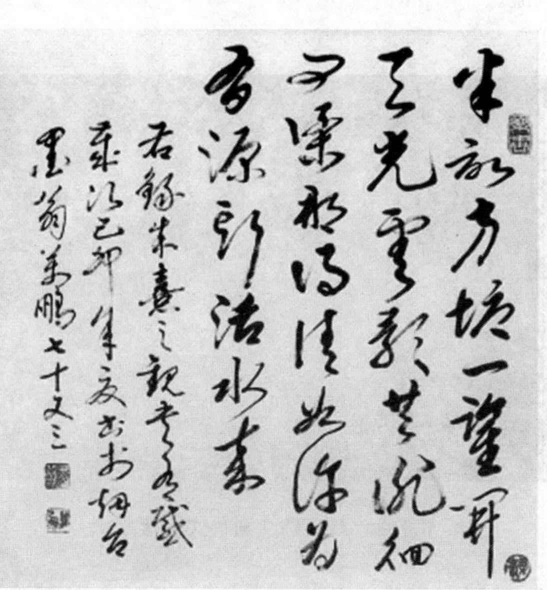

万鹏　书法　半亩方塘

不如醉瘦任风流

1992年6月28日乘船返烟，到烟后听俊文说方月珠患癌症。雁宾来说，月珠肺癌已到晚期。七月初二雁宾陪我到四〇七医院探视月珠。触景生情，悲从中来。归家后，百感交集，夜不能寐，辗转床前，感叹人生，随作诗一首。

艺海沉浮数千秋，严霜催白少年头。老骥伏枥终何用，不如醉瘦任风流。

方月明　赵万鹏　刘俊文　唐雁斌

吾愿甘为孺子牛

阔别四十三年后，疑是梦中临锦州。
姑侄重逢非是梦，似梦非梦白了头。
笑声饱含辛酸泪，凌川共泪同下喉。
狂飙落后沧桑变，多少英雄志未酬。
唯我宝刀尚不老，七旬力斩蔡阳头。
六十昼夜传技艺，吾愿甘为孺子牛。

1996 年元月作于锦州
（发表于《芝罘诗词》）

万鹏传艺唐韵笙女婿赵乃义

并州行

小别津门又一春，元宵节后并州行。
五台参禅诚愉悦，艺校传经亦苦辛。
细刻精雕期至善，千淘万漉务求精。
相夸未必知音者，知我真兮唯江云。

1996年元月作于太原
（发表于《芝罘诗词》）

万鹏传艺

朝五台山

名胜五台山，千古佳话传。
早欲朝圣地，妻病将身缠。
授艺来三晋，《坐宫》苦周旋。
汉云知我意，讨得局长笺。
心驰神已往，车似箭离弦。
徜徉碑林内，夜宿文博苑。
晨炊未果腹，徒步忙参禅。
先拜五郎庙，再把七佛参。
登上菩萨顶，冒雨抄楹联。
山间寻古刹，禅师立庙前。
朗声召唤我，口称有因缘。
汝当入佛门，潜修还本源。
即行归依礼，随师诵真言。
浑如梦境里，身在清凉山。
我本普陀小沙弥，堕入红尘七十年。
幸得汉云来相助，三塔寺中拜照园。
五台之行天作合，善缘佛缘前世缘。
诞辰应改归依日，四月十九丙子年。

1996 年春末作于太原

（发表于《芝罘诗词》）

登黛螺顶

黛螺顶上白云飘，
不老仙松竞比高。
俯瞰群山抱万壑，
淡绿弥青雾沼沼。
唯独顶上天朗朗，
恰似霞光映汉霄。
若非宗文扶持我，
古稀之人能自豪？

万鹏山顶一览

愿汝争做女强人

丽丽赴美前夕，为其送行，故写此诗以赠。

相识《清明雨》纷纷，刻划艾萍感情真。发现人才当重用，视而不见何原因？深谈方知遭排斥，因其不是门里人。一生爱管不平事，助其寻师为学荀。逆水行舟《香罗带》，登台《挂画》备艰辛。《红娘》《二尤》《韩玉姐》，慷慨荐其入荀门。召之即来挥之去，怎不令其忒伤心。毅然踏上异邦地，愿汝争做女强人。

1997 年春作于天津

万鹏与学生杨丽丽

神怡梦稳到白头

无忧无虑无所求，
何必斤斤计小谋。
明月清风随意取，
青山绿水任遨游。
知足胜过长生药，
克己愿为孺子牛。
切莫得陇犹望蜀，
神怡梦稳到白头。

1997 年春作于天津

霍春阳　花草

水调歌头·重游上海滩

秋色江南晚，南北各一天。阔别三十七载，重游上海滩。呜呼金波已去，少朋离了人间，不堪忆当年……宫扬今何在，秀明落哪边？　　沧桑变，换人间，须发斑。少儿京剧会演，小徒戏刚完，突然长礼出现，紧拥抱，互无言，故交五十年……“但愿人长久，千里共婵娟”。

1997 年作于上海

（注：金波即沈金波，曾在京剧影片《智取威虎山》中扮演少剑波；少朋即京剧言派言菊朋之子言少朋；宫扬名刘宫扬，四五十年代上海著名武士；秀明乃沈金波夫人徐秀明；长礼即京剧著名演员马长礼，曾在京剧影片《沙家浜》中扮演刁德一，京剧影片《秦香莲》中扮演陈世美。）

万鹏与马长礼上海相遇

莱阳赏梨花

梨园子弟赏梨园，漫步沙田林海间。
玉嵌冰雕看不尽，银装素裹望无边。
树王千岁根犹壮，蓓蕾三春花更鲜。
喜见新苗多茂盛，前程似锦灿尧天。

（1997年发表于《芝罘诗报》，重发于《芝罘诗词》）

万鹏赏梨花

夕阳欲下当奋蹄

老骥伏枥志千里，夕阳欲下当奋蹄。
日行千里能见日，夜走八百不足奇。
身怀技艺当奉献，苍天何故苦作难。
老妻沉疴二十载，日落西山甚堪怜。
爱女又得不治症，千难万难我担承。
沪宁晋冀皆聘请，肩负重担怎远行。
我今七十已有二，争分夺秒笔作耕。
暮年更当多勤奋，只为后人留汗青。

1998年秋作于烟台

万鹏写作

点绛唇·犹作天涯想

古庙兀立，四面临风塔山上。极目远眺，浩瀚横烟浪。情怀未老，犹作天涯想，空惆怅……年华虽暮，望重游四方。

1998年中秋节后作于烟台塔山庙前

融合中外，千姿百态

艺术和普遍联系

在世界艺苑中，各民族的艺术，都具有不同的特色。

同样是绘画，我国的国画，历来以写意为主，着重运用线条传神；欧洲的油画，偏重于写实，注意结构、明暗，形象真实。

同样是音乐，东方的音乐，悠扬婉雅，以旋律动人；西方的音乐，和声丰富，节奏多样，激发人的情感。

同样是舞蹈，印度的舞蹈，善于以手势作为舞蹈语汇，婀娜多姿，表

万鹏手稿节录

水调歌头·悼静如

五十年相伴，恩情重如山。沉疴二十载，朝夕心不安。医无回天之力，哪有妙药仙丹？哀哀问苍天……静如飘然而去，舍我自长捐！　　凝泪眼，身如绵，泣无声，撕心裂肝！眼前一片茫然……当年创业维艰，辗转地北天南，你伴我身边。风雨同舟济，患难五十年！

1999 年 11 月作于烟台

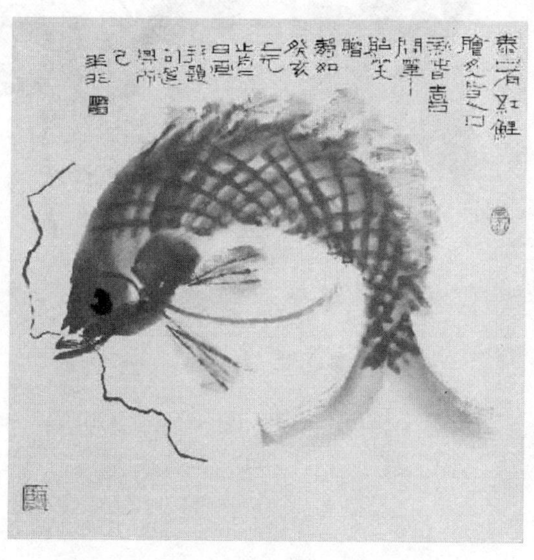

华非赠静如　泰山红鲤

挽静如

端庄稳重，质朴无华，掌家务调和鼎鼐，劳心又劳力。聪明贤慧，不雅而雅，育子女调教有方，子贵母亦荣。

1999 年 11 月作于烟台

慕凌飞　鲜芋图

独赏黄花

一年一度迎春黄，黄花催人备酒浆。
人生恰似东逝水，奔流大海更苍茫。
日出日落人自老，满头黑发白如霜。
黑发哪知白发苦，人到暮年怕凄凉。
去岁父子归故里，祭祖寻源为流长。
屈指清明又将至，独赏黄花自悲伤。
曾几何时妻犹在，而今你我分阴阳。
烧钱化纸终何用，聊借香火表衷肠。

作于2000年清明节前夕

静如　万鹏

独耐清冷度寒秋

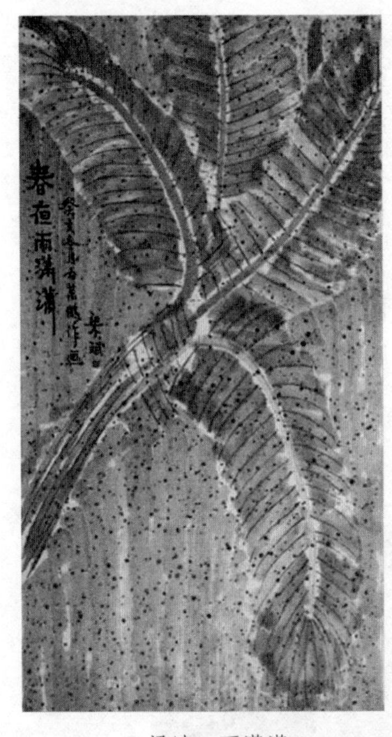

梁斌　雨潇潇

为亡人烧寒衣前夕，一岚又住进医院，昨日两次为其送饭，疲惫不堪。星期日银儿代我为之，奈阴雨连绵，倍增孤独之感，思念亡妻无法释怀……

薄雾阴云惹人愁，秋风萧瑟雨不休。滴雨断续如垂泪，多少忧思系心头。梦中不见老妻面，形单影只守空楼。纸笔墨砚难为伴，万语千言共谁谋。冥冥杳杳何处觅，独耐清冷度寒秋。

作于 2000 年烧寒衣夜前夕

雪中红梅分外娇

春不老，秋不老，
春秋艺业永无老，谁能忘红嫂？
你曾是山东之骄傲，千百个红嫂之代表。
几根白发何足道，雪中红梅分外娇。
愿你之艺术青春永葆。
寿比南山高！

2000 年 5 月作于济南

（注：春秋指山东省京剧团《红嫂》剧组红嫂扮演者张春秋。）

孙其峰　梅花

总有知音弄琴弦

春华秋实本自然，半由人力半由天。
务须深耕与细作，心血注入果实甜。
春秋十年磨一戏，精雕细刻苦钻研。
一片心血献红嫂，千锤百炼无怨言。
红嫂春秋谁更美？美在二者物化间。
人物光辉今犹在，歌声依稀绕耳边。
硕果永存人怀念，总有知音弄琴弦。

2000年7月7日作于烟台

（发表于《芝罘诗词》和《张春秋艺术生涯》）

张春秋

共愿期颐返童年

庚辰年中秋节前夕，命一嵘、一崄陪同，赴招远看望孙其峰先生有感。

孙其峰　万鹏

狂飙落后百废兴，津门卧虎又藏龙。一次文联群英会，欣然与君得相逢。二十余载常论艺，戏与书画本源同。得意忘形求神似，大象何必苦摹形。得过且过真朴素，贪得无厌艺无穷。精深哲理寓书画，风格独特屹巅峰。急流勇退归故里，不约而同落胶东。相距不过路二百，三载未把音信通。只因老妻命危浅，终日辗转病榻前。人去楼空无羁绊，命子驱车赴招远。故友重逢多感慨，抚今追昔话当年。敬业精神犹未减，非书即画笔墨酣。劝君切要多珍重，砍柴勿忘留青山。数卷画册将付梓，启后任务尚在肩。临行依依互叮嘱，共愿期颐返童年。

2000年中秋节前夕作

（发表于《芝罘诗词》）

返　津

黄海之滨客，故乡是津门。
一别又三载，归来恰逢春。
春日无光景，身边少知音。
虽有人相伴，不能慰我心。

2001年五一前作于津

孙其峰　花鸟

故友会津门有感

峥嵘岁月常相伴，风云变幻时境迁。
大海孤舟无定处，少年西出玉门关。
屈指离别六十载，昔日壮士发俱斑。
幼时挚友情真切，不堪回首忆当年。
今朝有酒须当醉，太白斗酒诗百篇。
半亩方塘无海量，吟诗想学子建难。
匆匆话别言未了，再会津门是何年？

2001 年五一前作于津门

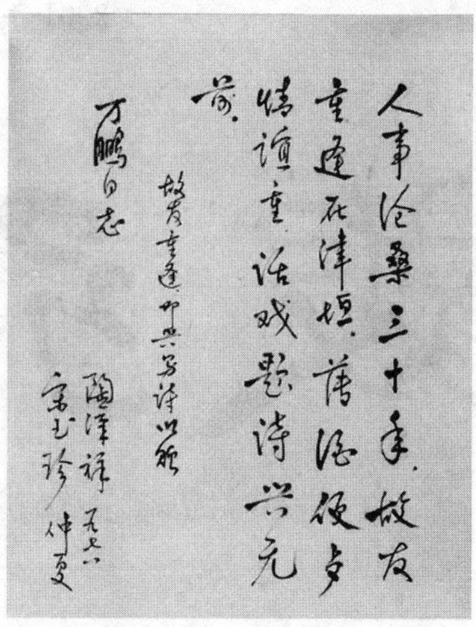

陶汉祥　人间沧桑三十年

忆镇江

数载辛苦浑似梦，不知南北与西东。
水乡古镇圆梦境，梦中写出《打乾隆》。
剧本创作系儿戏，不料此戏开门红。
治团大任强付我，千辞万辞辞不成。
不怕忙时多劳碌，只怕闲时无亲情。
甘露寺上常凭吊，可怜尚香困江东。
玄德伐吴身先死，夫人遥祭白帝城。
抱恨投江东逝水，泪洒江天化长虹。

2001年五一后作于南京

龚望　弘毅

途经镇江

物换星移转瞬间，告别镇江数十年。
故地重游思旧友，昔日同仁无二三。
弟子俊岐应还在，谁知而今何处迁？
旧貌无存难辨认，寻人苦于无时间。
只得登上金山寺，又至焦山渡口前。
空来镇江实乏味，无奈吃包豆腐干。

2001 年五一后作于镇江

萧朗　鸡

下扬州

镇江匆匆一过客，恰似长江滚滚流。
扬州灯火照如昼，湖光倒影映榭楼。
烟柳画桥真幽雅，柳下白鹅水上游。
自古瓜洲繁华地，多少墨客竞风流。
武林侠女不示弱，智敌朱彪取双眸。
酒席宴上一场戏，白发新郎试歌喉。

2001 年五月作于南京

孙其峰　干枝麻雀

清平乐·南京会友

金陵再返，回首扬州远。师徒又晤江南岸，三晋结下情缘。

少生带病来迎，永春夫妇陪宴。共话天南地北，往事过眼云烟。

（注：少生乃江苏省京剧院院长王琴生之子，省艺术学校教师；李永春系梁花侬科班学生，在新疆曾向先父问艺，现任江苏省艺校教师。）

赵松涛　泛舟赤壁

雨中行

紫砂壶，沏龙井，搁笔稍憩自品茗。
书斋虽大天地小，文洁伴我雨中行。
大海风平浪亦静，天连水处水朦胧。
华灯初上增景色，山重海阔望无穷。
天地虽大心窄小，满腹全载父女情。
无心理会文洁话，只听雨打双伞声。

2001年7月27日作于烟台

万鹏题字张德育画　润物细无声

冒雨三上文昌山

冒雨三上文昌山，粉墙红瓦玉栏杆。
高低错落皆有致，俯瞰黄务与莱山。
稚柳亭亭新枝嫩，玫瑰盛开香满园。
翠竹曲径通幽处，白鸽小憩池塘边。
鱼儿竞相来戏水，水在园中自循环。
建筑基地何其美？妙在构思藉自然。

作于 2002 年初夏

万鹏和重孙乾程嬉戏

万鹏晚年留影

附　录

家鹏说戏

赵万鹏艺术年表

1927 年

5 月 2 日出生于北京。

祖父赵永贵。永胜和科班。与著名京剧演员程永龙同科，工武花脸。父赵鸿林，著名京剧表演艺术家，工武生；母荆文惠。

1931 年

赵鸿林将万鹏远房叔祖父、清末秀才赵希古请到家中奉养，教其《诗经》《孝经》《大学》《左传》等，开始读书和习练书法。

1933 年

正式开始学戏，重金聘请余（叔岩）派专家陈秀华（孟小冬、李少春的余派启蒙老师），专习余派老生；同时由其父亲授武生戏。

万鹏学戏阶段起点高，文武并进，打下了唱、念、做、打、舞全面发展的深厚基础。

1938 年

首演于天津国民剧院，与李砚秀（李万春夫人）同台合作。

1939 年

在天宝戏院开始挑梁带班。同台者有天津名旦马艳芬，名武生盖春来，名武净张德发，还有年轻的旦角赵晓岚（后为上海京剧院著名演员），花脸是专为余叔岩、孟小冬配戏的李春恒。演出红极一时。

1940 年

金少山挑班来天津演出，演员阵容强大，有老旦李多奎，旦角言慧珠，武生周瑞安，里子老生贯盛习、扎金奎，小花脸王富山等。当期挑梁的老生没有合适人选，金少山提携后生，建议当家老生由万鹏担任，与金少山、李多奎、言慧珠等同台演出。

演出结束后，又与梅派早期传人李香匀合作，仍在天宝戏院演出。

1941 年

被邀请到济南北洋戏院演出。这个班里旦角是方连元的女儿方淑慧，武生赵鸿林，武净张德发，武旦方连元，花脸张海臣和傅少安，琴师张连城，鼓师陈宝书。当期与奚啸伯剧团同在北洋戏院，彼此轮换演出。

在山东各地大约演出五六个月的时间。

回天津与梅派旦角李香匀合作演出。

1942 年

带领演员、乐队大约二十几人，赴河南开封戏院等地巡回演出。与其合作的旦角是梅派青衣徐碧君。

赴洛阳、郑州、武汉、安徽、南京等地演出三月有余。

1943 年

返回天津，在新中央戏院与名家郑冰如等合作演出一个多月。

上海更新舞台派石荣芳来天津，邀万鹏和郑冰如去上海演出。琴师、鼓师和月琴师之外，主要带了两个花脸，铜锤是当时正红的金少臣，架子便是专陪余派老生的李春恒。

1943 年以前，以演出《战太平》《定军山》《打棍出箱》《四郎探母》等余派戏见长。

1944 年

嗓子倒仓期间，随父赵鸿林到北京广德楼剧院，在其父和徐兰元编导的《八仙得道》《七侠五义》等剧中，作阶段性的演出。同台合作演出的有白家麟、徐元珊、高玉倩等。这个阶段使其有了继续学习和深造的机会。

1947 年

赵鸿林与上海名旦金素雯等合作。在准备去菲律宾演出之前，万鹏陪父亲在上海，向周信芳学了麒派的《追韩信》《跑城》《斩经堂》等戏。

此时戏曲舞台上虽然没有导演，但不管是赵鸿林、唐韵笙，还是周信芳，在排戏时始终发挥着导演的职能。万鹏在观摩学习中得到了得天独厚的教益，为其后来做编导工作奠定了深厚的基础。

1948 年

嗓子逐渐恢复，应天津共和社之约，从北京回到天津。仍以余派《战太平》等戏挂牌，在中国大戏院与侯永奎、王又娟等合作演出。

1949 年

1 月 1 日，参加由天津市戏剧曲艺工作者协会召开的新年座谈会。座谈会邀请了天津在戏曲改革上较有成就的演员和编导，包括刘小楼、白云峰、张鹤琴、石少亭、李铁英、金宝环、小麟童、常宝堃等人，座谈戏曲改革和创作经验。（详见《中国戏曲志·天津卷·大事年表》）

1951 年

和杨荣环与河北省京剧团合作演出。结束以后回到天津，在上平安戏院与刘汉臣、姜铁麟、马长礼、谷春章等合作演出。

到了演出的最后阶段，嗓子出现问题，因此便以文武老生和红脸戏为主，开始了文武戏并重的演出阶段。

1952 年

赴东北。扬长避短，将经常上演的传统戏《风波亭》《麒麟山》《比干挖心》，甚至所有红脸戏的剧本，都进行了加工修改，由自己重新导演之后挑班演出。

任辽西省京剧团主演。为剧团创作了反映抗金英雄事迹的新编历史剧《烽火儿女》，万鹏被辽西省文化局指定为该剧导演。由于演出后受到各界好评，于是又改编导演了《石健羽义徒窦尔敦》，自己扮演石健羽。此戏连演数十场，成为当时辽西省京剧团最高水平的创作剧目。

改编、导演、主演的《岳飞》和《文天祥》等剧，经常在各地演出。

1953 年

根据《琴瑟缘》改编、导演全部《秋江》，在丹东等地演出。

1954 年

在佳木斯市京剧团。根据《鹿台恨》为该团改编、导演、主演《比干挖心》。

创作、导演、主演《青山英烈》《三女下凡》，经常在各地巡回演出。

1955 年

在吉林市京剧团。重点改编、导演、主演《林则徐》。通过这出戏的排演，为该团规范了艺术创作方法，建立了严格的排练制度。

1956 年

在青岛演出。根据《马陵道》改编、导演、主演《孙庞斗志》。

根据传统戏剧本改编、导演、主演《卧薪尝胆》《荆轲刺秦》

《汉刘邦斩蛇起义》《张良出世》《韩信出世》《十五贯》等戏。在青岛等地演出，受到各界好评。

1957 年

应邀到烟台演出。合作演出的有京剧名家王亚伦、小王虎辰、方月明、唐雁宾等。

为烟台市京剧团改编、导演、主演《闻太师》《九更天》《火烧红莲寺》《封神榜》等戏，备受观众欢迎。

1958 年

在镇江市京剧团担任业务团长。根据民间传说创作、导演、主演的《打乾隆》轰动一时，赴全国各地巡回展演。

《打乾隆》剧本先后在《剧本》《江苏戏剧》发表，后由江苏文艺出版社出版单行本，并在上海拍摄了“影印图书”。各地方戏剧种相继移植了此剧，演出反响强烈。著名戏剧评论家曲六乙等曾撰文评论。此剧本已被收入《中国地方戏曲集成》和《京剧丛刊》，成为保留剧目。

在南京收韩俊岐为徒。

1960 年

创作京剧现代戏《渡长江》，改编、导演、主演《精忠传》《七郎八虎闯幽州》等戏。在江南数省巡回演出。

1961 年

改编、导演、主演《甘宁百骑劫魏营》，加工整理《樊梨花》。经常在上海等地演出。

收张砚生为徒。

1962 年

根据徽剧改编、导演、主演《雪拥蓝关》。

收徐世斌为徒。

1963 年

在安庆市京剧团。在毛泽东提出“向雷锋同志学习”后，仅用半个多月的时间，就把创作、导演的京剧《雷锋》搬上了舞台。引起安徽省文化局极大重视，组织全省戏曲院团观摩学习，并给予重奖。

在天津建华京剧团。根据《潞安州》改编、导演《抗金忠烈》，由张世麟演出。此剧成为张（世麟）派武生戏保留剧目。

1964 年

改编、导演、演出京剧现代戏《农戏》，杨荣环、张世麟、王则昭、朱玉良、詹世甫等诸多名家全梁上坝。此戏连续演出百余场，中央广播电台录音向全国播放，名家陶汉祥等在各报撰文评论。

1965 年

改编、导演、演出现代京剧《赤道战鼓》，首次以古老的京剧艺术形式表现非洲黑人的现实生活斗争，表演、化装、舞台美术等都取得了突破性的成功。舞台设计总监由著名书画家华非担任。演出近百场，深受欢迎。

创作、导演以我国电子工业自力更生，奋发图强，攻坚克难为主题的京剧现代戏《雄心壮志》，由孟宪容等主演。

参加京剧现代戏华北地区汇演。

1966 年

“文化大革命”开始前，改编、导演《首战平型关》《洪湖赤卫队》《雪岭苍松》《红松店》《阮文追》等戏。

1967 年

因为文化大革命，被揪出来关进牛棚，扣上反动艺术权威的帽子，遣返烟台，在街道的牛鬼蛇神队里监督劳动。

1968 年

全家靠打零工糊纸盒维持生计。后来进入烟台街道办的纸盒厂干临时工，每天拉大板车各处送纸盒。

1971 年

被调至山东省革命委员会创作组。创作、导演以军爱民为题材的大型京剧现代戏《飞云崮》，由山东省革命委员会分别派给烟台地区京剧团和聊城地区京剧团立戏排演。几易其稿，边排边改，历时三年之久。经杨得志批准在各地公演，深受欢迎。主要演员有方月明、薛亚萍、周明仁、韩涛等。

1975 年

在青岛市京剧团。创作、导演现代京剧《爱树岭》，并导演其他许多剧目，均由青岛市京剧团演出。

1976 年

深入农村，吃住在下丁家。以下丁家大队为背景，创作农村题材的现代京剧《迎春岭》，由青岛市京剧团排演。

1978 年

与贺照、吴云心合作，创作京剧《观灯选将》。

为李经文加工传统戏《宇宙锋》，获得天津市青年演员基本功汇报演出大赛一等奖。

1979 年

为天津市京剧三团创作、导演现代京剧《清明雨》，参加建国三十周年会演，荣获创作一等奖、演出一等奖。戏剧理论家王朝闻、肖烨等给予高度评价，并在《百花园》等刊物撰文赞扬该剧的戏曲化。主要演员有李经文、马少良等。剧本在《天津剧作》发表。

1980 年

为天津市京剧三团创作、导演新编历史京剧《清宫秘史》，荣获天津新剧目会演剧本一等奖、导演一等奖、演出一等奖。著名导演夏淳赞赏此戏“一派清新，格调高雅”。《天津日报》发表张皖的文章《漫淡〈清宫秘史〉的艺术构思》，《百花园》发表如裔的文章《喜看新编历史京剧〈清宫秘史〉》。主要演员有李经文、吴广江、赵慧秋等。

为刘明珠导演的《沉香扇》获得天津市文化局演出一等奖，在天津及各地演出百场以上，美国《纽约时报》曾撰文赞扬此剧。

天津市文化局举办专业戏曲导演进修班，指定万鹏担任班主任，主讲《戏曲发展史简要》《戏曲艺术的特点》《戏曲导演如何利用自由的舞台时空艺术》《〈清宫秘史〉的舞台调度》等课程。

此年前后，天津市京剧团马少良经常到万鹏家中，向其学习《华容道》等红脸戏。有时说戏忘了时间，马少良就留宿家中。

1981 年

改编、导演京剧历史剧《三休三请樊梨花》和现代戏《双相亲》，在天津和各地巡回演出，主要演员有李经文、刘明珠等。

在天津戏剧研究室主办的刊物上发表《关于戏曲化的一点体会》，全文一万四千余字，被承德地区文化局转载于《戏曲学习材料》第七期。

为天津市京剧三团导演《鉴湖女侠》，秋瑾由刘明珠扮演。

1982 年

改编京剧《一捧雪》剧本，并在《天津剧作》发表。

马崇仁到天津，通过组织协调，请万鹏到北京京剧院，为著名京剧表演艺术家马长礼等排演此剧。

为天津市京剧三团改编、导演《真假潘金莲》，剧中主要角色由李经文、康万生等扮演，反响强烈，轰动一时。

1983年

改编、导演京剧《走麦城》，由天津市京剧二团京剧名家董文华主演，各界反响强烈。著名作家梁斌、宁宗一分别在《天津日报》和《剧坛》撰文给予高度评价。

1984年

为天津市京剧二团创作、导演京剧《负子图》。上演以后，《天津日报》《今晚报》和《剧坛》发表了大量评论文章，受到李瑞环市长和各级领导的重视。国家领导人万里、倪志福，文化部艺术局局长俞林，著名理论家阿甲、王朝闻等，以及著名京剧表演艺术家张君秋、李世济等观看了此剧，给予高度评价。此剧参加了华北五省市的调演。主要演员董文华、尚明珠等。

在《天津剧作》发表新创作的京剧《甘宁》。著名导演、戏剧理论家阿甲看了剧本以后，致信时任天津市文化局长的著名作曲家曹火星，赞扬《甘宁》“为武戏开创了一条路，是依照戏曲自己的规律的发展和创新”（此信由市文化局存档）。在《甘宁》一剧的创作过程中，万鹏既是编剧，又是总导演，还兼任唱腔设计。此剧在不同时期，分别交由天津京剧院张幼麟、天津青年京剧团王立军等排演。

1985年

创作并发表新编历史京剧《李白》。

为天津市京剧三团武广江、杨丽丽等教授排演《四郎探母》《武家城》《乌盆记》《游龙戏凤》等戏。

1986年

创作、导演京剧《董小婉》，并在《天津剧作》发表。此剧由李经文、武广江、杨丽丽等担任主演，并参加天津首届戏曲节巡回展演。

为天津市京剧团马少良教排《战宛城》。

应烟台市京剧团邀请，利用假期为烟台市京剧团团长、京剧名家韩涛教授《过五关》等红脸戏，为刘传起、王晓燕教授《游龙戏凤》等戏。

1987 年

改编、导演《截江夺斗》，主要角色由京剧名家董文华、尚明珠扮演。《天津日报》以《冲锋破浪一往无前》为题，撰文祝贺该剧演出成功。此剧参加了纪念徽班进京二百周年的演出活动，在香港演出时引起轰动，各报连篇撰文赞扬。

12 月，应中国戏剧家协会邀请，参加“为张庚、阿甲从事戏剧工作五十五周年学术研讨会”，发表专题论述《中国戏曲艺术的灵魂——虚拟化》。

1988 年

改编京剧《女斩子》和《千里走单骑》。

天津市高级科技工作者协会成立，任副会长，兼任戏曲艺术部部长。集结各界志士，特邀阿甲、俞林、朱文相、柳以真、王学仲等为顾问，各界名家张继青、董文华、尚明珠、杨乃彭、李莉等为会员。做了大量的京剧艺术讲座、宣传、演唱等普及工作。

9 月，在中国戏曲研究院主办的月刊《戏曲研究》第二十七辑发表《阿甲的导演理论与实践》。

1989 年

将演出多年的《战太平》《定军山》传授给杨乃彭。杨乃彭苦练数月，在中国大戏院演出，反响强烈。

3 月，在中国戏曲研究院月刊《戏曲研究》第二十九辑发表《南麟北马关外唐的开拓精神》。

1990 年

9 月，在《京剧与时代》发表《徽班进京是中国戏剧史上的伟大转折》。

1991 年

6 月 8 日起，为天津电视台《戏曲讲座》栏目录制《京剧艺术流派专题讲座》。以影像播放、现场讲解和表演加评论的方式，定期播出《李少春〈野猪林〉的艺术特点》《王瑶卿和四大名旦》《梅兰芳、程砚秋、尚小云、荀慧生的艺术创造与贡献》《京剧的形成与老生前三杰》《四大须生》《谈余派表演艺术》等专题。

12 月，在《唐韵笙舞台艺术集》一书中发表《杰出的编导演，难得的艺术家》和《南麒北马关外唐的开拓精神》。

1993 年

3 月，在中国戏曲研究院月刊《戏曲研究》第四十四辑发表《谈余派表演艺术》。

1994—1995 年

应大连市艺术学校、烟台市京剧团和锦州市京剧团的邀请，给他们授课传艺。为大连艺术学校学生教授全部《捉放曹》《击鼓骂曹》。为烟台市京剧团王晓燕等教授《乌龙院·坐楼杀惜》。在锦州市京剧团向唐韵笙女婿赵乃义传授唐派的《古城会》《好鹤失政》和《驱车战将》等戏。

1996 年

应山西省京剧院的邀请，为山西省京剧院和山西省戏曲学校培养老生人材。

8 月 12 日，收烟台市京剧团侯旭光、范毅冰为徒。利用暑假休息时间，为侯旭光、范毅冰排演《打渔杀家》《截江夺斗》等剧目。

在《戏曲艺术》第一期发表《试论武戏文唱之文》。

2004 年

年初，不慎将腰摔伤。卧床治疗期间，天津市委宣传部叶厚荣部长打电话询问有关唐韵笙演出资料之事，并表示立即派人到烟台商洽。唐先生存世的演出录音很少，但万鹏手头还有唐先生的《古城会》和《灞桥挑袍》两出颇能体现唐派艺术风格的演出录音。唐韵笙的录音选定以后，万鹏受邀亲赴北京。到京后强忍腰痛，为配像演员示范说戏，圆满完成了音配像工作。

2005 年

应天津青年京剧团邀请，为王立军排演 1984 年发表的《甘宁》一剧。这次重排《甘宁》，又重新修整了剧本，亲自设计唱腔，亲自临场担任总导演。同时组建了力量强大的技导班子，由京剧名家董文华、苏德贵等负责武打和舞蹈设计。几经修改，历时两年，于 2006 年搬上舞台（见《今晚报》2006 年 2 月 28 日报道）。

2007 年前后

为发扬和普及京剧，在天津师范大学、天津大学、南开大学等院校进行多次艺术系列讲座；深入天津市岳阳道等小学，给小学生们说戏讲戏，培养孩子们对京剧艺术的兴趣。

2008—2011 年

在家中撰写文章，传艺说戏。

往返烟台、天津、北京，参加各种社会活动、专题研讨会议以及各种书画笔会。

在中国第二届书画艺术节展出创作的大幅书法作品。

2012 年

2 月 23 日下午未时，因病故于烟台市烟台山医院，享年八十六岁。

赵万鹏著作编年

1952 年

创作改编京剧历史剧《岳飞》、《烽火儿女》、《石健羽义徒窦尔敦》剧本

1953 年

创作改编京剧历史剧全部《秋江》剧本

1954 年

创作改编京剧历史剧《比干挖心》《青山英烈》《三女下凡》《琴瑟缘》剧本

1955 年

创作改编京剧历史剧《林则徐》剧本

1956 年

创作改编京剧历史剧《孙庞斗智》《卧薪尝胆》《荆轲刺秦》《汉刘邦斩蛇起义》《张良出世》《韩信出世》《十五贯》剧本

1957 年

创作改编京剧历史剧《闻太师》《九更天》《火烧红莲寺》《封神榜》剧本

1958 年

创作新编京剧历史剧《打乾隆》剧本，先后发表于《剧本》和《江苏戏剧》，有单行本和缩微胶片（影印版小人书），后收入《京剧丛刊》和《中国地方戏曲集成》

1959 年

创作改编京剧历史剧《精忠传》等剧本

1960 年

创作新编京剧现代戏《渡长江》剧本

创作改编京剧历史剧《七郎八虎闯幽州》剧本

1961 年

创作改编京剧历史剧《甘宁百骑劫魏营》《樊梨花》剧本

1962 年

根据徽剧创作改编京剧《雪拥蓝关》剧本

1963 年

创作新编京剧现代戏《雷锋》剧本

创作改编京剧历史剧《抗金忠烈》剧本

1964 年

创作改编京剧现代戏《农奴》剧本

1965 年

创作改编京剧现代戏《赤道战鼓》《雄心壮志》剧本

1966 年

创作改编京剧现代戏《首战平型关》《雪岭苍松》等剧本

1968 年

撰写长篇文章《京剧发音方法之研究》

1969 年

撰写长篇文章《谈京剧四功五法》《谈京剧四功五法与塑造无产阶级英雄形象》

1970 年

撰写长篇文章《京剧演员要掌握的各种技巧与知识》

1971—1973 年

创作新编京剧现代戏《飞云崮》剧本

1975 年

创作新编京剧现代戏《爱树岭》剧本

1976 年

创作新编京剧现代戏《迎春岭》剧本

1978 年

与贺照、吴云心合作创作新编京剧《观灯选将》剧本

撰写文章《学习流派　后继有人》，发表于《天津日报》

撰写文章《贵在神似》，发表于《天津日报》

1979 年

创作新编京剧现代戏《清明雨》剧本，发表于《天津剧作》

撰写文章《从基本功到形神兼备》，发表于《天津日报》

撰写文章《从〈宇宙锋〉看梅派艺术》，发表于《天津日报》

撰写文章《京剧〈清明雨〉戏曲化一得》，发表于《百花园》

撰写文章《从〈扈家庄〉看宋派艺术特点》，发表于《天津日报》

1980 年

创作新编京剧历史剧《清宫秘史》剧本，发表于《天津剧作》

撰写长篇文章《戏曲发展史简要》《戏曲艺术的特点》《戏曲导演如何利用自由的舞台时空艺术》《〈清宫秘史〉的舞台调度》《虚拟化与程式化、节奏化的关系》《角色总谱与提炼主题》《类型化与多样化》等

为专业导演进修班作专题讲座

撰写文章《谈青年演员王立军演出之〈英雄义〉》，发表于《天津日报》

撰写文章《朴实无华耳目一新——观京剧〈陈妙常〉有感》，发表于《天津日报》

1981 年

创作改编京剧历史剧《三休三请樊梨花》剧本，发表于《天津剧作》

撰写长篇文章《关于戏曲化的一点体会》，发表于《戏剧研究》，承德地区文化局转载于《戏曲学习材料》第七期

撰写文章《美的灵魂，美的形象——赞胡芝风塑造的李慧娘》，发表于《戏曲艺术》

撰写文章《看马少良演〈八大锤〉》，发表于《人民戏剧》

1982 年

创作改编京剧历史剧《一捧雪》《真假潘金莲》剧本，发表于《天津剧作》

撰写文章《余韵无穷的京剧〈风雨千秋〉》，发表于《人民戏曲》

撰写文章《闻其声如见其人》，发表于《天津日报》

撰写文章《尚和玉的高尚品格》，发表于《天津日报》

1983 年

创作改编京剧历史剧《走麦城》剧本，发表于《天津剧坛》

应邀撰写对台统战文章《寄语南飞雁，故人怀正秋》，发表于《天津日报》

撰写文章《〈巴黎圣母院〉影片观后感》，发表于《今晚报》

撰写文章《旧戏新编是为了广大观众》，发表于《天津日报》

1984 年

创作改编京剧历史剧《甘宁》剧本，发表于《天津剧本》

撰写文章《见〈钟馗〉而思〈火判〉》《漫话“彩头班”》，发表于《天津日报》

撰写文章《京剧用英语演出早有先例》，发表于《今晚报》

1985 年

创作改编京剧历史剧《李白》剧本

撰写文章《中国戏曲艺术的形式美学》，发表于《天津师范大学学报》

1986 年

创作改编京剧历史剧《董小宛》剧本，发表于《天津剧作》

撰写文章《〈释迦牟尼佛〉布景的运用》，发表于《今晚报》

1987 年

创作改编京剧历史剧《截江夺斗》剧本

撰写长篇文章《中国戏曲艺术的灵魂——虚拟化》，发表于“为张庚、阿甲从事戏剧工作五十五周年学术研讨会”

撰写文章《〈截江夺斗〉话独创》，发表于《天津日报》

撰写文章《要做牡丹花，先做芙蓉草》，发表于《戏剧报》

撰写文章《被人遗忘的〈女斩子〉》，发表于《天津日报》

1988 年

创作改编京剧历史剧《女斩子》《千里走单骑》剧本

撰写长篇文章《阿甲的导演理论与实践》，发表于中国戏曲研究院月刊《戏曲研究》第二十七辑

撰写文章《老子美学与中国戏曲》，发表于《今晚报》

1989 年

撰写长篇文章《南麒北马关外唐的开拓精神》，发表于中国戏曲研究院月刊《戏曲研究》第二十九辑

撰写文章《三十年代在天津创立的一个新型的彩头班》，发表于《今晚报》

为普及京剧给小学生讲课，以寓言故事的形式撰写了《和氏璧与将相和》等普及性文章

1990 年

9 月，撰写长篇文章《徽班进京是中国戏剧史上的伟大转折》，发表于《京剧与时代》

撰写文章《寒山楼主书画戏相映生辉》，发表于《天津日报》

1991 年

6 月 8 日起，将撰写的文章《李少春〈野猪林〉的艺术特点》《王瑶卿和四大名旦》《梅兰芳、尚小云、程砚秋、荀慧生的艺术创造与贡献》《京剧的形成与老生前三杰》《四大须生》《谈余派表演艺术》等，以专题方式，在天津电视台《戏曲讲座》栏目定期播放

撰写文章《杨宝森与杨派艺术》，发表于《不落之星》

12 月，撰写长篇文章《杰出的编导演，难得的艺术家》及《南麒北马关外唐的开拓精神》，发表于《唐韵笙舞台艺术集》

1992 年

7 月，撰写文章《梅兰芳说：要注意政治影响》，发表于《今晚报》

撰写文章《戏曲艺术与齐白石的写意画》，发表于《今晚报》

1993 年

3 月，撰写长篇文章《谈余派表演艺术》，发表于中国戏曲研究院月刊《戏曲研究》第四十四辑

撰写文章《梅兰芳金奖大赛与刘琦》，发表于《天津工人报》

撰写文章《余叔岩对马连良的预言》，发表于《今晚报》

1994 年

10 月，撰写文章《出神入化　卓然一家》，发表于《大特区影视周报》

撰写文章《与四位大师谈戏》，发表于《今晚报》

1995 年

撰写文章《金霸王被困烟台》，发表于《烟台日报》、烟台广播电台

撰写文章《充实可以养生》，发表于《今晚报》

1996 年

撰写长篇文章《试论武戏文唱之文》，发表于《戏曲艺术》

撰写文章《乘风破浪一往无前》，发表于《大众日报》

1997—1999 年

致力于京剧的传承与普及工作，应邀赴多地讲学授艺，在辽宁、山西、山东各省艺术院团，发表《漫谈京剧演员应该具备的基本功》《京剧流派产生概论》等专题文章，在天津大学、南开大学、天津师大等院校发表《京剧与国画的形式美学》《京剧美学价值》《京剧表演艺术与国画的关系》等文章，并多次举办大型艺术讲座

同期开始系统整理长篇著作《中国戏曲史论》《中国京剧表演艺术体系的美学特征》《中国戏曲表演艺术概论》《戏曲导演艺术纵横谈》等

撰写的上百万字的文章内容详实深邃，具有史料价值、研究价值和实用价值，深感遗憾的是，有些长篇艺术评述文章，类似《周信芳在〈明末遗恨〉剧中的导演艺术与表演艺术的创造》等，评述精辟，具有极高的研究价值，却没有结尾

2000 年

应邀撰写文章《浅谈〈王西厢〉天下夺魁》，发表于《艺苑》

2001 年

撰写文章《艺术与哲学》《弘和毅》，相继发表

2002 年

应日本国学生求教，撰写《海报与戏单》等文章

2003 年

撰写文章《京剧艺术的奠基者——“同光十三绝”》

2004 年

撰写长篇文章《京剧的形成及其历史经验》《中国戏曲声腔的三大源流》

2005 年

应天津青年京剧团邀请，为王立军排演《甘宁》

对《甘宁》剧本进行再加工整理

撰写文章《对〈甘宁〉剧本的阐述》《〈甘宁〉的风格特点》等

2006 年

撰写文章《“武戏文唱”演绎和谐史诗——写在新编历史剧〈甘宁〉帷幕拉开之前》，见《今晚报》2006 年 2 月报道

2010 年

长篇著作基本脱搞，其余待续和需要完善的部分稿件，因身体原因而搁浅

从青年时期直至晚年，撰写了百余首诗词歌赋，分别在不同时期、不同刊物上发表

同时在不同刊物上发表过许多书法作品

2014 年

年末，长篇著作遗稿由长子赵一昆、四子赵一嵘整理编辑，华非老先生命名曰《万鹏说戏》，正式成书印刷。《万鹏说戏》分为四卷（生平卷、理论卷、剧作卷、诗词书画卷），全书约 280 余万字

后 记

先父赵万鹏在自己热爱的戏曲艺术领域里，辛勤执着地耕耘了一生，足迹遍布大江南北，教授传艺桃李天下，演艺、编剧、导演、论文、诗词、书法作品丰厚。这些珍贵遗作属于我们，也属于社会，更属于艺术事业。

先父赵万鹏的著作遗稿，曾由我们兄弟整理编辑，华非老先生命名为《万鹏说戏》，于2015年初正式成书印刷。《万鹏说戏》全书约280余万字，整套书分为四卷，分别为生平卷、理论卷、剧作卷、诗词书画卷，书内附有珍贵的历史照片和资料，以及史志中的文录和名人的文章，记载和赞扬先父赵万鹏一生对戏曲事业的贡献。

由于《馆员著述系列丛书》版面和文字的限制，本次由天津市文史研究馆出版的《万鹏说戏》一书，只节选了理论卷中的部分文章，内容涵盖戏曲史论、戏曲美学、戏曲表演、戏曲导演、诗词作品等方面。

在成书过程中得到了天津市文史研究馆各级领导和华非老先生、逯兴才教授等专家的大力支持和帮助，在此深表感谢！由于时间和专业水平所限，不当之处，敬请指教。

赵一昆　赵一嵘

2016年3月